冯天瑜，1942年生，湖北红安人。武汉大学人文社会科学资深教授，教育部社会科学委员会历史学学部委员。从事中国文化史及湖北地方史志研究。

《冯天瑜文存》卷次

中华元典精神

中国文化生成史（上册）

中国文化生成史（下册）

江河万古流——中华文明巡礼

人文论衡

明清文化史散论

中国文化近代转型管窥

月华集

辛亥首义史（上册）

辛亥首义史（下册）

张之洞评传

《劝学篇》《劝学篇书后》注评

“封建”考论

解构专制——明末清初“新民本”思想研究

新语探源——中西日文化互动与近代汉字术语生成

“千岁丸”上海行——日本人1862年的中国观察

中国思想家论智力　上古神话纵横谈

晚清经世实学

中国学术流变（上册）

中国学术流变（下册）

冯氏所著，除文存二十卷外，另有《中华文化史》（与何晓明、周积明合撰）、《日本对外侵略的文化渊源》（与任放合撰）、《东亚同文书院中国调查之研究》（与刘柏林、李少军等合撰）、《国际视野下的大武汉图像》（与陈勇编著）等，又主编《中华文化辞典》，编“冯氏三藏”（《冯氏藏墨》《冯氏藏札》《冯氏藏币》）。

人文论衡

冯天瑜文存

长江出版传媒
湖北人民出版社

图书在版编目(CIP)数据

人文论衡/冯天瑜著.
武汉:湖北人民出版社,2019.9
ISBN 978-7-216-09739-0
Ⅰ.人… Ⅱ.冯… Ⅲ.杂文集—中国—当代 Ⅳ.I267.1
中国版本图书馆 CIP 数据核字(2019)第 090452 号

项目负责:姚德海　王建怀　左泽荣
常务编辑:左泽荣　尚晓梅
责任编辑:刘天闻
封面设计:汪　汉
责任校对:范承勇
责任印制:王铁兵

出版发行:湖北人民出版社　　**地址**:武汉市雄楚大道 268 号
印刷:湖北新华印务有限公司　　**邮编**:430070
开本:700 毫米×1000 毫米 1/16　　**印张**:37.75
字数:614 千字　　**插页**:6
版次:2019 年 9 月第 1 版　　**印次**:2019 年 9 月第 1 次印刷
书号:ISBN 978-7-216-09739-0　　**定价**:168.00 元

本社网址:http://www.hbpp.com.cn
本社旗舰店:http://hbrmcbs.tmall.com
读者服务部电话:027-87679656
投诉举报电话:027-87679757
(图书如出现印装质量问题,由本社负责调换)

ISBN 978-7-216-09739-0

近四十年来，笔者在撰述文化史之际，涉及人文学诸问题，诸如人文化成、经史离合、国故反思、“封建”重识、艺苑蠡测、荆楚文脉、文化史学之类，不时记下浅尝之得，1996 年辑为《人文论衡》，张岱年先生赐序鼓励。此后又有若干续篇，今次总汇成集，仍沿用原书名。

目录

张岱年序 / 1

题　解 / 2

人文化成 / 5

略论中西人文精神 / 6

元典——人文常青树 / 17

《元典文化丛书》序 / 28

发明发现——人文奇葩 / 30

“天教”——与饶宗颐先生晤谈一题 / 36

“科技—人文”两种文化协调发展 / 39

辩才无碍——《金钱辩》序言 / 50

“文明冲突论”的偏误 / 53

民族先祖　文化英雄——炎黄人文地位简议 / 60

文化生态三层次说 / 69

地理环境与人文因素双向同构 / 84

《社会发展地理学概论》序 / 95

历史泡沫下的深沉巨流 / 97

经史离合 / 101

经史同异论 / 102

史传文学与信史的联系与区隔——以“三国”为例 / 115

《从〈三国演义〉看中国古代人才观》序 / 126

蒙学读物的教化功能 / 128

哲学史是发展中的系统——萧萐父、李锦全主编《中国哲学史》读后 / 131
实录体史学研究的集成之作——读谢贵安《实录研究》四种 / 135
清史编纂体裁呈议 / 138
“改造国民性”：不可忘却的鲁迅遗训 / 141
鲁迅文学史著述的创识 / 156
《让可移动文物活起来》序一 / 166

国故反思 / 169

“五伦”“三纲”分梳——扬弃一例 / 170
孔学“重政务、轻自然、斥技艺”取向评议 / 179
劳力劳心“合—离—合”的辩证历程 / 193
儒学经世传统的利弊得失 / 218
《〈辎轩语〉详注》序 / 236
“孝”“廉”溯源 / 239
传统道德论检视 / 245
孙中山对中国传统伦理的现代诠释 / 248
开掘三重伦理资源 / 251
反思“学派” / 256
浅谈“软实力” / 258
中国传统文化两极评判的当下启示 / 263

“封建”重识 / 277

“历史文化语义学”刍议 / 278
中国“封建社会”再认识 / 282
中西封建制度比较研究的范例——读吴于廑论封建双书 / 297
附（一）吴于廑先生的封建论　郭齐勇 / 302
附（二）对周代社会形态及其演变的真知灼见　徐少华 / 305
附（三）思能通贯学能副　杨华 / 309
世界历史的网状发展脉络：兼论单线直进史观的困局 / 314
清人对“封建”的多角度评议 / 317

"周制"与"秦制"：中国前近代国家制度两大互渗实体 / 326

艺苑蠡测 / 351

周韶华《荆楚狂歌》序 / 352
陈立言《历代文星图赞》序 / 356
"江汉八家"记 / 360
大写意山水的杰构——品读《陈作丁画集》 / 361
由来艺事贵纯真　融合天机出匠心——《张善平画集》序 / 363
智者乐水　仁者乐山——《何冠智画集》序 / 366
指端禅境——《虞小风指画集》序言 / 368
绘事追忆 / 372
《苏子语典》序 / 376
明清间民族战争的艺术画卷——读《李自成》札记 / 380
《精补本〈李自成〉》序言 / 397
李自成归宿问题研讨会学术小结 / 403
李自成死地之争对史学研究的启示 / 407
《徐九经升官记》创作及其他 / 421
关于《我的父母之乡》的通信——致沈虹光 / 424
草根性、人文精神与文化创新 / 426
时下清宫戏历史观探略 / 430

荆楚文脉 / 439

中华文化的地域展开 / 440
《荆楚文库》编纂设想 / 444
《中国省别全志》影印版序言 / 452
《湖北近三百年学术文化》序 / 459
《档案中的湖北》序 / 463
《湖北名人》序 / 465
《民国前的鄂东教育》序言 / 468
以史入诗　以诗证史——《湖北竹枝词》的史学价值 / 470
《红安县志》序 / 474

续修《红安县志》序言 / 476
《续修新洲（原黄冈）万氏宗谱》序 / 478
《湖北胡氏族谱》序 / 480
《黄安冯氏族谱》序 / 482
《湖北最美乡村——绿色幸福村》序言 / 484

文化史学 / 487

即器求道　内外兼修——文化史学进路 / 488
中国文化史分期献议 / 491
中国古文化特质 / 506
汉文化类型论略 / 519
文化结构简论 / 534
《中华文化辞典》序 / 542
《中华文化事典》序 / 546
“中华文化史”书系序 / 548
“中华文化元素”丛书序 / 550
《近人文化史论文精选》前言 / 555
观照文化史的两个重点：开创期与转型期 / 564
评《剑桥中国晚清史》的文化观 / 567
东亚同文书院中国调查的历史警示与当下启迪 / 578
文化史研习回顾 / 595

张岱年序

冯天瑜同志对于中国传统文化与中国传统哲学有较深的研究，出版了《中华文化史》及《中华元典精神》等专著，都具有很高的学术价值，受到学术界的赞誉。冯天瑜同志提出“元典精神”的概念，确有非常深刻的含义，是对于传统文化研究的一项重要贡献。

冯天瑜同志近将历年发表的论文编为一集，题为《人文论衡》，内容多精心撰构之作。其中对于中国的人文精神作了精详的阐释，对于中国文化的现代转型提出了自己的见解。这些文章是冯天瑜同志对于文化研究的又一贡献。

我们创建有中国特色的社会主义新文化，必须对于西方现代文化成就有全面的了解，努力迎头赶上，但是如果忘掉本国传统文化已达到的成就，数典忘祖，势将丧失民族文化的独立性。所以，弘扬中国文化的优秀传统是非常必要的。但是中国传统文化的内容是非常复杂的，瑕瑜互映，精粗并存。如何去粗取精，去伪存真，是一项艰巨的工作。天瑜钻研中国文化与中国哲学确有心得，他赞同我对于文化问题的见解，可谓所见略同，这是我非常高兴的。冯天瑜同志以新编文集的内容见示，并邀序于余，于是略述所感，作为序言。

1996年7月

序于北京大学

题　解

文化是自然的人化。有理性、会劳作的人，依凭自然并改造自然，创制文化，又接受文化反哺，增进知性与德性，演绎波澜壮阔的文化历史。

近30多年来，笔者致力文化学及文化史学研讨，“人文”是关注重心，于困思之际，笔录若干习得，除《中华文化史》《中华元典精神》《中国文化生成史》等专书外，还撰写一批长短文，其中讨论“人文”的篇什，于1996年集成《人文论衡》一册。

题中的“人文”，取自易传“观乎天文，以察时变；观乎人文，以化成天下”（《周易·贲卦·彖辞》）。易传通过天象与人事的对应，探究自然界和人间世，观视天文日月刚柔交错现象，察知四时寒暑代谢规律，观视人的文明礼仪各止其分的现象，使人的行为合乎文明规范，并由此推及天下，养成理想的人、理想的社会。“人文化成”之说，昭示了中国文化观的精髓。

题中“论衡”，取自王充“故论衡者，所以铨轻重之言，立真伪之平”（《论衡·对作》）。围绕人文问题，铨轻重、辨真伪，便是学问之径、著述之道，正所谓“困于心，衡于虑，而后作”（《孟子·告子下》）。

本集为围绕“人文”诸题“困心衡虑”的习作，张岱年先生以“杖朝之年”（《札记·王制》：“五十杖于家，六十杖于乡，七十杖于国，八十杖于朝。”）拨冗赐序，给予鼓励。张老多年来阐发哲思，以易传“天行健，君子以自强不息”“地势坤，君子以厚德载物”二语概括中国人文精神，与梁启超、唐君毅诸先生所见前后相应[①]，诚先贤睿见也。本集承其绪，讨论人文传统，并置诸新的时代背景，试图探幽致远，难免冒失粗浅之议。今次编辑时，又对原集有所增补调整，一并呈献读者，盼诸君指教。

2015年11月于武昌珞珈山寓所

① 梁启超于20世纪20年代初在清华学校演讲，以“自强不息”“厚德载物”二语赠莘莘学子。清华大学校训“自强不息，厚德载物”即据此拟定。时至20世纪中叶，唐君毅又以“天行健，君子以自强不息”“地势坤，君子以厚德载物”“云雷屯，君子以经纶”联句题赠香港新亚书院大学部第二十二届、研究所第十八届毕业同学，以易传三语概括中国文化精神。梁、唐二先生正与张先生彼此辉映，对中国人文精神的概括所见略同。

人文化成

观乎天文，以察时变；观乎人文，以化成天下。

——《周易·贲卦·彖辞》

略论中西人文精神 *

一

"人文精神""人文关怀""人文传统"已成为时下的常见话题。据笔者不周详的回顾，这一议题大约是20世纪80年代中期文化讨论方兴之际，由一些人文学者在探索中国文化特质时提出的。1986年在上海举行的"首届国际中国文化学术讨论会"上，中外学者的发言已多有涉及中国人文传统与欧洲文艺复兴时兴起的人文主义的异同问题。① 在此前后，《光明日报》等刊物曾就中国人文传统的内涵及与近代欧洲人文思潮的差别展开讨论。时至20世纪90年代初，文学评论界在《上海文学》《读书》诸刊发出拯救"人文精神危机"的呼声，认为"人文精神的失落是今天人类面对的共同问题"，并从中国文学现状的分析入手，指出当下中国也呈现人文精神低迷的态势，因而有必要重建人文传统。② 也有论者对此表示异议，如作家王蒙（1934— ）在《人文精神偶感》③ 中说，中国本来就没有人文精神，何来"失落"可言？王蒙所谓中国本来即无的人文精神，是指欧洲文艺复兴以人道主义为主的人文精神、美国诗人惠特曼（1819—1892）力倡的以自由民主为内涵的人文精神。王氏的逻辑是，中国本来并无的东西，"重建"从何说起？现在应当发扬的是与商品经济顺应的市场法则。又有论者起而反驳王说，认为中国不仅自先秦以降即有人文

---

* 载《中国社会科学》1997年第1期，英译刊于《中国社会科学》英文版1998年第3期。

① 见《中国传统文化的再估计——首届国际中国文化学术讨论会文集》，上海人民出版社1987年版。

② 见张汝伦、王晓明、朱学勤等《人文精神：是否可能与如何可能》，《读书》1994年第3期。

③ 《东方》1994年第5期。

传统，而且“五四”以来的科学、民主、人道的新传统岂能一笔抹杀。今日呼唤“重建”人文精神，不仅有现实针对性，而且有历史渊源，并非空穴来风。[①]还有论者指出，人文主义的旨意是“反恶”，而“恶”（物欲等）是在社会进步中出现的。现今中国面临的主要问题是贫穷和极左的威胁，故我们主张的人文主义必须有历史的维度，是在总结历史的经验教训、保证社会进步、促进经济发展的前提下，去提供一种开放的人文主义，它是历史的、宽容的、民主的和诗意的，不是独裁的、专制的、僵死的和教条的。[②]总之，各种意见相反而又相成，使议论渐趋深入。而文学界对民众的直接影响力，向来比学术界为大，故随着文学界讨论的开展，“人文精神”这一论题在20世纪90年代似有走出象牙塔的趋势。

二

20世纪80年代至90年代，“人文精神”从一个相当专业化的思想史术语，开始向大众话语转化，这并非仅由少数论者的倡导所致，其背后有着时势的驱动。

近二十年来，随着改革开放的拓展，商品经济大潮涌动，古老的中华大地经历着一场深度与广度均属空前的社会转型，其内容包括三个层次。其一，从农业文明向工业文明转化（这一过程自19世纪中叶已经开始，时下又赢得加速度），这种生产方式与社会结构的变化是当代中国社会转型的基本内容；其二，从国家统制式的计划经济向社会主义市场经济转化，这种经济体制的转轨和上述生产方式与社会结构变化的同时并进，正是现代转型的“中国特色”所在；其三，从工业文明向后工业文明转化，已经实现工业化的发达国家正在进行的这一转变所诱发出的问题，有全球化趋势，当下中国也不可回避地面临此类问题，诸如环境问题、人的意义危机问题、诸文明间的冲突问题等，这又增添了转型的前沿性及普世性内容。

内涵丰富的中国现代转型对社会生活造成的影响是多方面的，例如由自然经济和吃大锅饭导致的迂缓、消极的行为方式及心理定式，逐渐被追求效益和

---

① 见王晓明编《人文精神寻思录》，文汇出版社1996年版。

② 见童庆炳《人文主义的历史维度》，《文学自由谈》1996年第2期。

效率所取代；人际关系摆脱人身依附，代之以契约精神；自由创造、公平竞争成为人们新的思想动力和测量社会公正的准绳。这些都意味着，十余年改革开放的实绩，不仅体现在经济发展与人们物质生活水平的提高上，而且也带来行为方式、思想观念的历史性进步，造成人的理性精神的新觉醒。这正是人文传统获得现代性转换的新土壤。对于现代转型带来的这种积极效应，我们应当有充分估量。然而，与此同时，社会转型不可避免地导致价值观念从昔日的有序变为暂时的无序，特别是由于工业文明在“看不见的手”——利益的驱动下，依托商品经济和价值法则方得以运行，市场经济以利益为杠杆启动整个社会，刺激人们对财富的追求，激活了整个社会，其历史的进步作用不容置疑，但其负面效应也日益彰显，诸如金钱拜物教、利己主义导致的社会冷漠、精神生活的平庸化、短期行为、欺诈坑骗的流行等，这又对社会提出了道德重建（包括经济伦理重建）的任务。这既是现代转型健康进行下去的必需，更是人的全面发展的必然要求。因为，人类生活的意义并不限于追逐物质财富一端，他们还要寻求自己的精神家园；富于理性的人类，其智慧也不止于“工具理性”，他们还有发展“价值理性”“审美情趣”的强烈要求和巨大潜能。因而“人文关怀”具有普世性和普时性，并非要等到经济发达、贫困问题全然解决之后，才作为一种“奢侈品”应运而生。那种认为中国当代的首要问题是克服贫困的观点固然有道理，但如果由此引出人文关怀在现今中国是不急之务的结论，则未必恰当。因为，价值理性与工具理性的协调发展是文明进步的健康之路，“先工具理性，后价值理性”的安排必然导致大的社会偏颇，而且也并不符合现代文明史的实际过程。

三

现代文明肇始于西方。由科学革命和工业革命所推动，西方自 18 世纪以降，工具理性日益强化，而价值理性也相伴拓展，不断发挥批判者的功能，对构建健全的现代社会起重大作用。西方在推进现代化、资本主义迅速发展的 19 世纪，其思想界产生空想社会主义和科学社会主义，文学界产生批判现实主义，究其底蕴，都与西方现代化进程一旦出现病灶，人们便力图疗治有关。呼唤社会公正的社会主义思潮在 19 世纪勃兴，剖析利欲扭曲人性的巴尔扎克

（1799—1850）的《人间喜剧》等批判现实主义巨著代表了19世纪欧洲文学主潮，都雄辩地说明，人类在现代化进程中不仅创造着空前巨大的物质财富，同时也不倦地探求意义世界，试图再造更加美好的精神家园。这种求索，始于现代化进程的开端，并非等到社会全面富裕以后才起步。

西方对于现代性困境的反思，在20世纪下半叶又有新的发展，这是因为，率先实现现代化的西方人在“后工业时代”面对的“意义危机”，是19世纪所不可比拟的。一方面，现代科技大大缩短了时间和空间的距离，大洋彼岸朝发夕至，信息瞬间沟通，可谓“天涯若比邻”；另一方面，人际间又日趋疏离，邻里若路人，亲朋心远隔，呈现“比邻”若“天涯”的局面。有的西方思想家指出，工业社会的此类病态导源于文化与社会的分离或“脱节”，导源于文化现代性与经济管理体制的对立。这种矛盾和对立激起人们召唤并重新诠释人文传统，强调“两种文化”（科技文化与人文文化）协调发展。[①] 美国哈佛大学教授、文学批评家白璧德（1865—1933）认为，西方社会物欲横流、道德沦丧的现状，其文化根源在培根（1561—1626）的物质功利主义和卢梭（1712—1778）的放纵主义的泛滥，导致现代文明专重“物质之律”而昧于“人事之律”。有鉴于此，白璧德力倡注重“人事之律”的新人文主义，以“教人以所以为人之道”[②]。自20世纪60年代以降，整个西方的理论界，普遍兴起以人为中心论题的研究高潮，哲学和各人文学科重返“人”这一主题，这是西方现代文明在工具理性极度扩张，导致技术至上、人的物化之后的一种必然的救正性反应，其代表是法国哲学家萨特（1905—1980）所强调的存在主义之人道主义性质[③]；而萨特的老师、德国哲学家海德格尔（1889—1976）早在1947年发表的《关于人道主义的信》中宣称：“语言是‘存在’的‘家’，在这个‘家’中居住着‘人’。”值得注意的是，海德格尔、萨特等人对现代性困境的反思，集中到对人的价值理性的肯定。他们在作这种论证时，不仅利用西方的人文主义资源，也借鉴东方（包括中国）的人文传统。这是当代勃兴的人文精神普世性的一种表现。

20世纪20年代至30年代，以吴宓（1894—1978）为主将的“学衡派”

① 见C.P. 斯诺《两种文化》，三联书店1994年版。

② 《白璧德中西人文教育谈·吴宓附识》，《学衡》1922年第3期。

③ 见萨特《存在主义是一种人道主义》和《辩证理性批判》。

服膺于白璧德的“以理节欲”，追求“合度之律”的新人文主义。近年中国出现的人文精神讨论，在多大程度上受到白璧德及“学衡派”新人文主义的影响，在多大程度上受到西方二战以来形成的上述后现代思潮的启示及影响，尚需作具体考察，但东西方现代人文精神彼此间的感应、推引是显而易见的。对于中国人而言，一旦迈开现代化步伐，便必然在领受现代化带来的历史性进步的同时，也开始面对其引发的弊端，遂有呼唤人文关怀的努力，以救治因狭隘的功利实用主义导致的文化失范。而先期进入这一过程的西方人的感受与思考，当然对中国人具有参考意义，这正是当代勃兴的人文精神普世性的又一种表现。不过，当下中国人思考人文问题的努力虽然尚处在初始阶段，甚至还没有找到确切的表述方式，却显示出现代中国人意识到科学主义与人文主义协调发展的必要性，故其内蕴是深长的，其前景必将是开阔的。

四

20 世纪 80 年代中期至 90 年代中期在中国人文学者间开展的这场讨论，以呼唤“人文精神”为中心命题。这里首先提出的一个问题便是，何谓“人文精神”？接下来才能讨论今日重提“人文精神”的时代针对性。

应当说，出现于当代中国人笔端、口头的“人文精神”，以及“人文主义”“人文思想”“人文传统”，是内涵丰富而规定性又并不确定的概念。其原因在于，作为中国古已有之的“人文”一词[①]，现代用作翻译西方文艺复兴的思想主潮 humanism 的基本词素，这样，“人文主义”就有了“西方的”与“中国的”两种含义。

英文 Humanism 一词是从德文 Humaismus 译来，该德语是德国一位教育家于 1808 年一次关于希腊罗马经典著作在中等教育的位置的辩论中，根据拉丁文词根 humanus 杜撰的。意大利文艺复兴时期把教古典语言和文字的先生叫 humanusa，源出 humanitas，意为人性修养，文艺复兴的开启者彼特拉克（1304—1374）在佛罗伦萨开设的古典教育课程 Studia humanitatis 包含人文学

---

① “诸经之首”的《周易》有“观乎天文，以察时变；观乎人文，以化成天下”的名句。其间的“人文”约指人类创造的文化，与成之天然的“天文”相对应。

的意义。[1]根据语源学考索，可以认为：中译为“人文主义”的英文 Humanism 一词一般被赋予四种含义——甲、人道主义；乙、人本主义；丙、欧洲文艺复兴时期的人文主义；丁、从拉丁或希腊古典文化研究推引出来的人文学科研究。丙、丁为原义，甲、乙是引申义。

今之西方人对文艺复兴时期的“人文主义”是如此界定的：

> 人文主义无非是讲授古典文学，但是，更为适当的提法是，凡重视人与上帝的关系、人的自由意志和人对自然界的优越性的态度，都是人文主义。从哲学方面讲，人文主义以人为衡量一切事物的标准。……人文主义从复古活动中获得启发，注重人对于真与善的追求。人文主义扬弃褊狭的哲学系统、宗教教条和抽象推理，重视人的价值。人文主义者虽然不断努力，要把基督教思想与古代世界的哲学相联系，但他们播下了宗教改革运动的种子。近年来人文主义一词常指强调个人价值而信仰上帝的思想体系。[2]

公元 14 世纪至 16 世纪，以复兴湮没千年之久的希腊、罗马古典文化为外观的“文艺复兴”运动，首先在意大利兴起，进而扩展到整个西欧。此前，欧洲曾发生过多次“文艺复兴”，如 8、9 世纪的加洛林文艺复兴，12 世纪的文艺复兴，而这次发生在中世纪末期的“文艺复兴”，具有文化转型意味，它反映了新兴市民阶层冲决封建罗网的要求，高张 humanism 旗帜，赞扬人的价值与尊严，倡导人权，以与中世纪君临一切的神权相抗衡；并在大学增设修辞学、哲学、天算学等世俗学科（即人文学科），从而对神学在大学里的绝对地位提出挑战；又针对教会宣示的禁欲主义，力主追求人的现世幸福，论证个人自由发展的合理性。综论之，反对以神为中心的经院哲学和禁欲主义的人性论与个人主义，构成了文艺复兴时期市民世界观的基础。[3]“文艺复兴”是欧洲走出中世纪、跨入近代社会的先声，而 humanism 则被视作欧洲近世文化精神的前奏曲。

---

① 见董乐山《“人文主义”溯源》，《文汇读书周报》1994 年 7 月 9 日。

② 《简明不列颠百科全书》第 6 卷，中国大百科全书出版社 1986 年版，第 761 页。

③ 见雅各布・布克哈特《意大利文艺复兴时期的文化》，商务印书馆 1983 年版。

黑格尔（1770—1831）的《历史哲学》在论及“中古时代”晚期的“古学研究”时，对“人文”作了这样的表述：

> “人文”这个字是富于意义的，因为在那些古学研究中，人类的东西和人类的文化受到了尊重。

这一论述揭示了文艺复兴及人文主义的真谛。

概言之，西方的“人文主义”，与中世纪的“神文主义”相对应，在人与上帝、人与自然的关系中，高扬人的意义，尤其强调个人价值，其思路上承希腊的古典民主和建立在原子论基础上的个性主义，下启 18 世纪启蒙运动的自由、平等、博爱和近世民主精神；同时又诱发享乐主义、物欲主义，以及因现世精神的扩张而导致终极关怀失落。继文艺复兴而起的宗教改革，其新教伦理以禁欲主义的节俭、勤业精神，号召人们在俗世创造财富以完成上帝交付的“天职”。[①] 新教伦理除有批判封建独断的旧教的意味之外，也包含着对人文主义走向现世享乐主义极端的一种救正。是否可以这样说：文艺复兴的人文主义和宗教改革的新教伦理，共同构造西方资本主义精神，为西方文化的现代转型奠定了观念基础。

至于中国的人文传统，则颇具“早熟性”。远在周代，与殷商时期的尊神重鬼思想相对应，“重人”“敬德”观念应运而生。先秦典籍所谓“惟人万物之灵”[②]，“人者，天地之德，阴阳之交，鬼神之会，五行之秀气也”[③]，便是中国式的人文精神的先期表述。后来汇合成中国文化主流的儒、法诸家，都以人间伦常、现实政治为务，“舍诸天运，征乎人文”[④]，成为中华文化的主要价值取向。

中国传统的人文精神与西方的人文主义的最大差异，在于对“人”的不同理解上。西方文艺复兴时期形成的人文主义以古希腊的原子论和雅典学派的人论为根据，强调人是具有理智、情感和意志的独立个体，并从人性论出发，要

---

① 见马克斯·韦伯《新教伦理与资本主义精神》，四川人民出版社 1986 年版。

② 《尚书·泰誓上》。

③ 《礼记·礼运》。

④ 《后汉书·公孙瓒传论》。

求个性解放，摆脱封建等级观念，发展个人的自由意志。而中国的人文传统旨趣，则重在“人文”与“天道”契合，虚置彼岸，执着此岸，伦理中心与经世倾向，“民本”与“尊君”构成一体之两翼，从“敬祖”衍出“重史”等。这些特色，早在先秦即已形成，又在此后两千余年间生发、拓展，且因且革。简而言之，中国的人文传统可作如下表述：

> 把人看成群体的分子，不是个体，而是角色，得出人是具有群体生存需要，有伦理道德自觉的互动个体的结论，并把仁爱、正义、宽容、和谐、义务、贡献之类纳入这种认识中，认为每个人都是他所属关系的派生物，他的命运同群体息息相关。这就是中国人文主义的人论。①

中国的人文传统渊深浩博，它展开于宇宙论、政治论、人生论、道德论、历史观等诸多领域，中华民族的思维特色，如经验理性、侧重伦常、民本思想、富于历史感、和而不同等，都与其相关。同时中国的人文传统既是“早熟”的，又是难以突破故道的，因此中国人文传统未能直接推引出近代精神，没有指向近代民主，却导致王权主义。②或者可以这样说，中国的人文传统导引出尊君主义和民本主义两翼，共同构成中国式的专制政体。直到 19 世纪中叶以后，在新的世界条件下，于现代转型过程中，中国人文传统方获得时代性变换的机遇，并成为中国现代精神的有机部分，成为吸纳、选择外来文化（包括西方人文主义）的主体意识的重要成分，又为现代西方哲人构建新的人文精神提供启示，爱因斯坦（1879—1955）、玻尔（1855—1962）、普利高津（1917—2003）、海德格尔、萨特已经从这些启示中获益，其后继者还将继续从中获益。

五

时至 20 世纪初叶，在“西学东渐”浪潮中，欧洲文艺复兴思想被介绍到

① 庞朴：《中国文明的人文精神（论纲）》，《光明日报》1986 年 1 月 6 日。

② 参见刘泽华《中国的人文思想与王权主义》，《中国传统文化的再估计——首届国际中国文化学术讨论会文集》，上海人民出版社 1987 年版。

中国，《国粹学报》屡称文艺复兴为“文学复古”；也有学者体悟到，文艺复兴在“复古”外观下包藏的“开新”深意，认识到历史的“进步又非为一直线”，“其像如一螺线”[①]，并以此比附清学，认为清初、清中叶、清末几次学术转折与文艺复兴相类似，均是“以复古为解放”[②]。但现代中国知识界何时由何人正式将文艺复兴的主流思想 humanism 译成“人文主义”，尚待考证。朱维铮先生在一篇文章[③]中提出一个值得注意的线索：胡適 1917 年从美国返回中国时，主张用“再生时代”翻译“文艺复兴”。1933 年胡適在美国芝加哥大学发表《中国的文艺复兴》一文论及五四新文化运动时说：

> 最后，非常可奇异的是，这场新的运动都是由那些懂得他们的文化遗产而且试图用新的现代历史批评和探索的方法来研究这个遗产的人来领导的。在这个意义上说，它也是一场人文主义运动。

由此推断，以“人文主义”翻译文艺复兴思想主流 humanism 当在 1917 年以后、1933 年以前，而且，这位译者是“懂得他们的文化遗产”的，具体而言，是懂得“人文”一词在中华元典里的本来含义的。

“人文”作为一个汉语词汇，最早出现于《周易》的贲卦的彖辞。贲卦（䷕下离上艮）讲本质与现象的关系，通过刚柔互相文饰的命题加以论证。其卦辞经文和彖传文字为：

> 贲：亨。小利有攸往。
>
> 《彖》曰：贲，亨。柔来而文刚，故亨。分，刚上而文柔。故“小利有攸往”。（刚柔交错，）天文也。文明以止，人文也。观乎天文，以察时变；观乎人文，以化成天下。

彖传通过天象和人事两方面论证刚柔互相文饰的关系。天的本质不可见，而日

---

① 梁启超：《新史学》，《饮冰室合集》，中华书局 1989 年版。

② 见梁启超《清代学术概论》《中国近三百年学术史》，《饮冰室合集》专集第 9 册，中华书局 1932 年版。

③ 见王晓明编《人文精神寻思录》，文汇出版社 1996 年版。

月一往一来，交互错杂，文饰于天上，通过这种现象就可以认识天的本质。就人而言，有质（思想品质）与文（文明礼仪）的关系问题，通过文明礼仪可以反映人的思想品质，故“文明以止，人文也”——人的文明礼仪能止其所当止，如君臣、父子、兄弟、夫妇、朋友间的关系，能守其礼仪上的分寸而不逾越，便达到了“人文”境界。象传用“观乎天文，以察时变；观乎人文，以化成天下”总结全句，意谓观察天文日月刚柔交错的现象，就能知道四时寒暑相代谢的规律；根据人的文明礼仪须各止其分的要求，就可以教化天下，使人人具备高尚的道德品质。吴澂对《周易·贲卦》的“文明为止，人文也”所做的注释为：“文明者，文采著明在人，五典之叙，五礼之秩，粲然有文，而安其所止，故曰人文也。”将“人文”诠释为以焕发的文采、粲然的典章制度使社会止其当止，而不是凭借威武之力去维持社会秩序。

综上所述，《周易》中首出的“人文”一词，意指人际间相互关系的准则，它的确立是仿效刚柔交错的“天文”的结果，却并非人格神的授意，同希伯来《旧约》中上帝耶和华向摩西宣示的神与人的约法大不一样。如果把《旧约》的法则称之“神文法则”，那么，《周易》的法则便是“人文法则”。自周代以降，中国便确立了与天道自然相贯通的人文传统，形成一种“尊天、远神、重人”的取向，并深刻影响着中国文化的性格。在“远神近人”，以人为本位这一点上，中国古已有之的人文传统与欧洲文艺复兴的主流思想有相通之处，故以“人文主义”翻译欧洲文艺复兴思潮 humanism 不无道理。然而，中国的人文传统是“早熟”的，远在文明时代初期的殷周交替之际（距今约 3000 年），周人便开始突破殷人的“尊神重鬼”，走向近人远神，“天视自我民视”的观念应运而生，至晚周更蔚然成风，《左传》《孟子》诸书阐扬的“天道远，人道迩”“民贵君轻”之类民本思想将中国式的人文精神发挥到极致。这与欧洲中古与近代交接点上兴起的人文主义在产生的历史背景和包含的内容上均有区隔，论者对此不可失察。

六

西方以强调个体价值为特征的人文传统，在现代化过程中曾经充分发挥其积极效应，同时又引发出若干弊端；中国强调社会人格的人文传统，缺乏自发走向现代的动力，却有可能在经过现代诠释以后，为克服某些现代病提供启示。因此，不能简单对西方人文传统或中国人文传统一味褒此贬彼，而只能将它们置于历史进程中加以具体分析，并试图在现代生活实践中探索二者统合的可能性。至于20世纪90年代文学界所呼唤的“人文精神”，是指西方式的强调个体独立的人文主义，还是中国式的强调社会人格的人文主义？或者是试图实现二者的统一：人既是独立的个体，又是群体的分子？当下参与“人文精神”讨论的各方似乎各有主张，但又都没有做出系统深入的阐发。这正表明讨论尚处于初始阶段。我们在90年代的谠议中通常见到是在“高扬人的价值”“重视精神文明”“关注终极追求”“坚持理性，反对迷信、盲从”诸点上对西方人文主义和中国人文传统的综合借鉴，以与“物欲横流”“道德滑坡”“文化失范”的“时弊”相抗衡。这也许是对当下社会亟待解决的问题的一种积极反应，当然应予肯定，但就严肃的学术讨论而言，尚有许多工作要做。

如果有关“人文精神”的讨论并非无的放矢、无病呻吟，而有着实实在在的社会驱动力存在，那么就应当将讨论引上健康的轨道：其一，具体研究现代化进程在人文领域，以及人文文化与科技文化相互关系、物质文明与精神文明相互关系上呈现的实际状态及引发的问题。有的论者归纳当下中国处于几个不同的人文参照系统的交叉点上：第一，中国士人的儒道互补的道统与操守；第二，中国民间社会的伦理规范；第三，五四以来的民主、科学的启蒙主义；第四，现代化造成的与世界接轨的愿望，对欧美式人文传统某些价值观念的认同；第五，共产主义社会理想对资本主义中违背人文传统的弊端的批判。这种分梳工作是有益的，但还需要深入下去，以厘清古今中西相交会的当下人文状态。其二，对讨论涉及的学术前史（包括所使用概念的演绎史）做必要的反顾，如此才能“接着讲”下去，否则有可能出现因讨论诸方使用同一概念而所包含的内容却风马牛不相及造成的笑话。例如，有论者立足“人文精神”以抨击时下的“物欲横流”，在义形于色之际，却很可能遭到驳诘：西方人文主义的代表作——薄伽丘（1313—1375）的《十日谈》在谴责中世纪教会的禁欲主义时，正面宣扬的恰恰是个人物欲的合理性。特别指出此点，并非反对倡导“人文关怀”和制约“物欲横流”，而是希望注意论说中的逻辑一致性，其前提便是清理所探讨论题的学术发展史，然后方有可能在比较坚实的基础上朝前跃动，做出创造性诠释，从而为解决现实问题提供真切可靠的思想资源。

元典——人文常青树 *

公元前6世纪前后的几百年间，亚欧大陆的几个独立发展起来的文明，不约而同地编纂出原创性典籍。例如，印度的《吠陀》《佛典》；中国的《诗》《书》《礼》《易》《论语》《孟子》《老子》《墨子》；希伯来的《旧约全书》《新约全书》；古希腊哲学家的论著（如柏拉图的《理想国》、亚里士多德的《形而上学》等）。笔者将这类典籍称之“元典”，含有“始典”“首典”“原典”“美典”“宝典”诸意蕴。元典作为如椽大笔的巨制，没有在时代的迁衍中暗淡、消弭，反而历时愈久而愈益光耀夺目，正所谓“青山不老，绿水长流”，其原因安在？本文拟从文化发生学和解释学角度试作回答。

一

如果把一个民族跨入文明门槛（以金属工具和文字发明与使用为标志）之前，称作该民族的“儿童时代”，把跨入文明门槛的初期称作“少年时代”（如中国的殷商时期，希腊的“荷马时代”），那么随着金属工具的普及，国家和城市的发展，较复杂的意识形态应运而生，该民族进入创造力空前旺盛的“青年时代”（如中国“郁郁乎文哉”的周代，特别是晚周；希腊的“群哲时代”）。而元典正是各文明民族“青年时代”的创作物。

就人的个体生命发展史而言，青年期（Adolescence 其词源于拉丁文 Adolescere，意为“生长”或“达到成熟”的时期）不仅是躯体生理成熟之时，而且是智慧发展的重要阶段和性格塑造的关键时期，对于人的一生，从世界

---

* 载《武汉大学学报（哲学社会科学版）》，1995年第1期。收入本集时略有修订。

观、性格到智力，都具有决定性意义。如果说，人们在儿童—少年期，感性认识占据优势，即或有体系性思考，也是“无意识”或“前意识”的，而青年期已首次具有较自觉的理论思考，开始注目于深刻而永久的主题，并洋溢着追求真理的蓬勃英气。儿童怀着好奇、惊讶的心态认识世界，少年带着激情、怀疑的心态认识世界，而青年则深受崇高理想鼓舞，义无反顾地去探索万物的奥秘。他们既保有异常的敏感，又具备思考和反省的能力，并且长于以“气吞全牛”的魄力去把握宇宙、社会、人生的宏大课题，进而做出自己的价值判断。与人的个体生命发展史的青年期颇相类似，各文明民族在其文化发展的“青年期”也有区别于此前、此后的独特性格和异乎寻常的创造。在这一时期，人们思考的深度已从第一序列进入第二序列，即不满足于对现实的直观反映，而开始对世界的本质和运动规律作深层次探索，并思考作为实践和思维主体的人类在茫茫时空中的地位，进而反思自处之道，首次系统地而不是零碎地、深刻地而不是肤浅地、辩证地而不是刻板地表达出对于宇宙、社会和人生的观察与思考，用典籍形式将该民族的“基本精神”或曰“元精神”加以定型。这种典籍便可以称之“文化元典”。

正如一个人的青年时代是禀赋、性格和世界观确立期，因而对其一生至关重要一样，一个民族“青年时代”的精神创造也有着特殊意义。这一时期涌现的文化元典凝结着该民族在以往历史进程中形成的集体经验，并将该民族的族类记忆和原始意象第一次上升到自觉意识和理论高度，从而规定着该民族的价值取向及思维方式；又通过该民族特有的象征符号（民族语言、民族文字及民族修辞体系）将这种民族的集体经验和文化心态物化成文字作品，通过特定的典籍形式使该民族文化的类型固定下来，并对其未来走向产生至远至深的影响。文化元典因其首创性、涵盖面的广阔性、思考的深邃性成为该民族垂范久远的指针和取之不尽的精神源泉。

二

元典的不朽性，与元典建立在现实基础上的超越性直接相关。

元典的不朽，主要并非因为元典讲述了一些具体知识（这些具体知识很可能早已陈旧过时），而是由于元典包藏的基本精神能够观照久远岁月。千百年间，人们依托这些基本精神，不断加以重新铸造、反复发挥，从而对相关民族的价值取向、行为方式、审美情趣、思维定式造成深远而又常新的影响，这是元典超越性的关键所在。这种超越性并非由神秘因子所造成，乃是由元典的基本特质所导致——元典的思想对宇宙、社会和人生的普遍性问题具有指导作用，而这些问题又是各个时代、各个地域的人们所始终关心的，也就是说，元典讨论的是不朽的主题。同时，元典在回答这些始终激动着、困扰着人类的普遍性问题时，所提供的是一种哲理式的原型，而并非实证性的结论；是一种开放性的框架，而并非封闭式的教条。这就使元典不致因内容和形式的时代局限沦为明日黄花，而以一种灵感之源，一再发挥启迪功能。《周易》《佛典》《圣经》《理想国》等东西方元典都具有上述特性。

元典能够成为后世取之不尽的启示渊薮，还与元典的内涵和外延拥有广阔的“不确定域”大有干系。这种“不确定域”使元典在历史进程中可以被人们不断做出新的诠释，以适应各个不同发展阶段的人们的特殊需要。诚如今人金岳霖所指出的：

> 中国哲学非常简洁，很不分明，观念彼此联结，因此它的暗示性几乎无边无涯。结果是千百年来人们不断地加以注解，加以诠释。①

金先生这番话揭示了中华元典在后世被赋予各种各样解释的奥秘所在。两千年前的司马迁也说过寓意类似的话：

> 居今之世，志古之道，所以自镜也，未必尽同。②

认为诠释包蕴在元典中的“古之道”，不过是各代人“自镜”（自己发现自己）的办法，元典的诠释是一个以今判古、推陈出新的过程，因而元典的诠释史就无限丰富多彩，而元典自身在这一过程中成为本民族甚至域外民族历史上一棵永不凋谢的“常青树”。

---

① 金岳霖：《中国哲学》，载《哲学研究》1985 年第 9 期。

② 见《史记》。

三

元典是历史作品，却能在后世不断获得现时代意义，一再为后人所用，成为千百年来人们精神生活中不可或缺的因素。中国人对“经”的解释，颇能表达元典的这种特殊功能：

> 经，径也，如径路无所不通，可常用也。[①]

元典的“常用”不衰这一现象，提出一个解释学的基本问题——一代又一代的人们能够“常用”元典，是因为元典文本确乎“放之四海而皆准”，适合千秋万代的需要，还是因为后人借助元典文本的躯壳，不断注入他们当下时代所要求的东西？或者说，人们在着手理解和解释元典文本时，是认定“文本”原来已经包含着独立于理解和解释之外的意蕴（可称之“本义”），还是“文本”的意蕴原是处于未定状态，只有经过人们的理解、解释和发挥（可称之“引申义”），其意蕴方得以确立和完成？

元典作为在特定的历史时代由若干特定作者群创制的“文本”，自然有着反映特定时代和特定作者群思维成果的具体内涵，也就是说，文本的“本义”是一种客观的历史存在。而对客观存在的文本本义的认识，不能脱离对文本的语言文字的真实把握，以及对文本所涉及的社会背景的具体了解。汉代经学家在这方面做过不少开创性工作，如刘歆提出“六书”是汉字造字法则，许慎（约 58—约 147）《说文解字》更吸收前人成果，成为一部汉字学的系统专著，为正确理解元典本义奠定基础，而郑玄（127—200）则遍注诸元典，从字音、字义的考究，到典章制度的追溯都下过深入功夫，故“郑学”在其发掘元典“本义”方面劳绩甚著。由于郑玄信奉谶纬，故他所发挥的元典“引申义”多不足为训。一千多年后，清代乾嘉学派承接汉儒，在发掘元典本义方面进行了更加浩大的工程，他们以文字学为基点，从训诂、音韵、典章制度、历史、地理、天文、历法研究入手，力求逼近元典本义的奥秘。这一派杰出代表戴

---

① 见《释名·释书契》。

震（1724—1777）说："经之至者道也，所以明道者其词也，所以成词者字也。由字而通其词，由词而通其道。"① 这是力求通过文字训诂开掘元典本义的一种努力。戴震还从自身治学经历出发，就把握元典本义的途径做出概括：

> 仆自十七岁时，有志闻道，谓非求之《六经》、孔、孟不得，非从事于字义、制度、名物，无由以通其语言。宋儒讥训诂之学，轻语言文字，是欲渡江而弃舟楫，欲登高而无阶梯也。②

这里讨论的是探求文本本义的方法问题。这种讨论的前提，当然是承认文本本义的客观存在。既然文本本义是客观存在的，阐释者的任务就是通过文本语言去开掘它、确认它。

文本除客观存在"本义"之外，在阅读者和解释者那里，还有一个理解问题，以及由不同的理解导致的不同解释和多样发挥。例如，《圣经》的《雅歌》无疑是爱情的颂歌。但是，它所表现的是谁对谁的爱？历来却有不同的解释。犹太人把它看作上帝对犹太民族之爱，并将其视为犹太民族的一部史诗，包括它的过去、现在与未来。然而，基督教徒却看不出《雅歌》的诗中有犹太史，而只看到基督对教会和个人灵魂的爱心。中世纪的经院学者则从《雅歌》中发现了"智慧之爱"，发现了知识分子对真理之爱。这便是同一文本在不同接受者那里产生不同理解的典型例证。美国哈佛大学比较宗教名誉教授史密斯说过一段颇有意味的话："篇章本身并不等于是圣典，也没有一个篇章会自行成为圣典。只有当一个篇章被看成圣典时，只有当某一民族或社团以一种特殊的方式看待它时，它才成为圣典。"③ 我们也可以说，元典文本最初也不具备特别的意蕴，只有当该民族以神圣待之，它才成为具有神圣意蕴的典籍。总之，元典丰富的意蕴是由文本自身含义和解释者在解释过程中共同造就的，而且，在很大程度上，是解释者不断"重铸"所赋予的。

---

① 戴震：《与是仲明论学书》。

② 戴震：《孟子字义疏证·与段若膺论理书》。

③ 见史密斯1989年5月在中国社会科学院世界宗教研究所座谈会上的发言：《圣典及其学术研究》。

四

元典的“不朽”，是在元典的阐释史中体现出来的，其机制既寓于文本的特质，又寓于文本丰富的内涵给阅读者、解释者、信奉者提供多方面的阐释路向，从而贴近各种不同时代人们的精神要求。而中华元典的重于诗学编码、疏于逻辑编码，更增加了其“不确定域”的广度和深度，导致日后阐释的“亡羊歧路”。董仲舒深悉此中奥妙，他指出：

> 《诗》无达诂，《易》无达占，《春秋》无达辞。①

宋人颇服膺此说，而明清之际的王夫之又有“诗无达志”②之说。“诗无达志”与“诗无达诂”分别揭示了元典本义多歧和阐释多歧这两个重要现象。“诗无达志”讲的是：由于作者内心世界的复杂多面，导致作品的思想情志的错综纷纭；“诗无达诂”讲的是：由于阅读者知识、经验、情志、心境的千差万别，导致对作品理解的林林总总。而作者与阅读者、文本本义与引申义的纷纭多歧，造成各种不同的元典阐释路向。

鲁迅在论及人们阅读《红楼梦》的不同感受时，说过一番颇富于解释学哲理的话：

> 《红楼梦》是中国许多人知道，至少，是知道这名目的书。谁是作者和读者姑且勿论，单是命意，就因读者的眼光而有种种：经学家看见《易》，道学家看见淫，才子看见缠绵，革命家看见排满，流言家看见宫闱秘事……③

这种“仁者见仁、智者见智”现象的出现，一是由于文本内涵的丰富性、多面性导致了广阔的“不确定域”，二是由于不同的接受者、解释者有不同的视

① 见《春秋繁露·精华》。

② 见《唐诗评选》卷四。

③ 鲁迅：《集外集拾遗补编·〈降洞花主〉小引》，载《鲁迅全集》第8卷，第145页。

角、不同的接受心态和阐发方向，因而对同一文本，可以有大不相同的理解和诠释。

各种解释学学派对文本的“本义”和“引申义”各有不同的侧重，由此推引出迥然相异的元典诠释路线。

五

在西方，古典的解释学主要用以诠释古希腊诗文（如《荷马史诗》）和希伯来《圣经》。这种解释学承认文本本义的存在，从而把解释的任务确定为通过语法上的阐释，又参照古代典籍所提供的有关背景材料，力图发现文本的本义，再现历史典籍的原有内蕴。当然，古希腊也有注重文本引申义的解释传统，如基督教的希腊教父克雷芒（约 150—约 215）认为，哲学是归向基督的预备，他继承并发展了亚历山大学派“寓意释经法”传统，主张《圣经》的字句后面隐伏着更深的含义，诠释者的任务便在于开掘这种含义，他的《杂记》等论著，都在《圣经》某一句子之后，引申出一大段“深意”来。

西方近代的诠释学理论大体承继并发展了上述两种诠释传统，但居优势地位的近代诠释学是沿袭后一传统的，这种诠释理论设想历史典籍的意蕴是流动未定的，诠释的任务在于使文本流动、模糊的意蕴通过解释明晰起来。

西方近代解释学开端于意大利哲学家维科（1688—1744）。他认为“真理与事实是可以改变的”，文本中使用的符号与概念，其规则与约定都是人造的，因而是任意的。19 世纪，西方解释学回复到把理解和解释视作一种“意义的重建”，也即再现文本的原意，达到文本与解释者、作者与读者间的沟通，这里强调的是解释的客观性。20 世纪崛起的现代解释学对文本意义的客观性又有新的认识。德国哲学家伽达默尔（1900—2002）创立的“哲学释义学”，认为人文科学与自然科学的对象和方法都有不同，自然科学的对象往往与解释者无内在联系，研究者可以客观地审视它，自然科学关心的是真；人文科学的对象直接同人的经验相联系，它关心的不仅是真，还有善与美，因而人文科学不能满足于自然科学的实证方法，还要有价值判断、审美判断；人文科学也不能局限于自然科学的客观考察，还要有主观的参与，对一个文本的解释，必须有阅读者、解释者的主观体验、想象的参与，才能实现意义的重建。

正因为对于文本本义的客观存在与否有着分歧的理解，随之而来的，就产生“解释一元”与“解释多元”的分野。肯定文本本义的客观存在，就认定解释只能是一元的，也即对文本本义的复归；认为文本本义不是一个简单的认识客体，其发掘必须伴之以阅读者的主观感受，这就对解释采取开放态度，承认多元解释的合理性。

中国虽然没有出现自觉的解释学理论及其学派，但实际上，自汉代以来，围绕对经典的诠释，产生过各种理论和学派，其影响最大者为汉学与宋学。大体言之，汉学是用训诂考据方法治经，注意发掘元典的“本义”，力求窥见元典内蕴的“本来面目”，这有些近似西方古典解释学和19世纪传统解释的追求；宋学在解释元典时不大讲求元典的本义，而着重开出“引申义”[①]，这又有些与维科的解释学理论与西方现代解释学的旨趣相类。出于对元典“本义”和“引申义”的不同侧重，形成汉代至清代两大元典诠释体系——汉学与宋学。汉、宋之争，除与各时代政争相关外，从学理层面而言，主要是由对元典本义客观性的确认与否，以及对元典引申义合理性的肯定与否造成的。

此外，在元典的汉学诠释体系内部，又有今文经学和古文经学两大流派。今文经学以元典为政治教科书，着重发挥经文的“微言大义”，也即更多地在“引申义”上下功夫；而古文经学以元典为历史文献，偏重于“名物训诂”，较用力于“本义”的开掘。

确认文本本义，追求文本本来面目的恢复，对阐释者来说是一种历史的、客观的工作，提供了元典研究的基础，可用“我注六经”概括之；而发挥元典引申义，对元典文本作新的价值评估和阐释者主观意图的申述，即陆九渊（1139—1193）所谓“六经皆我注脚”[②]，则是一种现实的、主观的工作，能使“元典之树”保持意义常青，可用“六经注我”概括之。“我注六经”与“六经注我”是两种极端之论。实际上，这两种努力应当是双向同构的，分则两伤，合则双美。较完善的元典阐释路径是：

> 各还他一个本来面目，然后评判各代各家各人的义理是非。不还他

① 宋学中的心学派对于元典的阐释抱有极端的看法，如陆九渊认为，对经书集注、章句与经书本义无关，不过是“好事者藻绘，以矜世取誉而已”（《象山全集》卷一四，《与侄孙濬》之三）。

② 见《象山全集》卷三四，《语录》。

们的本来面目，则多诬古人。不评判他们的是非，则多诬今人，但不先弄明白了他们的本来面目，我们决不配评判他们的是非。①

对于中国传统的两种元典诠释体系——汉学与宋学，清代开始进入综汇其长的阶段，有些学者认为不要限于汉、宋门户之见，而应使二者相得益彰，这便是“合汉宋”的元典诠释路线，即以训诂立足，开掘文本“本义”，又着意发挥文本“引申义”，并做出现时代的价值评判。纪昀在《四库全书总目提要》中，归纳汉代以降的“学凡六变”，最后总括道：

要其归宿，则不过汉学、宋学两家互为胜负。夫汉学具有根柢，讲学者以浅陋轻之，不足服汉儒也；宋学具有精微，读书者以空疏薄之，亦不足服宋儒也。消融门户之见，而各取所长，则私心祛而公理出，公理出而经义明矣。②

总之，元典作为历史文献，自有存在的客观内蕴。揭示这种客观存在的内蕴（即文本的“本义”）及其在原时代的价值，是一种“我注六经”的过程；元典作为后世反复研读、阐释的文本，又必然要不断注入一代又一代晚出的阅读者和解释者的感受和理解，不断被重新铸造，从而以更新了的精神被后人所利用，这又是一种“六经注我”的过程。而元典正是在人们反复地“我注六经”和“六经注我”的双向过程中，赢得历史典籍的客观地位和生活教科书的常青性。

六

元典既是历史的，又是不朽的；既属于过去，又属于现在和未来。诚如意大利哲学家、历史学家克罗齐（1866—1952）所说：“每一种真正的历史都是现代史”③，他又强调，在使用这一命题时，应当“排除一种似是而非的东

① 胡適：《〈国学季刊〉发刊宣言》，载《胡適文存》第2集第1卷。

② 见《四库全书总目提要》卷一，《经部总叙》。

③ 克罗齐：《历史和编年史》，《现代西方史学流派文选》，上海人民出版社1982年版，第334页。

西”[1]。克罗齐指出：

> 死亡的历史会复活，过去的历史会变成现在，这都是由于生命的发展要求他们的缘故。罗马人和希腊人躺在他们的坟墓里，直到文艺复兴时代，才被欧洲精神新的成熟所唤醒。文明的原始形式，那样粗糙，那样野蛮，躺在那里被人遗忘，或很少为人注意，甚或被人误解，一直要到欧洲精神的新阶段，即大家知道的浪漫主义或恢复运动才来“同情”它们——那就是说，承认它们作为自己现在特有的兴趣。就是这样，历史的伟大论著现在对我们说来是编年纪录，许多文献目前是默默无声，但是等到时来运转，生命的新的闪光又会从它们的身上掠过，它们又会重新侃侃而言。[2]

作为历史“编年纪录”的元典，其文本“本义”自文本诞生之日就客观地存在着，如同矿物藏埋在深山一样。在人们开掘它以前是“默默无声”的，但当人们出于现时代的需要，勘探它、采掘它（即发现文本“本义”），进而还要去冶炼它、加工它（即发挥文本“引申义”），元典就从寂寞的古董变得生机盎然、异彩焕发，并展示出全新的功能，“重新侃侃而言”。

七

元典是距今两三千年前的“轴心时代”的创作物，包藏着该民族在后世将要逐步演绎出来的各种精神性状的基元。但是，在某一特定历史时段，这种“全息性文化基元”究竟是哪些部分活跃起来，哪些部分却继续“沉睡”，则取决于某个特定时段的文化氛围和社会需求。同时，元典既然是先民的创造，是古代社会的观念产物，它所蕴藏着的“基元”能够在后世的某一时段苏醒过来，运作起来，并且发挥新的社会作用，必须仰赖后人的创造性转换。

在近代中国，首先是与近代社会运动相切近的那一部分元典精神苏醒并活跃起来。这便是——

---

①② 克罗齐：《历史和编年史》，第 334、344 ~ 345 页。

忧患意识；

变易—自强观念；

“汤武革命，顺天应人”思想；

华夷之辨，内华夏外夷狄的民族意识；

民为邦本的政治理念。

中华元典精神的上述成分切合了近代中国历史或某一时段的需要，而中国人在近代社会实践中又对上述古老观念加以转型与重铸，并与西学的某些对应部分接轨，使其如同火中凤凰，在涅槃中赢得全新的生命，构成在近代中国发生重大的影响的救亡思潮、更法—自强思潮、社会革命论、近代民族主义、近代民主主义。至于中华元典所贯穿的一天人、合知行、同真善、兼内外的融通精神，行健不息、生生不已的好勤乐生主义，人道亲亲的人文传统，以及德业双修观念、变化日新观念、社会改革意识、厚德载物的文化包容意识、不走极端的中庸精神等，经过现代社会实践的过滤式选择和创造性转换，无疑将为现代人克服撕裂主体与客体有机联系的“现代病”提供启示。

现代人求教于元典精神，当然不是要放弃文明，回归远古，去过“小国寡民”“刀耕火种”的原始生活，或像托尔斯泰那样，脱离喧嚣的城市，到农村去用木犁耕田，而是在“退却与重回”中获得民族原创性动力，赢得解救“现代文明病”的“精神处方”。这既是“以复古为解放”，也是探索用新见变化古典气质的“革故鼎新”之路。现代人在这一过程中将因获得灵感启示而有所受益，元典精神也将在新的诠释中赢得新的生命。现代化进程与元典精神的这种双向性辩证运作，有可能探寻出防范“文明悖论”的途径，使文明进步这柄“双刃剑”更多地发挥其利，而限制其弊端的蔓延。当然，文明进步既然是一柄“双刃剑”，人类要想只享其利，全然不受其害，也是一厢情愿的幻想，我们所能做到的只是：对弊害的自觉认识和有效控制，从而给中华文化的现代化过程创造较为健全的社会心态，规定较为稳健的前行步履。

《元典文化丛书》* 序

公元前6世纪前后的几百年间（即德国哲学家雅斯贝尔斯所称“轴心时代”），南亚的印度人、西亚的希伯来人、南欧的希腊人和东亚的中国人，在各自历经长时段的文明积淀之后，不约而同地达到文化史的一个临界点——人们已不满足于对现实的直观反映，而致力于对世界的本质和运动规律的探索，并思考作为实践与思维主体的人类在茫茫时空中的地位，开始形成深刻的而不是肤浅的、辩证的而不是刻板的关于宇宙、社会和人生的学说，并首次用完整的典籍将其记载下来，从而使得此前处于萌芽状态的、散漫的宗教、科学、文学、史学、哲学成就得以凝集、综汇和升华。这些第一次强有力地歌咏出诸文明民族“元精神”的为数有限的典籍，可以称之“文化元典”①。

如果说，《吠陀》和《佛典》是印度元典，《古圣书》是波斯元典，《理想国》《形而上学》等先哲论著是希腊元典，《圣经》是犹太及基督教元典，那么，在中华文化系统中，堪称“元典”的，首推《诗》《书》《礼》《易》《春秋》等“五经”。被儒家尊为经典的《论语》《孟子》《荀子》，被道家及道教奉为经典的《老子》《庄子》，被墨家视作圭臬的《墨子》，法家的集成之作《韩非子》，都享有“元典”之尊。此外，一些专科创始之作，如军事家鼻祖《孙子兵法》、医学宝典《黄帝内经》也可进入“元典”行列。

元典率先系统荟萃先民智慧，其思想富于原创性，其主题具有恒久性，因而元典有着立足于现实基础上的超越性，它们的思考指向宇宙、社会、人生等普遍性问题，在回答这些普遍性问题时，所提供的不止于实证性结论，更有哲理式原型；并非僵固式的教条，而是开放性的框架，有着广阔的“不确定域”，

* 《元典文化丛书》，李振宏主编，河南大学出版社1995年版。

① 关于“文化元典”的界说，详见拙著《中华元典精神》，上海人民出版社1994年版。

从而为历代阅读者和解释者保留了“具体化”和“重建”的无限空间，使之可以纵横驰骋，这便是所谓“诗无达诂，易无达占，春秋无达辞”（《春秋繁露·精华》），以至在两千余年间，元典常释常新。一部中华元典诠释史与整个中国文化史的进程相伴相依，互为表里。

历史的辩证法反复昭示：发展不是简单的生长和增进，它往往不一定呈直线式进步，而是通过一系列螺旋式圈层实现的。这样，“回复”便不总是重复往昔，而可能是一种上升的形式，是“唤醒”事物在其开端时即已蕴蓄着的可能性的一种形式。作为由具有自觉意识的人类创造的文化，也生动地展现着螺旋式的发展轨迹，如欧洲“文艺复兴”的崇尚古希腊、“宗教改革”的服膺《圣经》，便是对“元典精神”的发扬和再造，而欧洲文化正是在这种“回复”中赢得历史性进步的。这种向“文化元典”汲取灵感，获得前进基点的现象在中国也多次出现，著名的唐宋“古文运动”便是典型事例。考之以中国近现代思想文化史，这种“返本开新”“以复古为解放”，即回归元典精神以求新变的情形也俯拾即是。现代化是一个文化转轨过程，充满变异与新生，现代生活好比一台巨大过滤器，对往昔文化传统或放行，或阻遏，于弃取间行扬抑之道。近世中国人立足于文化转型和挽救民族危亡的社会实践，选择中华元典精神里的变通哲学、忧患意识、华夷之辨、革命观念和民本思想，并与外来西学的相关部分彼此激荡交融，从而锻造出在近世中国发挥巨大作用的社会变易论、社会救亡论、民族国家论、社会革命论和民主主义。可见，元典精神的选择性发扬和创造性转换，是近现代文化的题中应有之义。这一题旨，也是今人和后人所要反复探讨和力加实践的。

笔者从事元典研究多有年所，然困惑处不少，亟望友朋切磋。令人高兴的是，河南大学出版社推出《元典文化丛书》，这使笔者顿觉知音益友在侧，其欢欣鼓舞自不待言。该丛书采用笔者提出的“元典”概念，将先秦时期应运而生的一批文化元典逐部加以诠释，并阐扬其对中国历史、中国文化及中国民族性格的全方位影响，从而揭示今人精神之来源，民族文化之来龙去脉。这套丛书旨趣高远，而行文切实，为一雅俗共赏佳品。主事者李振宏先生今嘱余为之序，特撰上述，以谢盛意，并借此就教于丛书作者和读者诸君。

1994 年 8 月 21 日于武昌

发明发现——人文奇葩*

早年读鲁迅书，对一篇题为《拿破仑与隋那》的杂文留下深刻印象。有感于人们熟知并崇拜拿破仑、成吉思汗一类战功显赫者，却冷淡甚至无视牛痘接种发明人隋那（今译琴纳，1749—1823 年，英国医生），鲁迅愤然指出："杀人者在毁坏世界，救人者在修补它，而炮灰资格的诸公，却总在恭维杀人者。""这看法倘不改变，我想，世界是还要毁坏，人们也还要吃苦的。"[①] 这番激烈的说议，自然不能视作评价拿破仑等人的科学论断，因为在这些军事奇才"杀人""毁坏"背后，自有推动历史前进的功勋在。鲁迅夫子这篇短文别有一些警世意义：它犀利地针砭了一种不公正的现象——那些大有益于人类生存与发展的技术发明和科学发现，往往被人们享用却不为人们纪念，正所谓"百姓日用而不知"，以致昔之历史如梁任公所批评的："不过记述人间一二有权力者兴亡降替，虽名为国史，不过一人一家之谱牒。"[②] 此种旧史必须改弦更张，以"探索人间全体之运动进步"[③] 的新史取代之。而新史的基本内容之一，应是昭显推动人类"运动进步"的一系列科技发明和发现。这既是还历史以公道，更是为着让今人和后人铭记、效法、光大昔贤的创造。应当说，直至今日，在我们的书店、书摊、电视、电影中，翻来覆去铺陈的仍然多是帝王家谱、宫闱秘事、争权阴谋，而琴纳之类发明发现者依旧形末音微，难以引人注意。鲁迅夫子地下有灵，必当奋笔评析。不过，也有可以告慰夫子于九泉的消息。如，我们案头的洋洋 160 万言的《中华发明发现大典》，便是一部展现中华民族古往今来各项原创性文明成果的文本。翻阅此书，不禁为编纂者、出版

---

* 本文系周积明、张林川主编《中华发明发现大典》（武汉出版社 1996 年版）序言。

① 鲁迅：《且介亭杂文 · 拿破仑与隋那》。

②③ 梁启超：《新史学》，《饮冰室合集 · 文集》第四册，第九卷。

者识见的宏远、用力的切实而击节叹赏。

“发明”在中国旧籍本为阐发、彰明之意。而今日通用之“发明”，则指制成新事物，首获新方法，似可定义为——人们遵循客观规律，通过创造性思维和实践，创获新事物、新方法，这一过程及结果谓之发明。

“发现”在中国旧籍中含显现、展开之意。而今日通用之“发现”，则引申为对既成事物及规律的首次认知，似可定义为——本有的事物或规律，经探索、研究，始得知晓，这一过程及结果谓之发现。

人类区别于动物，在于动物凭本能生存，无发明、发现能力；而人类具有自觉理性，能够不断在社会实践中认识外部世界和人类自身的状态，并探索其运动规律，进而创制有利于人类生存和发展的器物及方法，逐步从必然王国通向自由王国。发明、发现是人类从自在状态升华到自为状态，成为“万物之灵”的一级又一级阶梯。

世界各地区、各国度的人类，都具有发明、发现能力，即使是18世纪欧洲人进入时还处在石器时代的大洋洲土著，也有“飞去来器”等令现代人叫绝的发明物。不过，发明、发现既然以“原创性”“首发性”为其基本属性，故从全球角度视之，某一时期的发明、发现，总是较多地集中在那一时期的先进民族、先进国度。当一个民族某一时期处在文化高势位，居于“文化源地”佳境，便理所当然地成为那一时期世界上发明、发现的主要发祥地；而当该民族丧失文化高势位，不再是“文化源地”，也就不可能继续拥有较多的发明、发现。例如，古希腊曾经贡献出赫拉克利特的逻各斯（思维、理性）、德谟克里特的原子论、欧几里得的几何学、阿基米德的杠杆定律，人类至今受其赐。这是因为，在轴心时代（公元前6世纪前后近千年间），希腊走在人类文明的前列。但是，当罗马兴起以后，尤其是日耳曼蛮族南侵以降，希腊堕入黑暗时期，便极少有发明、发现的光耀闪烁。

中国是世界文明古国之一，而且以文化的连续性著称。从轴心时代至16世纪的两三千年间，中国大体处在文化高势位，是世界上重要的“文化源地”之一。中国人保持着“原创性”特色，有气魄、有能力直面宇宙、社会、人生，做出探索性思考和实践，又吸纳异域英华，参校之、比勘之，因而其发明、发现层出不穷，如群星璀璨，蔚为壮观。秦汉以降，确立“大一统”帝国格局，有可能调动巨大的人力物力，发展与国家事业密切相关的天文历法、工程学、农学、医学等应用科学。在经验理性指导下的中华先民曾做出一系列辉煌的创造，其中“四大发明”更可谓震古烁今。17 世纪的英国哲学家、近代文化的奠基人弗兰西斯·培根说，印刷术、火药、指南针，“这三种东西曾改变了整个世界事物的面貌和状态，第一种在文学上，第二种在战争上，第三种在航海上，由此产生了无数的变化。这种变化是这样的大，以致没有一个帝国，没有一个教派，没有一个赫赫有名的人物，能比这三种机械发明在人类的事业中产生更大的力量和影响”①。除世人耳熟能详的“四大发明”外，中华先民还有多项发明走在世界前列，如公元前 4 世纪采用加磷脱硫的熔铁炉和铸锻法，比欧洲早 1800 年；公元 2 世纪初张衡创造了当时世界最先进的测定地震方向的地动仪，又著《浑天仪图注》；先秦即成书的《黄帝内经》描绘了人体 14 条经络循行线，经现代科学研究证明，完全符合实际，故有人称其为中国的“第五大发明”。诸如此类的创造，还可以列举数百项。

就科学发现而言，中华先民也有许多令人惊叹的洞见。先秦时人惠施说：“一尺之棰，日取其半，万世不竭”②，揭示出事物的无限可分性。在无精密实验仪器的古代，能做出此种天才论断，凭借的是发现事物底蕴的洞察力和想象力，这是掌握了强大的工具理性的今人应当虚心向古人学习的所在。又如宋人沈括通过对晋东南贝壳化石的观察，推断太行山麓昔时曾为海滨，并进而设想太行山以东的华北平原“皆浊泥所湮耳”③。这一论断已为现代地质史学证明其正确，是中国先哲极富睿智的发现。

发明、发现作为一种创造性思维、探索性实践的产物，其运作机制的要领是从实际出发，不盲从习惯势力和传统定见，勇于并善于思索，勇于并善于实践。古希腊圣哲亚里士多德曾断言，重物比轻物降落得快，此论在欧洲中世纪被视作不容怀疑的真理，而伽利略则以实验证明，轻物与重物的落体速度同等。中国古来认为，长江源头是岷江，地理学经典《禹贡》早有“岷山导江”之说，而明代地理学家徐霞客却不囿图经志籍陈陈相因的结论，他在“问奇于名山大川”的探险生涯中发现，“推江源者，必当以金沙为首”④，这便

① 转引自李约瑟《中国科学技术史》第 1 卷第 1 分册，第 42 ~ 43 页。

② 《庄子·天下》。

③ 见沈括《梦溪笔谈》卷二四。

④ 徐霞客：《溯江纪源》。

是长江源头为金沙江的重要地理学发现。他还纠正《明统志》等官修志书对西南地区几条南北走向江河的混乱记述，指出元江、澜沧江、潞江（怒江）均独流入海，澜沧江并未东入元江，潞江亦非澜沧江支流。伽利略、徐霞客不盲从权威定说，不“承袭附会”传统习见，而努力“在实践中证明自己思维的真理性”[①]，这是中外古今发明、发现的枢机奥秘所在。

发明、发现是一个历史过程，许多重要发明往往都经过多个人、长时段的创造和再创造，方渐臻成熟。例如，造纸术的发明权一般都归之东汉宦官蔡伦，此说不差，但造纸术的源头还可上溯到西汉用大麻纤维制造的灞桥纸。印刷术先有隋唐的雕版印刷术，后有北宋工匠毕昇发明陶活字印刷术，朝鲜人又创造铜活字，进而首创铅活字。纺织机在英国的发明过程，经过了机械工凯伊1733年发明飞梭，1764年织工哈格里夫斯发明珍妮纺织机，1767年理发师阿克莱发明水力纺纱机，1779年工人克伦普顿发明骡机，1875年牧师卡特莱特发明水力织布机等阶段。被恩格斯称作“第一个真正国际的发明”的蒸汽机，其构想可上溯到公元前2世纪的古希腊，至工业革命前夕，英国工程师塞维利于1698年制造出活塞式蒸汽机，1705年，铁匠纽可门制成第一个较有实用性的蒸汽机，1764年，瓦特在修理纽可门式蒸汽机的教学模型时，找到提高蒸汽机效率的途径，终于在1769年成功创制新型蒸汽机。

科学发现同样是一个前后相因的链条，尤其是那些重大的突破性发现，往往都要仰赖长期的思想积淀。如关于生物进化的观念，公元前6世纪的古希腊哲人阿那克西曼德便有“人由鱼变成”的假说，中国古人也早有化生进化说，庄子更发出“青宁（竹根虫）生程（豹或獏），程生马，马生人”[②]之奇想。至19世纪中叶，达尔文在《物种起源》中提出“物种不是不变的”，“人类的起源和他的历史将会得到阐明”。稍后，赫胥黎在《人类在自然界的位置》把进化论运用到人类起源的研究上，首次提出“人猿同祖”说。此后，达尔文又发表《人类起源和性的选择》，用解剖学材料说明人类与高等哺乳类在构造上的相似性，用胚胎学材料说明人与动物，特别是高等哺乳类在个体发育上的基本相同。由此得到结论：人和现代猿有共同祖先，人是由已经绝灭的古猿进化

---

① 马克思：《关于费尔巴哈的提纲》。

② 《庄子·至乐》。

而来的。可见，人类由动物进化而来的科学发现，经历了从古代哲人的天才猜想到近代科学家实证研究的漫长过程。人类文明史上许多重大发明、发现，是在多世代成自众手的，当然，此间一二关键性的发明者和发现者功不可没。

在发明、发现史上还有一种有趣现象：那些历尽千辛万苦、始有创获的人们，却不知道自己的所获是一种崭新的发明、发现。例如，元初来华的意大利人马可·波罗，以及明代中叶来华的方济各会传教士曾向欧洲人详细介绍东方大国 Catnay（震旦或契丹），但马可·波罗和方济各会传教士并不知道他们所到达的就是“中国”。直到明代万历年间，意大利耶稣会士利玛窦到北京定居，在四夷馆与来自西域的穆斯林相处，才知道昔日马可·波罗到达的“契丹”即为中国。与此相类似，哥伦布航行大西洋，抵达中美洲列岛，但哥伦布至死一直以为这便是印度。后来，亚美利哥证实哥伦布所抵处并非印度，乃是新大陆，这片新大陆故而以亚美利哥命名“亚美利加洲”。我今戏言之：如果当年哥伦布抵达中美洲诸岛，经考察，发现这是一片新大陆，也许“美洲”便称“哥洲”了。不过，哥伦布毕竟是旧大陆首航美洲的代表，后人并没有把新大陆的发现权转移给亚美利哥。历史对发明、发现者毕竟是公正的。

作为最富于创造性特色的人文成果，发明、发现当然有赖个人天才，却又不能简单归结为个别“天纵之英”的灵机一动。究其根本，发明、发现都是时代的产儿、社会的产儿，是由某一特定历史时期的生产力条件、社会生活要求和文化传统孕育而成的。造纸术发明于经籍盛传的两汉，《天工开物》中一系列工艺成就集结于古典手工业达于高峰的明末，蒸汽机定型于产业革命前夕的英国，美洲大陆发现于 15、16 世纪之交，进化论提出于 19 世纪，都绝非偶然。这些发明、发现产生于某一特定时期，而不是此前、此后，雄辩地说明，社会一旦有了要求，必然诱使有关发明、发现应运而生。这样说，绝不是抹杀蔡伦、宋应星、瓦特、哥伦布、达尔文艰苦卓绝的努力和独步天下的功勋，而是要指出：那些英俊人物从事发明、发现的条件、动力乃至灵感源泉，都是时代所赐。而发明、发现一旦降生，便不再是藏之深山的个人私产，而是利在人类的公器，成为时代进步的有力杠杆和最高意义上的革命力量。总之，发明、发现既是天才们的创造，也是时代所孕育，人类所共有、共享的文明成就。

发明、发现是一种民族的人文创造，又是可以传播、分享、学习和继承的，是天下之公器。中华民族的发明、发现，已经成为并继续成为全人类的共同财富，前述“四大发明”曾推动欧洲以至世界的近代化进程；中国人创立的“二进制”与莱布尼茨相应证，有助于西方数学的发展，并成为现代计算机编制程序的基本原理；中国的经络学、气功、针灸时下正惠及世界。同时，其他民族的发明、发现也使中国人受益良多。古代如此，近现代尤其如此。由于现代化运动是从南欧肇始、西欧完成的，自 16 世纪以来，西方居于文化高势位，成为新的“文化源地”，近现代的世界性发明、发现多由西方人做出。如果说，古代中国是发明、发现的“出超国”，而近现代中国是发明、发现的“入超国”，这一点是毋庸讳言的。然而，近现代中国人并没有丧失创造活力，他们一方面广为吸收先进的西方文化成就，另一方面又力求超胜，在发明、发现的竞技场上争取上游。詹天佑之于铁道工程、侯德榜之于化学、李四光之于地质学、竺可桢之于气象学、华罗庚之于数学，都有第一流的发明、发现。中华人民共和国建立后的近半个世纪间，中国人的发明、发现更引人注目，包括高科技领域，中国人已经显示，并将进一步显示巨大的创造活力。可以预期，曾经对人类贡献过“四大发明”的聪慧的中国人，在赢得新生产力的滋润、科学思维的普照之际，一定可以重振雄风，再创辉煌，在世界性的发明、发现的屏幕印上一个又一个中国人的名字！

（本文《武汉大学学报（哲学社会科学版）》1996 年第 1 期发表）

“天教”——与饶宗颐先生晤谈一题

1989年春天，余赴香港中文大学讲学，行前，武汉大学石泉教授让我带一封信给他的老朋友——中大教授饶宗颐，这便成了我在香港拜谒饶宗颐先生的引子。在中文大学某会议室初见饶先生，递呈石先生信，当时在场人众，未能与饶先生交谈。几天后，极讲礼数的饶先生偕其助手，在中文大学附近的一座茶楼与余正式晤面。

那时的饶先生行年七十二，精神矍铄，谈锋甚健，记得曾议及王国维先生的甲骨学和《殷周制度论》《古史新证》，饶先生获悉我父亲是王先生执教清华国学院时的弟子，连称“天瑜家学深远”。以下我们的漫议转入中国人的宗教信仰，余依惯常之说，讲到欧洲人信仰基督教、中东则普被伊斯兰教，而中国虽有自生之道教、西来之佛教及种种民间信仰，却没有流行全民的宗教。饶先生思索片刻，微微笑道：“其实中国也有普被全社会的宗教信仰，然百姓日用而不知。”余请问其详。饶先生慢慢道来：“自先秦以下，中国人雅俗两层面都有一个最高信仰，这便是‘天’，如果要给中国人普遍信奉的宗教给定名称，可以叫‘天教’。”饶先生此言一出，余茅塞顿开，立即联想起自殷周以降的“敬天法祖”观念，以及广被民间的崇天意识，国人每发感慨，必曰“天呐”。饶先生还举出金文中“受天有大命”之类例子，论及崇信“天”及“天命”，由来有自，且传承不辍。我们谈兴正浓，饶先生的助手低声提醒：下面还有早已预订的事项。于是我们只得暂停晤谈，而饶先生欲罢不能，与我相约下次再议。

饶先生与我的第三次会面，在一个多月之后，已是我离开香港的前夕，好像是在新界一家面朝海湾的咖啡馆进行的。话题还是“天教”，所议涉及古今，又比较中外，讨论渐次深入。交谈间，余回忆起1964年前后，誊抄先父书稿

《商周史》第七编《周之制度及文化》，内有一章讲“周人之宗教思想”，言及周人崇天，并举大量周金文（《大盂鼎》《大克鼎》《毛公鼎》《宗周钟》《叔夷钟》等）证之。记得父亲认为中国人崇天，“无时无之，无地无之”。那时我年届二十，不懂其中深意。在香港记起先父所论，与饶先生的“天教”说颇为切近。饶先生闻之甚喜，连称“吾与前贤同识，幸哉幸哉！”快议之余，饶先生建议我沿着父辈论说，就“天教”问题作文告世，余欣然应承。

饶先生渊源有自的“天教”说切关宏旨，是打开中国人的宇宙观、信仰观、宗教观迷局的锁钥。后来我在拙著《中华元典精神》等篇什中论及：中国文化的一大特色，是“循天道、尚人文”，其文化主流并未将神格推向极致，从而与鬼神论保持距离，也不至于陷入某种宗教迷狂（如欧洲中世纪那样）。“天道”和“自然”是中国人文精神的底蕴。当然，中国人的尊天信仰，并未发展成如基督教、佛教、伊斯兰教那样的有至上神（如上帝、佛、真主）、有宗教经典（如《圣经》《佛典》《古兰经》）的高级宗教，而呈现较散漫的自在状态，但对“天”的崇信则是普遍与持久的。中国人信仰的“天”，既是自然之天，亦是神明之天，宇宙、社会、人生由其主宰。自古以来，中国人的信仰甚众，然普遍信仰的是“天道生机主义”，它没有把中国人引向有组织的宗教，而是结成一种富于韧性的文化统系。尝谓中国文化传承不辍，在相当的意义上，是指国人对“天道自然”的笃信与坚持。以上对“天教”说的阐述，只是浅尝之论，未必全然符合饶先生意旨。余一直将“天教”说作为日后深研的一个文化史、宗教史题目，然学识所限，加之近年疾病缠身，似难对“天教”作深入探究，遗憾之余，切盼青年学人实现饶先生的寄望。

1999 年 10 月，饶先生来武汉大学参加“郭店楚简国际学术研讨会”，我们重晤珞珈山庄，因时间匆促，又另有主题，未及再议“天教”。饶先生当时题写《水龙吟》一首赠送武大中国文化研究院（中国传统文化研究中心之前身），内含“天教”说意旨。2001 年，余编先父冯永轩收藏的书画，特请饶先生题写书名，饶先生很快托赴香港讲学的武汉大学陈国灿教授带来苍劲的魏碑体书法——

近代名人墨迹　冯永轩收藏

辛巳　选堂题

盖白文名章“饶宗颐印”。

饶先生今已百岁高龄，堪称学界老寿星，然其学术研究和艺术创作仍精进不已，正所谓“天行健，君子以自强不息”。饶先生提出的“天教”说，揭示了“天道生机主义”要旨，这是对中国文化史研究的一项贡献，有待后来人追迹深研。

"科技—人文"两种文化协调发展 *

人类创造的文化，包括科技文化和人文文化两大部类[①]，它们分别发展着工具理性和价值理性。如何认识和处理两种文化的相互关系，成为人类长期思索的问题。时至当下，这一问题更具有尖锐的挑战性。

一

19 世纪自然科学的三大发现——能量转化与能量守恒定律、生物进化论、细胞学说的发现，使这个 100 年被人们称之"科学的世纪"。然而，与之相较，刚与我们拱手揖别的 20 世纪，更是一个科技昌明的世纪。

20 世纪自然科学的四大成就——改变传统时空观念的狭义相对论和广义相对论，勾勒微观物理实在的原子结构与基本粒子发现和量子力学建立，电子计算机发明和揭示信息本质的信息论及控制论、系统论创立，揭示生命起源及演化本质的分子生物学建立，特别是遗传物质核酸的分子结构和遗传密码发现，标志着超越牛顿力学体系的新科技革命正在向纵深发展。其中电子计算机的发明和日益广泛的使用，将人造工具从过去只是人手的延长与扩展，发展为人脑的模拟、加速与放大。人机系统成为新的认识主体，从而大大提高了人的认识能力，使认识的效率和水平达到空前高度，其影响已经超越科技层面，而渗入社会生活各个领域，诸如经营管理、设计试验、信息检索、教学、科研、家政管理、新闻资讯等都大量使用电脑，展示出以人工智能为代表的新兴科技

---

* 2007 年 5 月在"深圳市民大讲堂"报告。

① 德国哲学家、新康德主义者 H. 李凯尔特将这两种文化命名为"自然科学"和"文化科学"。见 H. 李凯尔特 1899 年著《文化科学和自然科学》，中文版 1986 年商务印书馆出版。

无比恢宏的发展前景。

科学技术作为最富革命性格的生产力，创造着巨大的物质财富，为人类提供日益众多的方便与享受。正是科学技术的伟力及其给人类带来的福祉，使人们自觉不自觉地产生一种对科学技术的“崇拜”。19 世纪以降，20 世纪更甚，有些人把科学技术视作全知、全能、全在的救世主，以为所有难题，包括精神、价值、自由都可以经由科学技术获得完满解决。我们把这种思维定式称之“科技万能论”。在此论笼罩下，人文文化往往被虚置、取代，导致科技文化与人文文化这“两种文化”的失衡。

更有甚者，在科技文化内部，当工具理性的实用性、应用性强调到极端之后，出现技术压倒科学的倾向，科学的怀疑精神、超功利的求真精神（亚里士多德说希腊人并非因为实用，而是出于好奇方求知，正是此种精神的“元典式”表达），被纯功利的技术至上所淹没，以至人成为机器的部件，成为自己创造的工具系统的奴隶，人全然机械化、程式化了，陷入卓别林的《摩登时代》以喜剧手法表现的那种悲剧。与此相关联的，则是教育模糊了培养全面发展的人这一高远目标，陷入短视的功利主义泥淖，随之而来的便是应试教育盛行，以及教育方法上的机械化倾向。科技文化内部这种一味夸大可操作技术的倾向，使“科技万能论”走向更为偏颇的“技术万能论”。处在世纪之交的人类，应当对此做出反省，以寻求较为健全的发展之道。

二

“科技万能论”的基本信念是，所有的实在都在自然秩序之内，运用科学方法、技术手段不仅可以解决物理的、化学的、生物的问题，而且可以解决社会的、心理的乃至价值层面的诸多问题。这里所谓的“科学方法”，概略言之，有以下四个基本原则，一是**经验原则**，即通过观察、实验获得验证方可确信的原则；二是**数量原则**，即运用精确测量的数学方法达成对事物定量分析的原则；三是**科学的机械性原则**，即因果关系可用抽象的普遍规则或方程式加以推导的原则；四是**通过科学发展达成进步的原则**，又可称之科学的乐观原则。这四项原则在自然科学中屡试不爽，在许多社会活动（如工商业管理）中也行之有效。于是，有些人将其扩而大之，以为是“放之四海而皆准”的追求知识和真理的唯一途径。

由于科学方法四原则是从研究自然界（尤其是物理世界）中抽象出来的一种“物质化”方法，或“非人格化”方法，其应用的有效范围并非无限。以数量原则而论，“在用来处置物理学或无机化学等非生物界的现象时，获得了最大的成功，这不是单纯的偶然事情。这个方法用于生命体，比如有机化学或生物学等时，其成功率就降低了。再进一步，在精神中的意识层，即认识论和伦理学等领域中，成功率就更低了”①。涉及由人类的意识活动组成的人文领域，自然科学的方法论原则虽然仍有某些使用价值，却绝非万能，因为人类的情感、意志、审美等意识层面问题，不一定能够通过实证和量化处理等“物质化”方法、“非人格化”方法获得结论，而需要感受、体验乃至直觉、顿悟发挥作用，需要某种“人格化”的观照。用池田大作的语言来说，“科学之眼”自有其限定性，因为“科学的思维法产生了轻视生命的倾向，容易忽视活生生的人的真实风貌”②。这种将人类“符号化”“数学公式化”的方法，显然不足以解决人的精神领域的各种问题，而有赖于人文的思想及方法的补充与矫正。

在20世纪的中国，科学技术虽有长足进展，但距离世界先进水平尚远，因而科学技术需要快马加鞭，大力强化。前述科学方法诸原则，特别是通过观察、实验获得验证方可确信的原则，运用精确测量的数学方法达成对事物定量分析的原则，应当在其适用范围内实行，以克服传统思维的随意性、模糊性。这是中国文化，尤其是中国思维方式现代化所必需的，对此不应犹疑。然而，我们也要清醒地认识到，在科技并不发达的中国，“科技万能论”“唯科学主义”却有相当广泛的影响，在社会决策层和社会管理层尤其显著。这在很大程度上是因为多数人，包括其决策者、管理者尚未自觉意识到人文文化的不可取代性，以为科学技术的方法论原则能够解决一切问题，由此自觉不自觉地产生的科技文化掩盖人文文化的倾向，在当下中国并不亚于发达国家，甚至有驾而上之的趋势。中国现今各级官员绝大多数选自科技人员（主要是技术人员），便是一种表征；在实际工作中，物质文明建设“一手硬”，精神文明建设“一手软”的情形，虽然被人们一再批评，却难以得到有效的改善，是又一表征。因此，在世纪之交的中国讨论两种文化协调发展，大概

---

①② 参见《展望二十一世纪——汤因比与池田大作对话录》，国际文化出版公司1985年版，第90、91～93页。

不是无的放矢，无病呻吟。

三

科学技术固然拥有强大力量，却绝非万能，在人类必须应付的纷繁错综的多层次课题面前，科技文化存在若干盲点，需要人文文化去观照。这首先表现在，对人类的生命意义而言，科学技术是“价值中立”的，因此，科学技术的健康走向，有赖于人文精神的指引。

英国科学家兼作家C.P.斯诺在阐述两种文化关系时指出：“技术具有两面性：行善和威慑。在全部历史中它都给我们带来了福和祸。”[①] 科技成果“致祸”还是“造福”，并不由科技本身决定，而是由社会的人决定，由人文因素决定。

原子能的释放，可以发电、医疗，也可以大规模杀伤人类，乃至毁灭我们赖以生存的唯一星球。而原子能的“致祸”或者“造福”，就科学技术自身而言，“非所计也”。前述科学四原则只推进原子能技术的发展，并不左右原子能技术为何种目标服务。当然，科技是价值中立的，作为社会人的科学家却不一定是价值中立的。二战期间爱因斯坦力劝美国总统罗斯福抢在纳粹德国之前研制原子弹，便是从人类正义出发的价值抉择；当原子弹研究成功后，爱因斯坦又与“原子弹之父”奥本哈默联袂反对使用原子弹，也是从人类良知和社会责任感出发的。支配爱因斯坦等科学家上述行动的，并非科学原则，而是人文关切。

反之，当科学技术被邪恶势力所操纵，必然为害众生，造孽人类。

日本军国主义的“731”细菌部队以生物学和医学成果杀害和平居民，为侵略战争服务；纳粹德国在奥斯威辛集中营运用机械学、化学的现代技术大规模消灭犹太人和苏军战俘，是科学技术演为罪恶之力的典型例证。当下的例子，则有日本奥姆真理教，由一批有化学博士、硕士学位的信徒研制出被称之“沙林”的毒气，施放于东京地铁，造成3800人伤亡；按照其计划，还有更大规模的杀害居民的行动。奥姆真理教的狂行使人们惊呼——日本社会怎么了？日本的宗教社团怎么了？再举一个不那么极端的事例：当医学进步未能在

---

① C.P.斯诺：《两种文化》，纪树立译，三联书店1994年版，第4页。

减少死亡率和减少出生率两者间取得平衡时，医学的进步带来人口剧增的严重后果。近百年来，印度尼西亚爪哇岛、南亚孟加拉、非洲的尼日利亚，近半个世纪的中国，都因普及医疗而导致人口剧增，这是科技文化所始料未及的。面对人口膨胀，资源有限的世界不堪重负，于是各国竞相提出计划生育方案并付诸实施，这其间当然要广为应用科技手段以避孕、节育，但归根到底，却是人文关怀和社会科学提供的理念，促成了计划生育事业的普世性发展。

科技文化的“价值中立”引发一种始料未及的结果：现代科技在创造巨大能力的同时，导致人与自然的严重对立。地球本是人类唯一的生活园地，但现代科技把大地变成征服对象、原料索取处，一切自然事物都被纳入以人为中心的技术生产系统。如果听任科技巨人能力对自然无限度地掠夺、榨取，人类必将在不久的未来耗尽地球的资源，破坏其生态系统，人类便可能成为地球上产生的数以千万计的物种中，唯一的一个有力量毁灭地球的物种。对人类自己创造的科技文化的无节制性危险的认识，来源于人文文化，来源于人类的人文关怀。中国古代哲人老子对文明悖论的深刻抉发，已陈论于先；德国现代哲学家海德格尔吁请人类恢复对大地的本来认识——大地是万物之母，是神圣的；英国现代历史学家汤因比将其晚年著作命名为《人类与大地母亲》，则陈论于后。东西方哲人都是从深切的人文关怀出发，对工具理性可能导致的文明悖论提出警告。这种警告在科学技术空前强大的当代已具有极大的现实紧迫性，而决不能再视作危言耸听。

总之，科学技术是“价值中立”的，只有依赖人文关怀，方能确定其造福人类于久远的健康方向。诚如汤因比所指出的：

> 科学对伦理来说，属于中立的一种智力工作。所以，科学不断发达究竟会带来怎样的结果，若用伦理上善恶的概念来说，就在于科学是被善用还是被恶用。科学所造成的各种恶果，不能用科学本身来根治。[①]

既然科技文化不能克服自身的弊端，因而那种以为科技进步便会自然而然导致精神进步的设想，也是不切实际的乌托邦。只有科技文化与人文文化的协

---

① 《展望二十一世纪——汤因比与池田大作对话录》，国际文化出版公司 1985 年版，第 39 页。

调发展，才能形成物质财富与精神财富的共同进步。

四

科技文化并非万能，需要人文文化弥补的又一原因是，科学技术可以提供日益强大、有效的工具理性，却不能满足人类对于政治理念、伦理规范和终极关怀等层面的需要，总之，无法提供人类区别于禽兽的“价值理性”。而现代人类所面临的诸多困扰，往往发生在“价值理性”管辖的领地，发生在“意义危机”的频频袭来。

当下人类正患着的“现代病”，其症状林林总总，重要表现之一，便是工具理性愈益强大，而不少人精神上却无所皈依，在滚滚红尘中泯灭了灵性，以至正义感、使命感、公德心、自尊心低落，有些人富贵则淫、贫贱则移、威武则屈。一般系统论创始人冯·贝塔朗菲指出：“简而言之，我们已经征服了世界，但是却在征途中的某个地方失去了灵魂。”[①] 现代科学技术创造的电脑，与国际象棋世界冠军卡尔波夫对垒，互有胜负。可以预期，电脑的国际象棋棋艺将会战胜人中之杰。但电脑的能力再强，也无法克服人类的“意义危机”。因为在这里起作用的是心灵、情感，工具理性没有用武之地。

张灏把中国人走向现代化过程中的“意义危机”概括为三个层面的“精神迷失”——第一是“道德迷失”。古代中国以忠孝仁义等儒家伦理为道德规范，与其时的农业—宗法社会相契合，故行之有效，而现今社会经济基础已经改变，旧道德失范，新道德又未能及时建立，出现某种“道德真空”局面。第二是“存在迷失”。即人的存在价值失落，古代“内圣外王”的人生境界已被认为不合时宜，而新的安身立命的存在意义又无所寻求。第三是“形上迷失”。古代的形上之道与形下之器彼此契合，是二而一的两个方面，但近代中国只是单方面吸收西方的“形下之器”（科技），西方的“形上之道”，如终极关怀、人道精神等被忽视，甚至被拒斥，而中国固有的“形上之道”又未得到应有的继承的现代改造，于是陷入一种形上资源贫乏的境地。

“道德迷失”是当下人们普遍关注的问题。这里首先有一个对于现代化过

① 冯·贝塔朗菲：《人的系统观》，华夏出版社 1989 年版，第 19 页。

程中社会道德状况的基本估量，也即道德究竟是在“爬坡”还是在“滑坡”？我以为，单一的“爬坡”说与单一的“滑坡”说都失之偏颇。

市场经济、价值法则是天生的平等派，其发展已经造成并必将继续诱发具有理性及民主精神的新道德的成长，诸如以契约关系取代人身依附关系，对效率及效益的追求，公平竞争原则的推广，自由创造日渐成为人生运作方式，等等，这一切都在今日社会生发滋长，虽然还不够强劲有力，却展现着道德爬坡的光明前景。

然而，工业文明是一种偏重物质的文明，市场经济是以利益为中心的系统，它不知疲倦地刺激人们追求利益。而当利益原则无限制地渗透到人的意义世界，就会造成道德失范，“一切向钱看”的“孔方兄崇拜”必然蔓延，加上法治不健全，社会规范不完善，“假冒伪劣”及其他各种犯罪行为也必然甚嚣尘上。其疗治方法，除强化法治之外，还必须求诸人文文化的理智启迪、情感诱化。

反观今日的道德迷失，其原因并不能全然归之于商品经济、市场法则的负面效应，在相当大的程度上，它还是昔日“左”的痼疾的后遗症。前几十年间阶级斗争的泛化，频繁而惨烈的政治运动对传统道德的摧折，不仅表现在迫害者与受迫害者身上，更重要的是，造成社会对信仰、正义的怀疑与冷漠。而当一个人失却了道义感和敬畏心，便成为只知一己之利的“铁石心肠”（高尔基语），这种人只要得到机会，便很容易卷入追逐私利甚至违法乱纪的狂潮之中。近年不断披露的一批高官令人发指的贪腐罪行，是突出表现。面对这种社会现状，呼唤人文传统，并对其加以现代转换，便显得有双倍的必要。

人文传统，尤其是它的道德层面，固然有时代性和阶级性内容，却也具有若干超越性的意义，可以成为文明人类共认的生活准则，诸如不忍人之心、羞恶之心、恻隐之心、仁爱之心，都是贯通古今、中外认可的。“人无信不立”，虽然是古代哲言，但讲究信用何尝不是成熟的现代市场交易所应遵循的经济伦理。又如传统道德的讲“礼”，讲“义”，主张“己所不欲，勿施于人”，也是现代社会人际关系须臾不可脱离的法则。至于“孝”道，当扬弃其保守内涵，抉发出“敬”与“养”的精义，对于族类、团体的延续与发展，对于社会建立情谊与秩序都是非常必要的。而尽孝、守信、宽恕、礼节的淡出以至丧失，已经使我们的社会蒙受了太大的损失。痛定思痛，现在到了猛醒的时候。而这种反省与再造的完成，只能求诸人文传统的弘扬与现代改铸。

五

人文文化的不可或缺，还在于它能够提供人类（包括前文明阶段的人类）所心向往之的审美意趣，这便是中国人将其与“礼”相并称的“乐”。

最近读到的一则故事，相当典型地表明，如果人类丧失了以人文精神为土壤的审美追求，全然落入机械化、利益化的思维窠臼，将会陷于怎样可悲可笑的境地。故事曰：

> 某公司主席收到一张舒伯特《未完成交响曲》演奏的票，他没有空，便把票转送给公司的研究顾问。第二天早上，主席问起演奏会的情况，顾问交给主席一份备忘录，上面写着：一、4位双簧管手大部分时间无所事事，人数应该减少，其工作可由其他成员分担。二、12位小提琴手奏出相同音符，此种重复毫无必要，团员数目应大幅度削减。如大音量实属必要，可用电子扩音机。三、弦乐组演奏的乐段，小号手再重奏无实际作用。若删去，演奏会所需时间可由2小时减至10分钟。四、舒伯特若注意上述事项，或可完成该交响曲。

这是一个荒诞的故事，但在我们的现实生活中却时常可以见到故事中人的身影。诸如申报文科科研项目，主事单位总是一味追问，此项目有何经济效益，对国民经济发展有何推动？言下之意，不能创造直接经济效益的项目，便是“无用之辨”，一般是不受资助的。这种思路与故事中的公司顾问的思维方式别无二致，都是对人文文化特性缺乏理解，无视人文文化创制价值理性，营造审美情趣的功能，这种功能并不能用现金额度核算，但对于人类而言却是绝对需要的。又如，现在有一句大家耳熟能详的话语，叫作“文化搭台、经济唱戏”，意谓某地、某单位，为了引进资金、技术，用举办文化活动（通常以“××文化节”名目出现）作开场戏，招引海内外贤达（实为财主）前来。此举借重文化，较之藐视文化当然是一种进步，同时对经贸往往有所促进，文化也可借此风光一时，但“文化”毕竟只是临时“搭”的一张戏台，“戏”（经济）一演完，台也就得拆，故文化事业终究得不到实在的发展。所以，这是一种不真实的“文化热”。

六

两种文化对立，是工业文明出现后社会分工日益细密的产物。在古代，二者尚未明显分离，保持一种原始的统一或同一。这便是古人所谓的“正德，利用，厚生”[①]三事不可偏废，也即精神文明（正德）与物质文明（利用、厚生）共同发展。古希腊许多哲人都是百科全书式的人物，对人文与科学有全方位观照，亚里士多德是杰出典范。中国先秦诸子，尤其是老子、孔子、墨子、荀子都对宇宙、社会、人生有多方面的综合思考。近代初期的欧洲文艺复兴，一批文化巨匠，如达·芬奇、米开朗琪罗、拉斐尔等人，既是艺术大师，又是自然科学家和人文学者。进入工业社会以后，两种文化分途发展，这是一种重大的社会进步，但也带来负面效应，表现之一是科学家与文学家、自然科学家与社会科学家，逐渐成为彼此老死不相往来的知识分子集团。C.P. 斯诺这样描述自己的经历和观察。

> 我曾有过许多的白天和科学家一同工作，晚上又和作家同仁们一起度过。……我经常往返其间的这两个团体，我感到它们的智能可以互相媲美，种族相同，社会出身差别不大，收入也相近，但是几乎完全没有相互交往，无论是在智力、道德或心理状态方面都很少共同性，以至于柏灵顿馆［英国皇家学会等机构所在地］或南肯辛顿到切尔西［艺术家聚居的伦敦文化区］就像是横渡了一个海洋。[②]

斯诺还指出，“两种文化”分离不仅是英国现象，他认为“整个西方社会的智力生活已日益分裂为两个极端的集团”[③]，“一极是文学知识分子，另一极是科学家”[④]。斯诺此说具有象征性和普遍性。而当理智的人类意识到这种现象不合理，便有可能跨越两种文化的鸿沟，在新的文明高度上重塑两种文化

① 《尚书·大禹谟》。

②③④ C.P. 斯诺:《两种文化》，第 2、3、4 页。

间的统一。

七

现代化导致社会分工趋于细密，两种文化分途发展势在必行，但二者间达成并行不悖、相得益彰的良性互动关系又是完全可能的。

现代中国的学术泰斗王国维提出的以地下之遗物（考古材料）比照纸上之遗文（文献材料）的二重证据法，便是人文学者借取科学的实证原则的成功一例。20世纪发展起来的计量经济学、计量历史学，显然是科学的数量原则启示的结果。人文学者借鉴科学技术的成就与方法，还可以举出许许多多的例子。反之，自然科学家往往在人文学科中得到启示。如达尔文在创立进化论的过程中，曾处于苦思而不得的困境，一天，他阅读马尔萨斯的《人口论》，突然想到在生存竞争的条件下，有利的变异可能保存下来，不利的则可能被淘汰。于是，生物进化论的理论框架变得明晰起来。进化论的另一位发现者华莱士一次病中阅读马尔萨斯的《人口论》，也联想到可以用适者生存的观念来部分解释进化现象。达尔文与华莱士不约而同地从马尔萨斯的《人口论》中获得灵感，是人文学科滋补自然科学发展的典型例证。科学家李政道在《科学和艺术不可分割》一文中，论述了两种文化的内在相通——

> 科学和艺术是不可分割的，就像一个硬币的两面。它们共同的基础是人类的创造力，它们追求的目标都是真理的普遍性。
>
> 艺术，例如诗歌、绘画、雕塑、音乐等，用创新的手法去唤起每个人的意识或潜意识中深藏着的已经存在的情感。情感越珍贵，唤起越强烈；反响越普遍，艺术就越优秀。
>
> 科学，例如天文学、物理、化学、生物学等，对自然界的现象进行新的准确的抽象。……尽管自然现象本身并不依赖于科学家而存在，但对自然的抽象和总结属于人类的成果，这和艺术家的创造是一样的。
>
> 科学家追求的普遍性是一类特定的抽象和总结，它的真理性植根于科学家以外的外部世界。艺术家追求的普遍真理性也是外在的，它植根于整个人类，没有时间和空间的界限。因此，科学家和艺术家都在追求

真理的普遍性。①

以上是就科技文化和人文文化的创造性活动彼此间存在相关性、联系性、互补性而言的。至于科技工作者需要价值理性、审美情趣；人文学者需要广泛利用科学技术提供的工具理性，则更不待言。从人类整体而论，当然必须同时左右采获科技文化和人文文化的果实方能茁壮成长。因为，科技理性解决为达到人类目标的实施手段及有关技术问题，人文理性则解决符合人类长远利益的目标选择与确定问题。二者缺一固不可，二者强行割裂亦不可。这是整整一部人类历史所雄辩证明了的。

科技文化与人文文化协调发展，是人类未来的希望所在。其间的人文文化尤其需要给予关注。科学技术将继续长足进步，这是可以预期的，因为人类创造的"工具理性"已经赢得了无可阻遏的前行势能；而人类的"价值理性"还较为脆弱，我们往往并未寻找到安身立命的精神家园。这个精神家园是无形的，却是绝对不可缺少的。它需要大力营建，需要精心培植，这便是古人所云："礼乐所由起，百年积德而后可兴也。"处在两个千年之交的中国人应当有此"百年积德"的自觉。

梁启超于第一次世界大战结束后访问欧洲，1920 年作《欧游心影录》，该文被研究者认作梁氏从文化激进主义转向文化保守主义的界标。其实，细读该文便会发现，梁氏并未走向"反现代化"，而只是看到了西方现代化过程中出现的问题。其上篇的一节为《科学万能之梦》，内称"欧洲人做了一场科学万能的大梦，到如今却叫起科学破产起来"。梁氏特加一"自注"曰："读者勿误会，因此菲薄科学，我绝不承认科学破产，不过也不承认科学万能罢了。"②此言甚当，特引作本文结语。

---

① 《光明日报》1996 年 6 月 24 日。

② 葛懋春、蒋俊编选：《梁启超哲学思想论文选》，北京大学出版社 1984 年版，第 262 页。

辩才无碍——《金钱辩》* 序言

创造并使用语言，展开交际以结成社会，是人猿揖别的主要标志之一，故有人类是“语言动物”或“语言—社会动物”之说。语言是思维的物质外壳，人的个体及群体的思维差异，导致人类在掌握语言之始，便试图通过语言交锋达成对思维差异的切磋与沟通，于是辩论应运而生又延绵恒久，辩论确乎是一种古老而又常青的文化现象。在汉语系统中，“辩”字有治、正、明、使、争、变、别、巧言、善谈说诸义，而“辩论”则是指对于反对自己的意见者，陈述理由以驳诘之。

中国自古有辩论传统，晏婴、苏秦、张仪、诸葛亮是名传千古的辩士，其辩词的锐利令对手生畏，故《韩诗外传》称，“君子避三端：避文士之笔端，避武士之锋端，避辩士之舌端”。其实，辩论又并非仅指口舌之争，笔墨文字之辩等一切思维交锋均属其列，中国思想史上异彩纷呈的学说，许多是在辩论中得以阐发的。儒法间“法先王”与“法后王”之争，杨墨间“利己”与“利人”之辩，孟荀间“人性善”与“人性恶”的问难，朱陆鹅湖之会“道问学”与“尊德性”的互驳，都推进了思维的深度。佛家也是讲究辩论，还专门将义理圆融、无所滞碍的菩萨说法称之为“辩才无碍”。西方更是盛行辩论，这与其公众政治比较发达有关，从希腊、罗马的城邦民主制到近代的议会民主制，乃至法庭诉讼，无不需要思维、语言的直接对垒。在古希腊发端的辩证法，就是由智者辩论中的反驳技巧生发和拓展而成的。

辩论是垂之久远，影响深巨的文化行为，中外皆然，但作为一种规范化的竞赛活动，辩论会对于我们中国人而言，又是始自晚近的舶来品。《简明不列

---

* 《金钱辩》，辽宁人民出版社 2001 年版，为 2001 年国际大专辩论赛狮城决赛（武汉大学队对阵马来亚大学队）的记录与评述。

颠百科全书》对辩论（debate）作如此诠释：

> 两个人、组或集团之间正式的智力交锋，一般是按一定的方式或程序提出论据以支持一个问题相对立的一方。在学校、社团或在电台和电视上的正式辩论，一般遵循下列程序：提出的题目是一个正面决议。例如："决议：应宣布罢工为非法"；两个组得到一样多的时间，第一段时间——通常每人可发言10~15分钟——陈述自己一方的意见，然后有较短的一段时间反驳对方的意见；发言者的次序在各组交叉，由赞成的一方开始争论，通常由反对的一方开始反驳；争论采取以证据支持论点的形式，在反驳时，可以提出新的证据，但不得提出新的论点；一名中立的仲裁人充当辩论的主席。由于时间有限，正式的辩论不允许彻底探讨复杂的问题，而被看作一种智力练习，可以借此提高辩论的能力，并像棋赛一样，为非参加者提供观赏斗智的乐趣。在一次开展得好的辩论中，发言者往往不感情用事，或者能超然事外，足以保持冷静的学术态度。

这一界说，相当完整地陈述了辩论会的游戏规则。在我的记忆中，近十余年来举行的国内及国际的华语大专辩论，都遵循以上规则。这种辩论对人的语言及思维的锻炼，就如同体操对人的肌肉及身体协调性的锻炼一样有益。

这种辩论饶有兴味之处在于，辩论题目必须为辩论的正反两方提供基本相当的论证空间，这是进行公正辩论的前提。而辩论双方对于正反论题的选择又是由抽签决定的，这就使得辩论全然是一种能力之战，而不一定是辩者真实信念的交锋，这一点每每为人所诟病——此种辩论容易流为无操持的诡辩。其实，既然为辩论预设的目标是语言技巧和思维能力的训练，上述指摘就文不对题。同时，对于有操持、有执着信念的论者而言，设身处地站在自己反论的立场上展开思辨，无疑有助于坚持并发展自己固有的信念，包括修正自己固有信念的疏陋、不完善处。

在辩论的实际运作中，辩题为正方和反方所提供的角度之异，往往为双方论证造成的难度并不相同。这是辩论组织者在设计论题时需要反复权衡、仔细斟酌的。以2001年9月在新加坡举行的第五届华语大专辩论大决赛题目"钱是不是万恶之源"而言，其正题（"钱是万恶之源"）显然在逻辑上较难论证周全，自身被攻击的软腹面积太大；其反题（“钱不是万恶之源”）则比较容易找到自己论点的支撑和对手论点的谬误，从而进退有据，攻守自如。在这一意义上，这次的决赛议题为正反两方预设的论证空间并不完全相当。不过，两支决赛队正反方的取得是由抽签决定的，拿到正方的辩士们只有奋起迎战而不必怨天尤人。执正方的武汉大学辩论队发挥出较高的论战水平，在实战中频频得手，赢得现场观众的赞许。当然，执反方的马来亚大学队也恰如其分地把握住有利地势，对正题无法摆脱的逻辑缺陷加以无情揭露，辩论精彩、激烈。就场面上的情态言之，执正方的武汉大学队在论点被动的情况下却占据了某些论战优势，这是难能可贵的。然而，评委以 2∶3 的投票结果，使武汉大学队与冠军擦肩而过，理由是逻辑上存在欠缺。我们在尊重评委裁决的前提下，不免为正方惋惜。讲到这里，我们可以体悟到本次辩论会的半决赛题目的反题——不以成败论英雄——包藏着何等丰富的内涵。

1993 年在新加坡发端的国际华语大专辩论已历五届，赢得海内外华人的广泛注意，好评如潮，这期间除了其他内蕴外，尤其昭示了华语（汉语）在阐发现代论题方面的巨大能力。人们每每论及，汉语长于诗学编码，短于逻辑编码，但汉语在现代化进程中不断吸纳外来语汇和语法，丰富其表述方式，又发挥自身言简义赅、汉字组词力无比强大的特点，使其诗学编码、逻辑编码两翼齐振，达到感性与理性、诗歌之美与哲理之真的统一。试看历届华语大专辩论的莘莘学子的滔滔横议，我们怎能不对华语的光辉前程、中华文化的光辉前程充满信心。

2001 年 9 月 27 日撰于武昌珞珈山麓

"文明冲突论"的偏误*

1991年苏联解体，标志着二战后美苏为首的两大阵营40余年对垒格局的终结，新的国际秩序正在重组。西方在一阵惊喜之余发现，冷战的结束，并未使和平红利唾手可得，种种矛盾冲突纷至沓来，新旧世纪交替之际的前景，似乎变得扑朔迷离，于是预测蜂起，而美国哈佛大学奥连战略研究所所长亨廷顿教授（1927—2008）就"转变中的防御环境及美国的国家利益"专题提交的研究报告《文明的冲突？》，便是诸多预测中引人注目的一个。

在回答"何种因素将主导今后的世界秩序"这一举世关注的问题时，与福山（1952— ）的"经济决定论"、布热津斯基（1928—2017）的"国家利益决定论"迥然相异，亨廷顿做出的答复是："新世界的冲突根源，将不再侧重于意识形态或经济，而文化将是截然分隔人类和引起冲突的主要根源"，"文明的冲突将左右全球政治，文明之间的断层线将成为未来的战斗线"。我们可以把亨氏的观点称为"文明冲突论"。以下对此论的渊源和得失略作窥探，以就教方家。

一

亨氏"文明冲突论"的前提是，承认西方中心地位的失落，诸非西方文明再度崛起，与西方文明分庭抗礼，一个多元化的世界正应运而生。亨氏观照全球的战略估量，无疑抓住了当代世界矛盾运动的一个重要特征。这是西方人自己出来修正"西方中心主义"的新一轮努力。

---

* 原题《"文明冲突论"辨析》，载（香港）《中国社会科学季刊》，1944年春季卷。收入《文存》时对人物卒年有补写。

自从人类超越蒙昧时代和野蛮时代，跨入文明门槛，诸文明族类因囿于视野，都曾自认是世界的中心，古代出现过的埃及中心论、希腊—罗马中心论、华夏中心论便是典型代表。而“西方中心主义”虽然与“希腊—罗马中心论”有着某种历史联系，但“西方中心主义”毕竟是近代产物：16 世纪以降，西方人（首先是南欧人，继之是西欧人）率先突破自然经济和区域隔绝的束缚，开辟统一市场，创建工业文明，世界历史由分散走向整合。西方是人类历史由中古向近代转型的倡导者和动力源，非西方世界的近代化是在西方影响下发生的，因而在一个相当长的时期，“近代化”与“西方化”被认为是同一概念。这一切促成并助长了“西方中心主义”，而 19 世纪可以说是这一“主义”的极盛期。黑格尔（1770—1831）所著的具有宏阔全球眼光的《历史哲学》，便将西方中心主义（或曰欧洲中心主义）发挥得淋漓尽致。

时至 20 世纪，“西方中心主义”仍有广泛影响。然而，随着西方自身矛盾向纵深发展（两次世界大战是其突出表现），同时也由于若干非西方文明历经“凤凰涅槃”式的转型，构成与西方文明既相联系又相区别的另成格调的近代文明形态。日本以及继起的东亚“四小龙”是令人瞩目的代表。这两类事态的刺激，使得一些富于远见的西方学者逐渐突破“西方中心主义”，并以“多元文明论”与之对峙。德国浪漫主义哲学家斯宾格勒（1880—1936）身历第一次世界大战，对西方文明深为失望，于是有《西方的没落》一书的撰写；他还针对“文明线性进化统一论”的偏颇，提出“区域文明观”。这里所谓的“文明”，是指封闭自足的，分别都经历着生长、成熟和死亡阶段的，不可重复的文化机体。斯宾格勒把这种“文明”分为 8 个。继承其学说的英国历史学家汤因比（1889—1975）在《历史研究》中，一再批评以西方为唯一可辨识的文明品种的“一元文明论”，进一步申述“多元文明论”，并把文明分为 21 类或 26 类，认为今日世界还存在其中的 5 类，即西方文明、东正教文明、伊斯兰教文明、印度教文明、远东文明。

亨氏《文明的冲突？》一文大体沿袭斯宾格勒、汤因比的观点，不过因时势变迁而有所损益。如果说，斯氏承一战后西方世界的颓势，汤氏面对美苏两霸抗衡的“冷战”格局，那么，亨氏则处于“冷战”结束后的多元时代。这些渐次推进的时势，愈益强劲地摧毁着“西方中心主义”的根基。亨廷顿试图对这种多元时代的世界性冲突做出估量。他认为，“文明的冲突是近代世界冲突演化的最新阶段”。此前相继发生的君主间冲突、民族国家间冲突、意识形态间冲突“基本上是西方文明的内部冲突，而冷战结束后，国际政治已迈出西方阶段，重心转到西方与非西方文明，以及非西方文明彼此间的相互作用上”。亨氏还提出，“非西方文明不再是西方殖民主义下的历史客体，而像西方一样成为推动、塑造历史的力量”。由此，亨氏主张区分现代化与西方化，认为现代化不等同于西方化。亨氏对“精神分裂国家”的分析也颇有警世作用，告诫人们：民族国家与文明归属的定位是发展中国家尤其值得注意的问题。这些结论是20世纪初叶开其端绪的“多元文明论”的进展，反映了新的世界格局的新特点，也正是《文明的冲突？》一文的价值之所在。

二

亨廷顿并未止于揭示文明的多元性，他进而指出，西方、儒家、日本、伊斯兰教、印度教、斯拉夫—东正教、拉丁美洲、非洲等8种文明之间的互动关系将决定世界形态。文明内部的认同高于民族国家和意识形态认同，文明间的差异将愈益扩大和强化。亨氏列举6条理由，论证当代及未来的文明冲突必将加剧。这些分析有一定历史及现实依据，包含若干局部合理性，但就整体而言，亨氏在考察诸文明交互关系时，陷入片面强调“冲突”而忽视“融会”的偏颇。这是斯宾格勒将文明视作封闭自足体系观念的延伸。斯氏的观念本来便不尽符合历史实际，经亨氏发展，更显示出偏误性。

一部人类文明史，是各区域性文明形成、发展，彼此冲突激荡，又相互吸纳融会的过程。今之西方文明，便是若干种文明交会融合的产物，希腊—罗马传统，来自中东的基督教，包括“四大发明”在内的东方文明的影响，都是其构成原件。而且，作为西方文明核心内容之一的基督教，是亚、非、欧三大洲几种文明汇通、整合的产物。基督教在形成、传播、变迁的过程中，并不是与其他宗教、其他思想学说“鸡犬之声相闻，老死不相往来”的。总之，西方文明决非什么封闭自足的体系，今日之所谓“西方文明”更是多元复合物，以至有些论者不承认现在还有一个首尾一贯的西方文明存在。作为东亚文明重要组成部分的儒家学说也是一个开放系统。儒家固然始终保持着“仁学”“王道”等基本属性，但自先秦原始儒家以降，不断吸收、消化道家、法家、阴阳家和佛教的成果，到了被称为“新儒学”的宋明理学那里，已经综汇儒、释、道诸家，成一富于思辨性的全新形态；至于20世纪兴起的“现代新儒家”，又在融合儒、释、道的基础上，吸纳西学的若干成分，试图走一条以中华文明为基本，中、印、西几种文明交融的路线。

如果说，诸文明间的融会在古代进展甚慢，往往需几个世纪方见端倪，如儒学与佛学由冲突走向融会，便历经两汉、魏晋、隋唐，至两宋方大体完成，历时千年之久。那么，时至近代，世界统一市场建立，资讯日渐发达，世界“缩小”成一座“地球村”，诸文明在“现代化”这一大目标下，联系性愈益增强，彼此间相互融会的力度，不可同日而语。

诚如亨氏所言，随着世界距离拉得愈来愈近，民族间的互动日趋频繁，诸文明都在“加强彼此的差异性与内部的共通性”，“由此激发彼此的差异和仇恨”。但这只是问题的一个方面，诸文明互动愈益强劲，除引起冲突外，还必将导致诸文明间的相互了解和彼此渗透。因此，全球性的现代化进程既有可能激起新的冲突，也有助于缩小差异、消弭仇恨。下举数例说明之。

土耳其在20世纪初叶由凯末尔（1881—1938）领导的现代化运动，击退英国支持的希腊军的入侵，捍卫民族独立，维系国家及文明的认同，但土耳其并未因此走上对外部世界一味仇恨的道路。“凯末尔主义”的内容之一，是世俗主义，政教分离，摆脱伊斯兰教神权对国家政治和社会生活的束缚，使土耳其成为较现代化，又保持着文明认同的伊斯兰国家。近20年来，伊斯兰世界勃发“伊斯兰激进组织”，与西方的矛盾冲突有尖锐化态势。但尚不能断言，原教旨主义将风靡整个伊斯兰世界。土耳其、埃及等国仍然坚持政教分离和世俗主义，代表着伊斯兰教文明的另一走向。伊斯兰世界今后这两个走向大约会长期并存，一时间可能彼消此长，却不至于全然偏向一极。

每每被划入“儒教文明圈”的日本，是非欧系文明却成功实现现代化的国家。日本现代化得益于明治维新以降的“文明开化”，其内容是学习西方先进的科学技术、文化教育制度乃至思想风尚、生活方式。日本人是个文明认同感极强的民族，他们十分注重保存、发扬文化传统，但与此同时，广采博纳外域先进文化又是日本自19世纪中叶一直传延下来的基本国策，其间日本曾陷入军国主义，二战以后，在新的历史条件下，随着与外部世界交互关系的进一步加深，日本的主潮转而奉行和平外交，并未因现代化的成功而“激发”对其他文明的“仇恨”。

中国自1978年以来实行开放政策，也没有使国人变得更为偏执，去“仇恨”域外文明，而是增进对外部世界的了解和对域外文明的吸取，从而加速自身的进步。在这一过程中，中国人愈益清楚地认识到，我们既是“中国人”，也是“世界人”，不能自外于世界文明大道；中华文明的“认同”，应当与中华文明接纳外来文明、走向外部世界相统一。

当然，从纷繁错综的现实世界找到当代民族偏执主义、文明排他主义的事例是毫不困难的，但诸文明间互动关系的加深加宽，是诸文明“冲突”与“融会”的双向过程，而并非“冲突”的一味突进。而且，“冲突”往往是“融会”的一种形态和过程；“融会”也不是由丰富走向单调，而是多元整合，走向更高层次的丰富。未来世界必将是多元文明既相冲突又相融会的矛盾统一体，正所谓“天下同归而殊途，一致而百虑”。

三

“文明冲突论”的又一主旨是，今日及未来世界文明的冲突将压过经济利益的冲突，文明间的断层线取代冷战期的政治意识形态界限，成为危机及流血的爆发点。

亨氏这一论点立足于冷战结束后的新格局，把握住现实生活和某些表象，并以基督教文明曾与伊斯兰文明一千余年的冲突史作历史佐证，似乎有相当说服力。然而，仔细考察他所描绘的“文明断层线”——西方基督教文明与东方东正教和伊斯兰教文明之间的边际线，尚难以令人接受如下结论：这便是压倒经济、政治、意识形态冲突的“危机及流血爆发点”。

平心而论，当今世界以及未来世界的矛盾冲突，其决定性要素，仍然是经济利益。与此相关联的意识形态冲突虽然因冷战结束而有所淡化，也并未烟消云散。

经济利益直接关系着各民族、国家和人群集团的生存和发展，并构成文明的物质基础。现代化的进程非但没有消弭人类对经济利益的追求，反而使之更为炽烈和强劲，这是不容争辩的事实。由于经济利益的冲突，导致多组矛盾的长期并存，诸如南北间、东西间、西方国家间、发展中国家间的矛盾，等等。

即以亨廷顿教授竭力维护的西方国家之间的关系而言，围绕着经济利益的冲突便是时张时弛，美国与西欧、美国与日本、西欧与日本之间不时爆发的贸易战是世人皆见的事实。因西方国家经济力量在全世界所占份额甚大，西方国家间的经济利益冲突往往会在金融、贸易、交通等方面造成全球性震撼，就对世界各地人们生活影响的力度而言，当在某些局部战争和宗教冲突之上。近来美日贸易战造成世界股市的涨落便是现成例证。在可以预见的未来，西方国家间经济利益的冲突，将继续发展，虽然有西方七国首脑年会以及其他协调形式，但这种利益冲突激化与缓和相交替，则不以人们意志为转移，并必然造成全球性影响，牵动其他几组矛盾的演运。

至于发展中国家与西方的矛盾（即“南北冲突”），固然有文明之别在起作用，但更基本的因素则是经济利益。20 世纪 70 年代印度驻联合国大使山卡那拉扬指出，普通美国人家养的狗平均每星期获得的动物蛋白量超过普通印度人每月所获得的动物蛋白量。山氏质问道：“将鱼从蛋白饥饿的秘鲁人那里夺下来喂你的狗，你认为合理么？”全然用“文明冲突”来解释南北间的这类矛盾是隔靴搔痒，不得要领的，其症结只能从经济利益，或曰基本生存权利中寻求。

另外，考之以近期发生的局部战争，如长达 8 年的两伊战争、震撼全球的海湾战争、目前仍然战火纷飞的波黑战争，也很难用“文明冲突”解释。两伊战争发生在两个伊斯兰军事强国之间，海湾战争开端于两个阿拉伯国家之间，略考其缘故，前者因争夺海湾控制权而战，后者因巨型油田的归宿而战，均与“经济利益”直接相关。而以美国为首的西方国家介入海湾战争，也是为了保障海湾石油供应，这仍然是经济利益起决定作用。目前还在进行的波黑战争，发生在亨氏所描绘的“文明断层线”上，但也无法证实亨氏的“文明冲突论”，因为这场战争并不是发生在基督教文明和东正教—伊斯兰教文明之间，倒是信仰东正教的塞族与信仰伊斯兰教的穆族火并，信仰基督教的克罗地亚族则参与混战。略考其缘故，也难以归结成宗教冲突、文明冲突，而是南斯拉夫解体后，波黑地区三族为争夺生存空间、交通线、出海口而发生的争斗，说到底，仍然是利益之战。今后可能发生的局部战争，大约也只能作如是观。

文明间的冲突曾经长期存在，今后将继续存在，但这类冲突只会是经济、政治冲突的伴生物，而不至于“彼可取而代之”。

四

综观亨廷顿的“文明冲突论”，可以发现一个悖论——此论一方面承认文明的多元性，似乎走出了西方中心主义怪圈；另一方面又竭力维护西方对世界的控制权，并为西方中心主义招魂。亨氏理智向着未来，而情感滞后过去，陷入二律背反。他的文章作为献给美国政府的一篇“策论”，替西方（特别是美国）战略利益设想，是自不待言的，其论的落脚处在于：今后世界性冲突将在西方文明与非西方文明之间展开，特别是在西方文明与伊斯兰—儒教文明之间展开，为此，亨氏建策：要巩固西欧北美内部的团结，联盟日本、东欧、拉美，防止伊斯兰教与儒教文明的结合。这种“敌、友、我”的三分划定，系今日西洋“隆中对”。其文诵读一过，不禁令人感到“似曾相识燕归来”——这显然是一种冷战谋略的新变种。从世界全局着眼，此论颇有逆潮而动之嫌，理应引起渴求进步与和平的各国人民的警惕；从中国人立场出发，则要由此记取一个事实：冷战虽然已是明日黄花，但仍然有人希望进行变相的冷战，其名曰“文明冲突”。但中国人切勿上当，不必重新坠入全球对抗的故辙，因为中国人有更紧要的事情办，这便是——尽快改变贫穷落后状态，其前提之一便是广为吸纳异域文明（首先是先进的西方文明）之长，以促进中华文明的现代转型。唯有如此，中国人方能自立于世界民族之林，中华文明才能再度对全人类做出卓越贡献。

先哲云：“往者不可变，来者不可测，不可测即神也。”未来方在创造之中，故不可测而神。但既往不可变的事实，却是最好的老师，它指示着未来依稀可辨的走向。

民族先祖　文化英雄——炎黄人文地位简议

长期以来，中国人（主要是汉族）一直以“炎黄后裔”自许，时至今日，从中国大陆到台湾、港、澳以及海外的各路华人，都不断以种种方式纪念炎黄二帝，其原因何在？归结起来，大约不外由于炎黄二帝是中华民族先祖的代称，是中华文化开创者的代称。追怀炎黄，也就是认同中华民族，认同悠久灿烂的中华文化。有了这种认同，华人方能确立自己的主体意识，方能具备接纳异域英华的母本，跃向现代文明的坚实基点。

一、“炎黄”是中华民族先祖的代称

关于人类起源问题，世界学术界历来有“一元发生”和“多元发生”两说。从 19 世纪到 20 世纪初叶，西方学者多倾向于一元发生说，并由此推断中国人的先祖是外来的。如法国的三位学者拉克伯里、格奈斯、哥比诺分别提出中国人来自巴比伦、来自埃及、来自印度三说；英国学者鲍尔、圣卡墨、列矩分别提出中国人来自中亚、来自巴比伦、来自里海和黑海之间三说；美国学者彭来则提出中国人来自土耳其斯坦说。上述诸说可概括为中国人先祖“西来说”。20 世纪初叶，中国学者章太炎、刘光汉、蒋观云等也赞同西来说，“墨子为印度人”之类论调曾传播一时。

持中国人的先祖“西来说”的诸中外学者，其出发点不尽相同，但都客观上附和了“欧洲中心论”和“泛埃及主义”①。然而，人种一元发生说是不符

① “泛埃及主义”是“欧洲中心论”的一种基础理论。这种主义认为埃及是世界唯一的文明源头，埃及文明诱发了希腊文明，希腊文明诱发了欧洲文明，欧洲文明影响了全世界。这便勾勒了一种文明一元发生的模式。

合世界历史实际的。越来越丰富的考古材料证明，人类是多元发生的，东非、中非、东亚、南亚多处发现了古人类起源的确凿材料。而从元谋猿人到北京猿人化石的发现，雄辩地证明着东亚大陆是人类发祥地之一，早在一百多万年至几十万年前，东亚大陆上已经发生了“人猿相揖别”的重大革命，中国人的先祖诞生了，他们并非西来，而是土生土长的。

中国人自跨入文明门槛以后，就对自己的先祖有所记述。当然，古人囿于知识水平的限制，还不可能科学地描述先祖，而只能借助上古传说。中国上古传说关于先祖的说法甚多，从周代到秦汉，这类传说逐渐被历史学家整齐化和史学化，而且关于民族先祖的追述越来越久远，如周代人心目中最古的帝王是禹；到春秋时追溯到尧、舜，孔子便夸赞尧、舜的盛德；再到战国，子书中屡屡提及黄帝、神农（炎帝）；到秦则有“三皇”说；到汉更有“盘古”说。这种现象，便是古史辨派的主将顾颉刚所概括的“累层地造成的中国古史”，这种“累层古史”的第一个特点是“时代愈后，传说的古史期愈长”。第二个特点是“时代愈后，传说中的中心人物愈放愈大”[①]。炎、黄二帝作为中国古史的传说人物，正是在这种“累层古史”的编撰过程中，约定俗成地被确立为我们民族的先祖的。在这方面，史学大师司马迁起了重要作用，他继承战国诸子创造“五帝”“三王”的做法，在《史记》中首列《五帝本纪》，依据周秦之际的典籍——《世本》与《大戴礼》，以黄帝、颛顼、帝喾、唐尧、虞舜为五帝（而孔安国的《尚书序》，皇甫谧的《帝王世纪》则以伏羲、神农、黄帝为三皇，少昊、颛顼、高辛、唐尧、虞舜为五帝）。自《史记》流传天下以后，“五帝”或“三皇五帝”成为华夏族及后来的汉族公认的先祖的名号。

在“三皇五帝”里最为以汉族为主体的中国人所尊崇的，又是炎帝神农和黄帝轩辕。之所以炎、黄二帝特别被中国人推尊为先祖、先帝，以致后来中国人都以“炎黄子孙”自认，与周代文化传统的深远影响直接相关。

黄帝、炎帝本是周人崇奉的先祖。周人在偏处西部时，曾视禹为天下公认的先帝，而把炎、黄二帝视作周族的先祖。周人有姬、姜两大姓，姬姓崇黄帝，姜姓崇炎帝。战国时的典籍《国语》对早期周人的先祖有一个整齐化、史学化的描述，虽不能认作早期周人的原始思想，却可以清楚看出炎、黄本是周

① 顾颉刚：《与钱玄同先生论古史书》，《古史辨》第一册中编。

人专有的先祖，并非天下公认的先帝。《国语·晋语》称：

> 昔少典娶于有蟜氏，生黄帝、炎帝。黄帝以姬水成，炎帝以姜水成，成而异德，故黄帝为姬，炎帝为姜。

随着周人以“小邦周”战胜“大邑商”，从偏处一隅的方国变成统治天下的王族，周人所尊奉的先祖黄帝和炎帝（尤其是黄帝）也就上升为古帝王谱系中的至高至贵者。王国维指出：

> 中国政治与文化之变革，莫剧于殷周之际。……周人制度之大异于商者，一曰立子立嫡之制，由是而生宗法及丧服之制，并由是而有封建子弟之制……此数者，皆周之所以纲纪天下……①

周代确立的尊祖重祀的宗法制度，对中国文化以后的走向造成深远影响。正是在这种强劲的宗法传统影响下，黄帝和炎帝为一代又一代中国人所尊崇，被中华民族视作共有的先祖，历二千多年而未衰竭。

二、炎黄是华夏族的“人文初祖”

黄帝和炎帝在中国人心目中拥有无可比拟的崇高地位，不仅由于他们是中国人先祖的代称，而且是一系列文化成就的创造者的代称，是伟大的文化英雄，即所谓“人文初祖”。

人类从蒙昧走向文明，其动力是人类自己的劳动。无以数计的无名氏在若干世代的生产实践中，创造了一系列物质的和精神的成就，正是这些成就，使人类脱离了兽类，进而从野蛮人变为文明人。然而，古人思维方式的特点之一，便是将“无名氏”的劳绩归结到“文化英雄”身上。这种文化英雄，在中国典籍中或者称之“圣人”，或者称之“帝王”。《周易·系辞下》说：

---

① 王国维：《殷周制度论》。

上古穴居而野处，后世圣人，易之以宫室，上栋下宇，以待风雨，盖取诸“大壮”。古之葬者，厚衣之以薪，葬之中野，不封不树，丧期无数，后世圣人，易之以棺椁，盖取诸“大过”。上古结绳而治，后世圣人，易之以书契，百官以治，万民以察，盖取诸“夬”。

这就把室居、棺葬、文字等文明成就的发明权都归之“圣人”。

作为农耕民族的中国人，自古形成一种经验理性，他们没有像西方人那样编造一个上帝创世的故事充作历史的开端，而是把自己劳绩卓著的先祖奉为记史的起始。正如司马迁所说：“夫神农以前，吾不知已。”[①]炎帝神农和黄帝轩辕便是中国古籍中推尊最高的文化英雄、中华文明史的发端人物。

据称，炎帝神农建立过一系列开创性功业：倡“与民并耕”[②]，“制耒耜，教民农耕”[③]，是农业的发明者；“筑土构木，以为宫室”[④]，是室居的发明者；“作陶冶斤斧”[⑤]，是手工业的发明者；尝百草，觅药疗病，是医药的发明者；日中为市，是物资交换的倡导者；教民“炮而食之”，开用火熟食之先河。炎帝神农因其大功大德而受到华夏—汉人的顶礼膜拜。

至于黄帝及其诸臣的发明创造，就更不可胜数了。“黄帝升为天子，地献草木，述耕种之利，因之以广耕种。”[⑥]是农耕的发明者；“黄帝造火食”“黄帝如蒸谷为饭，蒸谷为粥。”[⑦]是熟食的发明者；“黄帝作冕疏”[⑧]，黄帝臣胡曹“作衣裳服九章”，是衣冠的发明者；“天下人民，野居穴处，未有室屋，则与鸟兽同域。于是黄帝乃伐木构材，筑作宫室，上栋下宇，以避风雨。”[⑨]是室居的发明者；“黄帝作车，引重致远”[⑩]，“黄帝作舟车以济不通，旁行

① 《史记·货殖列传》。
② 《孟子·滕文公上》。
③ 《白虎通义》。
④ 《淮南子·汜论训》。
⑤ 《资治通鉴·外纪》。
⑥ 《黄帝内传》。
⑦ 谯周：《古史考》。
⑧ 《世本》。
⑨ 《礼记·士冠礼疏》。
⑩ 陆贾：《新语》。

天下”[①]，是水陆交通工具的发明者；黄帝史官仓颉“造文字”[②]，“仓颉作书，天雨粟，鬼夜哭”[③]，是文字的发明者；“黄帝一人重作钟”[④]，是乐器的发明者；黄帝臣挥“作弓”[⑤]，是兵器的发明者；“黄帝考定星历，建立五行”[⑥]，是天文历法的发明者。班固《东都赋》称颂黄帝（轩辕）：

> 分州土，立朝市，作舟车，造器械，乃轩辕之所以开帝功也。

中华农耕文明诸成就自然是由中华初民在数千年间逐步创造出来的，而古人习惯于将这些成就归功于黄帝、炎帝等文化英雄。而中国人世世代代崇奉、缅怀这些文化英雄，实际上也就是对我们的民族先祖长时期的集体创造的崇奉和缅怀。

三、炎黄研究的方法论问题

长期以来，关于炎帝、黄帝的行迹、功业，众说纷纭，相互抵牾者甚多。如何看待这种聚讼不决的现象？方法论的检讨，是首先需要做的工作。

（一）区分“传说”与“信史”

在讨论炎黄诸问题时，有一点需要预先明确：自先秦以降，各种典籍关于炎黄的种种记载都是间接取之于上古传说，而并非有直接文字可考的信史。即使是首列《五帝本纪》入史书的司马迁，虽然用为真实历史人物作传的笔调写炎、黄等古帝王的生平、世系，但太史公心里明白，其间的事迹不可实考，他特别声明：

> 学者多称五帝，尚矣。然《尚书》独载尧以来；而百家言黄帝，其

① 《汉书》。
② 《周礼·外史疏》。
③ 《淮南子》。
④ 《玉海》引《世本》。
⑤ 《初学记》。
⑥ 《史记·历书·索隐》。

文不雅驯，荐绅先生难言之。[①]

司马迁在这里表示了对上古传说可信程度的保留。尤其值得注意的是，司马迁发现，记载商周文献的最古典籍《尚书》只有尧舜以降的文字，提及黄帝是战国诸子百家以来的事。司马迁的这一分析，颇与近人顾颉刚的"累层古史"说相近似，可谓古今应和。总之，古今史家都有人意识到，炎黄二帝并非两位凿凿有据、能够具体确指的如同秦皇汉武那样的历史人物，而是战国以来诸子百家编创的传说人物，是既包含着真实的历史内蕴，又虚拟化、神异化了的文化符号。

从纵向的、历时性的意义言之，炎帝和黄帝是一种人格化的时代概念，有关他们的功绩的传说，大约反映了我们的先民由母权氏族社会转向父权氏族社会，也即从采集—渔猎经济向农耕—畜牧经济转化的时代所达到的文明水平。从横向的、地域性的意义言之，黄帝是生活于黄河流域的部族的专人化代名词；炎帝是栖息于江汉一带的南方部族的专人化代名词，古籍中有南方"其帝炎帝，其神祝融"[②]的记载。炎帝和黄帝的种种发明，实际上是上古先民在长达数千年间的集体创造，炎帝和黄帝不过是开辟农耕道路的无数"无名氏"的代号。我们今天追怀炎帝和黄帝，正是追怀这些"筚路蓝缕，以启山林"的无名氏们的丰功伟绩。

既然关于炎帝和黄帝的种种说法都是上古传说而并非信史，那么，我们在研讨炎帝和黄帝文化时，就应当本着对待传说所应当坚持的公正、客观的态度，力避古来人们在传说问题上的两种偏颇之见。

对传说的一种偏颇，是把上古神话传说史学化，将其与确凿可考的文明时代的历史相等同，以至详考炎帝、黄帝的寿命、世系、诞生年月日，并且企图排列出其下属臣僚的姓名、官职、业绩，似乎与唐太宗手下的房玄龄、魏徵、李靖等文臣武将相类似。这样做得愈详尽细致，就愈牵强附会。考于不可考之处，势必荒诞无稽。古人没有科学的历史观指导，在史著中掺杂进这样的内容，我们只要不去信从即可，也无须深责古人。今天，在写神话小说、编民间

---

① 《史记·五帝本纪》。
② 《礼记·月令》。

故事时，以及某些外籍华人出于怀祖心切，作如是观，我们也不必指摘，但在进行学术研究时，则断乎不可将传说混淆于信史，将先民创造的文化符号等同于具体的历史人物。在作关于黄帝炎帝的宣传时，也应当把握分寸，划清传说与信史的界限，不要给群众造成错觉。

对传说的另一种偏颇，是视其为无意义的妄言，忽视其间透露的“史影”的价值。东汉思想家王充的《论衡》在批判当时盛行的谶纬神学时，顺带将上古神话传说也一并加以否定，认为“日中有神鸦”“羿射九日”等故事不合常理，全系胡言乱语。王充“斥虚妄”的战斗的唯物主义精神固然可贵，但他在讨论神话传说时却陷入了机械论和简单化的泥淖，忘却了古神话于神异说中影影绰绰地显露出的古史的影像，而这种影像对我们认识古史是必不可少的。近古学者崔东壁在《补上古传信录》中批评炎帝、黄帝传说的种种抵牾、矛盾之处时，也是以常识辟之，而忽视了传说所曲折显现的古史的脉络和细节的史学意义。这种偏颇虽与前一偏颇相背反，各走一个极端，然而究其根源，两者都是把传说与信史相混淆。前一偏颇将传说等同于信史而加以确认，后一偏颇则因传说不是信史而加以抛弃。科学的态度则应当透过传说显现的“史影”去“猜中”先民的生活情景和上古时代的发展线索，我们应当从关于炎帝神农的诸种传说的整合中，获得关于中华先民在新石器时代所达到的文明水平的理性认识。

（二）当“模糊”处且“模糊”

史学问题有两类，一类是应当并且可以精确化的，如诸葛亮躬耕地究竟在河南南阳还是在湖北襄阳？李自成究竟是死在湖北通山还是通城，抑或死在湖南石门夹山？辛亥武昌首义最先发难单位究竟是城外辎重营还是城内工程营？这样的问题，去日未远，有文献及实物的材料可供查询，既有条件，也有必要追究个清楚明白。另一类则是不必要也难有可能精确化的，古史传说即属此列，先哲说得好：“太古之事灭矣，孰志之哉！三皇之事，若存若亡；五帝之事，若觉若梦；三王之事，或隐或显，亿不识一。”[①] 炎帝黄帝的事迹便属于“若存若亡”“若觉若梦”“或隐或显”之类，我们在谈论这段历程时，不妨借

① 《列子·杨朱》。

用“模糊数学”的办法，来个“模糊史学”，主要着力于厘清大的发展脉络，而不必按照治文明史所要求的那样，去追求明朗完整的图像，作这种追求，往往牵强附会，人为地编制细节。概而言之，对于上古传说，不妨让其保留混沌状况，而不要像庄子所讥刺的那样，把混沌的七窍凿开，强使它明白起来。这样做的结果是，混沌的五官固然打通了，然而事物的本来面目遭到扭曲，混沌也就死亡了。[①]

从文学角度言之，古传说具有一种天然的神韵，综会神话传说的荷马史诗具有人类童年时代特有的魅力，这种魅力是后人的创作所不可企及的。对于炎帝、黄帝的传说，我们应当保留其原始魅力，而不要用穿凿的方法去改窜它，造成一种非驴非马的赝品。

（三）以二重证据法推进炎黄文化研究

原始社会是无直接文字资料可考的时代，原始社会的研究素材只能依赖传说与考古发掘材料。按照王国维所倡导的“二重证据法”，将地下之实物与纸上之遗文相互参证，这是研究包括炎黄文化在内的上古文化的正确途径。长江中游发现的屈家岭文化以及其他一系列散布在江汉地区的新石器文化遗址的发掘，以越来越丰富的“地下之实物”印证着“纸上之遗文”（即典籍记载的古传说），表明非但黄河流域是东亚农耕文明的发祥地，长江流域，特别是江汉平原一带也是东亚农耕文明的发祥地。早在五千年以前，先民在这里从事着创造性的劳动。培育农作物，驯化动物，制造精细的石器，建造房屋，烧制陶器，这一切正是炎帝神农传说产生的真实基础。史学研究所必不可少的微观考察功夫在原始社会的研究中加以运用，主要应当显示在对考古资料的研究上，也显示在考古资料与传说文献资料的相互比照上。如果说，对传说应该“当模糊处且模糊”，那么，在作考古材料研究时，则必须“当精确处则精确”。

需要一提的是，我们应当克服文献研究与考古发掘材料研究两相脱节的偏向，力促二者的结合。当然，在原始社会的研究上，二重证据的结合不可能像对文明时代的研究那样做到丝丝入扣，如通山发现了李自成的马镫，便证明着李自成确实到达过通山，我们不要企望某一新石器时代遗址的发掘直接证实炎

---

① 见《庄子·应帝王》。

帝神农的确“诞生在”随州，然而却可通过对长江中游，尤其是汉水流域一系列新石器文化遗址的全面把握，印证这一带在五千年以前是中华先民创造原始农耕文化的重要基地，因而这里理所当然地产生了关于炎帝神农的传说，并遗留下“烈山”“厉山”等与炎帝神农传说密切相关的古地名。

文化生态三层次说*

一、地球——人类创造文化的载体

讨论人类文化的生态环境，首先要从“人类的故乡”“文化的载体”——地球说起。

我们的地球，是太阳系内一个中等大小的行星，它环绕不断进行核裂变、熊熊燃烧的太阳旋转。

地球自身的质量所形成的地心引力，足以把贴近它的表面的大气层吸引住；而地球与太阳的距离，使地表温度恰到好处地让水保持液态，今日宇航员从月球或人造飞行器上观察到的地球，是一个由于水的缘故呈现青蓝色的美丽星体。①

这个星球在广袤的宇宙间不停歇地疾驰，因为包裹着由必要厚度的大气所“缝制”的“宇宙飞行服”，方能抵御宇宙射线对地球表面有机体的杀伤性照射，同时又将有益于机体生存的射线过滤进来，从而造成一个特定的内环境。这里有浓度和比例恰当的空气，适宜的温度和湿度，强度适中的太阳能及紫外线，这样，有机生命方万分幸运地在这个星体得以充分发展。

鉴于宇宙的广袤性，我们不能说地球为生命提供的这种机遇是绝无仅有的，却可以说是极其难得的，在太阳系内更是独一无二的（火星是否存在低级生命机体，一直聚讼未决，但地球以外的太阳系行星没有较高级生命机体

---

* 采自笔者所撰《中华文化史》上篇第一章，上海人民出版社 1990 年版。

① 水面占地球表面积的 71%，故有人把地球称作“水球”。

则毋庸置疑）。[①] 而人类，则是地球上有机生命历经漫长进化过程产生出来的“宇宙的精华，万物的灵长”[②]，用中国哲人的话来说，“惟天地万物父母，惟人万物之灵”[③]，“人者，天地之心也”[④]。人类受赐于自然，也受制于自然，同时，人类又超越自然，能够认识自然并按照自己的意志改造自然，“人之巧乃可与造化者同功乎”[⑤]，自此，我们的地球及周围的空间变成熙熙攘攘、充满生机的“人的世界”，也即“文化的世界”。古希腊学者“地理学之父”埃拉托色尼（约前 275—前 194）认为，应当把地球作为人的家乡来研究。这睿智的话语，正道出笔者所要讨论的“文化生态”的真谛。

二、人对环境的能动作用与环境对人的制约

人类从动物界离异出来，始终承受着自然和社会给予的多重压力。人类只有不断克服这些压力才能生存和发展，而文化便是人的生存与生存条件的统一体，是人类适应环境、改造环境，并改造自身的过程与产物。

植物和动物是在死亡的胁迫下，通过机体的变异来适应变化着的环境条件。物竞天择，适者生存，不适者淘汰，是生物界“天演之公例”。人类作为有机界进化长链中的一个环节，是这种“天演之公例”的产物，同时又超越于其上，具有愈益鲜明的自为能力。人类在劳动生活中形成并发展了别种生物所缺少的自觉和主观能动性，他们不仅接受自然的选择，而且因其有意识，会劳动，还可以选择自然；他们主要不是依赖身体器官的变异消极地顺应环境，而是通过改变自己的思想和行为，尤其是不断革新物质生产方式和社会组织来积极地增进对环境的制驭力，并不断发展自身的智能，由环境的奴隶变成环境的主人，从必然王国走向自由王国。

---

① 由中国的 547 名科学院院士和工程院院士投票评选的 2007 年世界十大科技进展，其第 2 项为：发现类似地球的太阳系外行星。欧洲天文学家 2007 年 4 月 24 日宣布，他们首次发现了一颗大小和表面温度与地球相似的太阳系外行星。这为探索地外生命提供了新参考。见《光明日报》2008 年 1 月 21 日第 1 版。

② 莎士比亚悲剧《哈姆雷特》中哈姆雷特的台词。

③ 《尚书 · 泰誓上》。

④ 《礼记 · 礼运》。

⑤ 《列子 · 汤问》。

当然，人类即使得到高度发展，也不可能为所欲为地处置自然。经济增长、社会进步及各领域的进步，都存在着自然资源（空间、原料、能源等）的潜在限制。那种认为环境的负荷能力无限、永无匮乏可能的观点，不过是一厢情愿的主观想象。人类作为自然的一员，只有遵循自然界的生态规律，才能事半功倍，否则便事倍功半，甚至受到自然的铁腕无情的惩罚。人类正是在应付环境的压力，不断克服人与环境间的矛盾，协调人与环境的相互关系的过程中，赢得进步动力的。

中国古人对于人类必须尊重、顺应自然规律，维持生态平衡，发表过相当精辟的意见。当然，这些生态学睿见，大多是"观物比德"的产物，即作为人伦政治命题的比附提出的。

据《国语》载，春秋时鲁宣公（？—前591）在泗水张网捕鱼，其臣里革把渔网割断，扔在水里，并对宣公说：

> 鸟兽孕，水虫成，兽虞于是乎禁罝罗，矠鱼鳖，以为夏犒，助生阜也。鸟兽成，水虫孕，水虞于是禁罝罜䍡，设阱鄂，以实庙庖，畜功用也。且夫山不槎蘖，泽不伐夭，鱼禁鲲鲕，兽长麑麇，鸟翼鷇卵，虫、舍蚳蝝，蕃庶物也，古之训也。①

贤臣里革强调的是合理利用资源，春夏鸟兽鱼孵卵孕育，不应捕杀；树木发芽生长，不宜砍伐。野生动植物得到繁衍，才可能取之不尽、用之不竭。

孟子（约前372—前289）为论证"仁政""王道"，以动植物的生态保护相比拟：

> 数罟不入洿池，鱼鳖不可胜食也。斧斤以时入山林，材木不可胜用也。②

《逸周书》也记载着保护山林的思想：

---

① 《国语·鲁语上》。
② 《孟子·梁惠王上》。

禹之禁，春三月，山林不登斧。[①]

荀子（约前 313—前 238）从哲理高度论述尊重自然规律的重要性：

天有其时，地有其财，人有其治，夫是之谓能参。舍其所以参，而愿其所参，则惑矣！[②]

认为人的功能是与天地配合，如果人放弃与天地配合的本分，却去与天地争职责，那真是糊涂了！

《管子》有类似见解，认为人不能“上逆天道，下绝地理”，否则“天不予时，地不生财”[③]。

成书于战国末年的《易传》把天、地、人视为“三才”，以为天人协调是理想境界，所谓“天地交泰，后以财成天地之道，辅相天地之宜”[④]，“范围天地之化而不过，曲成万物而不遗”[⑤]，既尊重自然规律，又肯定人类认识和改造自然的能动作用。

不能违拗自然规律，是中国古代哲人的一贯思想。西汉淮南王刘安（前 179—前 122）及其幕客说：

禹决江疏河，以为天下兴利，而不能使水西流；稷辟土垦草，以为百姓力农，然不能使禾冬生，岂其人事不至哉？其势不可也。[⑥]

东汉思想家王充（27—约 97）力辟天人感应说，他指出：

人不能以行感天，天亦不随行而应人。[⑦]

---

① 《逸周书·大聚解》。
② 《荀子·天论》。
③ 《管子·形势解》。
④ 《周易·泰卦·象传》。
⑤ 《周易·系辞上》。
⑥ 《淮南子·主术训》。
⑦ 《论衡·明雩》。

北魏农学家贾思勰说：

> 顺天时，量地利，则用力少而成功多。任情返道，劳而无获。[①]

这种"人事"不违天地规律的"因势利导"思想，顺应自然使用人力的思想，以及天人相分的思想，是中华文化关于"天—人"关系、"人—地"关系的卓识远见，也是当下强势话语"可持续发展"的宝贵思想前导。现代人类在征服自然方面取得的成就远迈古人，但与此同时，也面临生态环境遭到空前规模破坏的严峻形势，当此之际，重温先哲智慧，是大有裨益的。

人类对自身和外在自然界相互关系的认识，大约经历"主客浑然一体阶段""主客体两分对立阶段""主客体辩证统一阶段"。如果说，以古希腊为源头的西方文化较完整地经历这三个认识阶段，那么，中国传统思维方式一直未能充分展开主体与客体（或曰人与天）的分离阶段，即使春秋时期的子产倡言"天道远，人道迩"，战国时的荀况、唐代的刘禹锡（772—842）论证过天人相分，但就总体而言，天人合一观点在中国占优势，天人相分观点没有获得充分发育。这一倾向与中国难以自发通向近代工业文明是互为因果的。当然，中国传统的天人合一思想所包含的若干合理成分，对于面对生态危机的后工业社会又有着特殊的启迪意义，已经并将进一步发挥积极作用。

人类与自然—社会环境的相互关系，是人类思考和面临的一个永恒主题，当然也是文化史学的首要课目。

> 任何人类历史的第一个前提无疑是有生命的个人存在。因此第一个需要确定的具体事实就是这些个人的肉体组织，以及受肉体组织制约的他们与自然界的关系。……任何历史记载都应当从这些自然基础以及它们在历史进程中由于人们的活动而发生的变更出发。[②]

我们把握漫长而错综的中华文化历程，当然必须以中华民族生活的自然基

---

① 《齐民要术·种谷第三》。

② 马克思、恩格斯：《德意志意识形态》，《马克思恩格斯全集》第3卷，人民出版社1972年版，第23～24页。

础作为出发点，并进而研讨中华民族在这个自然基础之上发展起来的经济生活、社会组织的种种变更，即以中华民族赖以生存，并得以创造文化的“生态环境”。

三、文化生态学：文化学与生态学结合的产物

就文化史学而言，“生态环境”是一个借用概念，它本是“生态学”的基本范畴。“生态”源于希腊文 oikos（居住），引义为一切生物的生存状态，以及生物之间、生物与环境之间的关系。以生态问题为对象的学问称之“生态学”。

生命的特征在于与周围环境进行新陈代谢，生物的居住环境是一个复杂的、不断进行交换的系统。生物及人类同环境的关系问题，很早就受到人们的注意，中国古人便有“居楚而楚，居越而越，居夏而夏”[①]一类环境决定人性的观点；《周易》还提出“仰以观于天文，俯以察于地理”[②]的全面审视生存环境的主张；中国古代许多朝代都设置过虞、衡等环境保护机构，如《周礼》载，先秦即有山虞、泽虞、川衡、林衡等职官，负责制定保护山林、川泽的政令，并巡视林麓和川泽。可见，人类同其生存环境的关系协调问题，为中国从事生产劳动的庶众、从事精神生产的文化人、从事社会管理的朝廷所共同关心。当然，这种关心还是零星的、无计划的；与之相伴，中国人也做过不少破坏生态平衡、逆天而行的蠢事。

在其他民族和国度，注意人类生存环境的思想也产生很早，著名的中东伊斯兰学者、《历史绪论》的作者伊本·赫勒敦（1332—1406）于 1377 年已提出文化生态概念，强调人类文化与周围环境的联系。

直到近世，对生态问题的研究才成为真正科学。19 世纪 60 年代，德国动物学家、进化论者恩斯特·海克尔（1834—1919）首创生态学。他在《有机体普遍形态学》一书中说：“生态学是动物对于无机及有机环境所具有的关系。”从而把生态学确定为一门探讨有机体与其外围环境相互适应状态的科学。20 世纪 30 年代，英国生物学家阿瑟·乔治·坦斯利把生物群落及环境因素放在

① 《荀子·儒效》。
② 《周易·系辞上》。

"生态环境"中加以研究。他在《植物概念术语的使用问题》一文中指出:"有机体不能与它们的环境分开,而必须与它们的环境形成一个自然生态系统。"20世纪70年代以来,生态学的研究重点逐步从以生物界为主体发展到以人类社会为主体,从主要考察自然生态系统过渡到主要考察人类生态系统。这种研究与经济学结合,产生了生态经济学;与文化学结合,产生了文化生态学。

美国文化人类学家斯图尔德(1902—1972)在1955年出版的《文化变迁理论》一书中阐述文化生态学的基本概念:"生态学主要的意义是'对环境之适应'。"对大多数动物而言,适应是以它们的身体特征来达成,而人类的适应主要是靠文化的方式来达成。"人类进到生态的场景中……不仅只是以他的身体特征与其他有机体发生关系的另一个有机体而已。他引入了文化的超机体因素。"①

文化生态学是以人类在创造文化的过程中与天然环境及人造环境的相互关系为对象的一门学科,其使命是把握文化生成与文化环境的调适及内在联系。作为文化生态学的一个基本概念,"文化生态"(或称"文化背景"),主要指相互交往的文化群体凭以从事文化创造、文化传播及其他文化活动的背景和条件,文化生态本身又构成一种文化成分。人类与其文化生态是双向同构关系,人创造环境,环境也创造人。这便是我们从事文化研究要从生态研究入手的缘故。

四、自然场与社会场·文化生态三层次

人作为自然—社会的双重存在物,是在自然场②与社会场相交织的环境中创造文化的。

"自然场"指人的生存与发展所赖以依托的自然界;"社会场"指人在生存与发展过程中结成的全部社会关系的总和,可大略分为经济和社会组织两方面。人类各民族的生态环境,是自然场和社会场的整合,可以从自然环境、经济环境、社会组织环境三个层次进行解剖分析。

---

① 转引自《人与文化的理论》,黑龙江教育出版社1988年版,第114页。

② "场"是一个从物理学借用来的概念。其原意是在粒子相互作用中起媒介作用的实体,它分布在整个空间或部分空间,如重力场、声场等。

第一，自然环境，又称地理环境。指被人类改造、利用，为人类提供文化生活的物质资源和活动场所的自然系统。地球表面的岩石圈、水圈、大气圈、生物圈，今日人类开始触及的外层空间，以及对人类生活发生久远作用的宇宙因素，共同组成这个自然系统，而这个自然系统又与人类相互作用，构建了文化的地理环境，提供人类生存的物质基石、创造文化的自然前提。它既是人类生活的外在客体，又日渐渗入人类的主观因素，故可称之“人化的自然”。

第二，社会经济环境。指人类加工、改造自然以创造物质财富所形成的一套生产条件，包括工具、技术、生产方式等。它们是人与自然发生直接关系的产物，人类一旦失掉经济组织及其工具，就无以生存，更谈不上创制文化，而经济环境本身既是广义文化的一个基本组成部分，又是狭义文化（即观念形态文化）植根的土壤和赖以生发的物质前提，古人云，“仓廪实则知礼节，衣食足则知荣辱”①，“来牟（小麦）率育而大文发焉”②，正是对观念形态文化与经济生活相互关系的素朴表述。

第三，社会制度环境。指人类创造出来为其文化活动提供协作、秩序、目标的组织条件，包括各种社会组织、机构、制度等结合而成的体系。社会制度环境作为人际关系所形成的现实社会的基本态势，既是广义文化的组成部分，又是狭义文化（观念形态文化）赖以生长发育的社会组织前提。人类区别于动物，并大大优胜于动物，正因为他们结成了社会性的群体，诚如荀子所说，人“力不若牛，走不若马，而牛马为用，何也？曰：‘人能群，彼不能群也。’”③。

人类是生态系统的一个成员，又是生态系统的干预者和调节者。随着文明程度的提高，具有愈益精密的技术系统和观念系统的人类，愈有能力突破自然环境的某些限制，享有日益广泛的自由度，社会场（经济的及社会结构的）更加强有力地影响文化生成。当然，这并不意味着自然场的影响力可以被忽视，它实际上更加深刻、更加广泛地渗透进人类生活，与社会场有机地组合成“文化的生态环境”，提供人类栖息生养、创制文化的条件。因此，要把握一个民族文化的真髓及其发展历程，必须首先了解这个民族得以繁衍的自然环境和社

① 《管子·牧民》。
② 王夫之：《诗广传》卷五。
③ 《荀子·王制》。

会条件，并对其进行综合的、动态的考察，也即将文化生态三层次作为一个统一整体，进行分析与综合的双向研究，并与诸文化现象有机联系起来加以整体认识。

在我国古典文化遗产中，十分可贵的一点是，我们的先哲们很早就能全面观照自然场和社会场，把探索民族文化差异性的目光全面投向文化生态三层次。大约成书于战国的《礼记・王制》有一段关于民族材性划分问题的议论：

> 凡居民材，必因天地寒暖燥湿，广谷大川异制，民生其间者异俗，刚柔轻重，迟速异齐，五味异和，器械异制，衣服异宜，修其教不易其俗，齐其政不易其宜。①

《礼记・王制》作者在进行民族划分时，综合考察自然环境、生活方式、生产方式、风俗习惯等诸种因素，并认为统治者可以实行政、教的改变，而不能随意变革民众的风俗习惯。《礼记・王制》作者指出："中国、夷、蛮、戎、狄，皆有安居、和味、宜服、利用、备器。五方之民，言语不通，嗜欲不同。"②这种从文化生态的差异来区分民族的方法是理性的，而非种族主义的。正是从这种观念出发，当"戎夷"接受了农耕文明，便被认作文明人，不再被视为野蛮人，也即所谓"由夷变夏"。

五、中华民族在古代和近代面对的两组文化生态类型比较

中华民族跨入文明门槛后，截至西方资本主义殖民者大规模侵入前，长期以来主要面对的是这样一组文化生态类型——在温暖湿润、江河纵横的自然环境中滋生的农业经济、宗法—专制社会与在干燥寒冷的草原—荒漠中发育起来的游牧经济、部落社会之间的对比。

自先秦以来，中国人反复讨论的"华夷之辨"，就是研究这样的一组两相对照的文化生态及其导致的文化冲突与整合。春秋时期有"裔不谋夏，夷不乱华"③之说，把"四裔""夷狄"与华夏作为两种不同的文化类型，从地理环

①② 《礼记・王制》。

③ 《左传・定公十年》。

境、经济生活、政治制度、社会心理诸方面加以比较。孔子（前551—前479）所谓“夷狄之有君，不如诸夏之亡（无）也”[①]。是在对比“诸夏”（中原诸族）的农业文明与“夷狄”（周边诸族）的游牧文明之后，对农业文明先进性的肯定。由于中原地区的农耕文明总体水平高于四夷，华夏族及后来的汉族称夷狄为“陋”[②]，并居高临下地认为，只有华夏文明施影响于夷狄，而少有逆方向影响，即孟子所谓“吾闻用夏变夷者，未闻变于夷者也”[③]，以致当赵武灵王打算学习胡人的骑射和服装时，遭到公子成等许多“华夏文明本位论者”的强烈反对。

《礼记·王制》曾对“天下”作两级划分，一级是“中国”与“戎夷”之分，“中国”（即中原）是农耕经济的文明之邦，“戎夷”（即周边少数民族）是采集经济、游牧经济的野蛮之邦，所谓“不火食者”“不粒食者”；二级又将“戎夷”划分为东夷、北狄、南蛮、西戎，与“中国”相对应。后世学者继承这种民族划分法，并有引申。如明清之际的王夫之（1619—1692）关于“夷夏之辨”便有不少富于理性精神的分析，他具体展开二者的文化差异：“夷狄”处于“射生饮血”[④]阶段，其生活方式是“彼自安其逐水草、习射猎、忘君臣、略昏宦、驰突无恒之素”[⑤]，这是对游牧文明的概括；至于中原地区的华夏族则“有城郭之可守，墟市之可利，田土之可耕，赋税之可纳，昏姻仕进之可荣”[⑥]，这是对农业文明的概括。

如果说，古代中国人是在农业文明与游牧文明的比较中，把握汉民族与周边民族各自文化特质的，那么，近代中国人则通过对比东方农业文明与西方工业文明，从这两种文化生态的差异中，对自己文化的特质重新加以认识。

西方在近几个世纪产生的工业文明，从其物质生产、科学技术，到政治制度、观念形态，都与东方传统的农业文明形成鲜明的对比，而19世纪中叶以来，东方的农业文明又连连在西方的工业文明面前吃败仗，这使得一向以“礼仪之邦”“声明文物之邦”自诩的中国人大为震惊，其先觉者逐渐意识到，中

---

① 《论语·八佾》。

② 《论语·子罕》：“子欲居九夷，或曰陋如之何？”

③ 《孟子·滕文公上》。

④ 《诗广传》卷五。

⑤⑥ 《读通鉴论》卷二十八。

国人并非一线单传的天之骄子，而不过是多元世界的普通一员；曾经领先于周边的中国人现在面对一个旷古未逢的强劲对手——被工业文明武装起来的西方人。获得一个全新文化参照系的先进中国人开始思考：东西文化的差异何在？造成这些差异的原因何在？中华民族怎样才能使自己的文化焕发新的生命活力从而迎头赶上？

19世纪中叶以来，中国人从器物文化、制度文化、行为文化到心态文化诸层面逐渐深入地把握东西文化的类型区别；20世纪初叶，进而探究造成这种区别的缘故，于是着手考察东西文化各自的生成机制，这就不可避免地要把研究的触角伸向“文化生态”领域。

“五四”时期，进行这类努力的颇不乏人。影响较大者如杜亚泉（笔名伧父，1873—1933），1916年在《东方杂志》发表文章，把中西文化的区别视作“性质之异，而非程度之差”，而造成这种差异的原因是民族斗争的有无和地理环境的区别。杜氏认为，第一，“西洋社会，由多数异民族混合而成”，常常“叠起战斗”；中国民族虽非纯一，但各族“发肤状貌，大都相类”，彼此争夺，“仍为一姓一家兴亡之战，不能视为民族之争”。第二，西洋文明发源于地中海沿岸，这里“交通便利，宜于商业，贸迁远服，操奇计赢，竞争自烈”。而中国文明发达于黄河沿岸，这里“土地沃衍，宜于农业，人各自给，安于里井，竞争较少”。这两方面的差别，导致东西方社会现象“全然殊异”，进而造成文化的大相分歧：西洋“以自然为恶”，“注意人为”，中国“以自然为善，一切皆以体天意遵天命循天理为主”。由此派生出西洋的“主动文明”，中国的“主静文明”。“两种文明，各现特殊之景趣与色彩。即动的文明，具都市的景趣，带繁复的色彩，而静的文明，具田野的景趣，带恬淡的色彩”①。

杜亚泉认为，东西文化只有类型之别，而无先进落后之差；李大钊（1889—1927）则明确指出，西方工业文明高于东方农业文明整整一个历史时代。可见，杜、李二氏分别强调文化的民族性和时代性。然而，在剖析东西文化之别的原因时，李氏却与杜氏的说法难分轩轾。1918年李大钊撰文曰：“东洋文明主静，西洋文明主动。”继而他又将人类文明区分为“南道文明”（中国本部、日本、印度、埃及、波斯等）和“北道文明”（欧洲各国及蒙古、满

---

① 伧父：《静的文明与动的文明》，《东方杂志》第十三卷，第十号。

洲），“南道文明者，东洋文明也；北道文明者，西洋文明也。南道得太阳之恩惠多，受自然之赐予厚，故其文明为与自然和解、与同类和解之文明。北道得太阳之恩惠少，受自然之赐予啬，故其文明为与自然奋斗、与同类奋斗之文明”①。这显然是从纬度差导致的气候差出发，解释东西文化的特性。早年主张向西方文明学习，晚年力倡以东方文明拯救西方的梁启超，在分析东西文明类型差别的缘故时，与杜氏、李氏的观点和方法也大同小异，他主要从濒海性来区分大陆与海洋文化的差异，从地形地势来把握欧亚两种文明类型的生成机制。②

“五四”时期对文化类型的生成机制有较深入观察的是初步掌握唯物史观的陈独秀（1879—1942）等人。陈氏在肯定地理环境对历史文化具有影响的同时，还注意从社会制度的不同来剖析东西文化的特色。他认为，在古代专制政体下，中西文化并无大异，到了近代，西方发生资产阶级革命，“群起而抗其君主，仆其贵族，列国宪章，赖以成之”，而东方社会仍迟滞不前，“自游牧社会，进而为宗法社会，至今无以异焉；自酋长政治，进而为封建政治，至今亦无以异焉”，这样，东西文化便产生了鲜明差异——西方已是近代社会之“近代文明”，而东方仍然是“宗法社会”“封建政治”之下的旧式文明，未能脱出“古代文明之窠”③。陈独秀虽然对“封建制”的把握发生错谬（笔者有专文论及），但他注意到文化的时代性问题应予肯定，他不是像杜亚泉那样一味强调文化的地域性、民族性。陈氏还提出，以“家族为本位”的宗法制度，是中国文化类型形成的重要因素。他说：

> 忠、孝者，宗法社会封建时代之道德，半开化东洋民族一贯之精神也。④

陈氏企图从社会内部寻找造就中华文化特征的原因，他对文化生态的考察已不限于地理环境，而开始进入经济生活和社会制度层次，并由此揭示中华文化的

---

① 《东西文明根本之异点》，《言治》季刊第三册。

② 见梁启超《地理与文明的关系》，《饮冰室合集》文集之十。

③ 陈独秀：《法兰西人与近世文明》，《独秀文存》卷一。

④ 陈独秀：《东西民族根本思想之差异》，《独秀文存》卷一。

宗法伦理型特质。

如果说，“五四”以前李大钊考察中华文化生成机制，主要视角是地理唯物论，那么，“五四”以后，他更多地转向经济和社会的分析。李氏在 1920 年撰写的一篇文章中指出：

> 东洋文明是静的文明，西洋文明是动的文明。
>
> 中国以农业立国，在东洋诸农业本位国中占很重要的位置，所以大家族制度在中国特别发达。原来家族团体一面是血统的结合，一面又是经济的结合。……中国的大家族制度，就是中国的农业经济组织，就是中国二千年来社会的基础构造。一切政治、法度、伦理、道德、学术、思想、风俗、习惯，都建筑在大家族制度上作他的表层构造。看那二千余年来支配中国人精神的孔门伦理，所谓纲常，所谓名教，所谓道德，所谓礼义，那一样不是损卑下以奉尊长？那一样不是牺牲被治者的个性以事治者？[①]

这种对中华文化特质的认识，不单从地理环境着眼，而是较具体地剖析人文因素（经济的、社会的、心理的），这就步入文化研究的较深层次。李大钊在这一阶段还明确地表示对于超越传统的东方文明（所谓“灵的文明”）和当代西方文明（所谓“肉的文明”）的“第三新文明”的向往，这种“第三新文明”是“灵肉一致之文明”[②]，展示着对物质文明和精神文明均获健全发展的新文明的企望。

在 20 世纪三四十年代，冯友兰（1895—1990）创立他的文化类型说时，以生产方式作为划分文化类别的尺度，并且注意到社会结构特征。他指出，近代西方是“以社会为本位的社会”，中国则是“以家为本位的社会”[③]，中西文化差异性的基因蕴藏于此。这类分析，较之梁漱溟（1893—1988）在“五四”时期以“意欲”之别区分中、西、印文化[④]，更为深切踏实，显示了唯物史观

① 李大钊：《由经济上解释中国近代思想变动的原因》，《新青年》第 7 卷第 2 号。

② 《李大钊文集》上卷，人民出版社 1984 年版，第 184 页。

③ 见《新事论》，商务印书馆 1940 年版。

④ 梁漱溟在《东西文化及其哲学》中称，西洋文化“以意欲向前要求为其根本精神”，中国文化“以意欲自为调和、持中为其根本精神”，印度文化“以意欲反身向后要求为其根本精神”。

的影响，却又有简单化倾向。

总之，由于思想武器的薄弱和方法的简单，又由于面临“救亡图存”的迫切使命，“五四”前后关于中西文化讨论的参加者没有余裕从学术的深度和广度上展拓，也就未能对中华文化的生成机制做出多层面的综合考察，即使较卓异的陈独秀，关于中华文化的特征的成因，也“语焉未详”，缺乏周到、深刻的分析。而深入考察文化生态恰恰是今日文化学者所应着力之所在。

六、中华文化生态综述

一个民族文化的特质，或曰“民族精神的标记”，既非造物主的赋予，也不是绝对理念的先验产物，而是该民族在长期的社会实践中创造、积淀而成的，这种创造与积淀又不是随意制作，而是植根于民族生活的土壤之中，也即成长于特定的文化生态之间的。

19 世纪末叶，丹纳（1828—1893）、勃兰兑斯（1842—1927）等文化历史派认定，种族、环境和时代是决定民族文化的三要素，其中又特别突出种族因素，断言种族因素中的天赋、情欲、本能、直观是决定民族文化特征的“永恒冲动”[①]（鲁迅早年的文化观受到丹纳、勃兰兑斯的影响）。文化历史派的观点含有可借鉴的成分，但片面强调种族因素，并未能真正追溯文化特质的终极原因。事实上，民族文化的差异性，与那些民族的文化生态的差异性有着深刻联系，而文化生态又可大体区分为该民族所处的地理环境、所从事的物质生产方式、所建立的社会组织这样三个层次。文化生态三层次彼此之间不断通过人类的社会实践（首先是生产劳动）进行物质的及能量的交换，构成一个浑然的整体，同时，它们又分别通过复杂的渠道，经由种种介质对观念世界施加影响。只有把握无比绚丽多彩的人类观念世界与自然—社会环境间的复杂网络关系，将观念形态的文化与其赖以发生发展的生态基础深刻地联系起来加以考察，并进而具体剖析精神文化自身的运行规律，才有可能真切把握中华文化的精髓。

中华民族是在十分复杂的“生态环境”中创造并发展自己的文化的。如果

---

① 丹纳:《英国文学史·序言》，见伍蠡甫主编《西方文论选》下卷，上海译文出版社 1979 年版，第 236 ~ 237 页。

以最简练的语言概括中华文化的“生态环境”，似乎可以这样讲：

> 养育中华传统文化的是一种区别于开放性的海洋环境的半封闭的大陆—海岸型地理环境；是一种不同于工商业经济的家庭手工业与小农业相结合的自然经济并辅之以周边的游牧经济；是一种与古代希腊罗马的城邦共和制、元首共和制、军事独裁制，中世纪欧洲和日本的领主封建制以及印度种姓制均相出入的家国同构的宗法—专制社会。

地理环境的、物质生产方式的、社会组织的综合格局，决定了中华民族社会心理诸特征，而中国人，包括中国的文化匠师们便以这种初级思想材料作原料进行加工，创制了富于东方色彩的、仪态万方的中华文化。

地理环境与人文因素双向同构 *

一、引言

地理环境，包括宇宙的、地质的、气象的、水文的、地文的、生物的等条件。作为文化生态基石的地理环境可约略区分为两大部类，其一为生态系统的生物成分及其他有机物质，是人类生活的有机环境；其二为生态系统的气候、土壤、无机物质、地形、纬度、海拔高度等，是人类生活的无机环境，无机环境就广义言之，还应包括地质环境（地球整个岩石圈）和星际环境（宇宙条件）。这两大部类共同构成人类生存的物质基础、创造文化的自然前提。地理环境的诸成分又相互影响，伴随着物质、能量的输出输入关系；而人类的生活、生产活动也同地理环境诸成分间不断进行物质、能量的代谢。

如果把各民族、各国度有声有色的文化表现比喻为一幕接一幕的悲喜剧，那么，这些民族、国度所处的地理环境便是这些戏剧得以演出的舞台和背景。当然，地理环境不仅是文化的消极衬托物，自从人的因素渗入地理环境以后，地理环境已经成为各民族、各国度文化机体的构造成分，成为锻冶文化合金的重要元素；地理环境不是脱离人类生活的纯客观事物，而是在不同时间和空间范围内有可能为人类提供福利或造成阻难的物质和能量，是人类社会生活的有机组成部分。随着人类活动向深度和广度的进军，地球上愈来愈少有全然不受人类影响的"纯"地理环境。在这一意义上，可以把地理环境称作"人文—地理环境"。

---

* 原载《中西哲学与文化》第一辑，河北人民出版社 1992 年版。

二、在地理与人文关系问题上的两种极端之论

关于地理环境与人文发展的关系问题，一向存在着彼此歧异的观点。

“智力决定论”是对立的一极。它的表现形态之一，是企图把地理逐出历史，把自然逐出社会，将文化单纯归结为人类智力或精神的产物，进而归结为天才的创造。

与排斥地理因素的“智力决定论”相对立的另一极，是“地理唯物论”，它认为地理条件规定着民族性与社会制度，制约着历史和文化的发展方向。这种观点的极端形态便是“地理环境决定论”。

由于“智力决定论”的谬误性显而易见，我们将着重考察“地理环境决定论”的得失。

“地理环境决定论”在中外文化史上都有久远的形成和发展历程。

先论西方。古希腊历史学家希罗多德（约前484—前425）认为，全部历史都必须用地理观点来研究，地理提供了历史和文化的自然背景和舞台场景，历史事实与它联系在一起才具有意义。古希腊名医希波克拉底（约前460—前377）所著《论空气、水和环境的影响》一书，认为人的身体和性格大部分都随着自然环境的不同而有所不同，从而强调地理环境对人性的影响。古希腊最渊博的学者亚里士多德（前384—前322）提出，地理的各种可居住性和不同的纬度有关，他创立环境地理学，认为地理环境既是人类生存的物质环境，又是制约社会存在的相互关系体系，从而把地理环境纳入人类历史和文化考察的范围之内。文艺复兴晚期学者、法国人让·博丹（1530—1596）认为，“某个民族的心理特点决定于这个民族赖以发展的自然条件的总和”[①]。他不单把人的心理、气质的自然条件基础归结为纬度高低造成的气温差异，还归结为经度（即距海远近）造成的湿度差异。此外，让·博丹还注意到人类的法规、意志和教育对自然条件的反作用。他的思想表现了人文主义者对地理因素与人文因素相互关系的重视。

18世纪欧洲启蒙运动著名思想家孟德斯鸠（1689—1755）是社会学中地

① 让·博丹:《论国家》第五册。

理学派的代表。这个学派认为，国家制度和文化类型取决于地理环境，尤其是气候。孟氏在《论法的精神》中声称，“气候的王国才是一切王国的第一位。……异常炎热的气候有损于人的力量和勇气，居住在炎热天气下的民族秉性懦怯，必然引导他们落到奴隶的地位。而寒冷的气候则赋予人们的精神和肉体以某种力量，这种力量和勇气使他们能够从事持续的、艰难的、伟大的和勇敢的行动，使他们保持住自由的状态。”他还指出，“墨西哥和秘鲁的那些专制帝国是接近赤道的，而几乎一切自由的小民族都靠近两极”。“海岛民族比大陆民族更重视自由”。从而把纬度和滨海性作为人性与制度的决定因素。中国近代思想家梁启超、杜亚泉、李大钊等人在“五四”前后探究中西文化差异的原因时，主要便是运用“地理唯物论”的理论和方法。如梁启超1902年发表于《新民丛报》的《地理与文明之关系》一文，便集译西方的地理唯物论诸说（如亚里士多德、洛克等人言论），兼及中国古代哲人（如管子）的相关言论而成，认为气候、地势之别，是亚洲文明与欧洲文明大相径庭的原因。梁氏此论的成败得失，与“地理环境决定论”多有干系。当然，我们也不能因此认定梁氏为“地理环境决定论者”。事实上，梁氏本人在1922年的一次演讲中，又对“地理环境决定论”提出质疑：

> 有一义应先商榷者，则历史现象受地理之影响支配，果至若何程度耶。历史为人类心力所构成，人类惟常能运其心力以征服自然界，是以有历史。若谓地理能支配历史，则五百年前之美洲，地形气候，皆非有大异于今日，而声明文物，判若天渊，此何以称焉？①

不过，梁氏等中国近代学者尚未能科学地解答地理环境与文化生成的辩证关系，当他们怀疑“地理环境决定论”时，往往又不免陷入历史的“心智决定论”。

环境决定论与心智决定论之间，并没有横亘着不可逾越的万里长城。与孟德斯鸠同时的另一法国启蒙学者爱尔维修（1715—1771）便发表过上述两种彼此对立的极端之论。一方面，爱尔维修强调外部环境对人的制约、对人性的决定性影响，提出“人是环境的产物”这一著名论点；另一方面，当他意识到人

① 梁启超：《地理及年代》，《饮冰室合集·专集之四十七》。

类的心智活动不是环境所能直接左右时，又提出“意见支配世界”的另一极端观点。这是爱尔维修企图跳出环境决定论所做的一种努力。但他毕竟未能获得客观因素与主观能动性二者的辩证统一认识，陷入自然必然性与人类智力绝对自由这样两个彼此矛盾论点的二律背反怪圈。

英国历史学家巴克尔（1821—1862）将“地理环境决定论”正式引入文化研究。他在所著《文化史》一书中认为，气候、土地、食物等自然环境是文化发达的决定性因素。赋予“地理环境决定论”以完整理论形态的，是德国地理学家拉采尔（1844—1904）。他把人看作环境的产物，认为人和其他生物一样，其活动、发展和分布受环境的严格限制，环境以盲目的残酷性统治着人类的命运。拉采尔把地理环境对人类文化的影响归结为四方面：第一，直接的生理影响；第二，心理的影响；第三，对社会组织和经济发达的影响；第四，支配人类迁徙及其最后分布。这与此前大半个世纪的德国哲学家黑格尔（1770—1831）在《历史哲学》中的说法大体近似。黑格尔将自然环境对人类社会的影响归结为三方面：对生产方式、经济生活发生作用；对社会关系、政治制度发生作用；对民族性格发生作用。不过，辩证法大师黑格尔并没有陷入“地理环境决定论”。他特别声明，应当给地理环境的作用力以恰如其分的评价：

> 我们不应该把自然界估量得太高或者太低：爱奥尼亚的明媚的天空固然大大地有助于荷马诗的优美，但是这个明媚的天空决不能单独产生荷马。[①]

这就为对文化成因做自然—人文因素的综合考察预留了广阔天地。

中国古代也有与西方相近似的“地理唯物论”观点。

《礼记·王制》说：

> 广谷大川异制，民生其间者异俗。

《管子·水地篇》说：

① 《历史哲学》第123页，商务印书馆1963年版。

地者，万物之本原，诸生之根菀也，美恶、贤不肖、愚俊之所生也。水者，地之血气，如筋脉之通流者也。……故水一，则人心正；水清，则民心易。

《考工记》说：

橘踰淮而北为枳，鸜鹆不踰济，貉踰汶则死，此地气然也。郑之刀、宋之斤、鲁之削、吴粤之剑，迁乎其地而弗能为良，地气然也。

明人王士性在论及关中和川中水土与人性的关系时说，由于关中土厚水深，“故其人禀者博大劲直而无委曲之态。……川中则土厚而水不深，乃水出高原之义，人性之禀多与水推移也。”①

这些言论都带有地理环境决定人性的意味，与两千年后的孟德斯鸠异曲同工。可见，具有机械唯物倾向的、直观把握地理环境与历史文化之间关系的思想，是源远流长，东西辉映的。

三、“地理环境决定论”的失足处

“地理环境决定论”强调气候、地形等自然条件对人类历史文化的影响，包含着若干合理的、有价值的思想成分。然而，“地理环境决定论”有两处重大失误。

第一，把地理环境对人类文化的影响从特定的时间范畴抽象出来，加以无限制发挥，因而难免偏颇。其实，地理环境究竟在怎样的深度和广度上影响文化创造，取决于人类历史发展不同阶段的特性，尤其取决于生产力发展的水平。同样的地理环境，在不同的社会发展阶段上可以产生大相差异的作用。例如，中东的不毛沙漠，在游牧—绿洲农业经济阶段，是一种十分不利于经济文化发展的地理环境，但在现代工业文明时代，当这些沙漠地下丰富的石油资源被开掘出来，若干中东国家的经济文化状态迅速发生巨大变化。

---

① 王士性：《广志绎》卷三。

又如，在航海技术低下的古代，辽阔的太平洋曾经是生活在东亚大陆诸族的一种交通障壁，但到了近现代，太平洋愈益成为联络沿岸各国经济、文化的最便利、最开阔、价格最低廉的交通走廊。再如，北欧的斯堪的纳维亚山脉和中欧的阿尔卑斯山脉，曾经是挪威和瑞士保留封闭落后状态的地理条件，直至19世纪中叶仍然如此。恩格斯指出，在1847年，“欧洲有两个地方还保持着最原始的古基督教德意志式的野蛮，几乎还以橡实为食料，这两个地方就是挪威和阿尔卑斯高山地区即旧瑞士。”尤其是“旧瑞士”，“它简直像牲畜一样顽固地坚持与整个世界隔绝，死守着地方习惯、装束、偏见以及全部地方狭隘性和封闭性。”[①]然而，19世纪后半叶，特别是20世纪，随着现代工业和交通设施的长足进展，瑞士、挪威竞相迈入开放、发达国家行列，阿尔卑斯山脉和斯堪的纳维亚山脉的交通屏障作用，因铁路隧道的凿通、盘山公路的修筑、航空业的日益普及而大为消减。凡此种种，都雄辩地表明，地理环境对人类文化创造的影响，决非亘古不变，而是一个因时而迁的历史范畴，因而对其考察必须持历史主义态度。

第二，“地理环境决定论”忽略若干中介环节，把自然对人类社会及其文化的作用加以直线化、简单化、夸大化的描述，以致得出气候单独决定民族性、地势直接左右社会制度这样一些有明显片面性的结论。事实上，人类的生活方式，人类创造的文化，不是地理环境单独创造的，而是环境因素与人文因素（社会、历史、心理）的复合体。人类历史和文化的发展，是多重因素相互作用的结果，地理环境只是形成人类历史和文化的复杂因果网络中的一个重要成分，它对民族性格和文化风格的建造，在大多数情况下都不是直接起作用，而主要是通过提供生产力的物质条件间接发挥效力的。

自然的人化即文化。文化是人类的价值观念在社会实践过程中的对象化。自然环境本身并不是文化，却是文化赖以产生的基石。文化创造是人类通过生产劳动及其他社会实践与环境交相作用的过程，是人类的主观能动性与客观环境的辩证统一体。从文化学角度考察，“地理环境决定论”的最大失误，就在于忽视了这个辩证统一的过程，尤其是忽视了以生产劳动为基础的人类的社会实践在创造文化中的巨大能动作用，从而陷入自然宿命论的偏颇之中。

---

① 恩格斯：《瑞士的内战》，《马克思恩格斯全集》第4卷，第385页。

四、作为自然界一员的人类，永远要受制于地理环境，因而历史的及文化的研究必须重视对地理环境的考察

我们批评地理环境决定论的失误，决不意味着对于任何漠视地理环境重要性的观念的肯定。

历史和文化的发展不能摆脱人类在时间—空间上所处的特定自然条件。一则，人类本身便是自然的产物，其生存和发展要受自然法则制约；二则，人类的生活资料取之于自然，人类劳动的对象也是自然，自然和人的劳作结合在一起才能构成财富（物质的和精神的），才能造就文化。人类的文化成就，不论是房屋、机械还是书籍、绘画，都是自然因素与人文因素的综合；三则，人类的一切活动，包括生产活动、生活活动，以及政治、军事活动，都在特定的地理环境中进行，并与之发生交互联系。

人类在任何发展阶段都离不开地理环境。人所共知，原始人类的生活和生产深深依赖地理环境；进入文明时期，随着人的主观能动性提高，这种对环境的依赖性似乎有所淡化和隐化，然而，人类永远也不能摆脱地理环境的制约。实际情况是，人类的文明程度愈高，对地理环境利用的范围也愈益扩大和深化。因此，无论对哪一发展阶段的人类文明进行研究，都不能忽视人—地关系的考察。马克思在论及古代亚细亚和日耳曼不同的原始公社关系时指出，这种区别“取决于气候，土壤的物理性质，受物理条件决定的土壤开发方式，同敌对部落或四邻部落的关系，以及引起迁移，引起历史事件等等的变动”[①]。恩格斯在研究爱尔兰的历史时，也从爱尔兰的地理环境（地理位置、土壤性质、矿藏、气候等）入手，再进入经济的和社会历史的考察。[②] 如此等等对历史文化生成机制作自然—人文因素综合考察的方法，是文化史研究的正途。恩格斯还专门告诫人们：

> 我们必须时时记住：我们统治自然界，决不像征服者统治异民族一样，决不像站在自然界以外的人一样——相反地，我们连同我们的肉、

---

① 《马克思恩格斯全集》第46卷，第488页。

② 恩格斯：《爱尔兰史》，《马克思恩格斯全集》第16卷，第525～549页。

血和头脑都是属于自然界，存在于自然界的；我们对自然界的整个统治，是在于我们比其他一切动物强，能够认识和正确运用自然规律。[①]

唯其如此，我们的历史研究和文化研究必须注重对地理环境的考察。那种凡涉及地理环境影响历史文化的进程和风格，就被斥之为“地理环境决定论”的做法，也是不可取的，是斯大林在20世纪三四十年代的苏联造成的一种不良学风。今天，在这个问题上有必要复归马克思、恩格斯的科学观点，既高度重视地理环境对历史文化的深远影响，又扬弃地理环境决定论，坚持文化生成的主体客体辩证统一的观点。

五、物质生产及其技术系统构成地理环境影响人类文化发展的中介

在肯定地理环境对人类历史和文化具有重大影响力之后，需要进一步探讨的是：地理环境究竟是在怎样的意义上，经由哪些中介，方作用于人类的历史进程和文化创造的？

物质生产是整个社会生活及整个现实历史的基础，物质生活的生产方式制约着整个社会生活、政治生活和精神生活的过程，是决定社会发展程度，因而也是决定文化发展水平的主要力量。而生产力是自然生产力与社会生产力的有机组合。生产力包括三要素，第一，具有一定劳动技术和文化科学知识的劳动者；第二，劳动资料，主要是生产工具；第三，劳动对象，也即生态系统。生产力的三要素，与地理环境保持着直接或间接的，或深或浅的相互关系，尤其是劳动对象——有机及无机的生态系统，可以说也就是指的地理环境本身。地理环境是人类从事社会生产须臾不可脱离的空间和物质—能量前提，是物质资料生产过程中不可缺少的、经常的必要条件。正是在这一意义上，物质生产及其技术系统构成地理环境影响人类历史进程和文化创造的主要中介。

同时，地理环境的差异性、自然产品的多样性，是人类社会分工的自然基础，它造成各地域、各民族物质生产方式的不同类型。文化的区域性特征与地

① 《自然辩证法》，《马克思恩格斯选集》第3卷，第518页。

理环境的千差万别存在着经常的关系。普列汉诺夫说：

> 不同类型社会的主要特征是在地理环境的影响后形成的。①

例如，有江河灌溉的暖温带—亚热带为农作物的生长提供充分的热能和水分，故农业最早得到发展；草原—荒漠展开了流动畜牧的广阔场所，成为游牧经济的温床；滨海地区拥有鱼盐之利和交通之便，工商业应运而起。而上述物质生产方式的不同型范，又是各种格局的文化类型得以形成的基础，影响着各地域人群共同体的生活方式与思维方式：大河——农业文明的稳定持重，与江河灌溉造成两岸居民农耕生活的稳定性有关；草原——游牧文明的粗犷剽悍、惯于掠夺，与来自草原多变的恶劣气候提供的“射生饮血”的游牧生活方式有关；海洋——商业文明的外向开拓精神，则与大海为海洋民族的流动生活提供纵横驰骋、扬帆异域的条件相关。

社会与自然的联系以人类劳动为介质。地理环境经由物质生产方式这一中介，给各民族、各国度文化类型的铸造奠定了物质基石，各种文化类型因而都若明若暗地熏染了地理环境提供的色调。《汉书·地理志》曾列举了各“域分”（秦地、周地、韩地、赵地、燕地、齐地、鲁地、宋地、卫地、楚地、吴地、粤地）因环境差异，导致生产方式的区别，进而养育了不同区域的不同民性和社会生活格局。其说虽不甚完备，却大体勾勒了一幅文化地域特征的真实画面。

地理环境还在一定程度上影响人们的风俗习惯、性格面貌，但这种影响要通过人们自身的活动实现。《国语》谓：“沃土之民不材，淫也；瘠土之民莫不向义，劳也。”它注意到地理环境影响民性（“不材”或“向义”）所经由的中介——人自身的淫逸或勤劳。《汉书·地理志》谓：“凡民函五常之性，而其刚柔缓急，音声不同，系水土之风气，故谓之风；好恶取舍，动静亡常，随君上之情欲，故谓之俗。”把风俗看作地理环境和社会教化的共同产物。

地理环境当然也可以直接赋予某些文化产品以色彩，如藏族民歌、蒙古族

---

① 普列汉诺夫：《普列汉诺夫哲学著作选集》（第三卷），三联书店 1962 年版，第 179 页。

民歌、江南小调便分别洋溢着高山雪峰、辽阔草原、水乡泽国的特有韵味；一些文化人的创作风格也往往受到山水情致的熏染，刘勰说："若乃山林皋壤，实文思之奥府。……然屈平所以能洞鉴风骚之情者，抑亦江山之助乎！"以外国文化产品为例也可证明此点。印度史诗《罗摩衍那》弥漫着南亚次大陆热带丛林的神秘情致，印度酷热的气候还影响人们的思想，古印度学者为避酷暑，到清凉的山林修行，其出世思想与炎热气候有一定关系，所以有人把盛行出世观念的印度文化称作"炎土文化"。

六、地理环境为文化发展提供某种可能性，而人文因素是使这些可能性转变为现实性的选择动力

地理环境对人类文化创造的影响是真实而多方面的，是持续而深刻的，但这种作用主要又不是立竿见影的。在通常情况下，地理环境只为文化发展提供多种可能性，至于某种可能性以某种形态转变为现实性，则取决于人类的选择。

人是一种理性动物，具有人文—社会传统。人类对自然提供的可能性有自己的抉择，这种抉择受到诸社会因素——经济、政治、心理等方面的制约。地理环境不过为文化的产生和发展提供机遇或设置阻难，人类的创造性劳动才是把握这种机遇，绕过或克服这种阻难的自觉力量。尤其是当人文传统形成以后，便以相当顽强的定式，久远地影响文化发展方向。

由此可知，在相似的地理环境中可以产生迥然不同的文化类型，如纬度、气候接近的东亚大陆和北美大陆所出现的文明，无论古代的还是近现代的，均大异其趣；在同一区域，地理环境并未变化，或变化甚微，因强大的人文因素介入，文化可以发生剧变，如在欧洲人抵达前后，美洲大陆上的文明类型便大相径庭。

中国古代和近代已有卓识远见者对地理环境的作用提出公允的判断。明人杨慎（1488—1559）在肯定"水土"（即地理环境）影响人性的前提下，对《管子·水地篇》《汉书·地理志》中关于"人才之生定系乎地"的绝对化观点有所纠正。他指出，人性是水土与政令教化等诸多因素综合而成的，并非由水土单独铸定。他说：

人有恒言曰：……水土。……人也者，非水土不生，而非水土所能囿也。……人之性禀于天，自王畿土中至于海隅，日出一地。习也者则系乎君之令，师之教，而非水土所函也。[①]

近代的章太炎（1869—1936）在剖析中国学术派别众多的原因时说：

视天之郁苍苍，立学术者无所因。各因地齐、政俗、材性发舒，而名一家。[②]

他把地理环境（“地齐”）与政教风俗（“政俗”）、人材素质（“材性”）并列论之，共同视作学派的成因。章太炎还补充道，时代愈趋近代，人们的交往和流动性日益扩大，地理环境的影响逐渐模糊，而天才不世出，故“地齐”“材性”愈来愈难以左右学问的方向，对学术流变起决定作用的是社会因素。

故古者有三因，而今之为术者，多观省社会，因其政俗，而明一指。[③]

杨慎、章太炎兼顾自然因素和人文因素，既重视自然因素的基础作用，又强调人文因素的能动作用，这是比较完备的，洋溢着理性精神的思想，至今仍能给人以启迪。

人类的社会因素（经济的、政治的、心理的）具有强大的选择能力，使人类可以在同一自然环境内创造不同的文化事实。自然是相对固定的，人文是相对无定的，但无定的人文因素并不能天马行空地纵横驰骋，而必须以相对固定的自然因素为物质基础，把握自然因素提供的可能性，去创造文化的现实性。我们正是从这一意义上肯定地理环境对历史和文化的巨大影响，并进而考察地理环境为中华民族提供了怎样的可能性，以及中华民族如何在这些可能性中做出自己的抉择，创造出独具风格的文化类型。

---

① 《贵州乡试录·序》，《升庵集》卷二。

②③ 《原学》，《訄书》重订本。

《社会发展地理学概论》* 序

地理环境与人类社会发展的相互关系，是一个古老而又常青的论题。只要人类社会的运动没有终止，人类就不可避免地要同其赖以生存的基点和舞台——地理环境发生复杂的交互作用。因此，称地理环境与人类社会发展的相互关系是一个“永恒的主题”“无可回避的主题”并不过分。唯其如此，中外先哲都对这一切关宏旨的论题做过深沉的思考。以中国先秦诸子而言，其关于天—人关系、人—地关系的种种见解，便显示出高度的智慧，至今仍能给我们以启迪。近代以降，随着人类在愈益拓展着的深度和广度上向自然界进军，自然界的铁腕也愈益强劲地回敬人类，地理环境与人类社会发展的相互关系更加深切地引起世人注目，并由此发展起若干专门的学科，形成各执一端的种种学派。近40年来，我国的历史学和地理学都取得了毋庸忽视的进展，然而，正面讨论上述主题的著作却寥若晨星。其原因，显然是有一顶“地理环境决定论”的帽子高悬着，使论者望而却步。

诚然，“地理环境决定论”同其他各种单因素决定论（如经济决定论、政治决定论、人种决定论等）一样，是片面之论，不能对人类历史进程和文明发展的复杂动因做出科学的阐明与整合。此论把地理环境对人类历史进程的影响从特定的时间范畴抽象出来，加以无限发挥，因而难免偏颇。它又忽视若干中介，把地理环境对人类社会的作用加以直线化、简单化的描述。它还把地理环境全然看作人类社会的外力，陷入“外力决定论”和“自然宿命论”的泥淖。因此，对“地理环境决定论”加以科学的扬弃是完全正当的。然而，对于前人的“地理唯物论”成果，包括“地理环境决定论”中包含的“地理唯物论”的

* 曹诗图：《社会发展地理学概论》，中国地质大学出版社1992年版。

合理成分，决不能一并抛弃，更不能因为“地理环境决定论”的失当而限制人们讨论地理环境与人类社会发展的交互关系。甚至可以说，堵塞探讨这一重大课题的通道是一个比“地理环境决定论”更大的失当。

人类历史的进程和文化的发展不能摆脱人类在时间—空间上所处的特定的自然条件。一则，人类本身便是自然的产物，其生存和发展要受自然法则的制约；二则，人类的生活资料取之于自然，人类劳动的对象也是自然，自然和人的劳作结合在一起才能构成财富；三则，人类的一切活动（生产活动，生活活动，政治、军事活动等）都在特定的地理环境中进行，并与之发生水乳交融的联系。总之，人类在任何发展阶段都离不开地理环境。脱离了人—地关系的考察，有关社会发展的种种构想便会沦为痴人说梦。中华人民共和国成立以来，在社会主义建设取得重大成就的同时，也多有失误，究其原因，其中之一便是忽视国情实际，而地理环境正是国情实际重要的一环。因此，从学科发展计，更从现代化事业计，深入研究地理环境与社会发展的关系这一课题，已经成为当务之急，提到中国人的议程上来，再也容不得我们回避。

近十年来，笔者有感于此，对地理环境与人类历史进程和文化发展的交互关系问题有所思考，并在《中国古文化的奥秘》和《中华文化史》二书中有所论列。但那毕竟不是讨论该问题的专书，故论述未能铺展开来，每每引以为憾。令人高兴的是，曹诗图等同志以值得钦佩的理论勇气向这一课题进军，他们广为占有各相关学科的研究成果，并发挥其地理学者的优势，撰写出《社会发展地理学概论》，在史地结合的层面上阐明地理环境与社会发展的辩证关系。其论述当然还有进一步加深和精确化的必要，然而，对于这一开创性的工作，笔者深表敬意，并愿同作者和读者诸君共同努力，为推动这一重大课题向纵深发展贡献绵薄。

1991 年 11 月 12 日于武昌

历史泡沫下的深沉巨流*

孕育于东亚大陆山川沃野间的中华文明，源远流长，绚丽多姿，她在起伏跌宕中延绵，于吸纳吞吐中生长，成为世界史上不曾中绝的“连续性文明”的典范。

一种文化跨入文明门槛，以文字和金属工具的发明及使用、城市的出现为标志，本书以 4000 年中华文明史为基本内容，适当上溯前文明阶段，以见其源流。本书不在帝王将相的相砍相杀和改朝换代上展开篇幅，而以中华民族创造工具器物、典章制度、艺文哲思的进程和中外文化交流融变为着眼处，使读者在看滥了的争权阴谋、宫闱秘事之外，发现历史泡沫下深沉的巨流。

早在 100 多万年前，东亚大陆已有原始人类创榛辟莽；距今 7000 年前后，中华先民逐步完成“农业革命”，从直接获取自然物的采集、渔猎经济向生产性的农业、畜牧经济转化，成为全球重要的农业发源地之一。距今 4000 年前后，中华先民创造并使用文字和金属工具，兴建城垣，迈入对天然物进一步加工的时代，国家应运而生。历经夏、商、西周三代积淀，至东周（春秋、战国，公元前 8 世纪至前 3 世纪），迎来一个精神觉醒时期，随着私家讲学和知识阶层——“士”活跃于朝野，各种学说彼此砥砺、相互激荡，出现百家争鸣盛况，中华文明多元一体的精神基础由此奠定。

祈望四海一家、天下一统，是先秦即已形成的社会心理趋向，而公元前 3 世纪秦汉帝国的建立，将其变成制度性现实。秦代以书同文、车同轨、度同制、行同伦、地同域诸种措施整合文化，并沿农耕区与游牧区边线修筑逶迤万里的长城，创造世界建筑史上的奇观。汉承秦制，又在自守之余，拓展周边，

---

* 本文为笔者策划、撰文，邵学海绘图的《绘画中华文明史》的序言，该书湖北教育出版社 1995 年出版。

打通丝绸之路，成为洲际海运大畅以前联系亚欧大陆东西两端文明的主要通道。丝路的开辟还导致南亚佛教的东传，使中印两个辉煌的古典文明在公元 1 世纪至 9 世纪间相会。

经 3 世纪至 6 世纪魏晋南北朝汉胡交融，6 世纪至 9 世纪的隋唐呈现宏阔豪迈气象。大运河的开凿，便利了南北交通，至今仍列世界通航运河长度之冠；科举制度使庶族寒士也自信“天生我材必有用”，是世界古代、中世纪史上较先进的选官办法，对近世文官制度也有启迪；而唐诗的丰赡、书画的尽美、古文的雄健都极一时之盛。隋唐还是一个襟怀开放的时代，如“长鲸汲百川”，人们有采撷异族外域文化的健全胃口，又强有力地向外部世界作文化辐射，泽被西东。

10 世纪至 13 世纪的两宋，因国防陷入被动，外拓转为内敛，但文化在精致深刻的走向上却超越前代，雅化的宋词、神韵怡然的文人画是其表现。而书院讲学的风行，士人“内求”倾向的发展，推动“援佛入儒”的心性之学——理学兴起，成为中古至近古精神资源的渊薮，并对日本、朝鲜发生重大影响。宋代是地主—自耕农经济确立期，城市的商业功能也得到发展，呈现热闹的市井风采，培植了古典科技的兴盛。

13 世纪以降的元明清经历了游牧民族入主中原、汉族复兴、半牧半农民族入主中原的起伏变化，而横跨亚欧大陆的元帝国及蒙古汗国，打通中西、气势恢宏。明清两朝为古典文明集成期，郑和（1371—1435）七下西洋是人类远航史的空前伟业，而长江中下游等地商品经济的兴旺，《永乐大典》《四库全书》的编纂，《三国演义》《水浒传》《西游记》《红楼梦》等鸿篇巨制的流行，均蔚为大观。然而，18 世纪以后，当西欧发生产业革命之际，中华古典文明于烂熟之际，颓势渐现，新变则潜滋暗长，方死与方生交织。

19 世纪中叶，已经实现近代转型的英法等国，以坚船利炮、商品和鸦片，打破清朝封闭的国门，中华文明面临空前严峻的挑战。一批先行者“睁眼看世界”，谋求抵御外敌入侵和社会进步的方略。19 世纪 60 年代以来，机器工业兴办，铁路等近世交通运输业发展，沿海沿江工商业城市崛起，工人阶级和资产阶级诞生，新学堂、报刊、出版机构涌现，与士大夫迥然有别的知识分子成长，这一切都展示着现代文明不可阻遏的生命力。在新因子的絪缊化育下，以民族解放和文明转型为目标的“维新”和“革命”相继发生，风俗之变也随之展开。高举救亡和科学、民主旗帜的新文化运动，则引导着现代文明向纵深发展。

历经国内革命战争和抗日战争洗礼，中华人民共和国于1949年成立，赢得发展的新契机。尤其是20世纪70年代末的改革开放以来，中国人民把握住前所未有的发展机遇，汲取中外古今精粹，垦殖新生产力提供的丰厚土壤，焕发原创性动力，在现代化道路上奋进。承继着传统又改铸着传统，获益于世界又造福于世界的中华文明，如火中凤凰，在新旧世纪交替之际飞腾、超升！

中华文明具有“自强不息”“厚德载物”的特质，兼备认同力与适应力。“认同”，使中华文明内聚坚韧，百折不挠；“适应”，使中华文明顺乎时代潮流，善采异域英华。世界上不少一度灿烂的古文明，或因内聚力不足而在某一历史关头解体；或因故步自封而被淘汰出局，但中华文明却历尽沧桑，顿而复起，于数千年间承传不辍。在文学领域，《诗经》、楚辞、先秦散文、汉赋、魏晋诗文、唐诗、宋词、元杂剧、明清小说，奇峰叠翠；在学术领域，先秦子学、两汉经学、魏晋玄学、隋唐佛学、宋明理学、清代朴学，此伏彼起，代有新思。这种一国范围内，文化诸门类的发展保有如此完整连续的辉煌序列的情形，是一个世界奇迹。而中华文明的人文传统和深刻哲理，以及造纸术、指南针、火药、印刷术等对人类文明转型所发挥的革命性作用，为世所公认；其综合思维与德业双修精神对“后现代”社会的启迪意义，也愈益被世人重视。

近几个世纪是人类历史从分散走向整体的时代，尤其是近100多年来，中国处于古今中西交会点上，经历着复杂错综的社会变革和文明转型，已经取得一系列进展，并且正开创着更加光明的前景。而前进着的中国人，当然要不断采借外域异邦的文明成就，同时又要依凭中华文明这一坚实的基点，不断充实主体，找回“自性”。而“自性”的确立，则是一个民族形成健全的开放心态、保持稳健的前进步伐的必要前提。

对于每一个中国人来说，了解自己国家的文明传统是确立“自性”的必由之径，因为我们生于斯、长于斯，凭借着她，也发扬着她。中华文明博大精深，悠久而弥新，但撮其要者，把握基本线索，不仅必须，而且可能。置于诸君案头的本书，便以图文映照的方式，将时空邈远辽阔、门类繁复错综的中华文明历程，集中到62个典型场景加以表现，试图以若干精选的横断面，展示历史的纵深度和广阔度，虽然挂一漏万，却企望收一斑窥豹、以蠡测海之效。

对这些典型场景的描绘，则参酌宋代名画《清明上河图》，高视点俯瞰，细致刻画生态环境、人文氛围，具体展现文明成就和风俗世象，给读者提供仔细观摩的细节和驰骋想象的余地；又可通过连续性画面，领悟文明转变的趋向。在画风上，以工笔国画为主流，适当变形，以添神韵；又采借水粉画、油画的某些技法，增强立体感和表现力。文字诠释则力求言简意丰、深入浅出。书后附线图及细部说明，增加具体知识容量。这些努力，其实现程度如何，尚待读者和专家评断。

经史离合

天地间无非史而已。三皇之世，若泯若没；五帝之世，若存若亡。噫！史其可以已耶？六经，史之言理者也。

——［明］王世贞《艺苑卮言》

经史同异论 *

中国典籍的两大部类——经书和史书的异与同，是一个长期聚讼不决的问题。这个问题之所以引起历代学人争议，不仅因为它关系到学科分野、典籍归类，还因牵涉到古中国的精神支柱——经书地位的判定，事关人文大体。

一、元典[①]的神圣化

在后世被视为“圣人作则”的元典本是各有关民族在漫长的社会生活中逐步形成的，是起于平凡的历史作品。然而，在元典演化及被阐释的过程中，因为特定的历史条件所导致，它们被赋予许多非理性的诠解，不断被神圣化，被说成是“天启”“神喻”“圣人作则”。这是古代、中世纪以来的一种世界性现象。

元典在创制之初，并没有被视作不可怀疑的绝对真理载体。希伯来诸先知便对《律法·先知·文集》(即后来的《圣经·旧约全书》)多有论辩以至非议；《佛经》在成书前后，众比丘对经义也常常展开激烈论战，特别是释迦牟尼涅槃后举行的四次结集，僧众对佛说多有争辩，其中第二次结集所确定的戒律——“十非法事”，毗舍离的僧侣并不服从，佛教长老们只得再次召集万人以上参加结集，宣布十事为合法，此后，佛教各宗派对佛说的诠释更颇有歧义；中华元典在先秦也没有被看作神圣，诸子对《诗》《书》《礼》《易》《春秋》各有取舍、各有阐说，即使以崇奉《诗》《书》著称的孟轲也有“尽信

---

* 原载《中国社会科学》1993年第3期。

① 关于“元典”(或称“原典”)的界说，见拙文《原典精神与近代化运动》，《中国文化》第6期。

《书》，不如无《书》”的名论。可见，在轴心时代，也即元典形成及编纂过程中，元典虽然被作为宗教读物或教育课本使用，却是完全可以讨论的，人们并没有对它们无条件信从。

元典被推尊到神圣的殿堂，罩上神异的光环，是在中古时代实现的。因为这是一个需要制造神明与圣典的时代，也是一个神明与圣典能够得以流行的时代。

元典神圣化是中古的世界性现象，其时的列国统治者（宗教领袖或世俗帝王）从巩固专制权力的需要出发，推尊元典，使其神圣化、神秘化、教条化。这种努力的理论形态，较典型的是欧洲中世纪的“经院哲学”和中国两汉至清代的“经学”。

“经院哲学”是欧洲封建社会居统治地位的基督教哲学，盛行于公元9世纪至15世纪，其时学者墨守《圣经》经文，强加申述，以之解释一切，不研究自然和现实社会，认定一切真理都被《圣经》完成，哲学可以做的只是说明已由《圣经》提出的真理，而且这种说明无须仰赖经验的帮助，只需要纯粹逻辑推理就够了。经院哲学家将希伯来元典——《圣经》神圣化、神秘化，自甘充当神学百依百顺的婢女。经院哲学还以希腊元典——亚里士多德著作为依据，但只是抓住亚里士多德著作中僵死的东西，而不是活生生的东西，从而将希腊元典教条化。总之，经院哲学把西方文化的两大源头——希伯来元典和希腊元典生机盎然的辩证精神和人民性加以阉割，使之沦为束缚人的自由思维的教条。欧洲中世纪文化的僵化、顿滞，与经院哲学的上述特性互为因果。

同欧洲中世纪的“经院哲学”相辉映的是中国的“经学”。经学作为训解、诠释儒家经典的学问，其特点是把《诗》《书》《礼》《易》《春秋》等元典神圣化，将其奉为“天地之常经，古今之通谊”[①]，认为宇宙和人生的“至理”“大道”已由诸经揭示殆尽，所谓“经学之外无学问”，所谓“六经如太阳，不学如长夜”。刘勰说：“三极彝训，其书曰经。经也者，恒久之至道，不刊之鸿教也。”[②]后人的任务只在训诂其文句、阐明其意蕴。经学作为思想“大一统”的产物，在两汉以迄明清的两千年间，一直充作文化正宗和主干，

① 《汉书·董仲舒传》。

② 《文心雕龙·宗经》。

“崇圣尊经”成为这一时代普遍的社会心理，而“以经取士”的考选制度更强化了这种“崇圣尊经”传统，以至此间的思想学问，无论有无新意，多是用注经释典的方式表达出来的。这便是经学的“笺注主义”。

经学的笺注主义的要旨在于，学者对元典深怀一种虔敬崇拜的心理，以元典的篇章乃至字句为依凭和出发点，逐字逐句地加以注释、疏解。一部中国经学史，数以千计的论著，几乎全以笺注形态出现，最为人所熟知的《十三经注疏》便是其集大成者。笺注对于诠释元典文本本义，当然是必要和有用的，我们今日阅读古籍还得依凭笺注；但一味笺注，以笺注取代独立创作的治学方式一旦占据统治地位，就必然阻碍创新学派的发生与发展，战国间诸子争鸣的局面不能重现于两汉至明清，显然与此颇有干系。

自从元典神圣化以来，“述而不作，信而好古”便成为一种笼罩士人的普遍心理。这里所谓的“述”，便是述元典之旨；所谓的“古”，便是元典诞生时的“三代”之古。“标新立异”往往成为“异端邪说”的同义语。正如王充所批评的：

> 世儒学者，好信师而是古，以为贤圣所言皆无非，专精讲习，不知难问。[①]

即使西汉那位思想活跃、学脉广博的司马迁，也决无“离经叛道”之思。他在陈述《史记》宗旨时，自称他的工作是：“拾遗补艺”，即补“六艺”（六经）之阙；是“成一家之言，厥协六经异传”[②]，一面豪迈地宣称“成一家之言”，一面又拜倒在元典之下，自认其作品不过是取协于六经的“异传”，不敢以独创自居。

汉唐以降，那些一味“循古”“宗经”的学人在元典面前决不越雷池一步。他们著文说话，都要“引据大义，正之经典”[③]，甚至连前辈对元典的注释也迷信起来，唐人孔颖达纂《五经正义》时便立下“疏不破注”的原则，即使前贤的注解错了，也不能与之冲突。正如皮锡瑞所揭示的：唐宋义疏之学“注不

① 《论衡·问孔》。
② 《史记·太史公自序》。
③ 《后汉书·荀爽传》。

驳经，疏不驳注，不取异义，专宗一家”[①]。有些学者则以模仿元典为务，如隋代王通自比孔子，作《中说》（即《文中子》），模拟《论语》。模仿本来就不算高妙的治学之径，但这种做法仍被后儒斥为狂妄。朱熹曾以辛辣的词句谈到王通的“自比孔子”“重做一个三代”，并以为这是大逆不道。朱熹认为，一个本分的学者，应当“虚心下意，自莫生意见，只将圣人书玩味读诵，少间意思自从正文中迸出来，不待杜撰”[②]。这番话正道出了托庇于元典之下的历代学人的依附心理。

在中国学术史上，即使是那些富于革新精神的哲人，也不能走出经学巨大的阴影去直接沐浴生活的阳光。诸如“文起八代之衰”的韩愈，素以“不蹈袭前人”自砺，却又以《原道》《原性》《师说》等文“与孟轲、扬雄相表里而佐佑六经”[③]。又如创意盎然的王安石、王夫之、戴震等人也未能脱离经典轨范，他们的著作如王安石的《道德真经集义》《洪范传》《周官新义》，王夫之的《周易外传》《周易内传》《读四书大全说》《春秋家说》《礼记章句》《诗广传》《尚书引义》，戴震的《诗补传》《孟子字义疏证》《中庸补注》《尚书义考》等，从书名即可得见其依傍经典的特性。至于其内容与经典的联系也是显而易见的，如王安石的社会变革论，托古于《周礼》；王夫之的一系列带有早期启蒙因子的论点，则是通过阐述《周易》《尚书》《老子》引申出来的；戴震抨击“以理杀人”的振聋发聩命题，也是在疏解《孟子》时得以发挥的。

“经院哲学”和“经学”在诠释元典方面当然自有劳绩，而且在这两种学说形态的内部也涌现过富于生命活力的派别，如欧洲经院哲学中的“唯名论”不承认一般概念的真实存在，表示了对基督教普遍教义的怀疑；中国经学的今文经学派的“托古改制”和“公羊三世”说，古文经学派的将经书还原为历史典籍的努力，都包含着积极成分，在历史上发挥过不可忽视的进步作用。然而，从总体言之，经院哲学和经学的基本倾向是将元典推尊为绝对真理，奉为万世不易的准绳，从而陷入迂腐、荒谬，这直接同元典中洋溢着的辩证精神相悖，在历史上起的负面作用是显而易见的。黑格尔指出，经院哲学家“也有高尚的、好学深思的个人、学者。但经院哲学整个讲来却完全是野蛮的抽象理智

① 《经学历史》第七章。

② 《朱子语类》卷一三七。

③ 《新唐书·韩愈传》。

的哲学”，“不是纯朴、粗野的野蛮，而是把最高的理念和最高的文化野蛮化了”[①]。经院哲学和经学虽然自有历史价值在，但它们确乎使元典这种凝聚着先民智慧的“最高的文化”沦为教条，将其变成貌似“神圣”而实则僵化的东西，因而也就令其“野蛮化”了。欧洲中世纪弥漫着神学蒙昧主义和独断论，中国“经学时代”（汉至清）盛行文化专制，都与此直接相关；而东西方文化在中世纪末期与近代的历史性进步，则是通过突破经院哲学和经学的束缚，造成一种思想解放的态势，方才取得的，其表现之一便是抛弃将元典神圣化、神秘化的中古传统，复归元典世俗的、人文的内蕴。

二、元典在西方[②]的“神化”与在中国的“圣化”

将元典神圣化虽然是一种世界性现象，西方中世纪的经院哲学与中国两汉至清代的经学也颇有类似之处，但是同中有异，由于文化土壤的差别，各主要民族的元典神圣化的表现形态又不尽相同。简言之，在希伯来、印度、中世纪欧洲、西亚等宗教氛围浓重的地区，其元典演变为宗教圣典，如《圣经》《吠陀》《佛经》《古兰经》等，分别被基督教、印度教、佛教、伊斯兰教奉作教义文本，其在世间流传也主要与宗教的传播相为表里；而在古希腊、中国等人文倾向鲜明、世俗文化气息强烈的地区，其元典则发展为人文经籍，如《理想国》《形而上学》《诗》《书》《礼》《易》《春秋》等，都是作为世俗的文化经典被人们研读、崇奉的。如果说《圣经》《佛经》《古兰经》被基督徒、佛教徒、穆斯林所“神化”，那么《诗》《书》《礼》《易》《春秋》则被中国的儒士所“圣化”。所谓“神化”，就是将某元典直接看作神的授意；所谓“圣化”，则是将某元典看作效法天意的圣人的制作，圣人固然超乎凡人之上，却又不脱离人文性。“神化”与“圣化”的差异，决定了前者导向宗教，后者则避开了宗教。与此相联系，欧洲中世纪的经院哲学是神学的附庸，依托于教会；而中国汉至清的经学则是儒学的主干，依托于朝廷。

东西方元典在中古时代神圣化的两种不同路向，深刻地影响了东西方文化的类型发展；反过来也可以说是这两种文化类型决定了东西方元典分别沿着

① 黑格尔：《哲学史讲演录》（第3卷），商务印书馆1959年版，第322、323页。

② 这里说的西方，包括西亚、欧洲，也包括印度，古代中国人便把印度称作“西土”。

“神化”与“圣化”的路向演进。

三、将元典还原为历史文献的理性努力

欧洲摆脱元典神圣化的努力，萌动于中世纪经院哲学内部的“唯名论”。作为教会正统派的“唯实论”，肯定一般概念是独立存在的精神实体，将基督教的普遍教义，如“上帝”“三位一体”等视作独立实体，从而把《圣经》奉为神圣。而与之相对立的“唯名论”则不承认一般概念的真实存在，这样，《圣经》中的普遍教义便被作为可以讨论、应予验证的观念，《圣经》隐然变成凡人能够评议的作品。唯名论者在中世纪往往遭到官方和教会的压制与迫害，原因正在于它动摇了《圣经》无上尊崇、神圣的地位；也正因为此，“唯名论”成为突破中世纪神学独断论的前奏。

经过文艺复兴和宗教改革，元典进一步被欧洲人赋予“人文”色彩，其“神文”的光环渐趋暗淡。进入 17 世纪，这一理性化倾向的代表人物是荷兰无神论哲学家斯宾诺莎。他背弃神学传统，直言不讳地将《圣经》当作历史著作加以理解和诠释。他经常宣传三个观点：灵魂就像呼吸，随肉体而死亡；上帝就是自然；天使是人心中的幻想。他认为自然就是它自己存在和变化的原因，不存在任何超自然的原因，也就不存在超自然的上帝。他把“上帝”“实体”“自然”这三个名词看作同一客观存在的不同名称，并用泛神论解说《圣经》，使《圣经》复归为初民的历史作品。此后，德国唯物主义哲学家费尔巴哈以人本学诠释《圣经》，指出基督教的上帝不过是人的自我异化的产物，是人的自身本质的虚幻反映，从而也就把《圣经》从“天书”还原为“人书”，还《圣经》以历史作品的本来面目。这可以称之为西方的“元典皆史”论。

在中国，与元典神圣化、神秘化倾向相抗衡，古来即有对元典作理性解释的传统，其主要表现形态便是打破“经”“史”之间的壁垒，力倡“以经为史”。早在《史记》中，司马迁便屡屡将“六经经文”作“史事”使用，开创了“以经为史”的先河。《汉书·艺文志序》更明确地将《春秋》作为记事之史，将《尚书》作为记言之史[①]。隋代思想家王通则将《诗》《书》《春秋》三

---

① 《汉书·艺文志序》：“古之王者，世有史官，君举必书，所以慎言行，昭法式也。左史记言，右史记事；事为《春秋》，言为《尚书》。”

部经书列为“圣人述史”的例证：

昔圣人述史三焉：其述《书》也，帝王之制备矣，故索焉而皆获；其述《诗》也，兴衰之由显，故究焉而皆得；其述《春秋》也，邪正之迹明，故考焉而皆当。此三者，同出于史而不可杂也，故圣人分焉。①

如果说，王通只是肯定了《诗》《书》《春秋》“同出于史”，而并未触及经书神圣性问题，那么唐人刘知幾则一再批评经书中的不合理论点，认为《春秋》有爱憎由己、曲笔隐讳之弊，《尚书》《论语》中也有“饰智矜愚”的败笔，因而得出“远古之书，其妄甚矣”的结论。刘知幾还独具慧眼，指出诸经所歌颂的尧舜禅让，其实与后世的篡夺并无二致。有鉴于此，他对诸经发表了“大不敬”的言论：

夫《五经》立言，千载犹仰，而求其前后，理甚相乖。②

这是对元典神圣性的挑战，其武器是“疑古”“惑经”。唐人啖助、赵匡、陆淳、柳宗元等继承刘知幾，发展了这种“疑古”“惑经”之风。

时至宋代，一方面，理学家推尊元典；另一方面，史学家进一步“疑古”“惑经”。如司马光作《疑孟》，对《孟子》提出十一条质疑。③欧阳修则著文对河图、洛书说的真实性表示怀疑。④王安石更指出《春秋》非孔子作，并且“诋圣经为断烂朝报”⑤。这些“疑古”“惑经”之说，都以理性为武器，剥去元典的神圣面纱，不留情面地揭示其缺陷、错漏和时代局限性。清人崔述的《考信录》等著作，“剖析疑似，以求其真”⑥，将这种疑古、惑经的风格发展得更系统、完备。“五四”时期的疑古派钱玄同、顾颉刚等人颇受崔述的影响。

在中国文化史上，与元典神圣化倾向相抗衡的，主要是“以经为史”说，

① 《中说》卷一《王道》。
② 《史通·疑古》。
③ 见《司马温公全集》卷七三。
④ 见《居士集》卷四三。
⑤ 见《困学记闻》卷六。
⑥ 刘师培评语，见《国粹学报》第三十四期。

也即将经书还原为历史典籍的努力。此说虽然不及“疑古说”那么尖锐，却能于平和中瓦解元典神圣化的根基。明人王守仁的“五经亦史”是此说的代表性论点。王守仁认为，元典同其他典籍一样，是历史的产物，反映着某一特定历史时代的思想和事迹。他打通“事”与“道”、“史”与“经”的严格界限，一针见血地指出：

> 以事言谓之史，以道言谓之经，事即道，道即事。《春秋》亦经，《五经》亦史。《易》是包牺之史，《书》是尧舜以下史，《礼》《乐》是三代史，其事同，其道同，安有所谓异？①

此论堪称慧眼卓识。明人李贽也提出过与“五经亦史”相类似的“经史相为表里”说。他指出：

> 经史一物也。史而不经，则为秽史矣，何以垂鉴戒乎？经而不史，则为说白话矣，何以彰事实乎？故《春秋》一经，春秋一时之史也。《诗经》《书经》，二帝三王以来之史也。而《易经》则又示人以经之所自出，史之所从来，为道屡迁，变易匪常，不可以一定执也。故谓六经皆史可也。②

将经书由“圣”还“俗”的最有力者，是清人章学诚。他从“官师合一”“道器合一”观念出发，提出“六经皆史”说。章氏指出，经、史、子、集四部书皆与史相关：

> 盈天地间凡涉著作之林，皆是史学。六经特圣人取此六种之史以垂训者耳！子、集诸家，其源皆出于史。③
>
> 六经皆史也。古人不著书，古人未尝离事而言理，六经皆先王之政典也。④

---

① 《王阳明全集·传习录上》

② 见《焚书》卷五《经史相为表里》。

③ 《章氏遗书·报孙渊如书》。

④ 《文史通义·易教上》。

章学诚又力主做周、孔之分，认为周公是政治家，是六经等政典的综合者；孔子是学者和教育家，是六经的传述者，“六艺存周公之旧典，夫子未尝著述也”[①]。他还进而明确指出：“六艺非孔氏之书，乃周官之旧典也。”[②]把六经视作“先王”时代的政教典籍，是夏、商、周三代各守专官的掌故，应以历史文献相看待；六经并非“圣人”为垂教后世而刻意创制的，因而不必奉为至高至圣之物。章学诚在提出“六经皆史”的同时，又提出“六经皆器”，驳斥了“离器言道”说，反对把元典从特定历史范畴中抽象出来，变为超时空教义，从而把“治经”引向“治史”，或曰以治史精神去治经，把考证史料与发挥义理结合起来。这实际上是对两千年来以经书为万古不易教条的经学传统的有力挑战，同时又打破了经学与史学间的森严壁垒。

清代嘉道间思想家龚自珍也认为六经即史。他说：“孔子述六经，则本之史。”[③]又指出，经书、子书皆应以历史文献视之，“五经者，周史之大宗也”，“诸子也者，周史之小宗也”[④]。正因为典籍即是泛义上的史书，因而从典籍中“求道”（寻求真理）必须带着真切的历史主义眼光。龚氏说：“出乎史，入乎道，欲知大道，必先为史。”[⑤]正是从这种“六经皆史”的观点出发，龚自珍认为将经与史分作两橛是不妥当的。他批评说：“号为治经则道尊，号为学史则道诎，此失其名也。”[⑥]

晚清学者服膺“六经皆史”说的数不在少。如张尔田力辟经史两分说，认为“六艺皆古史，而诸子又史之支与流裔也”[⑦]。他进而具体阐述：

> 《周易》为伏羲至文王之史，《尚书》为尧舜至秦穆之史，《诗》为汤武至陈灵之史，《春秋》为东周至鲁哀之史，《礼》《乐》为统贯二帝三王之史。……六艺相续为史，可以心知其意矣。[⑧]

---

① 《文史通义·诗教上》。
② 《校雠通义·内篇·原道第一》。
③ 《古史钩沉论四》。
④⑥ 《古史钩沉论二》。
⑤ 《尊史》。
⑦ 《史微·凡例》。
⑧ 《史微·史学》。

这些议论，从史学侧面揭示了六经的历史价值，一反将经书神圣化、神秘化的传统，还其历史文献的本来面目，是以历史主义眼光看待元典的真知灼见。

近代中国的一些学者，承接王守仁、章学诚的元典皆史思路，发挥“经史相通”精义。如章太炎认为，“六经皆史之方”①，他指出：

> 《尚书》《春秋》固然是史，《诗经》也记王朝列国的政治，《礼》《乐》都是周朝的法制，这不是史，又是什么东西？唯有《易经》，似乎与史不大相关。殊不知道，周礼有太卜的官，是掌《周易》的，《易经》原是卜筮的书，古来太史和卜筮是测天的官，都算一类，所以《易经》也是史。②

章太炎认定，“六经都是古史”，“经外并没有史，经就是古人的史，史就是后世的经。”③章氏还在《訄书·订孔》等文章中指出，孔子删定六经，虽有保存史料的劳绩，却不能为百世制法，六经决非万代可以尊奉不移的神圣经典和亘古勿易的教条。这些见解在章学诚“六经皆史”说的基础上又有进展，不仅将经书还原为历史典籍，而且正面否定其神圣性，因而具有鲜明的近代启蒙思想色彩，构成新文化运动的组成部分。

中国近代其他一些启蒙学者也以神化元典的经学传统为抨击对象，倡导思想解放。如严复批评“唯古式训”的经学方法是“则古称先，但云某圣人云然，某经曰尔，以较其离合也”④，如此治学，必然“所考求而争论者，皆在文字楮素之间，而不知求诸事实。一切皆资于耳食，但服膺于古人之成训”⑤。梁启超则将一味迷信古圣先贤的经学方法称为“学界之奴性”，而力主“破之”。胡適以“实验”的方法，克服经学方法的局限，认为这样“可以解放许多‘古人的奴隶’”⑥。胡適的《中国哲学史大纲》跳出传统经学圈子，以“平等的眼光”，即以价值中立的学术态度评判中华元典和先秦诸子，从而完成一

① 《国故论衡》卷中《明解故》下。

②③ 《论经的大意》，《教育今语杂志》第 2 期。

④ 《孟德斯鸠法意按语》，《严复集》第四册，中华书局 1986 年版。

⑤ 《论今日教育应以物理科学为当务之急》，《严复集》第二册，第 281 页。

⑥ 《杜威先生与中国》，《胡適哲学思想资料选》（上），华东师范大学出版社 1981 年版，第 182 页。

次范式性变革，使学者从“毫无边际的经典注疏的大海之中”解脱出来。对于五经的史料价值，胡適借助理性的校勘手段和历史主义的评析方法，认为《诗经》较为可靠，故全部接受；《尚书》《礼记》尚待考证，故避免引用。对于其他先秦典籍也都是“考而后信”。总之，他主张“直接回到可靠的史料，依据史料重新寻出古代思想的渊源流变”①，从而将元典还原为某一特定时代的文献，在理性和历史的法庭上重新审度其价值。正是从这种理性的历史观出发，胡適认为，六经并非铸造人才的万应灵丹，他说：“鄙意以为制造士大夫之具，往往因时代而不同，而六经则非其主要之具。”②

“五四”以后兴起的“古史辨派”（钱玄同、顾颉刚为代表）大体与胡適采取相似步调。他们继承刘知幾、柳宗元、崔述等人的疑古、惑经学风，又采纳近代理性思辨与实证科学方法，突破经学传统，对一系列古史问题，包括中华元典的真伪、成书时代、内涵真义等问题，都重新加以评估。顾颉刚还提出“累层地造成的中国古史”说，认为在古史记载中，“时代愈后，传说的古史期愈长”，“时代愈后，传说中的中心人物愈放愈大”③，从而剥去经学关于古史的许多“定说”的神圣外衣，使其传说性、不可靠性大白于天下，这样就将古史研究置于真实的历史地基之上。顾颉刚等古史辨派的具体论断未必全部精当，常有“疑古过勇”之弊，但他们破除对经书的迷信、还元典以历史本来面目的努力，是功不可没的。

四、经史之别与元典的不朽性

将元典还原为历史典籍，可以破除关于元典神圣的迷信，在这一意义上，“六经皆史”是一个颇有价值的命题。但是，将这一命题无限延伸，抹杀经书与史书、经学与史学之间的区别，将二者混为一谈，也是不妥当的。

经书固然同史书一样，也是历史的产物，反映着某种历史内容，因而可以

---

① 《中国古代哲学史》第一篇《导言》，《胡適作品集》第 31 册。

② 《论六经不够作领袖人才的来源》，《胡適文存》第四集第四卷。

③《与钱玄同先生论古史书》，《古史辨》第一册中编。顾氏此说源于崔述。崔述的《考信录提要》说：“世益古则取舍益慎，世益晚则其采择益杂，故孔子序《书》，断自唐虞，而司马迁作《史记》乃始于黄帝。……近世以来……乃始于庖牺氏或天皇氏，甚至有始于开辟之初盘古氏者。……嗟夫，嗟夫，彼古人者诚不断后人之学之博至于如是也！”

纳入广义史书的范围，然而，经书又独具自身属性，拥有特定的功能，与狭义史书有所区别。

最先论述经史之别的，是经学初成时代而有志编纂史学巨著的司马迁。他曾以《春秋》为经书代表，以自作的《太史公书》(即《史记》)为史书代表，比较了经史的差异性。他在答复上大夫壶遂的质疑时指出，自己著史书虽然有意承袭孔子修《春秋》的事业，但史书与作为经书的《春秋》是颇不相同的。

司马迁说，《春秋》的功能是"为天下仪表"，其特色是"辩是非，故长于治人"，"《春秋》以道义；拨乱世反之正，莫近于《春秋》"①。这就揭示了经书的基本属性：其创作动机是行道救世，树立天下仪表，通过治人以达王事；其研究对象是"义法"，即社会道德行为的法则；其学术性质是反省、批判与预言；其学术方法则是扬抑褒贬，昭示价值评判准则。至于司马迁所从事的史书撰修，则另有旨趣，他自称："余所谓述故事，整齐其世传，非所谓作也。"②这就说明了著史的创作动机是保存天下史迹，通过"述往"以重现历史；其研究对象是"故事"(即过往的事迹)；其学术性质是叙述与推论；其学术方法是搜集史料，然后记述之、评论之。史书对人物事件也有扬抑褒贬，但主要寓于述事之中，而甚少直接诉诸哲理式评论；史书也可能对未来做出预测，但那是通过"述往事"以实现"思来者"，一般极少直论未来。正因为司马迁明确意识到经史之别(这种区别近似于哲学与史学的区别)，所以他决不愿意将《史记》混同于《春秋》，故而毫不含糊地告诉壶遂："而君比之于《春秋》，谬矣。"③

总之，以历史主义眼光肯认元典(经书)为历史作品(广义史籍)；又以学科分类尺度肯认元典(经书)具有区别于狭义史籍的特殊性格。从这两种视角对元典做双重观照，方可全面把握元典的复杂属性和特殊功能，也才可以在确认元典时代性的同时，又确认元典不朽性的内在机制。

元典的不朽性是由元典的特殊性质所决定的。正如一个人的青年时代是禀赋、性格和世界观的确立期，因而对其一生切关紧要一样，某一民族在"青年时代"的精神创造也垂之久远。元典正是一个民族在"青年时代"所创造的，它凝结了该民族在以往历史进化过程中形成的集体经验，并将该民族的族类记

---

①②③《史记·太史公自序》。

忆和原始意象第一次上升到自觉意识和理性高度，体现了该民族特有的心态，又通过该民族特有的象征符号（语言、文字及修辞体系）将这种集体经验和文化心态物化成文字作品，形成文献典籍，从而将该民族文化的类型固定下来，对其未来走向产生至远至深的影响。文化元典因其首创性、涵盖面的广阔性和思考的深邃性而为该民族提供思想指南。

元典的不朽性，还因其建立在现实性基础上的超越性。元典作为一种被相关民族反复研读、一再诠释的文本，仰赖于其哲理性而发挥作用。元典的不朽，主要不是因为它们讲述了一些具体知识，反映了一些具体历史事迹，而是由于元典所包藏的基本精神能够观照久远的岁月；千百年间，人们依托这些基本精神，不断加以重新铸造、反复发挥，从而对相关民族的价值取向、行为方式、审美情趣、思维定式造成深远而又常新的影响。这是元典超越性的关键所在。这种超越性并非由神秘因子所造成，乃是由元典的基本特质所导致——元典的思考指向宇宙、社会和人生的普遍性问题，而这些问题又是各个时代、各个地域的人们所始终关心的，也就是说，元典讨论的是不朽的主题。同时，元典在回答这些普遍性问题时，所提供的是一种哲理式的原型，而并非实证性的结论；是一种开放性的框架，而并非封闭式的教条。这使得元典不致因内容和形式的时代局限沦为明日黄花，而是作为灵感的源泉一再发挥启迪功能。《周易》《佛经》《圣经》《形而上学》等东西方文化元典都具有上述特性。

要之，元典既是各民族在特定的地理环境、经济生活、社会组织构成的文化生态中养育出来的璀璨奇葩，同时，又对各民族的历史进程和文化走向提供了一种“动力定型”，这种“动力定型”在某种程度上规定着民族精神发展的趋向。因此，元典的“文本”研究是典籍研究的龙头，始终受到人们的重视，而元典的“精神”阐释则可以成为认识各主要文明民族特性的突破口。至于元典在近现代仍然不断被诠解的事实，则告诉人们：元典研究不仅是古代文化研究的重要课目，也是近代文化研究的题中应有之义。

史传文学与信史的联系与区隔——以“三国”为例*

自明清以来，大众对于国史最熟悉的段落，莫过于“三国”；最津津乐道的历史故事，可能是“桃园结义”“三顾茅庐”“赤壁大战”；最倾注爱憎情感的历史人物，大约为刘备、诸葛亮、关羽、曹操。这可以称之“三国文化效应”，而引发此种效应的，主要得力于元末明初罗贯中所写的讲史小说《三国演义》。

《三国演义》既不像《东周列国志》那样对史事作忠实的通俗铺陈，也不像《封神演义》那样恣意虚构，将殷周鼎革写成神话，而是“据正史，采小说”，全书讲述的基本史事和历史演变大势（从东汉末年黄巾起事，到群雄蜂起，演为三国鼎立，终至三国归晋），均“据实指陈，非属臆造”，但题材取舍、人物描写、故事演绎则广纳传说野史素材，并借助艺术虚构，以达成妙笔生花，脍炙人口。在受众那里，《三国演义》往往被认作三国信史，故清代史家章学诚称《三国演义》“七分实事，三分虚构，以至观者往往为之惑乱”。章学诚讲的观者“惑乱”，就是艺术真实与历史真实两者间的矛盾性给读者带来的困惑与混淆，本文试图厘清此种“惑乱”。

一、大体反映历史真实的文本：陈寿编纂的《三国志》

《三国演义》“七分实事”依据的主要是西晋陈寿《三国志》及南朝宋裴松之《三国志注》。作为中国“正史”之一的《三国志》是一部关于魏、蜀、吴三国鼎立时期的纪传体国别史。其中《魏书》三十卷，《蜀书》十五卷，《吴

---

* 原载《华中师范大学学报》2015年第6期。

书》二十卷，共六十五卷。作者陈寿（233—297），曾任蜀汉东观秘书郎等职。三国归晋以后，任著作郎等职。280年，晋灭东吴，结束分裂局面，陈寿集合三国官私著作，撰魏、蜀、吴三书，三书本独立成篇，称《国志》（魏志、蜀志、吴志），南朝宋始合称《三国志》。

《三国志》虽然尊魏为正统，却以魏、蜀、吴三国各自成书，如实记录三国鼎立、互不统属的局势，符合三国历史实际。值得一提的是，陈寿的父亲为马谡参军，失街亭以后，寿父和马谡一起受罚，马谡被诸葛亮投进大狱，死在狱中，寿父处髡刑，被逐出军营。而陈寿编撰《三国志》，对父亲只字未提，因此，寿父在历史上连名字都没有留下。对于惩罚寿父的诸葛亮，陈寿评价颇高，足见其史笔公正。

陈寿死后，晋惠帝下诏"河南尹、洛阳令就家写其书"，使得《三国志》普及中原民间。《三国志》叙事精练，素称良史，然有叙事简略之短，南朝宋文帝时，史家裴松之（372—451）奉旨为其作注，博引群籍一百四十余种，以补缺、备异、惩妄、论辩，注文多出本文三倍。陈寿《三国志》及裴松之注，大体提供了三国信史。

二、罗贯中及其《三国演义》

《三国演义》全称《三国志通俗演义》，英译名 *The romance of Three Kingdoms*，意为"三个国度的传奇故事"。它是中国古代第一部长篇章回小说，与英雄小说《水浒传》、神魔小说《西游记》、世情小说《红楼梦》同列四大名著，是讲史经典之作。小说描写公元3世纪以曹操、刘备、孙权为首的魏、蜀、吴三个集团之间的矛盾和斗争。其彰显的军政谋略、树立的艺术典型（智慧如诸葛亮、忠勇如关羽、奸猾如曹操）为后世津津乐道，其正邪分明的价值观、追求大一统的历史观对社会的雅俗两层面均产生深远影响。

三国故事在晋代即在民间流传，唐初三国故事已"得之于道路，传之于众口"，更多有三国人事进入唐诗（见于李白、杜甫、杜牧等的作品），杜诗《蜀相》的"三顾频烦天下计，两朝开济老臣心。出师未捷身先死，长使英雄泪满襟"更传诵千古。宋、金、元"说三分"已编入话本，又登上舞台，金、元演出三国剧目达40多种，桃园结义、三顾茅庐、赤壁之战、单刀赴会、白帝城托孤等故事皆已成篇。说书人、戏剧工作者长期取材，演绎铺陈，使“说三分”内容愈益丰富。

元末明初罗贯中（约1330—约1400）依据陈寿《三国志》和裴松之注提供的基本历史架构，综合民间传说和戏曲、话本，倾注自己的社会人生感悟，创作出构思宏伟、颇具史诗品格的《三国志通俗演义》，现存最早版本为明嘉靖年间刊刻，俗称“嘉靖本”，二十四卷，二百四十则。清康熙年间，毛纶、毛宗岗父子辨正史事、删削论赞，增添自己的评论，修订为今日通行的一百二十回本。

综上可见，《三国演义》源出众手，然功成于罗贯中。从一些文献记载获悉，罗贯中曾参加元末农民战争，明代王圻的《稗史汇编》称罗贯中为“有志图王者”，清代徐谓仁称其曾入张士诚幕中。身历元末割据战争，目睹朱元璋、陈友谅、张士诚辈角逐天下，使罗贯中真切体验改朝换代间的群雄纷争，亲历“分久必合、合久必分”的时代变故，这对他理解三国、表现三国大有助益。而晋唐两宋以来的尊刘贬曹思潮，则养成罗贯中的正统观，《三国演义》将其尽情挥洒。

二、从《三国志》的“曹魏正统”到《三国演义》的“蜀汉正统”

中国的专制帝制延绵两千余年，朝代兴替频繁，统治集团为了维护本集团的利益并排斥其他派别的争夺，秉持天命观，援引宗法礼教，论证本集团政权的神圣性与合法性，“正统论”顺势而生。“统”指统治体系；“正”相对于“伪”。所谓正统，指合法的统治体系。

正统观是一个历史范畴，在不同的历史阶段，正统观颇有差异。晋承魏统，一统天下，西晋陈寿修《三国志》，以曹魏为正统，以蜀汉、孙吴为偏统。

表现之一，《三国志》的《魏书》卷一记曹操，题“武帝操”；卷二记曹丕，题“文帝丕”；卷三记曹睿，题“明帝睿”，体例、规格同于《史记》《汉书》的本纪。而《蜀书》和《吴书》则有传无纪，以《先主传》记刘备，《吴主传》记孙权。

表现之二，刘备、孙权先后称帝，《三国志·魏书》皆不记。《蜀书》《吴书》有载，却特别标明“黄初”某年某月，而“黄初”是曹丕称魏帝的年号。

表现之三，陈寿对曹魏奠基人曹操给予充分肯定。《三国志·魏志·武帝操》对其功业才德作这样的评断：“太祖运筹演谋，鞭挞宇内，鉴申、商之法术，该韩、白之奇策，官方授材，各因其器，矫情任算，不念旧恶，终能总御皇机，克成洪业者，唯其明略最优也；抑可谓非常之人，超世之杰矣。”尽写曹氏的雄才大略，一派开国君主气象。

视曹魏为“篡伪”，尊蜀汉为“正统”，发端于东晋，肇因于偏安江南的东晋自比蜀汉，而将占据北方的诸政权（前赵、冉魏等）比拟曹魏。东晋史家习凿齿所撰《汉晋春秋》即以蜀汉为正统。这种观念延及唐代。北宋情形有变化，《四库全书总目提要》的“三国志”条称：“宋太祖篡立近于魏，而北汉、南唐迹近于蜀，故北宋诸儒皆有所避而不伪魏。”司马光的《资治通鉴》沿袭陈寿《三国志》，述三国史事用魏国纪年，但民间尊刘贬曹的情绪仍在发酵，苏东坡谈及当时市井“坐听古话”（听讲历史故事）：“至说三国事，闻刘玄德败，频蹙眉，有出涕者；闻曹操败，即喜唱快。”足见俗众爱刘憎曹的情绪。时至南宋，态势又变：“高宗以后，偏安江左，近于蜀，而中原魏地全入于金，故南宋诸儒乃纷纷起而帝蜀。”朱熹及门人撰《通鉴纲目》，力陈“帝蜀”“伪魏”之义，将《资治通鉴》述三国事用魏国纪年改为蜀汉纪年，从“辨名分，正纲常”出发，扬刘抑曹。

梁启超说“正统之辩，昉于晋而盛于宋”，是恰当之论，而《三国演义》的创作正值南宋以下正统观盛行之际，又对正统观的传扬起到推波助澜的作用。清代康熙帝“御批”《通鉴纲目》，肯定朱熹的正统观，当然也是对《三国演义》正统观的推崇。

《三国演义》的正统观，集中表现在斥责曹操，赞颂刘备上。

作为一文学杰作，《三国演义》没有将曹操简单化。作品抒写曹操剿黄巾、讨董卓、除袁术、破吕布、灭袁绍、定刘表、平定北方，文韬武略，知人善任，气度恢宏，不愧为杰出的政治家。官渡之战，以少胜多，更显示军事才能。作者借郭嘉之口将曹操与袁绍相比，赞曹有“道”“义”“治”“度”“谋”“德”“仁”“明”“文”“武”等“十胜”，必定战胜袁绍。《三国演义》对曹氏功业战绩及识士用人之明的描写，与历史人物曹操大体相符，但对曹操挟天子以令诸侯、谋魏公魏王位、僭越专权则猛烈抨击，揭露曹氏“托名汉相，实为汉贼”。

在汉末三国天下大乱、群雄割据的情势下，“挟天子以令诸侯”，是明智而有效的谋略，为当时有识之士所共见。较早提出此一方略的，是袁绍的谋士沮授，时在初平元年（190），袁绍被关东诸牧守推举为讨伐董卓的联军盟主，沮授向袁绍建策：“迎大驾（指汉献帝）于西京，复宗庙于洛阳，号令天下，以讨未复。”

这是“挟天子以令诸侯”的最初提法，不过另一谋士郭图认为汉室难复，不如勿迎汉天子，袁绍拒绝沮授建策，采纳郭图之议。以后献帝被曹操掌控，北方诸雄臣服，袁绍追悔莫及。

曹操集团确定“挟天子以令诸侯”谋略，在初平二年（191）收揽黄巾部众、建“青州兵”以后，谋士毛玠建策：“今天下分崩，国主迁移，生民废业，饥馑流亡，公家无经岁之储，百姓无安固之志，难以持久……宜奉天子以令不臣，修耕植，畜军资，如此则霸王之业可成也。”曹操实行此一谋略，奉天子获义战之名，得以建立扫平北方的大业。

孙策经营江东，谋士张纮建议：“据长江，奋威德，诛除群秽，匡辅汉室，功业侔于桓、文，岂徒外藩而已哉！”亦取类似韬略，不过孙吴无天子可挟，只能打出“匡辅汉室”旗帜，以求齐桓、晋文那样的霸主功业。

刘备早期流徙于陶谦、袁绍、曹操之间，兵力单弱，又无地盘，却自诩帝胄之后，以复兴汉室为己任。诸葛亮为其献“信大义于天下”的方策，三分天下，进而夺取中原，“霸业可成，汉室可兴”，仍然是奉天子以令不臣的套路。

总之，“挟天子以令诸侯”是东汉末至三国间唯一可行的军政策略，有识见的群雄都采用此谋，并非曹操这个“奸雄”的“奸计”，但《三国演义》对其力加抨击，全然是站在刘汉正统立场上做出的政治评判。

为达成对曹操的贬斥，《三国演义》更对曹操竭尽道德谴责，书中穿插大量情节，如杀吕伯奢、梦中杀近侍、割发代首、血洗徐州、借粮官头平息兵怨、哭祭袁绍、借刀杀祢衡、妒杀杨修、赤壁横槊赋诗、大宴铜雀台等，表现曹操性格的奸诈、伪善、诡谲、狠毒、残暴。史书上本有曹操“酷虐变诈”的记载，关于杀吕伯奢，《魏志》等史书有两种载录：一为吕氏子侄欲害曹操，曹仗剑杀之；二为吕氏子侄磨刀杀猪宰羊，曹误杀吕家诸人，但《三国志》及

《三国志注》并未渲染这一情节，而《三国演义》则调动各种表现手法，突现曹操“宁教我负天下人，休教天下人负我”的人生哲学，尽写其“乱世奸雄”性格，从谴责曹操“篡伪”的角度，将正统观发挥到极致。

《三国演义》的正统观集中表现在尊崇蜀汉“正统”，这大有别于《三国志》。《三国志·蜀书·先主传》论刘备，并未强调其宗室正统性，而是从刘备实在的优长与缺陷评议之：“先主之弘毅宽厚，知人待士，盖有高祖之风，英雄之器焉。及其举国托孤于诸葛亮，而心神无贰，诚君臣之至公，古今之盛轨也。机权干略，不逮魏武，是以基宇亦狭，然折而不挠，终不为下者。”

既肯认刘备与刘邦相类，有英雄气度，并称颂其与诸葛亮君臣契合，为旷古美谈，同时又指出其谋略不及曹操，功业较狭窄。这是对历史人物刘备允当、公正的评价。

《三国演义》则在《三国志》提供的基本史实基础上，用全书近三分之二的篇幅描写刘备集团的事业，对刘备极尽美化之能事：一是抒写其正统性，反复强调刘备乃是“皇叔”“帝胄”，以“复兴汉室”“上报国家，下安黎庶”为己任，以对比曹操的篡伪性；二是渲染其仁德性，极写刘备宽厚爱民、克己复礼，兼及刘备集团诸英雄（诸葛亮、关羽、张飞、赵云等）的忠、义、仁、智、信，以对比曹操的奸雄性。

《三国演义》把刘备视作政治上的“真”（正统）与道德上的“善”“美”的统一体，与书中塑造的“假”（名为汉相，实为汉贼）、“恶”“丑”的曹操形成强烈反差。《三国演义》第六十回写刘备对庞统说：“今与吾水火相敌者，曹操也。操以急，吾以宽；操以暴，吾以仁；操以谲，吾以忠；每与操相反，事乃可成。”

这既是讲刘备的策略，同时也道出了《三国演义》黑白对应、善恶比照的塑造人物技法。

《三国演义》描写“完人”刘备的努力，在一定程度上反映了中国老百姓对“仁君”的盼望之切，但艺术上却颇有失误，正如鲁迅所言：“欲显刘备之长厚而似伪。”

应当指出的是，尽管《三国演义》对刘备及蜀汉偏爱有加，用力将其抬上正统庙堂，而又必须遵循历史的基本框架：三国之中，蜀汉始终最为弱小，蜀汉君臣又多有失误，关羽的失荆州乃至走麦城、刘备彝陵之战的举措大谬、诸葛亮的失街亭等，作品也都有较充分的表现。刘备虽口称忠于汉室，实则却无时不在想着称孤道寡，汉献帝尚在位时，自己便自行汉中称王，献帝刚一去位，便迫不及待地称帝。蜀汉最终被曹魏所灭的史实，小说也浓墨重彩地予以表现。这都显示，《三国演义》浓厚的“尊刘反曹”的正统观，并未改变其对历史基本历程的反映。这种正统观的“理想”与魏、晋完成一统大业的“实际”之间的矛盾性，构成《三国演义》的悲剧色彩，增添其动人之处。

四、历史人物与艺术形象的同与异

《三国演义》刻画了近两百个人物，其用力尤深的是诸葛亮、曹操、关羽，毛宗岗称之“三奇”，又 称“三绝”：诸葛亮“智绝”、关羽“义绝”、曹操“奸绝”，加上刘备的长厚与仁德、周瑜的倜傥与狭隘，在我国乃至日本等汉字文化圈已经家喻户晓，妇孺尽知，老百姓已很难分辨这些艺术典型与历史人物实际状况之间的差异。这里有一个历史真实与艺术真实辩证关系的问题。

《三国演义》塑造的艺术形象既有一定的历史依据，又作了相当程度的文学虚构，采取移花接木、添枝加叶、夸张虚拟等手法，以达成对人物褒贬扬抑的效果。前已讨论曹操、刘备，以下再议关羽、诸葛亮、周瑜，略考其在信史《三国志》与小说《三国演义》中呈现形象的联系性与差异性。

（甲）关羽事迹辨析

关羽勇武善战，乃“万人敌”，性格坚毅（“刮骨疗伤”时面不改色，谈笑自若），忠于刘备（离曹追刘），皆载之信史。然关羽并无显赫战绩，还有刚愎自用、丧失荆州的大过失，在三国历史上，算得一个二流人物，置于中国古史全局，不过三四流军人。《三国志·蜀书》中的关羽传篇幅不大，与典韦、张辽、张飞、赵云、马超、吕蒙等传不相上下，远少于周瑜、鲁肃等传。这种处理与关羽的历史地位相当。然在《三国演义》中，关羽却被浓墨重彩，大加渲染，千里走单骑、过五关斩六将、单刀赴会，成一勇武无敌、忠义盖世的头等英雄。清顺治间，上谕追谥关羽为“忠义神武关圣大帝，以褒扬盛烈”，乾隆更赞颂关羽“当时力扶炎汉，志节凛然”，又在谥号加添“灵佑”二字，还在上谕中斥责“陈寿于蜀汉有嫌，所撰《三国志》多存私见”。在民间，广建“关帝庙”，与“孔庙”并祭，孔、关抬举为文、武两圣，尽享馨香崇拜。这与《三国演义》塑造关羽形象直接相联系。

以下比较《三国演义》与《三国志》中关羽事迹的异同，窥探关羽崇拜的生成机制。

（一）桃园三结义——《三国志》没有关于刘备、关羽、张飞三人结义的记载，只是说他们“寝则同床，恩若兄弟”。且关羽年长于刘备，若义结金兰，兄弟次序当为关、刘、张。《三国演义》则大力铺陈刘、关、张三结义，且作为全书首回——“宴桃园豪杰三结义，斩黄巾英雄首立功”，以下多回又一再强化三结义，第八十一回“急兄仇张飞遇害，雪弟恨先主兴兵”，表现刘、关、张“不求同年同月同日生，只愿同年同月同日死”的“义气”，使之成为贯穿全篇的一条红线。

（二）青龙偃月刀——关羽的兵刃是长矛，《三国志・蜀书・关羽传》记关羽杀颜良，用语为“策马刺良于万众之中”，这一“刺”字正是用长矛杀人的专用字。而《三国演义》第一回详写关羽兵器“青龙偃月刀”的打造过程，后面的章回又一再渲染此刀的神威。《三国演义》用力表现的兵器还有吕布的“方天画戟”和张飞的“丈八蛇矛”。其实史载吕布的兵刃也是长矛，张飞的兵刃并非丈八蛇矛，而是一般的矛。《三国演义》中英雄使用华美锋利的武器，烘托英雄形象，显然是采自讲史艺人和戏曲作者的塑造。

（三）三英战吕布——据《三国志》，公孙瓒没有参加讨伐董卓的联盟，所以当时追随公孙瓒的刘、关、张三人也未曾参加伐董之役，也就不可能有虎牢关三英战吕布一幕。

（四）斩华雄——《三国志・吴书・孙坚传》载，孙坚参加讨伐董卓，“大破卓军，枭其都督华雄等”。《三国演义》第五回浓墨重彩描写关羽“温酒斩华雄”，显然是将孙坚事迹移花接木到关羽身上，是从讲史艺人的创作中吸纳过来。

（五）斩颜良，诛文丑——“刺颜良”确系关羽，诛文丑的却是曹操。

（六）过五关，斩六将——关羽离开曹操后，直接从许昌南下往汝南投奔刘备，并未发生过五关、斩六将之事。

（七）华容放曹——在华容道拦截曹操的是刘备，但是刘备晚到，所以曹操得以跑掉。此事与关羽无涉。而《三国演义》铺陈出“关云长义释曹孟德”故事，为的是烘托关羽的义薄云天。

综观《三国演义》关羽之壮举，多为移花接木或虚构。

（乙）诸葛亮用兵如神吗？

《三国演义》三十六回至一百零四回写诸葛亮，以六十八回篇幅（占全书一百二十回一半以上）描绘此公，塑造一个运筹帷幄、决胜千里的大军事家形象。

历史上的诸葛亮有战略眼光，擅长政务治理，而用兵、战阵非其所长，陈寿对孔明有“亮将略非长，无应敌之才”“瞻惟工书，名过其实”的批评。陈寿编定《诸葛亮集》后上表晋帝，表中评价诸葛亮有“逸群之长，英霸之器”，又指出孔明“治戎为长，奇谋为短，理民之干，优于将略”。《三国志·蜀书·诸葛亮传》的评语称诸葛亮为“识治之良才，管萧之亚匹矣。然连年动众，未能成功，盖应变将略，非其所长欤”！

陈寿以为诸葛亮民政强于军政，是恰如其分的评价，而《三国演义》所述诸葛亮的军事成就，多为移花接木，转自他人。

火烧博望坡——此乃刘备所为，发生在建安七年，而建安十二年，诸葛亮才出山。

草船借箭——此乃孙坚、孙权父子所为，分别发生在跨江击刘表和濡须之战。

借东风——冬至时日，多有东南风，此乃曹操遭遇之天灾，非诸葛所借或预测。

赤壁之战——诸葛亮智激孙权是史实，其他诸如舌战群儒、智激周瑜、群英会、识破苦肉计、庞统献连环计等均为虚构。破曹的主要指挥者是周瑜，诸葛亮只是敲边鼓。

三气周瑜——从赤壁之战结束到周瑜病逝的两年间，诸葛亮正在零陵一带筹集军需，未与周瑜见面。三气周瑜纯系艺术虚构。

《三国演义》中的诸葛亮事迹，仅三顾茅庐、隆中对有史实依据，其他多为移花接木。鲁迅称《三国演义》“状诸葛之多智而近妖”，一语破的。

（丙）周瑜的器量褊狭吗？

《三国演义》刻画的周瑜才华出众，风流倜傥，然而却心胸狭窄，尤忌诸葛亮智谋胜己，有“既生瑜，何生亮”的感叹，终因褊狭而丧命。然而，这并非真周瑜。《三国志》载，刘备评价周瑜“器量广大”“文武筹略，万人之英”。孙权赞其有“王佐之资”。程普评价周瑜说：公“与人交，若饮醇醪，不觉自醉”。陈寿评价周瑜“性度恢郭”。另外洪迈、苏东坡等宋代名士对周瑜的人品也给予甚高评价，《前赤壁赋》“雄姿英发”的“千古风流人物”之盛赞，也是给周瑜的。《三国演义》渲染周瑜狭隘，是为了映衬诸葛亮的智略恢宏。此为中国小说、戏曲惯用的“扬抑法”。

遭此类似待遇的是鲁肃。《三国志》载，鲁肃“思虑宏远”，“有过人之明”，初见孙权即建策：鼎足江东，北拒曹操，待机剿除黄祖，进发刘表，竞长江而有之，然后建号称帝，以图天下。战略眼光与诸葛亮“隆中对”水平不相上下。而《三国演义》中的鲁肃老实忠厚，屡屡被诸葛亮玩弄于股掌之中。这当然也是为着衬托诸葛亮的智谋高超。

蒋干中计——蒋干劝降周瑜而未果，返回曹营，称赞周瑜雅量高致。此事发生在赤壁之战前，蒋干、曹操中计，纯属虚构。

五、小结

总观《三国演义》对魏、蜀、吴三个集团的描写，大体符合史事格局，反映了由汉而魏、由魏而晋的政权更替统系，可见作者重统而不违史，保持了对《三国志》的承袭关系，故嘉靖本《三国演义》题署“晋平阳侯陈寿史传，后学罗贯中编次”，是基本恰当的（需指出：陈寿“晋平阳侯相”，而非“晋平阳侯”），但人物形象刻画、细节描写多有虚构，以服务于拥刘贬曹的需要，突出斥奸颂仁、誉忠责篡的政治诉求，其艺术效果是强烈的。

法国历史传奇作家大仲马说，他把历史当作挂衣服的钩子，衣服则是他缝制的。大仲马的《铁面人》《三个火枪手》《基度山恩仇记》分别写路易十四时代、路易十五时代、后拿破仑时代，其鲜活的人物形象、跌宕起伏的故事情节给人以艺术享受，我们不必也不应当从这些小说获得关于路易十四时代、路易十五时代、后拿破仑时代的信史，不会因《铁面人》而相信路易十四是冒充的继位者。对俄法战争史有精深研究的托尔斯泰所著《战争与和平》，不仅严格遵照历史真实框架，而且十分讲究细节真实，上自沙皇亚历山大宫廷、贵族家庭，下至行伍士卒，乃至由农民组成的游击队，皆能还原历史场景，可以作为 19 世纪初叶俄国社会的百科全书看待，但不必也不应当将这部小说当作俄法战争的信史，彼埃尔、安德烈、娜塔莎不能以真实历史人物视之；书中对拿破仑充满厌恶，所刻画的装腔作势的拿破仑未必是历史真实的拿破仑。

总之，应当把握信史与史传文学的联系性与差异性，把握历史真实与艺术真实的辩证关系。当然，不同的史传文学与信史的接近程度不同，《战争与和平》《彼得大帝》比《铁面人》《三个火枪手》接近信史一些；《东周列国志》比《三国演义》接近信史一些，艺术感染力则差了许多。《三国演义》习称“七实三虚”有“真三国，假封神”之说，而我认为尚没有达到“七实”，凡精彩情节（过五关斩六将、蒋干盗书、借东风、三气周瑜、长坂坡之类）都是虚构的，不过都还挂在三国历史这个钩子上，我们只能以文学作品欣赏之，从中获得某种历史感和美学享受，而不可求信史于《三国演义》，也不应当以信史标准苛责小说《三国演义》，正如不能以过高的生动性、人物典型性要求史书《三国志》一样。

《从〈三国演义〉看中国古代人才观》* 序

就一部小说对一个泱泱大国的民族文化心理影响力的深刻久远而言，中外文学史上可与《三国演义》相提并论者似不多见；这部作品中的故事在民间流传之广、其人物在老百姓中知名度之高，更罕见其匹，所谓“异姓联昆弟之好，辄曰桃园；帷幄侈运用之才，动言诸葛”。

《三国演义》之所以能够如此脍炙人口，自有多方面原因，而这部辉煌的史诗将朝代更迭之际涌现出的各种典型人物的聪明才智淋漓尽致地展现出来，成为中国式智慧的渊薮、古代人才学的百科全书，大约也是其深获民心的缘故之一。以往，《三国演义》曾被学者从文学的、史学的等侧面进行过卓有成效的研究，却似乎很少有人系统探讨《三国演义》在人才学方面提供的丰富内容。然而，近年从报端得知，我们的东邻——日本人极注意从《三国演义》中汲取办事、经商所需要的机智和谋略。据说，《三国演义》及《孙子兵法》等中国古代典籍成为日本经理人员的必读之书。这个消息使我想到，中国人自己对于《三国演义》等古典名著的研究工作，能不能从纯学术的象牙之塔中走出来，开辟某些应用性课题呢？诸如能不能从智力论、人才学等方面深入挖掘其宝藏，以为今人的实际工作提供借鉴呢？令人高兴的是，现在我们手头上终于有了一部由中国人撰写的《从〈三国演义〉看中国古代人才观》的书。作者黄新亚从学术研究和应用研究的结合部着眼，对《三国演义》重新加以把握，并由此出发，对中国古代人才观的要旨加以剖析，纵横捭阖，大开大合。书中有中外之比较，有古今之联想；有历史哲学的思考，有人才理论的横议，读来颇觉别开生面。当然，由于全书受规模限制，未能对《三国演义》的人才观作更

* 黄新亚著，陕西人民出版社 1987 年版。

细致的具体分析，而这种具体分析也许正是读者最感兴趣的所在。不过，对于一部开创性论著而言，这只是白圭之玷，且以新亚的英年博学，日后若有续补之机，不难更进一步。

1987 年春节于武昌

蒙学读物的教化功能

由于文化自身的多维性，对于文化史的研究也就应该从多方位、多角度进行，而其中有一个角度是决不能忽视的——这就是对“俗文化”的考察。如果我们的文化史研究仅仅局限于对经典、史籍的考辨和分析，将眼光一味专注于士大夫们的“雅文化”，而无视雅文化如何采纳、加工民间的“俗文化”，雅文化又如何渗透到民间，影响于田夫野老、一代又一代孺子幼童的，那么，这种研究工作充其量只完成了一半。

事实上，我国自古的文化教育工作是十分重视对俗文化的采集和渗透的，前者如乐府采风制度，后者的突出表现便是大量“童蒙读物”的编写及其向民间广为推行。

童蒙读物又称“蒙养书”，是指供少年儿童阅读的启蒙之书。“蒙养”二字始见《周易》，所谓“蒙以养正，圣功也”[①]。《周易》对“蒙”所作的解释是：“蒙者，蒙也，物之稚也。”[②]蒙养书的编写，意在对幼稚、蒙昧者进行必要的灌输，唐宋人撰《兔园册府》之类蒙养读物，便是用作“乡校俚儒教田夫牧子之所诵也”。宋代以降，“三、百、千、千”（《三字经》《百家姓》《千字文》《千家诗》）以及《增广贤文》《幼学琼林》《龙文鞭影》等蒙学书，在通都大邑以至穷乡僻壤不胫而走，可谓家喻户晓，其普及面之广，远胜于文句艰深的“圣经贤传”。它们以通俗易懂的内容、朗朗上口的文句，将“圣经贤传”的精义灌输给村夫俗子、黄齿小儿，从而成为中国传统文化大系列中一个切关紧要的环节。

传统的童蒙读物曾经在如下几方面发挥巨大的社会功能。

---

① 见《周易·蒙卦》。

② 见《周易·序卦》。

第一，训练人们的识字及初步写作能力。《开蒙要训》《百家姓》《三字经》《对相识字》及杂字书，是中国人的识字门径，一代又一代的普通中国人正是在“赵钱孙李，周吴郑王”①的诵读声中认识汉字的。南宋诗人陆游说：“农家十月，遣子入学，读《百家姓》。”勾画出一幅典型的“农闲识字图”。清人王筠则说：“蒙养之时，识字为先，不必遽读书”②，也是强调童蒙读物的识字功用。

第二，使普通中国人掌握某些自然常识、生活常识和历史常识。“云维何兴？以水之升；雨维何降？以云之蒸”③之类的句子，教给老百姓一些粗略的常识，尽管离科学较远，但毕竟比迷信略高一筹，因而其普及常识功不可没。他如《史学提要》《十七史蒙求》《叙古蒙求》诸书在普及历史知识方面，《幼学琼林》等书在概述天文、地理、人事、鸟兽、花木知识方面，亦劳绩甚著。

第三，向人们灌输政治伦理观念。这是士大夫编写蒙求书的重要目的。朱熹谈到他编撰《小学》时说：“古者小学，教人以洒扫应对进退之节，爱亲敬长，隆师亲友之道，皆所以为修身齐家治国平天下之本；而必使其讲而习之于幼稚之时，欲其习与智长，化与心成，而无扞格不胜之患也。……今颇搜辑以为此书，授之童蒙，资其讲习，庶几有补于风化之万一云尔。”④王守仁的说法类似：“今教童子，惟当以孝弟忠信，礼义廉耻为专务，其栽培涵养之方，对宜诱之诗歌，以发其志意；导之习礼，以肃其威仪；讽之读书，以开其知觉。”⑤中国许多没有读过四书五经的老百姓，亦信守“三纲五常”，其观念来源之一便是蒙求书。“三纲者，君臣义，父子亲，夫妇顺……曰仁义，礼智信，此五常，不容紊。”⑥这类押韵上口的纲常教条，是许多识字少，甚至不识字的民众所熟记于心，宣之于口，见之于行动的。蒙求读物的威力由此可见一斑。此外，《增广贤文》中“为人只说三分话，未可抛却一片心”，《名贤集》中“休争三寸气，白了少年头”之类的处世格言，《神童诗》首句“万般皆下

① 见《百家姓》。
② 见《教童子法》。
③ 见《名物蒙求》。
④ 《小学序》，《朱文公文集》卷七十六。
⑤ 见《训蒙大意示教读刘伯颂等》，《语录二》。
⑥ 见《三字经》。

品，唯有读书高”，对国民精神的熏染力也不可低估。

总之，你要了解中国传统文化，你要了解中国人的灵魂，单看《论语》《孟子》《老子》《庄子》《资治通鉴》是不够的，还得看看《三字经》《幼学琼林》《增广贤文》《弟子规》《神童诗》。只有如此，你才能理解先人是在怎样的文化氛围里成长起来的，也才能明白，“雅文化”与“俗文化”如何交互作用，组成一个覆盖全社会的网络。

正因为蒙学读物是昔日统治阶层及其士人教化俗众及少年儿童的产物，故其张扬的是昔日主流伦常观念，站在现代文明观之，精华与糟粕兼而有之，今人对其必须持扬弃态度：发扬优长，抛弃病端，全盘否定与照单全收，皆不可取。当下的状况是，一些国学倡导者全盘照搬昔之蒙学读物，将《三字经》《弟子规》《二十四孝》之类充作教化少儿或职工的读本，这成为目前各地开办“国学班”的普遍做法。应当说，如此动作，流弊甚大。以《二十四孝》为例，倡导“敬老、养老”当然有益，但宣扬“郭巨埋儿”一类反人道的残忍“孝行”，全然与现代文明背道而驰。

昔日之“蒙学读物”，是先辈留下的遗产，当珍惜之，又要选择之，重铸之。

哲学史是发展中的系统——萧萐父、李锦全主编《中国哲学史》读后 *

萧萐父、李锦全两位教授主编的《中国哲学史》(上卷),使人耳目一新。编者力避那种把哲学史写成“一堆知识的聚集”的做法,以雄辩的论述向读者揭示——“哲学是在发展中的系统,哲学史也是在发展中的系统;这就是哲学史的研究所须阐明的主要之点或基本概念”①。

以笔者初读的印象,这部著作为了阐述中国哲学发展历程的系统,在如下几个方面刻意求索,每每有功力独到之处。

第一,力求准确地把握哲学史的研究对象。

哲学史就是整个认识的历史。哲学史作为人类认识发展的历史,应当把本体论、认识论和辩证法的历史作为自己研究的对象。但是,以往在哲学史研究对象问题上却出现过各种偏差,或者失之于宽泛,将哲学史与政治思想史、社会思潮史等混为一谈;或者失之于狭窄,将哲学史局限于唯物论与唯心论的两军对战史。本书作者在《导言》中对此发表了自己的独到见解:“哲学史研究的特定对象,简括地说,就是哲学认识的矛盾发展史。所谓哲学认识,区别于宗教、艺术和各门具体科学的知识,是人们的理性思维形式表达的关于自然、社会和思维运动的一般规律的认识,也可以说是对于客观世界的本质和人对客观世界能否认识和改造、怎样认识和改造的总括性认识。”

基于上述理解,这部《中国哲学史》在对哲学发展的普遍根据——社会阶级根源、自然科学基础和其他社会意识形态做出历史唯物主义说明的同时,着

---

* 原载《江汉论坛》1983 年第 11 期。

① 黑格尔:《哲学史讲演录》第 1 卷,第 33 页。

重对哲学自身发展的特殊根据做了唯物辩证法的分析。编者注意突出哲学思想的发展线索，为此，特别对哲学范畴的历史演变颇为留心。范畴，作为认识之网上的纽结，是理性思维积淀、升华的结晶。各个民族由其文化传统和心理特征所决定，各自创造了不同的哲学范畴。而对天、道、气、神、有无、道器、阴阳、消息、和同、动静、常变、体用、本末、一两、理气、心物、能所、知行等中国哲学的特有范畴进行历史的探索，考察其萌生、发展、演变的全过程，是本书的一个显著特色。这种努力的益处是，就横断面而言，可以看出中国哲学史上各学派分别在诸范畴的创造、使用和改造上起过何种作用，从而发现它们彼此间既相联系、渗透，又相驳诘、论难的关系；就纵断面而言，范畴的发展史清理出来，中国哲学的内部逻辑进程也就条析分明了。同时，通过上述范畴的历史考察，中国哲学的自身特点便历历在目。天与人，神与民，和与同，一与两，正与反，因与革，古与今，常与变等哲学范畴都是在中国这个特定的农业自然经济和宗法传统的基地上发展起来的，与欧洲模式大相径庭。这就启迪我们，只有将中国哲学范畴与欧洲哲学范畴加以比较，才能窥见旧大陆东西两端哲学思维方式的统一性和多样性，才能进行比较哲学的研究。

第二，努力遵循逻辑与历史的统一的方法论原则。

由黑格尔提出，又由马克思主义经典作家进行唯物主义改造的逻辑与历史的统一，是研究哲学史所应遵循的科学的方法论原则。它要求我们按照逻辑线索来叙述人类认识发展的历程，在人类认识发展的客观历史中去研究逻辑的发展，探索主观认识的客观规律。这一方法论的精髓在于，肯定了“哲学并不站在它的时代以外，它就是对它的时代的实质的知识”[①]。恩格斯进一步阐述道：“每一时代的理论思维，从而我们时代的理论思维，都是一种历史的产物，在不同的时代具有非常不同的形式，并因而具有非常不同的内容。因此关于思维的科学，和其他任何科学一样，是一种历史的科学，关于人的思维的历史发展的科学。”[②]这部《中国哲学史》，为实现逻辑与历史的统一，展示中国人的思维发展历程，可谓用力良多。

引人注目的是，本书每编的“绪言”都以洗练而鲜明的语言，概括了本编

① 黑格尔：《哲学史讲演录》（第1卷），第56页。

② 《马克思恩格斯选集》（第3卷），第465页。

所涉及的时代的历史特点，以及这种历史特点给这一时代的哲学思想带来的影响。本来，提供历史背景的编首绪言，在许多哲学史著作中都可见到，但这部《中国哲学史》的各编绪言却颇有特点。简言之，便是为具体章节的展开提供了一种逻辑与历史的统一的、富于立体感的场景。这在第一编的绪言中表现得格外突出。它在概述了中国古代文明的特点之后指出，“反映宗法制度和宗法思想的‘礼’，就像梦魇一样纠缠着历代哲学家的头脑”。“礼所包含的思想原则就成为哲学加工的对象和思想斗争的焦点。于是尊礼和非礼的政治斗争，往往反映为尊天命与反天命，道中庸与反中庸，法先王与反先王等一系列的哲学斗争。这样，就围绕着宗法传统，展开了古今礼法之争与天人名实之辩，萌发了无神论与有神论、唯物论与唯心论、辩证法与形而上学两条哲学路线在斗争中的曲折发展史”。这类论述是精彩而有启发性的，它告诉人们，“历史从哪里开始，思想进程也应当从哪里开始，而思想进程的进一步发展不过是历史过程在抽象的、理论上前后一贯的形式上的反映”[①]。

本书在结构上虽然仍然采用惯常的列传体，但并不是将一个个哲学家平列起来，而是力图按照逻辑与历史的统一的方法论原则，探索各哲学家、哲学派别彼此间的纵横联系，描述中国哲学历史进程客观存在着的“圆圈”。这是本书的最大特色。

黑格尔多次指出，哲学的发展并非是直线的，而是一个首尾相应的逻辑进程，是一个近于螺旋式的曲线，可以形象地比喻为“圆圈”。他曾把欧洲哲学史分为三个时期——希腊哲学、中古哲学、近代哲学。这三个时期组成一个否定之否定的大圆圈。其中第一期是由一般思想规定的，第二期分裂为本质与形式的反思，第三期则以概念为基础。这种分期是与黑格尔逻辑学的三部分——有论（一般的抽象思想）、本质论（抽象的对立的反思）、概念论（具体的普遍性的思想）——的发展看法平行联系着的。列宁对黑格尔关于“圆圈”的比喻大加赞赏，他指出，这是一个“非常深刻而确切的比喻！每一种思想 = 整个人类思想发展的大圆圈（螺旋）上的一个圆圈”[②]。

中国哲学的历程沿着怎样的圆圈螺旋上升？这是当代哲学史家争相探讨的

---

① 《马克思恩格斯选集》（第 2 卷），第 122 页。

② 《列宁全集》（第 38 卷），第 271 页。

问题。本书编者在这方面也做出了有益的尝试。编者在《导言》中指出："源远流长的中国哲学史，并不是什么'百家往而不返'的可悲战场，也不是什么千古心传的'道统'记录，而是中华民族的哲学智慧在艰苦曲折中发展的合规律的必然历程。"本书揭示出，中国哲学历经了由原始五行说到《老子》，由早期稷下道家到荀况、由董仲舒到刘禹锡等几个大圆圈，各圆圈内又有若干小圆圈。前一圆圈的终点是后一圆圈的起点，圆圈间有渗透、吸取、继承，亦有批判、扬弃、发展。如先秦战国中后期这一小圆圈的开端，直接衔接着前一小圆圈的终点。《管子》中的《心术》等篇保留的早期稷下道家的"精气说"的宇宙观和"静因之道"的反映论，既是对前一圆圈终结的《老子》以"道"为最高实体的宇宙观和辩证思维的继承和改造，又是战国中后期哲学运动的逻辑起点，中经孟轲、庄周、公孙龙、惠施、后期墨家的曲折发展，准备了战国末期的批判总结。荀况用"天行有常""天命可制"的宇宙观和天人关系论，以及"虚壹而静"的认识辩证法，在更高的理论思维水平上，扬弃了孟轲、庄周、公孙龙和惠施，而向稷下道家的"静因之道"复归，从而标志着战国中后期哲学小圆圈和整个先秦哲学大圆圈的终结。此后的一个圆圈——秦汉至隋唐，则以刘禹锡的《天论》在新的理论思维水平上，扬弃了董仲舒"天人感应"的神学目的论和隋唐佛学的唯心主义思辨，向荀况的《天论》复归，从而宣告这一圆圈的结束。

当然，本书关于哲学圆圈的描述，还可以从准确性、丰富性诸侧面进一步加以推敲、锤炼。但编者所做的这类努力则是十分宝贵的，它为哲学史的研究和编撰工作打开了一条通幽致远的路径。

由于本书是多个单位、多位作者的协作产品，因而全书还未能达到浑然一体的理想境界。仅就上卷而论，各章节的叙述风格不时流露着"出自众手"的痕迹。此外，全书各章节的具体论述似未完全表述出原来要达到的较高立意。这或者与篇幅的局限及作者的散处各地等因素有关。然而，这些弱点并不能掩盖这本书的光耀。

实录体史学研究的集成之作——读谢贵安《实录研究》四种*

实录是以编年体为基础兼采纪传体等形式，专记皇帝事迹的史书。南朝萧梁首创此种史体，其成熟形态始自唐代：继嗣之君令史官据前朝皇帝起居注、时政记、日历等，编纂前朝实录（也有少数皇帝令史官撰修当朝实录），沿为定制，直至清末光绪朝，历 1400 余年而不辍。实录依据档册及起居注等原始资料编修而成，所记事件人物较为准确、翔实，又在各朝各代框架内条贯成列，故唐代以降修纂正史，多取材于兹。实录作为记录一朝一代国政章制的官方文书，属档案性文献，在原始材料失存或所存不全的情况下，其史料价值尤显宝贵，某种程度上可以说是无可替代的。

史学界虽将实录作为基本文献采用，却较少对其展开认真、系统研究，以致在各类史书体裁中，实录成为知其重要而少知其内奥的一种。为弥补史学研究的这一缺憾，武汉大学中国传统文化研究中心谢贵安教授染翰操觚二十余载，致力实录的搜求考析，完成二百余万言的“实录研究书系”，近由上海古籍出版社印行推出，此诚史学盛事。

以往除有陈捷先所撰《满文清实录研究》一书外，各朝实录均无研究专著，贵安君的《中国已佚实录研究》《宋实录研究》和《明实录研究》均是开山之作，其《清实录研究》则是清实录第一部完备的研究专书。

贵安君四专论前后相接，从实录之源南朝萧梁实录开始，中涉唐宋元实录，以迄明清实录，系统梳理，形成完整的实录研究体系。《中国已佚实录研究》分别钩沉十六国南北朝实录、唐实录、五代十国实录和辽夏金元实录的实

* 原载《光明日报》2015 年 1 月 5 日。

存本，对佚篇残目进行考析。《宋实录研究》对《宋实录》的修纂过程、修纂人员、修纂的善后流程、修纂机构与史官制度、主题、体裁与体例、史料的来源与流向、曲笔与讹误、价值地位和影响进行了探讨。《明实录研究》对《明实录》的国史地位、学术渊源、修纂机构史馆、修纂过程、修纂人员、修纂程序、体例和主题、版本和收藏、价值和缺陷等进行考究。《清实录研究》探讨清代实录馆的设置、管理和运行情况，《清实录》的主题和体裁体例，修纂过程和善后流程，版本与收藏状况，清朝“汉化”对修纂的影响，史料的来源与流向，史料的信实与不实问题及其相互关系，广泛和特殊的文献之史料价值，以及清帝“日阅实录”的经世致用功能。

诸实录的上述方面，前人虽有探讨，但如本书系这样成序列的完整研究，尚为首见。

贵安君长期耕耘、执着探求，步入实录研究的学术前沿，其论析多有发明。如提出“实录体”概念，其体裁属于“编年附传”。后唐、后汉、金、辽等少数民族政权所修实录都有附传，元实录之去附传，是与同时修撰《后妃功臣列传》有关，清代实录去掉附传，与国史馆纂修清史列传有关，故元、清实录去掉附传，是重视史书功能区分的结果。二如辽代耶律俨所修《皇朝实录》的性质，以往多将之视为纪传体，本书则根据辽代监修国史既监修实录又监修国史的特点，指出耶律俨其实既修了《皇朝实录》，又修了《国史》(《辽史》)，有人将二书混为一谈，因此错将《皇朝实录》视为纪传体史书。关于《宋太宗实录》是否重修的问题，针对有人认为《太宗实录》于至道三年和大中祥符九年两次修纂，《续资治通鉴》注文中所说的《太宗实录》“别本”即增修本的观点，指出钱若水“重修《太宗实录》”的记载中“宗”字为“祖”字之误，而所谓“别本”，可能是南渡后从民间征集的抄本，并非指大中祥符九年所谓的“增修本”。提出史书功能区分是元、清两朝实录去掉附传原因，而非有人所说的那样是因为二者皆少数民族政权修纂所致的观点。

书系运用实证方法，对实录提供的史料作客观辩证，既指出其价值，也标示其错误。民国以来多指责《清实录》篡改史实，贵安君通过对《清实录》史实的“信实”与“不实”的具体分析与比较，指出《清实录》中虽然存在曲笔，但多发生在太祖、太宗、世祖三朝实录中，以及其他实录的敏感部分，至于其他大部分史料，均为中性史实，保持了基本可信度。这有助于确立今人对清实录史料应用的信念。

当然，“实录研究书系”也存在一些缺陷。以笔者之见，文中的史料梳理和考实较多，而对这种史学现象的概括和抽象研究尚显不足，史学史和历史文献学角度的研究较多，而文化史角度的研究尚待拓展。此外，各书中尚有一些笔误，如《中国已佚实录》第 37 页倒数第 3 行称“元明”实录去掉了附传，显然系“元清”之误；《宋实录研究》第 25 页第 2 段第 1 行的作者“沈沦”应为“沈伦”；《明实录研究》第 357 页倒数第 2 段倒数第 4 行将“《元明清系通纪》”误作“《明元清系通考》”。《清实录研究》第 145 页第 2 段第 9 行“《太祖实录》卷二九载，崇德元年五月壬子”，其中的《太祖实录》应为《太宗实录》。这些错误应该尽量避免。

清史编纂体裁呈议 *

史书体裁应与该史书性质相切合。时下拟撰之清史，既然是国家主修的正史，应当沿用并发展中国传统正史体裁，若与之距离太大，则是另一类史书。继承优秀的中国史学传统，与二十四史相衔接，是清史修纂的特性所在，这与面向现实和未来，提供历史借鉴等使命并行不悖、相得益彰，也与反映当代史学研究水平、吸收世界先进史学思想与方法不相抵牾。而要与二十四史衔接，达成对传统正史的继承、发展和超越，清史修纂采用的体裁，宜以经改造、补充的纪传体为框架，辅之以编年体、纪事本末体，不必参入章节体，以免紊乱方寸。

新修清史宜用纪传体，除此体裁有包容量大、伸缩自如等优长，非章节体所可比拟外，还因为纪传体是反映王朝时代史序、史事的合适体裁，形式与内容相统一，故历代正史沿用不辍。而清朝是中国最后一个王朝，王朝制度在此终结，新修清史也理所当然地成为纪传体的一次"绝唱"。这里有一个对"王朝体系"的认识问题，以往曾有"打破王朝体系"一说，若从破除重帝王、轻民众的旧史积习而言，此说可取，若要抛开王朝时序框架，则心劳日拙，因为王朝是客观存在的历史事实，"抛开"既无可能，也不必要。

在近代新史学兴起后，还应否沿用纪传体修史？这里举出东亚文化圈内的一个参照例，或许可以开拓思路。日本近世至近代修纂的《大日本史》，始于明历三年（1657）德川光圀在江户开设史局，德川光圀奉中国学者朱舜水为宾师，从朱氏学习儒学、史学，《大日本史》的史体、史笔，多源于朱氏传授。此后，水户藩修史工作历经250年，至明治三十九年（1906）方告完成。全书

* 载国家清史编纂委员会研究丛刊《清史编纂体裁体例讨论集》，中国人民大学出版社2004年版。

纪传志表397卷，取法中国纪传体，又根据日本国情有所创新，如为体现“征夷大将军”的特殊地位和性质，设将军列传、将军家族列传、将军家臣列传；又为体现和歌在日本文化中的突出地位，于文学列传外，另设歌人列传。为反映日本社会及制度特色，志分神祇、氏族、职官、国郡、食货、礼乐、兵、刑法、阴阳、佛等十目。为反映日本官制特色，表设公卿表、国郡司表、藏人检非违使表、将军属僚表等。《大日本史》成书于明治末年，西方史学已流行日本多年，各类章节体史书大量涌现，而官修正史仍保持纪传体，就是考虑到这一体裁与日本“万世一系”的天皇制历史较为吻合。至今《大日本史》仍被视作史书瑰宝。

纪传体自有弊端，最突出的问题是重帝王将相而忽略人民大众，重朝廷而忽略社会，《史记》尚有较强的人民性，《汉书》以下，民众及社会愈益成为陪衬、附庸，正史主体成为帝王家谱，这是必须力加纠正的。今修清史，理应大为扩充“民史”内容，加强社会史、经济史、文化史、中外关系史等方面的分量。除应增列相关志表外，还可在原有志表框架内，充实民史内容，如舆服志便不再限于帝室贵胄的车马服饰，而应广及社会各阶层的服饰、器用，成为清代物质文化史的一个分支。如果将清代物质文化、制度文化、行为文化、观念文化诸层面的丰富内容，有意识地、合理地分布到各相关志、表、传中，新修清史的学术价值必将大增。

纪传体的又一弱点，是“类例易求而大势难贯”（章学诚语）。为克服“大势难贯”之弊，新修清史诸纪不要写成帝王个人传记（皇帝重要言行可穿插于纪中，皇帝的完整生平则置于传中，与其他传主并列），而宜铺陈以各帝王年号为序的编年史，可称之朝纪（如顺治朝纪、康熙朝纪等），清史前纪置于顺治朝纪前，南明纪置于顺治朝纪后，或插入康熙朝纪的适当部位，太平天国纪插入同治朝纪的适当部位，按时序与朝纪共成系列（“三藩”不必单列纪，在康熙朝纪内展开即可）。朝纪以政治史为主，略涉其他，经济史、文化史、社会史的详细内容在志、表、传中展开。这样，诸朝纪便可连贯成清代编年史，而不必在全书开头写一长达几十万字甚至两三百万字的绪论。即使要写绪论，也只能以数万字简明勾勒清史线索，置之世界史总背景下，指示其发展趋向，如果铺张开来，势必与朝纪重复，且自乱体例。

清代268年间，经济、政治、军事、文化、外交均发生重大演变，晚清尤为剧烈，在纪、传、志、表中都应加以反映。如入传人物，要大量收取在社会及文化因革中起作用的政治家（不以官阶为限）、思想家（不拘于儒、释、道，新学家如冯桂芬、王韬等应予特别注意），那些有贵胄身份或置身高官却少有历史事迹的人物，可简述或仅列名注职衔，省出篇幅，移用于历史事迹丰富的人物。《清史稿》忽略的文学艺术家（如蒲松龄、曹雪芹、吴敬梓、石玉昆等）、实业家、科学家（徐寿、华蘅芳等）、能工巧匠等应予增列，有的还要详介。有清一代中外关系跌宕起伏，切关宏旨的入华外国人不少，清初中期有汤若望、南怀仁、徐日升、张诚、白晋、郎世宁等，晚期有马礼逊、李提摩太、林乐知、丁韪良、傅兰雅等，他们均应入传。中国人出境而有贡献者，如朱舜永、陈元赟等也不可忽视。为反映晚清历史实际，当增设实业志、通商口岸志、外交志、租界志、学校志、党派志（或称政党志）等。

清代是中西文化交会的时代，涌现出大批对译西方概念的汉字新语。这一进程始于明末清初耶稣会士入华，大规模展开于清末英美新教传教士入华，而晚清留日高潮，又将日本明治时期创制的对译西方概念的汉字新词传输中国，对此后中国文化发生重大影响。清史似应设专篇反映汉字新词的产生及传播情况。

与纪传体框架相匹配，文体宜用精练、典雅的白话，向流畅文言靠拢，梁启超文体可供参酌。有争议、欠准确的概念（如“洋务运动”、将秦汉至明清称为“封建社会”等）、现当代套话要慎用以至不用。史论尽量减少直白，寓褒贬于叙事之中。

"改造国民性"：不可忘却的鲁迅遗训

对于文化，鲁迅有一种宏阔的认识，他不赞成将文化视为少数文人雅士流连自娱的象牙塔中物。鲁迅认为，文化包括风俗习惯，必须着力改造风俗习惯，倘不将风俗习惯加以改革，"则这革命即等于无成，如沙上建塔，顷刻倒坏"[①]。鲁迅还针对那些无视群众心态而空谈改革的论客说："多数的力量是伟大的，要紧的，有志于改革者倘不深知民众的心，设法利导，改进，则无论怎样的高文宏议，浪漫古典，都和他们无干，仅止于几个人在书房中互相叹赏，得些自己满足。"[②] 而鲁迅以一生的业绩，为我们树立深入群众，对其风俗习惯进行研究，并加以利导、改进的典范。

一、解剖传统心理的"精神世界之战士"

19 世纪末、20 世纪初，在洋务大吏的倡导下，学习西方物质文明的热潮在中国逐渐形成，然而，中国人的精神世界也亟待改造这一点，却未能引起广泛重视。与此同时，一批热血沸腾、充满献身精神的革命党人正致力于"反清复国"的"种族革命"，致力于此者，便有鲁迅的业师章太炎。然而，在日本留学期间，青年鲁迅就不满足于"种族革命"的褊狭，他对于"反清以后，如何治国"的问题，进行深入的思考，并与朋友彻夜讨论。

一、怎样才是最理想的人性？

二、中国国民性中最缺乏的是什么？

---

①② 见《二心集·习惯与改革》。

三、它的病根何在？[①]

鲁迅的早期论文《破恶声论》《文化偏至论》《摩罗诗力说》等，便是这种文化沉思的实绩。他把中国的前途与民众的觉悟、新人的塑造联系起来思考，显示出启蒙思想家的光耀，从而加入梁启超、邹容等着意改造国民“奴隶之根性”[②]的先觉者的行列。

鲁迅在 1908 年撰写的《文化偏至论》把 19 世纪末叶以来的欧美新思潮概括为“非物质”“重个人”，显示了一种人本主义的倾向，强调“非物质主义”的“个人主义”“兴起于抗俗”，表现出对束缚人性的旧习俗的抗争精神和对个性解放的强烈追求。他认为，“个性张，沙聚之邦，由是转为人国。人国既建，乃始雄厉无前，屹然独见于天下”[③]。可见，青年鲁迅已超越时人只注意西方先进的工业技术的认识水平，他意识到国家现代化的核心是人的现代化，“然欧美之强，莫不以是炫天下者，则根柢在人”[④]。有鉴于此，鲁迅指出：“是故将生存两间，角逐列国是务，其首在立人，人立而后凡事举。”[⑤]

鲜明地把“立人”，即改造传统旧人、塑造现代新人的任务置于现代化事业的首位，这是鲁迅超迈同代人的卓识远见，也构成他的文化思想的核心。鲁迅一生的文化事业，都围绕着这一中心展开。

鲁迅在日本原是学医的，他曾想用现代医学，来救治被庸医所误的病人的疾苦，并以此促进“国人对于维新的信仰”[⑥]。但后来，在一次上细菌课前，放映一部日俄战争的纪录影片，看到日军枪决一个为俄国做侦探的中国人，而围观的中国人神情麻木，视若无睹。这给鲁迅以很大的刺激和启示，他由此认识到，“愚弱的国民，即使体格如何健全，如何茁壮，也只能做毫无意义的示众的材料和看客”。因此，中国人亟待医治的，尚不是病弱的身体，革命的“第一要著，是在改变他们的精神”[⑦]。于是，他毅然放下疗治人体的手术刀，拿起文艺这个解剖人们灵魂的“手术刀”，以“精神界之战士”自许并励人。[⑧]

---

① 许寿裳：《亡友鲁迅印象记》，广西师范大学出版社 2010 年版。

② 邹容：《革命军》。

③④⑤ 见《坟·文化偏至论》。

⑥⑦ 见《呐喊·自序》。

⑧ 见《坟·摩罗诗力说》。

鲁迅发现，由于统治阶级的蒙蔽和传统观念的束缚，中国人对于自身的弱点并不是十分了然的。“我们究竟还是未经革新的古国的人民，所以也还是各不相通，并且连自己的手也几乎不懂自己的足。”[①] 这样，“立人”首先应做的工作，就是把“民族的病态”揭露出来，让中国人自己认识自己，从而引起惊觉，下决心改弦更张。

鲁迅的小说，突出地显示了这种努力的实绩。例如《药》便强调改造群众中落后心理的紧迫性。小说展现这样一个震撼人心的可悲情景：革命者夏瑜的牺牲，不过是让人们鉴赏了一次“杀人的胜举”，增添了茶馆中人们的谈资而已。更使人悲愤的是，贫民华老栓在权势者的欺骗下，竟然拿蘸着革命者鲜血的馒头，来医治自己孩子的病。这就深刻揭示了旧民主主义革命脱离民众的严重缺陷。作品以巨大的艺术力量告诫人们，如果革命没有深入民众的心，新思想没有逐步取代群众中流行的传统观念，革命者的活动就不可能为人民所理解，夏瑜这样的先驱者的血，也往往会可悲地充作人们的谈资和“人血馒头”的材料。[②]

鲁迅揭示“国民的魂灵”的努力，最辉煌地表现在《阿Q正传》的创作上。这篇小说塑造了一个落后的不觉悟的农民阿Q的形象。阿Q身受残酷的压榨，上无片瓦，下无立锥之地，他“没有家，住在未庄的土谷祠里；也没有固定的职业，只给人家做短工”。阿Q不仅在经济上遭到深重的剥削，而且精神上也受到严重的摧残，呈现一种极可悲的麻木状态。

首先，阿Q的思想是保守的，是合于“正统”的，“很有排斥异端”的“正气”。例如，他主张维护“男女之大防”，并像理学家一样，把女人看作“祸水”。总之，“他那思想，其实是样样合于圣经贤传的”。这就说明了礼教对人民群众造成了多么酷烈的毒害。

阿Q地位低下，经常遭受难堪的凌辱，然而他却总是逆来顺受，并千方百计寻找借口，聊以自慰。因为他自称姓赵，被赵太爷打了一耳光，而又无力反抗，在忿忿然之中，忽而转念一想：“现在的世界太不成话，儿子打老子”，并马上联系到赵太爷平日的威风，现在竟然成了自己的“儿子”，岂不

---

① 见《集外集·俄文译本〈阿Q正传〉序及著者自叙传略》。

② 见《呐喊·药》。

快哉！于是他高兴得哼起小调来，阿Q就是经常用这类办法，从精神上“转败为胜”。

莫名其妙的盲目自大，也是阿Q取得“精神上的胜利”的一大法宝。本来，他常常遭人轻贱，是一个被取笑的对象，但阿Q却很自傲，他认为，所有未庄的居民，以至于城里人，见识都没有他高，全不在他眼里。他惯于在幻想中把自己描绘成最高贵的人。“我们先前——比你阔的多啦！你算是什么东西！”“我的儿子会阔得多啦！”便是他毫无根据的自大理由。

阿Q还有一个特点，就是不许别人讲他的毛病。阿Q头上长了几处癞疮疤，于是，他便讳说“癞”字，以及一切近于“赖”的音，并推而广之，光、亮、灯、烛都成了忌讳。别人有意无意犯了这忌讳，阿Q便“全疤通红的发起怒来”，“口讷的他便骂，气力小的他便打”。但打起来，阿Q吃亏的居多，于是又改为“怒目而视”，但仍不能禁绝别人的讥刺，他只好寻出自我安慰的新口实：“你还不配。”这样一来，阿Q在精神上又取得了“胜利”。总之，阿Q无论受到怎样的凌辱，都能用瞒和骗，用幻想和咒骂，使自己的精神永远处于“优胜”地位，这便是所谓的“精神胜利法”。

阿Q经常遭到无情的压迫，却缺乏反抗强暴的勇气，而把怒火发泄到王胡、小D这些与他同样卑贱的被压迫者身上，他们之间常常令人痛心地互相斗殴；阿Q还以欺侮比他更卑贱的弱者的办法，来抵消自己被奴役的痛楚，他挨了“假洋鬼子”的“哭丧棒”，便迁怒于小尼姑，在大庭广众之下凌辱她。当阿Q因此而受到周围人的喝彩时，他刚刚遭打的“晦气”，顿时一扫而光，全身轻松，“飘飘然的似乎要飞去了”[①]。

鲁迅通过对阿Q这个“质朴，愚蠢，但也很沾了些游手之徒的狡猾”[②]的农民形象的刻画，揭示了“国民的弱点”[③]：因循守旧，盲目自大，畏强凌弱，爱面子，喜奉承，讳疾忌医，不正视现实，惯用精神胜利法麻醉自己，等等。由于《阿Q正传》将“国民的弱点”加以典型化，所以，“于坏处，恰如病理学上的图，假如是疮疽，则这图便是一切某疮某疽的标本”[④]。这样，作品一

---

① 见《呐喊·阿Q正传》。

② 见《且介亭杂文·答〈戏〉周刊编者信》。

③ 见《伪自由书·再谈保留》。

④ 见《伪自由书·前记》。

面世，不少人疑心是骂自己的，弄得诚惶诚恐，疑神疑鬼。这恰恰说明了作品的成功，"使读者摸不着在写自己以外的谁"，"而疑心到像是写自己，又像是写一切人，由此开出反省的道路"[①]。

《阿Q正传》所揭示的社会病端，是深刻、广阔的。阿Q既是旧式农民的典型，又概括了其他阶层国民的特征。鲁迅曾经说过："还记得作《阿Q正传》时，就曾有小政客和小官僚惶怒，硬说是在讽刺他，殊不知阿Q的模特儿，却在别的小城市中，而他也实在正在给人家捣米。"[②]鲁迅在谈到阿Q的外貌时，强调阿Q"没有流氓样，也不像瘪三样。只要在头上戴上一顶瓜皮小帽，就失去了阿Q，我记得我给他戴的是毡帽"[③]。"正在给人家捣米""戴的是毡帽"，都指明了阿Q这一形象的阶级规定性——他是一个雇农、帮工，而不是任何其他阶级、阶层的分子。但其他阶级、阶层的人们也可以从阿Q身上照见自己的影子。

正是基于对阿Q阶级本质的把握，这篇小说还雄辩地揭示出，阿Q潜藏着强烈的革命要求。虽然在正统观念的影响下，阿Q开始也对革命党怀有偏见，后来，当他看到革命"却使百里闻名的举人老爷有这样怕"，未庄的"一群鸟男女"都惊慌失措，这使政治经济地位极其低下的阿Q对革命"神往"起来，他想："革命也好罢……革这伙妈妈的命，太可恶，太可恨！"他盼望着"来了一阵白盔白甲的革命党"，召唤自己"同去同去！"当辛亥革命的风暴来临的时候，阿Q情不自禁地大叫："造反了！造反了！"这是千百年来积郁在贫苦农民心头的不可阻遏的呼声。革命的风涛，使阿Q这个受尽压榨和欺凌的雇农，挺起了胸脯，大摇大摆地穿过未庄的街头，并急切地主张夺取豪绅们的财产。

但是，要造反，要改变被奴役地位的贫苦农民，却被领导辛亥革命的资产阶级抛弃了，当阿Q急于投奔革命时，那个"假洋鬼子"却挥舞着"哭丧棒"，"不准革命"，这就造成了阿Q的悲剧。阿Q成为小说中辛亥革命以后在"共和"名义下建立的政府处死的第一个"犯人"。这传神的一笔，宣布了辛亥革命的失败：迫切要求推翻专制统治的农民被出卖，中国革命的根本问题——农

---

①② 见《且介亭杂文·答〈戏〉周刊编者信》。

③ 见《且介亭杂文末编·"出关"的"关"》。

民问题尚未解决。

《阿Q正传》在中国文学史乃至中国文化史上，都具有划时代的意义。过去，也曾出现过一些写农村、写农民的作品，也有人致力于农民教育，但是，那些文学家、教育家所唱的调子，往往是粉饰太平的“田家乐”：农村是一派男耕女织、天趣盎然的景象，农民“十分幸福，说是‘不识不知，顺帝之则’，平和得像花鸟一样”[①]；另外，还有一些人，则把农村以及整个下层社会描绘得一团漆黑，人民群众面前只有绝望的前景。《阿Q正传》一扫这些旧的传统，它不仅如实地反映了农民“毕生受着压迫”[②]，而且指出农民从本质上是要革命的，中国只要发生革命，阿Q必然“要做革命党”[③]。当然，鲁迅并没有把农民理想化，他清醒地看到，农民必须改造，农民只有抛弃因袭的重担，才能焕发出自己的潜力。《阿Q正传》形象地印证了“严重的问题在于教育农民”这一科学真理，向人们尖锐地提出了“教育农民”“改造农民”这样一个巨大的社会课题。

鲁迅不仅细致入微地解剖了农民，而且对小市民阶层进行了深刻精确的分析，有力地鞭挞了小市民习气。《示众》便是这方面的力作。这篇小说通过对一群围观犯人的观众的描写，表现了小市民的麻木不仁和自私自利。小说还指出，真正的劳动者与市侩有着本质的不同。对于示众的犯人，小市民都只有病态的、冷漠的好奇心，而“一个工人似的粗人”，却企图追究“犯罪”的原因，显示了一种关心社会问题的健康愿望。但这个劳动者从周围的小市民那里得到的，只是冷酷的白眼，作者还描写了这样一个场面：烈日下，一个车夫在奔跑中跌倒，不但无人相助，反倒引起一群围观者的哄笑。这些人居然把别人的痛苦当作赏心乐事。这就揭示了冷漠无情和极端利己这些小市民心理的基本特征。[④]

鲁迅的散文《复仇》也是嘲讽小市民习气的杰作，作品描写一男一女持刀于旷野，路人们纷纷赶去看热闹，“要赏鉴这拥抱或杀戮”，然而这一男一女持刀对立，没有任何动作，“也不拥抱，也不杀戮”，“路人们于是乎无聊”，

---

①② 《集外集拾遗·英译本〈短篇小说选集〉自序》。

③ 见《华盖集续编·〈阿Q正传〉的成因》。

④ 见《彷徨·示众》。

"终至于面面相觑，慢慢走散"。[1]这是对百无聊赖的"旁观者"的特别教学法，希望他们放弃"看热闹的情趣"，去从事有益于社会的工作。鲁迅还在一次演讲中说，有一种人"永远是戏剧的看客。牺牲上场，如果显得慷慨，他们就看了悲壮剧；如果显得觳觫，他们就看了滑稽剧。"针对这种情况，鲁迅指出，革命者"正无需乎震骇一时的牺牲，不如深沉的韧性的战斗"[2]。他在给许广平的信中也说："此后最要紧的是改革国民性，否则，无论是专制，是共和，是什么什么，招牌虽换，货色照旧，全不行的。"[3]又说："要治这麻木状态的国度，只有一法，就是'韧'，也就是'锲而不舍'。逐渐的做一点，总不肯休。"[4]不要"性急"，而应以锲而不舍的、韧性的战斗，去逐步克服千百年遗留下来的传统观念和种种陈规陋习，这便是鲁迅为有志于文化改造者贡献的宝贵意见。

后期鲁迅对小市民的庸俗心理做过更深刻的概括，他指出："小市民总爱听人们的丑闻"，以便"发见了自己的优胜"[5]，这当然也是一种"精神胜利法"。此外，小市民游手好闲的生活方式，决定了他们的空虚无聊，精神无所寄托。鲁迅对此作过辛辣的嘲讽，他说："假使有一个人，在路旁吐一口唾沫，自己蹲下去，看着，不久准可以围满一堆人；又假使又有一个人，不端大叫一声，拔步便跑，同时准可以大家都逃散。"[6]鲁迅确实是一个绝妙的画家，他把小市民的特征描绘得何等真切。

如果说前期鲁迅对"国民病态"的解剖，还没有自觉地以科学理论作指导，因而有时失之于笼统，那么，后期鲁迅则能自如地剖析社会各阶层的风俗习惯，懂得"某一种人，一定只有这某一种人的思想和眼光，不能越出他本阶级之外"[7]。例如，谚语曾被说成是超阶级的、全民的意识，鲁迅却指出，某一条谚语却不过是某些人思想的反映，"就以'各人自扫门前雪，莫管他家瓦上霜'来做例子罢，这乃是被压迫者们的格言，教人要奉公，纳税，输捐，安

---

① 见《野草·复仇》。
② 见《坟·娜拉走后怎样》。
③ 见《两地书（八）》。
④ 见《两地书（十二）》。
⑤ 见《且介亭杂文二集·论人言可畏》。
⑥ 见《花边文学·一思而行》。
⑦ 见《南腔北调集·谚语》。

分，不可怠慢，不可不平，尤其是不要管闲事；而压迫者是不算在内的”。因为，压迫者是要干涉一切、猎取一切的，他们是要管“他家瓦上霜”的。[①]

又例如，有人说，北方人“饱食终日，无所用心”；南方人“群居终日，言不及义”。鲁迅就不赞成这种笼统的讲法。因为，终日奔忙而又食不果腹的劳动者，就不可能享这种清福。鲁迅指出，说北方人“饱食终日，无所用心”，南方人“群居终日，言不及义”，只能“就有闲阶级而言”[②]。

鲁迅不仅用自己的创作，画出各社会阶层人们的灵魂，而且他还在文学史的研究工作中，通过对中国历史上流行的文学作品的分析，透视某些传统观念的渊源。他发现，无论是元人王实甫的《西厢记》、关汉卿的《续西厢记》，明人李日华的《南西厢记》、陆采的《南西厢记》，都是“叙张生和莺莺到后来终于团圆了。这因为中国人的心理，是很喜欢团圆的”，“人生现实的缺陷，中国人也很知道，但不愿意说出来；因为一说出来，就要发生‘怎样补救这缺点’的问题，或者免不了要烦闷，要改良，事情就麻烦了。而中国人不大喜欢麻烦和烦闷”[③]。这种不敢正视现实的毛病，是统治者大搞精神麻醉造成的，其恶果是，使人们“用瞒和骗，造出奇妙的逃路来，而自以为正路，在这路上，就证明着国民性的怯弱、懒惰、而又巧滑。……由此也生出瞒和骗的文艺来，由这文艺，更令中国人更深地陷入瞒和骗的大泽中，甚而至于已经自己不觉得”[④]。为了改造这种“怯弱”的不敢正视现实的旧习性，鲁迅热切期望，“我们的作家取下假面，真诚地，深入地，大胆地看取人生并且写出他的血和肉”[⑤]。而鲁迅的作品，尤其是他的《阿Q正传》，便突破了“瞒”和“骗”的陈套，给阿Q一个不同寻常的“大团圆”——枪毙。这是对那种自欺欺人的“瞒和骗”的一个当头棒喝，以便让人们抬起头来，睁开眼来，看看血淋淋的现实。

鲁迅解剖传统文化心态的努力，还表现在他的翻译工作中，他十分注意翻译介绍那些可供中国人借鉴的外国作品，以外来的药方，疗治“同病的中国”。他曾翻译日本厨川白村的《出了象牙之塔》，因为鲁迅发现，厨川对于他“本

① 见《南腔北调集·谚语》。
② 见《花边文学·北人与南人》。
③ 见《中国小说的历史的变迁》。
④⑤ 见《坟·论睁了眼看》。

国的微温、中道、妥协、虚假、小气、自大、保守等世态，一一加以辛辣的攻击和无所假借的批评”[①]，“多半切中我们现在大家隐藏着的痼疾”[②]。鲁迅后期翻译高尔基的《俄罗斯的童话》也出于类似的动机。他说，这作品“用漫画的笔法，写出了老俄国人的生态和病情。……就是我们中国人看起来，也往往会觉得他好像讲着周围的人物。……或者简直自己的顶门上给扎了一大针”[③]。

鲁迅孜孜不倦地以自己的创作和翻译，不留情面地对“不长进的民族”的病态[④]开展批判和反省，但鲁迅揭示民众身上的缺点，从来不是采取攻击的、冷嘲的态度，而是抱着“哀其不幸、怒其不争”的痛惜心情；他暴露“民族的病态”，也与自暴自弃的民族自卑情绪无共通之处，而总是洋溢着唤起民众觉醒的热情，闪耀着“理想的光”。对于当时流行的“国民性是决不会改变的”一类悲观论调，鲁迅曾给予驳斥。[⑤]总之，鲁迅“揭出病苦”，是为了“引起疗救的注意”[⑥]。同时，鲁迅总把自己当作“大众中的一个人”[⑦]，同大众一起解剖着、反省着，不断地同传统观念决裂，这与那些以居高临下的姿态，对民众的“落后”，指手画脚的“高等华人”的行径，有着天壤之别。

二、深入追究造成陈腐心理的社会历史原因

鲁迅不仅致力于解剖民众的传统心理，他还努力揭示形成那些传统心理的社会历史原因。他很早就为解决这一问题进行顽强的探索，当然，这种探索，只有在后期才能真正完成。

各个民族历代因生存条件不同，形成了特殊的心理素质。鲁迅在探索中国民众中流行的传统心理的形成原因时，便着眼于对中华民族“生存条件”的分析，着眼于对中国社会的政治经济状态的历史考察。

---

① 《出了象牙之塔·后记》，《鲁迅全集》第13卷，第376页。
② 见《〈出了象牙之塔·从灵向肉和从肉向灵〉译后附记》。
③ 《〈中国现代文学资料丛刊〉第一辑，〈俄罗斯的童话〉广告》。
④ 见《热风·随感录三十八》。
⑤ 见《华盖集·忽然想到（四）》。
⑥ 见《南腔北调集·我怎么做起小说来》。
⑦ 见《且介亭杂文·门外文谈》。

中国历史的显著特点之一，就是经历了漫长的宗法专制社会。以小生产为基本生产方式的自然经济，绝对的君权统治等历史特点所造成的社会生活的闭塞、钝滞、狭隘，必然要深刻影响各阶层人们的心理状态。中国人民，尤其是农民，身受政权、族权、神权、夫权这"四条极大的绳索"的束缚，过着奴隶式的悲惨生活，处于极端的穷苦和落后之中。正是这些因素，给中国人民造成了"数倍于别国人"的极其沉重的精神负担。对于这一切，既熟悉旧营垒，又了解下层人民的鲁迅，有着明晰而深刻的认识，并在自己的作品中，进行了犀利的披露。

鲁迅在小说《故乡》中告诉人们，农民绝不是如某些人所歪曲的那样，有着"迟钝""愚昧"的"先天素质"。请看，少年闰土曾经何等机智、聪慧，他那在海风和阳光沐浴下成长起来的矫健体魄，由劳动生活获得的充满生气的知识和智慧，都给从书香世家走出来的孩子以巨大的惊羡和神往，他比士大夫家庭出身的孩子，从智力到体力，都表现出明显的优胜。然而，后来由于"多子，饥荒，苛税、兵、匪、官、绅"等无穷无尽的灾难，使闰土由二十多年前的活泼聪明的"小英雄"，变成一个忧郁、沉默的"木偶人"，"先前的紫色的圆脸，已经变作灰黄，而且加上了很深的皱纹"，他甚至"只是觉得苦，却又形容不出"。同时，宗法制度的等级观念，还在闰土与作品中"我"这样的知识分子之间，设置起了"一层可悲的厚障壁"，闰土竟把自己少年时代"哥弟称呼"的朋友，叫作"老爷"，还要把躲在身后的儿子拖出来，"给老爷磕头"。作品以深蕴着的愤怒，控诉了万恶的旧社会。正是经济剥削、政治压迫和精神奴役，扼杀了闰土这样的劳动者的生机，使他们陷入悲苦而麻木的状态。①

近代中国历史是漫长的宗法专制社会的延续，但又出现了新的因素，这就是资本主义列强的入侵。从1840年鸦片战争以来，中国腐败的统治者在列强的进攻面前节节败退。这样，原先盲目的民族自大情绪，又走向了民族失败主义的极端。清朝统治者开始同外国人交往时，俨然摆出一副"天朝"俯视"夷狄"的架势，后来，被人家的洋枪洋炮打得落花流水，又变得奴颜婢膝，显出一副儿皇帝的丑态。近代中国的统治者虽然在对外战争中屡战屡败，但他们又不愿正视现实，总想保持某种毫无根据的自傲，用"外国物质文明虽高，中国

① 见《呐喊·故乡》。

精神文明更好”一类的滥调自欺欺人。清朝统治者的病态心理在这样一个事件中暴露得最为彻底。当资本主义列强强加的不平等条约奏至朝廷，而道光皇帝的批语是：“妥为招抚。”这真是“妙笔生花”，惨败成了“胜利”，丧权辱国的不平等条约，变成了“大清帝国”对洋人的“招抚”，尽管外国使者明明是前来领取中国的贡献、割取中国的土地和通商口岸，清朝的君臣对于国家主权的丧失可以不顾，但礼仪、架子是不能失却的，在外使觐见皇帝时，先是要人家磕头，外使不肯，又改为作五个揖，外使又不肯，终于争至五鞠躬为止。算是维持住了“天朝”的“脸面”。统治阶级的这些丑恶、可笑的行径，正是“用瞒和骗，造出奇妙的逃路来”，从而在惨重的失败中赢得某种安慰。同时，统治者为了挽回在外国侵略者那里的损失，更变本加厉地压榨本国人民，在自己的臣民面前大施淫威。这种失败主义的情绪，以及奴才与暴君、自卑与自大相混合的病态心理，成为近代中国统治者的共同精神状态。它们又像瘟疫一样，向各社会阶层蔓延，劳动者也不可能幸免于祸。鲁迅所描写的“阿Q精神”，便是这种特定的时代产物，它实际上正是19世纪中叶以来，宗法专制痼疾在民众身上的反映。

1927年，鲁迅在分析平民文学时指出，平民“间接受古书的影响很大，他们对于乡下的绅士有田三千亩，佩服得不了，每每拿绅士的思想，做自己的思想”①，这已经非常接近马克思、恩格斯关于“任何一个时代的统治思想始终都不过是统治阶级的思想”的论述。正因为鲁迅洞察到平民“每每拿绅士的思想，做自己的思想”，所以，他对于“民间”的东西并不一概肯定，总是做具体分析。鲁迅曾指出，有些民间文学，不仅格律呆板，是五言七言，而且构思取意也很陈腐，这都是由于“古书的影响”和“绅士的思想”在作祟。②

30年代，鲁迅对造成某些社会病态的原因所做的分析，就更为科学。他曾以“一盘散沙”为例，深入地追查，究竟是谁造成了这种所谓的“国民劣根性”。当时，有些读书人，常常叹息中国人好像一盘散沙，将国家四分五裂的责任，归之于民众。鲁迅指出：“其实这是冤枉了大部分中国人的。小民虽然不学，见事也许不明，但知道关于本身利害时，何尝不会团结。先前有跪香，民变，造反；现在也还有请愿之类。他们的像沙，是被统治者‘治’成功的，

①② 见《而已集·革命时代的文学》。

用文言来说，就是‘治绩’。”[1]批驳了栽诬民众的谬论，指出对中国的不团结要负责的，“是大小统治者”，由于他们这些“自私自利的沙，可以肥己时就肥己”，“可以称尊处就称尊”，“于是全中国就成为‘一盘散沙’了”。[2]这就比早年鲁迅“沙聚之邦”的说法深刻、准确。

鲁迅不仅看到群众受统治阶级思想影响这一侧面，而且也发现统治者还窃取民间的精神财富，化为自己的私产。鲁迅在分析梅兰芳的舞台艺术时指出，梅兰芳本是“俗人的宠儿”，他的表演虽然粗俗，却泼辣、有生气，而“士大夫是常要夺取民间的东西的……但一沾着他们的手，这东西也就跟着他们灭亡，他们将他从俗众中提出，罩上玻璃罩，做起紫檀架子来”[3]。也因此而“死板板，矜持得可怜”，成为与民众格格不入的东西。

统治阶级一方面用自己的思想奴役民众，另一方面又将民众创造的精神财富加以收揽，据为己有，这两个侧面结合起来，就构成了统治阶级在精神领域的支配地位，造成他们在文化上的强大优势。但是，统治者却千方百计掩饰这一点，把他们用以控制民众的思想，说成“全民的意识”。鲁迅戳穿了这种谎言，并告诫人民，不要把“绅士的思想”，当作“自己的思想”，他还热切地预言，当革命的风涛起来的时候，人民一定可以将被灌输进去的绅士的思想“呕吐”出来。

中华民族从来就是一个勇敢的勤劳的民族，只是在近代落伍了。这种落伍，是被外国帝国主义和本国政府压迫和剥削的结果。帝国主义和中国反动统治者的压迫、剥削，正是造成中国人精神病态的根本原因。鲁迅经过对历史考察和对现状的剖析，清楚地认识到这一点。所以，他一再强调，要疗治这种病态，必须改造社会，必须同帝国主义和本国反动派斗争；工人农民精神上获得解放之日，只有在政治上、经济上“得到真正的解放”之时。[4]鲁迅还认为，要想造就不同以往的新人，单靠教育的改革是远远不够的，如果社会环境还是老样子，即使进了“新学校”，人的堕落仍然难以避免。因此，鲁迅总是号召青年，必须“与这老社会奋斗”[5]。这是一种以社会革命论为前提的文化改造

---

①② 见《南腔北调集·沙》。

③ 见《花边文学·略论梅兰芳及其他（上）》。

④ 见《而已集·革命时代的文学》。

⑤ 见《集外集拾遗·关于知识阶级》。

论，也是鲁迅的文化观的卓异之处。

三、改造群众中的旧思想、旧习气，与发扬中华民族优良传统的辩证统一

中国人民受到政治压迫和经济剥削，因袭陈旧观念的重担，但是这一切，都掩盖不了中国人民所具有的高尚品格，掩盖不了中华民族灿烂夺目的光明面。挚爱祖国和人民的鲁迅，在洞察传统观念消极影响的同时，也怀着极大的钦敬之情和自豪感，看到并热情赞颂人民优美的道德面貌和中华民族不屈不挠的奋斗精神。

鲁迅曾经多次谈到，他是深深地“植根”于民众，尤其是“植根”于农民之中的。从少年时代起，鲁迅就广泛接触过农民及其子弟，知道他们“默默的生长，萎黄，枯死了，像压在大石底下的草一样已经有四千年！”[①]与此同时，鲁迅又透过劳动者平凡、质朴的外表，看到他们的勤劳、善良和智慧，在那“大夜弥天”、豺狼横行的黑暗社会里，鲁迅在劳动者身上，发现了“正人君子”者流所没有的优美人格，找到了中华民族力量的源泉。

请看，《明天》里的单四嫂子，多么热切地渴望出现一个美好的“明天”；《祝福》里的祥林嫂不甘忍受家族的凌辱，勇敢地出逃；《离婚》中的爱姑，则更加明朗地向“七大人”一类土豪劣绅表示自己的反抗；《社戏》更以抒情的笔触，描绘了劳动者的可爱形象：双喜、阿发等农民孩子是多么机智、热忱、无私、精力充沛，老农六一公公，又是何等慈祥、慷慨、开朗。通过这一组农民及其孩子的群像，我们可以看到他们在同深重的苦难的搏斗中，在艰难的劳动生活中形成起来的美好而崇高的精神世界。

在鲁迅的前期作品中，《一件小事》是歌颂劳动人民崇高品德引人注目的篇章。小说中的人力车夫，对于被自己的车把无意带倒的老女人，充满了深切的同情和义务感，他不仅将老女人搀扶起来，而且自觉地承担了撞倒她的全部责任。作品中的“我”，这个进步知识分子，从人力车夫身上，看到了一种在剥削者那里无法寻觅的东西。与劳动者的大公无私、诚实善良相比，那些“正

① 见《集外集·俄文译本〈阿Q正传〉序及著者自叙传略》。

人君子”的口是心非、尔虞我诈，更加显得渺小、卑劣。作品告诉人们，劳动者的崇高精神，能给知识分子以鼓舞力量，“教我惭愧，催我自新，并且增长我的勇气和希望”①。

如果说，前期鲁迅主要只是发现劳动人民刻苦耐劳、纯朴善良这些优美的性格特征，那么，后期鲁迅则进一步看见人民群众身上蕴藏着的潜力，歌颂中华民族的优良传统。

在30年代，鲁迅曾批驳那些污蔑劳动人民“庸愚无知”的滥调，他说：“老百姓虽然不读诗书，不明史法，不解在瑜中求瑕，屎里觅道，但能从大概上看，明黑白，辨是非，往往有决非清高通达的士大夫所可几及之处的。”②鲁迅举了一个例子：在“一二·九”爱国运动期间，北平学生游行示威，遭到军警的水龙喷射，棍击刀砍，一部分人被关在城外，处于饥寒交迫之中，这时，周围群众纷纷自动组织慰劳队，送水送烧饼馒头，表现出了高度的爱国热情。鲁迅对此深有感慨，他指出：“谁说中国的老百姓是庸愚的呢，被愚弄诓骗压迫到现在，还明白如此。”③这使鲁迅充满了信心，他说：“石在、火种是不会绝的。”④在人民群众身上，鲁迅看到了无尽的火种，因此，只要有人民在，中国便有光明的未来。

鲁迅还批驳那些笼统地说中国人丧失了“自信力”的妄言。他指出：“说中国人失掉了自信力，用以指一部分人则可，倘若加于全体，那简直是诬蔑。”⑤中国的统治者诚然是没有“自信力”的，当日本侵占东北以后，他们一心乞求帝国主义列强控制的“国联”来“解决问题”，后来，事实证明“国联”不可信，东三省依然不能收复，于是他们又改为求神拜佛，怀古伤今了。因此，统治者既失去了“自信力”，又失去了“他信力”，最后只发展了“自欺力”。但是，与统治者形成鲜明对比的是，“我们有并不失掉自信力的中国人在”⑥。鲁迅怀着民族自豪感说：“我们自古以来，就有埋头苦干的人，有拼命硬干的人，有为民请命的人，有舍身求法的人……虽是等于为帝王将相作家谱的所谓‘正史’，也往往掩不住他们的光耀，这就是中国的脊梁。”⑦鲁迅在声讨丧权辱国的统治者的同时，满腔热情地讴歌了中国人民的光荣传统。

---

① 见《呐喊·一件小事》。

②③④ 见《且介亭杂文二集·“题未定”草》。

⑤⑥⑦ 见《且介亭杂文·中国人失掉自信力了吗》。

中国漫长的历史，充满可歌可泣的英雄事迹。在中国几千年的历史中，产生过很多民族英雄和革命英雄，出现过许多伟大的思想家、科学家、发明家、政治家、军事家、文学家和艺术家。正是由于中国人民前赴后继的英勇奋斗和创造性的劳动，中华民族才以一个有着优秀文化遗产的民族，自豪地屹立于世界民族之林。鲁迅历来注意发掘民族遗产中的这些闪光部分，作为激励国人，进行社会教育的材料。他辑录《会稽郡故书》，是因为其中有“贤俊之名、言行之迹”，借此宣传故乡绍兴历史上的先进人物，如大禹、王充等人；他在教育部工作期间，曾倡议“立国民美术研究会”，“以理各地歌谣，俚谚，传说，童话等；详其意谊，辨其特性，又发挥而光大之，并以辅翼教育”；① 他到厦门，并不为那里的“良辰美景”所感动，却“忘不掉”民族英雄郑成功的遗迹；② 他还在小说《铸剑》中，歌颂了眉间尺、“黑色人”这些人民中的复仇战士；这一切都说明，爱国者鲁迅，是怎样珍视中华民族的优良传统，并不遗余力地传播这种传统，以此教育人民，教育青年。

后期鲁迅，在人民大众身上，看到了中华民优秀传统的继承者和发扬光大者。他指出，我们自古以来，革新者层出不穷，这样的人，“就是现在也何尝少呢？他们有确信，不自欺；他们在前仆后继的战斗，不过一面总在被摧残，被抹杀，消灭于黑暗中，不能为大家所知道罢了”③。这便热忱地赞颂了人民群众，在他们身上，寄托着中国和人类的希望。因此，鲁迅说：“要论中国人，必须不被搽在表面的自欺欺人的脂粉所诓骗，却看看他的筋骨和脊梁。自信力的有无，状元宰相的文章是不足为据的，要自己去看地底下。”④

后期鲁迅愈来愈自觉地运用历史唯物主义观察问题，更加清楚地在人民群众中，看到了民族的筋骨和脊梁。他在严肃地批评群众身上的落后面的同时，也赞扬群众的美德。这是一个问题的两个侧面：批判旧社会给群众造成的思想弱点，是为了使群众挣脱沉重的精神枷锁，以便轻装上阵，更加勇猛地投入战斗，摆脱奴隶地位；歌颂中华民族光荣的传统，是为了发扬这种传统，提高民族自信心，充分地解放出群众中蕴藏着的潜力。这两个侧面，共同构成鲁迅文化观的统一整体。

---

① 见《集外集拾遗·拟播布美术意见书》。

② 见《华盖集续编·厦门通信》。

③④ 见《且介亭杂文·中国人失掉自信力了吗》。

鲁迅文学史著述的创识

鲁迅是五四新文化运动的健将，又是对中国文学史用科学方法加以整理的首批学者之一。他的《中国小说史略》《中国小说的历史的变迁》《汉文学史纲要》都是中国文学史有关侧面的开山力作。有人讲，鲁迅的这些著作，“气吞全牛”，“一举而奠定了研究的总方向”，这种评价是不过分的。鲁迅在文学史研究方面给我们留下了宝贵的遗产，尤其是他那建立在广博、精湛的学识基础之上的创新精神，更为后来者树立楷模。

一、揭示文字、文学“由愚人造成”的历史本来面目

劳动人民是社会物质财富的创造者，也是精神文明的奠基者。但是，千百年来，在剥削阶级占统治地位的社会里，人民的历史功绩却被抹杀了，按照传统的说法，中国文字的起源，最早要追溯到远古时代的圣王“庖牺氏”，他上观天象，下察地貌，兼及鸟兽之状，“始作八卦”[①]；此外，又有“神农作卦”的传说[②]。流传更广的则是“仓颉造字”的故事：黄帝的史官仓颉，参照“鸟兽蹄迒之迹”，“初造书契”。[③]据说，仓颉是生着四只眼睛的老头陀，他造文字时，惊动了天地鬼神，弄得鬼哭神嚎。长期以来，“庖牺作八卦”“仓颉造书契”一类传说故事，竟被视作解释文字起源的“定见”，古今文学史著作都引述着，众口交誉地传诵着。

鲁迅对这类传说持一种理性态度。他在《汉文学史纲要》中明确指出：

① 《周易·系辞下》。

② 司马贞：《补史记》。

③ 许慎：《说文解字序》。

“要之文字成就，所当绵历岁时，且由众手，全群共喻，乃得流行，谁为作者，殊难确指，归功一圣，亦凭臆之说也。”[①]这就科学地阐明了文字的起源：第一，文字的产生，经历了十分漫长的岁月，不是某一代人所成就的；第二，文字是“众手”所造，亿万劳动群众和数不清的无名氏，才是文字的创造者，那种将创造文字的功绩，归于某一“圣人”的说法，是毫无根据的臆断。后期鲁迅进一步阐发过这一思想：“在社会里，仓颉也不止一个，有的在刀柄上刻一点图，有的在门户上画一些画，心心相印，口口相传，文字就多起来，史官一采集，便可以敷衍记事了。中国文字的由来，恐怕也逃不出这例子的。”[②]这就用唯物史观正确地回答了关于文字起源的问题：人民群众是文字的创造者，千万个无名氏才是真正的“仓颉”，而“史官”们（即文化工作者）的作用是，“采集”、整理群众所创造的文字。

《汉文学史纲要》不仅解释了文字的起源，同时也回答了文学的起源。鲁迅说，早在没有文字的远古时代，“原始之民”在共同的社会生活中，尤其是在劳动实践中，“心志郁于内，则任情而歌呼”，其中比较出色的歌，“为众所赏，默识不忘，口耳相传，或逮后世”[③]。这便是文学的萌芽。虽然远古时代没有文字，古代的口头文学没有记载下来，但“证以今日之野人”，即从现在仍然生活在世界某些角落的原始人中进行考察，便可以证实以上判断。

鲁迅在30年代又针对文学“得圣而传”的陈说，阐明文学起源于劳动。他指出：“我们的祖先的原始人，原是连话也不会说的，为了共同劳作，必需发表意见，才渐渐的练出复杂的声音来，假如那时大家抬木头，都觉得吃力了，却想不到发表，其中有一个叫道‘杭育杭育’，那么，这就是创作；大家也要佩服，应用的，这就等于出版；倘若用什么记号留存了下来，这就是文学，他当然就是作家，也是文学家，是‘杭育杭育派’。”[④]20年代鲁迅还说过，小说起源于“街谈巷语”，而“‘街谈巷语’自生于民间”，“非一谁某之所独造”[⑤]。这些精辟的论述，说明人民的劳动生活是原始文学的源泉。

鲁迅肯定民间文艺在整个文学发展史中的作用。他指出：“楚汉之际，诗

①③ 《汉文学史纲要·第一篇　自文字至文章》，《鲁迅全集》第9卷。
②④ 《且介亭杂文·门外文谈》，《鲁迅全集》第6卷。
⑤ 《中国小说史略·第二篇　神话与传说》，《鲁迅全集》第9卷。

教已熄，民间多乐楚声，刘邦以一亭长登帝位，其风遂亦被宫掖。”[①]读书不多的刘邦写的气势磅礴的《大风歌》——“大风起兮云飞扬，威加海内兮归故乡，安得猛士兮守四方！”就全然是楚国民歌的风格，正如《汉文学史纲要》所说“亦楚声也”。这就证明，汉初文学一扫庙堂音乐和宫廷文学的萎靡状态，出现刚健、清新的风格，正是借助于民间文艺的伟力。对于这一问题，后期鲁迅又有更深入的论述，他说：“旧文学衰颓时，因为摄取民间文学或外国文学而起一个新的转变，这例子是常见于文学史上的。”[②]这就从一个侧面论证了劳动人民不但是原始文学的开创者，而且也是高级形态的文学获得生命力的重要源泉之一。

鲁迅的这些精辟论述，用唯物史观回答了文学史上许多纠缠不清的问题，批驳了英雄史观，证明“世界却正由愚人造成”，历史活动是群众的事业这一真理。

二、突破“独尊儒术”旧套，给各种文学流派以恰如其分的评价

汉代以后，君主从加强专制主义的中央集权制度的需要出发，“罢黜百家，独尊儒术”，造成讲文学必推尊“六艺”，评先秦作家必突出孔孟的局面。然而，鲁迅突破这种褊狭之见，他从各个作家、各个文学流派的文学成就这一客观实际出发，对其在文学史上的地位给予公允的评价。例如，在谈到诸子的文采时，鲁迅指出：“儒者崇实，墨家尚贤，故《论语》《墨子》，其文辞皆略无华饰，取足达意而已。”[③]而《庄子》则“文辞美富”，庄子“著书十余万言，大抵寓言，人物土地，皆空言无事实，而其文则汪洋辟阖，仪态万方，晚周诸子之作，莫能先也”[④]。

又如，对于长期以来被认作文学正宗的“诗教”，鲁迅进行批判性评论。汉代儒生毛氏、卫宏等人所作的《诗序》，用“中庸之道”解释《诗经》，把古诗的要旨概括为“温柔敦厚”，也即“忿而不戾，怨而不怒，哀而不伤，乐

① 《汉文学史纲要·第六篇　汉宫之楚声》，《鲁迅全集》第9卷。
② 《且介亭杂文·门外文谈》，《鲁迅全集》第6卷。
③④ 《汉文学史纲要·第三篇　老庄》，《鲁迅全集》第9卷。

而不淫”。鲁迅在《汉文学史纲要》中指出，古诗并非都是“温柔敦厚”的。《诗经》中就不乏表现人民反抗精神的篇章，“激楚之言，奔放之词，《风》《雅》中亦常有”，那种认为《诗》是“发乎情，止乎礼义”的说法，不过是“后儒之言”。所以鲁迅的结论是：“毛氏《诗序》”“不可信”。

在批评“诗教”的同时，《汉文学史纲要》还为“郑声”翻案。孔子曾把春秋末期反映新兴阶层思想感情的“郑声”斥之为“淫”。而《汉文学史纲要》却引用嵇康的话，肯定“郑声”“是声音之至妙，妙音感人”。鲁迅还辛辣地指出，某些儒者说郑声“淫逸”，是由于“自心不净，则外物随之”。

《诗》是中国第一部诗歌总集，开创了现实主义文学道路，在文学史上自有地位。但这部诗集以往被儒者抬到至高无上的高度，却又是不恰当的。鲁迅一反此种传统旧说，将屈原的《离骚》同“诗三百篇”对比，得出《骚》胜于《诗》的结论。鲁迅说，《离骚》“较之于诗，则其言甚长，其思甚幻，其文甚丽，其旨甚明”，《离骚》“影响于后来之文章，甚或在三百篇以上”，是“逸响伟辞，卓绝一世”的诗篇。[①]

《汉文学史纲要》全书十篇，除论及文字、文学的起源之外，其余几篇大都是介绍作家的。屈原、李斯、贾谊、晁错等人都有专篇论述，荀况、刘邦等人的文学活动也有积极的评价。鲁迅特别称道贾谊、晁错的策论，认为他们的《治安策》《贤良对策》《言兵事疏》《守边劝农疏》，“皆为西汉鸿文”，既是汉初文学的杰作，又开创了后世政论文的道路，“沾溉后人，其泽甚远”[②]。《纲要》还为李斯列出专篇，指出李斯对于统一文字，“画一书体”，创立“殊勋”，并特别提及，“法家大抵少文采，惟李斯奏议，尚有华辞”[③]。另外，又说到，秦始皇东巡时，在泰山等处所刻碑文，“其辞亦李斯所为”。鲁迅对这些碑文的评价是“质而能壮”。语言质朴而气势雄壮，正是李斯文章及书法的特色，汉晋碑文、铭文，其风格就是由此生发开来的。

---

① 《汉文学史纲要·第四篇　屈原及宋玉》,《鲁迅全集》第9卷。

② 《汉文学史纲要·第七篇　贾谊与晁错》,《鲁迅全集》第9卷。

③ 《汉文学史纲要·第五篇　李斯》,《鲁迅全集》第9卷。

三、开辟新的文化研究领域

早在“五四”时期，鲁迅就宣称：“什么是路？就是从没路的地方践踏出来的，从只有荆棘的地方开辟出来的。”[①] 他的这种别辟蹊径的创新精神也表现在文学史研究之中。

在中国古代文坛，古文及诗赋享有正宗地位，小说历来被视为“闲书”，所谓“出于稗官，街谈巷语，道听途说者之所造也”，不能登“大雅之堂”。诚如鲁迅所说：“在中国，小说不算文学，做小说的也决不能称为文学家。”[②] 由于小说地位低下，小说史当然更无人研究整理，以至“中国之小说自来无史；有之，则先见于外国人所作之中国文学史中，而后中国人所作者中亦有之，然其量皆不及全书之什一，故小说仍不详”[③]。与这种传统相对，鲁迅格外器重小说，为的是“想利用他的力量，来改良社会”[④]。鲁迅不仅是中国新文学首屈一指的小说巨匠，而且也是对中国小说史进行科学研究的第一人。他在北京大学、女师大等校任教期间，开设了一门新课——中国小说史，并耗费巨大精力，编撰前无古人的《中国小说史略》，结束了“中国小说自来无史”的状况。在这部著作中，鲁迅把历代小说置于当时社会政治、经济、文化生活的背景中加以考察，解答中国小说的发生、发展、演变诸方面的问题，并从内容到形式，对中国历代小说进行精辟的评论。如说《三国演义》“欲显刘备之长厚而似伪，状诸葛之多智而近妖；惟于关羽，特多好语，义勇之概，时时如见矣”[⑤]，对这部讲史巨著人物塑造的得失评判，入木三分，成为脍炙人口的名论。

对于《红楼梦》，鲁迅尤看重其现实主义精神，称赞作者“叙述皆存本真，闻见悉所亲历，正因写实，转成新鲜”[⑥]。鲁迅还指出，《红楼梦》的价值，在中国小说中实在不可多得，“其要点在敢于如实描写，并无讳辞，和从前的

① 《热风·随感录六十六　生命的路》，《鲁迅全集》第1卷。

②④ 《南腔北调集·我怎么做起小说来》，《鲁迅全集》第4卷。

③ 《中国小说史略·序言》，《鲁迅全集》第9卷。

⑤ 《中国小说史略·第十四篇　元明传来之讲史（上）》，《鲁迅全集》第9卷。

⑥ 《中国小说史略·第二十四篇　清元人情小说》，《鲁迅全集》第9卷。

小说叙好人完全是好，坏人完全是坏，大不相同，所以其中所叙的人物，都是真的人物。总之，自有《红楼梦》出来以后，传统的思想和写法都打破了”[①]。鲁迅抓住《红楼梦》的真髓，对于那种企图从《红楼梦》中一味追寻影射之意的论客加以批评。他认为“索隐派”“红学家”们“别求深义，揣测之说，久而遂多”[②]，“未免近于穿凿”[③]，从而为《红楼梦》研究指出健康道路。此外，论清代侠义小说“为市井细民写心，乃似较有《水浒》余韵，然亦仅其外貌，而非精神”[④]，“《水浒》中人物在反抗政府；而这一类书中底人物，则帮助政府”[⑤]，也是一语破的的卓见。

关于史学研究，鲁迅有开阔的视野，不拘泥于固有领域，不曲就名人的评说，不盲从既成结论。他说：“在历史上的记载和论断有时也是极靠不住的，不能相信的地方很多。”[⑥]他认为过去的史书近乎帝王将相的家谱，这种历史是不足信的，力主扩大史学研究范围，把社会各阶层生活的考察纳入史学领域。他说：“中国学问，待从新整理者甚多，即如历史，就该另编一部”，“其他如社会史，艺术史，赌博史，娼妓史，文祸史……都未有人著手”[⑦]。这是我国较早倡导社会史、文化史的真知灼见。鲁迅对教育史也给予特别的关注，这是因为他把青少年教育问题与国家民族的前途紧密联系起来，“看十来岁的孩子，便可以逆料二十年后中国的情形；看二十多岁的青年，——他们大抵有了孩子，尊为爹爹了，——便可以推测他儿子孙子，晓得五十年后七十年后中国的情形”[⑧]。正因为如此，鲁迅热切寄望于有人写出有血有肉的中国教育史来。他说：“倘有人作一部历史，将中国历来教育儿童的方法，用书，作一个明确的纪录，则其功德，当不在禹（虽然他也许不过是一条虫）下。”[⑨]

---

①③ 《中国小说的历史的变迁，第六讲　清小说之四派及其末流》，《鲁迅全集》第9卷。

② 《中国小说史略·第二十四篇　清元人情小说》，《鲁迅全集》第9卷。

④⑤ 《中国小说史略·第二十七篇　清元侠义小说及公案》，《鲁迅全集》第9卷。

⑥ 《而已集·魏晋风度及文章与药及酒之关系》，《鲁迅全集》第3卷。

⑦ 《书信集下卷·致曹聚仁》，人民文学出版社1976年版。

⑧ 《热风·随感录二十五》，《鲁迅全集》第1卷。

⑨ 《准风月谈·我们怎样教育儿童的？》，《鲁迅全集》第5卷。

四、严肃认真的治学风格，实事求是的科学态度

鲁迅在文学史研究工作中，不仅显示了所向披靡的批判精神和创新学派的风格，而且也表现了一丝不苟的、实事求是的科学态度。鲁迅说："创作须情感，至少总得发点热"，而"研究是要用理智，要冷静的"①，这是鲁迅的心得之言。

鲁迅从事文学史研究的科学态度，首先表现在他进行独立的、工程浩大的资料准备工作，详细地占有原始材料。

恩格斯说："即使只是在一个单独的历史实例上发展唯物主义的观点，也是一项要求多年冷静钻研的科学工作，因为很明显，在这里只说空话是无济于事的，只有靠大量的、批判地审查过的、充分地掌握了的历史资料，才能解决这样的任务。"②鲁迅在《汉文学史纲要》和《中国小说史略》等著作中，之所以能够提出精深的见解，一个重要的前提，是他依靠"大量的、批判地审查过的、充分地掌握了的历史资料"。鲁迅曾花费很长时间，做了浩繁的资料搜集、考证工作。例如，为了研究中国小说史，鲁迅在清末民初就着手编辑"古小说钩沉"和"唐宋传奇集"。前者辑录唐以前的小说三十六种，后来成为《中国小说史略》第三篇至第七篇的主要史料；后者选辑唐宋小说四十五篇，是《中国小说史略》第八篇到十一篇的主要史料，在北京诸校任教期间，鲁迅又辑录"小说旧闻钞"，搜集宋以后小说四十一种，成为《中国小说史略》第十二篇至第二十八篇的史料。这几种都经过审慎的校勘，有时为了一个字的差异，要考察好几个本子，甚至所有版本。为了评价《水浒》，考证作者，鲁迅查阅了《百川书志》《笔丛》等几十种书，并用四种不同版本作了校勘和辨正，确实做到一丝不苟，精益求精。

鲁迅编写文学史的科学态度还表现在，他突破旧史家"就文学论文学"的老套路，把作家和作品放在当时的社会背景、政治生活中加以考察和分析。评论屈原，首先肯定他同旧贵族斗争、"九死不悔"的革新精神，称道他"放言

---

① 《而已集·读书杂谈》，《鲁迅全集》第3卷。

② 《马克思恩格斯选集》第2卷，人民出版社1972年版，第118页。

无惮，为前人所不敢言”[①]；评价李斯，则着眼于他在完成统一大业中的历史功勋；论及贾谊，明确肯定他反对分封的卓见；论及晁错，则赞赏他在抗击匈奴侵扰方面的“深知”。在《中国小说史略》的一些篇章中，鲁迅阐明文学与时代、文学与社会政治经济密不可分的关系。在谈到六朝文学多鬼神志怪之书的原因时，鲁迅追究中国社会情况的演变。他说：“中国本信巫，秦汉以来，神仙之说盛行，汉末又大畅巫风，而鬼道愈炽；会小乘佛教亦入中土，渐见流传，凡此种种，皆张皇鬼神，称道灵异，故自晋讫隋，特多鬼神志怪之书。”[②]鲁迅在这里把文艺作品与社会生活紧密联系起来进行考察，揭示一定的文学形式发生、发展的规律。鲁迅后来还把这种科学的研究方法，做了如下概括：“我们想研究某一时代的文学，至少要知道作者的环境、经历和著作。”[③]

由于中国历来不把小说当文学，古代小说散见于浩如烟海的古籍之中，搜集、挖掘的工作量之巨大，是可想而知的。仅以“小说旧闻钞”为例，从引用书目得知，鲁迅参考了九十二种书籍，共一千五百七十五卷之多，而这还仅仅只是为《中国小说史略》所做的准备工作中很小的一部分！

中国文人喜欢谬托古人，编造伪书，这就给研究工作提出考证的任务，鲁迅为此耗费不少心血，并得出新的结论。例如有影响的汉文学史家、日本人盐谷温相信“汉武故事”是汉代人所作，将其收进《中国文学概论讲话》的“汉人小说”部分，造成谬种流传。而鲁迅经过周密考证，确信“所谓汉人小说，盖无一真出于汉人”[④]。鲁迅之所以不盲从别人，并能纠正传播久远的谬说，是因为他研究大量第一手材料，做了“独立的准备”。[⑤]曾有人指鲁迅《中国小说史略》抄袭盐谷温，这是无端之论。比较两部书的结构、取材便可见明显差异，而鲁迅为撰《史略》所做独立的、巨量的资料准备，更表明《史略》的原创性。

鲁迅重视考证工作，认为这是去伪存真、披沙拣金所必须下的功夫。但鲁迅又不赞同烦琐考证，更反对庸俗的、牵强附会的考证。例如，胡適等人旁征

① 《坟·摩罗诗力说》，《鲁迅全集》第 1 卷。
② 《中国小说史略·第五篇　六朝之鬼神志怪书（上）》，《鲁迅全集》第 9 卷。
③ 《而已集·魏晋风度及文章与药及酒之关系》，《鲁迅全集》第 3 卷。
④ 《中国小说史略·第四篇　今所见汉人小说》，《鲁迅全集》第 9 卷。
⑤ 《华盖集续编·不是信》，《鲁迅全集》第 3 卷。

博引，要证明《儒林外史》中的马二先生就是作者同时代人冯执中，《红楼梦》中的贾宝玉就是曹雪芹，他们还为此进行烦琐考证，曹雪芹有没有一个姐姐入宫选为妃子？晚年一起“飘零”的“新妇”是否就是史湘云？这显然是对艺术典型的曲解。鲁迅嘲讽此类“考证”说：本来，在读者心目中“所觉得的却只是贾宝玉和马二先生，只有特种学者如胡適之先生之流，这才把曹霑和冯执中念念不忘的记在心儿里”①。

善于比较鉴别，是鲁迅研究文化史的重要方法。例如，《中国小说史略》常将神魔小说、侠义小说、世情小说加以对比，显示各自思想、艺术的高下，并能清楚地看出中国小说发展演变的脉络、趋势。

鲁迅在评价历史人物和作品时，有实事求是之意，无哗众取宠之心，对于那些曲解作品的伪学，鲁迅一向不以为然。例如，他曾指金圣叹评注《水浒》，一味从作品中“寻求伏线”，将“原作的诚实之处，往往化为笑谈”，陷入“挑剔破绽的泥塘”②。他还讥评各种戴着有色眼镜的人，从《红楼梦》里发现了自己主观设想的“大义”，“经学家看见《易》，道学家看见淫，才子看见缠绵，革命家看见排满，流言家看见宫闱秘事”③，“比拟引申，以求其合”④，这都是对《红楼梦》的曲解。

鲁迅还坚持对历史人物历史作品分析的全面性，例如，正统派历来把“世情小说”《金瓶梅》贬为“淫书”，加以全盘否定（当然，他们往往又躲着大看《金瓶梅》《续金瓶梅》）。而《中国小说史略》对这部书则采取平实的分析态度，一方面，指出《金瓶梅》“时涉隐曲，猥黩者多”，包含大量色情描写的糟粕；另一方面又指出，“《金瓶梅》作者能文，故虽间杂猥词，而其他佳处自在”。鲁迅特别赞赏“作者之于世情，盖诚极洞达”，“同时说部，无以上之”⑤。认为这种人情小说，与神魔小说相比，从思想性到艺术性都是一大进步。又如，《汉文学史纲要》，对于道家的“消极无为”给予批评，而对其“文辞之美富”却有积极评价，特别指出《庄子》“其文汪洋辟阖，仪态万方，晚

---

① 《且介亭杂文末编·“出关”的“关”》，《鲁迅全集》第6卷。

② 《南腔北调集·谈金圣叹》，《鲁迅全集》第4卷。

③ 《集外集拾遗·〈绛洞花主〉小引》，《鲁迅全集》第7卷。

④ 《中国小说史略·第二十四篇　清元人情小说》，《鲁迅全集》第9卷。

⑤ 《中国小说史略·第十九篇　清元人情小说（上）》，《鲁迅全集》第9卷。

周诸子之作，莫能先也”[①]。此外，对于秦始皇、汉高祖，鲁迅既肯定其历史功绩，又指出他们镇压人民的罪绩，以及企图求仙拜神、得长生不老术的妄诞。对于屈原，鲁迅是相当赏识的，但也指出屈原对时政的不满，并不是要打倒楚怀王，而是希望他好，颇类似贾府里的焦大，“并非要打倒贾府，倒是要贾府好”[②]。

总之，鲁迅处处体现出不因人取言，也不因人废言的实事求是的风格。后来，他对此作过陈述：“对于人，我以为只能随时取其一段一节”。“假如我们设立一个‘肚子饿了怎么办’的题目，拖出古人来质问罢，倘说‘肚子饿了应该争食吃’，则即使这人是秦桧，我赞成他，倘说‘应该打嘴巴’，那就是岳飞，也必须反对，如果诸葛亮出来说明，道是‘吃食不过要发生温热，现在打起嘴巴来，因为摩擦，也有温热发生，所以等于吃饭’，则我们必须撕掉他假科学的面子，先前的品行如何，是不必计算的”[③]。

鲁迅的文学史论著，结构谨严，文字简练，逻辑层次鲜明，使所论史实的内在规律易于为读者所掌握。同时，鲁迅还注重学术著作的生动性，对于那些言语无味、面目可憎、摆出一副说教架势的“著述”，鲁迅提出过严肃的批评。他说：“外国的平易地讲学术文艺的书，往往夹杂些闲话或笑谈，使文章增添活气，读者感到格外的兴趣，不易于疲倦，但中国的有些译本，却将这些删去，单留下艰难的讲学语，使他复近于教科书，这正如折花者，除尽枝叶，单留花朵，折花固然是折花，然而花枝的活气却灭尽了。”[④]鲁迅自己编的学术论著，尤其是《中国小说的历史的变迁》，就十分生动有风趣，寓庄于谐。

---

① 《汉文学史纲要·第三篇　老庄》，《鲁迅全集》第9卷。

② 《伪自由书·言论自由的界限》，《鲁迅全集》第5卷。

③ 《集外集拾遗·两封通信》，《鲁迅全集》第7卷。

④ 《华盖集·忽然想到》，《鲁迅全集》第3卷。

《让可移动文物活起来》* 序一

文物，指人类社会活动中遗留下来的具有历史、艺术、科学及技术价值的遗物和遗迹。作为物质文明遗存的“文物”，依据其存在形态，又可分为“不可移动文物”和“可移动文物”。

“不可移动文物”，包括古文化遗址（如河姆渡遗址、半坡遗址）、古墓葬（如唐乾陵、明孝陵）、古建筑（如八达岭长城、北京明清紫禁城）、石窟（如云冈石窟、麦积山石窟）、石刻（如大足石刻、药王山摩崖石刻）、壁画（如敦煌壁画、克孜尔石窟壁画）、近代现代重要史迹（如京张铁路遗迹）和代表性建筑（如武昌辛亥革命湖北军政府旧址、上海中共一大旧址）。这类文物因其固定在原处，不可迁移，人们唯有亲临现场方获瞻仰之幸。

“可移动文物”则指历史遗存之可迁徙的实物、艺术品、文献、手稿、图书资料等，习称“古物”；因此类古器物可以随携把玩，又称“古玩”，亦称“古董”“骨董”（“骨”取肉腐而骨存之义，意谓保存过去精华；“董”，即知道、了解。“骨董”合义：明晓古人所遗精华）；由于此类文物为博物馆、纪念馆、图书馆及民间人士私藏，又称“可收藏文物”。

这些具有考古、历史、艺术、科学或技术意义的可移动文物，略分为金银器、铜器、铁器、陶器、瓷器、砖瓦、玉石器、漆器、竹木器、珐琅器、玻璃器、骨角牙器、绘画、书法、拓片、纺织（绣）品、玺印、文具、乐器、法器（宗教祭器）、货币、文献图书、邮品等31类。以笔者稍有涉猎的几类而言，每类又可细分诸目，如绘画含各种国画、油画、版画、素描、速写、壁画、帛画、宗教画、织绣画、连环画、贴画、漫画、宣传画、剪纸、年画、民

---

* 湖北省博物馆协会等主编，倪婉、吴晓松执行主编，武汉大学出版社2015年版。

间美术平面作品等；书法含历代各种书法作品、写经、对联、卷轴、册页、屏幅等；拓片含甲骨拓片、瓦当拓片、古币拓片、砚铭拓片、画像砖石拓片、铜器拓片、碑刻拓片等；玺印含金、银、铜、铁、石、牙、玉、瓷、木等各种质地的印章、符节、画押、封泥、印范等；文具含笔、墨、纸、砚及其他文房用具；货币含贝、铜、铁、金、银、纸币及钱范、钞版等；文献图书含古籍、文书、舆图、信札、奏折、诰命、契约、经卷、试卷、药方、剧本、歌本、报刊、记录、讲稿、决定、日记、笔记、手稿、标语、题词、统计数据等；邮品含邮票、实寄封、纪念封、明信片及其他邮政用品等。每类皆广博渊深，富有宝藏。

文物作为历史陈迹，已不能主动发声，其多方面价值有待今人发掘、揭示与宣扬。这里有一个让“死者”复活，让“过去”面对当下与未来侃侃而谈的过程。让文物活起来，即此之谓也。博物馆等公私收藏处所作可移动文物陈列，是大众亲近古代文明、倾听昔人教诲的重要窗口，文物因此借以“活起来”。这种实际文物具体而微的生动展示，使“形下之器”与“形上之道”水乳交融地相结合，其弘扬优秀传统文化的功效，是书籍阅览、口头宣讲所不能取代的。然而，由于种种限制和工作缺憾，仍有大量珍贵文物沉睡库房，无缘与观众见面。而文物包蕴的丰富内涵的介评工作，更留有巨大的未涉空间。文物展出的有限、文物介评的乏力，使文物与大众相隔膜的状况远未打破，故而，充分发挥公私收藏文物资源的作用，让可移动文物活起来，成为当前文物工作重要而又迫切的使命。

令人庆幸的是，由湖北省博物馆协会组织编纂的《让可移动文物活起来》一书对上述题旨作了具有相当学术广度的阐发。

诸君案头的这本书，将可移动文物的类别、形成、演绎历程娓娓道来，故称本书为“文物学小百科”亦不为过。本书又用心彰显文物的保护之道，在此一前提下，尤其着力探讨激活藏之名山、沉睡于馆库之内的可移动文物资源生命力的路径，介绍发挥文物历史认识功能和社会教化功能的具体举措，其间提供的国内国际相关经验，颇有可操作性。

现行博物馆展览常采用实物、文字、影像资料、模型等相结合的方式对可移动文物的三大价值予以展示。“让文物活起来”要求我们更新展览理念，采取更多的科技手段，吸收更多的研究成果，代文物说话，让文物所蕴含的信息昭显现世。“让文物活起来”的另外一个方面就是促进考古文博文化创意产业发展，让可移动文物走出博物馆、走出库房，走进寻常百姓家。目前文博文化创意产品正超越高冷艺术品，出现诸如U盘、手机壳、纸巾、电脑贴、挂饰等各种家居、生活小物件，将可移动文物蕴含的文化价值融入大众生活。

“让可移动文物活起来”对考古学者、文博专家提出了新的要求。考古学有其自身的专业术语与研究规范，普通大众难以直接阅读专业化的考古报告，但对可移动文物历史价值、美学价值的好奇心发自人类本性，今日方兴未艾的大众考古、大众鉴藏便是明证。大众考古、大众鉴藏的兴盛，促使学者走出象牙塔，参与并指导大众性的文物鉴藏实践，又令大众丰富文物知识、提升文物鉴藏水平，使考古学家和文物工作者的研究成果与时代接轨，被大众所理解和接受，化考古学专业研究成果为大众喜闻乐见的通俗知识。而诸君案头的本书正合时宜，为专家与大众搭建桥梁，共赴可移动文物活起来的康庄大道。

乙未秋于武昌珞珈山

国故反思

我们对于旧有的学术思想有三种态度。第一，反对盲从；第二，反对调和；第三，主张整理国故。……

若要知道什么是国粹，什么是国渣，先须要用评判的态度，科学的精神，去做一番整理国故的工夫。

——胡適：《区分国粹与国渣，再造文明》

“五伦”“三纲”分梳——扬弃一例 *

无论是汉至清对“纲常名教”的推崇，还是近代将其在“旧礼教”名下加以摒弃，都是把“三纲”说与“五伦”说捆绑在一起的，以“三纲”为纲，“五伦”为目。然而，此种概括并不完全符合中国思想史实际，置之概念生成史考察，“三纲”说与“五伦”说虽然都是宗法社会的产物、宗法观念的表现，有着相通性，但二者又颇相差异，分别代表中国伦常观念的两种走势，不宜笼统处置，应当予以分梳，区别对待。而这种分梳与取舍，或许正是当下国学教育的关键。

一、纲纪说须加扬弃

扬弃（aufheben），指新事物对旧事物的既抛弃又保留、既克服又继承的关系。德国哲学家康德首先运用该词。黑格尔赋予这一概念以肯定和否定的双重哲学含义，认为概念发展的每一阶段对前一阶段而言，都是一种否定，这是包含肯定的否定，是概念的发展过程，对旧质既有抛弃又有保留，既有克服又有继承。扬弃包括发展和联系两个环节。联系的环节体现了新事物对旧事物的发扬、保留和继承，这是“扬”的过程，是事物发展的连续性；发展的环节体现了新事物对旧事物的抛弃、克服，这是“弃”的过程，是事物发展中的非连续性。

对中华民族的文化遗产须加扬弃，去其糟粕，取其精华，实现连续性与非连续性的统一。

---

* 原载《文化发展论丛》（2014）中国卷，社会科学文献出版社 2015 年版。

扬弃须进入国学讲习诸层面，尤须进入核心层面。

国学即国故之学，指中国传统学术，其包蕴丰富，鱼龙混杂，精华糟粕互见，今日讲习国学，须作辨析，扬其当扬，弃其当弃。这是倡导国学的题中应有之义。国学由"国文""国史""国伦"组成，对三者皆须作扬弃，不能囫囵吞枣。而"国伦"即中国式伦常，是国学的核心内容，尤须加以辨析。中国伦常的精神内核是什么？陈寅恪将其概括为"三纲六纪"，他在《王观堂先生挽词并序》中说："吾中国文化之定义，具于《白虎通》三纲六纪之说，其意义为抽象理想最高之境，犹希腊柏拉图所谓 Idea 者。若以君臣之纲言之，君为李煜亦期之以刘秀；以朋友之纪言之，友为郦寄亦待之以鲍叔。其所殉之道，与所成之仁，均为抽象理想之通性。"①

纲纪说被视为"抽象理想最高之境"，是对各组伦常关系的高标准设计，如遇到李煜这样孱弱的君主，则期之以刘秀那样英明的君主；遇到卖友的郦寄，则期之以鲍叔牙那样忠诚的朋友。

两汉以来的纲常说，将"三纲"与"五伦"②并列论之（所谓"三纲五常""纲常名教"），推尊为中国文化的极境。其说较早的完整表述见于东汉班固撰《白虎通》之《三纲六纪》一目："三纲者，何谓也？谓君臣、父子、夫妇也。六纪者，谓诸父、兄弟、族人、诸舅、师长、朋友也。……何谓纲纪？纲者，张也。纪者，理也。大者为纲，小者为纪。所以张理上下，整齐人道也。"③

无论是汉至清对"纲常名教"的推崇，还是近代将其在"旧礼教"名下加以摒弃，都是把"三纲"说与"五伦"说捆绑在一起的，以"三纲"为纲，"五伦"为目。然而，此种概括并不完全符合中国思想史实际，置之概念生成史考察，"三纲"说与"五伦"说虽然都是宗法社会的产物、宗法观念的表现，有着相通性，但二者又颇相差异，分别代表中国伦常观念的两种走势，不宜笼统处置，应当予以分梳，区别对待。而这种分梳与区别对待，或许正是当下国学扬弃的关键。

① 陈寅恪：《陈寅恪集·诗集》，生活·读书·新知三联书店 2001 年版，第 12 页。

② "五伦"或指仁、义、礼、智、信五种德目，或指君臣、父子、夫妇、兄弟、朋友五种伦常关系，本文取后义。

③ 班固：《白虎通义》，商务印书馆 1940 年版，第 312 页。

二、伦理观的两种旨趣

宗法社会的人伦观，并非铁板一块，而有单向独断论和双向协调论两种系统，形成两种旨趣不同的传统。

一种传统以“三纲”说为代表，最典范的表述为：

> 君为臣纲，父为子纲，夫为妻纲。[①]

认定尊者、长者拥有绝对权威和支配地位，卑者、幼者唯有屈从的义务。近人张之洞在《劝学篇·明纲》中说：

> 故知君臣之纲，则民权之说不可行也；知父子之纲，则父子同罪、免丧、废祀之说不可行也；知夫妇之纲，则男女平权之说不可行也。

足见“三纲”说作为单向独断论的绝对主义伦理观念，构成专制政治的伦理基础，抵制民主、平权的诉求。

另一种传统的代表性表述则是“五伦”说，所谓：

> 父子有亲，君臣有义，夫妇有别，长幼有序，朋友有信。[②]

其间包含着人际间的温情、理解和信任，而且是相对性的、双向性的要求。这种“五伦说”集中反映在《尚书》《左传》《孟子》《老子》等先秦典籍的民本主义表述中。

简言之，民本主义的上下关系论要领有二。

第一，下是上的基础，民众是立国根本。《尚书·五子之歌》的“民可近，不可下。民惟邦本，本固邦宁”是此一精义的著名表述。《老子·三十九》从贵与贱、高与下的辩证关系立论：“故贵必以贱为本，高必以下为基。是以侯

---

① 孔颖达疏引：《礼纬·含文嘉》。

② 《孟子·滕文公上》。

王自谓孤寡不毂，是以贱为本也。"正是从这种下是上的基础，民众是立国根本的认识出发，孟子发出震撼千古的议论："民为贵，社稷次之，君为轻。"[①]

第二，民意即天意，民心即圣心。《尚书·泰誓》记有周武王的名言："天视自我民视，天听自我民听。"《尚书·皋陶谟》有另一名言："天聪明，自我民聪明；天明威，自我民明威。"《老子·四十九》说："圣人无常心，以百姓心为心。"

以君臣一伦而言，"五伦"说对君与臣两方面都提出要求，如孟子所说：

> 君之视臣如手足，则臣视君如腹心；君之视臣如犬马，则臣视君如国人；君之视臣如土芥，则臣视君如寇仇。[②]

民本主义的一个经常性论题是"爱民""利民"，反对"虐民""残民"。孟子反复劝导国君"保民而王"[③]，荀子则有"君者舟也，庶人者水也。水则载舟，水则覆舟"[④]的警告，八百载后唐太宗与魏徵君臣对话中的"水可载舟，亦可覆舟"[⑤]的名论承袭于此。

至于夫妇一伦，"五伦"说则以"义"为标准，"夫妇以义事，义绝而离之"[⑥]。"夫不义，则妇不顺矣。"[⑦]这里强调的是一种双向性要求。

在父子一伦上，主张"父慈子孝"，双向要求。

在兄弟关系上，主张"兄友弟恭"，也是双向要求。

朋友关系则讲究互利互助，"交友之旨无他，彼有善长于我，则我效之；我有善长于彼，则我教之。是学即教，教即学，互相资矣"[⑧]，倡导朋友间互相取长补短，推崇的仍然是双向互济关系。

梁启超慧眼卓识，将"五伦"的精义称为"相人偶"，也即人际间对偶关

---

① 《孟子·尽心下》。
② 《孟子·离娄下》。
③ 《孟子·梁惠王上》。
④ 《荀子·王制》。
⑤ 《贞观政要》。
⑥ 司马光：《家范·夫妇》。
⑦ 颜之推：《颜氏家训·治家》。
⑧ 王肯堂：《交友》。

系的相敬互助。他指出：

> 五伦全成立于相互对等关系之上，实即“相人偶”的五种方式。故《礼运》从五之偶言之，亦谓之“十义”（父慈子孝，兄良弟悌，夫义妇听，长惠幼顺，君仁臣忠）。人格先从直接交涉者体验起，同情心先从最亲近者发动起，是之谓伦理。[①]

这种对人际间在权利与义务两方面提出双向互助性要求，以形成较为和谐的人伦关系，在利益驱动的现代社会尤其显得宝贵。东亚国家和地区 20 世纪下半叶创造经济奇迹，除利用最新科技成就，借用西方市场经济的竞争与激励机制以外，一个重要原因是东亚伦理的人际和谐精神得到现代式发挥，将企业和社会组合成风险共担、利益均沾的“命运共同体”，使管理者与劳作者在“和”的精神凝聚之下，形成长久、牢固的“合力”，而不是短暂的利用关系。这正是对东亚和合精义的创造性发挥，暗合了孟子的名论：

> 天时不如地利，地利不如人和。[②]

也暗合了荀子的名论：

> 则上不失天时，下不失地利，中得人和而百事不废。[③]

与佛教的“丛林共住精神”也彼此契合——在管理架构上“各守其分，各尽其职”；在生活上，以众靠众，实践互敬互勉、无诤共住的和合僧团精神，共同遵守“六和敬”：

> 身和同住，口和无诤，意和同悦，戒和同修，利和同均，见和同解。

---

① 梁启超：《先秦政治思想史》，见《饮冰室合集》第 9 册，中华书局 1989 年版，第 75 页。
② 《孟子·公孙丑下》。
③ 《荀子·王霸》。

此皆可久可大之道。

三、“五伦”说先于“三纲”说

“三纲”说与“五伦”说的生成机制、成说时代，有性质之差、先后之别。

大体言之，“五伦”说形成于先秦，是宗法封建时代（本义上的“封建”，而非泛化的“封建”）的产物，较多地保留了氏族民主遗存、蕴蓄着血亲温情，讲究的是“情理”。

“三纲”说（君为臣纲、父为子纲、夫为妇纲）酝酿于战国，形成于秦汉，是君主专制时代的产物，体现了帝制覆盖下的垂直式独断，强调的是上对下的等级式威权以及下对上的无条件屈从。

人类在跨入阶级社会之前，经历了漫长的无阶级的氏族社会，其间孕育了氏族内部以血缘纽带维系的原始民主，在跨入阶级社会初期，如中国的商周时代建立的宗法封建社会，还保留着若干原始民主的痕迹，并在两周历史条件下演化为“民本说”与“五伦”说。而“三纲”说定形于秦汉以降的专制君主制时代，其强势的独断论为专制帝王和其他尊者、长者所喜好、所运用，虽然受到历代民本主义者和异端思想家的批判，然其主流地位从未动摇。时至近代，“三纲”说的元典性成为保守与革新两大派别争论的焦点。

张之洞在1898年撰写的《劝学篇》内篇的《明纲》中亟言“三纲”说来源于圣人之道：

> “君为臣纲，父为子纲，夫为妻纲”，此《白虎通》引《礼纬》之说也。董子所谓“道之大，原出于天，天不变，道亦不变”之义，本之《论语》“殷因于夏礼，周因于殷礼”。注：“所因，谓三纲五常。”此《集解》马融之说也，朱子《集注》引之。《礼记大传》：“亲亲也，尊尊也，长长也，男女有别。此其不可得与民变革者也。”

近代启蒙思想家则以“三纲”说为扬弃对象，如何启、胡礼垣在1899年撰写的《〈劝学篇〉书后》尖锐批评张之洞《劝学篇》内篇宣扬的“三纲”说，指出"'三纲说'，有悖于人道"，认为君臣、父子、夫妇之间应是平等关系，只应服从情理，不应以绝对的垂直纲纪加以强力控制。何启、胡礼垣特别揭示"三纲"说的非元典性：

> 三纲之说非孔孟之言也。
>
> 三纲之说，出于《礼纬》，而《白虎通》引之，董子释之，马融集之，朱子述之，皆非也。夫《礼纬》之书，多资谶纬。以谶纬解经，无一是处，为其无实理之可凭也。
>
> 三纲者，不通之论也。①

何启、胡礼垣在批评"三纲"说的同时，陈述"五伦"说的合理性，称其"通明""不偏"，保存了血亲和谐的双向互动理念。又进而指出，"五常之道，在孔子二千余年之前而已然"，即源自上古；同时，"凡尚理学如希腊等国，亦莫不以五伦为重"，足见"五伦"说是古今中外之通义。②

梁启超在《先秦政治思想史》中，也区分"三纲"与"五伦"，他指出：

> 后世动谓儒家言三纲五伦，非也，儒家只有五伦，并无三纲。③

这里说的"儒家"当然是指先秦原始儒家。梁氏此一辨析，与何启、胡礼垣相类似。

综上可见，古人、今人都不乏对"三纲"说与"五伦"说加以分梳的努力，我们今日更应超越混淆二者的粗率思维，在扬弃"三纲"说的同时，用力开掘"五伦"说的宝贵精神资源，借以发挥其社会协调功能。

四、"五伦"说指示双向协和的社会秩序

"五伦"说有别于专制主义政治伦理，它阐发的是对尊与卑、上与下的双

---

①② 《劝学篇书后·明纲篇辩》。

③ 梁启超：《先秦政治思想史》，见《饮冰室合集》第9册，中华书局1989年版，第75页。

向要求，具有协和性。所谓“君使臣以礼，臣事君以忠”[①]，分别对君和臣提出要求，“君礼”与“臣忠”互动，方能达成君臣和谐，同舟共济。所谓“父子有亲，君臣有义，夫妇有别，长幼有序，朋友有信”[②]，为“五伦”关系分别树立了“亲、义、别、序、信”等富于理性和人情的准则，并无绝对主义的要求。成书秦汉之际的《礼记·礼运》篇，对先秦的“五伦说”做了总结，将父子、兄弟、夫妇、长幼、君臣这五组社会人际关系的良性双向互动概括为：

父慈子孝，兄良弟悌，夫义妇听，长惠幼顺，君仁臣忠。

此后，关于“五伦”的双向性要求，还有多种大同小异的说法，最流行的是：

父慈子孝，兄友弟恭，君明臣忠，夫和妇顺，朋谊友信。

“五伦”说主要强调上下关系的协调，而“各守职分”（处在“五伦”关系诸层级的人各有责守，必须各尽义务）是达成和谐关系的要义所在。这一思路包含“互动”与“双向要求”的合理因素，既是对专制独断论的一种抑制，也是对无政府及民粹倾向的一种防范与救治，有助于我们今日正确处理社会人际关系，如政府与民众关系、劳资关系、民族关系、医患关系、家庭关系等，以构建和谐社会。

以政府与民众关系为例，片面的单向要求，或者是上对下的“专断”，或者是下对上的“民粹”，都将导致社会矛盾的激化，陷入不和谐困境。

以劳资关系为例，资方如果一味追逐利润最大化，置劳方利益于不顾，必将激化劳资矛盾；劳方如果强索超越企业承受力的要求，必有损于企业的生存与发展。

以民族关系而论，沙文主义与分离主义，都不利于民族团结、和谐共存。

环顾社会的诸种双边关系，“五伦”说阐扬的“互动”与“双向要求”至

① 《论语·八佾》。

② 《孟子·滕文公上》。

关紧要。

当然，传统的“五伦”说作为宗法等级社会的产物，侧重强调“义务”，尤其是下对上的义务，而基本没有涉及“权利”问题，没有对民众享受权利和运用权力（所谓“民享”与“民治”）给予实际肯认，故中国传统社会不可能充分实现社会和谐，秦以下皇权社会两千余年间，社会动乱此伏彼起，便是明证。社会主义的精义便在于实现人的全面发展、社会关系的和谐发展。我们创建社会主义和谐文化时，应继承前人的优秀遗产，如“五伦”说在义务问题上的良性双向互动观；同时也要超越前人，有所创发，如在义务与权利的统一上，实现上下层级的良性双向互动，从“官本位”走向“民本位”，这可能是我们的社会长治久安，实现可持续发展的关键之一。

孔学“重政务、轻自然、斥技艺”取向评议 *

孔子的学术是以多侧面著称的，即所谓“道大，无所不包”。孔子阐扬的仁、礼、德、孝、悌、忠、恕、中庸等政治伦理观念，给中国的政治制度和中国人的民族性格以深刻影响，其功过得失，这里不准备品评议论。本文想要特别指出的是，在孔学这个庞大体系里，自然知识却十分贫乏；儒家治学、执教，“游文于六经之中，留意于仁义之际”①，很少涉及生产技艺和理论性自然知识的研究与传授。如果这种情形仅仅只是孔门师徒个人的癖好所至，于国计民生无大干系，我们也不一定要去追究；然而，孔夫子“轻自然、斥技艺”的倾向，在中国社会特有的气候土壤条件下，得到充分的滋生蔓衍，给两千余年中国的文化教育，以至整个社会生活，都带来深广影响，其余韵流风，至近代而不息。有鉴于此，我们就不能不认真加以研讨。

一、孔学贱视农、工、商

自然科学是人类向自然界争取自由的武器，是生产斗争知识的结晶。“科学的发生和发展一开始就是由生产决定的”②。生产劳动的需要决定着科学的发展顺序，生产发展的水平决定着科学发展的水平。最古老的科学部门，如天文学、数学、力学，便是由人类早期的生产活动——农业、畜牧业、建筑工程和手工业诱发产生的。那些在自然领域里有所建树的学派或学者，都注意研究生产问题，有的还直接参加生产活动；反之，凡属与生产劳动疏远的学派，其

---

* 原载《中国哲学史研究》，1982 年第 2 期。

① 《汉书·艺文志》。

② 恩格斯：《自然辩证法》，人民出版社 1971 年版，第 162 页。

自然知识必然贫乏。那么，以孔子为创始人的儒家学派，与自然科学得以发生发展的源泉和土壤——生产活动保持着一种怎样的关系呢？

农业是古代社会决定性的生产部门，是人类谋取生活资料的主要手段，孔子作为殷商和西周文化的承继者，对农业生产持有一种矛盾的态度。一方面，殷人和周人都是农业部族，有着重农传统。在殷墟甲骨卜辞中，常可看到“求禾”“求黍”“受黍年”“告麦”一类字样，表明殷统治者把求得农业丰收作为祈祷天地鬼神的一项重要内容。至于周人的重视农业，则更为突出，从部落首领起，“卑服即康功田功”①。孔子是一个替“治人者”长治久安作周密构想的政治家。他承袭了殷周“农本思想”，将农业生产和农业劳动者作为国家物力和人力的基本来源。他强调治国者必须重民食，告诫统治者驱使民众服劳役不要贻误农时②，并提出著名的“庶—富—教”③原则，表现了一种注重社会经济问题的现实态度。然而，另一方面，周人东进克商，成为统治部族以后，主要注意力已从发展农业生产，转向政治治理和道德说教。周金文的诰命中，便极少涉及农业知识，而多是宗法思想的阐扬。上承周礼的孔子，其学说的重点当然也在“德化”和“礼治”。他以为，农业固然于社稷国家至关紧要，但只要将尊卑、贵贱、长幼、亲疏的礼制调理好了，农业的发展、生产者的归顺，是不成问题的。关于这一层意思，孔子在斥责要求“学稼”“学圃”的弟子时所说的一番话，表述得很清楚。“樊迟请学稼。子曰：‘吾不如老农。’请学为圃。曰：‘吾不如老圃。’樊迟出，子曰：‘小人哉，樊须也。上好礼，则民莫敢不敬；上好义，则民莫敢不服；上好信，则民莫敢不用情。夫如是，则四方之民襁负其子而至矣，焉用稼！’”④这段记载似乎与前面所说的孔子的“重农”倾向相抵牾，其实不然。孔子的重视农业，是出于一个务实的、精明的政治家的考虑，而并非从农业技艺着眼。他以为，农业技艺是“小人之事”，决非“君子之学”。君子所要探讨的问题，只是“何为则民服”。他们的学习任务也就是通晓使民众“心悦而诚服”的礼制，至于耕稼之艺，则无须问津。

与农业相比，手工业更是殷周统治者所鄙视的“贱业末技”，儒家直接秉

---

① 《尚书·无逸》。

② 《论语·学而》：“使民以时。”

③④ 见《论语·子路》。

承了这种传统。子夏说：“百工居肆以成其事，君子学以致其道。”[①]明确地把读书人追求的“道”与劳动者尽力的“事”对立起来。子夏还说：“虽小道，必有可观者焉，致远恐泥。”[②]子夏在孔门以“多艺”著称，为此而受到孔子“无为小人儒”的警告。但即使是子夏，虽承认技艺尚有“可观”之处，但也以为不必多求，否则便会悖逆于君子追索的“大道”。可见，孔门把生产技艺与儒家的政治伦理学说视作并不相洽的对立物。

此外，孔子还厌恶商业。他一方面从“结驷连骑”“家累千金”的门徒子贡那里获取资助，另一方面又对子贡的经商表示不以为然，批评子贡“不受命而货殖焉”[③]，将商业活动列入违背天命的不轨行为。孔子这种对待商业的两重态度，也是祖述先人的。殷周贵族一方面依靠商贾提供奢侈品，所谓“商不出则三宝绝”，但同时又抑制民间商业的发展，指责经商活动是“非命”。

总之，承袭着殷周文化传统的孔子，虽然也看到了经济在整个社会生活中的作用，但他又认定，物质生产、商品交换这类社会经济活动，以及与此相关的技能、学术，都是“小人”才去从事的“末业”“小道”。“君子”只要施政得度，一切问题便会迎刃而解。因此，“君子之学”不必包括农、工、商等实际技艺。于是，“君子不器”，成了儒门的一条教规。长于实际技艺的弟子，往往被斥为“小人”“小人儒”。究其根本，这种观念是脑力劳动与体力劳动相分离、脑力劳动成为统治阶级专利品的社会存在的反映。

儒家学派继承了殷商、西周以来形成的劳心与劳力相分离的传统，又进一步将二者的对立推向绝对化。孟子以职业分工的必要性，批驳了许行“贤者与民并耕”的说法，并进一步发挥道：“有大人之事，有小人之事……或劳心，或劳力，劳心者治人，劳力者治于人；治于人者食人，治人者食于人：天下之通义也。”[④]把“分工说”推演到极致。儒学另一支脉的代表荀子也同样蔑视体力劳动和生产技艺，他说：“农精于田而不可为田师，贾精于市而不可为市师，工精于器而不可为器师。有人也，不能此三技而可使治三官，曰精于道者也，〔非〕精于物者也。”[⑤]他还认为，“物之理”不是认识的终极目的，“圣

①② 《论语·子张》。
③ 《论语·先进》。
④ 《孟子·滕文公上》。
⑤ 《荀子·解蔽》。

也者，尽伦者也；王也者，尽制者也，两尽者足以为天下极矣”[①]。把伦常法制看作认识的最高峰。认识世界为的是成为具有统治经验的“圣”“王”，至于“物理”的探求，则是等而下之的事情。

儒门多杂，孔、孟、荀以及其他儒家后学，在许多问题上歧见迭出，但在崇尚政治人伦之“道”、贬抑探索天地自然的“物理”及生产技艺这一点上，却是一脉相通的，这就构成了“重政务、轻自然、斥技艺”的儒学传统。正是这一传统，堵塞了儒家通往自然科学的道路。

自然科学大体分为两个部分，一是直接的生产技术，将实际的生产经验和技能一代代流传下来；二是理论科学，侧重于研讨自然规律。在古代，前者由农民、工匠保存和发展；后者则由书吏、祭司阶层探讨和传播。自然科学的这两个部分本是相互联系、相互促进的，但随着阶级的划分、脑力劳动与体力劳动的分离，二者又相互脱节。古代文化人作为脱离生产实践的脑力劳动者，一般都轻视科学的技术方面，较为重视其理论方面，这种理论性的自然知识又与哲学互为表里，构成一些国家古代盛行的“自然哲学”。而孔子开创的儒家，渊源于“司徒之官”，任务是辅佐人君，擅长于“讲政治、立德范”，至于宇宙本体论的探讨、天文历算学的研究，则是另一些文化人——出于“史官”的道家和出于“羲和之官”的阴阳家的任务。这样，儒家与社会生产实践相脱离的程度更为彻底，它不但排斥生产技艺，连理论性的自然知识也很少过问。天道自然极少成为孔子论学、授业的内容，子贡说：“夫子之言性与天道，不可得而闻也。”[②]这样，探索天地自然奥秘的学问，便被排斥在儒家所追求的“道”之外。其结果是：“儒家舍人生哲学外无学问，舍人格主义外无人生哲学也。”[③]黑格尔也指出，孔子的学说“是一种道德的哲学”[④]，自然科学未能进入这个“道德哲学”的殿堂。

儒家为了使自己的“道德哲学”形成一个坚固的、不受异端思想侵袭的体系，还发起一场“义利之辨”，把与社会经济生活相关的各种事务，概括为谋“利”，而利又被说成是一种与“道义”互不相容的东西，非君子所应追求。

① 《荀子·解蔽》。

② 《论语·公冶长》。

③ 梁启超：《先秦政治思想史》，《饮冰室合集》第9册，中华书局1989年版，第69页。

④ 黑格尔：《哲学史讲演录》第1卷，三联书店1957年版，第119页。

孔门弟子回忆孔子谈吐的特点是，“子罕言利”[①]。孔子本人也说：“君子喻于义，小人喻于利。”[②]又说：“君子谋道不谋食”，“君子忧道不忧贫”[③]。把“义”与“利”、“道”与“食”对立起来。孟子更将这种观点推向极端，他对梁惠王说：“王何必曰利，亦有仁义而已矣。”[④]尔后，董仲舒又发挥道：“正其谊不谋其利，明其道不计其功。”[⑤]此类“崇义斥利”的论调，在儒家典籍中可谓汗牛充栋。

儒家的反功利学说，还包含着某种禁欲主义的成分。这种禁欲主义的特点是，忽视社会经济活动不可替代的第一性作用，夸大政治和道德的功能，企图通过政治强力和道德制约，掌控社会生活的各个方面，特别是以道德的力量，去抑制人们追求物质利益的愿望。这一点，从儒者攻击墨家的言论中可以看出端绪。作为小生产者思想代表的墨家，其学说以人类生存问题为核心，所以他们十分坦率地强调物质利益，决不讳言功利，“兼而爱之，从而利之”[⑥]便是他们的口号；墨家还说，“功，利民也”[⑦]，明确指出，所谓“功”，就是对民众有利的行为。墨家学说既以人类的生存活动为出发点，因此对于由生存活动发生的经济活动给予较大的关心，倡导生产，精研技艺，便成为墨学的重要组成部分。而儒家把墨家的这种学说斥之为贱人之学、“役夫之道”[⑧]，讥讽其“鸡鸣而起，孳孳为利”[⑨]。很明显，儒家不言功利的禁欲主义，矛头直指劳动群众对于基本物质利益的正当追求，并把一切与人民经济生活相关的科学技术，统统列为谋求功利的卑贱、不洁的行径。

如果说，先秦儒家为脑力劳动与体力劳动分离所作的辩护，以及对许行等人“反分工论”的批驳，顺应了时代发展的要求，具有合理性与进步意义的话，那么，当儒家将这种“分工说”推向极端，走到忽视社会经济生活、排斥与社会经济生活紧密相关的科学技术的程度，便陷入荒谬。这种将政治、道德

---

① 《论语·子罕》。
② 《论语·里仁》。
③ 《论语·卫灵公》。
④ 《孟子·梁惠王上》。
⑤ 《汉书·董仲舒传》。
⑥ 《墨子·尚贤下》。
⑦ 《墨子·经上》。
⑧ 《荀子·王霸》。
⑨ 《孟子·尽心上》。

的作用夸大到绝对程度的观念，即使在春秋战国时代，亦不利于社会进步，在以后漫长的岁月中，更起着阻滞经济、科学、文化发展的作用。

二、孔学只有拟人化的自然而无科学研究对象的自然

有人或许可以从《论语》中举出数以十计言及自然与技艺的条目，证明孔子相当注重自然及技术知识的研究和传授。另外，据《国语》《史记》《孔子家语》等典籍记载，时人遇到难解的自然现象，往往向孔子求教，而孔子居然也能有问必答。凡此种种，似乎都表明，即使在自然领域，孔子在他的时代也堪称博学。但是，如果我们对孔子的思想言论作一点具体分析，就会发现，情形并非如此。

孔子是一个渊博的学者，他不仅熟悉古代典籍，而且有丰富的生活知识，这与他早年的下层经历有关。但当孔子成熟以后，对自己的“多能”“多艺”却大有反悔之意。《论语·子罕》对孔子的这一心情作过明白无误的记载：太宰问于子贡曰：“夫子圣者与，何其多能也？子贡曰：‘固天纵之将圣，又多能也。’子同之曰：‘太宰知我乎？吾少也贱，故多能鄙事。君子多乎哉？不多也。’”“牢曰：子云：‘吾不试，故艺。’”孔子在这里谈到自己的“能”和“艺”时，绝无炫耀之心，反倒有一种如怨如诉的韵味：是少年时贫贱的生活，迫使我去从事那些鄙下的工作，而这类技艺，君子是不必多懂的。可见，孔子熟悉某些技艺是一回事，他蔑视这些实际学问，不主张研究和传授这些实际学问又是一回事。

至于《论语》中谈及自然的语录，虽为数不多，从天文、地理、气象，到物理、化学、生物等诸多领域，都有所涉猎，然而，只要我们对这些条目略加寻检，便可看出这样的特点——孔子不过是利用某些现成的自然知识，去比附人伦政务，增添其政治道德训言的论证力量，而并未正面探讨自然物和自然现象本身。总之，自然在孔子手中，只是作为类比逻辑中的借喻物，没有成为研究的真正对象。兹举几例。

“譬如北辰，居其所而众星共之。”[①] 以众星拱卫经年不移的北极星，比喻

① 《论语·为政》。

德政的稳固。此条毫无探讨天象的意思。

“天何言哉，四时行焉，百物生焉。天何言哉！”[①]这段话包含着朴素的辩证法，但其主旨并非在于论述自然规律本身，而是以自然界不事声张的运行、生发，比喻执政和施教者的无言之训。

“智者乐水，仁者乐山。”[②]显然不是对山、水自然性状的探求，乃是“观物比德”。《尚书大传》卷六对“仁者乐山”有更详细的叙述：“子张曰：‘仁者何乐于山也？’孔子曰：‘夫山者，岿然高，岿然高则何乐焉？夫山，草木生焉，鸟兽蕃焉，财用殖焉。生财用而无私为，四方皆代焉，每无私予焉。出云风以通乎天地之间，阴阳和合，雨露之泽，万物以成，百姓以飨。此仁者之乐于山者也。’”刘宝楠在《论语正义》中说：“言仁者愿比德于山，故乐山也。”即是说，在孔子看来，山有与仁者的美德相似之处，所以“仁者乐山”。智者乐水，与“仁者乐山”比拟方式相近，不详加引述。

此外，《论语》中还有以“日月之食”比喻“君子之过”；[③]以松、柏、栗三种树木象征夏、商、周三代制度。[④]这类写法，作为文学的“比”“兴”手法，不失精彩之处，但孔子一味把自然界当作“比”“兴”的材料，足见在他那里，只有拟人化的自然，而没有作为科学研究对象的、客观的、物质的自然，这就大大限制了孔子对自然界的认真探求。

《论语》中涉及技艺多处，也同样是用作比喻，而并非考究手工业技巧本身。

“如切如磋，如琢如磨”[⑤]，以玉工琢玉的勤谨、细腻，说明治学时互相研讨、精益求精的必要。

“大车无輗，小车无軏，其何以行之哉？”[⑥]以造车缺乏部件，隐喻无信之人寸步难行。

《论语》中也提到过做生意，如“子贡曰：‘有美玉于斯，韫椟而藏诸？

① 《论语·阳货》。
② 《论语·雍也》。
③ 《论语·子张》。
④ 《论语·八佾》。
⑤ 《论语·学而》。
⑥ 《论语·为政》。

求善贾而沽诸?'子曰:'沽之哉!沽之哉!我待贾者也。'"[①]以经商求贾的经验,告诫士子应待价而沽,以攫取更多的功名富贵。此条不过是围绕"干禄之术"所做的生动阐发,并非研讨商业行情。

孔子在强调学诗的必要性时,还专门提到学诗可以"多识于鸟兽草木之名"[②]。这是《论语》中所仅见的孔子要求弟子学习自然知识的言论,但也不过限于从书本上了解动、植物的名称而已,并未提倡对动、植物进行实地观察研究。

至于某些史籍所载孔子回答时人有关自然现象的问难,也不能说明孔子重视自然知识的研究和传授。

《史记·孔子世家》载:"季桓子穿井得土缶,中若羊,问仲尼云'得狗'。仲尼曰:'以丘所闻,羊也。丘闻之,木石之怪夔、罔阆,水之怪龙、罔象,土之怪坟羊。'"显而易见,孔子对求问者侃侃而谈的,并非真正的动物学知识,而是颇带宗教色彩的臆想性奇谈。

《史记·孔子世家》又载:"吴伐越,堕会稽,得骨节专车。吴使使问仲尼:'骨何者最大?'仲尼曰:'禹致群神于会稽山,防风氏后至,禹杀而戮之,其节专车,此为大矣。'"吴军讨伐越国时,在会稽发现极大的动物骨骼,这很可能是恐龙化石,孔子当然不可能有这种古生物学知识,却讲了一大套传说故事,以应询者。

这两个故事,《国语》亦有记载。但这些故事似乎与孔子"不语怪力乱神"的原则相矛盾,崔述在《考信录》中曾对此类记载表示怀疑,他认为,"孔子不语神怪","穿土得羊"之说,"与《论语》之言相刺谬";解释会稽骨节,也非"圣人之所为"。这些故事大约都是后人的附会。然而,这些附会的故事所塑造的孔子形象,也不过是古代传闻逸事的熟知者,而并非自然知识的博学者。

纵观《论语》及其他记述孔子言行的典籍,可以看到,孔子论"学",不外乎"学易""学文""学干禄""学诗""学礼";孔子强调的"多见",则不出"见善""见贤";"多闻",也在"闻道""闻义"的范围之内。至于天道

---

① 《论语·子罕》。

② 《论语·阳货》。

自然，没有真正成为孔子研讨的对象，即或偶有涉猎，也从未具有独立的意义，它们不过是儒家政治论、道德论、人生论的附庸。董仲舒曾点明此种儒学精义：“能说鸟兽之类者，非圣人所欲说也；圣人所欲说，在于说仁义而理之。”①

三、“轻自然、斥技艺”的孔学传统对中华科技发展的阻滞

如果说，在百家林立的先秦，儒家的“轻自然、斥技艺”只是一个学派的主张，重视科技的墨家与儒家还可以同列“显学”，那么，到了西汉以后，随着“儒学独尊”局面的形成，排斥自然知识的主张便演为君临整个社会的统治观念。这是一个蒙昧主义占统治地位的时代，而与蒙昧主义相对立的自然科学在这个时代必然受到窒息。就欧洲而言，自然科学在“基督教的中世纪什么也没有留下”②，“中世纪只知道一种意识形态，即宗教和神学”③。在中国，由于儒学占据统治地位，没有像欧洲那样出现席卷全社会的宗教迷狂，然而，在轻视自然科学这一点上，中国文化的主体——儒学，其作用并不亚于欧洲中世纪黑暗时期的宗教和神学。

宗法专制社会建立在本质上是保守的生产方式的基础上。规模狭小的、供个人使用的劳动工具，小农业与家庭手工业相结合的自然经济，使得社会仅维持着简单再生产，扩大再生产的速度则异常缓慢，在这里，“交换是有限的，市场是狭小的，生产方式是稳定的，地方和外界是隔绝的”④，这一切经济条件，对于科学技术的发展不可能提出紧迫的要求。地主阶级和农民阶级都不是科技发展的积极倡导者。地主阶级是一个脱离生产过程的寄生阶级，他们获取消费品，往往依赖经济手段以外的强制办法，不是通过发展科学技术，提高劳动生产率来扩大剥削，而主要是用横征暴敛来达到这一目的，因此，统治者不关心科技进步；更有甚者，由于他们依靠蒙昧主义推行专制统治，害怕科学的启蒙作用，所以统治者往往压制科技的进步。就农民阶级而言，因为地主阶级

① 《春秋繁露·重政》。

② 《自然辩证法》，人民出版社 1971 年版，第 9 页。

③ 《马克思恩格斯选集》第 4 卷，人民出版社 1972 年版，第 231 页。

④ 《反杜林论》，人民出版社 1970 年版，第 270 页。

占有了土地及其他生产资料，吞噬掉几乎全部剩余产品，农民也就不具备发展科学技术所需要的起码条件；再加上农民的极度穷困和闭塞，又丧失了改进生产技术、提高生产力的积极性。《庄子》中有这么一个故事，子贡从楚国到晋国的路上，看到一个老农亲自入井取水，灌溉菜圃，“用力甚多而见功寡”，子贡问他怎么不使用一种名叫“槔”的机械取水，“用力甚寡，而见功多”呢？这个老农说，用机械劳作，是投机取巧，“吾非不知，羞而不为也”①。庄子喜作寓言，这个“抱瓮入井”的寓言表现了小生产者不愿采用新的技术成就的保守性格。

除此以外，另一个重要原因就是古代教育制度和官僚制度，把儒家“重政务、轻自然”的传统，用行政的强力固定下来。尤其是隋唐以后沿袭千余年的科举制度，有突破贵族世袭政治，取用底层士人之优势，但此制驱使士子记诵章句之学，读书人唯有在儒家经典的考订和解释上苦下功夫，方有可能“蟾宫折桂”“金榜题名”。士子们的实际学问，则无非是所谓“南面之术”，也即《大学》概括的“修身、齐家、治国、平天下”的一套功夫。两千余年来，世代儒者都在这“修、齐、治、平”上致力勘磨，至于自然知识，尤其是生产技艺，则被排除在读书人的视野之外，成为士林不齿、社会藐视的行当。科学技术这个对社会进步、人类幸福功勋卓著的事业，在中国竟是如此境遇！

《礼记·王制》说：“凡执技以事上者……不与士齿”，“作淫声、异服、奇技、奇器以疑众，杀。”汉儒郑玄在注释这段话时，便把战国时的著名工匠公输般（即鲁班）列为“作奇技奇器”应杀的罪人。

《汉书·艺文志》将方技三十六家（医术、匠艺等），列于卷尾；刘歆总天下群籍而奏《七略》，其中“方技”列于七略之末。

《新唐书·方技列传》说：“凡推步（指天文、数学）卜相医巧，皆技也。……小人能之”，其鄙薄科技之意，流于言表。还有一些古代科学家如张衡等人，备尝艰辛，致力科技研究，却被人攻击为“玩物丧志”，是从事“于国事无补”的“屠龙术”。史书的这类记载，正是中国古代科学技术地位低下的真实写照。

中国人民是勤劳智慧的人民，他们曾经多次显示了科技方面卓越的创造能

① 《庄子·天地》。

力，并在不少学科领域一度取得世界领先地位。然而，中国古代科学技术的一系列成就，大都是在草野民间艰难曲折地发展起来的，如同大石镇压下的小草，无法雄强壮大。若干科技发明创造，既未通过学校教育得到授受传播，也未被社会广泛利用，而处于一种自生自灭的状态。法国作家雨果讲过一段十分精辟的话：“像印刷、大炮、气球和麻醉药这些发明，中国人都比我们早。可是有一个区别，在欧洲，一有一种发明，马上就生气勃勃的发展成为一种奇妙的东西，而在中国却依旧停滞在胚胎状态，无声无息。中国真是一个保存胎儿的酒精瓶。”诚然，中国科技成果的遭遇是颇为不妙的，正如鲁迅所说：“外国用火药制造子弹御敌，中国却用它做爆竹敬神；外国用罗盘针航海，中国却用它看风水；外国用鸦片治病，中国却拿来当饭吃。”①

李约瑟在其所著的《中国科学技术史》的序言里，曾提出一个值得深思的问题：“欧洲在16世纪以后，就诞生出现代科学，这种科学已被证明是形成近代世界秩序的基本因素之一，而中国文明却没有能够在亚洲产生出与此相似的现代科学，其阻碍因素又是什么？”这种原因当然要归结于中国小农业与家庭手工业相结合的自然经济的特别难以打破，归结于建立在这种经济结构之上的专制政治的强固有力，典章制度的完备严密。然而，与社会经济生活相隔离、对科技采取粗暴贬斥态度的儒家占据了中国文化的统治地位，也是中国无法产生现代科学的一个直接原因。

在中国古代，不仅教育与科学技术相脱节，教育内容和考试内容都排斥科技知识，而且，儒家哲学也与科学技术相脱节。这种状况，在某些宋明理学家那里有所改变，如朱熹便比较注意吸取自然科学成就。但就总体而言，儒家哲学拒绝从科技成果里吸取营养的情形没有改变。这不仅对科技发展不利，反过来，又给儒家哲学自身带来了明显的弊害。

哲学是关于自然知识和社会知识的概括和总结，是研究自然界、人类社会和思维发展的普遍规律的科学。哲学上的概念、范畴和规律，是对自然界、社会和思维等领域中所使用的概念、范畴和规律的高度概括而产生的。因此，自然知识是哲学的重要基础之一。在自然科学的传统中，包含有实践和理论两个部分，它所取得的成果也就具有技术的和哲学的两方面意义。由于儒家从开

---

① 鲁迅：《伪自由书·电的利弊》，《鲁迅全集》第5卷，人民文学出版社1981年版，第15页。

创之始便排斥自然科学，不仅厌弃其技术成就，也忽视其哲学成果，这就大大限制了儒家在思辨领域里的健康发展。一部《论语》，虽然不乏明智的政治道德教训，但从中也可以看出，孔子的思想“含有一种反复申说、一种反省和迂回性，使得它不能出于平凡以上”[①]。当我们把《论语》与《道德经》《庄子》《墨子》等先秦子书加以比较，把《论语》与柏拉图、亚里士多德的著作加以比较，就能看出孔子的思辨能力尚处在经验理性的水准线上。

墨子、亚里士多德等人，由于较为注意吸取自然科学成就（当然还有其他原因），所以能广泛使用比较、分类、类比、归纳和演绎等逻辑方法。如墨子的“上本之于古者圣王之事”“下原察百姓耳目之实”，“观其中国家百姓人民之利”的“三表法”[②]，就古代而言，是一种相当严密的论证法；至于亚里士多德，“已经研究了辩证思维的最主要的形式”。形式逻辑[③]，乃至于辩证逻辑的若干规律，亚里士多德都有所阐发。然而，孔子的逻辑方法却比较单调，他无限制地运用“无类比附”的类比法（孔子所谓的“闻一知十”“闻一知百”，便是这种类比法的应用），而不懂得类比法固然自有其功能，但类比的逻辑根据是不充分的，“类比”是以对象之间的某些相似属性为依据，推出它们在其他方面也可能相似的一种逻辑方法。但是，两个事物之间存在某些相似属性，并不意味着两事物的其他属性也必然相似。因此，由类比法推导出来的结论可能是正确的，也可能是错误的。特别是把不同范畴的对象（如自然界与人类社会），无条件地加以类比，其结论往往失之荒诞。但孔子却按照“天人合一”的世界观，把自然和人事看作同类，妄加比附。如前所述，在孔子的言论中，常常可以看到，用松、柏、栗等树木比拟夏政、商政、周政；用众星拱卫北极星比拟人间被统治者与统治者的关系；用水比喻智者，用山比喻仁者。这种逻辑方法是简单、肤浅的，不可能把人们引导到自然和社会内部进行深入的剖析。

“一个民族想要站在科学的最高峰，就一刻也不能没有理论思维。”[④]应当承认，由于思辨能力比较薄弱的儒学在中国被推尊为文化的正宗，中华民族理

---

① 黑格尔：《历史哲学》，三联书店 1956 年版，第 179 页。

② 《墨子·非命上》。

③ 《马克思恩格斯选集》第 3 卷，人民出版社 1972 年版，第 59 页。

④ 《马克思恩格斯全集》第 20 卷，人民出版社 1971 年版，第 384 页。

论思维能力的发展受到抑制，这对中国自然科学和社会科学的攀登高峰，当然不是一件幸运的事。

“轻自然、斥技艺”的儒学传统，带来的又一后果是，使得“临民”“治世”的士大夫阶层不懂科技，甚至仇视科技，这种状况到了近代显得更加突出。19世纪中叶，魏源曾指出：“英夷船炮，在中国视为绝技，在西洋各国视为寻常。广东互市二百年，始则奇技淫巧视之，继则邪教毒烟受之。独于行军利器，则不一师其技，是但肯受害，不肯受益也。”① 以后，康有为在强调变法的必要时，尖锐抨击道，清末的“翰苑清才”新知识极度贫乏，“竟有不知司马迁、范仲淹为何代人，汉祖、唐宗为何朝帝者。若问以亚非之舆地，欧美之政学，张口瞪目，不知何语矣”②。梁启超也说，这批士大夫“中国之舆地不知，外国之名形不识”③。谭嗣同更具体揭露清末当政者科技常识方面的无知，“然问以大小炮数百种，后膛精枪亦数百种，形式若何，运用若何，某宜水，某宜陆，某利攻，某利守，某利山林，某利平地，其左右前后之炮界何在，昂度低度若何，平线若何，抛物线若何，速率若何，热度若何，远近若何，击力若何，以及水雷旱雷炮台地营一切攻守之具，无一人能知，且并其名亦不能辨。又况西人政事法度之美备，有十倍精于此者。某国当与，某国当拒，某国善良，某国凶狡，吾之联之而备之者，其道何在，宜更无一人知之矣！”④ 清末当政者这种对科学的无知，不仅使中国连连惨败于船坚炮利的西方列强，而且，这批当政者不懂科技，将现代科技视作败坏心术的“奇技淫巧”“形器之末”，也加剧了他们政治上的冥顽不灵。他们结成阻挠革新的顽固派，当然由其阶级立场所决定，但是，不懂乃至于仇视作为社会革命因素的科学技术，也是顽固派之所以成其为顽固派的一大缘故。

在科学与民主的狂飙兴起的“五四”时代，鲁迅说过一段激越而深沉的话，现在拿来作为这篇文章的结语：

---

① 《海国图志》卷二。

② 见《请废八股试帖楷法试士改用策论折》，《康有为诗文选》，广东人民出版社1983年版，第550页。

③ 《公车上书请变通科举折》，《饮冰室合集》第1册，中华书局1989年版，第22页。

④ 《谭嗣同全集》，中华书局1981年版，第291页。

“科学能教道理明白，能教人思路清楚，不许鬼混。”“据我看来，要救治这‘几至国亡种灭’的中国，那种‘孔圣人、张天师传言由山东来’的方法，是全不对症的，只有这鬼话的对头的科学！——不是皮毛的真正科学！”①

① 《随感录·三十三》1918年10月，《新青年》卷五，四号。

劳力劳心“合—离—合”的辩证历程 *

小 引

自先秦以降，即有劳力—劳心之辩。围绕此一议题，既有共时性论战（如晚周儒家与农家、墨家的辩难），而就发展大势言之，更有历时性演变——对劳力劳心高低贵贱判断及二者合离关系的认识，史上约略经历了三个阶段。

第一阶段：原始人群的旧石器时代及氏族共同体的新石器时代，体力劳动与脑力劳动尚未分离，传说中的上古“帝王”，如旧石器时代的伏羲、女娲、燧人氏等，新石器时代的神农（炎帝）、黄帝、尧、舜、禹等，都身兼生产技艺及工具发明者、社会制度构建者、精神文化创造者的多重身份。先秦典册记述古圣先王诸多“制器成物”伟绩，透现了生产力低下、原始共产时代自最高领袖开始，全民劳力劳心合一的史影。

第二阶段：先民跨入文明门槛（以金属工具、文字发明使用及国家出现为标志），随着剩余产品的日渐丰富并被社会管理阶层占有，统治者（王及诸臣）和专业文化人（巫、史、祝、卜等，他们中的不少人进入诸臣行列）从沉重的体力劳动中解放出来，劳力劳心分工，国家机器得以建构，获得“闲暇”的文化人创建文学、艺术、哲学、政治学、伦理学①。中国先秦诸子、古希腊群哲、希伯来先知、印度圣贤是创制精神文化的卓绝千古的匠师。这是历史的一大进

---

* 原载《社会科学战线》2016 年第 10 期。

① 西哲曾论及“闲暇生文化”，亚里士多德指出，闲暇属于比“劳动的生活”更高层次的生活；它是一种精神的现象，一种灵魂的状态，一种和本己和谐相处的状态；它不是干预和攫取，而是敞开和释放，不是卖力和劳碌，也没有过度的劳累和紧张。摆脱劳力负担、赢得“闲暇”，方可能创造文学、艺术、哲学、科学。（见《尼各马可伦理学》等书）

步。而此一进步的另一后果，是挖掘了“农人、工匠之手”与“诗人、贤哲之思”间的鸿沟，此后两三千年，这种鸿沟愈益深阔，“技”“道”隔离，又在相当程度上阻碍文化的健康成长和人的全面发展。

第三阶段：近代工业文明兴起，对扩大社会再生产具有革命意义的科学技术得到前所未有的重视，商品经济的发展召唤手脑俱健的人才，包含综合技术训练在内的近代教育普及开来，在“工匠之手”与“哲人之思”的鸿沟上架设桥梁，劳心与劳力逐渐走向新的统一。至知识经济时代，“蓝领”（劳力者）与“白领”（劳心者）之间的界限渐趋模糊，“工人农民”与“知识分子”难以截然两分。

上述三个阶段构成一个否定之否定的螺旋式上升圆圈：

——劳力劳心合一

——劳力劳心分离

——劳力劳心在新的层面合一

这是就人类文化史的大趋势而言的。然而，我们通常所说的“中国传统文化”，略指第一阶段、第二阶段的文化，又主要指第二阶段的文化，劳力劳心由“合一”走向“分离”，劳力及制器的社会评价，从“古圣先王伟绩”变为“小人末技”，生产劳动为士子所不齿。先秦儒学宗师孔孟即论证此种转变的合理性，同时也将劳心—劳力的鸿沟掘成；秦汉以下，劳力进一步被贱视，生产技艺被斥为“奇技淫巧”，此种价值判断几成国家定制、士人共识。

汉初儒生陆贾（前240—前170）著文十二篇呈皇帝刘邦，刘邦深喜，赐名《新书》，其“道基”篇在荀子“天地生之，圣人成之”[①]说的基础上，将“圣人成之”分为三阶段：

三代前“先圣”（约指炎黄）“制器成物”；

三代“中圣”（约指夏禹、商汤、周文武，尤其是周公）“设礼施政”；

三代末“后圣”（约指孔孟）“修经明艺”。[②]

后儒自命上承“中圣”（周公）、追随“后圣”（孔子）的贤人，其学说重点在劳心者经营的“设礼施政”，尤其在“修经明艺”。至于须经劳力实现的

① 《荀子·富国篇》。

② 陆贾：《新书·道基》。

“制器成物”，则仅仅作为古远的先圣故事偶尔提及，却较少具论，更未倡导力行。故通常说的“中国传统文化”，虚化了第一阶段的“劳力制器”，又未能进入第三阶段的“手脑并健”，其展开部在“手脑分离”的第二阶段，此阶段创制丰富的政治—伦理学说、雄阔又精微的哲思、汪洋恣肆的文学艺术，文明水准超越第一阶段远矣，然其蔑视劳力、忽略生产技艺的倾向则愈演愈烈，有碍于第三阶段文明的创建。今日弥补之道，其一便是重拾并提升第一阶段劳力劳心合一的精神资源，将其纳入“中国传统文化”的大系统之中，而不可将“中国传统文化”全然限定在劳力劳心对立的第二阶段的轨范之内。如此方有利于第三阶段文明的沿着“手脑并健”道路成长。

一、中华元典关于“先圣”劳力劳心合一、制器成物的记述

周代虽进入“中圣”晚期、“后圣”前期，然毕竟去古未远，劳力—劳心的分离尚未绝对化，二者合一的惯性还有相当的社会影响力，不仅劳力民众可以当面质疑孔门师徒“四体不勤，五谷不分，孰为夫子”①，还有农家力主“贤者与民并耕而食”，并向王侯推荐神农之术，又与提倡劳力劳心分离的孟子展开激辩。②而《周易》等元典更记载“先圣”辛勤劳作、“制器成物”的业绩，不乏对劳力的尊重、对技艺创造的景仰。

（一）先秦史官修撰的《世本》（“世”指世系，“本”指起源，是记述上古帝王、诸侯、卿大夫家族世系传承的史籍），原十五篇，仅存十篇（有《世本八种》传世），其中《作篇》尤具文化史价值，该篇条列燧人、伏羲、女娲、神农、黄帝、颛顼、蚩尤、祝融、尧、舜、鲧、禹等古圣劳作制器，多达83项——

> 燧人出火，伏羲制俪皮嫁娶之礼，伏羲作琴，神农作瑟，女娲作笙簧，黄帝作冕，黄帝作旃，仓颉作书，史皇作图，容成造历，大挠作甲子，隶首作数，羲和占日，常仪占月，臾区占星气，伶伦造律吕，芒作网，蚩尤作兵，夙沙氏煮海为盐，随作笙，随作竽，胡曹作衣，于则作

---

① 见《论语·微子》。

② 见《孟子·滕文公下》。

扉履，挥始作弓，牟夷作矢，共鼓货、狄作舟，雍父作舂，乌曹作博，胲作服牛，祝融作市，尧修黄帝乐，舜造箫，夔作乐，伯夷作刑，后益作占岁之法，化益作井，垂作规矩准绳，垂作耒耜，垂作铫耨，垂作钟，毋句作磬，夷作鼓，巫彭作医，巫咸作筮，鲧作城郭，禹作宫室，奚仲作车，仪狄造酒，杜康造酒，逢蒙作射，少康作秫酒，少康作箕帚，杼作甲，杼作矛，昆吾作陶，相土作乘马，韩哀作御，纣为玉床，武王作翣，暴辛公作埙，苏成公作篪，秦穆公作沐，鲁昭公作弁，公输般作石硙，卫公叔文子作豟轴……

《作篇》所载古圣83项发明中，食用类10项，衣着类7项，居住类3项，交通类7项，制度类7项，祭祀类3项，历算类7项，农业类2项，音乐类19项，卫生体育类6项，器物类10项，字画类2项。[①]涉及物质文化、制度文化、精神文化诸侧面，而与生产劳动相关的“制器成物”（如燧人出火、伏羲臣芒氏作渔网、舜制陶器、垂作耒耜、公输作石碾等）占相当比例。至于发明者，除少数春秋战国诸侯外，多为上古及三代圣王，如燧人氏1项、伏羲氏5项、神农氏4项、黄帝及臣子29项、颛顼1项、蚩尤1项、尧7项、舜10项、夏王11项、商王3项、周王12项。[②]

《世本·作篇》以神话传说形态记述伏羲、神农、黄帝、尧、舜、禹等的劳作制器功勋，实乃旧石器时代（以用火为标志）、新石器时代（以农业发明为标志）万千无名氏劳力劳心合一的共同创作。而将古圣推尊为制器成物的“文化英雄”，曲折反映了对初民群体劳作制器伟绩的肯定与追怀。

（二）《周易》把创制生产及生活器具列入“圣人四道”之一。其文曰：

《易》有圣人之道四焉：以言者尚其辞，以动者尚其变，以制器者尚其象，以卜筮者尚其占。[③]

认为圣人的本领是模仿自然之象的变化原理进行发明创造，实现从“象”到

①② 见原昊《历史神话化的文本典范——〈世本作篇〉所载发明创造类神话蠡测》，《古籍整理研究学刊》第三期，2011年5月。

③ 《周易·系辞下》。

“器”的转化，而一系列生产生活器具，皆是古圣王仰观俯察的结果——

古者包牺氏之王天下也，仰则观象于天，俯则观法于地，观鸟兽之文与地之宜，近取诸身，远取诸物，于是始作八卦，以通神明之德，以类万物之情。①

《易传》载述古圣王的劳绩，并不限于生产技术及其工具制作，还有种种社会制度设计和艺文创造。《易传》将其逐一与卦象对应——

（包牺氏）作结绳而为网罟，以佃以渔，盖取诸《离》。

包牺氏没，神农氏作，斫木为耜，揉木为耒，耒耨之利，以教天下，盖取诸《益》。

日中为市，致天下之民，聚天下之货，交易而退，各得其所，盖取诸《噬嗑》。

神农氏没，黄帝、尧、舜氏作，通其变，使民不倦，神而化之，使民宜之。《易》穷则变，变则通，通则久。是以“自天祐之，吉无不利”。

黄帝、尧、舜垂衣裳而天下治，盖取诸《乾》《坤》。

刳木为舟，剡木为楫，舟楫之利，以济不通，致远以利天下，盖取诸《涣》。

服牛乘马，引重致远，以利天下，盖取诸《随》。

重门击柝，以待暴客，盖取诸《豫》。

断木为杵，掘地为臼，臼杵之利，万民以济，盖取诸《小过》。

弦木为弧，剡木为矢，弧矢之利，以威天下，盖取诸《睽》。

上古穴居而野处，后世圣人易之以宫室，上栋下宇，以待风雨，盖取诸《大壮》。

古之葬者，厚衣之以薪，葬之中野，不封不树，丧期无数。后世圣人易之以棺椁，盖取诸《大过》。

上古结绳而治，后世圣人易之以书契，百官以治，万民以察，盖取

① 《周易·系辞下》。

诸《夬》。[1]

《易传》将先民在物质文化、制度文化、观念文化方面的发明创造神圣化，将大众“开物成务”的集体功勋归之于古圣王的亲历亲为；又将先民的发明创造哲理化，纳入六十四卦系统之内，试图给农、工诸生产技艺，商业、交通等规范，以及书数等技术成就在卦象系统中定位。

这是文明早期的哲人，对前文明时代劳力劳心合一的发明创造给予的推崇和哲理提升。

南宋以后被尊为最高经典的“四书五经”之中，《周易》是对手脑并健的“先圣”遥致敬意的一部绝作，表明在文明早期尚有一路哲人，对建立在劳力劳心合一基础上的“制器成物”深切缅怀并给予高度评价。

（三）先秦工艺集成《考工记》，更具体肯定“百工”（各项手工业技艺及其经营管理）的重要地位，所谓“国有六职，百工与居一焉”。

《考工记》约 7100 多字，记述木工、金工、皮革工、染色工、玉工、陶工等六大类，含 30 个工种，其中六种失传，后又衍生一种，实存 25 个工种的内容，涉及车舆、宫室、兵器、礼器、乐器的制作工艺和检验方法，蕴含数学、力学、声学、冶金学、建筑学等方面的知识和经验总结，并记载一系生产管理和营建制度。《考工记》具体载述镈（锄田器）、凿、曲刀、车辆、量器等工具的制造与改进，并注重生产经营和经营效益。

《考工记》的一项享誉古今的科技成就是“金有六齐”说（“金”即铜，“六齐”即“六济”，指冶炼青铜时铜与锡的六种比例），这是已知世界上最早的合金配置法则，揭示了青铜随铜锡配比变化而硬度不一样（因而可以铸造不同硬度器具）的规律。

《考工记》原未注明作者及成书年代，一般认为是春秋战国时齐人撰述。西汉整理经书《周官》（即讲述六种职官的《周礼》，原有天官冢宰、地官司徒、春官宗伯、夏官司马、秋官司冠、冬官司空六篇）时，发现《冬官司空》早佚，因司空主水利、营建之事，周金文写作“司工”，遂以河间献王刘德（？—前 130）搜集到的《考工记》补之，使这部讲究工艺技术的专文十分难

---

① 《周易·系辞下》。

得地跻身经典，得以流传。西汉《考工记》有隶订本，东汉有郑玄“注”本、唐代有贾公彦“疏”本、清代有孙诒让“正义”本。《考工记》的研究专著甚多，清代便达20余种，著名者有戴震《考工记图》（2卷）、程瑶田《考工创物小记》（8卷）等。唐代《考工记》随《周礼》传入日本；19世纪50年代，《周礼》译成法文，《考工记》随之远播欧美。《考工记》有幸广为传习，除因列篇《周礼》，得享经典待遇外，更由于所包蕴的技术知识丰富、准确，且富于创造性与实用性。

关于劳力劳心合离关系，《考工记》有一值得注意的论述：

> 国有六职，百工与居一焉。或坐而论道，或作而行之，或审曲面执，以饬五材，以辨民器，或通四方之珍异以资之，或饬力以长地财，或治丝麻以成之。坐而论道，谓之王公；作而行之，谓之士大夫；审曲面执，以饬五材，以辨民器，谓之百工；通四方之珍异以资之，谓之商旅；饬力以长地财，谓之农夫；治丝麻以成之，谓之妇功。①

这里指出，劳力劳心分工已然存在，但唯有王公可以“坐而论道”，只务劳心；士大夫则应“作而行之”，即不能脱离生产劳作，至于百工、商旅、农夫、妇功更当从事各项专业劳务。明确规定，士人没有只劳心而不劳力的特权，这与《论语》《孟子》中关于士人不应参加农业、手工业劳作，不必关注生产技艺的论述存在明显差异。

《考工记》对“工”下了一个褒扬性的定义：

> 知者创物，巧者述之，守之世，谓之工。②

将务工制器尊之“知者创物，巧者述之”，并将“工匠精神”提升为“圣人”伟业：

> 百工之事，皆圣人之作也。烁金以为刃，凝土以为器，作车以行陆，

---

①② 《周礼·冬官考工记》。

作舟以行水，此皆圣人之所作也。[①]

更具体罗列锻冶金属为刀、将泥土烧制为陶器、制造陆行车辆、水行舟楫，皆为“圣人之所作”，这与《易传》将制器列入“圣人四道”一脉相通，而与孔子将弟子学稼学圃斥为“小人之事”、孟子将“劳心者”凌驾“劳力者”之上的论说恰相背反。

《考工记》尊崇劳力及制器的思想并未在后世得到传扬，跻身经典的《考工记》遗留后世的，主要是具体的手工业经营术，为“六官”之一的“司空”管理官工手工业所用，而并未成为广大士人研习的课目。

《世本·作篇》《周易·系辞传》《周礼·考工记》等先秦文献一再申述：劳力制器，乃先圣之道、古王伟绩。以历史眼光观之，被推尊为“人文初祖”的“古圣”所创之物，实为先民群体共创——

人类早期主要的制造物（制造物不同于自然物，它们是人类出于理智需求加工自然的产物），旧石器时代是采集工具（砍砸器、刮削器等）和狩猎工具（渔网、弓箭等）；新时代是农具（鞭杆、系绳、木犁、镰刀、磨碾等）。与此同时，生活用品（蒸煮器、盛水器等），交战武器（棍棒、长矛等），祭祀礼器（豆盘、陶鼎等）也应运而生。跨入文明门槛以后，有更为精工的金属制的礼器、兵器、生产工具，包括用金属工具切磋琢磨的装饰品骨器、玉器[②]，工艺中蕴含造型艺术的因素。这些都是先民长期劳动中的发明。

将这些创造归于“古圣”名下，其劳作制器受到顶礼馨香，这正是文明早期保留的对手脑并健、劳作创物的先民的缅怀、崇敬。而将劳作创物推尊为“圣王伟业”，正是早期中华文化的一个优良传统，以往却隐而未彰，今日特别应当弘扬。

二、儒家将生产工艺贬为“小人末技”，论证“劳心”“劳力”分离的必要性、优越性

尊崇劳作创物的古老传统后世趋于式微，与汉代以降“儒学独尊”直接

① 《周礼·冬官考工记》。

② 《诗经·国风·卫风·淇奥》：“如切如磋，如琢如磨。”即从骨器、玉器制作过程中概括出来的。

相关。

在劳力劳心离合关系的演变史上，第二阶段初中期（商代及两周）是过渡阶段，一方面还保有对劳力及“制器创物”的崇敬（前述《世本·作篇》《周易·系辞传》《礼记·冬官考工记》的相关论说是其代表），但汉以后此议低落；另一方面，劳力劳心分工论登上舞台，“设礼施政”“修经明艺”与“制器成物”分离乃至对立，生产技艺及其发明创造渐从“圣人伟绩”跌落为“小人末技”。这既是统治阶级价值取向所导致，也是汉代以降占据文化宗主地位的儒学的基本属性所使然。

儒家源起于君主辅佐者，是距离生产劳动及其技艺最远的学派。《汉书》作者班固称：

> 儒家者流，盖出于司徒之官，助人君顺阴阳明教化者也。游文于六艺之中，留意于仁义之际，祖述尧舜，宪章文武，宗师仲尼，以重其言，于道最高。①

儒学在“修身、齐家、治国、平天下”上展开，其为人、为政之道，对政治制度、民族性格影响深远。而在儒学庞大体系中，生产劳作、科学技术被边缘化，这与儒家贱视劳力、高扬劳心的价值判断直接相关。

孔子承袭周人的农本思想，将农业生产和农民视作国家财赋的基本供给处，认为治国者当重民、重农，驱使农民服劳役时不得贻误农时②，还提出“庶—富—教”原则③，表现出注意以农业为基础的经济生活的明智态度。但儒学是治人者的学说，而治人者的使命是熟稔“治民术”，推行“德化”与“礼治”，不必从事被治之“民”所担负的工农业劳动，故孔子的门徒樊迟请求“学稼”“学圃”，不仅遭到孔子的断然拒绝，而且樊迟被斥为“小人”④。这种厉评，在孔门师徒关系中是十分罕见的。孔子在责骂樊迟后，有一重要的

① 《汉书·艺文志》。

② 《论语·学而》：“使民以时。”

③ 《论语·子路》：“子适卫，冉有仆。子曰：‘庶矣哉！’冉有曰：‘既庶矣，又何加焉？’曰：‘富之。’曰：‘既富矣，又何加焉？’曰：‘教之。’”孔子认为，要治理好一个国，有了众多的人口，就要努力发展经济，使它富足起来；已经富裕了，就要施行教化。

④ 《论语·子路》。

理论阐发：

> 上好礼，则民莫敢不敬；上好义，则民莫敢不服；上好信，则民莫敢不用情。夫如是，则四方之民襁负其子而至矣，焉用稼？①

这段话明确宣示：儒家是“上”（治人者）的代言人乃至教师，其使命是以礼、义、信招徕万民归服，因而不必讲习耕稼。儒家将研讨治人术视作“君子之学”，将民众劳作及其技艺称为“小人之事”的理由，正在于此。

儒学议伦常（君臣父子夫妇友朋之道）、讲政治（何为则民服，由此引申出王道学说），自然知识、生产技艺非所计也。或可辩解曰：孔子也“多识于鸟兽草木之名”②并博议天文物理。但只需具体考析即可发现，孔学仅有拟人化的自然，偶尔议论天文物理，为的是“观物比德”，并没有将“物”作为研究本体的自然科学，董仲舒（前 179—前 104）概括道：

> 能说鸟兽之类者，非圣人所欲说也；圣人所欲说，在于说仁义而理之。③

孔学与精研科技的先秦墨学，撰著《物理学》《气象学》《论天》《动物志》的希腊亚里士多德大相差异。关于这一层要义，笔者三十多年前有专文讨论，④此不详述。

春秋末期的孔子开创的儒学贱视耕稼，将其贬为“小人末技”，是对“先圣”时代“王者劳作”“古圣制器”说的一种扬弃，昭示着社会分工导致的历史性进步；又是对上古手脑并健传统的背离。人称孔儒“祖述尧舜”，其实，孔儒对“尧舜之道”只是选择性地继承其伦理、政治观念，而对尧舜禹等古圣王劳力制器的传统弃之如敝屣。坚持劳心劳力合一传统的是被儒家抨击的战国

---

① 《论语·子路》。

② 《论语·阳货》。

③ 《春秋繁露·重政》。

④ 冯天瑜：《孔子“重政务、轻自然、斥技艺”思想的历史评价》，《中国哲学史研究》1982 年第 2 期。

初年的农家、墨家。

时至战国中期，劳心劳力分工更为明晰，而劳心劳力合一的远古回声并未绝响，如研习神农学说的许行，反对劳心劳力分离，主张自给自足，谴责剥削劳动民众，并以其说劝导诸侯及学人，居然颇有信从者，滕文公“与之处”（给房屋许行及门徒住），陈相弃老师陈良传授的儒学，转而研习许行的农家之学，并以许行“贤者与民并耕而食，饔飧而治”的观点与孟子讨论。孟子（约前 372—前 289），用问答方式揭示一个事实：许行虽种粮食以自食，但帽子、陶罐、铁农具都不是自制的，而是用自产的粟米换来的。否定劳动分工的许行也须仰赖交换的生活方式，表明“反分工”论的不能成立，孟子雄辩地论证职业分工的必要与合理。①

分工，在社会动物中便天然存在（这是自然选择的产物，存于这些生命体的基因中），如蜜蜂有蜂后、雄蜂、工蜂之分，蚂蚁有蚁后、雄蚁、兵蚁、工蚁之分，它们各司其责，共同实现种群的生存与繁衍。人类分工始于自然分工（与社会动物类似），如原始人群因性别差异，便有妇女从事家务、经营农圃，男人外出狩猎、捕鱼的分工。随着生产力发展、社会组织复杂化，在自然分工基础上发展起社会分工，出现劳动的社会划分及其独立化、专业化演进，如农业—畜牧业分工、农业—手工业分工、以产品交换为务的商业从产品生产中离析出来。进而，脑力劳动—体力劳动分工伴随着阶级、国家的生成勃然而兴。

脑力劳动—体力劳动分工的一个结果是，脑力劳动者摆脱为谋生而劳力，获得了“闲暇”，各项专业的文化创造方有可能。亚里士多德说：

> 人最值得选取的生活，就是在免于为生计劳碌的闲暇中，自由地进行纯理论的沉思，沉思事物的本质及其发展的起因和终极目的。②

社会分工提高了劳动生产率、增进了社会财富，文学、艺术、政治学、伦理学得以产生，与此同时，阶级分野、国家制度应运而起。孟子的社会分工论少言“闲暇致知”，其重点在治理者与被治理者分工、脑力劳动与体力劳动分

---

① 见《孟子·滕文公上》。

② 亚里士多德：《亚里士多德伦理学》，商务印书馆 1933 年版。

工的合理性、必要性上展开。这或许因为古希腊是一种致知型文化，古中国是一种致治型文化。

孟子从劳动分工的天然性入手，驳斥农家“反分工”说、否定平均主义之后，进一步阐发道：

> 有大人之事，有小人之事……或劳心，或劳力，劳心者治人，劳力者治于人；治于人者食人，治人者食于人：天下之通义也。[①]

这就从一般意义的社会分工说引申出“劳心者治人，劳力者治于人”命题，将社会分工说的一大顶级论域（社会治理者—被治理者分工），归结为劳心者理当统治劳力者，并认定此乃“天下之通义”，从而为阶级社会、国家制度的必要性、合理性作强势论证。这是孟子的重要理论贡献。孟子虽因倡导“民贵君轻”而为某些专制帝王所憎恶（如明太祖朱元璋曾将孟子撤出孔庙配享），但孟子因替治人者做高层次的理论诠释，被历代统治阶级尊为亚圣、馨香顶礼不辍（朱元璋后来也将孟子迎回孔庙配享）。

孔子身后，儒门多歧，最主要的两大流别是强调“内圣”之学的思孟派和强调“外王”之学的荀卿派，但在肯认劳心劳力分离、劳心者治理劳力者这一基本面上，两派却别无二致。如荀子（约前313—前238）说：

> 农精于田而不可以为田师，贾精于市而不可以为市师，工精于器而不可以为器师。有人也，不能此三技而可使治三官，曰：精于道者也，[非]精于物者也。[②]

荀子还认为，“物之理”不是认识的终极目的，“圣也者，尽伦者也；王也者，尽制者也。两尽者，足以为天下极矣”[③]。把由伦常之学、法制之学组成的治民术、管理学视作认识的高峰，是“圣”“王”登“天下极”的依凭，至于“物理”探求，则是等而下之的事情。

---

① 《孟子·滕文公上》。

②③ 《荀子·解蔽》。

中国传统社会建立在小农业与家庭手工业相结合的自然经济基础上，其“交换是有限的，市场是狭小的，生产方式是稳定的，地方和外界是隔绝的”①，社会缺乏扩大再生产的动力，不可能对科学技术发展提出紧迫要求，甚至对技术发明加以排拒。庄子（约前369—前286）讲一个故事：子贡从楚到晋，路遇一个老农抱着罐子入井取水，以灌溉菜圃，“用力甚多而见功寡”，子贡问他怎么不使用一种名叫“槔”的机械取水，“用力甚寡，而见功多”呢？老农答：用机械劳作，是投机取巧，“吾非不知，羞而不为也”②。庄子喜作寓言，这个“抱瓮入井”的寓言，正是讥讽自然经济时代小生产者不愿采用新技术成就的保守性格的表现，其情形颇具典型性。而那一时代的教育制度和官僚制度，又将“重劳心之政务，轻劳力之技艺”的取向固定下来，隋唐以降沿袭千余年的科举制度，突破封建贵族特权，通过考选拔录平民为官，有重大进步意义，然此制也另有效应：诱使士子攻读应试经书，以“蟾宫折桂”“金榜题名”，劳力及生产技艺为士林不齿。

科举制确认的经典之一《礼记》早已厉禁士人研习技艺：

> 凡执技以事上者……不与士齿。……作淫声、异服、奇技、奇器以疑众，杀。③

东汉大儒郑玄（127—200）在注释这段话时，便把战国著名工匠公输班（即鲁班）列为“作奇技奇器”应杀的罪人。

《汉书·艺文志》将方技三十六家（医术、匠艺等）列于卷尾；刘歆（？—23）总天下群籍而奏《七略》，其中“方技”列于七略之末。《新唐书·方技列传》说：“凡推步（指天文、数学）、卜、相、医、巧，皆技也……小人能之。”鄙薄科技之意，溢于言表。史书这类记述多如牛毛，正是皇权社会贱视劳力及生产技艺普遍情状的写照。

---

① 恩格斯：《反杜林论》，人民出版社1970年版，第270页。

② 《庄子·天地》。

③ 《礼记·王制》。

三、墨家坚持劳力劳心合一·古史选择“弃墨崇儒”

在“劳心”压倒“劳力”的“后圣”时代，仍坚守“劳力神圣”的异类是农家与墨家。

农家理念平浅、粗率，其反分工说，自陷偏谬，此不详议。

墨家继承并提升第一阶段圣王重视劳力、创物制器的传统，是先秦诸子中手脑并健的一支。《淮南子》介绍曰：

> 墨子学儒者之业，受孔子之术，以为其礼烦扰而不说，厚葬靡财而贫民，服丧生而害事，故背周道而用夏政。[①]

这是关于儒墨歧途的一种评述。“背周道而用夏政”揭示了墨家区别于“从周”的儒家之所在。而“夏政”不同于“周道”的要点之一，便是前者尊崇劳力及劳力者（夏禹本人便劳力不息），后者贱视劳力及劳力者。儒墨的一系列分歧（儒“爱有差等”—墨“兼相爱”，儒重礼乐—墨轻礼非乐），与此颇有干系。

班固称墨家源出“清庙之守”[②]，主司祭祀，这种宗教职业者身份，是墨子主张“天志”（天有意志）、“信鬼”（侍奉鬼神）的缘由。

墨子的另一属性更为重要——出身“贱人”，很可能是操持手工技艺的匠师，故墨子是先秦诸子中罕见的为“农与工肆之人”争取参政权的一家[③]，他高唤“官无常贵，而民无终贱。有能则举之，无能则下之”[④]是最具人民性的流派（为包括劳力者在内的民众请命）。

作为小生产者（尤其是手工业劳动者）思想代表的墨家，其学说以人类生存问题为核心。墨家认为，人与动物的区别在于劳动能力的有与无。动物有皮毛为衣，草木为食，一切取给自然，无须劳动；人则须劳作方得衣食，“赖其力者生，不赖其力者不生”[⑤]。这是墨子重视劳动的出发点，也因以坦率地强

---

① 《淮南子·要略训》。
② 《汉书·艺文志》
③④ 《墨子·尚贤上》。
⑤ 见孙诒让《墨子间诂》本《墨经》。

调物质利益，决不讳言功利，“兼而爱之，从而利之”[①]是其高张的旗帜；而功利是指对民众生存发展有利，“功，利民也”[②]。

墨学既然以民众生存活动为出发点，因此对于维系民众生存的经济活动给予极大的关心，司马谈评论墨家：

> 要曰强本节用，则人给家足之道也。此墨子之所长，虽百家弗能也。[③]

“强本”即发展生产，繁荣经济；“节用”指节制奢侈（其薄葬说，也是为着节用）。墨子奔走四方，承袭古圣王劳作不息的传统，发扬创物制器的“工匠精神”，自己操持技艺，目标是“强本节用”，使得“人给家足”。

墨家坚持“工匠精神”，与其执守素朴的唯物主义反映论互为因果。墨子认为，人的“知”是用主观认识能力去接触事物的形貌获得的认识。由推论得来的知识是“说知”，由亲身观察和经验得来的知识是“亲知”；由旁人转告得来的知识是“传闻”，由亲眼看到亲耳听到得来的知识是“亲闻”。重视耳目闻见之实，又不忽略间接知识，是墨子认识论的特色。[④]

由此出发，墨家探究思辨规律，将“辩论”作为专门学问加以研究：“夫辩者，将以明是非之分，审治乱之纪，明同异之处，察名实之理，处利害，决嫌疑。”[⑤]并在讨论“辩”术过程中创建逻辑体系（见之于《墨经》的“经上”“经下”“大取”“小取”等六篇）。由于它是围绕辩论（论证）展开的，通称“墨辩”，是世界三大古典逻辑体系之一（另二为古希腊亚里士多德的形式逻辑、古印度因明学）。因为“墨辩”所论简约支离，其学说的系统性不能与亚里士多德的形式逻辑相比，加之汉以后墨学中绝，墨辩未能传播与提升，故其影响力大受局限。

亲履劳动，使墨家直探物之理，所谓“知也者，以其知遇物而能貌之，若见”[⑥]，又有严密的思辨逻辑指导，遂能步入几何、力学、光学、天文学、机

① 《墨子·非乐上》。
②④⑥ 《墨子·经上》。
③ 《史记·论六家之要指》。
⑤ 《墨子·小取》。

械制造等科学技术诸领域堂奥[①]，是孔孟儒学远不及之处。

战国年间墨学影响广远，所谓“弟子弥丰，充满天下”[②]。因为墨家谴责君主专制，被专制统治者视作“犯禁”之“侠”，遭到灭门之灾。又因为墨家轻礼非乐，亲履劳动，被专务劳心治人的儒家所排斥，指为贱人之学、“役夫之道”[③]，嘲讽其“鸡鸣而起，孳孳为利者，跖之徒也”[④]。儒家将“为善”与“为利”对立起来，并进而把与经济生活相关的科学技术，列为谋求功利的卑贱、不洁行为。

两汉以降，儒学被推尊为文化宗主，道家、法家亦各占要津，与儒家并世而立，所谓“儒道互补”，所谓“儒表法里”，唯有战国时与儒学并列“显学”的墨学[⑤]，在汉代以下两千年间几近湮灭，随之，“墨辩”被遗忘，乏于形式逻辑成为中国传统学术的短板（这也是中国难以自生近代工业文明的原因之一）；墨经中颇具卓见的几何、力学、光学、测地学、天文学、机械制造术，或被打入冷宫，或被斥为引人入邪路的“奇技淫巧”遭到禁绝。

因墨学湮灭，中国古典科技成就的继承者、发扬者是道家、道教，庄子“技进乎道”之论[⑥]，指出了技—道转进的可能，这是“斥技崇道”的儒家所不认同的。道家、道教的自然知识、技术知识交混于炼丹术、吐纳术之中，不能像墨家一样与工匠劳作联系在一起。总之，中国古典科技虽成就斐然，却始终处境尴尬，生产技艺只能在工匠内部传袭。以建筑术为例，集成之作为李诫在两浙工匠喻皓的《木经》的基础上编成的《营造法式》，宋崇宁二年（1103）出版，是官方颁布的一部建筑设计、施工的规范书，标志着中国古代建筑已经发展到了较高阶段。种种“营造法式”（如“样式雷”），师徒递遭，在建筑施工中应用，而绝大多数士人不习此类技艺，从官学到私学也极少将其列入课目。总之，生产技艺未能进入学术主流。两汉以降，一些精研科技的特异之士如东汉张衡（78—139），被批评为“玩物丧志”，是从事“于国事无补”的“屠龙术”；宋人沈括（1031—1095）的科技百科杰作《梦溪笔谈》只是作为

---

① 见孙诒让《墨子间诂》本《墨经》。

② 《吕氏春秋·当染》。

③ 《荀子·王霸》。

④ 《孟子·尽心上》。

⑤ 见《韩非子·显学》。

⑥ 见《庄子·养生主》。

聊供谈助的笔记小品传世；明末宋应星（1587—？）的手工业技艺全书《天工开物》被弃置、遗忘，近代方从日本“逆输入”回来……手脑分离、崇思鄙行的大势，弥漫于文化教育界并影响全社会。

劳力劳心分工，先秦已然，此乃社会进步表现，至中古、近古此种分工走向绝对化，走向全然分离与对立，以至作为生产劳动对象的自然界被学界主流排除于研习范围之外。清初学者刘献廷（1648—1695）论及舆地著作时指出：

> 方舆之书所纪者，惟疆域、建置沿革、山川、古迹、城池、形势、风俗、职官、名宦、人物诸条耳。此皆人事，于天地之故，概乎未之有闻也。①

这里揭示了中国传统学术一种带共性的倾向——重人事而忽视对“天地之故”即自然规律的探讨。

两千年来，中国社会的治理者是朝廷通过考选拔擢的“士”，他们中的大多数穷毕生精力于文字典籍，钻研经书深蕴的政治伦理学说，正如明末入华的意大利传教士利玛窦（1552—1610）所说：

> 在这里每个人都很清楚，凡有希望在哲学领域成名的（指通过科举做官——中译者注），没有人会愿意费劲去钻研数学或医学。除非由于家务或才力平庸的阻挠而不能致力于那些被认为是更高级的研究。钻研数学和医学并不受人尊敬，因为它们不像哲学研究那样受到荣誉的鼓励……②

这是来自外部的观察者客观平实的评论。利玛窦之后，美国社会学家帕森斯（1902—1979）对中国士人的评议如出一辙，他讲到中国科层制官僚体系时说：

> 它不是专业化的科层制：对于特定的职位并没有任何专业资格条件，必要的训练完全不是专业的和技术的。只要求有关于经史典籍的知识，对

① 刘献廷：《广阳杂记》卷三。

② 利玛窦、金尼阁：《利玛窦中国札记》，何高济等译，中华书局1983年版，第34页。

任何人都是一样。①

这种科层官僚制昭示：通晓经史的“外行”足以领导各专业的“内行”，故墨家坚持的劳作精神被排拒、科技专业知识遭轻忽便成为当然。

墨家有种种因小生产者的局限性导致的空想与褊狭，诸如“尊天事鬼”，诸如将音乐全都归于有害，诸如经验主义的短视、行文的艰深难解等，加之墨子“以裘褐为衣，以屐蹻为服，日夜不休，以自苦为极”②，常人难以仿效，弟子也不能贯彻，实在是曲高和寡，所谓“墨子虽能独任，奈天下何？”③如此种种，皆是墨学无以为继的内在原因。在社会分工愈益明确、劳心者统治劳力者的“后圣”时代，亲履劳动、为劳力者伸张正义的墨家显然不合时宜，终于式微以至湮灭。

汉以后劳心至上的儒学雄踞学术宗主地位，坚持工匠精神的墨学被视为“小人之学”，几近中绝。自汉至清中叶两千年间，仅有西晋鲁胜撰《墨辩注》、唐代乐台撰《墨子注》，且二书早已散佚无存。直至清乾隆间考据派整理先秦子学，《墨子》才重回学者视线，汪中（1754—1794）校注《墨子》，作《墨子表微》《墨子序》，称墨学为救世之作，足可与儒学抗衡。而汪中因“赞墨”遭时人围剿，名儒翁方纲（1733—1818）指汪中为“名教罪人”，主张褫夺汪中的生员衣领。④

墨家湮灭，同排斥生产技术的科层官僚制愈趋强化直接相关，又一要因，是墨学与君主专制制度、儒家礼教相抗衡，不见容于统治阶级（此须另文详论）。中国古史选择了“弃墨崇儒”，是历史辩证法所使然，有其合理性（所谓“存在即合理”），但墨学的种种精义遭到抛弃，造成深巨损失，这又是劳力劳心分离过程中文明付出的代价。

然而，如前所述，墨学确有儒学所欠缺的思想成就，其光耀可掩埋一时（哪怕长达两千年），但只要是金子总会发光。在科学理性抬头、企求生产技艺、召唤民治主义的近代，人们终于发现《墨子》这座深埋的金矿，汪中赞墨

① 帕森斯：《社会行动的结构》，张明德等译，译林出版社2003年版，第609页。

②③ 《庄子·天下》。

④ 翁方纲：《复初斋文集》卷十五，“书墨子”。

子“勤生薄死而务急国家之事”，质问“后之从政者，固宜假正义以恶之哉！”[①]这是两千年后首次为墨子翻案的说论。清末学者孙诒让（1848—1908）“覃思十年”，“集诸家说，断以己所兴，得成《墨子间诂》十四卷”，“盖自此书出，然后《墨子》人人可读。现代墨学复活，全由此书导之”[②]。后此，张仲如的《墨子间诂笺》、李笠的《墨子间诂校补》等进而阐释墨学。近人发现：早在两千多年前的墨子提出的兼爱、非攻说，不让于西方之博爱主义、和平主义，其科技成就可与古希腊相比拟，其墨辩则并肩亚里士多德形式逻辑。近人由此领悟到，中国文化并非仅有“重人伦政务、轻自然、斥技艺”的儒学一路，还有手脑并健的墨学、“道法自然”的道家，中国不乏迈向近代工业文明、挺进科学技术的内在文化资源。

四、近代文明召唤“工匠精神”，追求“哲人之思”与“工匠之手”结合

发展生产力、扩大再生产，以谋求利益最大化，是近代文明强劲的社会需求，科学及生产技艺的重要性日益昭显，蔑视劳力及技艺的中世纪传统，在近代门槛出现拐点。人类文化史的这一重大转折，首先发生在“第一个资本主义民族”意大利[③]，由意大利发端的欧洲文艺复兴，是“需要巨人也产生了巨人”的时代，文艺复兴高张人文主义旗帜，并开启劳心劳力合一的新路向。

文艺复兴巨匠多是手脑俱健的百科全书式人物，以“文艺复兴三杰”之一的达·芬奇（1452—1519）为例，他不仅以《最后的晚餐》《蒙娜丽莎》被公认为伟大的美术家，同时又是力学家、生物学家、解剖学家、地理学家、建筑工程师、军事工程设计家、机械发明人、精工工匠。他最早用蜡制模型表现人脑结构，设想用玻璃、陶器制作心脏与眼睛，发明水下呼吸装置，创制发条，提出利用太阳能的构想。他关于人体比例及内部结构的研究，即使在今日看来也堪称精密。达·芬奇是把科学、技术与人文学、艺术完美结合的范例，而达成此种结合的前提是劳心与劳力相携共进，是“哲人之思”与“工匠之手”在

① 汪中：《述学·墨子序》。
② 梁启超：《中国近三百年学术史》。
③ 恩格斯在《〈共产党宣言〉1893年意大利文版序言》中说：“意大利是第一个资本主义民族。”

新文明高度上实现统一。

英国文艺复兴时期的思想家培根（1561—1626）在《知识的进步》中提出建立综合知识体系的设计，将实用科学、手工技艺与抽象学术并列，纳入新知识体系，突破中世纪神学笼罩，昭示了近代文明的走势。至18世纪，法国启蒙运动代表狄德罗（1713—1784）与数学家达朗贝尔（1717—1783）编纂《百科全书》（全名《百科全书，或科学、艺术和工艺详解词典》，1772年完成），重视生产技术知识，广设实用科学、工艺、技术和贸易词条。当时法国知识界主流仍未脱出崇思鄙行的轨范，生产技术不入学问之门，而狄德罗与达朗贝尔力纠此弊，将大量生产技艺词条收入百科全书中，该书名称即突出对"科学、艺术和工艺"的"详解"，"从制造一枚缝衣针到冶铸大炮、制造一架羽管琴键，巨细工艺悉数包罗，呈现18世纪法国传统技术工艺的知识全景"，为达成此一目标，"狄德罗遍访法国各行业最好的作坊和工匠，观察、采访、记录，亲自操作复杂的工艺，将所得第一手资料分析编纂成图文，再回访提供资料的作坊与工匠，讨论修正，甄别异说"①。百科全书派整理法国传统生产技艺，将其纳入新知识体系中，完成进入工业文明时代的知识准备。

同一时期的中国，徘徊于中古故道，稍晚于法国的《百科全书》，乾隆皇帝主持编纂《四库全书》，纪昀（1724—1805）等360多位学养深厚的高官、学者参与其役，3800多人抄写，耗时13年编成。全书分经、史、子、集四部，共收3500多种书，7.9万卷，3.6万册，约8亿字，规模远大于法国《百科全书》，但《四库全书》仍笼罩在"重政务、轻自然、斥技艺"传统之下，自然科学、生产技艺被挤压在"方技"一角，未能建立起与工业文明匹配的新知识体系。这种状态延续到清末，构成国力衰微的要因之一。19世纪中叶魏源（1794—1857）在《海国图志》中指出：

> 是英夷船炮在中国视为绝技，在西洋各国视为寻常。广东互市二百年，始则奇技淫巧受之，继则邪教毒烟受之，独于行军利器则不一师其长技，是但肯受害不肯受益也。

---

① 见姚雅欣《启蒙光耀下的法国传统技艺》，《中国社会科学报》2012年5月7日。

魏源还针对传统的贬斥技艺的“技—道对立”说，力倡“技可进乎道，艺可通乎神”[①]，重申工匠精神，将《庄子》的论述发展为一个颇具近代性的命题。

谭嗣同（1865—1898）更具体揭露清末当政者科学技术方面的无知：

> 然问以大小炮数百种，后膛精枪亦数百种，形式若何，运用若何，某宜水，某宜陆，某利攻，某利守，某利山林，某利平地，其左右前后之炮界何在，昂度低度若何，平线若何，抛物线若何，速率若何，热度若何，远近若何，击力若何，以及水雷旱雷炮台地营一切攻守之具，无一人能知……精于此者。某国当与，某国当拒，某国善良，某国凶狡，吾之联之而备之者，其道何在，宜更无一人知之矣。[②]

清末当政者这种对科技的无知，不仅使中国连连惨败于船坚炮利的西方列强，而且，当政者视近现代文明为败坏心术的“奇技淫巧”，加剧了他们政治上的冥顽不灵。

晚清以降，随着近代工业文明初萌，涌现出兼通中西、视贯文理的新士人，开始走上“哲人之思”与“工匠之手”结合之路。如中国近代科技前驱李善兰（1811—1882），幼阅《九章算术》，14 岁自学欧几里得《几何原本》前 6 卷（利玛窦、徐光启译本），走上会通中西数理之路，著《椭圆正术解》《椭圆新术》《椭圆拾遗》《火器真诀》《对数尖锥变法释》《级数四术》《垛积比类》等，汇集《则古昔斋算学》13 种 24 卷。又译西方天文学、力学、植物细胞学等。他任教京师同文馆十余年，审定《同文馆算学课艺》《同文馆珠算金踌针》等，培养一批手脑并健人才，是中国近代科技教育鼻祖。

严复（1854—1921）是清末民初人文—科技双轮并进观的创导者，将西方的社会学、政治学、经济学、哲学和自然科学介绍到中国，其译著是 20 世纪初重要的启蒙读物。严译《天演论》介绍“物竞天择、适者生存”的生物进化论，并将“天演”规则推及社会，力倡变法图存。这是自然科学与人文社会科

---

① 魏源：《默觚》。

② 蔡尚思、方行：《谭嗣同全集》（增订本）上，中华书局 1981 年版，第 158 页。

学会通的早期名作。

与严复同时期的康有为（1858—1927）青年时代即痛感中国制器不如西洋，发现此种落伍导源于中古、近古以降中国学术轻忽制器、蔑视技艺，故一方面介绍西洋制器技艺，另一方面从中国古典发掘劳作制器传统，以为今人效法。康氏 1886 年撰《民功篇》，以先秦文献为资料，考证古代三皇五帝所做的种种有益于民的事，追述伏羲、燧人、女娲、神农、颛顼、尧、舜、禹等古圣先王"为民制作"的劳绩，证明中国史上并不乏于制器，激励国人作新一轮制器发明，追赶西洋。

《民功篇》赞述古圣王"为民制作"，从伏羲讲起：

> 人类稍积，羲圣首出，创作八卦，包象蕴教，开物成务，民物之理备矣。而所作不过甲历，制嫁娶，造琴瑟，教渔猎而已，余事尚有待风气既开，人智不能自已。①

在中国传说系统中，伏羲是人文初祖，其创制之功主要在宇宙观、历法、人伦秩序的设定，略涉生产劳动（教渔猎）。这种说法在诸文化事项创制的程序上，与历史实际有所差距。由于康氏所处时代尚不能把握原始社会文化发展的真实脉络，所议只得依凭古代传说，我们不必苛求康氏。

《民功篇》尤其肯认神农的伟绩：

> 惟神农功至大，迹至奇。凡民患无食，悉财用器贿不备，悉疾病，神农备民材用，备民疾病，一身为帝、为农、为工、为商、为医，于是为神。②

神农兼社会管理（为帝）及农、工、商、医诸业，这正是原始社会初民劳心劳力合一的写照，而因此被尊之为"神"（神农）。

康有为评价最高的黄帝，其制作造器包括"宫室舟车，衣服文字，历数伎乐，什器礼治"，遍涉物质文化、制度文化、行为文化、精神文化各个领域，

①② 《民功篇》，《康有为全集》第 1 集，中国人民大学出版社 2007 年版。

故黄帝是第一位的文化英雄：

> 治法永轨于万世，以上掩羲农，下启尧舜，当为中国圣而王者第一人也。
>
> 至今祀绵四千，制度皆因黄帝遗法。尧舜因而治加盛，孔子因而教加精，未有若黄帝至盛且远也。①

康有为进而指出：

> 天地之大德曰生，人之大德曰仁，吉凶与民同意，备物致用，作成器以为利，谓之圣人。②

将与民众意气相同、为民众备物致用、作器为利者称之“圣人”。这是闪耀着人文精神、科学精神的“圣人”观，后世为政者与之比照，相差遥远：

> 凡生民千制百学，至黄帝而大备，后世加者寡矣。岂为无加，又不能传之。……
>
> 不讲民功，民不兴学故也。四千年神圣之教不传，而令裔夷得窃其绪，而擅其长，此亦为政者之耻也。③

康氏颂扬古圣王“为民制作”，批评后世“为政者”在制器创物方面“加者寡”“不能传”，与明清之际黄宗羲《明夷待访录》赞“古之君”、责“今之君”④颇为相似，都是运用否定之否定的辩证论式，通过“颂上古、责中古”达到“启现世”的目的。康氏还袭用晚清流行的“西技中传”说，称中国“四千年神圣之教不传”，让西洋人窃取了制器创物技能，得以超越中国。这当然是一种想象之议，西洋近代科技之盛自有其绪，并非仿效中土，但康氏指出今之为政者丧失了制器创物的古圣传统，导致落后挨打，则为不刊之论。康

①②③《民功篇》,《康有为全集》第1集，中国人民大学出版社2007年版。

④《明夷待访录·原君》。

氏以古圣王“为民劳作制器”激励今人效法，有托古改制的一番良苦用心，在古色古香的古例之间，透现了对近代文明的憧憬。

随着近代工业文明的演进，中国人对科技重要性的认识与日俱增。中国文化的近代转进，是一个从“自在”到“自觉”的过程。而国人由自知到固有文化的“不足”，亟须更张，是社会转型的枢机所在。中国门户被动开放后，先进的中国人开始注意中外比较，发现自身的落后，如冯桂芬《校邠庐抗议》有六“不如夷”之论（“人无弃材不如夷，地无遗利不如夷，君民不隔不如夷，名实必符不如夷，船坚炮利不如夷，有进无退不如夷”）。这里主要是指器物技艺层面“不如人”，故中国人首先强调的“自强之道”，是采纳“西技”，随后才是参酌“西制”、学习西方的观念系统。梁启超把近代中国人自觉“不足”，谋求更革的努力分为前后递进的三个阶段：

> 第一期，先从器物上感觉不足。这种感觉，从鸦片战争后渐渐发动……第二期，是从制度上感觉不足……堂堂中国为什么衰败到这田地，都为的是政制不良。第三期，便是从文化根本上感觉不足。[①]

基于此种分析，梁氏将中国文化近代转型归为三期：军工洋务—变法维新及政治革命—新文化运动。因为近代中国人“先从器物上感觉不足”，朝廷发起“师夷长技以制夷”的洋务运动，向西方学习工业化技术，第二期、第三期也没有放松“师夷长技”，故近代中国知识界的价值取向从中古、近古的“重政务、轻自然、斥技艺”一变而为“重理轻文”。这种倾向的出现，肇因于百余年来政治的强势干预人文学和社会科学，导致人文学和社会科学失范，以致人们对人文学和社会科学的不信任，而自然科学、技术科学的社会实效性及其超然于瞬息万变的政治之外，给知识界更大的吸引力，遂有“学好数理化，走遍天下都不怕”的熟语流行。这显然是对昔之儒学传统的悖论，其成败得失须做深度辨析。不过，置之人类文明史观之，忽视人文社会科学与忽视自然科学技术科学同样是失衡偏颇，健全的文明必须兼取价值理性和工具理性，二者协调发展方为正途。诺贝尔物理学奖早年得主李政道（1926—　）说：

① 本文申报馆1923年2月发行。后定题《五十年中国进化概论》，收入《饮冰室合集·文集》第14册，第39卷。

> 科学和艺术是不可分割的，就像一枚硬币的两面。它们共同的基础是人类的创造力，它们追求的目标都是真理的普遍性。[①]

中国历史上的墨子、张衡、沈括、徐霞客、宋应星，西洋历史上的达·芬奇、米开朗琪罗、培根、狄德罗，是劳心劳力结合、人文—科技兼通的杰士，与传说时代的伏羲、神农、黄帝遥相呼应。而工业文明时代，手脑俱健人物（富兰克林、爱迪生等）更层出不穷；建筑大师梁思成（1901—1972）的一部书题名《拙匠随笔》，在自称“拙匠”的梁氏那里，建筑技艺与美学、人文学是有机的统一体；以德国、瑞士为代表的现代技术教育，培养了大批劳心、劳力结合的精工匠人，展现了工业文明“技进乎道”的境界。至后工业文明时代，“蓝领”与“白领”趋于一体，工人农民与知识分子的界限日渐模糊，人们正朝着劳心劳力合一、物质文明精神文明混一共创的新时代进发。

---

① 李政道：《艺术与科学》，《李政道文录》，浙江文艺出版社 1999 年，第 146 页。

儒学经世传统的利弊得失 *

一、“经世”与“入世”

经世，亦即治世。这里的“经”字，在先秦典籍中往往与“纶”字并用，含有“匡济”之义。《周易》说，“君子以经纶”①。《周易正义》释曰：“经谓经纬，纶谓纲纶。”《中庸》说：“惟天下至诚，为能经纶天下之大经。”朱熹注：“经者，理其绪而分之；纶者，比其类而合之。”②“经世”并用，则首见于《庄子》：“春秋经世，先王之志，圣人议而不辩。”③秦汉以后，更常见经世、经术（经世之术）、经实（经世之实用）、经济（经世济民）等用语。它们大体都是指一种与消极遁世相背的价值取向，其精义在于引导人们经邦治国，建功立业。

“经世”的前提是“入世”。而积极入世恰恰是包括儒家在内的中国文化的一种基本倾向。这种入世文化不着意构筑彼岸世界和灵魂永生的幻象，却教导人们在此岸世界“学做圣贤”，“立德、立功、立言”，达到人生“三不朽”境界。正是由于这种风尚的弘扬和普及，使中国得以避免全民族的宗教迷狂，造就出一种非宗教的、以人伦纲常为中心的宗法文化，与西亚、欧洲、南亚次大陆的民族和国度在古代和中世纪长期被宗教神学所主宰相区别。

古代中国虽然也出现过神权至上的时代（如殷商），但当时尚未形成统一

* 载《孔子研究》1986年第3期，原题《试论儒学的经世传统》。

①《周易·屯卦》。

②《四书集注·中庸章句》。

③《庄子·齐物论》。

的、有系统教义的宗教。从周代开始，“重民轻神”思潮抬头，宗教意识逐渐退居次要地位。《礼记》曾对比殷周与周礼的差异：“殷人尊神，率民以事神，先鬼而后礼”。“周人尊礼尚施，事鬼敬神而远之，近人而忠焉。”① 周人并未摆脱殷人的天命观念，但周人从殷周交替的社会变动中意识到“惟命不于常”②、“天不可信”③、“小人难保”④，于是确立了“敬德保民”的国策，认为统治者一味乞求上苍是无济于事的，要紧的是倾听民众呼声，改善现实政治，“乃其乂（治）民”⑤，因为，“天视自我民视，天听自我民听”⑥。这实际上是在保留天命意识的前提下，把视线移向现实的政治治理。以此为契机，周代成为中国文化从“神本位”走向“人本位”的转折点，中国文化的“入世—经世”传统由此发轫。

二、孔学的经世风格

晚周的政治学进一步从宗教中离析出来，还原成现实的治理之道。当时的人们曾这样描述政治：“政，不可不慎也。务三而已。一曰择人，二曰因民，三曰从时。”⑦ 这里的政治已经不再突出“礼神”，而关注“治民”。春秋的儒学创始人孔子便是在这种氛围中构筑自己思想体系的。他作为“尊礼”“近人”的周文化的继承者，对殷周以降的天命鬼神观念基本取信从态度，却又将其虚置起来，不予深论。

> 子不语怪，力，乱，神。⑧
>
> 季路问事鬼神。子曰：“未能事人，焉能事鬼？”曰：“敢问死。”曰：“未知生，焉知死？”⑨

---

① 《礼记·表记》。
② 《尚书·周书·康诰》。
③ 《君奭》。
④⑤ 《康诰》。
⑥ 《论语·泰伯》。
⑦ 《左传·昭公七年》。
⑧ 《论语·述而》。
⑨ 《论语·先进》。

樊迟问知。子曰："务民之义，敬鬼神而远之，可谓知矣。"[①]

孔子对人死后的冥冥世界以及鬼神的存在与否，都无意追究，也即庄子所谓："六合之外，圣人存而不论。"[②]孔子所关心、思考、谈论的是活生生的现实人世间的事务。"子所雅言：诗、书、执礼，皆雅言也。"[③]朱熹注曰："雅，常也；执，守也。诗以理情性，书以道政事，礼以谨节文，皆切于日用之实，故常言之。"[④]这便是中国文化精神的一个重要特征——"广大高明不离乎日用"，有关规律性的探讨，不脱离伦常和政治实际问题的具体考查。

孔子一生的思想言行体现着这种注意"行诸实事"而不满足于"载之空言"的风格，他奔走列国，游说于公卿大夫之间，其忙碌之状有"席不暇暖"之说。后人曾发问："夫子何为者，栖栖一代中？"[⑤]我们可以代为答曰：孔老夫子栖栖惶惶一辈子，为的是按照周礼的模式去矫世、救世、经世。

公山弗扰叛鲁，佛肸抗晋，似乎都是孔子平日所谴责的"犯上作乱"的举动。然而，这两个叛臣召唤孔子，孔子居然准备应命前往。这引起性格爽直并记住了老师"危邦不入，乱邦不居"[⑥]之类教言的子路的非议和质问，于是孔子做了一番解释。这些解释表明，孔子应命的意图并非"帮助乱党"，赞同变革[⑦]，他明确宣布，自己维护周礼的立场不会改变（"磨而不磷""涅而不缁"），并准备在召用他的处所复兴文武周公之道。其实，这两则故事只是证明孔子的用世心切，他不愿意做装样子的饰物，而要起实际的政治作用。他是因为急于用世，才"慌不择路""饥不择食"的。

孔子与当政者讨论的问题，也不离"为政""使民""何为则民服"等政治治理之道，而极少泛论天道人性。

孔子开创的儒学"入世—经世"价值取向的确立，与儒家本身的起源和属

① 《论语·雍也》。

② 《庄子·齐物论》。

③ 《论语·述而》。

④ 《论语·集注》。

⑤ 唐玄宗：《经鲁祭孔子而叹》。

⑥ 《论语·泰伯》。

⑦ 郭沫若《十批判书·孔墨的批判》认为，"墨子是反对乱党，而孔子是有点帮助乱党的嫌疑的"。"乱党是什么？在当时都要算是比较能够代表民意的新兴势力"。

性相关。

古代的知识阶层——“君子”，其职业大略有三类。

其一是司天文，战国时的阴阳家大抵由此类职业者演变而来。[①]

其二是司宗教事务，“夫人作享，家为巫史”[②]。在商周，沟通神人的巫、史、祝、卜是当时文化的主要执掌者。儒家不能说同巫祝无关。“孔子为儿嬉戏，常陈俎豆，设礼容。”[③]孔子自称：“出则事公卿，入则事父兄，丧事不敢不勉，不为酒困。”[④]可见他青年时代便出入公卿之门，为其经办祭祀。这显然是巫祝遗风。

孔子及其儒家更主要是从君子阶层的第三项职业——人君的政治辅佐者演变而来。这类佐理政务的人物，《尚书》称作“谋人”。儒家源于哪一类“谋人”，其说不一。《汉书·艺文志》认为：“儒家者流，盖出于司徒之官，助人君顺阴阳，明教化也。”先秦诸子是否分别源于某一王官，儒家是否由掌管国家土地人民、官司籍田、负责征发徒役的“司徒之官”演化而来，一向聚讼未决，但儒家显然已与宗教职业者和专司天文者相分离，从而区别于“出于清庙之守”的墨家，“出于史官”的道家，“出于羲和之官”的阴阳家；同时，又由于儒家与负有“教化”之责的祭师阶层有承袭关系，所以儒家除“助人君”的一面之外，还有“道与艺合，兼备师儒”[⑤]的功能，从而区别于虽然佐理人君，却“无教化，去仁爱，专任刑法”的“理官”出身的法家。[⑥]

儒家“入世—经世”价值取向的确立，还与先秦诸子产生的历史背景相关。《淮南子·要略》认为，诸子之学，皆起于救时之弊，应时而兴，梁启超称“其言盖含有相当之真理”[⑦]。《汉书·艺文志》也指出：“诸子十家，其可观者，九家而已。皆起于王道既微，诸侯力政，时君世主好恶殊方，是以九家之术蠭出并作，各引一端，崇其所善，以此驰说，取合诸侯。”这里有两点值得注意。第一，先秦诸子产生在“王道既微，诸侯力政”的春秋战国时代，

---

① 《汉书·艺文志》：“阴阳家者流，盖出于羲和之官。敬顺昊天，历象日月星辰，敬授民时。”

② 《国语·楚语》。

③ 《史记·孔子世家》。

④ 《论语·子罕》。

⑤ 《经室文集·国史儒林传序》。

⑥ 见《汉书·艺文志》。

⑦ 《饮冰室合集·中国古代学术流变研究十篇》。

各学派均为剧烈的政治斗争所左右；第二，诸子“蠭出并作”，顺应着“好恶殊方”的“时君世主”的需要，诸子百家都纷纷以自己的一端之说“取合诸侯”，足见其政治依附性之强。而当时各个诸侯国、各个政治派别，都面对着生死攸关的军事政治斗争形势，容不得依附于自己的士人们去一味从事高远的玄思、进行从容不迫的纯学术研究。总之，时代对各个学派提出的要求是拿出应世的方略，而不是一般意义上的玄妙理论。这就使得先秦诸子大都自觉不自觉地选择了“入世—经书”的价值取向，正如黄宗羲所说：“古者儒墨诸家，其所著书，大者以治天下，小者以为名用，盖未有空言无事实者也。”[①]就连形似逍遥、超然世外的老庄，“齐物”是为了“齐人”，骨子里也琢磨着何以“应帝王”。这种特定的社会背景使历史学、伦理学、政治学等直接探讨社会治理问题的学科，在先秦首先得到发展。六经之名得于后世，而其内容出现很早，“孔子之未生，天下有六经久矣”[②]。六经所涉及的学科主要是历史学、伦理学、政治学，所谓“诗以道志，书以道事，礼以道行，乐以道和，易以道阴阳，春秋以道名分”[③]。而“以六艺为法”[④]的儒家，便是先秦这三门经世学问（历史学、伦理学、政治学）的集大成者。一言以蔽之，儒学所依据的“六经”皆经世致用之学，孔子要弟子研诗六经，也不是为着造就徒托空论的学究，他明确告诫弟子：“诵诗三百，授之以政，不达；使于四方，不能专对，亦奚以为？”[⑤]清人方苞领悟了“夫子之义”，他说：“古之所谓学者，将明诸心以尽在物之理而济世用，无济于用者则不学也。”[⑥]“通经致用”“六经治世”，成为中国古代的习惯说法。通经者方可以取仕，朝廷的诏令、群臣的奏议，也无不以六经为准绳和依据。清人章学诚指出：“六经皆史也。六经皆先王之政典也。六经皆先王得位行道，经纬世宙之迹，而非托于空言。”[⑦]“夫子之述六经，皆取先王典章，未尝离事而著理。”[⑧]这都是对“六经”以及对

① 《今水经序》。
② 《定庵文集补编·六经正名》。
③ 《庄子·天下》。
④ 《史记·论六家之要指》。
⑤ 《论语·子路》。
⑥ 《传信录序》。
⑦ 《文史通义·易教上》。
⑧ 《文史通义·经解中》。

孔子传述六经所做的理性主义解释。

通观全体，可以得见：孔夫子并非深研宇宙本体的哲学大师，也不是一味考证名物训诂的学者，而是对伦理—政治问题加以贯通考察，修己以治世的政治家、思想家。

晚周儒者虽然经世心切，却很不行时。司马谈、司马迁父子对儒者的评论是“博而寡要，劳而少功”[①]，“迂远而阔于事情”[②]。然而，儒者却十分自负，孔子对自己的治世能力便有极高的估价：子曰：“苟有用我者，期月而已可也，三年有成。”[③]这种预测，在“礼崩乐坏”的周季显然是不切实际的。孔子本人的政绩纪录是“斥乎齐，逐乎宋、卫，困于陈蔡之间”，“累累若丧家之狗”[④]。然而，儒家“入世—经世”的信念却没有因政治上的不得志和同时代人的不理解而有所动摇。

儒者的“入世—经世”思想行径，在当时曾遭到主张遁世的隐者的嘲笑。如荷蓧丈人斥责孔门师徒“四体不勤，五谷不分”[⑤]；石门的看门人（晨门）称孔子为“知其不可而为之者”[⑥]；楚国狂人接舆唱着凤歌，劝孔子不要继续徒劳于政事了，因为“今之从政者殆而”[⑦]；躬耕隐居的长沮、桀溺更要孔门师徒追随他们一同逃避乱世。[⑧]在言极简约、惜字如金的《论语》中，竟有五六处记载隐者批评儒者经世的地方，有些段落还特别长，足见与隐者的交往、论难，被孔门所注重。这正是春秋间隐者遍布国中、遁世思想影响不可小视的社会状况的反映，而儒家的“入世—经世”观念正是在与“遁世”思潮论辩中得以阐扬的。

本来，孔子对于乱世中的隐者常常抱有同情，他曾把避世的人们称作“贤者”[⑨]，并特别夸赞伯夷、叔齐这些“逸民”“不降其志，不辱其身”[⑩]，这与他“天下有道则见，无道则隐”[⑪]，“邦有道则仕，邦无道则可卷而怀

---

① 《史记·论六家之要指》。
② 《史记·孟子荀卿列传》。
③ 《论语·子路》。
④ 《史记·孔子世家》。
⑤⑦⑧⑩ 《论语·微子》。
⑥ 《论语·宪问》。
⑨ 《论语·宪问》：“贤者辟（避）世，其次辟地，其次辟色，其次辟言。”
⑪ 《论语·泰伯》。

之”[①] 的处世哲学是相通的。而且，在整个儒学体系中，“仕”与“隐”始终是互为补充的两个侧面。不过“致仕”毕竟是儒学的主流，“归隐”仅仅是辅助，儒者归隐也往往“心存魏阙”，所谓“居庙堂之高，则忧其民；处江湖之远，则忧其君。”[②] 就孔子言之，他虽然在遇挫时偶有逃世之论[③]，但他的基本旨趣却是反对逃世的。他在听罢子路转述长沮、桀溺的避世说之后，很失望地讲：“鸟兽不可与同群，吾非斯人之徒而谁与？天下有道，丘不与易也。”[④] 表明自己不愿像隐者那样消融于自然之中，与鸟兽为伍，他认定自己只能与人共事，积极参与世务。

孔门的另一高足子夏指出：“仕而优则学，学而优则仕”[⑤]，把“学”与“行”、“学”与“仕”看作互为表里的二而一的事情。《说文》在解释“仕”义时，明确指出：“仕，学也。”章太炎也说：“言仕者又与学同。”[⑥] 总之，儒家承袭了道、学、治三者贯通一气的古风。清人程晋芳说：“夫古人为学者以自治其身心而以应天下国家之事，故处则为大儒，出则为大臣，未有剖事与心为二，剖学与行为二者也。”[⑦] 龚自珍则将这种风格概括为：“自周而上，一代之治，即一代之学也。一代之学，皆一代王者开之也。……道也，学也，治也，则一而已矣。”[⑧] 这种被后儒所崇奉的“古无经术治术之分”[⑨] 的仕学合一传统，正是孔子创设的儒学“入世—经世”风格的体现。“入世—经世”之风成为中国士子的主旋律，儒生的优点和缺点都与此相联系。在某种意义上可以说：只有抓住“入世—经世”这一线索，才把握了“伦理—政治”型的中国文化的真精神。

---

① 《卫灵公》。

② 范仲淹：《岳阳楼记》。

③ 如《论语·公冶长》载：“子曰：‘道不行，乘桴浮于海。从我者其由与’。”

④ 《论语·微子》。

⑤ 《论语·子张》。

⑥ 《检论·订孔》。

⑦ 《正学论三》，《皇朝经世文编》卷一，学术二。

⑧ 《治学》，《龚自珍全集》，上海人民出版社 1975 年版。

⑨ 《皇朝经世文编》卷一，王昶：《经义制事异同论》。

三、儒学经世两走向——“内圣”与“外王”

儒学平实的入世精神，执着的经世致用的价值取向，在漫长的矛盾运动历程中，虽有淡化之时、变形之象，却始终延绵不绝，于起伏跌宕之中一以贯之。不过，在孔子身后，经世主潮出现了两个大相歧异的走向，这是中国文化史上至关紧要的问题。

儒家作为一种“伦理—政治”型的学说体系，包括内在的人的主观伦理修养论和外在的客观的政治论这样两个彼此联系着的组成部分，前者即所谓“仁”学，或“内圣”之学；后者即所谓“礼”学，或“外王”之学。在孔子那里，这两个侧面还浑然统一在一个体系之内。他主张学人事的“下学”与达天命的“上达”彼此系于一线，不应相互割裂①。

孔子还主张，修己与安人、修己与安百姓相贯通②；他认为最理想的境界是舜帝那样“恭己正南面”③。然而，孔子之后，下学与上达、修己与治平两个侧面开始发生离异。造成这种离异的原因，是春秋以降“天下大乱，贤圣不明，道德不一”④，出现了“内圣外王之道暗而不明，郁而不发；天下之人，各为其所欲焉，以自为方”⑤的局面。这种“道术将为天下裂”⑥的趋势，不仅造成诸子林立，而且在同一学派内部也流别横生。就儒家而言主要是孟轲、荀况两派。前者侧重发展儒学原教中的“内圣”之学，后者侧重发展儒学原教中的“外王”之学。

孟轲的思想大约是从曾参、子思这条线索传衍下来的。他平生“治儒术之道，通五经，尤长于诗、书”⑦。并与孔子的“入世—经世”风格一脉相通。面对“世衰道微，邪说暴行有作”⑧的战国之时，孟轲有着强烈的治世雄心，

---

① 《论语·宪问》：“子曰：‘不怨天，不尤人，下学而上达。知我者其天乎！’”皇侃《义疏》：“下学，学人事；上达，达天命。”

② 《论语·宪问》：“子路问君子。子曰：‘修己以敬。’曰：‘如斯而已乎？’曰：‘修己以安人。’曰：‘如斯而已乎？’曰：‘修己以安百姓。’”

③ 《论语·卫灵公》：“无为而治者其舜也与？夫何为哉？恭己正南面而已矣。”

④⑤⑥ 《庄子·天下》。

⑦ 赵岐：《孟子题辞》。

⑧ 《孟子·滕文公下》。

他宣称："如欲平治天下，当今之世，舍我其谁也？"[①] 孟轲"平治天下"的方策，要义在于通过"正人心"来达到"息邪说，距诐行，放淫辞"[②] 的目的。因此，孟轲对于孔子经世学说的一个侧面——外在的"礼"学并不重视，他声明："诸侯之礼，吾未之学也。"[③] 对于孔子颇为称道的齐桓公、管仲这些事功显赫的人物，孟轲十分反感，并公开声言"仲尼之徒，无道桓文之事者"[④]。这便显示出孟轲有意贬抑孔学的"外王"倾向，而着力发挥其经世学说的另一侧面——内在的"仁"学，并把仁学引申到政治领域，提出"仁政"说。他指出："仁义礼智，非由外铄我也。我固有之也。……故曰：'求则得之，舍则失之。'"[⑤] 认为人只要把内心固有的仁义礼智这"四端"挖掘出来，便"足以保四海"[⑥]，这也就是所谓"仁政"。根据这一理论，孟轲设计的经世路线是由内而外、由己而天下。孟子曰："人有恒言，皆曰：天下国家。天下之本在国，国之本在家，家之本在身。"[⑦] 思孟学派的代表作《大学》对这一经世方案做了更具体的阐述：

> 古之欲明明德于天下者，先治其国。欲治其国者，先齐其家。欲齐其家者，先修其身……自天子以至于庶人，壹是皆以修身为本。

思孟学派这种以个人修养为出发点以达到治国平天下的经世方略，既要推行于普通人之中，又尤其是替人君国主设计的。孟轲认为，"不以仁政，不能平治天下"，而实施仁政的关键在于由仁人充任国君，仁人为君便有仁政，进而国家治、天下平。"君仁莫不仁，君义莫不义，君正莫不正，一正君而国定矣"[⑧]。

儒学另一倾向的代表荀况则以"礼"学为出发点，以礼、乐为本，着意建立以礼为标志的外在的事功。正如清儒所概括的"古圣王经世之道，莫切

---

① 《孟子·公孙丑下》。
② 《孟子·滕文公下》。
③ 《孟子·滕文公上》。
④ 《孟子·梁惠王上》。
⑤ 《孟子·告子上》。
⑥ 《孟子·公孙丑上》。
⑦⑧ 《孟子·离娄上》。

于礼”[①]。荀况将用力点牢牢地置于对外部世界的征服上，即所谓“物畜而制之”，“制天命而用之”[②]。这便是荀孟经世路径的分野所在。荀况强调人的社会性[③]，而社会性的人群组合起来便不能单靠人的善意，这里需要的是建立秩序，即需要有所区别（“分”与“辨”），以及对这种区别的信守（“义”）。而将社会中的“分”和“辨”加以条理化、制度化，就是所谓“礼”。

荀况的经世学说，其中心内容就在于对“礼”的阐述。荀况认为，礼的起源不在人的先天灵性，而发端于人的物质需求。

> 礼起于何也？曰：人生而有欲，欲而不得，则不能无求，求而无度量分界，则不能不争。争则乱，乱则穷。先王恶其乱也，故制礼义以分之，以养人之欲，给人之求。使欲必不穷乎物，物必不屈于欲，两者相持而长，是礼之所起也。[④]

荀况论及礼的功能，则主要申述其政治治理作用：

> 人无礼则不生，事无礼则不成，国家无礼则不宁。[⑤]
> 规矩者方圆之至，礼者人道之极也。[⑥]

荀况对儒家经典的解释，也从外在的事功着眼：

> 故《书》者，政事之纪也；《诗》者，中声之所止也；《礼》者，法之大分，类之纲纪也。[⑦]

这实际上已开了后世“六经皆史”“六经皆先王之政典”等说法之先河。而且，对于诸经，荀况又特别突出礼，强调读礼、隆礼的重要性。他所指示的为学路

---

① 《四库全书总目·经部·礼说提要》。
② 《荀子·天论》。
③ 《荀子·儒效》：“道者，何也？曰：君道也。君者，何也？曰：能群也。”
④⑥ 《荀子·礼论》。
⑤ 《荀子·修身》。
⑦ 《荀子·劝学》

径是："始乎诵经，终乎读礼。"[①]

荀况的理想境界，是一个在"礼"的规范下，秩序井然，上下等级分明，而又充满了外在事功成就的世界：

> 一天下，财万物，兼利天下，通达之属，莫不从服。[②]

这种"圣王之迹著矣"[③]的画面，实际就是大一统帝国的蓝图。关于这一蓝图，荀况有相当具体的设计。他首先谈到国君的重要：

> 故无分者，人之大害也；有分者，天下之大利也。而人君者，所以管分之枢要也。[④]

继之申述了置相的必需："若夫论一相而兼率之，使臣下百吏莫不宿道乡方而务，是人主之职也。"[⑤]进而强调了使民富裕乃国君的职责："故王者富民，霸者富士。"[⑥]又指出了富民的途径在于节约开支和发展生产："足国之道，节用裕民，而善藏其余。……裕民则民富，民富则田肥以易；田肥以易，则出实者百倍。"[⑦]

总之，荀况从君主政治、官吏设置到经济政策，为新兴的大一统帝国的建立，提供了完备的切实可行的方案。而秦汉大一统专制帝国的建立，正是荀况"外王"经世方略的成功实践。

四、秦汉以后儒学经世的复杂形态

有如上述，儒学经世两个走向的成败曲直，似乎已被战国秦汉间的社会实践所检验、所鉴别，历史似乎已经从这两个经世走向中做出了抉择。然而，问

① 《荀子·劝学》
②③ 《荀子·非十二子》。
④ 《荀子·富国》。
⑤ 《荀子·王霸》。
⑥ 《荀子·王制》。
⑦ 《荀子·富民》。

题却远非如此简单。

在“外王”路线指引下建立起来的大一统帝国，赢得了显赫的文治武功，秦皇汉武们的威权和功业都超越前代。但是，大一统帝国这个社会实体很快又被自身的矛盾所困扰，这使得统治者和知识阶层（士人）都要对经世方略做新的调整。统治者发现，仅有外在的事功是不够的，也是不牢靠的，还需要按照某种特定模式塑造人们的灵魂，训练勤谨而又安分的百姓。而士人们除了要帮助统治者培养顺民（“灭心中贼”）之外，还希望有一种关于心灵修养的学说来教化统治者，直至皇帝本人，通过“格君心之非”促使其“行善政”，即所谓“正心以正朝廷”。这是中古社会儒生限制至尊至上的君权的一个办法。在世界许多民族和国度的中世纪，涉及灵魂铸造和限制君权的任务是由宗教和神学完成的。而在中国，宗教和神学虽然也发挥过相当作用，但铸造人们灵魂（其中包括教化君主）的使命主要落到儒学身上。这样，思孟学派所发挥的“内圣”之学便重整旗鼓，遇时而兴，“修、齐、治、平”成为士人们背得烂熟的生活信条，《大学》更被视作“君天下者之律令格例也。本之则必治，违之则必乱”[①]。荀况的“外王”之学反倒退居幕后，尽管继续为统治阶级所实际运用，却不太为人所称道。从这一意义而言，思孟学派的“内圣”之学，在汉以后的中国社会起了“准宗教”的作用，并因而成为高居庙堂的胜利者。

随着君主专制社会的推移，孟轲的地位愈趋提高。汉代赵岐称孟轲为“亚圣”，唐代韩愈认定孟轲才是孔学衣钵的嫡传正宗，他提出了“尧—舜—禹—汤—文—武—周公—孔—孟”这样一个发展系统，并特别指出：“轲之死，不得其传焉。”[②]韩愈虽然也推崇荀况，说“荀卿守正，大论是弘”，但毕竟是“大醇小疵”，因而被排斥在儒学正统之外；唯有孟轲，才是完美无缺的，所谓“孟氏醇乎醇者也”。韩愈实际上已提出了“道统”说。宋代理学家也大体作如是观，不过他们更从理论上阐扬“道统”，并发展了孟轲的内圣之学，将其进一步与外王之学分离开来、对立起来。程颐说：“圣人之学，若非子思、孟子，则几乎息矣。”[③]这既是对孟轲的推崇，也是对发展外王经世路线的荀学的抨击。理学家还明确提出内本外末、修身为始、治平为终的观点：

① 真德秀：《大学衍义序》。

② 《原道》，《韩昌黎全集》卷十一，中国书店 1991 年版。

③ 《河南程氏遗书》，卷十七。

> 学莫大于知本末终始。致知格物，所谓本也，始也；治天下国家，所谓末也，终也。治天下国家，必本诸身。其身不正，而能治天下国家者，无之。①

这就把以“正心诚意”为内容的“修身”无限抬高，以至压倒并控制“治国平天下”，甚至认为只有“修身”才具有本体论意义，“治平”倒成为一个不需要实际探讨的和具体努力、自然而然可以达到的目标。

总之，秦汉以后，沿着孟荀指引的“内圣”和“外王”两个方向，儒学分道扬镳。近人康有为对此作了颇有概括力的论述：

> 孔子之学，有义理，有经世。宋学本于《论语》，而小戴之《大学》《中庸》及《孟子》佐之，朱子为之嫡嗣，凡宋明以来之学，皆其所统，宋元明及国朝学案，其众子孙也，多于义理者也。汉学则本于《春秋》之《公羊》《谷梁》，而小戴之《王制》及《荀子》辅之，而以董仲舒为《公羊》嫡嗣，刘向为《谷梁》嫡嗣，凡汉学皆其所统；《史记》、两汉君臣政议，其支脉也，近于经世者也。②

康氏所论，大体勾勒出儒学的两大主潮。但需要订正和补充。

其一，康氏所说的儒学两派，并非只有义理一派本于《论语》。其实，经世派崇尚《论语》决不下于义理派。从荀况以至于宋代的叶适、陈亮，明清之际的顾炎武、黄宗羲、王夫之以至于清代中后期的龚自珍、魏源等力倡经世实学的学者，也都是以《论语》为其学术圭臬的，他们在力斥理学空疏之时，往往以《论语》的救世精神为指针。

其二，宋明理学虽然激烈批评荀学的外王路线，着重发展义理之学，但无论是程朱还是陆王，都并未抛弃儒学经世这一基本宗旨。因此，经世风格并非由“荀况—董仲舒”等经世派所完全垄断。如二程便一再申述儒学的经世致用传统：

---

① 《河南程氏粹言》，卷一。

② 《长兴学记》。

> 穷经，将以致用也。……今世之号为穷经者，果能达于政事专对之间乎？则其所谓穷经者，章句之末耳，此学者之大患也。[①]

二程还反复指斥佛教的“无实”[②]，批评学禅者的“平居高谈性命”，于“世事”“不晓”[③]。

宋学的另一支——邵雍的象数之学，以抽象虚玄的形态出现。但即使是邵雍，也意在“经世”，他的主要著作便标明这一职志：《皇极经世》《经世衍易图》。

至于朱熹，更特别强调内圣之学兼有“修身”和“治平”两方面的机能。他指出，思孟学派的代表作《中庸》“放之则弥六合，卷之，则退藏于密，其味无穷，皆实学也”[④]。朱熹还发挥了孔子“下学而上达”之义，认为应当在深研人事的“下学”方面多用气力，“上达”方有根基。他说：“圣贤教人，多说下学事，少说上达事。说下学工夫要多，也好；但只理会下学，又局促了。须事事理会过来，也要知个贯通处。不去理会下学，只理会上达，即都无事可做，恐孤单枯燥。”[⑤]

众所周知，陆九渊、王阳明亦以平治为己任，时人称王阳明“事功道德，卓绝海内”[⑥]；连反理学健将清人颜元也认为陆王“精神不损，临事尚为有用”[⑦]。可见，孔子以后儒学两翼的差别，并不在于要不要经世，而是如何经世——是通过“内圣”之径达到经世目的，还是直接着力于外在事功。至于理学末流，尤其是王学末流，则确乎有悖于经世宗旨，他们“平居高言性命，临事茫无措手足，彼求空虚之理，而于当世之事未尝亲历而明试之”[⑧]。这已经脱离了儒学经世的轨道，流于空疏清淡一途。

其三，康有为论经世派，只到董仲舒等两汉议政家为止。事实上，与义理

---

① 《河南程氏遗书》，卷四。
② 《河南程氏遗书》，卷十三。
③ 《河南程氏遗书》，卷十八。
④ 《中庸章句》。
⑤ 《朱子语录》。
⑥ 《千百年眼》卷十二。
⑦ 戴望：《颜氏学记》卷一。
⑧ 陈仙鹤：《劝功篇下》，《皇朝经世文编》卷一。

派相抗衡的经世派，汉以后还有非常重要的发展，尤其是当义理派发展到宋明理学，与其相反相成的学派更列出堂堂之阵，与之论难。这是因为，程朱陆王虽然没有抛弃儒学经世的传统，但他们吸收了佛道二教注重宇宙论研究和个体修炼的特点，并与思孟学派的内圣之学相融汇，这样，他们用力的重点已转移到宇宙本体的思考和个人修养的完善上来，在哲学和伦理学两方面超越前人，然而其拯救社会的热情已大大冷却。诚如章学诚所言："性命之说，易入虚无。"[①] 这显然是对中国文化固有的救世风格的淡化，也与两宋以降国家民族面临的严峻局势形成的强烈反差，这样，与朱陆相抗衡，以南宋叶适、陈亮为代表的事功派便应运而起。清人全祖望在《宋元学案》中对这种势态作了清楚的表达：

> 乾淳之际，婺学最盛，东莱兄弟（吕祖谦、吕祖俭）以性命之学起，同甫（陈亮）以事功之学起，而说斋（唐仲文）则为经制之学。[②]

叶适、陈亮高举儒学经世的旗帜，一反朱陆以理气心性为中心的学术路线，却以政治、军事、经济等社会实际问题为出发点，决不讳言事功。叶适的批判锋芒，更不限于朱陆，他还指向思孟学派。叶适说：

> 曾子之学，以身为本，容色辞气之外，不暇问。大道多遗略，未可谓圣。子思作《中庸》，高者极高，深者极深，非上世所传。世以孟子传孔子，殆或庶几。然开德广，语治骤，处己过，涉世疏，学者趋新逐奇，忽亡本统，使道不完而有迹。[③]

这显然是对孟学内圣路线的非议，因而也就包蕴着对荀学外王路线的肯定和阐扬。

事功派在元明两朝并未得到发展，理学的朱陆两派则相继大盛天下，其内圣之学的片面性也愈益推向极致——"道问学"的程朱派日趋空疏，"尊德性"

---

① 《文史通义·朱陆》。

② 《宋元学案·说斋学案》。

③ 《宋元学案·水心学案》。

的陆王派更流于禅释，终于导致明末的“空论亡国”，迷恋于心性之学的士人们“愧无半策匡时难，惟余一死报君恩”[①]。明清之际的顾炎武重新高擎经世大旗，抨击心性之学：

窃叹夫百余年以来之为学者，往往言心言性，而茫不得其解也。命与仁，夫子之所罕言也；性与天道，子贡之所未得闻也。……今之君子则不然，聚宾客门人之学者数十百人，譬诸草木，区以别矣，而一皆与之言心言性，舍多学而识，以求一贯之方，置四海困穷不言，而终日讲危微精一之说……[②]

顾氏从孔学正宗出发，批评心性之学的空寂。而他针对时弊，力主“明道救世”，提倡学人之为学“非利己而已也，有明道淑人之心，有拨乱反正之事，知天下之势之何以流极而至于此，则思起而有以救之”[③]。与顾炎武同时的黄宗羲也提出“史学经世”的口号，他指出：“夫二十一史所载，凡经世之业，无不备矣。”[④]王夫之亦认为史学的功用在于“述往以为来者师”，使“经世之大略”彰明昭著。[⑤]此外，王夫之论政为了资治；论风俗，富于警世作用；论财赋，意在追究治乱兴衰之源；论学术，主旨在寻找政治之迹。可见，提倡经世致用，成为明末清初的一种学风。顾炎武的门人潘耒曾批评一般人误将顾氏之学仅仅看作考据之学，他说：“顾氏之学，经济实用之学也，如用之足以致太平。唯赞其考据之精，未知顾氏之意。”[⑥]然而，清中叶的学界，恰恰只继承和发展了顾氏的“考据之精”，抛弃了顾氏“明道救世”的主旨，以致考据学极一时之盛，经世精神则暗而不彰，其原因如章太炎所说：“多忌，故歌诗文史楛；愚民，故经世先王之志衰。”[⑦]

救正清中叶这种沉溺于故纸堆的逃世学风的，是道光咸丰间的经世学者龚

① 颜元：《存学篇》。
② 《亭林文集·与友人论学书》。
③ 《亭林文集·与潘治耕札》。
④ 《南雷文约·补历代史表序》。
⑤ 《读通鉴论》卷六。
⑥ 《日知录序》。
⑦ 《检论·清儒》。

自珍和魏源。龚、魏等人面对鸦片战争前后的社会危机，一反当日学者专事考证的媚古之习，力倡“以经术为治术”，留心社情政务，研讨本朝掌故之学，边疆及域外史地，为当时诸大政献计，谋求富强之策。龚、魏的学术，成为传统的经世之学走向睁眼看世界、救亡图存的近代新学的过渡形态和桥梁。

概而言之，以孔子为开端，儒学的经世传统沿着“内圣”和“外王”两个方向朝前发展，两千余年间，此伏彼起，却不绝如缕。其大略路径是：

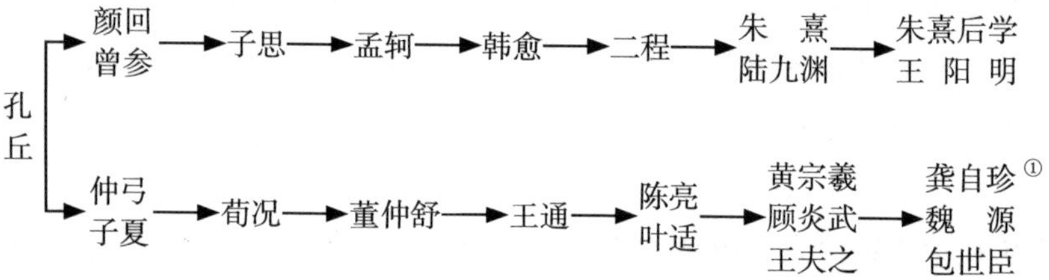

小　结

儒学经世及其两个走向彼此间的冲突和交融，既是中古社会各种矛盾运动的反映，又铸造着社会政治、经济、文化以至于民族性格的内在精神。例如，中国人具有一种执着的对国家民族命运的忧患意识（所谓“天下兴亡，匹夫有责”），同时，又往往把道德的自我完善置于创造性的社会活动之上，这显然渗透着儒学经世两个走向的影响。

中国士人似乎普遍怀抱经世之志，但其中高者以天下国家为己任，“先天下之忧而忧，后天下之乐而乐”，为了挽救国家民族不惜抛头颅洒热血；低者则一味“求干禄”“觅仕进”，钻寻终南捷径，一旦成为“政要之官”，则只“知车马、服饰、言词捷给而已，外此非所知也”[2]。中国士人的这两种思想行径均与儒学经世传统有联系，都可以从孔子原教中找到渊源。

经世精神在近代中国各种政治派别中也各有运用和发展。一方面，近代革新者和革命派，无不保有经世、救世激情，掀开康有为的公车上书，谭嗣同的绝命诗，孙中山的一系列政论，邹容的《革命军》，陈天华的《警世钟》《狮

① 此表仅就儒学经世“内圣”和“外王”两个走向大略划分，并非指每一走向内部诸人的哲学路线、政治主张均相一致。

② 《定庵文拾遗·明良论二》。

子吼》《猛回头》，那种贯注了新的时代精神的经世济民的古风便扑面而来。以戊戌变法和辛亥革命为代表的近代政治运动，从所承袭的文化思潮而言，固然与西学的刺激、熏染大有干系，但同时也与贯穿于两千余年间的经世济民精神（这一精神当然并不专属儒家）有着深刻的血肉联系。另一方面，近代某些统治阶层人物，如曾国藩、胡林翼之类，也大有励精图治的经世精神。曾氏还在姚鼐“义理、考据、辞章”之外，加上“经济”一门，将经世致用之学提到重要地位。这显然也是儒学经世十分重要的一翼。

从学术本身而论，儒学的经世风格作为一种分工不细、各种学科尚未获得独立发展的经学传统的产物，把士人经世的渠道主要引向“仕进”一途，这对古代及近现代的中国知识阶层以至于广大民众的影响未可低估。理学虽然有意把哲学和伦理学从经学中离析出来，将思考宇宙本体的学者与治理政务的官吏区分开来，却由于抑制了实证科学的发展而陷入空疏；而非理学派固然洋溢着救世热情，并有发展政治学、经济学、社会学、军事学、历史学等学科的趋向，但同样由于没有获得实证科学的有力支持，而失之于笼统，他们在抨击心性之学与社会生活实际相脱节时，也只能沿袭“道、学、治”三位一体的古老传统，所谓“必内本于道德，而外足以经世”[①]。因此，经世实学中尽管包蕴着某些启蒙因子，但毕竟难以独立发展成近代新学。

① 《汤子遗书 · 黄庭表集序》。

《〈辅轩语〉详注》序*

二十年前，拙著《张之洞评传》的“导论”曾作这样的判断：晚清兼具政坛要角、学术巨擘双重身份的，当推曾国藩、张之洞二人。笔者至今持守此说。就张之洞而言，他不仅是清末少有的励精图治的“能吏”，而且堪称影响深远的著作家。张氏中年所撰《辅轩语》和《书目答问》，晚岁所拟《劝学篇》，皆遗世独立，堪称名篇。以光绪元年（1875）印行的《辅轩语》论之，即传诵当时，是张氏兴办洋务之前的代表作，与转型后的《劝学篇》恰相对照。

张之洞是科举路途的成功者，十五岁中乡试头名举人（解元），二十六岁中第三名进士（探花）。清末名士李慈铭称：“近日科名之早者，盛推南皮张香涛。”经数年京官，张氏于同治六年（1867）七月任浙江乡试副考官，同年八月简放湖北学政，一任三年，同治九年返京，同治十二年（1873）简放四川学政，续任三年。青少年时代的科考历练，中年三省学官的丰富经历，使张之洞深悟科举考试种种妙道，他三十八岁在四川学政任上撰著的《辅轩语》，便是其举业经验的总结，发而为文，充作士子入学导读，所谓“深者为高材生劝勉，浅者为学僮告诫，要皆审切时势，分析条理，明白易行，不为大言空论”。明清两代，科举指导书多如牛毛，而《辅轩语》鹤立鸡群，成为清末诸生科考必览之典，以曾国藩地位之隆、学问之博、眼界之高，却必援后辈张之洞的《辅轩语》以与诸生相勉，足见此书非同寻常；一代文化天才梁启超在《三十自述》中称，他少时“得张南皮之《辅轩语》《书目答问》，归而读之，始知天地间有所谓学问”。冯梅先1936年为张之洞撰96字《像赞诗》，

---

* 《〈辅轩语〉详注》，司马朝军撰，华东师范大学出版社2010年版。本文为冯天瑜为该书所作序言。

其中论张氏学术贡献曰："輶轩劝学，声教日隆。答问学子，书目綦丰。"足见《輶轩语》的价值为时贤和后人所共认。科举制度终结于1905年，而作为科举导读的《輶轩语》并未沦为明日黄花，原因在于，是书有垂之久远的普适性道理在，时下研习国学之风渐起，人们不约而同地把目光再度投向《輶轩语》，便是明证。

西汉蜀学宗师扬雄撰有语言学论著《輶轩使者绝代语释别国方言》，"輶轩"指古代使臣所乘车辆，引申为通达四方之意，"輶轩"又成使臣代称。张之洞因扬雄文意与自己以学政使蜀相合，故将为诸生"举业"而作的训诫书《发落语》命名《輶轩语》。

遵照儒学"先行后文"精义，《輶轩语》次第论列"语行""语学""语文"，总结乾嘉诸老经验，发挥自身体悟，归纳修身治学门径——

上篇"语行"列举德行准则，如"德行谨厚""人品高峻""立志远大""习尚俭朴"等节目。也陈述为学规范，如"戒早开篇为文""戒轻言著书刻集""戒自居才子名士"等，皆至理箴言。

中篇"语学"依四部分类，列"读经""读史""读诸子""读古人文集"，又"通论读书"，颇多谠议，如"读经宜读全本""宜专治一经""治经贵通大义""读子为通经""读古集宜知体要""读书宜求善本""为学忌分门户"等，皆为治学嘉言。

下篇"语文"列举时文、律诗、赋、策、古文等各文体写作方法，"忌滥调""忌貌袭古而无意"等为精辟之论。

"学究语""敬避字""磨勘条例摘要"诸篇，陈列科举考试的必读书和答卷注意事项，在后科举时代似已失去实际指导作用，但有助于我们认识科举时代的文化形态，以"敬避字"一目而论，所列帝王避讳及圣人、亚圣避讳，系统陈列关于"避讳"的知识，这是了解古文化所不可或缺的，故有其存史价值。

《輶轩语》涉猎广博，用语简约，今之读者明辨其意已属不易，而精于训诂之学的司马朝军教授特加详注，为通读此书打开门户。详注本于名物考订、文义钩沉、版本校理均用力甚殷，旁征博引，精当翔实，令此一难读之书变得通达畅晓。如"语行第一"中"世祖皇帝卧碑八条"，张氏原文未述其详，司马氏自《钦定热河志》卷七十四录得顺治帝晓示生员的卧碑八条，一一陈列。此类包蕴丰富学术内涵的释文甚多。又如对科举制度的一系专用语（“大场”“正科”“恩科”“恩榜”“时文”等）皆有解说。详注本对《輶轩语》所列各类典籍连同作者，介绍精要。手持此卷，并读张氏原文与司马氏注释，即可获悉科举考试涉及的中华传统文化的系统知识，亲炙张氏《輶轩语》垂之久远的学术价值。

《〈輶轩语〉详注》诚为优良国学读本，愿与读者诸君共同研习。

2009 年 12 月 29 日于武昌珞珈山麓

“孝”“廉”溯源 *

本文就“孝”“廉”二德目的来源、演化，及两者的相关性略作考论，以就教诸贤达。

一、说“孝”

在中华文化系统里，作为“合族之道”的基本观念，一是“尊天”，二是“法祖”，如《礼记》谓：“万物本乎天，人本乎祖。”

敬祖、法祖是殷商即已确立的一种传统。殷墟甲骨卜辞中关于祭祀祖先的多达 15000 多条，其中关于上甲的 1100 多条，成汤的 800 多条，祖乙的 900 多条，武丁的 600 多条。可见，敬奉先公先王，是殷商人的第一等要务。进入周代，敬祖意识更趋强化，而且有所变异。在殷商，对男性祖先崇拜固然已占优势，但祭典中先妣（即殷先王的配偶）的地位仍相当显赫，殷墟卜辞中多见“中母”“少母”“多妣”“多母”字样。而在宗法制度完备化的周代，对祖先神灵的尊崇主要限于男性先祖。

由敬祖观念推演出的一个重要伦理范畴是“孝”，《礼记》所谓“修宗庙，敬祀事，教民追孝也”。“孝”字构成，上老、下子，昭示上代与下代融为一体。孝道是祖宗崇拜的产物。

“孝”并非世界通行的德目，如游牧民族并不讲孝道，工商业社会的欧洲虽有养老制度，却没有类似中国这样的以敬老为旨趣的“孝”的德目。

“孝”是建立在农耕文明基础上的聚族而居的血缘宗法社会奉行的第一德

---

* 原载《光明日报》2014 年 4 月 29 日 16 版。

目，在这样的社会，老人是生产技艺和社会规范的保有者、传授者，拥有至高威望，深受敬重。就中国而言，在宗法制度尚未成熟以前，也无孝道的专门提倡。如商代虽盛行“法祖”，却并未产生“孝”的观念。殷墟甲骨文中“孝”字仅有一见，且用于地名，可见殷代“孝”的观念尚未发育。而周金文多有“享孝”出现，皆指享祀先人，祈祷先人保佑子孙长寿多福。以后，《尚书》《诗经》《国语》《论语》《孟子》等传世文献中反复出现从各种角度论“孝”的段落，往往与神灵及祖先崇拜、祭祀相关，并推衍出子女报答父母生养之恩这一层意思。然“追孝于前”的本意，在于贵经验、尊传统、重历史。孔子说：“三年无改于父之道，可谓孝矣。”[①] 认为不改变前辈的行为准则便是“孝”，足见孝的精义在于“执古以御今”。

孝道强调历史的线性延续，不仅诉诸理性的阐明，更充分调动血缘传承过程中形成的情感力量，所谓“立爱自亲始”。宗法结构下的社会心理集结为炽烈的“孝亲”情感。这种情感不仅体现为对死去先祖的隆重祭奠以祈求他们保佑后代人丁兴旺、家族昌盛，更体现为对活着的长辈的顺从、孝敬。“二十四孝”的故事，多弥漫着浓厚的尊亲、敬亲情感。孔孟一再申述，孝不仅是“养”，其精髓在“敬”：

> 今之孝者，是谓能养。至于犬马，皆能有养；不敬，何以别乎？（《论语·为政》）

认为仅限于赡养父母，便同饲养狗和马没有区别，故无敬之养算不得“孝”。此即所谓“孝之至，莫大于尊亲”。

长期以来，人们把生子立后视作行孝的第一要义，为此引出孟夫子“不孝有三，无后为大”的名论。其实，这是对孟子语的误释。《孟子·离娄上》的全文是：

> 不孝有三，无后为大，舜不告而娶，为无后也，君子以为犹告也。

① 《论语·学而》。

这里的“无后”并不是指没有后代，而是说舜没有告知父母就结婚了，没有尽到后辈的责任，但君子以为，和告知了差不多（因为舜出家在外，而且是尧要把女儿嫁给他）。可见孟子并没有不生孩子就是不孝的含义。汉代人赵岐对孟子这段话的诠解是：

于礼有不孝者三，谓阿意曲从，陷亲不义，一不孝也；家贫亲老，不为禄仕，二不孝也；不娶无子，绝先祖祀，三不孝也。

认为第一不孝，是“阿意曲从，陷亲不义”，即对父母无条件地屈从，容忍他们做不义之事。“不娶无子”，只是第三位的不孝。孟子的思想体系是仁义至上（所谓“杀身成仁，舍生取义”），赵岐将“陷亲不义”列为不孝之首，庶几合乎孟子思想主旨。另外，曾子也主张可以对父母“微谏”，即有礼貌、有限度地提出不同意见，并非无论曲直，对父母一概绝对服从。

在宗法制时代，“孝亲”又与“忠君”紧密相关，所谓“资于事父而事君”（《孝经》），所谓“求忠臣于孝子之门”。

二、说“廉”

中国传统文化的特色之一，是重视伦理评判，在“真”“善”“美”三者的追求中，尤其重视道德尺度的“善”，以其率领真理尺度的“真”和审美尺度的“美”，即所谓“善统真美”。而在关于“善”的诸德目中，“清”“廉”特别受到推崇。千百年来，人们对“清官”“廉吏”的期待，高过对“能吏”“干员”的诉求。当然，德才兼备的官员是百姓的更高期待，这类官员谓之“廉卓”（为官清廉而政绩卓异）、“廉勇”（廉洁而果敢）、“廉能”（廉洁而能干）、“廉辨”（廉洁而明辨），然而清廉始终摆在评价标准的首位。

清官与廉吏大体同义，其要旨在一个“廉”字。

“廉”原指物体露出棱角，朱熹注《论语》时说：“廉，谓棱角峭厉。”以之比喻人的禀性方正刚直。

“廉”又作收敛解，引申为逊让、节俭，进而引申为不苟取、不贪求，所谓“义士不欺心，廉士不妄取”（刘向《说苑》语）。

"廉"还作"清"解，与"浊"相对，"廉，清也。""廉者，清不滥浊也。"故清、廉并用。古时将有节操、不苟取之人称作"廉士"；将清廉守正的官吏称作"廉吏""清官"。东汉廉吏杨震一次上任途经昌邑，昌邑县令王密深夜"怀金十斤"赠送，杨震质问，你这样行贿不怕人知？王密说："暮夜无人知。"杨震曰："天知，神知，我知，子知，何谓无知？"王密愧退。（见《后汉书》卷八十四）

历代廉吏皆甘于清贫，讲究道德自律，认定天视、民视无所不见，所谓"天知，神知，你知，我知"，故不能心存侥幸，犯禁苟取。《史记·滑稽列传》把廉吏的特性概括为："奉法守职，竟死不敢为非。"

此种精义，足可垂之千古，训导今世。温习廉吏的懿言嘉行，直觉清风拂面，深感天地毕竟有正气。

概言之，只要私有制存在，人的贪欲存在，掌握权力者即有可能成为祸害生民国家的贪官，与之恰成反照的清官、廉吏必然为人民所呼唤。任何人与事皆为历史的人与事，当然都有其历史的限定性，清官、廉吏亦不例外，其人其事是宗法专制时代的产物自不待言，然而，清官、廉吏所洋溢的清廉耿介之气、冰霜铁石之志，又具有超越性，是一种历时不衰的道德范例。

三、"孝"—"廉"关联

"孝"与"廉"本是伦理系统内的不同类别的德目。

"孝"是家族内的德目枢纽，所谓"万恶淫为首，百善孝为先"。"孝亲"成为中国人的道德本位。中国人虽然也崇拜天神，但没有希伯来人、印度人、欧洲人、阿拉伯人那样虔诚和狂热。耶稣受难曾激发起欧洲人无以名状的心灵震撼，而中华民族却以"如丧考（父）妣（母）"来形容悲伤至极的情感。正是由于"孝亲"这一宗法意识笼罩全社会，才使得绝大多数炎黄子孙不至成为"六亲不认""无父无子"的狂徒。在中华文化系统内，孝道被视作一切道德规范的核心和母题，忠君、敬长、从兄、尊上等都是孝道的分泌物，"以孝事君则忠"，"夫孝，始于事亲，中于事君，终于立身"，指明了孝道在宗法伦理体系中的核心地位。

"廉"是社会行为规范，是为官者忠君、敬民的必行之德。秦汉以降实行中央集权的官僚政治，官员作为代表国家执掌一方军政财文大权的人物，握有左右金钱的权力，故其廉洁关乎朝政的清明与稳固，而人的贪欲是廉洁的大敌，掌权者贪腐成为古今中外的通病，许多王朝的衰败以至灭亡皆与官员的贪腐相关，故选拔、任用廉吏乃国之要务。

在宗法社会，社会伦常即为家族伦常的放大，由孝亲可推及爱故土、爱他人、爱国家、爱天下，所谓"老吾老，以及人之老；幼吾幼，以及人之幼"。从小在"孝"的氛围内熏陶，"少成若天性"，长大就有可能移孝于忠。有若的名言是："其为人也孝悌，而好犯上者，鲜矣；不好犯上，而好作乱者，未之有也。君子务本，本立而道生。孝悌也者，其为仁之本与！"把"孝悌"视作仁的根本，认为行孝悌的人少有犯上作乱者，这就将伦理道德与政治实践挂上钩，故《大学》视"修身""齐家"为"治国""平天下"的起点和基础。这正是历朝历代往往把寻觅廉吏的目光投向孝子，认为在家中行"孝"者，到社会行事，方有廉洁奉公的根基。于是，"孝"与"廉"这两类德目便携起手来，并称"孝廉"。

将"孝"与"廉"两大德目紧密联系在一起，发端于汉代。汉代"以孝治天下"（汉代帝王的谥号皆冠以"孝"字，如孝文帝、孝景帝、孝武帝），视孝子为忠臣、顺民的后补群落，《后汉书·韦彪传》载："夫国以简贤为务，贤以孝行为首。孔子曰：'事亲孝故忠可移于君，是以求忠臣必于孝子之门。'"南朝梁元帝《上忠臣传表》："资父事君，实曰严敬，求忠出孝，义兼臣子。"

由"求忠臣必于孝子之门"引申出廉吏来源于孝子。汉代实行察举制，"孝廉"是选拔官员的一个重要科目。汉武帝采纳董仲舒建策，于元光元年（前 134）下诏，各郡国每年察举"孝顺亲长"者一人、"廉能正直"者一人。两汉"举孝廉"的第一条标准便是"德行高妙，志洁清白"，以下方是"学通行修""明达法令""刚毅多略"等才识方面的要求。

隋唐以降，实行比察举制更加完善的考选官员的科举制，但"孝廉"之名一直沿用下来，明清仍以"孝廉"为举人的美称，可见对"孝"与"廉"两大德目的崇仰，以及将"孝""廉"并称，是一以贯之的。

四、“廉政”须内外兼修

纵观古今中外，廉政建设不出内法、外法二者：内法为提高执政者的“道德自律”，外法为强化国家的“监督他律”，二者不可或缺。

在某种意义上，“监督他律”至关紧要，因为不受监督的权力必然腐败，这种不受监督的权力愈大，腐败愈加严重，这也是古今中外历史一再昭示的铁律。而关于对官吏的“监督他律”，史典多有记述，仅以监察官（如唐之观察使，宋之廉访使者，元之肃政廉访使，明清之按察使，今之香港廉政公署）而论，其肃贪扬廉的故事便不在少数，这也是“清官廉事”的题中之意，在“反腐倡廉”呼声高涨的今日，援引这方面的历史故事，是富于启示性的。

“监督他律”固然不可或缺，但并不能取代“道德自律”，不能取代“君子慎其独”（独自不受监督时仍能坚守道德准则）。而一个人“慎独”定力的修炼，是需要自幼养成的，在这一意义上，古人求廉吏于孝子之门，是有一部分道理的，因为父慈子孝、兄友弟恭、君义臣忠的良好家庭及社会氛围，是造就绝不苟且的刚健、正直之士的环境条件。当然，对于任何法则，我们都应当求其神而不必拘其形，论及“孝廉”亦应如此，我们自然不会简单化地把行孝之人与清廉官员打上等号，但不行孝悌、寡廉鲜耻之徒一定要排除在选才的范围之外。

廉政建设是个内外兼修的复杂工程，“孝廉”之道是可供参酌的一种元素，只有将其置于廉政建设的大系统之中，方可发挥积极功能。

传统道德论检视

作为行为文化层面的伦理道德，不是个别道德家杜撰出来的，而是亿万民众在千百年的历史实践中形成的，因而尤其具有继承性。同时，由于历史条件的变迁，伦理道德又在不断更新。在现代化迅疾推进的今日，市场经济普被天下，价值法则在社会道德层面的“双刃剑”功能愈益昭著。一方面，价值法则所倡导的效益至上、公平竞争、自由创造、崇尚理性等，对新道德的建立有着积极的推动作用；另一方面，当本来运作于经济领域的价值法则无节制地蔓延到精神领域、道德领域，又导致物欲主义、私利主义的膨胀，造成若干消极道德现象的扩展，这便是一些志士仁人惊呼的“道德滑坡”。当下的“道德滑坡”决不能低估，必须认真对待，其应对法门之一，便是求教于传统道德论，站在现代文明的新高度，对其加以取舍，加以新的综合，新的诠释，这可以为我们今日构建新道德体系提供一份宝贵的精神资源。

自周秦以降，中国人没有陷入全民族的宗教迷狂，类似于欧洲基督教文化圈、中东伊斯兰文化圈那样以宗教作为道德教化主要途径的情况，在中国未曾出现，而世俗性道德教化却十分发达，提供了大量伦理规范、道德准则，进行过多种伦理道德范畴的辨析，其中如下几种，对今日尤有启示意义。

一、义利之辨

儒家的主流是超功利甚至反功利，如孟子“不言利”，董仲舒“正其谊不谋其利，明其道不计其功”，宋代理学鼓吹“存天理，灭人欲”。这种否定功利、夸张道义的认识当然应该扬弃。而在义利之辨中涌现的“义利双行”观、“见得思义”论，以及对“见利忘义”的谴责，都洋溢着理性精神，对其加以现代诠释，可为今日新义利观的建立起到积极的参考作用。又如今天盛行的“假冒伪劣”，正可用“民无信不立”批判之；而讲究信用、道义，正符合现代商品经济的根本精神和长远利益。

二、仁富之辨

中国有谴责“为富不仁”的传统。今日当发扬此一传统，并进而高张“仁富相辅相成”旗帜。仁者，精神文明也；富者，物质文明也，仁富并行、仁富互动，是现代的道德理想，应予阐发、弘扬。

三、法教之辨

儒家重教化，轻法治；法家重法治，反教化，都失之偏颇。《管子》有“法教兼重”之说，但所论不详。而真正的出路正在“法教兼重”。法治，解决他律问题；教化以达成道德修养，解决自律、自觉问题。他律、自律缺一不可。

四、君子小人之辨

不同时代，君子、小人有不同的阶级内容和时代内容，但道德又有超越性，所谓“君子风”中的“不忍人之心”“恻隐之心”“羞恶之心”“正义感”“仁爱”“博爱”精神，加以现代诠释之后，都应加以发扬，以倡导“君子风”，批判“小人行”，逐渐形成良好的社会道德风尚。

五、内化的道德与外化的礼制的关系

“礼”是“法”与“德”之间的一种外在的行为规范。中国传统本来是十分讲究礼的，所谓“非礼勿视、非礼勿听、非礼勿言、非礼勿动”，人的视听言行都要“守礼”，故中国有“礼仪之邦”的称誉。这种礼制的极端化，会出现形式主义，走向虚伪；还会限制人的自由发展。五四新文化运动反对旧礼教，是反对其“吃人”，但在运作过程中，又把文明人类应当遵循的行为规范一并反掉，当今常见的不讲礼、不懂礼、不执礼的现象便是其不良后果。现在到了应当力纠其偏的时候。今天我们强调道德教化与厉行法治相结合，这是正确的，但还应该强调德与法之间的“礼”。今日的问题，不仅在于人们缺乏内在的道德追求，而且在于不明白外在的行为规划，粗野无礼的行为举目可见。而一个无“礼”的人，很容易以身试法。因此，社会不仅要强化道德教育、厉行法治，还要充分调动礼制的力量，使人们从幼年开始，从具体的行为方式入手，不仅“守法”，还要“遵礼”，这才能使道德教化落到实处，又在法治的前沿，设置了软性屏障。现在人们普遍称道新加坡的社会秩序，其实细考下来，新加坡除法治严明外，便是礼制切实，值得我们借鉴。而礼制的蔚然成风，必须通过家庭教育、学校教育、社会教育的协同努力。

孙中山对中国传统伦理的现代诠释 *

孙中山是一位既承袭中华文化优秀传统又接受世界新思潮洗礼，并在实践中对古今中外思想资源进行熔铸改造的哲人。诚如他所称："余之谋中国革命，其所持主义，有因袭吾国固有之思想者，有规抚欧洲之学说事迹者，有吾所独见而创获者。"

孙中山建立了一个相当博大的中国化的现代思想体系，其中伦理观念更典型地显示出"会通中外""以今释古"的特色。

孙中山一向重视包括伦理在内的"心理"的社会功能，他指出："夫国者，人之积也，人者，心之器也，国家政治者，一人群心理之现象也，是以建国为基，当发端于心理。"正是基于这一认识，孙中山在 1917 年至 1919 年间撰写的《建国方略》中，从"知难行易"的哲学思考出发，把"心理建设"放在首位，然后论及物质建设和社会建设。这是中国人提出的第一个完整的兼顾物质文明与精神文明的现代化社会发展蓝图，虽然尚保留某种空想成分，但就战略构思而言，应当说达到了相当高的水平。

孙中山"心理建设"的一个重要方面，是弘扬"中国固有道德"。这是他亲历欧美现代社会，目睹西方各国"只见物质文明"而"道德天天退步"引发的一种思考；同时，也是有感于推翻清廷之后国内政局人心的败坏。由此，孙中山决心发掘并高扬中国传统道德的光明面。他满怀民族自豪感地指出："因为我们民族的道德高尚，故国家虽亡，民族还能够存在；不但是自己的民族能够存在，并且有力量能够同化外来的民族。所以穷本极源，我们现在要恢复民族的地位，除了大家联合起来做成一个国族团体以外，就要把固有的旧道德先

---

* 载《光明日报》1995 年 6 月 12 日《史林》82 期。

恢复起来。有了固有的道德，然后固有的民族地位才可以图恢复。”

中国“固有的旧道德”是有其基本内容的，这便是先秦即已提出又由西汉董仲舒加以系统化、理论化的“三纲五常”。董仲舒从阴阳五行说出发，以“阳尊阴卑”“阳贵阴贱”推论人间伦常秩序，确立“君为臣纲”“父为子纲”“夫为妻纲”的三纲思想，忠君、孝亲、守节是其要旨，强调为臣、为子、为妇的卑者、下者对为君、为父、为夫的尊者、上者的服从，进而又提出“仁、义、礼、智、信”五个道德范畴与之相配合。对于这种“固有道德”，孙中山采取一种历史主义的态度，一方面承认其历史的合理性，另一方面又从进化史观出发，指出其变异的趋向。例如，对“君为臣纲”所依据的君权，孙中山以为，“在神权时代，非用神权不可；在君权的时代，非用君权不可”，因为在那种时代，神权、君权曾是“有用”的，但是，随着时代的推移，神权和君权渐失“有用”性而成为“过去的陈迹”，在“文明很进步、人类的知识很发达，发生了大觉悟”之际，便出现“民权时代”，忠君观念也成为明日黄花，应当改弦更张。

正是基于这种进化史观，孙中山用现代意识对“中国固有的道德”加以选择，扬弃“三纲五常”“三从四德”，而力倡“八德”。孙中山慧眼识珠，从“中国固有的道德”众多的德目中，着重挑出“忠孝、仁爱、信义、和平”这八个字，抓住了精髓、淘汰了渣滓。更重要的是，孙中山对于这些固有的德目进行现代诠释，颇有点石成金、化腐朽为神奇之妙。

在君国一体、“朕即国家”的专制君主时代，“忠”本是从“三纲”之首——“君为臣纲”演绎出来的道德准则，忠，亦即“忠君”。这种观念显然与现代社会风马牛不相及。但“忠”作为一种于社会有巨大凝聚力的德目，又不应当因君权的逝去而被贸然抛弃，对其加以改造、重铸便是现代人的使命。孙中山对此做了有价值的工作，他说“君主可以不要，忠字是不能不要的”，并进而指出：“古时所讲的忠，是忠于皇帝……我们在民国之内，照道理上说，还是要尽忠，不忠于君，要忠于国，要忠于民，要为四万万人去效忠。为四万万人效忠，比较为一人效忠，要高尚得多。”

对于“仁爱”，孙中山则以“博爱”释之。他肯定仁爱是“中国的好道德”，他说：“古时最讲爱字的莫过于墨子，墨子所讲‘兼爱’，与耶稣所讲‘博爱’是一样的。”孙中山还进而区分“公爱”与“私爱”，认为“公爱”方为“仁”。

对于“信义”与“和平”，孙中山则在弘扬中华道德优良传统的基点上，谴责帝国主义列强的“食言而肥”“兵力胁迫”。可见，他不仅把道德视作族内人与人之间关系的准绳，而且将其作为民族间、国家间友好相处的法则。

孙中山对中国传统伦理的现代诠释，还得益于他有选择地吸纳外域文化，并做出一番中外比较和中外会通工作。例如，他服膺法国大革命倡言的“自由、平等、博爱”，并以之评析中国先秦诸子的伦理学说：“我国古代，若尧舜之博施济众，孔丘尚仁，墨翟兼爱，有近似博爱也者。然皆狭义之博爱，其爱不能普及于人人”，他所寄望的是“广义之博爱”，这显然是企图用近代意识改造并提升传统伦理。

孙中山诠释传统伦理所运用的理论与方法未必尽善尽美，他所借助的外来观念也不一定精当，他所得出的结论同样未必全然正确。然而，孙中山高度重视伦理道德的社会功能，并力图实现传统伦理的现代化改造，这种认识和实践却是有价值的。

开掘三重伦理资源

近年国人境外旅游数量剧增，2012 年出境旅行者已逾 8000 万人，这是可喜现象，但遗憾接踵而至——有些同胞在海外表现出种种不文明行为，如争抢插队、公众场合旁若无人地高声喧哗、随地吐痰抛物、在名胜处刻画“某某到此一游”、奢侈浪费、炫富抢购，等等。这些在国内司空见惯的不讲公德、小富即狂的行径，到了异域则引起外人侧目而视，甚或招致当面抨击，显示我们的国民素质尚未达到国际常规水平。这类情形应当引起我们反省：为何中国经济总量上去了，国民素质却未能普遍提升，国家形象的外部评价呈低迷状态？

人的心性培养与生活水平有关，所谓“仓廪实则知礼节，衣食足则知荣辱”[①]，但“知礼节”“知荣辱”并不会因“衣食足”而自然获得。人的心性培养因时而进，却又具有颇为强劲的继承性，传统伦理的许多基本要素理当传袭，在传袭间改良，而不可斩断前缘。然而，百余年来中国社会现代转型过程，物质生活水平有所提升，道德水平有升有降。道德进步面的实存，在冰雪灾害、汶川地震、玉树地震以及北京奥运会、上海世博会的种种群体表现中得到昭显。这里侧重讨论心理建设发生的问题——

甲　民国初年新文化运动清算传统伦理，有从旧礼教中求解放、构建新伦理的积极意义在，但又存在否定传统导致的民族虚无主义偏颇。20 世纪 50—70 年代，中华人民共和国成立之初，颇有开国气象，50 年代社会风尚良好，国民精神昂扬，但频繁的政治运动（以“反右”“文革”为甚）对社会伦理造成负面影响，不过守道而行的正人君子仍多有懿言嘉行，昭显中华伦理的强劲生命力。

---

① 《管子·牧民》。

20世纪70年代末以来30余年市场经济发育，使利益原则大举进入私人生活与公共空间。就伦理层面言之，这是一种利弊并行的过程，其利在改变传统的重义轻利式迂腐，激活社会发展机制，使社会伦理洋溢竞争式生机；其弊在于，当求利压倒守道，“礼义廉耻”“仁德忠厚”被抛弃，一批无敬畏之心、无羞恶之感的唯利是图者混迹社会，如鱼得水，民众则愤恨有之（这是正义的），羡慕亦有之（这是可悲的），出现某种程度德性失范倾向。

乙　传统伦理包含丰富的私德内容，公德则相对短缺，而现代中国正在从“熟人社会”转变为“陌生人社会”，缺乏公德养育的国人在“陌生人社会”（包括出国在外）往往举措失当（不守时、不遵纪、不尊重他人的自由与权利，等等），普遭诟病。本来，由熟人社会养育出的传统私德（孝悌忠信、慎独自省之类）是美德的源头，可以通过注入时代内容，发展为新的私德并转进为公德，而以往数十年的偏误是，简单化地抛弃熟人社会的传统私德，将其斥之为“虚伪”，礼仪则被轻贬为“形式”，使陌生人社会所必需的公德建设失却传统基础；同时，又未能及时学习西方文化中较丰富的公德（从内容到形式），于是公德建设失却可资借鉴的自身传统及外来的文化资源。而一些流行的说教式、程式化办法（讲用评比之类）则少有感召力，在私底下成为老百姓的嘲笑对象。

丙　20世纪50—70年代一度支撑精神世界的英雄主义及“大公”式的信仰系统，似与今之商品经济、物化社会格格不入，某些当年广为伸张的“革命伦理”，失之“假、大、空”，而那些有真实内涵的革命情操也被一并抛弃，英雄主义对公众的影响力日渐式微，一味自私自利的道德犬儒主义渐次泛滥。

伦理资源的上述三重流失，导致今日精神财富短少，私德、公德双双缺失，社会价值观趋向单一化，利益至上、逐利丧义的物质主义盛行。

此外，社会心理极端化、情绪化也是当下的突出问题。平民对社会不公的愤懑，本是正义的，却因缺乏民主与法治的引导，“愤青”“愤老”有可能沿民粹轨道滑落；富人则慨叹“穷得只剩下钱”，其挥霍无度成为社会腐蚀剂，有的更走上“为富不仁”的不归路。这些都是精神领域面临的“现代性难题”，所谓信仰危机、道德失范。

超克上述困局的出路是有的，这便是开掘并激活三方面资源，使之融入大众的实际人生：

（1）发挥“一天人、同真善”的中国传统文化的力量，赋予礼义廉耻、兼爱和平、讲信修睦等传统伦常以现代性，使其赢得生命活力。正如一位美学家所言：“愚昧、变态、血腥、乱伦不是真正的中国，自古以来尊重自然、热爱生命、祈求和平、盼望富足、优雅大度、开放包容、生生不息、美善相乐，才是真正的中国。”①

正义与公平、忠诚与信任、正直而无偏私等美德，是在熟人社会发端自然理性、自然正义（连在动物世界都普遍存在亲子之爱、互助行为等）②，这些美德以后逐步在社会生活，尤其是在教化中得以提升与扩大。中国历史上有无数可资效法的道德楷模，如墨子执道义“死不旋踵”；孟子“杀身成仁，舍生取义”；霍去病“匈奴未灭，何以家为”；关羽义薄云天；范仲淹“先忧后乐”；岳飞“精忠报国”；文天祥“留取丹心照汗青”；顾炎武“以匹夫之贱而心忧天下”；谭嗣同“我不入地狱，谁入地狱”的大雄精神，等等。这些古贤之德，当然都是特定历史条件的产物，包含具体的历史内容，然其伦理层面的精义却垂之千古而不朽，足堪为今人法。有如此丰厚而优越的伦理遗产的中国人，决不会在今日与今后沦为道德侏儒！“宜昌好人”的诸多典型，正是优秀传统伦理的当代弘扬。

（2）发挥革命伦理中富于感召力的成分（如克己奉公、服务平民等）。

一般而言，现代社会的英雄主义维度呈衰减之势，但亦不可一概而论，英雄主义始终是人类的一种精神追求。

笔者2002年夏季访学德国、法国，发现一些西欧青年身着印有格瓦拉头像的T恤（商店橱窗也常有此种T恤挂卖），交谈中获悉，青年们钦佩格瓦拉（Che Guevara，1928—1967）解放人类的献身精神，以为这是现今的稀缺之物。这些西方青年无意仿效格瓦拉进入南美安第斯深山打游击，但阿根廷医生格瓦拉放弃优裕生活于20世纪50年代深入亚马孙丛林麻风病人区，救助弱势群体，后又冒死参加卡斯特罗游击队；古巴革命胜利后，于60年代放弃古巴三号领导人的地位，去南美最贫困的国家玻利维亚战斗，试图解决南美穷人土地问题。格瓦拉牺牲半个多世纪，追慕者有增无减，从拉美延及北美西欧亚非。

① 叶朗：《建设文化强国要注重精神的层面》，《光明日报》2013年1月29日。

② 参见吴旭阳《德性的合作之维》，《中国社会科学报》2013年6月17日。

有人讥其为“现代堂吉诃德”，我们也获悉格瓦拉的一些严重弊病，如崇尚暴力、刚愎专制、空想不实等（其实古今中外的豪杰大多有某种精神疾病），但格瓦拉的革命圣徒式的践履决定了，他是20世纪乃至今后世纪人们长久崇仰的英雄。牛虻（亚瑟）、南丁格尔、林觉民、刘复基、宋教仁、方志敏、张自忠、白求恩、柯迪华的事迹感人至深，也同于此例。即使在和平时代，革命伦理也是不应放弃的一种精神资源。

人是天使性与魔鬼性兼具的生灵，在利己的魔鬼性甚嚣尘上的当今之世，让我们多一点对天使性的追怀，从那里吸取向上升华的元素。

需要特别补充的是，革命伦理的教化功能，基本前提是言行一致，是卓绝的思想与坚贞的践行的高度统一，任何虚假、作秀、言伟而行污，皆与革命伦理的真谛背道而驰。

（3）吸纳外来伦理的普适性内容（如博爱、人道、公德等），这是弥补今日伦理缺失的又一途径。这里略议宗教精神在西方伦理建设中的作用。往常把发达国家描述成唯利是图的资本帝国，“人不为己，天诛地灭”是那里多数人的信条。其实这种概括过于简单化。现代西方固然有“利益最大化”的普遍追求，同时也随处可见基督仁爱精神的践行。笔者在欧、美、日、澳、新加坡讲学或旅游，经常得到外国友人的无私帮助。有时在街上屈身系鞋带，时间稍长，马上有人前来询问：“先生，身体不适吗？需要帮助吗？”有时问路，被询者不仅口头详介，有人还陪同走数百米，一直送到目的地，才挥手作别。至于在学术研究中，外国朋友花数周时间帮我查资料，提供学术指引，此类事例不在少数。笔者的日本朋友中岛敏夫教授（1931—　）以八十高龄，花数年工夫，为故去的访日中国学者王建整理、出版遗著《史讳辞典》，义务为该书编纂四种逆向检索索引，这等于把原书文字在电脑里又重建了不止一遍。其繁难、富有创造性的工作，使该辞典既可以从讳名查本字，又可以从本字查讳名，大大提升了查检功能。

在与外国友人交往时获悉，他们“行善”多因仁爱精神指引，深信头顶三尺，即有神明观照，人须为善非恶。外人的美德善行，尤其是公德（在美国、澳大利亚海滩多有成人带着孩子，每日义务拾各种垃圾），我们应当虚心吸纳。

充分利用传统的、外来的诸方面伦理资源，兼修内外，建构包蕴个人权利和社会责任双重内涵的公民意识，激励先进的良好社会风气，保证社会主义市场经济的健康发展，促进整个民族素质的不断提高，实现人的全面发展，定然大有希望。

伦理建设是一项践行性特别强烈的浩大工程，而“宜昌好人”为我们提供了启示——

第一，这些优秀典型是从大众伦理实践中涌现出来的，英雄主义精神并非高不可及，而是深植于平凡的日常生活，既可敬，亦可亲，具有切近感，易于激发人们的仿效热情。

第二，“宜昌好人”把深厚的中国伦理文化积淀加以激活，是传统美德的现代发挥，实现了伦理继承性与时代精神的结合，具有当下示范性。

第三，谴责现存的失德现象与赞颂当下的道德模范，是伦理建设不可或缺的两个方面，而健康的道德精神的引领尤为急需，“宜昌好人”正是伦理建设的有益范式。

反思“学派”

清代的一个历时最久、影响甚大的文学派别——桐城派，对“学问三端”——义理、考据、辞章有较通透的阐述，我们常加引用。由桐城派，我联想起学派问题。

“学派”约指由学说师承而形成的派别。桐城派是以安徽桐城命名的散文派别，其创始人及重要成员戴名世、方苞、刘大櫆、姚鼐等，多是桐城人，后继者湖南湘乡人曾国藩以“桐城古文”称呼此一流派，自此沿用“桐城派”之名。

以文化地理分野及学者师承标志命名学派，是宋以后形成的一个传统（宋代有“濂溪学”“洛学”“关学”“闽学”等学派名号，分别指周敦颐、二程、张载、朱熹为代表的理学派别），到明末清初，黄宗羲在他的学术史名著《明儒学案》中，做明代各学派专案，多以创始人、主将生活地区名之（诸如“河东学案”“姚江学案”“浙中学案”“泰州学案”等），论述各学派的人文地理背景、承袭关系。人们每以“姚江学派”称王阳明及其传人，以“泰州学派”称王艮、何心隐、李贽等早期启蒙学者。这是一个以学术生态、演绎脉络为视角的划分学派的方法，颇有可取之处。

学术繁荣，有赖学派的建立和学派间的互动。人所熟知的战国诸子，各立派别，竞相争鸣，并师徒授受，发扬之、光大之，成就了儒、道、墨、法等各家学说，中国古典学术达一高峰，铸造了滋养百世的文化元典。再如宋明两代，理学诸派以书院为基地，培植自派学术个性，并与别派辩难（如朱熹—陆九渊鹅湖之会、朱熹—张栻岳麓之辩），使学派性得以伸张，从而带动学术的纵深发展。至今我们还受惠于先秦诸子、宋明各家的学派之赐。

西方也是这样的，且不论古希腊群哲各立学派（柏拉图学园，亚里士多德讲学的吕克昂学园为著名者），彼此辩论（“辩证法”由此得名），奠定轴心文明，以现代而论，法兰克福学派对西方哲学的推动，年鉴学派对历史学、社会学的策励，芝加哥学派、剑桥学派对经济学的开拓，都堪称巨献，而罗马俱乐部有关生态文明的倡导，诸国热议，在理论与实践层面均产生世界性影响。总之，学派树立，众峦高耸，方成就学术群峰的壮美，这是古今中外历史所一再证明的事实。

近大半个世纪以来，我国学术取得许多成就，但也存在缺陷，其中之一，就是学派或被淹没，或无以成长，有碍学术继承与学术个性张大，这是一个很深切的教训。以武汉大学文学院为例，20 世纪五六十年代，有“五老八中”等卓然特立的学者，如五老之一的刘永济先生、八中之一的程千帆先生，都有建立学派的气象，但在当时条件下，未能形成古典文学研究的珞珈学派。又如我们历史学院，大家景仰的唐长孺先生、吴于廑先生，都有形成学派的大器局，他们也带出不少弟子，现在还活跃在历史学院以及其他院校、研究单位，但囿于历史条件，也没有形成得到充分发育的历史学珞珈学派。这是我们今天应当认真反思的问题。

浅谈“软实力”*

软实力，或曰与经济实力、军事实力相对称的文化实力，约指非物化要素所构成的实力，是通过文化凝聚力、精神感召力达成的无形力量，此乃综合国力内在的、长时段发挥作用的形上部分。如果把经济实力、军事实力等硬实力视作综合国力的躯体、肌肉，那么文化软实力可以称之综合国力的大脑、心智。

中国是世界上少有的数千年国家形态和文明传统未曾中断的国度，所谓“旧邦新命”，弥久而常青，重要原因之一就是我们的文化软实力坚韧有效——

其一，先民在历史实践中铸造了同源共祖（如共认炎黄为文化初祖）、赤县神州一统（追求“九州攸同”“四海一家”）两大理念，奠定中华民族共同体的文化基石。有人期盼中国像苏联那样在一个早上分崩离析，但这些预言家一再失望，因为他们忽略了中苏差别：苏联及其前身罗曼诺夫王朝虽然造就出可观的硬实力，两三百年间一直是世界强国（以彼得大帝、叶卡捷琳娜女皇、斯大林时期为甚），但沙俄及苏联未能形成凝聚广土众民的文化力量，终于在某个节点不攻自溃。庞然大物苏联的分崩离析并非败在硬实力不足，而是亡于软实力存在重大缺陷。而中国在数千年间，特别是秦汉以下两千多年间，通过制度层面和观念层面的协力，大体实现同文、同伦，构筑民族认同、国家认同、身份认同的强韧网络，虽难免一时分裂，但统一终为主流，即使在列国鼎立之际，统一也从来是人心所向、大势所趋。

其二，处事治国，软硬兼备，不一味穷兵黩武、以力威服，而讲究以文育人、以文平天下，《易传》曰“观乎人文，以化成天下”，昭显了中国语境

---

* 原载《文化软实力研究》2016 年第 1 期。

里“文化”所包含的软实力内蕴。“以德服人”“攻心为上”“不战而屈人之兵”“修文德以徕远人”是代代相传的信条，重视软实力是中国经久不衰的传统。

其三，中国文化一大优长是“和而不同”，“多”而“一”，“一”而“多”，承认差异，容纳差异，异中求同，促成异文化间的相互涵化，不断综合创新。先秦以来的华夷互动；汉唐以来的儒释道三教共弘，中国化佛教（天台宗、华严宗、禅宗），吸收佛学成果的新儒学（宋明理学）成为中古、近古文化的主干；近代以来的中西合璧，使多元文化结成中华一体，生生不已，屹立世界文化之林。

以上是我们今日建设软实力强国的底气所在和前进的坚实基础。

在新的国内、国际形势下，当下又面临严峻挑战——

其一，与农业文明散点式发生于亚非拉诸大陆不同，近代工业文明兴起于重商的西方海洋国家，自 18 世纪以来，西方占据文化高势位，美欧日的硬实力、软实力领先全球的格局延至当下，21 世纪初叶出现中国等新兴经济体急起直追之势，但在相当时期，西方先进的基本格局不会改变，仅以软实力论，今日仍然“西强中弱”，这与古中国一向文化优胜的情势大相径庭。向西方学习成为近代中国的诉求，这是必要而且有益的，但不能染上文化软骨病，应当坚持文化主体性，走中外融通，自主创新之路。这里面临一个战略性问题——如何对待文化的民族性与世界性的辩证关系。

当下有否认普世价值存在的评议，笔者以为有关此议的极端之论缺乏理据。人类文明向来兼具普遍性（世界性）与特殊性（民族性），无论是中国传统价值观还是西方价值观，都有普世性题旨（中国文化的核心理念仁义礼智信、西方文化的核心理念自由平等博爱皆含普世性成分）。思孟学派指出，恻隐之心、羞恶之心“人皆有之”，讲的是道德普遍性的存在；唐人韩愈说：“博爱之谓仁”，足见“仁”与“博爱”的相通；宋人陆九渊说：“东海有圣人出焉，此心同也，此理同也。西海有圣人出焉，此心同也，此理同也。”讲的是心理的东西相通。当然，不同国度、不同民族的“心”与“理”各有表述，所谓“理一分殊”，所谓“月映万川”（同一月亮映现在无数河川呈现各种状态）。各具特色的诸文化都存在时代的、民族的特色与限定性。诸文化都从自己的特殊性出发对普世价值做出一份特定贡献，但任何一种文化都不能以独占普世性自居。面对普世性论争，我们切勿落入陷阱，既不应将西方价值等同普世价值，照单全收；更不应将普世价值拱手让人，自外于普世价值。无论中国还是西方，皆应走多元文化良性互动之路，方能发展自己文化的特色，并共铸有益于人类生存与进步的普世文化。

澄清普世价值问题上的混乱，扬弃极端的相对主义和极端的普遍主义，在承认文化特殊性（民族性）与普遍性（世界性）互动共存的前提下，求得文化的健全发展，这是软实力建设不可回避的一项任务。

其二，“疆独”“藏独”“台独”“港独”等分离势力甚嚣尘上，其共同点是“去中国化”，否认中华文化的同一性，挑战民族认同、国家认同。某些国际势力为之鼓噪，一个重要论点是否认中华民族有共通的历史（日本在侵华战争期间一直制造此论，福泽谕吉、内藤湖南等一批著名学者力倡其说，中国也有响应者），此所谓“灭人国者先灭其史”，这不单需要作学理性论战，更有待增进中华民族认同、中华文化认同、中国人身份认同的社会实践的展开，消解大汉族主义和民族分离主义，实现全球化与民族国家理念的统一。民族认同的发生是一种“人己之别”形成的过程，是与异族相接触，“对他而自觉为我”的过程，其内核是文化认同，它在文化实践过程中形成，一旦形成又具有较强的稳定性、内聚性、亲和性。文化认同的建立、巩固和拓展，是软实力建设的基本工作。

世界诸文明系统固然各有差异，但在文明人类那里又存在共通的价值取向，如欺诈、偷盗、乱伦在所有文明系统都是被否定的。又如佛教的“慈悲”、道教的“自然”、儒学的“仁义”、墨家的“兼爱”、基督教的“博爱”被公认其普世性。《礼记》倡导的“讲信修睦”便与现代经济伦理的商业信誉一脉相通。再以“民主、自由、人权”而论，本为人类共同追求，尤其是在近代与专制制度、蒙昧主义作斗争过程中形成的人类价值共识，决非专属西方。例如“民主”，其基旨是尊重、维护人民当家作主的权利，这历来为中国贤哲所追求（近现代尤甚），中国的“民为邦本”说、“民贵君轻”说、“法不阿贵”说、“天下者天下人之天下”说，便与民主精义的取向一致。同时，中国又需要从外来文化吸取民主精华，实现权力制衡，增进公民自治、民意表达的程序性与公开性。现代中国民主不是对外来文化的简单模仿，也不是固有民本思想的整体沿袭，而是中外古今的综汇与再创造。总之，文化普遍性（世界化）与特殊性（本土化）二者间的张力，是未来文化成长的动力源泉。这正是肯认民族认同、国家认同、身份认同的学理所在。

其三，由于政治层面、经济层面的先后两度冲击，现代中国面临文化传统断裂之虞，国民精神出现一定程度的信仰危机、道德危机。与中国历史上几次文化更替阶段（如魏晋之际、明清之际、清民之际）相比较，其断裂程度或有过之。与英、法、德、日等国现代转型进程中引发的文化困局相比较，其复杂性、尖锐性也或有过之。

其四，软实力的物化呈现——文化产业起步晚、水平较低，精神产品匮乏（非指数量不足而指质量不高）；同时，文化品对外贸易大幅入超，呼唤着中华文化“走出去”时不我待。而文化“走出去”的前提是强健自我。

纵览中华文化史和世界文化史，可以得见：

首先，再造的传统文化是软实力的源泉。20世纪初叶，在中国、印度等东方民族国势衰微的年代，印度诗人泰戈尔热切预言，文化的根脉“正像活的种子一样，天上降下滋润的雨水，它就会抽芽、成长，伸展它造福的树枝，开花、结果”。中国学人梁启超呼唤弘扬优良传统的“少年中国”，梁漱溟期待“老干发新枝”。被新时代洗礼的传统文化必将为软实力提供无尽的源头活水。

其次，迎受外来文化挑战，对于一个文明的生存与发展具有积极意义。我们在“挑战—应战”的时代须保持健全的心态。针对那种把入华西方文化视作洪水猛兽的看法，近人王韬将中西遭遇称作中国进步的“不世出之机”。王国维则把近代入华的“西洋之思想”比拟为“第二之佛教”，并预期对中国学术文化做出创造性贡献的，不会是封闭自守的陋儒，而必为中西之学的“会通”者、“化合”者。当然，挑战—应战的成功运作有两项条件，一者，挑战是适度的、可承受的；二者，对挑战的回应是合理的、有效的。我们今日承受的挑战固然相当尖锐，却是可以承受的（因为我们有强健的文化主体），现在需要我们对尖锐而又适度的挑战做出合理、有效的回应，这正是今日软实力建设的必要性与紧迫性之所在。

其三，软实力建设的基点在于健全的、文明的人的培育。中国近代哲人提出的“新民说”“国民性改造说”，都愈益显示出卓越的现实意义。

从软实力建设的迫切要求而论，今日我们应当着力解决以下问题——

现代条件下的国家认同、民族认同

古今中西大交汇间的中华文化认同

现代转型过程中传统文化的扬弃与综合创新

文化“走出去”与“引进来”的双向互动

规避文化排外主义与文化犬儒主义两种偏颇

发展文化产业，尤其是文化创意产业，使软实力为硬实力提供精气神，硬实力为软实力奠定物质基石

这些皆属软实力建设的题中之意。

中国传统文化两极评判的当下启示

中国文化延绵久远，仪态万方，蕴藏丰富，视角各别、价值取向有异的中外人士对它的评议往往见仁见智、各执一端，甚至同一位思想者在不同语境下做出截然悖反的判断。

一、西方 17—18 世纪对中国文化佳评如潮

西方早在希腊罗马时代即有关于遥远而神秘的东方文化的种种传说。

13、14 世纪之交入华的意大利人马可·波罗（1254—1324）在其《东方见闻录》（又名《马可·波罗行纪》）中描述了“契丹”（实为元代中国）文化的繁盛发达。而抵达富庶的“契丹”（中国），成为 15—16 世纪开拓新海道的哥伦布（约 1451—1506）、达·伽马（约 1469—1524）等人冒险远航的动力。

16、17 世纪之交，意大利人、耶稣会传教士利玛窦（1552—1610）进入明朝，发现“契丹”即中国[①]，并由衷赞扬人民勤劳、知礼，国家奉行和平：

> 中国人是最勤劳的人民。[②]
>
> 以普遍讲究温文有礼而知名于世。[③]
>
> 虽然他们有装备精良的陆军和海军，但他们的皇上和人民却从未想要过发动侵略战争。他们很满足于自己已有的东西，没有征服的野心。[④]

利玛窦尤其欣赏中国通过国家考试从平民选拔官员的文官制：

---

①②③④ 《利玛窦中国札记》，中华书局 1983 年版，第 541 ~ 566、19、63、58 页。

他们全国都是由知识阶层，即一般叫作哲学家（指儒士）的人来治理的。①

利玛窦对中国文化也有批评：

中国所熟习的唯一高深的哲理科学就是道德哲学……他们没有逻辑规则的概念。②

大臣们作威作福到这种地步，以致简直没有一个人可以说自己的财产是安全的……人民十分迷信，难得信任任何人。（皇上出巡戒备森严）人们以为他是在敌国旅行，而不是在他自己的子民万众中出巡。③

明清之际，艾儒略（1582—1649）、汤若望（1591—1666）、张诚（1654—1707）、白晋（1656—1730）等天主教传教士怀着“中华归主”的梦想，联翩入华，一方面向中国传播西学，另一方面又向西方译介中学。中国经典和文学作品流播西土，中国民间以至宫廷生活的实态及中国文化渐为西人知晓，西洋人对中国及其文化有了非传说的、较为实在的认识，从而开启西方汉学的端绪。早期汉学论著迭现——门多萨《中华大帝国史》，卢哥比安、杜赫德、柏都叶编《耶稣会士通信录》，杜赫德等主编《中华帝国全志》，勃罗提业、萨西等编纂《中国丛刊》，冯秉正著《中国通史》，丹维尔《中华新图》等，与康熙皇帝过从甚密的法国人白晋撰《中国皇帝传》，详介康熙文治武功。

17—18 世纪以降，西洋人对中国文化经历了从客观译介到主观评断的转化，而这种评断与西洋人自身的不同观念和文化要求相联系。欧洲人的中国观大略呈现赞赏与贬抑两极状态。

先议佳评。

西方对中国文化赞赏一极，以德国哲学家沃尔夫（1679—1754）、法国启蒙思想家伏尔泰（1694—1778）、法国重农学派魁奈（1694—1774）等人为代表。

承袭莱布尼茨（1646—1716）的沃尔夫欣赏中国的哲学与政治，其弟子毕

---

①②③ 《利玛窦中国札记》，中华书局 1983 年版，第 94、31、94 页。

芬格著《古代中国道德说并政治说的样本》，肯定中国政治与道德结合的传统，认为康熙皇帝是几近柏拉图推崇的“哲学王”那样的理想君王。

伏尔泰希望在清除现存的基于迷信的“神示宗教”之后，建立一个崇尚理性、自然和道德的新的“理性宗教”。在伏尔泰心目中，中国儒教乃是这种“理性神教”的楷模。他的哲理小说《查第格》说，中国的“理”或“天”，既是“万物的本源”，也是中国立国古老和文明完美的原因。他称中国人“是在所有的人中最有理性的人”[①]。他推崇孔子，称赞他“全然不以先知自认，绝不认为自己受神的启示，他根本不传播新的宗教，不求助于魔力”[②]。

狄德罗（1713—1784）见解类似，他主编的《百科全书》关于“中国”的一段，介绍先秦至明末的中国哲学，认为其基本概念是“理性”。他特别欣赏儒教“只需以‘理性’或‘真理’便可以治国平天下”。中国的这种理性观念对欧洲启蒙运动时期出现的自然神论有所启迪。

欧洲启蒙思想家还从历史中看到了以伦理道德为主要内容的中国文化的力量。万里长城未能阻止异族入侵，而入主中原的异族无一不为汉族所同化。启蒙思想家认为，这种“世界上仅见的现象”，究其原因，乃在于中国所特有的伦理型文化强大的生命力。伏尔泰对此深有所感，遂仿照元曲《赵氏孤儿》创编诗剧《中国孤儿》，剧中崇尚武功、企图以暴力取胜的“成吉思汗”（这是一个移植的代称，《赵氏孤儿》本来讲的是战国故事，伏尔泰却将剧中的王者取名“成吉思汗”，乃是鉴于欧洲人最熟悉的“东方暴君”是成吉思汗），最后折服于崇高的道义。伏尔泰在这个诗剧的前言中写道：“这是一个巨大的证明，体现了理性与才智对盲目和野蛮的力量具有自然的优越性。”[③]

伏尔泰的《诸民族风俗论》等著作展示的中国文化，闪耀着理性、人道的辉光，中国的儒学深藏当时欧洲现实难得见到的“自由”精神及宗教宽容。伏尔泰发现，孔子和西方古代贤哲一样，“己所不欲，勿施于人”“己欲立而立人，己欲达而达人”，并提倡“不念旧恶、不忘善行、友爱、谦恭”，“他的弟子们彼此亲如手足”，这就是“博爱”的本义，因而也就和“自由”与“平等”的信条息息相通。伏尔泰对经验理性、仁爱精神等东方式智慧大加推崇，借以

---

① 《伏尔泰小说选》，人民文学出版社 1980 年版，第 31 ~ 33 页。

② 《伏尔泰全集》第七卷。

③ 《伏尔泰全集》第一卷。

作为鞭笞欧洲中世纪神学蒙昧主义的“巨杖”。

魁奈更多地肯定中国的制度文化，他在《中国的专制主义》中称中国的政治是“合法的专制政治”，中国的法律都是建立在伦理原则基础上的，法律、道德、宗教、政治自然地合为一体。他认为孟德斯鸠等政治作家把中国政治的专制性“大大地夸大了”。魁奈对《周礼》均田观、贡赋制十分推许，对中国思想家崇仰备至，有“一部《论语》可以打倒希腊七贤”的名论。魁奈视中国为“一个世界上最古老、最大、最人道、最繁荣”的国度。

在英国，启蒙学者常常引用“中国人的议论”来批驳《圣经》。例如18世纪早期的自然神论者马修·廷德尔在其思精之作《自创世以来就有的基督教》中，把孔子与耶稣、圣保罗相提并论，将其言行加以比较，从中得出“中国孔子的话，比较合理”的结论。英国哲学家休谟（1711—1776）曾说：“孔子的门徒，是天地间最纯正的自然神论的学徒”，将中国哲学引为自然神论的思想。

中国哲学宗教色彩淡薄，而伦理准则渗透本体论、认识论、人性论，这一特质引起欧洲思想家的广泛注意。法国启蒙学者霍尔巴赫（1723—1789）认为，“伦理与政治是相互关联的，二者不可分离，否则便会出现危险”。而在世界上，“把政治和伦理道德紧紧相连的国家只有中国”①。德国哲人莱布尼茨也说道：

> 如果请一个聪明人当裁判员，而他所裁判的不是女神的美，而是民族的善，那么我相信，他会把金苹果送给中国人的。
>
> 就我们的目前情况而论，道德的败坏已经达到这样的程度，因此，我几乎觉得需要请中国的传教士来到这里，把自然神教的目的与实践教给我们，正如我们给他们派了教士去传授启示的神学那样。

直到法国大革命，中国哲学中的德治主义还对雅各宾党人发生影响，罗伯斯庇尔（1758—1794）本人起草的1793年《人权和公民权宣言》的第6条引用中国格言：

---

① 霍尔巴赫：《社会的体系》。

> 自由是属于所有的人做一切不损害他人权利的事的权利；其原则为自然，其规则为正义，其保障为法律；其道德界限则在下述格言之中：己所不欲，勿施于人。[①]

中国哲学对欧洲思想家的影响是经过他们自己的咀嚼和消化才发生作用的，他们所理解和表述的中国文化，带有明显的理想化色彩。这种理想的中国哲学对18世纪欧洲启蒙运动思想体系的完善发生了不可忽视的作用。法国学者戴密微高度评价这一东方哲学流向西方的现象。他认为：

> 从16世纪开始，欧洲就开始了文艺批评运动，而发现中国一举又大大推动了这一运动的蓬勃发展。[②]

中国哲学予欧洲的影响并不局限于18世纪。从19世纪中叶开始，欧洲加速了同中国的文学、艺术、哲学的融合。就德国而言，19世纪末叶至20世纪初年间，出现一种可称之为“东亚热”的思潮。

第一次世界大战后出现的欧洲文化危机，使不少知识分子再次把目光转向东方，希望在东方文化，尤其是中国哲学、文学中去寻找克服欧洲文化危机的办法。德国哲学家、戏剧家布莱希特（1898—1956），便注目中国古代哲学，赞赏墨子学说对于解决个人与社会取得和谐问题的探索，其“非攻”“兼爱”等思想常被布莱希特援引。老庄修身治国、“柔弱胜刚强”的理论也为布莱希特所赞赏。他的《成语录》采用中国古代哲学著述中常见的对话体裁，处处流露出将墨翟引为忘年交的感情。中国哲学不仅给布莱希特与德国表现主义戏剧家的哲学论争提供了有力的论据，开拓了他的眼界，使他从一个欧洲学者变成一位世界性哲人。

中国传统文化在19世纪的俄国也颇有影响。俄罗斯近代文学奠基人普希金（1799—1837）深受启蒙时代法国出现的“中国热”感染，作品吸纳中国元素，诗歌《致娜塔丽娅》出现“谦恭的中国人”，《鲁斯兰与柳德米拉》出

---

① 《法国宪法集》，1970年，第80页。

② ［法］戴密微：《中国和欧洲最早在哲学方面的交流》。

现“中国的夜莺”，《骄傲的少女》出现“去长城的脚下”等句，表现了对中国文化的向往。[①]俄国文豪托尔斯泰（1828—1910）对中国传统哲学极感兴趣，他研究过孔子、墨子、孟子等中国古代哲学家的学说，而对老子著作的学习和研究则持续到暮年。他在日记中说，“孔夫子的中庸之道——是令人惊异的。老子的学说——执行自然法则——同样是令人惊异的。这是智慧，这是力量，这是生机”，“晚上全神贯注修改《墨子》。可能是一本好书”。[②]他认为，孔子和孟子对他的影响是“大的”，而老子的影响则是“巨大的”，托尔斯泰主义的核心——“勿以暴力抗恶”——在很大程度上便得到老子“无为”思想的启迪。

二、西方19世纪以降对中国文化谪评渐深

18世纪以降，欧洲的中国观还呈现贬抑的另一极，代表人物有法国社会学家孟德斯鸠（1689—1755）、英国经济学家亚当·斯密（1723—1790）、德国哲学家黑格尔（1770—1831）等。

与推崇中国文化的伏尔泰同时代的孟德斯鸠也十分关注中国文化，但他反对美化此一东方文化。作为西方近代国家学说奠基人的孟德斯鸠，把政体归为共和、君主、专制三类，三者奉行的原则分别是品德、荣誉、恐惧，而“中国是一个专制的国家，它的原则是恐怖”[③]。他认为，中国的立法者“把宗教、法律、风俗、礼仪都混在一起”：

> 这四者的箴规，就是所谓礼教。……中国人把整个青年时代用在学习这种礼教上，并把整个一生用在实践这种礼教上。……当中国政体的原则被抛弃，道德沦丧了的时候，国家便将陷入无政府状态，革命便将到来。[④]

---

① 见柳若梅《普希金笔下的中国》，《中国社会科学报》，2012年7月20日。

② 转引清华大学思想文化研究所编《世界名人论中国文化》，湖北人民出版社1991年版，第546、547页。

③④ 孟德斯鸠：《论法的精神》，张雁深译，商务印书馆1987年版，第129、312～313页。

英国哲学家休谟（1711—1776）在18世纪中叶便提出“中国停滞论”，他将中国停滞的原因归结为国土庞大、文化单一、祖制难违。休谟说：

> 在中国，似乎有不少可观的文化礼仪和学术成就，在许多世纪漫长的历史发展过程中，我们本应期待它们能成熟到比它们已经达到的更完美和完备的地步。但是中国是一个幅员广大的帝国，使用同一语言，用同一种法律治理，用同一种方式交流感情。任何导师，像孔子那样的先生，他们的威望和教诲很容易从这个帝国的某一角落传播到全国各地。没有人敢于抵制流行看法的洪流。后辈也没有足够的勇气敢于对祖宗制定、世代相传、大家公认的成规提出异议。这似乎是一个非常自然的理由，能说明为什么在这个巨大帝国里科学的进步如此缓慢。①

亚当·斯密的“中国停滞论”在西方更有影响。他将17世纪耶稣会士提供的中国观察与此前数百年的《马可·波罗游纪》的中国记述加以比较，发现二者几无差异，证明中国自古就繁荣富庶，而久未进展。他于18世纪70年代指出：

> 中国，一向是世界上最富的国家。其土地最沃，其耕作最优，其人民最繁多，且最勤勉。然而，许久以前，它就停滞于静止状态了。今日旅行家关于中国耕作、勤劳及人口状况的报告，与五百年前客居于该国之马可·波罗的报告，殆无何等区别。若进一步推测，恐怕在马可·波罗客居时代以前好久，中国财富，就已经达到了该国法律制度所允许之极限。②

亚当·斯密着重从经济学层面分析中国社会停滞的原因，如劳动工资低廉、劳动货币价格固定：欧洲处于改良进步状态，而中国处于不变静态；又如中国重农抑商，轻视对外贸易。

德国哲学家赫尔德（1744—1803）认为亚细亚专制制度是一种僵化的政治

---

① 休谟：《人性的高贵与卑劣——休谟散文集》，杨适等译，三联书店1988年版，第47页。

② 亚当·斯密：《国富论》上卷，郭大力、王亚南译，中华书局1949年版，第85页。

制度，实行这种制度的中国“就像一座古老的废墟一样兀立在世界的一角”。这是中国停滞论的较早表述。

稍晚于赫尔德、作为欧洲中心论者的黑格尔，在《历史哲学》中把中国称之“那个永无变动的单一”，在《哲学史讲演录》中把孔子视作：

> 一个实际的世间智者，在他那里思辨的哲学是一点也没有的——只有一些善良的、老练的、道德的教训，从里面我们不能获得什么特殊的东西。

20世纪美国社会学家帕森斯（1902—1979）大体承袭赫尔德、黑格尔的理路，并进而推衍：儒家价值观与现代社会价值观相左，妨碍中国社会的现代转型。[①]

时至当代，西方人对中国文化的认识在逐步深化，但大体仍在上述两极间徘徊。其一极蔑视中国文化，发皇者来自西方政坛、学界，并往往与“中国崩溃论”“中国威胁论”交织在一起；另一极则对中国文化高度赞许，尤其将《老子》《周易》奉为天纵之书，以为是克服“现代病”的良药，甚或认为中国是未来世界的希望，这类对中国传统文化的褒词，往往发自西方学界，不乏一流思想家、科学家（包括诺贝尔奖得主）发表此种赞语。

西方的中国文化观形成悖论，17—18世纪的主流是向往、颂扬中国文化（常有对中国文化的理想化描述），19—20世纪的主流是批判、贬抑中国文化（不乏西方式的傲慢与偏见），分别反映了启蒙时代和资本主义发展时代西方文化的两种要求：前者是寻找突破中世纪蒙昧的借鉴，后者是为西方文化优越性作衬托。

三、近世中国人的中国文化两极论（甲）：以梁启超清末抨击传统弊端为例

近代中国人自身对传统文化评价的分歧之大，并不亚于西方人。这种分歧

① 见帕森斯《中国》，清华大学思想文化研究所编：《世界名论中国文化》，湖北人民出版社1991年版，第615～626页。

不仅指西化派对中国传统文化的贬斥与东方文化本位论者对中国传统文化的坚守之间形成的强烈对比，而且，在同一位中国思想家那里，先后对中国智慧的褒贬扬抑，往往形成巨大反差。如现代中国著名文化人严复、梁启超自清末到民初评价中国文化的言论，其骤变性和两极化走势，便是典型案例。这里侧重介绍梁氏观点。

梁启超（1873—1929）是中国近代重要的革新运动——戊戌变法的领袖之一和主要宣传者。1898 年变法失败后，梁氏流亡日本，潜心研习西方文化，以寻求强国之借鉴，与此同时，又解剖中国文化的病端，尤其激烈地抨击专制帝制。梁氏 1902 年曰：

> 专制政体者，我辈之公敌也，大仇也！……
>
> 使我数千年历史以浓血充塞者谁乎？专制政体也。使我数万里土地为虎狼窟穴者谁乎？专制政体也。使我数百兆人民向地狱过活者谁乎？专制政体也。①

他号召新中国之青年，“组织大军，牺牲生命，誓翦灭此而朝食”②。洋溢着对中国制度文化的核心——专制帝制不共戴天的批判精神。这种对中国专制政治的谴责，与孟德斯鸠十分类似。

1899 年，梁氏东渡太平洋，造访美国，目的是“誓将适彼世界共和政体之祖国，问政求学观其光”③。1903 年 2 月，梁氏再次离日游览北美，在加拿大与美国逗留 8 个月，并于 1904 年 2 月在《新民丛报》增刊发表《新大陆游记》，大力推介美国的现代文明，特别是民主政治，他发现，美国实行共和宪政，是拥有“市制之自治”的基础，而中国仅有“族制之自治”，人民仅有“村落思想”，不具备共和宪政的条件。他由此出发，尖锐批评中国固有文明，在这部游记中列举“吾中国人之缺点”如下（仅引纲目）：

> 一曰有族民资格而无市民资格。

---

①② 梁启超：《拟讨专制政体檄》，见李华兴、吴嘉勋编《梁启超选集》，上海人民出版社 1984 年版，第 380 页。

③ 梁启超：《二十世纪太平洋歌》，《饮冰室合集》第 5 册，中华书局 1989 年版，第 17 页。

二曰有村落思想而无国家思想。

三曰只能受专制不能享自由。

四曰无高尚之目的。①

此外，梁氏还痛论中国人行为方式的种种不文明处，诸如：

西人数人同行者如雁群，中国人数人同行者如散鸭。西人讲话……其发声之高下，皆应其度。中国则群数人座谈于室，声或如雷；聚数千演说于堂，声或如蚊。……吾友徐君勉亦云：中国人未曾会行路，未曾会讲话，真非过言。斯事虽小，可以喻大也。②

1899—1904年间的梁启超，具体考察西方现代文明（从民俗、经济到政治制度），并给予肯认，同时又对中国传统社会及文化加以痛切的批评。梁氏在1899—1902年热烈倡导民主共和，1903—1904年间则转向君主立宪，寄望于“开明专制”，正是他通过中西文化比较后，意识到当时的中国不具备实行民主共和的文化条件。他认为，在缺乏“市制之自治”等文化条件的情形下，贸然推行民主共和，必致天下大乱。总之，19世纪末20世纪初，梁启超是中国传统文化犀利的批评家，正如冯自由所说，《新民丛报》开初一二年，梁启超所倡之“破坏论”，极具感召力，“影响国内外青年之思想甚巨”③；黄遵宪1902年致函，称赞梁启超在《新民丛报》发表的文章“惊心动魄，一字千金，人人笔下所无，却为人人意中所有，虽铁石人亦应感动”。梁氏诚为“言论界的骄子”也！

四、近世中国人的中国文化两极论（乙）：以梁启超第一次世界大战后对中国传统的高度赞美为例

时过十余载，历经辛亥革命的大波澜，又目睹第一次世界大战对人类（尤

①② 梁启超：《新大陆游记节录》，《饮冰室合集》第7册，中华书局1989年版，第121～124、126页。

③ 冯自由：《开国前海内外革命书报一览》。

其是西方世界）创巨痛深的打击，敏感的“言论界骄子”梁启超对于中西文化有了新的体悟。

1918 年 12 月，梁启超与蒋百里（1882—1938）、丁文江（1887—1936）、张君劢（1887—1969）、刘崇杰（1880—1950）、徐振飞、杨鼎甫等 7 人赴欧（其中丁文江、张君劢二位后来成为 20 年代“科玄之争”科学派与玄学派的主将），于旁观巴黎和会前后，遍游英、法、德、意等欧洲列国，1920 年 1 月离欧，3 月回归上海。梁氏一行访欧一年又两个月期间，正值第一次世界大战刚刚结束，西方现代文明的种种弊端充分暴露，一批西方人，尤其是西方的人文学者对西方文明持批判态度（德国人斯宾格勒 1918 年出版的《西方的没落》为其代表作），有的甚至对西方文明陷入绝望，并把希冀的目光投向东方。梁启超返回后发表的《欧游心影录》描述这一情形：

> 记得一位美国有名的新闻记者赛蒙氏和我闲谈，他问我：“你回到中国干什么事？是否要把西洋文明带些回去？”我说：“这个自然。”他叹一口气说：“唉，可怜，西洋文明已经破产了。”我问他：“你回到美国却干什么？”他说：“我回去就关起大门老等，等你们把中国文明输进来救拔我们。”①

曾几何时，在《新大陆游记》（1904 年印行）中梁氏历数中国社会及文化的种种病态，认为唯有学习西方才有出路，而在《欧游心影录》（1920 年印行）中，梁氏一百八十度转弯，向中国青年大声疾呼：

> 我可爱的青年啊，立正，开步走！大海对岸那边有好几万万人，愁着物质文明破产，哀哀欲绝的喊救命，等着你来超拔他哩。我们在天的祖宗三大圣（指孔子、老子、墨子——引者）和许多前辈，眼巴巴盼望你完成他的事业，正在拿他的精神来加佑你哩。②

这里梁启超申述的不仅是“中国智慧救中国论”，而且是“中国智慧救世界

①② 梁启超：《欧游心影录》，《饮冰室合集》第 7 册，中华书局 1989 年版，第 15、38 页。

论”。必须指出的是，1920 年的梁启超与 1904 年的梁启超相比，其爱国救世的热情和诚意别无二致，其笔锋也都“常带感情”。然而，同样是这位有着赤子之心的梁启超，何以在十余年间对东亚智能现世价值的评判发生如此截然悖反的变化?

五、“现代化诉求”与“后现代反思”

西方关于中国文化的两极评论的动因前已略加评述，此不另；这里也不拟就梁启超个人的心路历程做详尽分析，而只简要考察梁氏十余年间对中国文化评价系统的变化，进而探求如何整合这两种评价系统。

梁启超 1904 年撰写《新大陆游记》，洋溢着对中国传统文化的批判精神，这是那一时代中国先进分子“向西方求真理”，以谋求现代化出路的典型表现。梁氏当年对传统产生锥心之痛，缘故在于，东亚社会及文化未能导引出现代化，其若干层面还成为现代化的阻力，以致中国社会及文化落伍于西洋，一再被动挨打，陷入深重的民族危机。为解除危机，梁氏选择了现代化走向，揭露中国传统社会及文化的种种病态，可谓爱之深、责之切，即使今日读来，人们也能产生会心之叹。梁氏批评传统，所秉持的文化评价标尺是西洋文化呈现的现代化模型，出于对现代文明的渴求，梁氏扬弃旧学，倡导新学，力行“新文体”“新史学”“诗界革命”，以新文化巨子现身 19、20 世纪之交，如惊雷闪电般辉耀于那个风雨如晦的年代。

梁启超于 1920 年撰写的《欧游心影录》，则是在对西方文明的弊端（或曰“现代病”）有所洞察后，再反顾东方，发现中国传统智慧具有疗治现代病的启示价值。这种以中国传统智慧挽救现世文明的论断，与现代西方初萌的反思“现代病”的思潮相呼应，就尚未实现现代化的中国而言，是一种早熟的后现代思维，虽然缺乏细密深入的历史分析，却颇有切中时弊的精彩宏议，包蕴着若干真理的颗粒，身处现代文明之中、为“现代病”所困扰的今人读到此类评论，亦有切肤之感。

于是，呈现在人们面前的有“两个梁启超”：

激烈批判中国传统文化的梁启超

高度称颂中国传统文化的梁启超

人们往往因梁启超1904年所撰《新大陆游记》与1920年间所撰《欧游心影录》的思想大转变，而讥讽他的“多变”，梁氏自己也曾以“流质易变”“太无成见”自嘲。其实，对传统文化先后持两种极端之论，并非梁氏个别特例，在其他近代文化大师那里也有类似表现，如严复戊戌时期在《救亡决论》中历数中国传统文化弊端，并倡言：

天下理之最明而势所必至者，如今日中国不变法则必亡是已。

而严氏晚年力主回归传统，高唤：

回观孔孟之道，真量同天地，泽被寰区。

我们今天对此种现象的认识，不能停留于对梁氏、严氏等前哲跳跃式思维的一般性批评，不应止于“早年激进、晚年保守”的皮相之议，而应当进一步考析——

梁启超、严复等对于传统文化从“离异”到“回归”的心路历程，报告着怎样的时代消息？

否定与赞扬中国传统文化的两种极端之论集于一人，是近代中国面对多层级变革交会的一种悖论式反映。西方世界几百年间实现工业化与克服工业化弊端这两大先后呈现的历时性课题，都共时性地提到近代中国人面前。面对中国社会“多重性”的国人颇费思量。力主汇入“浩浩荡荡”世界文明大潮的孙中山，一方面力主发展资本主义经济，实现工业化，同时又在中国资本十分薄弱之际便警告，要“节制资本”，便是交出的一种有民粹倾向的答案。而梁启超于20世纪初叶的两种极端之论是试交的双重答案——

1904年批评东亚社会及文化，是一种“现代化诉求”；1920年呼唤以东亚智慧拯救西方，拯救现代文明，其着眼点则是“后现代思考”。

梁氏在短短十余年间发表两种极端之论，给人以“大跳跃”印象，是因为他在尚未厘清前一论题时，便匆忙转向后一论题。这当然与梁氏个人学术性格有关，但也是20世纪的中国面临文化转型的多重性所致——

作为“后发展”的中国，以经济层面的工业化和政治层面的民主化为基本内容的现代化刚刚起步之际，已经完成现代化任务的西方世界面临的“后现代”问题，也通过种种管道朝着中国纷至沓来。这样，中国人（特别是知识精英）一方面要扬弃东亚固有的“前现代性”，以谋求文化的现代转型；另一方面，又要克服主要由西方智慧导致的现代文明病，此刻，以原始综合为特征的东亚智能又显现出其“后现代”启示功能。

梁启超敏锐地把握了东亚智慧在历史不同层面上的不同功能，各有精彩阐发，双双留下足以传世说论，当然，他未能将两种历时性的论题加以必要的厘清与整合，留下思维教训。今人需要在梁氏等前辈的基点上，迈出更坚实的步子。

我们今日讨论中国传统文化的现代价值，当然不应重蹈先辈的故辙，在“一味贬斥”与“高度褒扬”的两极间摆动，而理当历史地考察传统文化的生成机制和内在特质，既肯认中国智慧创造辉煌古典文明的既往事实，又研讨中国智慧未能导引出现代文明的因由，还要深思中国智慧对疗治“现代病”的启示意义。在展开这些思考时，应当把握历史向度，而不能作超时空的漫议，同时还必须真切把握西方智慧这一参照系，克服夜郎自大的东方主义和心醉西风的西化主义两种偏颇，充分而又有选择地弘扬传统，促成其现代转换，以为今人师法，为万世开太平。

‖“封建”重识‖

名词的滥用，以及对于名词的真正意义的无知，可以说是一座迷宫，连那些最大的天才有时候也在这里面迷失了方向。

——［法］爱尔维修《论精神》

依照今日训诂学之标准，凡解释一字，即是作一部文化史。

——陈寅恪《答沈兼士》

“历史文化语义学”刍议

由武汉大学中国传统文化研究中心与日本的国际日本文化研究中心联合主办的“历史文化语义学”国际学术研讨会，在山色空蒙的武昌东湖之滨开幕。我谨代表会议主办单位，向与会的海内外学界朋友表示诚挚的欢迎。

2004 年 9 月至 2005 年 8 月，本人应日本重要的文化研究机构——国际日本文化研究中心之聘，主持“关于近代东亚二字熟语概念生成的综合研究”，邀请在日本的中国、日本、韩国学者十余名组成研究组，每一至两个月举行一次研讨会。2005 年 8 月 26—29 日，在日本京都举行“东亚诸概念的成立”国际学术会议，来自中国、日本、韩国、欧美的学者，从历史的、文化的视角，对近代诸概念的生成、演变展开卓有成效的讨论。时过一年半，在新的研习基础上在武汉召开的“历史文化语义学”国际研讨会，是京都会议的继续与拓展。《语义的文化变迁》为上述两次国际学术会议论文的精选结集，另有数篇采纳于两次会议之外。

人类被称为“语言动物”。语言是在人类历史中形成的文化现象，故语言从来与历史及文化脱不开干系。而在构成语言的语音、语法、语义三要素中，语义的历史性和文化性又最为深厚。我们的研讨会，题旨为“历史文化语义学”。“语义学”是研究词语意义的学问，我国传统称“训诂学”。用通俗的话解释词义谓之“训”，用今语解释古词语谓之“诂”，清儒将这门解释古书中词语意义的学问发挥到极致。我们今天研习的“语义学”，承袭训诂学“辨章学术、考镜源流”的传统，又赋予现代语用性与思辨性，较之偏重古典语义的训诂学，其探讨领域更为深广，包括字音、字形与意义的关系、语言与思维的关系、语义构成的因素、语义演变的法则等都在其研讨范围。而这种研究既然与“意义”发生关系，也就必然与历史及文化相交织，因为“意义”深藏在历史与文化之中。参加本次研讨会的学者多由个案考察入手，也有的在综合论析上用力，都试图从历史的纵深度和文化的广延度考析词语及其包蕴的概念生成与演化的规律。陈寅恪“凡解释一字，即是作一部文化史”的名论，昭示了“历史文化语义学”的精义。我们探讨时下通用的关键词的演绎历程，其意趣并不止于语言文字的考辨，透过运动着的语言文字这扇窗口，我们看到的是历史文化的壮阔场景，故这种考辨展开的将是婀娜多姿的文化史。这一艰巨而饶有兴味的工作，显然需要多学科的学者联手共进，相得益彰，决非仅属某一单科的禁域。这次我们相聚武汉，便是多学科学者共商“历史文化语义”生成及演化的一次盛会。

语言三要素中，语义与历史进程联系最为密切，因而最富于变异性。语义的与时偕变，在近现代转型期表现得尤其繁复和显著。人类社会从中古走向近现代，经历着一个从农本到重商、从分散到整体的发展过程，伴随世界统一市场及世界文化的逐步形成，各民族、各国度之间交往（包括物质交往、精神交往、语言交往）的广度与深度，以空前的规模展开。这种交往的主要动力源，曾经是率先产生资本主义的西欧、北美（合称西方）。西方借助创造工业文明获得的优势，用商品、资本、武力等物质力量征服异域，并将西方精神传播全球。作为西方物质文明、精神文明表达工具的西方词汇，特别是作为近代诸学科发展产物的西方术语，随之流布天涯海角，形成覆盖世界的“西方话语霸权”，非西方民族与国家对此做出既拒且迎的双重反应。汉语汉文是有着深厚历史积淀、独树一帜的语文，在迎受西方语汇的过程中，虽然有过“深闭固拒”的表现，但大势则是“兼收并蓄”，在收、蓄间又呈现十分错综的状貌，仅以对外来概念的译述方式而言，不仅有音译（“逻辑”“布尔乔亚”之类），还更多地采用意译（与前引音译词对应的意译为“论理学”“资产阶级”）。音译不会引起词义错位，却也未能给译词提供意义支撑，其含义只能在词形以外另加注入；意译则借助汉字的表意性，由词形透露词意（所谓“望文生义”），为熟悉汉字文化的人们所乐于采用。意译方式除创制新词（如哲学、美术、体育等）对译外来词外，更多地是以汉字古典词（如革命、共和、科学、封建等）作为“格义”工具，通过借用并引申古典语义，表述外来概念，这就将渊深宏富的中国传统文化注入今用译词，同时也导致异文化交接间的矛盾，构成复杂的古与今、中与外的概念纠结与融会问题。

在由中国、日本、朝鲜、越南等国组成的汉字文化圈（朝、越文字近代改革后已脱离汉字文化圈），词语的跨文化旅行古已有之，主潮是从文化高势位输往文化低势位，如古代中国语汇曾大量进入日本；至近代，词语的跨文化旅行方向逆转，明治维新后的日本译述西学有成，大批日制汉字新词涌入中国，若干新概念主要沿着“西—日—中”路径传递。这种概念的对接与转换，颇有成功之作，恩惠后人多矣；但在对接时如果忽略了异语文在背景、内容及表达方式上的差别，轻率类比、妄加附会，也可能留下败笔，贻误广远（“封建”的滥用即为一例）。诸如此类纷繁多致的语文演绎状态及其所包蕴的丰富的历史文化内涵，正是历史文化语义学所要着力研讨的对象。

20世纪70—80年代，原籍巴勒斯坦、长期任教美国哥伦比亚大学的爱德华·萨义德（1935—2003）在《东方学》（王宇根中译本，1999年北京三联书店版）、《文化与帝国主义》（蔡源林中译本，2001年台湾立绪公司版）等论著中，提出“后殖民话语”问题，并在这一框架内探讨思想及词汇的“旅行理论”。作为生活在西方的东方裔知识分子，萨义德对思想及词汇的“跨文化旅行”有着敏锐的感受，他在《世界、文本、批评》中将这种“旅行”分为四阶段：

> 一、出发点，在那里思想得以降生或进入话语；
>
> 二、通过各种语境压力，思想进入另一种时间和空间，从而获得新的重要性；
>
> 三、在那里遇到接受条件或抵抗条件，使思想的引进成为可能；
>
> 四、被接纳（或吸收）的思想，由新的用法及其在新的时空位置所改变。

近代术语在从原产地（欧美）、中介地（中国或日本）到受容地（日本或中国）的漫长周游中，经历着类似萨义德所说的“思想及语言旅行”的几个阶段，在中介地和受容地遭遇接受条件或抵抗条件，获得“新的重要性”和“新的用法”，成为汉字文化圈词汇的新成员，故被称之为“新学语”（简称“新语”）。王国维1905年曾将“新语之输入”称之近代最显著的文化现象，认为“新思想之输入，即新言语输入之意味”。百年过去，王先生高度肯认的“新语之输入”有增无已，而诸如“科学、民主、自由、经济、文学、艺术、封建、资本、教育、新闻、物理、化学、心理、社会、革命、共和、政党、阶级、权利、生产力、世界观、社会主义、知识分子”等许多关键词的确立，都是在古今演绎、中外对接的语用过程中实现的。这些充当诸学科关键词的汉字新语，词形和词意大都受到中国因素和西方因素的双重影响，日本因素也参与其间。故追溯汉字新语的源流，考察作为现代人思维纽结的新概念的生成机制、发展规律，将展开中—西—日文化三边互动的复杂图景，彰显近现代思想文化的网络状（并非单线直进）历程。“历史文化语义学”正从这里展开其曲折有致、绚烂多彩的英姿。

当下的中国，随着社会及文化现代转型的展开，正进入一个概念嬗变的新阶段，这包蕴着对传统语义的深度开掘与对外来语义的广泛吸纳，而二者间的互动，将达成古与今、中与外语义的涵化，其间的理论问题与实践问题，有待我们深入研究。期待着我们的会议展开富于创识的讨论，加深学者间的友谊与合作，以推动历史文化语义学的进步。

2006年10月16日于武汉大学

中国“封建社会”再认识*

（在国家图书馆主办的部级领导干部历史文化讲座上的演讲 2015年11月）

拙著《“封建”考论》2006年出版后，引起学界展开关于“封建”概念及“中国封建社会”新一轮的讨论。现就其中涉及的主要问题略陈浅见。

一、“封建”内涵

“封建”是汉字文化系统内的一个古典词，有着明确的基本内涵，《左传》等先秦典籍及此后直至近代的史著都在大体相通的含义上使用这个专词，并未发生过歧义。

“封建”，指天子（最高统治者）把天下的土地及附着于土地上的人们“封”赐给贵族（第一级贵族为“诸侯”），诸侯在封地上“建”国，次级贵族在封地上“建”采邑。贵族对封土拥有世袭的、完整的统治权（政、军、财、文等）。“封建”的本义是封土建国。这里的“国”指诸侯国，若干诸侯国共同组成天下；天下归属天子，国由受封于天子的诸侯掌控，诸侯以下，还有各级受封贵族掌理封地及人民。

由上述得知，“封建”是指人类社会发展到一定阶段出现的一种贵族分权的政治制度，依社会形态学说做简要概括，“封建社会”有两个最基本的特征：

一是贵族政治，世袭贵族掌控封地，天子与各级贵族分权；

二是领主经济，受封土地（领地）不可买卖，是一种政治特权，只能世代

* 原载国家图书馆编《部级领导干部历史文化讲座》，国家图书馆出版社2015年版。

传袭。

中国、西欧、日本的封建社会大体都具有这两大特征，然而，中国、西欧、日本的封建社会运行的时间各不相同。我们首先看看中国的封建社会是在什么时段展开的。

中国在氏族部落时代结束以后，并没有像西欧那样进入奴隶社会，而是形成宗法的封建社会。中国历史上当然不乏奴隶，不仅上古（夏商周）有奴，中古（汉晋唐宋）有奴，近古（元明清）也有奴，如《红楼梦》里面的一些奴婢和戏子便是没有人身自由的奴隶，只有花钱才能赎出奴身，但中国古代奴隶多为“家内奴隶”，任务是服侍主子的生活，中国古代并没有出现以奴隶为社会生产力主体的历史阶段，这与古希腊古罗马大不相同。希腊罗马有大量生产奴隶（如古希腊最大城邦雅典人口20余万，奴隶约10万），他们被视作“会说话的工具”，完全没有人身自由，身处绝境的奴隶时起反抗，古罗马爆发斯巴达克斯奴隶大起义为其显例。中国的商周时期，也有贩奴、杀奴、以奴殉葬（金文多有此类记载），但生产力主体并非奴隶，却是有一定程度人身自由的庶众，这一点在先秦最可靠的文献《诗经》中有充分表现，《诗经》中的多篇“农事诗”（如《七月》《芣苢》《十亩之间》《甫田》《大田》等），描述在宗族长老指挥下，村社众人集体耕作的情景，农业劳动者有妻有室，并未丧失人身自由，显然不是奴隶。《诗经》《左传》《论语》《孟子》《荀子》《韩非子》等先秦典籍很难找到类似古希腊古罗马奴隶制那样的记述。中国从原始社会解体后，村社及宗族血缘纽带保留下来，进入封建社会，夏、商、周三代大体如此，而以周代（尤其是西周）的封建制最为完备（《周礼》等书对此制有详细记载），而这种封建制又以宗法制为其精神支柱和组织原则（王国维《殷周制度论》作精辟阐述），故可称之为“宗法封建制”。

自东周（春秋战国）开始，封建制渐趋解体，可以自行开垦和买卖的私田出现，意味着领主经济向地主经济过渡；与世袭贵族相并行，以军功和政绩授予官职在列国实施，意味着贵族政治的式微。战国时期，楚秦等国设立郡县，秦一统天下后普设郡县，朝廷任命、随时可以调动的郡守县令取代世袭的封建贵族，代表君主、朝廷实现对广土众民的统治。

周秦之际，以贵族政治和领主经济为基本内涵的封建制度，逐步转变为以官僚政治和地主经济为基本内涵的君主集权制度，向皇权时代过渡。如果说，封建时代是“王与世袭贵族共天下”，那么皇权时代便是皇帝与由考选得位的官僚共天下，或称“天子与士大夫共天下”。

当然，秦汉以下帝王还在不断分封皇亲国戚、功臣宿将，但多半是“虚封”（贵族“列爵而不临民”），也有“实封”藩王的做法（以汉初、晋初、明初为甚），却无不导致割据、引发叛乱，如西汉的“吴楚七国之乱”、西晋的“八王之乱”、明初的“靖难之役”，朝廷还得花大气力“削藩”，如以藩王身份抗拒“削藩”的朱棣，夺取皇位后也立即“削藩”、消弭封建之弊，复归中央集权的官僚政治轨道。由朝廷命官治理郡县及六部，是秦汉以降两千年的制度主体，封王一般不问实际政务。明朝是典型的非封建的君主专制社会，它的地方政权并非由皇帝所封的王侯掌控。譬如湖北，洪武帝朱元璋封庶六子朱桢为楚王，赐给将近一万亩土地。然而，世代楚王只能享受封地提供的贡赋，过锦衣玉食的生活，却绝对不能干预楚地的政治、经济、军事，这些实务由布政使、都指挥使、巡按使三司（布政使，相当于现在的省长；都指挥使，相当于现在的军区司令；巡按使，相当于现在的省法院院长和检察长）负责。封王不仅不能过问地方政治，就连与其他诸王交往也受严格限制，诸王间自行互通信息，属违法行为；没有朝廷召唤，诸王不能入京。可以说，封王们不过是关在金丝笼里的鸟雀，虽然笼子昂贵，但鸟儿没有自由。封建贵族政治让位于考选产生的官僚政治，是秦汉至明清的政制主流。

自秦汉以至明清，一直都有封建制和郡县制孰优孰劣之争。唐代柳宗元的《封建论》就是考察两制长短、总结历史经验教训的名篇。柳宗元是反封建的，他追讨汉、晋、唐历史，认为贵族分权的“封建制”必致国家分裂、兵连祸接；中央集权的官僚政治下的“郡县制”有助于国家统一、社会安定繁荣。明清之际的黄宗羲、顾炎武等又揭示极端君主集权的弊端，有“复封建”、行地方自治之倡。清人袁枚，近人戴季陶、冯友兰则指出封建分权形势有利学术文化多元发展。然而，从汉唐、明清以至近代，无论是“反封建”论者，还是“复封建”论者，观点可以相背，但所评议的“封建”，其含义皆指封土建国、地方分权，从未发生歧解。

与中国封建社会发端于公元前 10 世纪前后又运行千年（夏商周三代）大相差异，西欧封建社会晚成得多，在 7—17 世纪的近千年间，日本封建社会在 9—19 世纪的近千年间。就封建社会呈现时段言之，中国早于西欧、日本一千多年。

时至近代，西学东渐，西方史学概念译介中国，运行于7—17世纪的西欧中世纪制度feudalism曾音译为“福特制”，兼通中西之学的严复意译为“封建制”，因为西欧中世纪制度也是实行贵族政治和领主经济，与中国商周（特别是西周）封建制相似，故以“封建制”翻译feudalism是恰当的。不过，西欧封建与西周封建时间相隔久远，如果置于时间轴线作比较，封建的西欧中世纪恰与非封建的中国唐宋元明相对应（皆在6世纪至16世纪）。民国初年，严复、章太炎、梁启超所代表的学界，都确切地使用“封建”概念，以之指认中国西周、西欧中世纪、日本中世（镰仓幕府和室町幕府）及近世（江户幕府），而将非封建的秦汉以下称“霸朝”“皇权社会”或“郡县社会”。

可见，从古代直至中西文化交会的民国初年，“封建”概念虽在不断丰富，但其基本内涵是一以贯之的，人们也没有在时间轴线上强求中—西—日历史的对应。

二、“封建社会”含义歧变

20世纪30年代以后，中国的史学话语系统发生变化，秦汉至明清渐被称之“封建社会”，以与时间相当的西欧中世纪相比配，此种明显的错乱，导因于我们陷入硬套西史模式的怪圈之中。

1928—1933年间，中国社会科学界相继展开“中国社会性质论战”和“中国社会史论战”，一些初学马克思主义及其唯物史观的社会科学工作者引入由西欧历史模式概括的“五种社会形态说”，并认为此说放之四海而皆准。在“五形态说”框架内，继原始社会、奴隶社会的中古时代是封建社会，承接其后的是资本主义社会。此种序列大体符合西欧历史实际，但以此一序列套用非欧地区则往往大谬不然。而那时的左翼社科界确信“五种社会形态说”为普遍真理（郭沫若1930年出版的《中国古代社会研究》反复申述此点），用以诠释并规范中国历史：原始社会过后的夏、商、周三代是奴隶社会，中古及近古（秦汉至明清）是封建社会，近代进入受资本主义影响的半殖民地半封建社会。这种述史论说，在20世纪30年代还只在左翼内部发生影响，史学界主流仍在传统的“封土建国”意义上称中国三代为“封建”，指秦汉以降为“非封建”的“郡县社会”或“皇权专制社会”。至40年代初，由斯大林主持的《联共（布）党史简明教程》确立的“五种社会形态单线递进说”，被正式规定为历史法则，1949年以后，从小学、中学到大学的历史教科书皆照此编纂，虽然在历史分期上有几种不同意见（如郭老、范老、吕振羽、尚钺各有分期说），但都在“五种社会形态说”轨范之内，大同小异，学校教育、社会教育向全体国民灌输的中国历史发展序列是五形态递进说，秦汉至清中叶被定性为“封建社会”。

于是，一个制度主流“非封建”的时代（秦汉至明清），被加上“封建社会”名目，并在“封建”的传统义和世界义之外，赋予与“封建”不相干的意义甚至完全相背反的意义，如把专制君主中央集权称之“封建”，把以废封建立郡县为务的秦始皇称之“中国第一个大一统封建帝王”，逐渐放逐了“封建社会”的国史本义及世界通用义。

三、滥用“封建”，导致“削足适履”“语乱天下”

“五形态递进说”将秦至清的社会形态认定为与西欧中世纪相类同的“封建社会”，是大半个世纪以来中国大陆的流行说。此说把世界诸民族、诸国度的社会形态发展史描述为单线直进过程，抹杀了中国等多数东方国度与西欧前近代的社会形态的重大差异性，扭曲了世界历史纷繁多致的网状进路。

收缩到历史文化语义学角度看，将秦至清的社会形态归入“封建”，误处在于，“封建”概念被泛化和误植——

（1）违背了“封建”的汉语本义（土地由封赐而来、不得转让买卖，贵族分权、诸侯林立），那种泛化封建（将君主集权的官僚政治和土地可以买卖的地主经济称之“封建”）同本义封建指示的意义方向恰相悖反。

（2）脱离了“封建”的西义，与相对译的英语词feudalism含义（封土封臣、采邑领主、人身依附、超经济剥夺、农奴制、骑士传统）大异其趣。

故泛化“封建”（将专制集权的皇权社会称“封建”）是在中国史时间向度上无依凭、世界史空间向度上无借鉴的生造概念。

用“概念”与“所指”相错位的泛化“封建”作词干，形成的社会形态词组群——“封建制度”“封建社会”“封建主义”“封建时代”等，也随之偏离正轨。于是，因为关键术语失准，一部中国历史的宏大叙事，失却构制网络的坚实纽结。由此出发，史学界长期探讨的“中国历史分期”“中国封建社会内部分期”“封建土地所有制形式”“中国资本主义萌芽”“中国封建社会为何长期延续”诸问题，都缺乏议论得以健康展开所必需的严密的概念坐标系。故这些讨论虽然促进了专科研究的进展，但因核心概念紊乱而不可能获得学术共识，至今也只能是众议纷纭、莫衷一是。

对于“封建”概念被泛化、被滥用，现代中国学人曾提出尖锐批评——

胡適（1891—1962）1935 年称之“今日思想界的一个大弊病”①，抨击种种滥用“封建”的现象，胡氏还坚决拒绝把他在五四新文化运动中的业绩概括为“与封建主义争斗”。

钱穆（1895—1990）在《国史大纲》（1948 年）中称之“削足适履”②。

梁漱溟（1893—1988）在《中国文化要义》（1949 年）中将泛化封建观称之“于唯物史观不能善为理会，而固执之，以自陷于不通”③。

侯外庐（1903—1987）在《中国思想通史》第二卷（1950 年）更将“封建”的误译严厉斥责为“语乱天下”④。

这些批评者不同程度地揭示了泛化封建观产生的原因：以西欧模式套用中国，陷入单线直进史观的泥淖，如钱穆便一针见血地指出，泛化封建观的误处在于，“谓人类历史演变，万逃不出西洋学者此等分类之外”⑤。

一些博通中西的学者都注意到中西“封建”的通约性，抵制“封建”概念滥用、拒绝单线直进史观，不赞成把秦汉至明清定格为“封建社会”。

四、马克思、恩格斯从来不曾将中国、印度等东方国度的前近代社会形态认定为“封建社会”

泛化封建观之所以在现代中国得以流行，一个重要原因在于，此说是在唯

---

① 胡適：《今日思想界的一个大弊病》，1935 年 5 月 27 日《独立评论》第 153 号。

②⑤ 钱穆：《国史大纲》，商务印书馆 1948 年版，第 18 页。

③ 梁漱溟：《中国文化要义》，正中书局 1949 年版，第 177 页。

④ 侯外庐：《中国思想通史》第 2 卷上册，生活·读书·新知三联书店 1950 年版，第 374 页。又见《论中国封建的形式及其法典化》，《侯外庐史学论文选集（上）》，人民出版社 1987 年版，第 202 ~ 203 页。

物史观语境中展开的，而泛化封建观被推尊为“唯物史观指导下的史学成果”。故厘清泛化封建观的误处，一个前提性工作是：复归唯物史观创始人马克思、恩格斯的封建原论。

当我们进行这项饶有兴味的工作时，首先发现的一个真相是——马克思、恩格斯决不赞同“西欧中心主义”和单线直进史观，他们严格区分西欧与非西欧地区前近代社会形态的差异，从来不曾将中国、印度、波斯等绝大多数东方国度的前近代称为“封建社会”。日本是东方的例外，其前近代社会与西欧中世纪酷似，保有完整的贵族政治和领主经济，是典型的封建国家。

马克思是突破“西方中心主义”的先驱，马克思这方面的努力，在他19世纪50年代提出“亚细亚生产方式”中已经显示出来。马克思的这一重要提法虽然比较模糊，后之论者聚讼不决，然而其昭示的路向则是颇有价值的：以“农村公社、土地国有、专制主义”三位一体的东方诸国的历史进程不同于西欧。

唯物史观创始人认为，封建制并非世界各地前近代社会的普遍性制度，日本之外的绝大多数东方国家的前近代社会并不是“封建”的。这在马克思、恩格斯的论著中可以得到充分佐证。仅以《马克思恩格斯选集》第1卷（人民出版社1995年版）为例，便足以说明问题。该卷集中马克思、恩格斯论中国与印度的文章12篇，对前近代中国与印度，从不以“封建”相称，而冠以下列名目：

“天朝帝国”①

“亚洲式专制”“东方专制制度”②

“中华帝国”③

“半文明制度”“世界上最古老的帝国”④

---

① 马克思：《中国革命和欧洲革命》（1853年），《马克思恩格斯选集》第1卷，人民出版社1995年版。

② 马克思：《不列颠在印度的统治》（1853年），《马克思恩格斯选集》第1卷，人民出版社1995年版。

③ 马克思：《俄国的对华贸易》（1857年），《马克思恩格斯选集》第1卷，人民出版社1995年版。

④ 恩格斯：《波斯和中国》（1857年），《马克思恩格斯选集》第1卷，人民出版社1995年版。

“官僚体系”“宗法制度”[①]
“不稳定的亚洲帝国”[②]
“那种小农业与家庭工业的结合”的“天朝帝国”[③]。

马克思、恩格斯以上述“非封建”名目界定中国、印度的前近代社会形态，绝非偶然之举，而是他们坚守学术规范的结果，是运用唯物史观及其社会形态学说的范例。

一个有趣的现象是，近代中国一批学人，将中国的封建社会定位在三代（特别在西周），而将秦至清的历史另作概括——

梁启超称之“君主专制全盛之时代”[④]；
严复称之“霸朝”[⑤]；
周谷城称之“专制一尊”，“统治于一尊的郡县制度”[⑥]；
瞿同祖称之“中央集权的国家”时期[⑦]；
李剑农称之“个人土地自由制”[⑧]。

这些学人并非马克思主义者，他们大都并未阅读过马克思、恩格斯论中国、印度等东方国家的文章，然而他们从中国历史的实态出发，对前近代中国的社会形态的判断，与马、恩十分相似，而与泛化封建论大相径庭。

五、土地可以自由买卖的地主经济与封建领主经济不相兼容

西欧中世纪特定的社会、经济、政治状况，如封君封臣，农奴制，庄园采

① 马克思：《鸦片贸易史》（1858 年），《马克思恩格斯选集》第 1 卷，人民出版社 1995 年版。
② 恩格斯：《俄国在远东的成功》（1858 年），《马克思恩格斯选集》第 1 卷，人民出版社 1995 年版。
③ 马克思：《对华贸易》（1859 年），《马克思恩格斯选集》第 1 卷，人民出版社 1995 年版。
④ 《中国史叙论》，《梁启超全集》第 1 册，北京出版社 1999 年版。
⑤ 《译社会通诠自序》，《严复集》第 1 册，中华书局 1986 年版。
⑥ 周谷城：《中国社会之结构》，新生命书局 1930 年版。
⑦ 瞿同祖：《中国封建社会》，商务印书馆 1937 年版。
⑧ 李剑农：《中国经济史讲稿》，中国书局 1943 年版。

邑制，领主垄断土地，土地不能自由买卖，与人身依附并存的领主与附庸间的契约关系等，决定了西欧中世纪是封建社会（feudalism）。

封土封臣，封建主控制臣民及土地是封建制度的基础。封建社会的土地制度不同于古典的和近代的，马克思就资本主义社会与封建主义社会的土地所有权作比较说：前者是“运动的所有权”（bewieglieche Eigentum），后者是“非运动的所有权”（unbewieglieche Eigentum）[①]。所谓“非运动的所有权”，指封建领主的土地由王者或上级领主封赐而来，不得买卖与转让。这种对土地的特权占有，具有“不动产的性质”，马克思称为“已经硬化了的私有财产”[②]。是否保持土地的“非运动性”（或译作“稳定性”），是区分封建制与非封建制的重要标准。

马、恩晚年都把视野从欧洲扩及亚洲、非洲、美洲，通过研讨广大地域的人类学材料和经济、社会史材料，描绘出人类历史进展的丰富图景。

作为马克思探索人类历史发展规律的努力的一个重要组成部分，马克思晚年（1879—1882）对摩尔根（1818—1881）、柯瓦列夫斯基、梅恩、拉伯克、菲尔等人类学家、民族学家论著做了大量笔记，这些文稿曾“藏之深山无人识”，它们公之于世是晚近的事。今天我们有条件完整地把握马克思关于资本主义社会以前社会诸形态的论说，即可发现，这位视野开阔的哲人十分重视各地区、各民族历史演进的特殊性。

马克思的年轻朋友、俄国学者马·柯瓦列夫斯基（1851—1916）的《公社土地占有制，其解体的原因、进程和结果》一书论及13—17世纪印度被穆斯林征服后的封建化问题，认为在英国殖民主义侵入以前，印度因扩大了采邑制和等级制，已发展成一种“印度封建主义”。马克思重视柯瓦列夫斯基的学术贡献，对其论著作详细摘录，但不赞成柯瓦列夫斯基将印度及伊斯兰的社会—经济制度与欧洲封建社会混为一谈，他在摘录《公社土地占有制，其解体的原因、进程和结果》一书时批写的评述指出，农奴制和土地不得买卖等特点均不存在于印度，故被穆斯林征服后的印度不是封建社会。

我们知道，中国自战国始，土地自由买卖出现，秦汉以后，尤其是唐宋以

① 见《马克思恩格斯全集》第1卷，人民出版社1972年版，第384页；又见马克思《1844年经济学哲学手稿》，人民出版社1972年版，第71页。

② 见《马克思恩格斯全集》第1卷，人民出版社1972年版，第369页。

后，土地自由买卖成为常态，农民的人身依附解除，这些非封建的社会要素更胜于印度。如果说中古印度不是封建社会，那么中古中国更不是封建社会。

六、中央集权君主专制与封建分权不相兼容

“封建”不可滥用，还在于：贵族分治、政权分裂是封建的题中之意，将中央集权的君主专制制度与封建制度混为一谈是不通之论。

马克思晚年的民族学笔记集中显示了君主专制集权与封建主义不相兼容的观点，如他在柯瓦列夫斯基《公社土地占有制，其解体的原因、进程和结果》一书的笔记批语中指出，印度存在集权君主制，阻碍了印度社会向西欧式的封建制度演化。马克思引用柯瓦列夫斯基的书中文字说明此点：“到蒙古人的帝国末年，所谓封建化［只发生在某些区，在其他大多数区，公社的和私人的财产］仍然留在土著占有者的手中，而国家公务则由中央政府所任命的官吏办理。”①

此外，马克思指出，印度“没有农奴制”②。又引述柯瓦列夫斯基的论断说，印度“在民法方面没有世袭司法权”。而“农奴制”与“世袭司法权”正是封建制度的显在标志。无此标志的印度当然不应归入“封建社会”。

从概念的内涵规定性而言，政权由上而下层层封赐，造成政权分裂，这是“封建”的本义，中国的商周、西欧中世纪、日本的三个幕府时段实行此种政制，故称“封建”。这本是顺理成章、名实吻合的历史学表述。至于在“封建社会”的晚期出现君主专制，分权走向集权，贵族政治走向官僚政治，这正是“封建”的变性以至衰亡，是“非封建”乃至“反封建”的历史走势，如中国春秋战国的郡县制及专制君主制，西欧中世纪末期的专制王权及统一民族国家，日本江户时期通过参觐交代实行中央掌控藩国，这都是与封建主义相背离的趋向，是一种过渡形态，而并非封建主义的本有内容。

七、周秦以下社会主流非封建，而是宗法皇权社会

如果将人类历史长河大略分为三段，其首尾两段的共性突出（也存在种种

---

①② 《马·柯瓦列夫斯基〈公社土地占有制，其解体的原因、进程和结果〉一书摘要》，《马克思古代社会史笔记》，人民出版社1996年版，第78～79、70页。

个别性，不可笼统论之），中间段落个性鲜明、差异显著：

原始社会后期，或曰氏族制时代，由于生产力低下，物质文化、制度文化、观念文化相对简单，各个地域文化，其样式差别较小，试比较西亚、东亚、南亚、西欧、中南美的原始文化，共同之处甚多，这并非由文化传播造成，而是物质条件的近似性和人类思维趋同性导致的结果。

近代工业文明兴起，资本主义促成世界统一市场逐步建立，使诸国各地的生产和消费渐成世界性的，在愈益强劲的文化传播影响下，一切国家不仅物质生产的一体性增强，精神生产的共性亦随之大增，诚如《共产党宣言》所说，资本主义导致“世界的文学”（可理解为“世界的文化”）形成。当然，文化的丰富性并不会在全球化进程中消失，现代文化决非单由西方文化来普被，而是异彩纷呈的多元文化要素涵化而成，当下及未来的世界文化，是“多”与“一”的统一。

至于在这两头之间的中古时期，各文化圈大体是在封闭、半封闭状态下独立发展的，各文化圈面对的自然环境、社会条件各异，承袭的历史文化传统又大相差别，故其社会形态、文化状貌往往沿着不同方向发展，呈现繁复多样的类型。如亚细亚形态不同于欧罗巴形态，亚细亚形态的中国、印度、日本又大相径庭，欧罗巴形态的斯拉夫、日耳曼、古典也各展身姿。试图将这些性状多样的中古社会塞进同一模型之内，是心劳日拙的，具体言之，把秦至清的中国社会与西欧中世纪社会、日本中世近世社会列入同一个“封建社会”模型之中，其牵强自见。只有按照各国各地历史自身的轨迹，概括其中古历史的社会形态，方为求得真解的正途。

中国秦汉至明清社会形态虽多有起伏跌宕，但发展主流是封建性渐趋退隐——

秦汉至明清，农业生产者的人身依附时强时弱，但大体在走向消减，不存在长期占优势地位的农奴制；

自战国以降，土地可以买卖、转让，地主制渐成主流，封建贵族世袭土地制（即领主制）不占主导；

中国又有着比印度更加完备、更加强势的中央集权君主制度，官僚政治取代贵族政治，阻止向西欧国家权力分散的领主封建制那样的社会形态发展。自秦汉以下，中国官员主要不是采自世袭贵族，而是通过考选从民间人士中录用，汉代选举制，尤其是隋唐以降的科举制，通过公开公正的国家考试，擢拔士子为官，所谓“朝为田舍郎，暮登天子堂”，这是古代世界非封建的、最先进的文官制度，称之为中国的“第五大发明”是毫不过分的。中国能创造辉煌的中古文明，在1—17世纪间长期领袖群伦，颇得益于非封建的文官考选制度。

综上诸点，将秦汉至明清称之“封建社会”，显然不能成立。泛化封建观所称之“封建”，既违背中国传统语义，也不符合西义，同时又与马克思主义背道而驰。

八、纠正“封建”滥用的必要与可能

有些朋友赞成前述，也认为“封建”滥用确乎不妥，但这种泛化“封建”既然沿用大半个世纪，人们已经习惯，以至视作当然，难以扭转。于是就有了是否需要犯难改变泛化“封建”的问题。

诚然，“封建”泛化并滥用已经“约定俗成”，但我以为纠谬改错是必需的，也是可能的。

第一，传统文化中有着丰富的、极具说服力的“封建”正解，它们是我们在封建论题上纠谬改错的充足历史资源，只要读读柳宗元的《封建论》、马端临的《封建考》，便可获得“封建”正解。

第二，既然几十年前有人能做到用斯大林制订的模式，“以错改正”，我们今天为何没有复归历史真相，“以正改错”的勇气与能力。

第三，既然泛化“封建”对史学研究、文化教育造成的弊害不浅，故无论有多大困难，我们也应当逐步将被错置的“封建”端正过来，而前提便是走出单线直进史观设置的误区。好在当我们亡羊歧路之际，有一鲜明的指南，这就是唯物史观及其社会形态学说创始人马克思、恩格斯概念精准的封建观，以及他们运用此种科学的史观对西欧与日本、中国与印度历史作的相关评述。

以上所论，绝非主张对马克思取“凡是”态度，马克思的观点可以讨论、需要完善，但马克思的原论又是必须尊重的，不能把违背马克思原论的说法强称为“马克思主义历史观”并继续沿用下去。更重要的是，我们应当努力运用历史唯物主义的方法论，秉持普遍性与多样性相统一的原则，走出单线直进历史观的误区，从纷繁生动的历史实际出发，而不是从某种先验的模式出发，探讨社会形态诸论题，在此一基地上，为“中国封建社会”做实事求是的定位。

结 论

以上是对《“封建”考论》要义的概述。

自拙著2006年出版后，赞成与非议的论者都不少。非议者给予三种批评，一是认为拙著反对马克思主义；二是认为拙著否定中国民主革命；三是拙著抹杀现代中国史学成果。

关于第一种批评意见，前面已做回应：实际情况恰恰相反，敝论试图恢复马克思的封建原论，以之再现唯物史观社会形态学说的本貌。

关于第二种批评意见，这里做简要答复。

中国民主革命是面对近一百多年严峻的社会问题开展的一场广大人民群众参加的革命运动。中国民主革命要解决什么问题呢？对外是反帝，争取民族解放、国家独立；对内革除专制帝制。如辛亥革命推翻的是专制帝制（同盟会的名论是“敢有帝制自为者，天下共击之”）。辛亥革命的领袖孙中山、黄兴、章太炎等人多次讲到，他们发动的不是反封建运动，中国的封建制度秦始皇时已经终结（孙中山于1924年指出“中国两千多年前便打破了封建制度”，此可谓孙氏“晚年定论”），他们推翻的是秦始皇开端的两千年的专制帝制。

在中国历史早期（如秦汉以至唐宋），专制帝制曾发挥重要而且积极的作用，但到了近古，其弊端渐趋严重，近代已然成为中国社会进步的重要阻力。所以中国民主革命在政治制度层面，主要是反对君主专制，而并非反对早已弱化的贵族政治。在经济制度层面，变革对象主要并非领主经济，而是地主经济，通过土地革命实现“耕者有其田”。

又例如，以往惯说五四新文化运动反帝反封建。说五四反帝爱国，无可置疑，但说五四反封建则值得推敲。略考新文化运动健将们的自认，便发现他们多不认可自己是在“反封建”。如杜亚泉在“公侯之分域”意义上论封建；蔡元培将封建与地方自治相比拟；鲁迅从不提“反封建”，他谴责的是“吃人”的礼教和戕害女性的“节烈”；胡適更明确拒绝给他带上“反封建”桂冠。他说：“我搜索我半生的历史，我就不知道我曾有过‘与封建主义争斗过的光荣’。”新文化运动健将们如此决绝地反对将自己的业绩概括为“反封建”，我们今天如果仍然持五四“反封建”说，岂不是太有负先辈了。

英法资产阶级革命针对的是中世纪贵族政治、领主经济。日本明治维新与英法资产阶级革命相似，反对的是幕府时期的贵族政治、领主经济。故欧日近代化运动可用“反封建”概括，日本的明治维新“废藩置县”，是在近代文明条件下完成秦始皇两千年前“废封建，立郡县”的任务，形成统一民族国家，称之“反封建”，恰如其分。中国则另成一格，正如孙中山所说，中国的“反封建”任务秦代基本完成，近代中国民主革命的目标是：革除专制帝制及地主经济。因此，将中国民主革命定位为“反封建”，名不副实。我们应当从近代中国客观存在的历史实际出发，建立关于中国民主革命的概念系统，诸如“反专制”“解构宗法”“平均地权”皆较贴近真实。

关于第三种批评意见，在下也不敢苟同。事实上，现代中国许多杰出的思想家、史学家坚持既符合传统又符合国际惯例的“封建观”，抵制泛化封建观。

现代中国有三种学者拒绝“泛化封建观”。

一是坚守中国传统历史观、传统历史用语的学人，如梁启超、章太炎、钱穆、梁漱溟、徐复观等。他们一直在封土建国义上讲封建制度、封建社会。国学大师钱穆在《国史大纲》中辟专节批评封建滥用。

二是中西兼通者，如严复、孙中山、胡適、李剑农、瞿同祖、费孝通、吴于廑等，都在中西融通的高度讲论封建，坚拒对封建的滥用。

三是深入研究马克思主义社会形态学说的学者，代表人物是侯外庐。他系统介评唯物史观及其社会形态学说，提出滥用“封建”导致“语乱天下”：一个术语的错用导致学术系统紊乱。吴大琨、顾准、林志纯、齐思和等也对“封建”问题做出马克思主义的解说，批评流行的封建泛化说。

可见，拙著虽然与泛化封建观“对着讲”，却又是追随上述前辈的“接着说”，故敝论并未否定现代中国史学成就，而是在封建论题上对现代中国史学有所扬弃——弃所当弃，扬所当扬。

中国“封建社会”再认识，不仅是历史分期名词选用问题，而且关涉到对中国历史特点的把握问题。有了对历史特点的确切把握，方可以了解近代中国的前进基点，了解中国与欧美、日本近代化进程的同与异。如果说，西欧及日本是在封建社会（领主经济与贵族政治）的基点上实现近代转型的，那么，中国的近代化则以宗法专制社会（地主经济与官僚政治）为出发点，章太炎称近代日本（西欧亦然）“去封建近”，近代中国“去封建远”，故各自的近代改革方式不能等量齐观。中国现代化路径的优势与面临的困难都与其前现代的历史起点相关。这便是正确认识中国“封建社会”的必要性所在。

中西封建制度比较研究的范例——读吴于廑论封建双书*

吴于廑先生（1913—1993）是著名的历史学家，是我国世界史研究领域的学术权威。在我国的世界史学科体系构建、世界通史编纂、世界上古中古史研究、西方史学研究及史学名著编译等方面，吴先生都是奠基者和开拓者。他还曾在武汉大学长期担任校、系领导职务，与唐长孺先生一道，开创了武汉大学历史学科的鼎盛时期。

但是很少有人知道，吴先生在中国古代史和中西文化比较研究方面也深有造诣。他于1941年毕业于南开大学经济研究所经济史专业，其硕士毕业论文题为《士与古代封建制度之解体》。文章认为，中国的封建时代是商周时期，推动中国封建制度瓦解的动力不是工商阶层，而是士人的崛起。吴先生的独到见解，在当时就受到万国鼎、吴景超等学术名家的激赏。他于1944年和1946年先后在哈佛大学获得文学硕士和哲学博士学位，其博士毕业论文题为《封建中国的王权和法律》，将欧洲中世纪的封建制度与中国商周时期的封建制度进行比较，阐释二者的异同。今日我们有缘阅览吴氏30岁前后写作的两部论著[①]，可以清晰窥见其在中西历史比较方面入木三分的洞察力。

一

自1929年前后开展“中国社会史论战”以来，中国社会科学界的一批前

---

* 原载《武汉大学学报（人文科学版）》2013年第4期。

① 吴于廑《士与古代封建制度之解体》《封建中国的王权与法律》，收入武汉大学出版社“百年名典”。

沿学者误将从共产国际输入的"泛化封建观"当作唯物史观加以信从，将中国的中古社会（周秦之际至明清）称之"封建社会"。20 世纪 40 年代以降，又以《联共（布）党史》划分的"五种社会形态"（原始社会—奴隶社会—封建社会—资本主义社会—社会主义社会）单线直进模型，套用中国历史分期，虽在起点上有"西周封建说""战国封建说""魏晋封建说"等分歧，但中国的中古及近古被划入"封建社会"则几成通论。

将周秦之际以下的社会形态归入"封建"，是一个后果严重的偏失，使"封建"概念发生扭曲。

（1）违背了"封建"的汉语本义，这种泛化了的"封建"同本义封建所指示的意义方向（土地由封赐而来、不得转让买卖，政权分散、诸侯林立）恰相悖反，从而使今之述史与三千年的传统述史全然错位。

（2）脱离了"封建"的西义，与相对译的英语词 feudalism 含义（封土封臣、采邑领主、人身依附、超经济剥夺、农奴制）大异其趣，从而使今之中国之述史与国际述史格格不入。

泛化"封建"是一个历史向度上无依凭、空间向度上无借鉴的生造概念。用这样的概念作词干，形成的社会形态词组群——"封建制度""封建社会""封建主义""封建时代"，等等，也随之偏离学术正轨。于是，因为关键术语失准，一部中国历史的宏大叙事，失却构制网络的坚实纽结。由此出发，史学界长期探讨的"中国历史分期""中国封建社会内部分期""封建土地所有制形式""中国资本主义萌芽""中国封建社会为何长期延续"诸问题，都缺乏议论得以健康展开所必需的严密概念坐标系。

近几十年来，由于将"五种社会形态"单线发展说视作普世规律加以信从，学界主流将秦至清大一统的皇权社会与中世纪西欧贵族分权的封建社会这两种大有差异的前近代社会混为一谈，牵强地将秦至清两千年归入"封建社会"，导致"削足适履"（钱穆语）①，"语乱天下"（侯外庐语）②。所幸的是，这种泛化封建观并未做到绝对的"舆论一律"，在其流行中国之际，受到兼通中西史学的一些学者（如瞿同祖、钱穆、雷海宗、张荫麟、李剑农、费孝

---

① 钱穆：《国史大纲》，商务印书馆 1948 年版，第 18 页。

② 侯外庐：《中国思想通史》第 2 卷上册，三联书店 1950 年版，第 374 页。

通、梁漱溟、侯外庐、齐思和等）的抵制，他们虽系少数，却代表了史学研究的健康方向，吴于廑先生即是此一行列中人。

吴氏虽未对中国社会史论战直接发表意见，但他对这场论战导致的概念混乱持明晰的批评态度。吴氏在《封建中国的王权和法律》的一条注释中声明：

> “封建”一词被时下中国政论家的滥用已经到了几乎无法定义的地步……本文以严格的定义使用“封建”一词，以此来概括地描述中国漫长历史中的一个时期，它产生于一个采邑层层封赐的过程……①

与泛化封建观形成鲜明对照，吴著在“封建”古典义与西义的通约上，精准地把握“封建”“封建制度”“封建社会”这一组核心概念。吴著指出：“周武王‘革命’后所建立的国家是封建的帝国”②，西欧历史上可与中国宗法封建的周制相比较的是“九世纪初查理曼大帝所建立的封建帝国”。吴著说：“封建帝国与统一帝国并不是一个东西。举例说，前者如周，后者如秦汉……罗马帝国与查理曼帝国在本质上是不同的。”③ 在吴著的论史系统中，没有把西周的封建帝国与时间较靠近的罗马帝国归于一类，而是把西周封建与此后千余年的西欧中世纪（查理曼帝国之类）划入同类（封建社会），这就与20世纪30年代开始流行的泛化封建观（把秦汉至明清的皇权一统帝国与西欧中世纪封建社会归为同类）的做法大相径庭。

在《封建中国的王权和法律》中，吴氏具体比照封建欧洲与封建中国的王权与法律的一些基本观念，如王权至上原则。

吴氏指出“在中国史中，存在着一个以这样严格定义的封建时期”，这就是周代。

吴著关于“封建”概念的坚守，贯穿于两部论著的始终，其意义重大：由此吴氏史论置于坚实的历史实际的基础之上，其关于中西封建制内涵的开掘，其关于中西封建制同中之异、异中之同的绵密考析，方具有确凿的史迹依据和科学概念的支撑。在几十年来遍览泛化封建观论著之后，再展阅吴著，真有如沐春风之感！

---

①②③ 吴于廑：《士与古代封建制度之解体　封建中国的王权与法律》，武汉大学出版社2012年版，第175、7、8页。

二

正是基于“封建”概念的准确把握，吴氏所作中西封建制异同比较走在一条坚实的道路上。

吴著的一个重要的研究结论是，中国周代的封建制与西欧中世纪的封建制在土地制度及社会身份制度上有着明显的类似之点，二者又存在差异：

> 西洋史上封建社会以后是工商阶级所开辟的资本主义社会，中国史上封建社会以后则未尝有此。①

吴氏此说是对中国社会史讨论中陶希圣等人观点的驳正。陶氏基本维持传统封建说，但仍脱不出西欧史模式，认为周代封建的结束是工商业者作用的结果，因而秦汉已进入前资本主义社会。吴氏则说：

> 结束封建社会者未必全如西欧之由于商业势力，开辟未必全如西欧之由于商业势力。这可能由另一种人物，另一种势力来担承。②

吴氏指出，在中国社会经济史上结束封建并开辟未来社会者，是异于商业势力的另一种人物与势力，这便是士大夫。士对于创造君主集权国家及打破封建社会做出关键性贡献。

三

吴著以周制与西欧中世纪王权和法律进行比较，认为“封建欧洲和封建中国”存在“类似的发展”，与此同时“封建中国有别于封建欧洲，没有一个如同教会那样的宗教组织”，“另一方面，封建中国缺乏充满活力的习惯法”，两

① Sverre Bagge，Michael H..*Gelting & Thomas Lindkvist*. Feudalism，New Landscape of Debate，p. 156.

② Sverre Bagge，Michael H..*Gelting & Thomas Lindkvist*. Feudalism，New Landscape of Debate，p. 11.

相比较，吴氏的结论是：

> 皇权绝对主义的种子就此播撒在远比封建欧洲更为肥沃的封建中国的土壤之中。①

吴氏60多年前的论著，今日读来仍然倍觉新鲜，这是真历史不朽的生动表现。1949年以后，吴氏未就“封建”问题发表意见，说明他对当时流行的泛化封建观持保留态度。

---

① Sverre Bagge，Michael H..*Gelting & Thomas Lindkvist*. Feudalism，New Landscape of Debate，p. 221.

附（一）吴于廑先生的封建论

郭齐勇

学界都知道已故历史学家、我校前辈吴于廑先生是我国世界史研究泰斗级的人物，殊不知吴先生也是中国史的行家，而且他的研究能力的训练是通过中国史研究完成的。吴先生 1941 年 6 月在南开大学经济研究所完成的硕士论文《士与古代封建制度之解体》与 1946 年在哈佛大学用英文写成的博士论文《封建中国的王权和法律》，经吴先生哲嗣吴遇博士悉心整理、翻译，合成一书，已于 2012 年 7 月由武汉大学出版社出版。这为我们全面理解吴先生的史学修养与研究面相，提供了新的材料。

吴先生这两文虽作于 20 世纪 40 年代，然对于我们今天研究中国古代制度与思想，讨论中国封建制及中西社会文化路径问题，仍具有启发新思的作用。吴先生论证了瓦解中国封建制度的主要力量是士而不是工商阶级，论述了中西方封建社会的可比与不可比之处，讨论了中西社会不同走向的原因及封建中国与封建欧洲对王权和法律的一些共同看法。由于两文研究的都是周代封建制的特色及其演变，我们姑且称之为吴先生的“封建论”。吴先生的深层思考与中西对比、史论结合的方法颇值得我们借鉴。

吴先生的《士与古代封建制度之解体》文辞典雅，简明生动，从文章学的角度看，不失为一很美的范文，读起来不免击节称赞。从中我们不难发现民国时期学术论文之美。除基本史籍外，作者对先秦诸子，特别是儒家经典稔熟。作者的慧见在于，明辨中西封建制的同与不同，西洋史上是工商阶级、商业势力结束了封建社会，开辟了资本主义，然而中国史上结束封建并开辟未来社会的是“士”阶级，相对于贵族与国君来说，他们是新人物，是他们促成了统一帝国的形成。由大夫士的时代到士大夫的时代，中国封建制逐渐瓦解。士之干进很是积极，国君之用士乃成为必然之势，政治舞台上时时可见由布衣而为卿相的人。由于士的活动，促成了社会两极间的流通。作者详论了土地制度、政治制度的变化与统一帝国形成过程中士的作用，但结果与西洋封建制解体截然不同。

吴著澄清了一些争辩，说明中西结束封建制原动力之不同，出路也迥异。他提出了由封建而郡县的新看法，尤其是"士"的研究的独特视角令人赞叹。以今人的眼光看，周代封建制度的解体，原因复杂多样。士人也各各不一，仅就士与仕的关系而言，按钱穆的说法，有劳作、不仕、禄仕、义仕、退隐等不同。

吴先生的《封建中国的王权和法律》是更有深度的大著。作者的创见，对于我们今天的中国思想史工作者有特别多的启示。例如，作者有关"礼"的研究，特别凸显了"礼"即法律的一面，细细分析了为何说"礼"在一定意义上即"法"，不成文法。作者又特别研究了法之起源、上天与法的关系、善古之法等问题。在有关法律起源的封建概念的解释上，作者强调了古法的不可变更性的意义。作者的卓越见解特别启发我们对《礼记》的研究。作者指出："我们发现，在封建时期，法律与道德、宗教习惯及社会礼仪是不分离的。之后，我们涉及了封建观念中关于法律起源的问题。我们发现，人们相信法律衍生于天理，由古代君王建立并在社会传统的习俗显示出来。由于从天理中衍生，法律是至善的。由于建立于古代并显示在传统的习俗之中，法律也是远古的。因此，法律就是善古之法。这个善古之法既非通过立法程序制定，亦无成文的形式。它存在于人们的良心和记忆之中。它是永恒的，不可更改的和不可废除的。进而言之，因为法律既不可被制定也不可被废除，那也就不存在高于法律的立法和废法的权力。由于不存在这样一个权力，法律本身就是一个主权体。在所有这些方面，中国封建时代的法律观念都与欧洲封建时代的法律观念非常相似。"①

然而，鼓吹统一帝国的商韩之法，由法取代礼，"对于国王而言，尊重法律意味着为人民树立好的表率。他必须依法行事的原因并非他有法律的义务这样做，而是因为他要他的人民向他学习，这样，他的国家内部的秩序和政治上的团结便可以更好地维持。到此一步，所有强大的法律全部降格成为中央集权

① 吴于廑：《士与古代封建制度之解体　封建中国的王权与法律》，第 281 页。

制君主国的政治服务的侍女。它不再具有自己的目的。它为之服务的目的就是霸主国家的目的。如同西欧一样，具有主权性的善古之法的封建概念，随着订立的法律和立法王权新概念的兴起而消失了”①。

当然，把“礼”的法律意义强调过了，也会影响到有关“礼”的宗教、政治、道德、伦理、教育意义的看法。而且，秦行郡县以后，法并未取代礼，礼制仍然是中国人社会生活的最重要的依凭。胡秋原先生认为，中西政治文化的传统不同，乃定型于两汉与罗马帝国。中国所以为中国，汉儒对礼与法的解决，实有决定的影响。罗马族类复杂，阶级制度很严，其领土扩大很多，方法靠武力征服，目的则在于经济特权。“罗马之扩张，是由许多武人带兵各自去开疆扩土的，他们照例各自随意在殖民地征税，即以其财富武力，回国争权……逐渐形成军人干政乃至专政之局……罗马‘将军政府’及其法律，实在比秦还坏，亦终不免于灭亡……武力征服在中国历史上素不占重要地位。除乱世以外，军人干政之局是很少的。”②汉代文治政府的建立，在当时及尔后很长一段时间的世界文明史上，都是无人企及的典范，这是儒家的功劳！

古代礼乐刑政的配制，礼乐是文化，有价值。“礼”是带有宗教性、道德性的生活规范。在“礼”这种伦理秩序中，亦包含了一定的人道精神、道德价值。汉武帝、宣帝时，研究仪礼的后仓曾有“推士礼而致于天子”之说。明堂和推致之说，都有民主意义。汉儒推动礼的复兴，遏止了秦式刑法政治，建立了汉代平民参政政治，相对地限制了皇权。到郑玄等以礼并法，自此有“礼法”之称。至六朝时期，士礼大盛。隋唐的制度建构，基础在汉魏六朝。唐代有《唐律》，又有《开元礼》，仍是礼法并重。直到宋元明清，法仍未取代礼，乡约、家礼深入民间。礼制是中国文化不同于西方、印度文化的特质之所在。

作者对中西的“天”与“上帝”概念的比较也甚有深意。作者肯定中文中的“天”只是一个形而上的概念，提出了“天与人的理性相连”的思想。这里所说的“理性”，不是现代理性，主要是依于实际经验的推理。作者否定了古中国人有关“天”即神秘性存在的看法，这似还可以再商讨。源自作者厚实的中西学术的背景，作者的创造性远不止以上数点，在方法论、资料运用，特别是运思上，启我良多。

---

①② 吴于廑：《士与古代封建制度之解体　封建中国的王权与法律》，第288～289、459页。

附（二）对周代社会形态及其演变的真知灼见

——读吴于廑先生《士与古代封建制度之解体》一书的几点体会

徐少华

周代八百年，是古代中国乃至整个东亚文明的奠基时期，可称之为东方的“轴心时代”。秦汉以降，关于周代社会的研究和论述多不胜数，尤其是近一个世纪来，国内众多学者对中国古代社会尤其是周代社会形态及转变展开了一系列讨论，取得了许多重要成果，同时也有不少分歧与争论，有些问题至今看法不一。最近学习吴于廑先生70年前完成的硕士学位论文《士与古代封建制度之解体》，站在今天的史学基点，重温前辈大师当年的学术思路，无疑具有重要的启发、借鉴作用。

一、关于周代社会形态及“封建”概念的认知

中国古代社会形态和分期，是中国学术界长期讨论而至今没有达成共识的重要疑难，与此相应的一些概念如“封建”“封建社会”等虽常为学者及各类教科书所广泛使用，但仍然存在许多混淆、误解之处。[①] 关于周代社会形态，或认为是奴隶社会，或认为是封建社会，或称西周、春秋为奴隶社会，战国为封建社会，歧异颇大。

吴先生的硕士学位论文，虽然没有重点讨论中国古代社会形态和性质方面的问题，但作为一篇探索中国上古社会解体和演变的学位论文，不能不涉及一

① 关于这一问题，详见冯天瑜先生的《“封建”考论》（修订版），中国社会科学出版社2010年版。

系列相关的学术观点和概念，梳理论文中对这些问题的判断、处理，即可见先生当时的学术思路与见识。

首先，吴先生这篇论文，重在分析、解释周代社会的转变过程及其原因和动力，名曰《士与古代封建制度之解体》，文章所言的“封建制度”即指周代社会，说明先生当时对周代社会制度是作为“封建制度”加以认定的。

其次，论文对周代社会形态和内涵，亦有明确论述，如文章开篇即曰：“周武王‘革命’后所建立的国家是封建的帝国。……其所采取的形式又都是封建制度。”并以张荫麟先生《周代的封建社会》一文为据。[①] 同时，吴先生还对周代社会特点加以归纳：“就经济方面说，所谓‘封建’，即必包含‘裂土’。……就社会方面说，当时的封建制度又必包含宗法制度。……就政治方面说，所谓封建制度即是高度的地方自治制度。”[②] 并曰：“中国史上的封建时代之形成，始于殷末，盛于西周。”[③]“周代的土地制度是封建的，或大体是封建的，殆已无可置疑。”[④]

再次，吴先生其后在哈佛大学的博士学位论文《封建中国的王权与法律》，仍是围绕周代社会进一步深入展开的，所言的“封建中国”，亦指周代社会。值得关注的是，先生还就当时学界对“封建”概念的混淆表明了自己的态度：“‘封建’一词被时下中国政论家的滥用已经到了几乎无法定义的地步……本文以严格的定义使用‘封建’一词，以此来概括地描述中国漫长历史中的一个时期……在中国史中，存在着一个以这样严格定义的封建时期，这已经是一个由现代研究得出的坚实结论。”[⑤]

可见，吴先生当时对中国“封建制度”的明确看法是，所谓严格意义上“封建时期”，无疑只指周代。

二、对秦汉社会形态的理解

除了对周代封建社会的准确把握之外，吴先生对秦汉社会形态亦有深刻的理解。

（1）在界定周代为“封建制度”时，还与后续的秦汉社会加以区别：“封

①②③④⑤ 吴于廑：《士与古代封建制度之解体　封建中国的王权与法律》，第7、14～15、117、119、175页。

建帝国与统一帝国并不是一个东西。举例说，前者如周，后者如秦汉。”[①] 从历史关系而言，秦汉与周代前后相续，吴先生之所以这样区分，显然是出于两者社会形态发生重大转变的考虑。同时，文中又称“统一帝国”为“君主集权的国家”，其性质则与封建制度大为不同[②]，这当是吴先生区别周代与秦汉社会的原因所在。

（2）在博士学位论文中，吴先生又称秦汉社会为“中央集权帝国”，与“君主集权的国家”意义基本一致。“传统学者们很少充分认识封建政体与兴盛于封建时代之后的中央集权帝国的基本区别。”“一直以来，都有一种连续的偏见，将周朝的封建王权与周朝之后的真正的中央集权帝国混为一谈。”[③]

从这些对应论述中，我们可以领会到吴先生早年对中国古史分期和社会形态的基本观点。

三、对战国时期社会演变的分析

周代是封建社会，秦汉为中央集权帝国，二者的转变发生于东周，尤其是战国时期，吴先生在其硕士论文中，对这一过程着墨较多。

其一，认识到演变过程的长期性和复杂性，“由封建帝国到统一帝国，就其发展的程序说，并非一蹴而就。……即于封建和统一之间，往往夹杂着一个相当时期的诸国林立、互争雄长的局面”[④]。

其二，关于战国时期的社会形态，文中有细致的分析：“战国时的贵族已逐渐不同于春秋及其以前的封建贵族。在政治上，他们已不能如往之垄断政权；在社会上，也已非唯一的尊贵阶级；在经济上，也已非封建的领主。”[⑤] 并明确断定：“战国时代实非一封建时代，而系一诸君主集权国家并立之时代。”[⑥]

其三，战国社会转变的关键，在以商鞅变法为代表的一系列社会变革，论文对此亦有精彩的论述：“于是往之封建分权的制度演为君主集权的制度；往之世袭的封建贵族，演为由中央政府任命的地方官吏；往之封土属于封建贵族之私有者，演为郡县土地，可以任民买卖；往之封土人民为封建贵族之农奴

①②③④⑤⑥ 吴于廑：《士与古代封建制度之解体　封建中国的王权与法律》，第 8，14 ~ 15，176 ~ 177、181，8，115，145 页。

者，演为对地主纳租之自由佃农。”[①]

其四，论文还对汉之王国性质特别说明：“盖西周以迄春秋封建制度下之诸侯，实不仅为一封国政治的首领，同时尚有经济的以及社会的封建关系为援依；而汉之王国，则并无此种对其封国内的土地人民之封建关系。诸王所辖之地其所实行者亦为郡县制度……”[②] 意在阐释通过战国时期的社会转变，汉初诸王国虽有“封建”之名，但已无严格意义上的封建之实了，与西周、春秋时期的封建制明显不同。

细读《士与古代封建制度之解体》一文，吴先生虽然没有刻意参与此前20多年学界关于中古史分期、社会形态、经济结构、制度演变等重大问题的商讨和辩论，而文中对这些问题却多有明确的认识和判断，如认定周代是封建制度（社会），秦汉以降为君主集权的国家，二者的分期当在周、秦之际，两者社会性质的明显不同，因经历了战国时期漫长的社会变革等，不乏真知灼见，对我们今天的史学研究，仍有重要的参考、借鉴作用，凡此体现了吴先生深邃的学术思考和卓越的洞察力，亦彰显吴先生这篇早年学位论文的学术价值和现实意义。

---

①② 吴于廑：《士与古代封建制度之解体　封建中国的王权与法律》，第143、147页。

附（三）思能通贯学能副

——吴于廑先生的“封建论”及其学术价值

杨华

老一辈学者中有不少“通家”，既精于世界史，又精于中国史，有的甚至写过两部通史，如雷海宗、周谷城、周一良等。吴于廑先生亦属此列。他以世界史研究名家，对于我国的世界史学科体系建设做出过重大的理论贡献，但他对中国史的研究一般人不太知晓，此次武汉大学“百年名典”丛书将他70年前的硕士毕业论文（《士与古代封建制度之解体》）和博士毕业论文（《封建中国的王权和法律》）合为一册出版，才使得我们对他的广博学识和独到见解有所了解。

笔者体会，吴先生的这两部著作，在以下方面具有独到见解：其一，阐明了中国封建社会的时代框架。他自称是“自发的西周封建论者”，主张“中国史上的封建时代之形成，始自殷末，盛于西周”①，结束于秦始皇统一中国。其二，阐明了推动中国封建制度解体的动力。他认为商业和商人的兴起不是推动中国封建制度解体的主要因素，而“士”的崛起则是决定性因素。士大夫的特性对后来中国专制社会的走向埋下伏笔。其三，阐明了中外封建社会在王权和礼法方面的共同特点。他用自己在西方所受到的政治学、法律史和世界史训练，从西欧封建社会（中古时期）的角度来寻找中国封建社会（商周时代）的特点：西欧中世纪的法律不是国王立法的产物，它超越王权，人民忠于古法而不必然忠于国王；与之相对应，在中国的封建社会中也有相当于西欧“主权法

① 吴于廑：《士与古代封建制度之解体　封建中国的王权和法律》，第7、117页。

(The Soverign Law)”的文化现象，那就是“礼”，它具有“至善”和“古老”两个特征，中国自秦朝之后，专制帝王成为法律的制定者，君主成为凌驾于“主权法”(“礼”)之上的政治主宰和精神领袖，这只是法家观念的产物，是公元前4世纪礼法分离之后的结果①，专制政体与商周封建社会截然不同。其四，在比较中勾勒中国历史的独特道路。例如，士是中国社会的独特现象，他们与西欧的中产阶级大不相同②；中西封建社会的制度结构和权力模式不同，西欧走上了资产阶级民主政治，而中国则走向中央集权的王权模式。欧洲封建社会的神权与世俗君权二元体制，而中国的“天子”则是上帝的唯一代理人。封建社会之后，西欧走向资本主义时代，中国商周封建时代之后的社会性质非常独特——《士与古代封建制度之解体》称之为“统一帝国”，《封建中国的王权和法律》称之为“中央集权帝国”。他批评当时流行的五阶段理论误解了商周封建社会解体之后的社会性质，“许多强为比附的史论以及缘此史论而建立的名词，我们都以为未能尽善”③。至于他在20世纪50年代后放弃自己的观点，行文讲话都回到主流说法之内，那是另外值得探讨的问题。

与他同时代的学者相比，吴先生1949年前关于封建社会的研究，有着鲜明的个性，也有可以索解的学术脉络。20世纪30年代的中国社会史论战，把“封建”和“封建社会”一词推向学术的风口浪尖，也造成诸多语义混乱。在当时，持“西周封建论”的学者少，分作两类：一种人认为西周就是“封邦建国”的封建时代，这是封建的原始本义，冯天瑜先生在《“封建”考论》中称之为“古典封建论”④；另一种人认为西周只不过是社会发展五形态(五阶段)中的封建时代，是刚走出奴隶社会的封建社会。经过社会史论战，到吴先生登上学术舞台的40年代，对“封建社会”的误用或泛化已逐渐成为学术界、思想界主流，吴先生未公开发表批评意见。然而，仍坚持在原始意义上使用“封建”一词的古典封建论者，却不乏其人，例如张荫麟、雷海宗、钱穆、瞿同祖、费孝通、齐思和、胡厚宣等人。⑤

吴先生承认他是一个“自发的西周封建论者”。从吴先生早期的论著看来，他无疑应属于“古典封建论”的一类。他的两篇学位论文都完成于20世纪40

①②③ 吴于廑：《士与古代封建制度之解体　封建中国的王权和法律》，265、152、151页。
④ 冯天瑜：《“封建”考论》，第234页。
⑤ 参见冯天瑜《“封建”考论》，第312~346页。

年代，他对五形态论并非没有了解，例如他在论述西周田制时便引用了郭沫若《中国古代社会研究》，但他在注释中明确指出："本文但参考其征引的材料，并不同意于他对周代社会的解释。"[①]这与他"未能尽善"的委婉批评相呼应，可看出他对五形态历史观的态度。

相比之下，吴先生的西周封建论是后起之义，所以其封建论能够汲取众长，后出转精。例如，他曾引用张荫麟《周代的封建社会》、李剑农《中国经济史讲稿》、陶希圣《辩士与游侠》、吴景超《西汉的阶级制度》、冯友兰的《原儒墨》、钱穆的《先秦诸子系年》《国史大纲》和《国史通论》、万国鼎的《中国田制史》[②]。限于篇幅，以下仅举雷海宗和瞿同祖的研究为例，说明吴先生的学术脉络。

一是雷海宗。雷海宗先生学问广博，中外历史无所不究，他对中国历史的分期断代尤其独富新意。他在《断代问题与中国历史的分期》等文中明确指出，盘庚迁殷至平王东迁的殷商、西周（前1300—前771年）是中国的封建时代[③]。在甲骨文史料并不丰富的当时，这无疑是新锐之见，吴先生对之直接引用。又如在论及封建时代的文士和武士时，他引用雷先生《中国的兵》一文，说"《礼记》《孟子》之所云士者，正相当于西洋史上封建时代之武士"[④]。吴先生全书引雷先生著作上十处，王敦书先生有专文对之加以梳理[⑤]。王文指出，吴先生曾亲告之，"在西南联大时自己曾慕名旁听雷先生中国通史的课程，深受启发，获益良多"。雷先生在西南联大为非历史系本科生开设的中国通史课，因其学识渊博，挥洒自如，教学效果极好，"选课人极多，课堂总是挤得满满的，其中还有不少慕名而来的旁听者，已故著名世界史学家吴于廑先生就是这样的旁听者，当时他已是南开大学经济研究所的研究生了"[⑥]。关于世界史的学科体系、世界史教科书的编撰等问题，雷、吴二先生之间也有一脉相承的学术渊源。

二是瞿同祖。在讨论封建田制和帝国形成之后的土地经济形态时，吴先生

①②④ 吴于廑：《士与古代封建制度之解体　封建中国的王权和法律》，武汉大学出版社2012年版，第118，15、23、34、40、43、45、119、124、129、141、145、145，34页。

③ 雷海宗：《伯伦史学集》，中华书局2002年版，第142、254页。

⑤ 王敦书：《雷海宗与吴于廑——中国世界史学科建设杂忆数则》，《武汉大学学报》1993年第5期。

⑥ 王敦书：《中西融汇、古今贯通的雷海宗》，《世界历史》1995年第6期。

直接引用了瞿同祖先生的相关说法，并注明："关于中国封建时代的土地制度，参看瞿同祖《中国封建社会》封建社会土地制度一章。"① 瞿文是其1936年在燕京大学从事中国社会史研究的硕士毕业论文，次年由商务印书馆出版（由社会史论战的发起者陶希圣作序）。此书当时影响颇大，1942年被译成日文。除了讨论封建社会的起点和崩溃之外，此书还分章研究封建社会的土地、宗法、阶级、政治，其结论是：

> 周代为封建社会完成的时期。以经济制度而言，周代已经完全进展到农业经济，土地关系成了一切组织的中心；以政治制度而言，周初才进行大规模的封建制度……讲到封建的崩溃，正和封建的形成一样，其程序是渐进的，而不是突然的。春秋时代已呈崩溃的现象，但一直到秦统一天下才全盘地将封建制度推翻。②

玩味这些观点，吴先生的说法与之可谓异曲同工。不过，瞿文并未对士展开过多分析，只是在讨论阶级时，把士视为从天子到庶人这一序列中的一部分而已。而吴先生则重点将士提出来，从解体封建社会的动力这一角度着力研究，这当然是创新所在。

值得注意的是，瞿同祖循着西周封建制度的脉络，很快将研究重点转向中国传统的法律，亦即礼法问题。他于1944年应社会史学家魏特夫邀请，入哥伦比亚大学中国历史研究室任研究员，写出传世名著《中国法律与中国社会》（1947年商务印书馆出版）。而吴于廑先生也于1946年写出其博士论文《封建中国的王权和法律》。这两本著作都从世界法律史的视野关注中国古代的法律问题，但是各有侧重。瞿先生的研究完全是中国式的叙述，是由中向外的；而吴先生的研究则是西方式的叙述，是由外向中的。礼法和王权是封建制度中最为核心的要素，但凡关注典型封建社会的学者，都会顺藤摸瓜，将研究触角自然而然地伸进礼法和王权领域。齐思和在《春秋时期中国的封建制度》之后，接着写了《周代赐命礼考》。类似例子还可举出不少。

---

① 吴于廑：《士与古代封建制度之解体　封建中国的王权和法律》，武汉大学出版社2012年版，第119页。

② 瞿同祖：《中国封建社会》，商务印书馆2005年版，第206～207页。

总之，吴先生关于中国封建社会和中国历史发展道路的独到见解，在当时是“预流”之学问。他不仅可与社会史论战的其他学者并肩媲美，而且有后出转精之象，今天读来仍不过时。吴先生归国前，同窗好友杨联陞先生曾以诗相赠：“思能通贯学能副，舌有风雷笔有神，同辈贤豪虽不少，如君才调恐无伦。”今天读吴先生两部著作，其见解虽然在他同时代的师友中不乏同调，然而，其“思”之贯通，其“学”之丰赡，足堪惊叹，谓之“无伦”，决非过誉。

（以上三篇附文原载《武汉大学学报（人文科学版）》2013 年第 4 期）

世界历史的网状发展脉络：兼论单线直进史观的困局 *

历史的进程存在普遍规律，故司马迁有“通古今之变”的追求，王夫之有探询“势之所趋”（《读通鉴论》卷一）的努力。历史的大势又是“一”与“多”的综合，历史演进的普遍法则是通过诸多特殊道路得以体现的。然而，长期以来，在古典进化思维支配下，人们往往注意到历史演进的普遍法则，而忽略历史演进的诸多特殊路径，而抹杀诸多特殊路径的普遍法则，只能是虚妄的空中楼阁。

西方自启蒙时代即有关于世界历史共同道路的表述，意大利思想家杨巴蒂斯塔·维柯（1668—1774）在《新科学》中系统提出关于世界历史共同发展轨迹的设想：“神的时代—英雄的时代—人的时代。”法国重农学派的杜尔阁（1727—1781）则有“神学时代—形而上学时代—科学时代”的划分。马克思与恩格斯 1845—1846 年撰写《德意志意识形态》，依据分工发展的不同阶段，将前资本主义所有制关系划分为三个依次递进的阶段：“部落所有制—古代公社所有制和国家所有制—封建的或等级的所有制。”上述学者关于历史发展通则的表述，都有相当的说服力，然而，囿于视野的局限，这些结论只是对欧洲史（主要是西欧史）的概括，如果将这种概括公式化，将全球诸文明的发展路径全都塞入其模式，则陷入“西欧中心主义”的荒谬。20 世纪上半叶，由《联共（布）党史》完成的从西欧历史概括出的“五种生产方式”单线直进说，曾被视作马克思主义史观，一度被认作“放之四海而皆准”的“普遍法则”。其

---

* 本文观点 2007 年前后在武汉大学、华中师范大学、中南财经政法大学的学术演讲中多次阐发。

实，考之世界历史实态，并研讨马克思、恩格斯的世界历史观，便会发现“五种生产方式”单线直进模式多有可疑之处，存在重大缺陷。

早在19世纪50年代，马克思已注意到西欧以外历史的特殊性，故有“亚细亚生产方式”的提出。马克思并未单纯地将“亚细亚的、古代的、封建的”三种社会形态视作人类历史普世性的前后递进阶梯，而且还指出，这是原始社会结束后的几种平行发展道路，其中只有西欧“封建制”通向了“现代资产阶级的生产方式”，呈现“古典—封建—资本主义”的发展序列，而绝大多数非欧地区并不如此。至于在马克思后期，因较多地研究了非欧地区的社会史材料，愈益强调人类历史发展的多样性，一再批评“那些抹杀一切历史差别”的论者，指出通向“资产阶级社会”的途径绝非单线的，而是多途的、网状的，除西欧式的封建所有制外，马克思还列举其他路径，诸如“东方和斯拉夫各民族中那样是从公有制的崩溃中产生的”。基于对世界历史的网状发展路径的认识，马克思与恩格斯从不把中国、印度等东方文明与西欧等量齐观，并且决不将日本以外的绝大多数东方国家的前近代社会以“封建”相称。

普列汉诺夫进而指出，人类历史并非单线进步，而大约遵循两种发展路径，一为欧洲路径：氏族社会—奴隶社会—封建社会—资本主义社会，二为亚细亚路径：氏族社会—亚细亚生产方式（伴随强大的专制国家组织），非欧诸国通向近代的基础不是西欧式的封建社会，而是亚细亚社会，或称东方专制社会。

中国学者也对“西欧中心主义”的历史观提出异议，钱穆在《国史大纲》中质疑臣服“五形态”单线直说的态度：“何必削足适履，谓人类历史演变，万逃不出西洋学者此等分类之外？”事实上，中国的前近代社会与西欧颇相差异，其自有之特色，一是氏族共同体解体不充分，故宗法关系和宗法意识延绵久远（儒家的仁学、亲亲互隐为其精神形态）；二是宗法封建早成（三千多年前的商周），至晚周方封建解纽，代之以郡县制、流官制，隋唐以降的科举制更与贵族政治告别；三是土地可以买卖的地主经济早成，与领主经济分手；四是专制皇权早成（两千多年前的秦汉）并长期延续（直至明清，近代仍余韵犹存），法家繁密严格的典制得以运行，所谓“历代皆行秦政制”，故尊君论及与之对应的民本论构成中国政治学说的并翔两翼。这些特点都大异于西欧与日本，怎么能将其混为一谈，塞入同一模式之中。

上述特色不仅属于过去时的历史，还深刻影响着中国社会的近代转型。如果说，西欧及日本是在封建社会（领主经济与贵族政治）的地基上实现近代转型的，那么，中国的近代化则依凭宗法专制社会（地主经济与官僚政治），章太炎称日本（西欧亦然）“去封建近”，中国“去封建远”，故各自的近代改革方式不能等量齐观。中国现代化路径的优势与弊端都与其前现代的历史起点相关。我们只有真切地认识中国文明的发展路径，才能正视自己的历史，才能在世界文明进程的全局中找到自己的位置，也才有可能较清醒地把握未来。

清人对“封建”的多角度评议

自公元前3世纪，秦始皇在宫廷主持由丞相王绾的“复封建”、廷尉李斯的“废封建”为两极的“封建辩议”以降，辩论“封建制”与“郡县制”孰优孰劣的“封建论”，成为中国古代政论的一大题目。这种“封建论”的前提，是把“封建”确认为“封土建国”，以西周为典范，秦以后的政制主流则变“封建”为“郡县”。

“封建论”是古代政论的重要命题，也是因时而异、价值多元的命题。时至清代，封建论呈分歧走向，各自报告着时代消息。这是历史诠释学包蕴着“诠释多元”的典型例证。

一、“明亡之思”与王夫之以“势、理、天”论封建

明清鼎革之际，一批思想家从总结明亡教训出发，探讨封建、郡县两制的优劣，其间蕴含经世卓见。

王夫之（1619—1692）的《读通鉴论》赞同柳宗元的《封建论》，又用力于发挥郡县制的合“理”、顺“势”之义。王氏指出，郡县制取代封建制的趋势，任何人也改变不了，即使执掌权柄的专制帝王也不能与“势”争锋，故“夫封建之不可复也，势也”。“封建不可复行于后世，民力所不堪，而势在必革也”。王氏主张废封建，其意不限于加强中央集权以确保国家一统，还着眼于“民力”的承受度，其论较富人民性。

王夫之主张废除世卿世禄制，还着眼于倡导选举制，所谓“封建废而选举行”，布衣士子因此得以登上政治舞台，显示了王夫之作为庶族士人反对封建贵胄特权的倾向。

王夫之多渊渊哲思，较之柳宗元以“势”论封建更有深度开拓：他不止于论“势”，还在“势”后探“理”。王氏在《读通鉴论》卷一中说：

> 郡县之制，垂二千年而弗能改矣，合古今上下皆安之，势之所趋，岂非理而能哉！

从而在更高层次上揭示“封建—郡县”之辨背后的历史规律性问题。在论及汉代抑制诸侯势力的举措时，王夫之在《读通鉴论》卷三中说：

> 武帝之众建王侯而小之，唐、宋之先声也。一主父偃安能为哉？天假之，人习之，浸衰浸微以尽泯。

主父偃单车赴齐，齐国归服，并非主父偃个人力量所致，乃“天”借其实现客观规律罢了。

王夫之也从“公—私”之辨讨论封建问题，并有深入一层的剖析：

> 秦以私天下之心而罢侯置守，而天假其私以行其大公，存乎神者之不测，有如是夫！①

这就将秦废封建作了历史哲学的诠释。“天假其私以行其大公”，其说颇类似黑格尔“最大的‘罪孽’反而最有益于人类”的警句。而在这种主观动机与客观效果颇相矛盾的现象背后，有着不以人的意志为转移的支配力量在起作用，黑格尔归之于“绝对精神”，王夫之则归之为“理”，终之于“天”。王夫之把秦汉唐宋以来的“封建论”推上历史哲学的高峰。

二、魏源、章太炎对柳宗元《封建论》的申发

晚清魏源（1794—1857）更由“柳子非封建”之议，引申出“三代私而后

---

① 《读通鉴论》卷一。

代公”的论断。[①]魏氏曰：

后世之事，胜于三代者三大端：文帝废肉刑，三代酷而后世仁也；柳子非封建，三代私而后代公也；世族变为贡举，与封建之变为郡县何异？三代用人，世族之弊，贵以袭贵，贱以袭贱，与封建并起于上古，皆不公之大者。……封建不变，则世族亦不能变。[②]

这是理性的历史评断，而在崇仰三代、以古为尚的时代，说古代私而后代公，是相当大胆的言论。

章太炎（1869—1936）也是柳论的赞许者，他撰于1910年的《秦政记》，充分肯定秦始皇废封建、立郡县的举措，认为贾谊的“过秦”，“则可谓短识矣”。章氏认为：“秦皇微点，独在起阿房，及以童男女三千人资徐福，诸巫食言，乃坑术士以说百姓。其他无过。”[③]

三、黄宗羲、顾炎武从封建的分权义引发“分治”论

清初另一哲人黄宗羲（1610—1695）也用心于“封建论”，但不同于王夫之的探究“废封建”的历史必然性，黄氏努力从政治层面抉发“封建”可资今用的积极意蕴。在《明夷待访录》的未刊篇《封建》中，黄氏说：

自三代以后，乱天下者无如夷狄矣，遂以为五德诊眚之运。然以余观之，则是废封建之罪也。[④]

黄宗羲还设问：秦以前未发生夷狄灭国，是否因为“夷狄怯于昔而勇于今哉？”答案是否定的，他进而解释三代能抗御夷狄的缘由：

则封建不封建之故也。……

①② 见《古微堂内集·治篇》九。

③ 《章太炎政论选集》上册。中华书局1977年版，第501页。

④ 《黄宗羲全集》第一卷，浙江古籍出版社1985年版，第419页。

若封建之时，兵、民不分，君之视民犹子弟，民之视君犹父母，无事则耕，有事则战……①

应当指出，三代的夷狄之患相当深重，商代夷狄（如鬼方、工方、人方、夷方）对中土的威胁不小，而殷纣之亡，是因忙于征讨夷方，重兵东移，周武王才乘虚而入。周代夷狄之乱也十分严峻，宣王“料民于太原”，幽王亡于犬戎便是显例。故黄氏三代夷狄之祸不及后世的判断，是一种主观立论。当然，黄氏将殷周兵民不分视作抵御夷狄入侵的制度原因不无道理，而且黄氏也知道，封建古制的寓兵于农，现世已难以效法，于是他退而求其次，主张在边境设置有封建意味的方镇，以增强抵御夷狄的边防力量。他说：

今封建之事远矣，因时乘势，则方镇可复也。②

黄氏进而总结“封建”与“郡县”的利弊，论述“方镇”的效用：

封建之弊，强弱吞并，天子之政教有所不加。

郡县之弊，疆场之害苦无已时。欲去两者之弊，使其并行不悖，则沿边之方镇乎。③

这里所列封建、郡县各自的短处，是公允平实之议。

顾炎武（1613—1682）有类似看法，他认为“封建”与“郡县”各有得失，应当以古“封建”精义弥补现实“郡县”之缺陷。顾氏不同于某些理学家的迷恋古封建，也不像有的论者一味肯定郡县，而是对两制作理性的历史考察。为着探讨极端君主集权的弊端，顾氏作《郡县论》九篇，其首篇曰：

封建之废，非一日之故也，虽圣人起亦将变而为郡县。④

① 《黄宗羲全集》第一卷，浙江古籍出版社 1985 年版，第 419 页。

②③ 《明夷待访录·方镇》。

④ 《郡县论一》，《亭林文集》卷一。

这是确认郡县代封建的历史必然性。紧接着，顾氏揭示运作两千年的郡县制滋生弊端的现实情状：

> 方今郡县之弊已极，而无圣人出焉，尚一一仍其故事，此民生之所以日贫，中国之所以日弱而益趋于乱也。①

顾氏指出，君主集权的弊端在于，“尽天下一切之权，而收之在上”②，为求解救之方，他追溯周代封建制，认为周天子与公、侯、伯、子、男差别不大，“非绝世之贵”，所以天子“不敢肆于民上以自尊……不敢厚取于民以自奉”③。在比较“封建”与“郡县”两制之后，顾氏说：

> 封建之失，其专在下，郡县之失，其专在上。④

而明清时的主要问题是“其专在上”，鉴于此，顾氏提出改良策略：

一是改变由朝廷“多设之监司”“重立之牧伯”的做法，转而完善乡亭之职，使乡里基础组织发挥社会组织和伦理维系作用，如此“天下之治若网之在纲，有条而不紊”⑤。

二是将宋明以来君主独掌的“辟宫、莅政、理财、治军”四权，分割给地方郡县守令，顾氏倡言：

> 尊令长之秩，而予之以生财治人之权，罢监司之任，设世官之奖，行辟属之法，所谓寓封建之意于郡县之中，而二千年以来之敝，可以复振。⑥

顾氏对自己的“寓封建之意于郡县之中”的构想十分看好，他说：

---

①④⑥ 《郡县论一》，《亭林文集》卷一。

② 《日知录·守令》。

③ 《日知录·周室颁爵禄》。

⑤ 《日知录·乡亭之职》。

后之君苟欲厚民生，强国势，则必用吾言矣。[①]

可见，顾炎武的封建论，要旨是以古封建的“分权”之义救正君主专制集权政治的偏弊。

四、清末的新封建论——地方自治论、联省自治论

至晚清，以郡县制为基石的君主专制的弊端愈益显现，而在平定太平天国的战争中崛起的湘系、淮系地方势力的渐趋强劲，使顾炎武“寓封建之意于郡县之中”的议论，在晚清颇有呼应者。倡言变法的冯桂芬（1809—1874）从“分治”“合治”角度评议“封建”“郡县”，他说：

治天下者，宜合治亦宜分治。不合治则不能齐亿万以统于一，而天下争；不分治则不能推一以及乎亿万，而天下乱。柳宗元《封建论》云：有里胥而后有县大夫，有县大夫而后有诸侯，有诸侯而后有方伯连帅，有方伯连帅而后有天子。此合之说也。封建之合，不如郡县之合尤固，故封建不可久而郡县可久。反而言之，天子之不能独治天下，任之大吏；大吏不能独治一省，任之郡守；郡守不能独治一郡，任之县令；县令不能独治一县，任之令以下各官，此分之说也。[②]

冯氏从“分治”之利进而提出“复设古乡亭”之议，即在基层设乡官、亭长，“真能亲民，真能治民，大小相维，远近相联”，使“风俗日新”“教化日上”。[③]

赞助维新变法的文廷式（1856—1904）主张对封建的利弊得失作具体分析，不可一概而论。他引述宋人尹源《唐说》：“夫弱唐者，诸侯也。唐既弱矣，而久不亡者，诸侯维之也。”文廷式进而指出：“自古封建郡县，得失互见，论者棼如。然封建之世，外患必不亟，流寇必不起，此论治者不可不知也。”[④]言

① 《郡县论一》，《亭林文集》卷一。

②③ 《校邠庐抗议·复乡职议》。

④ 《纯常子枝语》卷三。

下之意，在内忧外患频仍的清末讨论封建郡县的长短，必须从现实存在的社会情势出发。这是一种富于历史主义的封建论。

朴学殿军俞樾（1821—1907）撰《封建郡县说》，与顾炎武相唱和，主张封建、郡县“二者并用，然后无弊”。

上述政论中的“封建”，要旨在于“分权”。黄宗羲、顾炎武、冯桂芬、俞樾鉴于明清专制君主集权的病端，试图以“封建”的“分权”精义，以及某些具体陈法（如“寓兵于农”“乡亭教化”等）作为救治时弊的古时单方。

清同治以降，曾国藩（1811—1872）、左宗棠（1812—1885）、李鸿章（1823—1901）等汉族封疆大吏掌握相当巨大的军、政、财、文权力，清王朝的中央集权“剖分之象盖已滥觞”，随着“地方行政之权日重”①，清末兴起新一轮的封建论。光绪中期，福建侯官人张亨嘉（1847—1910）作《拟柳子厚封建论》，主张在东南海疆及西北边境“分建大国”，以御外侮。文辞间亦可透见黄宗羲、顾炎武“复封建以救亡”的意向。

辛亥革命前夕，更有联省自治说出现，论者亦参酌黄氏、顾氏之议，摘取“封建”的正面价值。1908 年《东方杂志》等刊发表多篇讨论地方自治的文章，如署名蛤笑的《论地方自治之亟》，从严译甄克斯《社会通诠》的“合群自治”说，论及中国的地方自治问题，认为“吾国素为宗法之社会，而非市制之社会，故族制自治极发达，而市邑自治甚微弱”，倡导市民自治。②同年《江西》刊发茗荪的《地方自治博议》，则从中国现行宪政出发，追溯古之“封建”，纵议曰：

> 中国之宪政始于今日，去封建时代已数千年，尚武之风衰，输税之情惰，户口难于稽查，议员难于普选，民隐难于周知……地方自治制度，缘附而至。③

该文比较了古封建与近世督抚制及今之地方自治三者的差异：

---

① 精卫：《满洲立宪与国民革命》，《民报》第 8 册，第 70 页。

② 见《东方杂志》第五年第三期。

③ 《江西》第二、三期合刊。

古者，各君其国，各子其民，地方数千里，诸侯得此以削弱王权。今之督抚，自官制改革，财赋兵戎，悉受节制于内部。而地方自治，则令得自设置。是兴众建屏藩之制，行之中央集权之国，其究极则使民不相安，征调无度。①

该文称："有自治之国民，斯有独立之国家，有独立之国家，何患无自由之宪政？"又说："地方自治，代议制之先声。"这实为一篇近代宪政观指导下的新封建论。

五、"封建"有益思想学术创发论

在开掘"封建"古义的积极意蕴方面，清人袁枚（1716—1798）别开门径。袁氏指出，封建制政治多元，使各类人才得有生存空间，诸种学术得有拓展天地。他列举孔、孟，认为圣人、亚圣不可能在思想一统的郡县制、科举制条件下生发、舒展，其学说的光大弘扬，得益于晚周列国并立的封建格局——

赖有封建，然后栖栖皇皇，之卫、之齐、之陈蔡、之梁、之宋、之滕，几乎有可行之势，而诸侯敬，子弟从，则声名愈大，千万年后，犹知遵奉为师，使圣人生于郡县之世，三试明经不第，则局促于一邦，姓氏湮沉，亦遁世无闷已耳，安见其有以自立于天下耶？②

不仅孔、孟，反观先秦诸子，也都只可能在封建制提供的多元、宽松的社会条件下滋生发皇，而舆论一律的秦汉、实行文字狱的明清，断无绚烂多姿的百家之学的生成环境。袁枚从文化史角度肯认"封建"，自有一番道理。

黄宗羲、顾炎武、袁枚、俞樾等学人发挥"封建"的正面价值，大不同于李斯、贾谊、柳宗元、苏轼、范祖禹、魏源等揭示"封建"流弊的议论。两种封建论，各有华彩，皆能启人神智，此为"转换视角则价值多元"的良例。

---

① 《江西》第二、三期合刊。

② 袁枚：《再书封建论后》，《小仓山房文集》卷二一。

综观清代诸先哲议论“封建”，虽然切入点不一、命意有别，却全都在“封土建国”“封爵建藩”意义上（及其引申义——“分权”）使用“封建”一名，并无曲解。因而其“封建”辩议，论点、论据可以异见纷呈，甚至截然对立，却做到了名相的贯通一致，故种种“一偏之见”皆言之成理，各类“相反之论”均能垂之久远。

“周制”与“秦制”：中国前近代国家制度两大互渗实体

“周制”与“秦制”的提法古已有之。“周制”指周代（主要指西周）宗法制与封建制的集合。《左传·昭公二十三年》：“列国之卿，当小国之君，固周制也。”晋代陆机撰《五等论》，论周制的宗法封建的等级制。儒家学说主要依凭周制、阐发周制，故周制又可称“儒家之制”。

“秦制”指“秦王扫六合”建立的君主集权的官僚体制。汉初贾谊作《过秦论》历数秦制的暴虐无道。近代章太炎作《秦献记》，则肯定秦制在统一国家、整合文化方面的历史贡献。法家主要依凭秦制、阐发秦制，故秦制又可称“法家之制”。

汉代以降，虽号称“独尊儒术”，实则是儒表法里、霸王道杂之。昔人多论“周制”与“秦制”的区隔与对立，本文在肯定此义的基础上，着重讨论“周制”与“秦制”的联系性、互渗性。

作为历史唯物主义范畴的“社会形态”，是一定生产力制约下的经济基础与上层建筑的统一体，是社会经济结构、政治结构、文化结构的统一体。“社会形态”说引入中国近百年，开辟宏观史学研究新生面，深化了关于历史发展规律的认识。然而，在传播与运用中又曾出现照搬外来公式的偏颇，或者简单接受“亚细亚生产方式”说的结论，将中国前近代社会一言以蔽之曰土地国有（王有）的“东方专制主义”；或者以《联共（布）党史》从欧洲历史概括出的“五种社会形态”直线递进说框定中国历史，把制度主流非封建的秦汉以下两千年归入“封建社会”。这类做法理所当然受到质疑。然而质疑之余，又不应回复到、并满足于王朝递嬗的述史旧套，而当努力探寻在王朝更迭的表象背后，中国经历了哪些政制的变迁与整合？与其他国度（如西欧各国及日本）相较，前近代中国的社会形态有何特色？这又必须回复到周制与秦制的对立统一上来。

一、跨入文明门槛以后，世界各地的国家制度异彩纷呈，社会形态表现出多样化走势

自 1929 年前后举行"中国社会性质论战·中国社会史论战"以来大半个世纪间，围绕中国社会形态发展路径问题一直聚讼不决，其浅层原因是"社会形态"理论涉及的若干核心概念（如"封建制度""封建社会"）没有厘清，导致侯外庐称之的"语乱天下"[①]，讨论往往陷入"各说各话"迷局（囿于篇幅，本文不拟在概念辨析上展开，详见拙作《"封建"考论》）；深层原因是，未能对中国古史实际运行的国家制度（要者有"宗法封建制"与后继之"皇权郡县制"）做深入辨析，而勉强将其归于西欧"奴隶制—封建制"的推演模式，陷入名实不符的紊乱之中。

如果说，金属工具及文字的发明与使用是人类跨入文明门槛的生产力标志和文化标志，那么国家出现则是人类跨入文明门槛的社会制度标志。作为阶级压迫工具和公共事务工具的国家及国家权力，始终是文明社会的运行主体，如黑格尔所说："神自身在地上行进，这就是国家"[②]（"神"可解为历史及历史运动规律），梁启超则将"中华民族之政治组织——分治合治交迭推移之迹"的考察，视作"成一适合于现代中国所需要之中国史"的"重要项目"之一。[③]故探讨前近代社会形态，不妨诉诸"片面深刻"理路，从国家制度史的实际过程出发，将分治之"封建制"与合治之"郡县制"置于经济基础—上层建筑相统一的大视野下，作结构—功能解析，如此，前近代中国社会形态演变的真实状况，或许可以徐徐呈现。

中国政制史约略经历"三时代：（一）部落时代；（二）封建时代；（三）

---

① 见侯外庐《中国思想通史》第 2 卷上册，生活·读书·新知三联书店 1950 年版，第 374 页。

② 黑格尔：《法哲学原理》，范扬、张企泰译，商务印书馆 1961 年版，第 258 页。

③ 梁启超：《中国历史研究法》，《饮冰室合集专集》第十六册，第七十三卷。

郡县时代”[①]。

前文明的“部落时代”处于由血缘纽带结成的氏族社会，又可称之“原始共同体时代”，世界各地诸族类都经历过此一前国家的漫长阶段。考古学及文化人类学研究证明，因生产力低下、社会结构单一（血缘胞族组合），西亚、北非、南亚、东亚、西欧、中南美等地的史前文化大同小异。跨入文明门槛以后，随着生产方式和社会组织复杂化，诸文明的生成机制多样化发展，国家形态演进歧异分途，并无统一格式。

跨入文明门槛的中国社会，出现先后递嬗又彼此交织的“封建”与“郡县”两种国家制度系统，其演进大势是由封建之“分”走向郡县之“合”，至秦汉已建立中央集权的帝制郡县国家，此后两千年虽有起伏跌宕，趋势是集权强化、多元一体的民族国家日益成熟。而西欧在希腊、罗马诸分散城邦整合为大一统的共和罗马、帝制罗马之后，由罗马帝国之“合”走向中世纪封建之“分”，直至中世纪晚期才形成诸统一的民族国家，故西欧历史进路与中国几乎是相互倒置的——

西欧中世纪封建制通行的贵族政治、领主经济，与同时期汉唐宋明君主集权制之下的官僚政治、地主经济大相径庭，却与先此千余年的西周封建制颇具可比性（当然也有显著差异，西欧中世纪是“契约封建”，中国周代是“宗法封建”）。因而将中国历史套以西欧史序列，必然陷入钱穆批评的“削足适履”[②]。

再以与中国同属“亚细亚”、共处“东亚文化圈”（或曰“汉字文化圈”）的日本为例，其由分散部落统合于王政，约在飞鸟时代（538—710）、奈良时代（710—794），晚于中国完成大一统皇权专制的秦代将近千年。12 世纪末叶以后，日本脆弱的王政局面崩解，强藩建立的幕府执政，天皇成为虚君，土地人民分属世袭大名，由藩国独立、庄园经济、人身依附、武士传统构成的“幕藩体制”，呈现鲜明的封建性，与同期中国宋明君主集权强化、地主自耕农经济普及的格局恰成反照。直至明治维新“废藩置县”，日本才完成类似秦始皇时代的“废封建、置郡县”，达成中央集权的王政复兴，故明治初年的这一变

① 吕思勉：《中国制度史》，上海教育出版社 1985 年版，第 410 页。

② 见钱穆《国史大纲》，商务印书馆 1948 年版，第 18 页。

革称之"王政复古"。可见，日本史序列去中国甚远，其"中世"（镰仓幕府、室町幕府）、"近世"（江户幕府）的经济制度、政治制度与中世纪西欧封建制"酷似"。19 世纪中叶，英国首任驻日本公使阿尔科克依据在日本三年实测所著《大君之都》，详论于此，该书称日本为"东洋版的封建制度"。[①] 马克思则多次指出，不能把西欧社会发展道路套用于波斯、印度、中国等亚细亚国家，也不能套用于东欧的俄罗斯，但日本江户时代存在的领主制土地制度，显示了欧洲中世纪封建主义（feudalism）的特性。[②]

综论之，在中国与西欧间、中国与日本间，不必也不可能规定同一的社会形态及其递进次序。

不是从某种先定的"普世"格式出发，而是从诸国历史实际出发，开展时间向度的历程研究，辅以空间向度的比较研究，追究同中之异、异中之同，方可发现各国前近代社会形态的特殊发展道路，进而从若干"特殊"抽绎出历史发展的普遍规律。

二、"西周封国"是后世郡县的先驱，后者对前者多有因袭

封建—郡县两制递进又彼此交织，是周秦以降三千年的历史实态，在外域史难以找到同例。而封建—郡县两制的兴替，或曰周制—秦制彼此消长构成中国前近代社会的主场正剧，皆非偶然，诚如宋人范祖禹所言：

> 三代封国，后世郡县，时也；因时制宜，以便其民，顺也。古之法不可用于今，犹今之法不可用于古也。[③]

"三代"之夏，无原始文字可考，言其封国，缺乏可征文献，只能以传说视之；"三代"之殷商，从甲骨文等原始文献所见，尚少有等级分明的封建发

① 见阿尔科克著《大君之都》，山口光朔译，[日] 岩波书店 1962 年版，第 40 页。阿尔科克出使日本（1859—1862）之前曾在中国任英国驻福州、上海、广东领事，出使日本之后，又于 1865 年任驻中国公使，中文名阿礼国。他在中国逗留 20 年，发现中国社会结构、国家制度均大异于西欧。

② 见《马克思恩格斯全集》第 44 卷，人民出版社 1995 年版，第 823 页注释。

③ ［宋］范祖禹：《唐鉴》卷四。

生；故“三代封国”能够实考者主要是“西周封国”。

本文第三节将讨论“后世郡县”对“西周封国”的突破性更革，但我们不可忽略“后世郡县”对“西周封国”的承袭关系（或曰秦制对周制的因革关系）。二者的既因且革，共同决定着中国前近代诸阶段社会形态的基本性状。

本节专议“西周封国”的来路及其给“后世郡县”留下的遗产。

（一）封国：从殷商“氏族自然生成”到西周“宗法封建”

接续万邦分立的部落时代，或曰原始共同体时代，商周正式建立国家制度。两汉以降议论商周二代，往往统称“封国制”，这是以周制涵概商制的粗疏之说。其实，商制与周制颇有区隔，宗法封建到西周方正式展现。

商代是商王与内外服氏族首领分权的酋邦联盟社会，氏族制遗迹随处可见，原始共同体的特征远未褪尽。就内服言之，张光直称，殷王室是由两大支派与若干小支派组成的子姓父系氏族，两大支派通过父方的交表婚配将王位传甥，每隔世代轮转交替执政。[①] 就外服言之，畿外诸“方”“邦”多是氏族的自然延伸。《史记》议及商制：“契为子姓，其后分封，以国为姓，有殷氏、来氏、宋氏、空桐氏、稚氏、北殷氏、目夷氏。”[②] 以氏族标志——姓、氏命名方国，表征商代分封实乃部族内部的自然分化，如果勉强以“封建”加之殷商，庶几可称之“氏族封建”。商王是“诸侯之长”，主要通过武力征服和神权宣示，充任方国联盟盟主，与方国诸侯间并未形成法定的君臣关系。如先周虽对商王纳贡并听其调遣，但没有正式以国君事殷。《诗经》追述文王事迹的篇什，称殷为“大邦”[③]；《尚书》则有“小邦周”[④] 与“大邦殷”[⑤] 的对称，殷周并列，仅有大小之别，尚未确立正式的君臣名分。

殷商这种王室与诸侯并列的情形延至周初，武王在牧野与殷纣王决战前发表誓词，将前来助阵的诸侯尊为“友邦冢君”[⑥]，这是殷制的惯性所致。直到

① 见张光直《商王庙号新考》，《中央研究院民族学研究所集刊》第 15 期，1963 年春季，第 65～95 页。

② 《史记·殷本纪》。

③ 《诗经·大雅·皇矣》：“克长克君，王此大邦。”《诗经·大雅·大明》：“大邦有子，伣天之妹。”

④ 《尚书·大诰》。

⑤ 《尚书·召诰》。

⑥ 见《尚书·牧誓》。

周公东征平叛，再行分封，以血缘宗亲纽带维系国家整体性，此际方明确诸侯是天子的守土之臣，所谓"诸侯之于天子，曰某土之守臣某"[①]。王国维说："自殷以前，天子诸侯之分未定也。"周公东征以后，"新建之国皆其功臣昆弟甥舅"，周王地位得到历史性提高——

> 由是天子之尊，非复诸侯之长，而为诸侯之君。……盖天子诸侯君臣之分，始定于此。[②]

由此，周制实现姬姓为宗主的贵族阶层、被征服臣仆、封地土著三种势力的整合，这是对商代以氏族立邦的一大突破，商代的"氏族封建"上升为周代的"宗法封建"，体现了以土地为基石的定居农耕文明政制上走向成熟。

殷周鼎革，重要变化是宗法制—等级制—封建制系统的确立。这是古史上的一大更革：

> 中国政治与文化之变革，莫剧于殷周之际。
>
> 周人制度之大异于商者，一曰立子立嫡之制，君天子臣诸侯之制。二曰庙数之制。三曰同姓不婚之制。此数者，皆周之所以纲纪天下，其旨则在纳上下于道德，而合于天子诸侯卿大夫庶民以成一道德之团体。[③]

古文献显示，殷商王位"兄终弟及"，却也有父子继承之例[④]，故王氏"立子立嫡之制"始于周的结论说须加修正，然王氏关于殷周变革的基本判断是可以成立的。周代确立的宗法制、君臣制、庙数制、同姓不婚制，以及德治主义，共同构筑较完备的宗法封建国家制度，其对后世影响之久远，不可以道里计。

（二）西周封建的"分权"与"集权"

人们习惯于将西周封建视作"分权"制，然而不可忽略，"分权"仅为周

---

① 《礼记·玉藻》。

②③ 王国维：《殷周制度论》，《观堂集林》二，中华书局19年，第467，451、453~454页。

④ 《史记·殷本纪》载，殷代自庚丁后五世传子。

制的外在形态，其主旨则是“封建亲戚，以蕃屏周”[1]，让同姓诸侯及与周王有姻亲关系的异姓诸侯拱卫周室，控扼四夷，所谓“捍御侮者，莫如亲亲”[2]，如封齐、鲁以防东夷，封晋以“匡有戎狄”[3]，封燕“北迫蛮貉”[4]。血亲分封成为宗周统率天下（或曰“合天下”）的不二法门。

为达成周室实际掌控诸侯的目标，武王、周公、成王、康王在中央和地方经营如下政制——

其一，建立完备的中央官制，“设官分职，以为民极”[5]。

周初设“八政”，即八种政务官：“食”管民食、“货”管财货、“视”管祭祀、“司空”管工程、“司徒”管教育、“司寇”管盗贼、“宾”管朝觐、“师”管军事。[6]朝政分工把口，堪称严密。立公、伯两等爵位，相对应于公、卿二级大臣。中央政权设两大官署——主管“三事四方”的卿事寮，主管册命、制禄、祭祀、图籍的太史寮。二者的主官共为辅佐天子的执政大臣，其职衔为太保、太师、太史（西周中期以后仅设太师、太史，主要执政者是掌管军事和行政的太师）。太保、太师、太史封公爵，称“三公”；由四方诸侯入朝廷为卿的称“侯”；由畿内诸侯入朝廷为卿的称“伯”，形成系统的公卿制度，有效地行使中央权力。

其二，确立严整的宗法制度。

鉴于殷商王位传续紊乱造成的弊端（周武王讨伐殷纣，申述的理由多属此类），西周力行大宗、小宗区隔的宗法制，以嫡长子（大宗）继承稳定君统，以余子（小宗）分封实现对天下的分区掌理。前者保证姬姓大宗无可争议地承袭天子之位，杜绝觊觎、争夺之乱；后者是对殷商外服制的发展，以“亲亲”为基旨，又辅以“贤贤表德”，将同姓诸侯、异姓诸侯广封畿外邦国。天子乃天下之大宗，通过胙土（封赐居地）、赐民（分配隶属臣民）、命氏（赐予居地国号）、颁赐礼器等举措，以宗法之“合”控制封建之“分”，实现宗统与政统的合而为一，所谓“君之宗之”[7]。天子之于诸侯，诸侯之于大夫，皆大

①② 《左传·僖公二十四年》。

③ 《左传·召公十五年》。

④ 《史记·燕召公世家》。

⑤ 《司礼·天官·序官》。

⑥ 见《尚书·洪范》。

⑦ 《诗经·大雅·公刘》。

宗统属小宗，形成父家长制系统之下的王权政制，"天子成民之父母，以王天下"[①]。

其三，实行"天子建国""诸侯立家"两个层次的分封制。

"天子建国"指周王向诸侯授土授民，使其建国，成为周王普辖之"天下"专属的一级行政单位，封授诸侯是天子的特权。"诸侯立家"指诸侯在封国内向卿大夫封赐采邑，卿大夫只在采邑收取租税，采邑之政由诸侯治理，故卿大夫的采邑并非一级政权单位。西周国家是"王国"与"诸侯国"两级结构。

其四，设置驾驭封国的具体制度。

为了掌控四方，天子不仅依凭宗法关系，以父兄之尊高踞身为子弟的诸侯之上，而且配合有力的行政措施——

一如天子执掌精兵（宗周六师、成周八师）；

二如天子亲征，最精锐的军队随扈天子出征，所谓"周王于迈，六师及之"[②]。

以上二制体现天子的军事威权。

三如天子决定各诸侯国卿大夫的任命，所谓"大国三卿，皆命于天子……次国三卿，二卿命于天子，一卿命于其君"[③]。

四如实行监国制，朝廷派遣官员到诸侯国监督军政，"天子使其大夫为三监，监于方伯之国"[④]。

五如巡狩—朝觐制，天子定期巡视诸侯、诸侯定期朝觐天子。孟子描述巡狩制情形曰：

> 天子适诸侯曰巡狩……入其疆，土地辟，田野治，养老尊贤，俊杰在位，则有庆，庆以地。入其疆，土地荒芜，遗老失贤，掊克在位，则有让。一不朝，则贬其爵。再不朝，则削其地。三不朝，则六师移之。[⑤]

---

① 见《尚书·洪范》。

② 《诗经·大雅·棫朴》。

③ 《礼记·王制》。

④ 《大戴礼记·王制》。

⑤ 《孟子·告子》。

周天子巡狩天下，其功能是奖惩、督责诸侯，维持王权秩序。

其五，以严刑峻法防范臣民挑战王权。

“凡犯天子之禁，陈刑制辟”[①]，“诬及文武者，罪及四世”[②]。

以上制度、举措保证了周王室对“天下”的掌控，天子对诸侯的统领关系定格，王权体制确立。春秋末叶的孔子身处“礼乐征伐自诸侯出”乃至“陪臣执国命”的“天下无道”之世，盛赞“礼乐征伐自天子出”的文武周公时代为“天下有道”之世[③]，即是追怀西周宗法等级制之下的文明秩序。

春秋战国之交的墨子较早揭示周制在“分权”外观下“一同”天下的意图：

> 夫明乎天下之所以乱者，生于无政长，是故选择天下之贤可者，立以为天子。天子立，以其力为未足，又选择天下之贤可者，置立之以为三公。天子三公既已立，以天下为博大，远国异土之民，是非利害之辩，不可一二而明知，故划分万国，立诸侯国君。诸侯国君既已立，以其力为未足，又选择国之贤可者，置立之以为正长。正长既已具，天子发政于天下之百姓……[④]

墨子称天子是天下人“选择”的“贤可者”，这是对帝王产生作理想化描述，然墨子指出天子立三公，立诸侯、正长，目的是统一政令——

> 使从事乎一同其国之义。[⑤]

此为不刊之论。

---

① 《大戴礼记·千乘》。

② 《大戴礼记·本命》。

③ 《论语·季氏》。

④ 《墨子·尚同上》。

⑤ 《墨子·尚同中》。

（三）后世对西周政制的承袭

周制集前代之大成，是后世心仪的王政楷范，孔子称：“周监于二代，郁郁乎文哉。吾从周。”[①] 后世列朝多宣示“尊周”，这并非虚套，而是有实迹可循的——

其一，周代定格的王权政制为历朝继承。

皇帝制度固然是嬴政—李斯君臣们的创制，然其先导实乃周代确立“天子之尊”的王权政制。

《周礼》虽未直接论及“王”的权力，但详述执行王命的太宰的职权曰：

> 掌建邦之六典，以佐王治邦国……以八法治官府……以八则治都鄙……以八柄诏王驭群臣……以八统诏王驭万民……以九职任万民……以九赋敛财贿……[②]

这里所讲的“太宰之职”，都是佐理王权、昭示王权。仅以“八柄诏王驭群臣”一条，便足见王权之盛大。“八柄”即爵、禄、予、置、生、夺、废、诛，包括赏赐臣下和惩罚臣下的各种权力。操八柄以治群臣、用八统以治万民的王，可以分疆授土、封建诸侯、授官任职、设立制度，拥有立法权、治朝权、终裁权、主祭权、统军权等。周制规定的王政，正是秦汉以降两千年皇权政治的先驱和榜样。

其二，周制“去古未远”，保有若干氏族民主遗存，进而转化为传袭后世的“民本”智慧。

（甲）崇“天”“德”，重“民心”。《尚书》曰：“皇天无亲，惟德是辅。民心无常，惟惠之怀。”[③] 告诫君主，上天并无亲疏，只辅佐有德之君；民众心中没有固定的君王，他们总是归顺仁惠者。言下之意很明确：失德、少惠的君王将遭上天及万民的抛弃。后世治国者不忘周制训导，唐太宗总结隋亡教训

---

① 《论语·八佾》。

② 《周礼·天官·太宰》。

③ 《尚书·蔡仲之命》。

时说："天子者，有道则人推而为人主，无道则人弃而不用，诚可畏也！"[①] 即此之谓也。

（乙）君王不能百事独断，大政须征询"百官""万民"的意见，在国家遭兵寇之难、迁都改邑、无嫡子而选立庶子时，王要"致万民而询焉"[②]，此即所谓"三询"之制，系战国儒生对周制的理想化描述，其宣示的重视下情的为政取向，为后世明主效法。

（丙）王的财政开支决非任意，王对群臣的正常赏赐（"常赐"）和特殊恩赐（"好赐"），王的正常用度和王私人爱好所需的开支，都要受到相关财务制度的约束而不能为所欲为。

（丁）王须接受美善之道的教化，犯错要接受臣下的匡谏，去恶迁善。师氏和保氏具体负责这方面的工作："师氏，掌以媺诏王"[③]，即负责用善道诱导王；"保氏，掌谏王恶，而养国子以道，乃教六艺：一曰五礼、二曰六乐、三曰五射、四曰五驭、五曰六书、六曰九数"[④]。周制设师、保劝谏并教化王者。

周制限制王权的举措影响广远，后世皇帝虽拥有无上权力，却受制于天—理、法—礼，受制于祖训，受制于朝官体制与民间自治。唐宋儒者每以帝师自认，试图通过教化"格君心之非"[⑤]，这显然是承袭周代师保制的旨趣。

秦汉以降列朝承周制之余荫，君主权力受到制衡，故为有限君主专制，那种极端的绝对君主专制则受到当时及后世非议。

（戊）周制在实行世卿世禄制的同时，也继承发扬唐虞时代"选贤与能"传统，从庶众中选拔人才出仕，如周公阐述选官方针："自今后王立政"，要"俊（进）有德"，选拔"成德之彦"，择用"吉士""常人"[⑥]。这正是秦汉"将出卒伍、相出州部"做法的先驱，后世选举制、科举制之精义也远藏于此。

其三，周礼树立文明秩序典范，成为国家制度的"原点"。

---

① 吴兢：《贞观政要・论政体》。

② 《周礼・秋官・小司寇》。

③ 《周礼・地官・师氏》。

④ 《周礼・地官・保氏》。

⑤ 《程氏遗书》卷一五。

⑥ 《尚书・立政》。

"礼"原是宗教祭典上的节文，殷礼是尊神敬鬼之礼，周人代殷后，除沿用"天命""神道"外，特别强调人事，将礼的作用从祭典仪制引申、扩大为社会等级制度和道德规范，朱熹在为《论语·为政》作注时说："礼，谓制度品节也。"

"周礼"广义指整个周代礼制系统，狭义指战国时儒者托名周公编纂的《周礼》一书，此书将周代礼制理想化，却也在某种程度上记述了由官制反映的周代文明秩序，周秦青铜铭文所载官制与《周礼》基本吻合，可见该书并非后儒向壁虚构，而是在追述周代官制（故该书初名《周官》）的基础上，为求系统性又辅以后来虚拟的职官，构制条理严整的"周代官制"：设天官主管宫廷，地官主管民政，春官主管宗族，夏官主管军事，秋官主管刑罚，冬官主管营造。"六官"管理内容涉及祭祀、朝觐、封国、巡狩、丧葬等国家大典，规定用鼎、乐悬、车骑、服饰、礼玉等方面的具体典制，通过各种礼器的级秩、组合、形制、度数体现宗法亲疏、等级次序。这一套官制及附丽其上的昭显宗法等级关系的典章制度，是秦汉以降列朝的制度性依凭——

西周的公卿制，直接启导秦的"三公九卿制"，而汉的"内朝尚书制"、隋唐的"三省六部制"也由其引申出来。列朝官制系列皆袭用《周礼》。以隋唐六部为例，即依《周礼》设置：六部（吏户礼兵刑工）仿自《周礼》六官（天地春夏秋冬）：吏部对应天官，户部对应地官，礼部对应春官，兵部对应夏官，刑部对应秋官，工部对应冬官。[①]后世以《周礼》六官作为六部尚书的代称，如吏部尚书称大司徒，户部尚书称大司农，礼部尚书称大宗伯，兵部尚书称大司马，刑部尚书称大司寇，工部尚书称大司空。六部职权、归属虽代有变通，但基本框架、精神内核与《周礼》六官一以贯之。

周礼分吉礼（祭礼）、凶礼（丧礼）、军礼（行军，出征）、宾礼（朝觐，互聘）、嘉礼（婚宴，加冠），规范贵贱有差、尊卑有别、长幼有序的等级秩序，其功效是"经国家，定社稷，序民人，利后嗣"[②]。"礼"成为古代国家制度的精神起始——

① 见王力《中国古代官职》。
② 《左传·隐公十一年》。

道德仁义，非礼不成；教训正俗，非礼不备；分争辩讼，非礼不决；君臣上下，父子兄弟，非礼不定；宦学师事，非礼不亲；班朝治军，莅官行法，非礼威严不行；祷祠祭祀，供给鬼神，非礼不诚不庄。①

周末的荀子构建“礼论”，认为“礼有三本：天地者，生之本也；先祖者，类之本也；君师者，治之本也”②。而敬天地、尊先祖、隆君师便是周礼提供、后世继承的社会秩序之道。

秦汉以下两千年诸朝皆“行周公之礼”，奉周礼为圭臬，不仅限于官制，其城乡建置、礼乐兵刑、天文历法、宫室车服，乃至工艺制作，莫不以周礼作标杆，可谓典制袭之、精神循之。以都城建设为例，皆以《周礼》总纲为基旨：

惟王建国，辨方正位，体国经野，设官分职，以为民极。③

王者建立都城，要辨别方向，选择和确立国都与宫室的方位，划定国都与郊野的界限和疆域，设官分职，治理天下人民。这种“辨方正位”的规矩为后世所坚守，列朝都城乃至州郡县治所，其城皆纵贯中轴线，宫室（或官府）置于中轴线上，配以左祖右社、前朝后市。从汉唐的长安城到明清的北京城，乃至今日仍可得见的平遥城等老县城，周制格局一以贯之。

概言之，周制确立王权政治，规范上下尊卑关系，组建完备的中央政权机构，构筑深入人心的礼制，从典章制度到思想观念坐实君臣、君民的等级秩序。这一切，在周亡以后没有沦为明日黄花，秦汉以下两千多年各朝代于起伏跌宕间予以承继、发挥。一个有形的标志是：历代宫廷悬挂的语录，几乎全部采自周制，明清帝宫——北京紫禁城诸殿阁的匾额与对联，多选自《尚书》等周代传下的典籍，如乾清宫正殿御座两侧柱石上的楹联“表正万邦慎厥身修思永　弘敷五典无轻民事惟难”，分别出典《尚书·仲虺之诰》《尚书·皋陶谟》《尚书·君牙》《尚书·太甲下》，足见后世帝王起码在外观上是以周制为极则的。

---

① 《大戴礼记·曲礼上》。

② 《荀子·礼论》。

③ 《周礼·天官·序言》。

（四）周制确立华夏同源共祖、赤县神州一体两大理念，奠定中华民族共同体的文化基石

限于篇幅，周制的此一重大贡献不作详议，然周秦以下两千多年间，一直承袭此一传统，通过制度层面和观念层面的协力，构筑民族认同、国家认同的坚韧网络，虽难免分裂之时，但统一从来是人心所向、大势所趋。

三、“皇权郡县制”对封建制的更革

周制略分两部：一为周王与诸侯分权的贵族政治；二为土地王有及贵胄所有（“天子之田方千里，公侯田方百里，伯七十里，子男五十里”[①]）的领主经济。二者互为因果，统合为宗法封建制。

如前所述，实行宗法封建制的周王室采取种种措施维系中央朝廷对各诸侯国的掌控，这些“渐有合一之势”的举措为秦汉以下诸朝继承与发展。但周制的“分权”属性又是实在的，天子封赐的诸侯，有向天子朝贡、提供赋税、力役、应征出兵等义务，然其权力的独立性甚强——拥有世袭领地，统治领地上的民众，管理领地的军、政、财、文事务。如孟子所言：

> 诸侯之宝三：土地、人民、政事。[②]

西周是依血缘宗亲关系组成的多层次等级社会，春秋时楚人追述西周制度说：“天有十日，人有十等。下所以事上，上所以共神也。故王臣公，公臣大夫，大夫臣士，士臣皂，皂臣舆，舆臣隶，隶臣僚，僚臣仆，仆臣台。”[③]这里讲的“人有十等”，皆在贵族之内，每一级次统辖下一级次，而并未把庶众（隶农、手工业者、商贾）列入级次之中。可见周王的治权名义上覆盖普天下土地和万民，实际上只达于上层公卿，连士、皂、舆、隶等下级贵族也鞭长莫及，至于庶众则直接受治于相关级次的世袭贵族，与周天子更无干系。

---

① 《礼记 · 王制》。
② 《孟子 · 尽心下》。
③ 《左传 · 昭公七年》。

周初因王权强势，统治邦国的诸侯在周王掌理天下的总格局之内，分权尚在可控范围，而一旦周室式微，诸侯必然坐大，与中央王权分庭抗礼，加之西周中期以降，四夷交侵，周天子威权失坠，史称懿王时“王室遂衰”[①]，夷王时“荒服不朝”[②]，西周末年王的权势更江河日下，国人逐厉王即为显例。[③]

时至东周，天子尸位素餐，掌控天下的权力散分诸侯，史载“平王之时，周室衰微，诸侯强并弱，齐、楚、秦、晋始大，政由方伯”[④]。唐人柳宗元称，春秋初天下“判为十二”[⑤]，即周室权力被鲁、齐、晋、秦、楚、宋、卫、陈、蔡、曹、郑、燕等十二个诸侯瓜分，进入“王纲解纽时代”。

（一）封建权由周天子下移诸侯，进而“公室衰微，大夫专政”，宗法封建的性状变态

东周时，周王“天下共主”地位丧失，“天子建国”全然落空，诸侯各自在国内分封卿大夫，可称之“诸侯建国”，如鲁国分封世族，本为陪臣（大夫）的孟孙氏、叔孙氏、季孙氏合称“三桓”。继而诸侯国内的执政卿把持权柄，“既有利权，又执民柄”[⑥]，如“三桓”长期把持鲁国政务，郑国则“七穆执政”，宋国“三族共政”。春秋中后期列国还屡屡发生大夫“出君”“弑君”（此“君”指诸侯），自行更迭国君，“政由方伯”进为“陪臣执国命”。而“田氏代姜”变更了齐国主君的姓氏；“三家分晋”更取消晋的国号，演出卿大夫灭国自立的活剧：晋国正卿魏、赵、韩剖分晋室，自立为诸侯，而周天子慑于其实力，不得不给予承认。此开“战国七雄并立”端绪。宋人司马光主撰《资治通鉴》，开篇即述周威烈王二十三年（前403）“初命晋大夫魏斯、赵籍、韩虔为诸侯”，按语谓：“故三晋之列于诸侯，非三晋之坏礼，乃天子自坏之也。”[⑦]司马光意识到“三家分晋”昭显“礼坏，则天下以智力相雄长，遂使圣贤之后为诸侯者，社稷无不泯灭”，意味着“宗法封建”解体，此乃历史的一大节点，故以其作为编年史《资治通鉴》的起始。[⑧]明清之际的王夫之

①④ 《史记·周本纪》。

② 《竹书纪年》周纪：“夷王衰弱，荒服不朝。”荒服指边远地区。

③ 见《国语·周语》。

⑤ 柳宗元：《封建论》，《柳先生集》三。

⑥ 《左传·襄公二十三年》。

⑦⑧ 《资治通鉴》卷一，《周纪》一。

也有类似观点，他把“侯王分土，各自为政”的战国时期称之“古今一大变革之会也”[①]。这都是颇具历史变化眼光的判断。

（二）实行赐爵食邑制，世禄制淡出

殷周之际以下数百年间，实行以“世卿世禄”为特征的贵族政治，《尚书》说“图任旧人”“世选尔劳”[②]，《诗经》说“凡周之士，不（丕）显亦世”[③]，都是讲的殷周贵族世袭官位、世受官禄的情形。

时至晚周，列国一方面继续世卿世禄制，同时又厉行军功行赏，淡化世禄制，如秦国商鞅变法规定：“有军功者，各以率受上爵……宗室非有军功论，不得为属籍。明尊卑爵秩等级，各以差次名田宅，臣妾衣服以家次。有功者显荣，无功者虽富无所芬华。”[④]

战国间的赐爵食邑制已不同于西周宗法封建。

其一，封君在封地仅有“食邑权”而无“治民权”；

其二，封地内的民户是诸侯国的“编户齐民”，并非食邑主的臣属；

其三，食邑主的世袭性下降，如楚国有收功臣封地爵禄的习惯，所谓“楚邦之法，禄臣再世而收地”[⑤]，“楚国之俗，功臣二世而绝禄”[⑥]，这与西周“诸侯始受封，必有采地。其后子孙虽有罪黜，而采地不黜”[⑦]的情形大相径庭。

战国赐爵食邑制的非封建性特点，为秦汉以下历朝在郡县制大格局下保持的封爵建藩制所承袭。

（三）世卿制衍为“布衣将相之局”

战国间公卿世袭制衰微，非封建性的用人激励机制为列国采用，旧贵族以外士人（包括客卿）被论功行赏，燕昭王封乐毅为昌国君、秦孝公封卫鞅为商

---

① 王夫之：《读通鉴论》卷末《叙论》四。

② 《尚书·商书·盘庚》。

③ 《诗经·大雅·文王》。

④ 《史记·商君列传》。

⑤ 《韩非子·喻老》。

⑥ 《淮南子·人间训》。

⑦ 《尚书大传》。

君，即为名例。杨宽《战国史》附录载，战国间各国封列侯 95 个，其中魏 17 个、赵 25 个、韩 7 个、齐 5 个、楚 14 个、燕 5 个、秦 22 个，据考古新发现，战国时各国封侯数量实不止此。这些新封列侯，不少是无身份而有功勋者。

周秦之际，平民大踏步登上政治舞台成为一种趋势。清人赵翼说："自古皆封建诸侯，各君其国，卿大夫亦世其官，成例相沿，视为固然。"①而晚周以降则别开生面：战国有"范雎、蔡泽、苏秦、张仪等，徒步而为相……孙膑、白起、乐毅、廉颇、王翦等，白身而为将。此已开后世布衣将相之例"。时至汉初，诸臣除张良出身旧贵族外，萧何、曹参等原为小吏，"其余陈平、王陵、陆贾、郦商、郦食其、夏侯婴等，皆白徒。樊哙则屠狗者，周勃则织薄曲吹箫给丧事者……一时人才皆出其中，致身将相，前此所未有也"。赵翼据此指出：

> 盖秦汉间为天地一大变局。②

这"天地一大变局"，指"数千年世侯、世卿之局"转而为"布衣将相之局"。虽"前世封建"作为一种传统惯性，难以遽改，遂有汉初广封异姓王、同姓王，不过众王相继败灭，此乃"人情犹狃于故见，而天意已另换新局，故除之易易耳"③。赵翼提出一个颇有深意的命题：汉初对世侯、世卿贵族政治的回归，是主观性的"人情习见"所致，而"布衣将相之局"，以及"后世征辟、选举、科目、杂流之天下"，皆出于"天意"，即客观规律造成，也就是唐人柳宗元所反复强调的：封建等国家制度的产生及更革，"非圣人意也，势也"④。

（四）郡县制发端于春秋时的楚、晋，战国时普及列国

秦汉间的"大变局"，从国家制度论之，莫过于废封建，立郡县。然"废封建"是秦始皇创举，而"立郡县"则始于秦先。

东汉经学家刘熙的《释名》分释"郡""县"："郡，群也，人所群聚也。""县，悬也，悬系于郡也。"县系于郡，是就两汉建制而言的。从发生史

---

①②③ 赵翼：《廿二史札记》卷二。

④ 柳宗元：《封建论》，《柳先生集》三。

而言，县实先于郡，指远离国都，悬于公室采邑之外的边鄙之地。

作为一级行政设置的县，始于春秋。王夫之指出，自秦始皇确立郡县之制以后，“垂二千年而弗能改矣”，然推原竟委，“郡县之法，已在秦先”[①]。顾炎武更详论于此，他列举《左传》《晏子春秋》《史记》《战国策》《说苑》所载，证明春秋战国时列国纷纷设郡置县，故“谓罢侯置守之始于秦，则儒生不通古今之见也”[②]。

综考先秦史，县制初兴于春秋前期的楚国，楚文王在边地申、息设县，以后，楚每灭一国，将该国贵族迁楚内地，而在该地建县。晋国设县略晚于楚。晋是在领土兼并中设县。直至春秋末年，县的行政级别高于郡，故晋国赵简子激励将士曰：“克敌者，上大夫受县，下大夫受郡。”[③] 县、郡是统帅赐予有军功者的奖品，已非按宗法关系分封的领地。魏、赵、韩三家分晋，承晋制，三家皆置郡县，一些重要政治人物是郡县官吏（称“守”或“令”），如魏文侯时的西河守吴起、邺令西门豹。

楚县是扩张灭国的产物，县的军、政、财权由楚王统辖，县尹由楚王任命；晋县是贵胄兼并的产物，兼并过程中县大夫不断变更，世袭性削减。故春秋之县不同于西周的封建采邑，当然也未达到秦汉郡县的中央集权程度，而是二者间的过渡形态。

至战国，七雄皆在春秋县邑制基础上实行郡县制，如齐国设县，“魏有河西、上郡”，赵“置上谷、渔阳、右北平、辽西、辽东郡”，燕“置云中、雁门、代郡”[④]。县上设郡（保留邑的旧称）始于秦国。商鞅变法广设县制，秦孝公十二年“集小乡邑聚为县，置令丞，凡三十一县”[⑤]。县上设郡，县下设乡、里，形成中央—郡—县—乡里的垂直行政系统。

战国七雄的郡、县行政长，皆由王廷任命，与宗法封建的诸侯大不一样，故王夫之说：“郡县之与封建殊，犹裘与葛之不相沿矣。”[⑥]

---

① 王夫之：《读通鉴论》卷一秦始皇。

② 顾炎武：《郡县》，《日知录》卷二二。

③ 《左传·哀公二年》。

④ 《史记·匈奴传》。

⑤ 《史记·商君列传》。又《史记·秦本纪》载，秦设县四十一。

⑥ 《读通鉴论》卷三。

（五）皇权直接“临民”

与西欧各国中央集权的君主专制出现于封建社会晚期（16世纪前后）的情况相异，中国封建制的主体终结于周秦之际，君主集权制在公元前4世纪前后的战国时期便在列国先后确立，列国诸侯在自己的封疆内实行君主集权，用郡县制逐步取代分封制，以官僚制取代世卿世禄制；秦王嬴政（前259—前210）统一全国后，自称“始皇帝”，更厉行中央集权，“天下之事无大小皆决于上”[①]，君主集权政治开始施之于疆域广大的一统帝国。秦以后，专制主义的中央集权政治的总趋势是愈益强化，朝廷直辖地方，皇权越过贵族，直接“临民”，而代表皇权“临民”的，是通过考选（非依凭身份）、由朝廷任命（非世袭）的官吏体系，形成与“土可贾焉”的地主—自耕农经济相适应的君主集权下的官僚政治。

秦汉以降皇权政治皆实行中央集权，且其程度愈益强化。

皇帝集立法、司法、行政、军事指挥权于一身，是中国皇权政治的特点。

从秦始皇开始，天下政务皆决于上。直至宗法专制社会末期的清朝，这一传统从未断绝。康熙帝称：

> 今大小事务，皆朕一人亲理，无可旁贷。若将要务分任于人，则断不可行。所以无论巨细，朕心躬自断制。[②]

嘉庆帝总结这种君主政治道：

> 我朝列圣相承，乾纲独揽，皇考高宗纯皇帝临御六十年，于一切纶音宣布，无非断自宸衷，从不令臣下阻扰国是。即朕亲政以来……令出惟行，大权从无旁落。[③]

皇帝集权的法律形式是“口含天宪”，言出法行。一言兴邦，一言丧邦，

---

① 《史记·秦始皇本纪》。

② 《康熙朝东华录》卷九十一。

③ 梁章巨：《枢垣纪略》卷十四。

全在帝王意志的须臾闪念之中。正如马克思所说：

> 君主是国家中个人意志的、没有根据的自我规定的环节，是任性的环节。①

这种“没有根据的”“任性”的“个人意志”以法律的严整形式表达出来，便使得法律失去原来的意义，成为帝王手中随意捏搓的面团。“前主所是著为律，后主所是疏为令，当时为是，何古之法乎！”②明太祖朱元璋亲自主持制定《大明律》，但他自己却根本不依此行事。他统治国家30年，“无几时无变之法”，“或朝赏而暮戮，或忽罪而忽赦”，全凭个人一时的好恶行事。③而“人治”压倒“法治”、取代“法治”，使集权君主成为真正的“孤家”“寡人”，所谓“高处不胜寒”，诚如德国哲人黑格尔所说：

> 在东方只是一个人自由（专制君主）……但在东方那唯一专制的人也不能自由，因为自由包含别的人也是自由的。④

古往今来的专制帝王都是孤独的，他们操纵绝对权力，又是绝对权力的奴隶。

（六）相权盛衰与三省六部变迁

与绝对君权相联系的是丞相制和三省六部制。

以帝王一人之精力（且不论其智商高下、能力大小），要治理地广数百万平方公里，人口几千万乃至上亿的巨大国度内的庞杂政务，必无可能。因此，“自古帝王之兴，曷尝不建辅弼之臣所与共成天功者乎！”⑤历代君主也都注意选拔贤能，“掌佐天子助理万机”⑥，统理中央行政，调度各方机构协调运转。

---

① 《马克思恩格斯全集》第1卷，第275～276页。

② 《汉书·杜周传》。

③ 解缙：《大庖西上皇帝封事》，《皇明文衡》卷六。

④ 黑格尔：《哲学史讲演录》第一卷，三联书店1957年版，第99页。

⑤ 《汉书·高惠高后孝文功臣表》。

⑥ 《汉书·百官公卿表》。

这样一种“提纲而众目张，振领而群毛理”的“建辅弼之臣”，首推丞相。

丞相一职，历朝称制不尽相同。秦称相国、丞相，汉称丞相，隋、唐、宋称宰相，元、明又称丞相。丞相总理中央行政，在专制政治体系中，处在“一人之下，万人之上”的关键地位。本来，相权是作为绝对君权的工具而设立，与君权不应有冲突矛盾，但在实际行使的过程中，二者却往往有扞格、抵牾之处。其根本原因，在于专制君权的极端自私性和排他性。君权既不得不运用、调动、指挥相权来贯彻自己的意志，又时时刻刻提防相权分割、架空自己。综观中国宗法专制社会，君权与相权始终处在这种微妙的关系之中，而其基本发展趋势，则是君权的日益增强，相权的日益削弱。

西汉初，丞相职权范围宽广，“上佐天子理阴阳，顺四时，下育万物之宜，外镇抚四夷诸侯，内亲附百姓，使卿大夫各得任其职焉”[①]。内政、外交、民政、立法、司法、用人、赏罚，均在其管辖之内，而且确实有职有权，“汉典旧事，丞相所请，靡有不听”[②]。但即便如此，皇权对相权依然多有防范。高祖刘邦（前 256 或前 247—前 195）率兵在外，屡屡遣使慰问留守后方的丞相萧何（？—前 193）。萧不解其意，“鲍生谓丞相曰：‘王暴衣露盖，数使使劳苦君者，有疑君心也。为君计，莫若遣君子孙昆弟能胜兵者悉诣军所，上必益信君。’”[③] 即要萧何以子孙昆弟为人质，以换取刘邦的信任。萧何素以谨慎著称，尚且难容于专制君主，正如唐人卢照邻诗云“专权判不容萧相”[④]，由此可推及一般。至西汉中，丞相的权势便有所削弱：

其一，丞相的单独行政权被一分为三，原来地位在丞相之下的太尉、御史大夫地位提高，与丞相平起平坐，三者改称大司徒、大司马、大司空，分掌民政、军事、土木营造，互不统属，均对皇帝负责。

其二，设立专门的监察机构御史台，代表君权对相权实行监督、制约。

其三，出现“内朝”与“外朝”的对峙。武帝时，选拔职位远低于丞相的内廷办事人员参与朝政，甚至包括部分宦官，这些人形成宫内决策机构，称“内朝”，与以丞相为首的“外朝”行政系统相对应。这是对相权的明显制约。

---

① 《史记・陈丞相世家》。

② 《后汉书・陈宠传》。

③ 《史记・萧相国世家》。

④ 卢照邻：《长安古意》，《卢升之集》。

东汉建立，仍以三公（大司徒、大司马、大司空）为丞相，但权力大减，“今之三公虽当其名，而无其实”①，而“内朝”地位进一步上升，掌管内廷文书的尚书机构扩大，正式称尚书台，“出纳王命，赋政四海，权尊势重，责之所归”②。仲长统（180—220）说，丞相职权“曩者任之重而责之轻，今者任之轻而责之重”③，其变化原因，正在于君权对相权的猜忌。

隋朝中央政权确立三省六部制。尚书、门下、内史三省长官并为宰相，共议国政；尚书省下分设吏、民、礼、兵、刑、工六部，每部又辖四司，进一步分割相权。

唐承隋制，但改内史省为中书省。因三省长官名位太高，皇帝往往故意将其空置，而以副职或其他官员代行三省长官的宰相职务，其人数多达十余人，其目的显然在削弱相权而强化君权。

宋朝用“分化事权”“官与职殊”的手段来抑相权。枢密院掌军事，中书门下省掌行政，三司徒掌财政。中书门下省长官称“中书门下平章事”，行宰相权，无权过问军事、财政，且事事须请示皇帝，不仅大政方针，而且具体措施，也要由皇帝裁决，宰相权力越来越小。

元朝废尚书、门下省，以中书省为最高行政机关，其长官中书令，由皇太子亲任。“唯皇太子立，必兼中书令”④，中书令之下，才设丞相，更体现君权对相权的直接控辖。

明代君主专制走向极端，朱元璋在胡惟庸案之后，干脆废除丞相职位，由皇帝兼行丞相职权，规定六部长官直接对皇帝负责，君权全然取代相权。他还颁布诏令，“以后嗣君，其毋得议置丞相，臣下有奏请设立者，论以极刑”⑤。

明清两代也曾设立“无宰相之名而有宰相之实”的内阁大学士之职，但实际上，明清时的内阁大学士除个别情况（如明代嘉靖间大学士严嵩、万历间大学士张居正）外，大都无宰相实权，不过是皇帝的秘书而已。清代乾隆皇帝对宰相握有实权十分疑忌，他曾专门撰文非议相权，充分表述了专制帝王的绝对

---

① 《后汉书·陈宠传》。

② 《后汉书·李固传》。

③ 《后汉书·仲长统传》。

④ 《辍耕录》卷二四。

⑤ 《明史·职官志》。

集权心态：

> 夫用宰相者，非人君其谁乎？使为人君者，但深居高处自修其德，惟以天下之治乱付之宰相，已不过问，幸而所用若韩、范，犹不免有上殿之相争；设不幸而所用若王、吕，天下岂有不乱者，此不可也。且使宰相者，居然以天下之治乱为己任，而目无其君，此尤大不可也。[①]

乾隆在这里流露出对王安石一类权相的忌恨，并谴责宋儒的以天下国家为己任、不为国相即为国师的精神。乾隆所希望的是，士子们成为君王的文学侍从或不问政治的书蠹。乾嘉学派的趋于训诂考订一途，秦汉以来沿袭千余年的丞相制度消亡于明清，均与专制君主集权政治发展到登峰造极地步大有干系。

相权由盛而衰最终取消的过程，恰是君权不断强化以至于走向极端的最直观的对应物、参照系。

四、"皇权郡县制"保留"宗法封建制"余韵

前近代中国是一次性产业（农业）为主的社会，组成此一社会机体的细胞群是高度分散、各自营生的个体农户，他们无力自己代表自己，而需要高高在上的皇权驾驭万方，实现国家统一、社会安定，保障农本经济的生产与再生产。而皇权从诞生之日起，一要辖制万众，厉行"治民"，杜绝"民治"，弹压"民变"；二要平抑贵族豪强，集中事权于朝廷乃至皇帝个人。为达成"治民于皇极"和"统中夏于一王"两个彼此交织的基本目标，国家机器的主流遂由"周制"的封建变为"秦制"的郡县，朝廷直辖地方，皇权越过贵族，直接"临民"，而代表皇权"临民"的，是通过考选（非依凭身份）、由朝廷任命（非世袭）的官吏体系，形成与"土可贾焉"的地主—自耕农经济相适应的君主集权下的官僚政治。至于两汉以降的文化主潮，号称"独尊儒术"，实际上综汇周制与秦制，"儒表而法里"、兼收释道，以顺应皇权郡县制的稳定与适度变通。

皇权郡县制（或曰君主集权下的官僚政制）是中国前近代政治、经济、文

---

① 乾隆御制《书程颐论经筵札子后》。

化的汇集点、结合部，透过此制的形成与发展，中国秦汉至明清社会形态的基本属性、中国历史演进的特殊路径，洞若观火。

中国的君主集权政治，其阶级基础是地主与自耕农。他们所仰赖的生产方式是小农业与家庭手工业相结合的自然经济，这种自然经济对商品经济形成巨大的抑制力量。直至宗法专制社会晚期，为了保护地主阶级的政治、经济利益，中国君主专制制度仍然采取"重本抑末"等政策，多方限制、压抑、阻碍新的资本主义生产关系的萌生，使之久久得不到长足发展。在这一点上，君主专制制度在中国所起的历史作用与在英国等西欧国家正相歧异。

春秋是诸侯争霸时代，周天子成为霸主手中的玩偶，所谓"挟天子以令诸侯"。七雄并峙的战国，列国竞相"变法"，逐渐从贵族分权向君主集权转化，而"秦王扫六合"，一统天下，较彻底地变贵族政治为官僚政治，首次在全中国范围内建立中央集权的君主专制国家，自此，以西周为典型的"宗法封建社会"演变为秦汉以降的"皇权专制社会"。这是前近代中国社会形态转型的一大节点。然而，国家制度主体从"封建"变为"郡县"，并不意味着"封建"已然明日黄花，被弃之如敝屣，实际情况是，两千载"皇权专制社会"始终保存着宗法封建的诸多成分，当然保存中又伴以种种变态。

纵观秦汉以下君臣人等，宗法封建遗意还相当顽强地盘旋于脑际，如汉初总结秦代二世而亡的教训，献策者除痛斥秦皇暴政之外，"废封建"令朝廷孤立是重要一条，有鉴于此，高祖刘邦曾大封异姓王、同姓王，实行"郡国并行制"，以为广封子侄为王，树立捍卫朝廷的屏障，方可防范秦代那样朝代速亡，结果却招致王侯割据、叛乱，自高祖以至文、景、武诸朝，花费大气力"削藩"、平叛，武帝以下重新回归到秦代的郡县制的轨道上来。王夫之说："汉高天下既定之后，侈于封矣，反者数起，武帝夺之而六寓始安。"（《读通鉴论》卷二）然东汉、魏晋南北朝，封建性要素再次抬头。隋唐，关陇豪族长期占据政治经济特权。

宋代较彻底地走出贵族政治、领主经济的故辙，官僚政治、地主经济趋于成熟。清中叶以降的近代化进程，其起始点便在于——宋代奠基、明清承袭的皇权郡县制及其基础地主经济。而"周制"与"秦制"则像一对孪生兄弟，如影随形地伴随着整个前近代社会，即使迈入近代门槛以后，这对不断变化着的孪生兄弟也未离社会远去。

艺苑蠡测

艺术是表现文化的一种形式，是传播文化的手段，艺术更是文化本体不可或缺的、格外亮丽的部分。进入艺苑，可一睹文化的渊雅风采。

周韶华《荆楚狂歌》* 序

自20世纪70年代末叶以降的30余年间，与波澜壮阔的中国社会变革、渐趋深化的文化转型相映照，中国画坛也发生着颇具力度的新变，此一新变，继续探究着“五四”以来中国画更化的两大题旨：古今因革与中西会通。不少画家和画论家为之做出有益贡献，而从美术理论和绘画实践的结合上，锐意进取的劳作者之一，当推周韶华（1929— ）。

在艺术理论方面，周氏提出一系列新的命题与理念，均引起反响，诸如——

“抱一论”：效法老子“抱一为天下式”的总体式思维，对主体与客体、内在世界与外在世界作总体把握。

“全方位观照论”：将天、地、人三才融为一体，将过去、现在、未来连作一线，视通万里，思接千载，展开艺术上的大视野、大思维。

“隔代遗传论”：主张跳过元明清文人画传统，直溯汉唐、秦楚、殷周，乃至仰韶，从中华文化上升期吸纳原创性与阳刚精神。

“横向移植论”：将东西方艺术两条线接上，从艺术理念到绘画技法，进行东西方美术的有选择性的移花接木和杂交、渗透。

在艺术创作方面，周氏以如虹的气势、惊人的毅力，在天命之年至古稀之年的二十载，足迹遍历黄河上下、长江南北，探戈壁大漠深处，观沧海滔天巨波，攀喜马拉雅群峰；又登祁连，入敦煌；走甘陕，领略汉唐气概，拜访仰韶源头，观照祖国山川的雄豪壮丽，吸纳中华文化的源头活水，将大自然之奇伟与文明史之深邃汇合成心灵的交响。与此同时，笔者关注并积极投入此间兴起

* 周韶华：《荆楚狂歌》，人民美术出版社2006年版。

的文化及艺术讨论，并成为前沿论者。周韶华“行万里路，破万卷书”，凭借此种感性与理性积淀，外师造化，中得心源，挥洒酣畅笔墨，大块文章一发而不可收束：以20世纪80年代初的《大河寻源》系列为端绪，《世纪风》系列、《大山大河》系列、《征服大漠》系列、《梦溯仰韶》系列，直至21世纪初的《汉唐雄风》系列，佳构巨制联翩现世。老骥伏枥，志在千里，时届2006年，周氏于望八之龄又奋力创制《荆楚狂歌》系列，在其追溯中华民族文化本源、探寻艺术大美的征程上，攀登又一峰峦。

周韶华籍贯山东，于齐鲁文化渊源有自；而从20岁以后，定居并工作于湖北，受荆楚文化濡染深厚。周氏的生命轨迹，暗合了中华文化的大脉络、大组合。这是一种可遇而不可求的幸运。

中华文化是诸民族文化的多元复合，构成“多元一体”的结构，而其主体华夏—汉文化又是二元耦合的，简言之，是由北方的黄河文化与南方的长江文化两大要素交会而成。因自然环境和人文传统的差异，北南两种文化各具风格，所谓“北峻南雄，北肃南舒，北强南秀，北塞南华”。北方由秦文化、三晋文化、齐鲁文化组成，三晋文化为代表；南方则以巴蜀文化、荆楚文化、吴越文化组成，荆楚文化为代表。周氏兼历北南，幼时又弄潮于黄海，暮年更周游西域腹地，东西南北的风光、人情、历史、文化尽收眼底，而荆楚文化是他用心尤力之所在。

与北方黄河文化的龙崇拜、尊奉黄帝、形成儒法两家和《诗经》的现实主义传统相对应，南方长江文化则是凤崇拜、尊奉炎帝、形成道家和《楚辞》的浪漫主义传统，两者的风格是雄浑、谨严与清奇、灵动的比照，有人把北南两种文化的主流风格以“阳刚”与“阴柔”这一组对子概括，虽嫌粗略，却也在一定程度上把握住北南文化的基本性格。如果说，周氏的《大河寻源》《梦溯仰韶》《汉唐雄风》诸系列展现了北方文化的豪迈、壮大，那么，《荆楚狂歌》系列则描绘了南方文化的飘逸和汪洋恣肆，将巫的遐想、道的妙理、骚的绮思透过视觉形象呈现出来，给人以强劲的艺术冲击力。

不同于《大河寻源》《梦溯仰韶》《汉唐雄风》诸系列的人物隐藏于器物具象背后，《荆楚狂歌》系列的相当篇幅把人物直接推至画面，我们看到：提出“道生万物”的老子，独与天地精神往来的庄子，创楚骚神韵的屈原，春秋五霸之一的楚庄王……荆楚文化还可以选出不少卓异者，然以上四子分别是楚八百年思想家、文学家、政治家的顶级代表，置之中国乃至世界也是上乘人选。当然，将人物直接凸显于写意山水画，是一种尝试，也是一大难题，周氏的处理，其成败得失尚待研讨，然画面形象展现的老庄哲思、屈赋诗境、庄王壮语与人物绘像相融会的努力，是显而易见的；而以楚兵器上的勾喙寓意庄王意欲“问鼎中原”，以楚兵器上铸造的腰缠蟒蛇、手执夔龙、脚踩日月的羽人表现屈赋《国殇》的勇武精神，更是神来之笔，余以为，这才是周氏状人、写史的优长所在，《荆楚狂歌》系列大多数画幅都是使用的这种比兴手法——

以编钟支架的扛鼎力士群像，象征楚人举国一致的意志；

以充当灵魂守护者的彩绘方相士，反映楚人魂魄二元的观念；

以鹿角林立表现楚人镇邪逐怪、驱暴安良的诉求；

用群凤朝阳展示楚人的凤火崇拜及对“大乐与天地同和”境界的追求；

如此等等，不胜枚举。

楚艺术的特色之一，是将具象世界的实物以及想象中的神物（如龙、凤）肢解打散，加以变形，根据表现和象征的需要，予以选择、重组，造成“钩佩与环饰”样式，达成流畅瑰丽、富于想象力的形式美。周氏深悟楚艺术的此一妙处，在画作中极摹青铜器、漆器、帛画的精彩细部，追求质感上的逼真，又进而对典型细部烘托之、比拟之，以昭显楚文化的某种精义，点石成金、化腐朽为神奇。周氏又步吴昌硕（1844—1927）引古篆、石鼓文人画的辙迹而发展之，构图中书写甲骨文、金文、篆文，与绘画珠联璧合。周氏用色，以黑、红为主，正是楚人尚黑、崇赤的艺术特点的体现。

周韶华乃山东大汉，其精神更以宏阔、壮伟为指归，他的艺术追求是大美，也即孟夫子所谓“至大至刚，充实之谓美”。这就决定了周氏并未着意于承接元明清文人画淡泊素雅、微妙纤美的格调，而直溯先秦两汉雄风；周氏的用心处不在调理琴瑟作雅乐，而在奋力击撞黄钟大吕，引发金声玉振。如此，遂有仰韶彩陶的粗豪线条、西汉霍去病墓的雄健石雕、楚漆器飞凤与蟠龙共舞的造型收其篇幅，将楚人“筚路蓝缕，以启山林”，“不鸣则已，一鸣惊人”及开疆拓远的伟岸精神融为画魂。

如果从文化史上寻一案例作比照，周氏的努力迹近“起衰救弊”的唐宋八大家，韩柳苏欧辈不满于近古的两晋骈文的绮丽浮华，而效法远古的先秦两汉文章的真挚质朴，终于成就了唐宋古文运动存亡续绝、开拓新野的宏业。周氏的理论与实践都是向着先秦两汉的苍古与劲拔，向着中华文化的元典精神，从中华文化的本源处获得灵感，透过“返古”的画面表现洪涛激越的新的时代精神，此诚如梁任公所言：“以复古为解放。”观周氏画与读苏东坡“大江东去”之类诗文有同类感受：所观瞻的是天开地阔、历史渊远、人物悲壮，达成一种古今交会、历史感与现实感合一的崇高而深邃的意境。

骈体文夺人心魄的形式美，文人画笔墨的优雅、抒情的真切动人，都是弥足珍视的传统，当为今人欣赏、发扬。就中国画坛而言，文人画的笔墨意趣深深浸润着时人，在绘画者与欣赏者中，文人画的地位是确立不拔的，至今大约仍然占据主流地位，这也在情理之中。然而，当唐宋古文家和周韶华在作创新努力时，必须挣脱骈体文、文人画在内容、形式和技法上形成的惯性与俗规，如此方有新境界可言，这也是一种合理与有益的走势，昔之古文家、今之周韶华，志在超越当下传统，却用力复归更久远的传统，借以获得内容与形式的新生。

周韶华从事的工作是——

返本开新，追寻大美。

这当然是一个未竟之业，但从中我们可以体味到否定之否定这一辩证法铁律的力量。

陈立言《历代文星图赞》序*

人们对渊博浩瀚的中国文化史，作过种种比喻：滔滔东去的大江、一望无际的海洋，等等。而笔者特别欣赏将其比拟为澄明无际的夜空镶嵌着的周流闪烁的群星，因其特别传神。如果我们采用此一比喻系统，就会发现，在天汉间耀现着格外璀璨夺目的星座，古来称为“文星”，又名“文昌星”“文曲星”，按天人感应的论说，该星座主宰人间文运，由此意生发开去，“文星”（“文昌星”“文曲星”）被借指文才盖世之人。唐代裴说《怀素台歌》云：“杜甫李白与怀素，文星酒星草书星。”这是以“文星”（及由此派生出的“酒星”“草书星”等）喻指天才文士的较早用例。以光照万世的星座比拟创制不朽作品的文人，颇富诗意与哲思，当我们品味文星们卓绝千古的佳构美文，又仰望星空时，顿生天人比配、永恒无垠之慨，而民族自豪感、存亡继绝的文化责任感亦油然而生。

以写意人物画蜚声中外，又于中国文化史深有体悟的陈立言先生（1940—　），受上述感怀驱动，历20余年精心劳作，将上自左丘明、孔子（前551—前479），下迄蔡元培（1868—1940）、齐白石（1863—1957）的106位古今杰出文士，作为“文星”代表，以诗、书、画三者交辉的“图赞”形式，抉发文星们的创意绝妙处，构制成一部以绘画为表述主体的图文并茂的精要中国文化史。

“图赞”又称画赞，是中国的传统艺术形式。“赞”本指一种文体，以赞美为主，刘勰（约465—约532）《文心雕龙·颂赞》云：“至相如属笔，始赞荆轲；及迁史固书，托赞褒贬。”肯认汉代司马相如（约前179—前118）、司

---

* 《历代文星图赞》，陈立言作，湖北美术出版社2007年版。冯天瑜序文载2008年4月13日《人民日报》。

马迁（约前 145 或前 135—？）、班固（32—92）所创制的“赞”这种文体；以为其有力地颂扬了古来豪杰英士，树立起褒贬人物的范式。以后，“赞”引入图画，谓之“图赞”，萧统（501—531）《文选序》云：“图象则赞兴。”指以图画配文字表功颂德，所谓“画古烈士，重行书赞”。

“图赞”兴起于两汉宫室的功臣画像，西汉初在长安未央宫筑麒麟阁，相传萧何（？—前 193）监造，“以藏秘书，处贤才”（《三辅黄图 · 阁》）。又说，汉武帝（前 156—前 87）获瑞兽麒麟，在明光宫筑麒麟阁，于阁壁绘功臣像，如将出使匈奴，历尽万苦回朝述职的苏武（？—前 60）“图画其人于麒麟阁”。汉宣帝（前 91—前 49）时，绘霍光（？—前 68）等十一功臣于阁上，以表扬功绩。自此朝野视“麒麟阁画像”为表彰功勋的最高形态，素有“功名图麒麟”之说。

东汉光武帝（前 5—57）在洛阳南宫筑云台，用作召集群臣议事之所。汉明帝（28—75）因追念前世功臣，图画邓禹（2—49）等二十八将于云台。后来，“云台画像”泛指功臣名将纪功造像。清人洪昇《长生殿 · 剿寇》有“拥大将，气雄哉，合图画上云台”的名句。

北周又在凌烟阁画功臣像，以纪天子念旧臣之意，唐初沿袭之。“凌烟”即“凌云”，以之名阁，含崇高、超升义。唐太宗（599—649）时，画开国功臣于凌烟阁。唐人刘肃《大唐新语 · 褒锡》载：“贞观十七年，太宗图画太原倡义及秦府功臣。”绘有长孙无忌（？—659）、魏徵（580—643）、房玄龄（579—648）、尉迟敬德（585—658）、秦叔宝（？—638）等二十四人，“太宗亲为之赞，褚遂良题阁，阎立本画”。此“凌烟阁功臣像”，仅以作者论，即可谓文、书、画三绝，惜此“图赞”早已佚失不得见，也无复制品传世，只好遥作臆想。然“凌烟阁功臣像”与先此的“麒麟阁画像”“云台画像”并列为功臣图赞绝作，又成为丰功伟绩的代名词，如宋人黄庭坚（1045—1105）《鼓笛慢 · 黔守曹伯达供备生日》词曰：“封侯万里，写凌烟像。”

陈立言以“图赞”命名自作，显然是承继了中国历史上纪功传德的一种绘画传统，而立言兄又有超越前人、不同凡响的心得。古之图赞，多限于颂扬帝王钦点的功臣名将，这与历代正史重在为帝王将相立传的做法一脉相通。立言有着壮阔的史观，他的视域投向为中华民族乃至为全人类做出文化贡献的卓异人群，并不以功名崇卑为取舍标准，也不拘泥于知名度高低，于是，一批下士、布衣人选——诸如发明水车的三国魏人马钧，珠算的集成者程大位（1533—1606），草根音乐家华彦钧（瞎子阿炳，1893—1950），王洛宾（1913—1996），等等。对于享誉文化史的人物，则另辟蹊径，开掘有惠于今的意境，如对药王孙思邈（581—682），抉发其“自慎”“知畏”的哲学观念，笔者以为，立言的此一开掘是慧眼识珠，孙氏“太上畏道，其次畏天，其次畏物，其次畏人”的思想，与康德（1724—1804）敬畏茫茫星空和深藏人心的道德律令的警句有异曲同工之妙，在对天、对人均“肆无忌惮”的妄念有所泛滥的今日，尤寓警世意义。于墨子（约前468—前376），则弘扬和平及科学精神，旨益当世。中华民族文化由多族共造，立言用力刻勒六世达赖仓央嘉措（1683—？）的民歌创作，“藏医王”宇妥·元丹贡布（8世纪）的医学贡献；表彰郑和（1371或1375—1433或1435），不忘其回族身份，而回族去麦加朝圣的远游传统，正是郑和主持七下西洋的内在趋动力。

图赞的表现手法，特色是画、文、书三者相得益彰，凌烟阁画像由李世民行文、褚遂良（596—658或659）作书、阎立本（约601—673）绘画，此为传世美谈。立言深获此中三昧，追求诗、文、书、画的珠联璧合，而难能可贵的是，四美竟由一人完成！这得益于立言于四业的精熟与贯通。以画而论，立言长于写意人物，而工笔人物也见功力，近现代人物（如孙中山、蔡元培、齐白石、毛泽东、徐悲鸿、冼星海、王洛宾等）形象均为众所熟识，而立言简笔造像，或正面、或侧面、或背影，皆能形神兼致，阅览者认同无碍，此非凡手可得。技法上，浓墨重彩与简笔留白两种画法间用，我更偏爱后者，以为达到“神遇而迹化”“气韵生动”的境界，预留了想象空间。愚见以为，106幅画像中，佳作似多在此类。立言于花卉、动物画用心多年，故造像的背景补笔，与人物水乳交融。至于题诗，虽不敢说篇篇上品，但也都达到较高水平，诗为“有声画”，画勾“无声诗”，称106幅皆诗画辉映，实不为过。

立言兄用意宏远，其文化观照在崇高，旨趣在科学精神与人文精神的结合，无论置之中国，还是放诸世界，这都颇具理念的前沿性；其艺术志趣在壮美，追求多种表现手法的兼收并蓄，以烘托中华文化的雄健与悲壮。立言更有一种拨乱反正、施教化于艺作之中的追求，而这种努力全然是艺术化、生活化的。立言的高远又不离脚踏实地，他自觉地将画作面向大众，沿袭绣像、连环画上品的路数，令大雅寓于大俗之中，雅俗共赏是该图赞的必然效果。凡此种种，可以预期，《历代文星图赞》将走向民间，老少咸宜，发挥其陶冶大众情志、启迪后生的功能；也将从容步入艺术殿堂，在由先哲、时贤共同开辟、后浪逐前浪的中国人物画创作长程边，竖立起不一定很高的碑石，其上勒记着的里程，即使是一里、半里，却无疑是前进的阶段。

“江汉八家”记 *

巨龙般的长江，在龟蛇锁钥处与最长的支流汉水交汇，成江汉朝宗伟姿。得江山之助，获人文絪蕴，这里古来即艺文斐然，才俊辈出，所谓“江汉炳灵，世载其英”。承先哲文脉，领中西文化交会之雨露霑溉，近百年来，江汉艺界迭起新锐。“武汉三老”（张肇铭、王霞宙、张振铎）、“晴川四杰”（汤文选、周韶华、邵声朗、冯今松）皆妙旨入神，吐纳珠玉，思接千载，开近代美术教育先河，传承艺统，教育人才，精心创作，黼黻文章，卓然成派。时下，陈立言、贺飞白、施江城、孙恩道、张军、魏金修、李乃蔚、徐晓华，蔚为“江汉八家”。此八家是半个世纪以来历次全国美展涌现的一代俊才，雄思驰骋，卷舒风云。他们的艺术深植于荆楚文脉，又善于吸纳异域道艺，尚古觅新，笼天地于形内，挫万物于笔端，苍润劲秀，逸趣横生。《秋忙》《新仓》《桑梓情》《戏曲人物》《长江万里图卷》《极目楚天舒》《秋颂》《祥云暖天下》《玉米地》《后宫》《大别山遗韵·晨》《山菊》《银锁》《红莲》《除夕》《瑞雪大洪山》《江流有声》《高峡平湖》《老母亲》《洪湖晓月》《休闲四季》《有朋自远方来》《神骏图卷》《中国历代文星图赞》等都是垂范久远的精品力作。壮哉！江汉八家。坚实的艺理根基，相通的艺术追求，崇尚传统，融贯中西，贴近时代，奋发创新。力追高格调、书体美、造型真，神功独步，雅俗共赏。

天瑜长居江汉，倚白云伴黄鹤，据史论观天下，数万古风流。印证：艺道精微通神韵，丹青妙手尽奇才。常与八家兴会，每见其画作展现当代国画勃勃生机，心存感佩。笔者以为艺品难，人品更难！八位画家，志存高远，文人相亲，亦友亦师，共赴伟业，是一个堪承国脉时运的国画家群体。“汉之广矣，不可泳思”，吾侪寄深望于斯。

---

* 《江汉八家——中国画创作与研究丛书》湖北美术出版社 2018 年版。本文为该书总序。

大写意山水的杰构——品读《陈作丁画集》*

拜阅陈作丁先生作品，是领悟大写意山水画精义的学习机会。这首先要从对“写意”这一关键词的理解谈起。

“写意”是中国画的一种画法，也可以说是最能体现中国画美学基本取向的画法——它追求的是神似而非形似，通过简练概括的笔墨，着重描绘物象的意态神韵，而扬弃所描写对象的外貌形态。值得一提的是，常有一种对写意画的误解，即把写意画认定为可以抛弃客体外形实态、凭主观情趣任意涂抹的画作。其实，这里所说的外形的“扬弃”绝非对实态的简单抛弃，而是在深度观照外形基础上的超越。作丁先生是大写意画家，却具备深厚扎实的素描功力，并曾长期在巴山楚水间写生采风，故而他的作品处处透露出对客体（如山水）外貌实态的真切把握，然而，他又没有停留在物象描摹的层面，其着力点升华于昭显外物的气韵精神，故用笔不讲究工细，形简而意丰，达到或浑成或奇纵的艺术效果。明代徐谓题画诗曰：“不求形似求生韵，根拔皆吾五指裁。”作丁先生的作品正体现了写意画的此种“不求形似求生韵”的妙处。

写意画又可分为小写意和大写意。小写意多结合工笔细描，工写结合，追求神似、形似的统一；大写意则以草书入画，挥洒自如，落笔纵横，意不在似，而用力于神，如南宋梁楷的人物，清代八大山人的禽鸟，石涛的山水，近代吴昌硕、齐白石的花鸟虫鱼，现代傅抱石、石鲁的山水，皆笔墨酣畅，神韵飞扬，将“写意”发挥到极致。作丁先生早年“闻道”于吕凤子，追迹于傅抱石，寄情长江三峡的奇美壮丽，终身致力于大写意山水画创作，从未旁骛。

董其昌曰：“画山水唯写意水墨最妙。”作丁先生深得其旨，画作注重用

---

* 《陈作丁画集》，人民美术出版社 2010 年版。陈先生 1922 年生，2010 年秋去世。

墨，或以泼墨写之，或以焦墨勾勒，配以青绿山水，可谓美轮美奂。

大写意山水的生命力，寄寓于作者个性的发挥。而脱古维新、自创风格，正是作丁先生的特立独行之处。先生的画作，仅其构图造型、笔墨意趣便异于他人，一眼望去，即可确认作丁山水无疑。

大写意山水多以书法的笔法作画，作丁先生书法上的用力甚深，他常以“写”字状其绘画。写意画是融诗、书、画、印为一体的艺术形式。所谓“画不足而题足之，画无声而诗声之，互相为用”（葛金烺《爱日吟庐书画录》）。作丁先生的作品也兼此诗、书、画、印四绝，他的每一件作品皆有精妙的题款，是其画作的点睛之笔，显示了先生融文学与艺术于一炉的深见。

综览作丁先生画作，余以为，称之“大写意山水的杰构”或不为过。这是上承“写意”先哲的余脉，也是有志发皇的后生的楷模。

作丁先生以望九之龄，于艺术追求乐此不疲。谨祝先生“岂止于米，相期以茶”！

2010年夏日于武昌珞珈山寓所

由来艺事贵纯真　融合天机出匠心——《张善平画集》序

20世纪60年代初，还是大学生的我便拜览过张善平的大型历史油画《收回英租界》，印象颇深。20世纪70年代初，张善平下放后回武汉，分配到我所工作的武汉教师进修学院，我们成为同事。张善平的坦荡、爽朗、不拘小节都令人亲近、放心。在那个“以阶级斗争为纲”、须对人提防的年代，我们很快成为有话可以随便聊的朋友。当时他负责“教育革命展览馆”工作，带领七八名中学美术教师，一面工作，一面业务培训。当时有人说张善平的部门脱离政治，“业务风刮得太厉害”，而他不以为然、我行我素，钟情和忠贞于美术事业。他将当时流行的人物画要“红彤彤、光闪闪、亮晶晶”之说讥为反艺术创作规律的形式艺术。他提出作画者必须在三个方面加强修养，即“情、胆、识”，有情有胆也有识才能创作出耐人寻味的作品。他的“三字经”为美术评论家汤麟、杨悦浦、徐公度专文阐释。诗人、书法家吴丈蜀深服其论，挥毫赋诗一首赠予张善平——“由来艺事贵纯真，融合天机出匠心。完美还须情识胆，尽都参透是通人。”这都是那个不正常年代的盛事。

张善平不随波逐流，坚持自己的审美理念，深入生活，探索绘画的技巧。我离开教院前夕，张善平以一幅国画山水相赠，描绘三峡激流中的航标灯，和以后发表的“暗礁处处有明灯”作品一样寓意深远。

20世纪70年代后期张善平回到武汉市文联，我们相见机会虽少，但总有灵犀相通之感。我从多处获悉，他曾经被压抑的创作热情如火山迸发般涌现出来。他与画界同仁筹划并建立“晴川画会”。也从这时起，他油画封笔，开始转习中国画，而其间又深蕴着油画的韵致。

新时期的张善平站在改革开放的前列，重拾多年不用的漫画之笔，讽刺“两个凡是”，其《新弥勒佛》《顶门杠》皆为传览一时的佳品。

改革开放的中国，文化也伴随经济起飞而活跃起来，对中国画而言既是机遇也是挑战。西方现代派艺术以其“新、奇、怪”的面貌涌入中国画坛。20世纪80年代中期，美术界就民族绘画发展前途引发了长达十年的争辩，有人认为中国画落后并且“步入死胡同”，必须“参照西方现代派艺术模式加以改造”。一时间不少老画家不敢动笔，报刊和展览会上推介“行为艺术”“波普艺术”，表现人物多滞呆、麻木的神情，并把坚持“洋为中用”的观点讽为“下不了地狱，也上不了天堂”的“改良主义”。作为武汉美术界负责人，张善平抵制艺术上的民族虚无主义，极力推崇徐悲鸿所言——“古法之佳者得守之，艺绝者继之，不佳者改之，西方绘画可采融之”的辩证观点，更努力践行这一观念，他采用西画在造型、色彩和透视上的长处，又不失民族绘画的本土精神。他在80岁所作的巨幅山水画中题古风一首——“云涌青峰欲动山，水穿幽谷瀑声寒。丹青且融中西法，褒贬弦音后俊弹。”运用多层画法，彰显苍润厚重、色彩丰富而协调的独特画风，达到了中西合璧的全新境界。

张善平是乐天派，堪称“阳光艺人”。他的诸多作品，少见萧疏凄凉而充满昂扬生机，即使在“牛棚”里书写的也是“花落花复生，来年花更红”的诗句，表现了自信、豁达的性格。

张善平的艺术思维是丰富多彩的，这得益于他对大自然的热爱和勤勉摹写。“山无云不奇，水无山不秀”，他的山水多有云遮雾罩的景象，但却有不同的云水形态。如《云锁三峡》与《云恋峡江》的白云，或浓或淡，或动或静，造就了不同的苍茫意境。对水的描写也不是传统的简约留白了事，而是赋予一种动态美感。在《翠壁游龙》中，可以看到断崖上流淌着道道细流，题为“游龙”则凸显了作品中的生动意象，这需要慧眼与遐思，也归功于大自然给予画家的启示。

时下出现以相机取代写生的倾向，所谓的“纠结艺术”或“玩玩艺术”，是疏离生活的结果，而张善平始终坚持写生，80多岁仍乐此不疲，不懈地跋涉在“外师造化，中得心源”的艺术正途。

张善平有两方印章，一是“物我两忘，奴主一身”，一是“山河重组”，表明他对大自然的热爱和尊重，承认自己是依附大自然的奴隶，但又要剔除杂芜，取其精华，使“山河重组”，把朴素的大自然提升到意象中抒情性的层面上来，成为大自然的主人。

时代的进步鼓舞和助燃了艺术家的创作热情。2005 年经武汉市委宣传部批准，“张善平艺术工作室”成立，改善了善平兄的创作条件。饮水思源、回报民众，张善平于创作同时，热心社会公益事业，并得到了政府的褒奖。他人品与画品的统一，成为地区“德艺双馨”的一面旗帜。

获悉张善平早、中、晚期作品即将付梓出版，作为近半个世纪的老友，我慨然欣然，特略陈感言，祝艺术精进，青松不老。

智者乐水　仁者乐山——《何冠智画集》* 序

水墨山水，凝聚着国人对壮丽河山的依恋情愫，蕴寄着“智水仁山”“清静自正”的深层思考，技法繁富、风格多样，是中国画成就斐然的一大部类，近人黄宾虹、傅抱石、关山月、李可染诸前哲树立了令人景仰的丰碑，而何冠智先生（1924—　）在这一巨匠林立的领域，自立一帜，品调卓异。早在20世纪70年代末，李可染先生（1907—1989）于观览何氏淡墨山水时，欣然赞许曰：人称我“你可染”“你可黑”，我看你是“何可淡”！可染先生慧眼识珠，一语点化出何氏画作的特色，并进而申发说：“淡”须有神，应在自然中多体会，多动笔。光阴似箭，30年过去，何冠智先生沿着淡墨山水的创作之旅，锐意精进，不断革故鼎新，攀援高峰。我们看到的这本美轮美奂的画集，便汇聚了何冠智先生80高龄前后充满智慧与仁心的杰构。

何冠智先生早年兼习国画与西画，有多方面的艺术积淀，又经长年磨砺，形成清丽中见奔放，豪壮中寓典雅的淡墨五彩画风。水、山水、芦苇是他尤为钟爱并赋予神韵的抒写对象，人称“何老三绝”。而极尽山水映照之百态，是何老最有创获的所在。宋人郭熙《山川训》说：“山，大物也。”“水，活物也。”“山得水而活……水得山而媚。”何老深悉山水互动的佳妙，鸣奏出山河映带、岩壮海阔的交响乐。

明人董其昌（1555—1636）有“画家六法，第一气韵生动”的名论。董氏一方面把“气韵生动”归之于天才，另一方面更强调“亦有学得处。读万卷书，行万里路”，是画家达到“山水传神”的必由之径。何老践履了“读万卷书，行万里路”，加上他敏锐、洒脱的艺术禀赋，其作品达到“气韵生动”的

* 《何冠智画集》，香港天马出版社2007年版。

境界。仅以画水浪为例，何老经长期观察，发现海浪是一种活动的形体，波浪的高低，浪花的大小，聚散各有不同，它是点、线、面组合的形体。何老还对各种浪的形态做出精妙概括：近浪，滚动、飞溅、跳珠；主浪，高涌，如瀑布倾泻；中浪，翻滚似千堆雪；远浪，滚滚，平视无波。正是在艺术实践中对水波具体特征真切入微的把握，运之于笔墨，方能灵动传神。何老不愧为当今画水第一人。

何老是一位生生不息的探索者，一个月前，他与我漫步于秋色夕阳的武昌东湖之滨，谈及他的创作计划：梅兰竹菊所画多人，不想去重复，而决心用力描绘对人类贡献甚大，而又极少入画的棉花。以何老淡墨五彩的深厚功力，以何老对棉花的卓越领悟，可以预期，与“何氏山水”一样，“何氏棉花”必将放出异彩。何老永远闪现着创新思维的光耀，此诚为“老骥伏枥，志在千里；烈士暮年，壮心不已”。这正是我们晚辈后学需要承继发扬的真精神。

衷心祝福何冠智先生福寿康宁，艺术上再创辉煌。

2006 年 10 月书于东湖之滨

顷接何冠智先生哲嗣来电：何老于日前病逝。

谨以上文敬献于何老灵前。

2008 年 10 月 14 日补记

指端禅境——《虞小风指画集》* 序言

打开这本由中国指画研究会会长、当代指画的代表画家虞小风先生（1949— ）的画册，我们一时很难想象，这些意境幽远微妙、绘制精美壮阔的画品，竟然是用手指作出的。转而深究之，又有“奇亦非奇”的遐想。

人类在劳作过程中创制了各种专业工具，木匠舞动斧锯，内科医生不离听诊器、外科医生常操手术刀，以绘画为业的人们则笔走龙蛇。中国画讲究的是“传神”和“性灵”发抒，而这种境界必须通过笔墨意趣方能达成，所谓“墨分五色”（焦、浓、重、淡、清）、“墨有六彩”（墨、白、干、湿、浓、淡），所谓“水晕墨章”。一般而言，墨色或五彩铺陈为仪态万方的画幅，仰赖画家手中毛笔的运用，于是，画笔便成为画家实现从心到画的主要工具，故作画人讲究“用笔俊迈”，追求“笔墨意趣”。画家或作家每每被赞誉为“大手笔”，颇得要领。然而，在肯认笔的出神入化的工具作用时，却不可忘记：笔这种工具是人手的延伸，是手的功能的扩张或精密化。在某种意义上可以说，手是笔的根源，运笔如飞的人们，若能“复归其根”（《老子》第十六章），回到手这一笔的原点，直接以手描绘，可以缩短“心—笔—画”的创作过程，使肉身及其由触觉引发的艺术感受直接进入绘画。这种手绘即“指头画”，简称“指画”“指墨”。

作为中国画的一种特殊画法，指画用指头、指甲、手掌蘸水墨或水彩在纸绢上作画。说指画“特殊”，是发明毛笔后的数千年间（一般把毛笔发明归之秦代名将、监修长城的蒙恬，其实，早在商周已经使用毛笔，这从出土的简帛上的书写符号的笔墨意趣可以得到证明），人们多半以笔书写、作画，而我们

* 长江文艺出版社 2000 年版。

切勿忘却，在发明毛笔前的万千年间，人类早已在用手指书写、绘画，新石器时代陶器上的种种图画符号，多为指画作品。就人的个体史言之，我们幼年时代大概都有用手指在泥地、沙地画出种种图形的经历。原始的指画古已有之（比笔绘久远得多），是不争的事实。然而，绘画专业化以后，笔绘又先于指画，指画是笔绘的派生画法。

从存世文本记述推断，画家以指作画，唐人张璪大概是开先河者。唐人张颜远撰《历代名画记》，描述张璪画松"唯用秃笔，或以手摸素绢"。清人方薰据张颜远文，在《山静居论画》中称："指头画起于张璪，张璪作画或用退笔，或以手摸绢素而成。"这段简约的文字肯定了指头画肇端张璪，但张璪主要以秃笔作画，辅以手指涂抹。此外，唐代山水画家王洽喜酒后创作，据载，王洽于半醉时"以墨泼纸，或吟或啸，脚蹴手抹，随其形状，为山石云水"。其作画程序是：先将墨泼于绢素，借酒兴吟唱舞蹈，足踏手抹，依墨色浓淡形状，绘成山石云水。此种画法称"泼墨"，接近于指画。明人吴伟也有类似画法：一次他碰翻墨汁，情急下用手蘸墨涂抹，成《松泉图》，因此被御赐"画状元"。

上述故事所言指画，或作笔绘补充（如张璪），或是画家兴之所至的偶成（如王洽），甚或是因墨泼后的应急措施（如吴伟），皆不足以称之一种自觉的画法，更未能形成流派。指画正式成为一种画法，并达到较高艺术境界的，当推清人高其佩（1660—1734）。高氏擅花鸟、走兽、人物、山水，简练苍古，尤以指画著称。其侄孙高秉撰《指头画说》，是较早讲谈指画的专论。高其佩及门弟子甘怀园、赵成穆、李世倬等，不同程度地承袭指画技艺。高氏之后，清代名家高风翰、李鳝、罗聘、李朴、李喆、刘锡玲都精指画，嘉庆、道光间，形成指画的高峰期。清末盛行指头画，称"书房派"，属文人画一种。

高秉《指头画说》记述高其佩研习指绘的心路历程：8 岁学画，"遇稿辄摸，积十余年"，可见高其佩自少儿习画之始，便有以指涂抹的雅趣，如此累十余年，至青年时"恨不能成一家，倦而假寐，梦一老人，引至土室，四壁皆画，理法无不备。而室中皆空，不能摹仿，唯水一盂，爰以指蘸而习之，觉而大喜。奈得之于心而不能应之以笔，辄复闷闷。偶忆土室中用水之法，因以指蘸墨，信其大略，盖得其神，信手拈来头头是道，职此遂废笔焉"。

《指头画说》确乎是一篇绝妙文字，把高其佩追求指画画法的过程描述得出神入化：因累年终日苦思，终于在梦中得高人点化，而“以指蘸墨，信其大略，盖得其神，信手拈来头头是道，职此遂废笔焉”直表指画精意。而高其佩常用闲章“因笔有痕故舍之”，正与“职此遂废笔焉”相呼应，突出了指画“舍笔而求之于手”的特色。高其佩画作《独骑看出图》自题“指头点墨，每于甲肉相半处，自成睛睫，洵飞毫颖所能为者，然若有意为之，亦莫能得”，不仅表述了指画技法，而且展示了高氏指画天然偶成、非刻意造作的艺术个性。

时至现代，笔墨富于金石味的国画大师潘天寿（1898—1971），在创制其“造险”“破险”的画作时，经常辅以指画，所作《雄视图》《松梅群鹤图》《梅月图》，皆为现代指画经典，其《听天阁画谈随笔》多有关于指画的专论。另一国画大师钱松岩（1899—1985）也擅长指画，出版《八旬以后指画选》，并作《指画浅谈》，言及少时即得见父执辈作指画，又见测字先生以指画招徕顾客，自己便仿效指画，晚年更用心指画创作。钱氏说：“由于指受心的直接指挥，真是‘心手相应’。”揭示出指画的高妙处。潘、钱等大师都把指画视作中国画的高级形态，只有进入中国画的较高境界，又熟练把握其技法的情形下，指画方有可能挥洒自如，得心应手。

当代画家中孜孜不倦于指画的创作、研究、传授，在指画艺术上取得多方面成就的，应推虞一风（1916—1986），他的名言“笔画是指画的基础，指画是笔画的发展”，给指画做出精当的定位，而其哲嗣虞小风继承父业，在改革开放新时期，大力发展指画艺术，所主持的中国指画研究会，汇聚国内各省区的指画画家，并有台港地区及新加坡、日本友人参加，研究会编辑的同仁刊物《中国指画》已累积多卷，展示了当代指画的蓬勃气象。

小风君创作力旺盛，其指画墨色苍润、纵逸刚劲，极尽松柏雄鹰江上云山之壮伟；又有淡墨轻岚，毕现幽谷寒林、残荷雨声的哀凄、豪放与婉约交响。而指法、掌法、拳法、双手互用法的兼而采之，既擅精工细描，又长泼墨挥洒，大开大合，收放自如，使指画的艺术表现力趋于丰富。小风有存亡继绝、弘扬指画艺术的远大志向，为此奔走辛劳；他又追求一种优游于三界之际的生活方式，以出世精神办入世事业，涵咏神气磊落的禅境，这一切都凝聚于指端，其画作透现出心气平和、达观愉悦的智慧，诚可谓画如其人。吴昌硕云：“何人梦上花趺坐，一夜同参画里禅。”而禅无止境，小风又正当盛年，我们期盼着他的指画艺术百尺竿头，更进一步，向着幽深的禅境，锐意精进。

2008 年 3 月 31 日书于武昌珞珈山麓

绘事追忆 *

人物速写是纵逝着的历史的横切片段

——笔者手记

先母于20世纪50年代及60年代初在湖北省图书馆工作，吾少时（10岁至18岁）陪随左右，遂有“省图八年住读”之幸。那时的学校课业负担不重，母亲也从无“争高分”的催促，我的课余时间完全自己掌握，从实验小学、实验中学（初中）、华师一附中（高中）放学归来，以及节假日，我多在阅览室自行浏览，无人管束，也未获师长指导。20世纪50年代公共图书馆上架的文学、史学、哲学、地理诸领域中外名著，皆被一个10多岁的少年广为涉猎，当然只是囫囵吞枣，未求甚解。

那时少有与人交流读书心得的机会，便形成信笔涂抹，以绘画暗自抒怀的习惯，于是，我自己的各种书册（包括课本）和笔记簿上，凡有平面空白，皆绘上各种人物，诸如桃园结义刘关张、智慧诸葛亮、英迈周瑜、奸雄曹孟德（后来对曹操的看法逾出“奸雄”范围），林冲夜奔、武松血溅鸳鸯楼，秦琼卖马、岳飞枪挑小梁王，乃至北侠欧阳春、南侠展昭，达达尼昂及三个火枪手，皆是高小期间的绘画题材。那段时间家里的解手纸也未能幸免于涂抹，为此，我多次被大人责备，却并未悔改。

初中以后，阅读兴趣转向鲁迅、茅盾，转向俄罗斯、法兰西、英吉利、德意志文学名著，绘画对象也随之变为莎士比亚、歌德、巴尔扎克、雨果、普希金、屠格涅夫、托尔斯泰、狄更斯们笔下的丹麦王子哈姆雷特、浮士德

---

* 冯天瑜：《学人侧影》，湖北人民出版社2017年版。本文为该书引言。

博士、冉·阿让、普加乔夫、巴扎洛夫、安德烈公爵、拿破仑、独眼元帅库图佐夫，随囚犯同去西伯利亚的聂赫留道夫，驰骋顿河草原的哥萨克葛里高利，晚境凄凉的巴黎富翁高里奥、追逐名利的拉斯蒂涅，英俊的个人奋斗豪杰于连，沉浮于底层上层的大卫·科伯菲尔……高中时初涉思想史著作，随之便手绘康德、黑格尔、赫尔岑肖像（这些草图夹在各种书刊内，与先父的藏书一起在“文革”抄家时被扫荡殆尽）。大约从这时开始，我画西洋人比画中国人更传神。这或许因为黄种人五官较平，而白种人脸部轮廓鲜明，下笔易于把握。

少时的绘画爱好，并未引起家长重视，也就没有着意培养。父亲几位朋友是书画大家，如薛楚凤、唐醉石、王霞宙、侯中谷等，50年代至60年代初，常来家中与先父晤谈，我的任务是门前迎接并端茶送水，唐、薛、王等先生曾与我有所问答，记得他们偶发“这娃儿文史知识广博”的评议，我却从未乘机向他们请益画艺，可见自己当时并没有学画的自觉，只是以“好玩”待之。中年以后每念及此，追悔莫及：当年若得这些丹青妙手指点，我的绘事也不会是如今这种业余水平。人生多遗憾，此其一也！

20～40岁时期，忙于诸务，我极少作画。1976年初，周总理辞世，我曾绘制周氏像，友朋皆称“毕肖”。惜乎该画像未能保存下来。

大约从20世纪80年代中期开始，我多次在国内外参加学术会议，与文史哲硕学交游，生发为之造像的兴致，会间休息便以十分钟为学者速写，入画的除中国大陆及台港学人外，还有欧洲、美国、加拿大、日本、澳大利亚学人，十年间速写不下百幅，皆用随机获得的纸张绘就，多被“模特儿”要走（有的后来被他们印上名片），自己并未存底（那时复印还不普及）。其中犹可纪念的是，1988年在夏威夷大学、1999年在北京大学两次为口述史大家唐德刚速写，留下其睿智幽默神态。我喜读出自唐手笔的《李宗仁回忆录》《胡適口述自传》《张学良口述自传》，与唐颇有一见如故之慨，并就“中国封建社会”界定问题相谈甚洽（见拙著《“封建”考论》），惜乎未留下那两幅唐氏题签的速写。如今唐德刚先生于美国仙逝数载，未知拙画还存于天涯某处否？

绘事得有存本，转机出现在1995年初，当时朋友送我两本写生簿，参会时偶尔带上，于是此后几年间数十幅速写得以保留簿中，今次所印画册不少取材此簿。其中有的描摹对象已成古人，如哲学史家张岱年，作家姚雪垠，文学史家程千帆，诗人曾卓，历史地理学家石泉，语言学家朱祖延，哲学史家萧萐父、李德永，日本京都学派代表学者谷川道雄……睹画追思，诸先哲音容笑貌宛若眼前，其耳提面命仍鲜明如昨，画上所留寄语，空谷传响，一种“咫尺天涯”“瞬间永恒”的感慨油然而生。至于仍活跃在学术前沿的时贤，其影像、其留言，隽永清新，阅览间不忍释手，心中默念：“但愿人长久，千里共婵娟。”这批速写曾在《中国社会科学报》连载，记得一次参加教育部社会科学委员会会议，文史政经哲诸学科贤达云集，休息时不少人拥上前来与我握手，余颇感诧异，一问方知：他们近来先后从《中国社会科学报》上看到自己的倩影，特向绘者致意。还有人建议：“这些速写在现代学术史上有存史价值，你应该多画！”我心中暗暗称憾：自己画技太差，否则真可留下许多学界记忆！

近二十年出国访学多次，手绘亦不在少（以澳大利亚、日本、德国较多），惜乎多未保留，唯近期两次出访（2014 年 9 月访问俄罗斯、瑞典，同年深秋访问匈牙利、奥地利）的速写尚存，得以收入册中，可略见东欧、北欧、中欧今日人物状貌。

除当面速写外，我还参阅照片绘制一些昔人和外人形象。余撰《张之洞评传》后，作张之洞像；撰《辛亥首义史》前后，为诸辛亥人物造像；访瑞典斯德哥尔摩诺贝尔博物馆，给诺贝尔造像；观美国南北战争电影，为林肯造像……

余喜观足球赛，2006 年、2010 年两届世界杯描摹若干球星（《长江日报》曾作连载），现择马拉多纳、贝克汉姆、托雷斯三幅入册，以略现绿茵场斗士英姿。余欣赏欧洲三大男高音，择帕瓦罗蒂一幅入册，以纪永远的天籁之音。

大约始于 2009 年底，余访书画家、瓷艺家李寿昆工作室，晤谈之余，寿昆兄领我参观绘制瓷画流程，并鼓励余作瓷画，于是取釉中画法（在未上釉的坯上画谓“釉下”，在上一次釉后画谓“釉中”，在上两次釉并经初步炉火后画谓“釉上”），为李白、莎士比亚、王国维、托尔斯泰等造像，后又为孙中山、黄兴、宋教仁、秋瑾、林觉民、黎元洪等辛亥人物作瓷画，辛亥革命百周年，这批瓷画为华中师范大学博物馆及武汉市美术馆收藏。2014 年我随作家代表团访问俄罗斯，主持者将吾绘李白、托尔斯泰、普希金之瓷盘赠送俄罗斯作家协会、俄罗斯国家图书馆，竟然受到热烈欢迎。

绘画乃吾余兴，技不入流，级属等外，然半个多世纪的绘事，略纪故人故事，今次得湖北省社联为“荆楚社科名家”出册之盛意，将这批画稿结集出版，大约意在存史，至于观赏价值，则不敢奢望。

2016年3月29日记于武昌珞珈山

《苏子语典》* 序

大约五年前，在江苏昆山参加学术会议，清晨漫步湖畔曲径，于柳林深处遇见也有晨起行走雅兴的唐翼明教授，两人一路聊天，谈起“最钟爱的文人”这个多趣而又难断的题目，但翼明兄与我并未犹豫，不约而同地呼唤出同一个名字——苏东坡。可见，在我们内心深藏的中华文化璀璨星空，苏东坡是格外绚烂夺目而又令人亲近的星座。

陈寅恪有言：“华夏民族之文化，历数千年之演进，造极于赵宋之世。”笔者大体赞同此议，又以为，如果挑选一位赵宋文化最卓越的代表，大约非苏东坡莫属。

东坡诗才堪与李杜比肩，清人刘熙载说：“东坡词颇似老杜诗，以其无意不可入，无事不可言也。若其豪放之致，则时与太白为近。”其存世 2700 首诗，质高量大，题材多为批判社会现实和思考人生，清新豪健，与黄庭坚并称“苏黄”。宋代出理趣诗，东坡为其高妙者，他善于从自然现象、日常生活洞悉形上之道，通过生动的艺术意象油然导出理则，“不识庐山真面目，只缘身在此山中”，胜过哲学教科书万语千言。东坡诗源于现实又超越现实，时入仙境，明人王士祯说：“汉魏以来，二千余年间，以诗名其家者众矣。顾所号为‘仙才’者，唯曹子建、李太白、苏子瞻三人而已。”此言不虚！

东坡词作成就更高，继柳永之后，对词体进行全面改革，使词从音乐的附庸转变为一种独立的抒情诗体，现存 362 首词，既有婉约柔美之风，更有倾荡磊落如天风海雨般的气势，《水调歌头》（明月几时有），开豪放词风；被贬黄州时留下千古名作《念奴娇・赤壁怀古》（大江东去），有“一洗万古凡马空”

* 谈祖应：《苏子语典》，武汉大学出版社 2016 年版。

气象，登高望远，逸怀浩气，苏东坡遂与词作苍劲的辛弃疾并称“苏辛”。

东坡散文取法孟子，又吸纳纵横家的雄阔、庄子的汪洋恣肆，开阖自如，叙事、议论、抒情兼致，与欧阳修并称“欧苏”；苏东坡与其父苏洵、其弟苏辙合称“三苏”，一门占“宋六家”三席、“唐宋八大家”三席，置之数千载文学史，仅有“三曹”（曹操、曹丕、曹植）可与媲美。苏文走“文、道并重”一路，又强调“文”的独立价值，并非仅为载道之具。而且，他所载之“道”，并不限于孔孟教言，释、道皆在其中，“百氏之书无所不读”，其文达到综汇诸家、“三教共弘”的圆融境界。

东坡深入艺界堂奥，长于行书、楷书，与黄庭坚、米芾、蔡襄并称“宋四家”。遍取晋、唐、五代各家之长，融会贯通，自成一家，“我书造意本无法”，“自出新意，不践古人”。存世《赤壁赋》《黄州寒食诗》《祭黄几道文》等帖皆书道极品。擅墨竹，重神似，主张画外有情，画有寄托，不受程序束缚，提倡“诗画本一律，天工与清新”，为“文人画”开山祖。

东坡富生趣，喜美食，且精研其道。知杭州时，江湖泛滥，他指挥疏浚西湖，筑苏堤。百姓感念，抬猪担酒拜年，他指点家人将肥瘦兼搭的猪肉切成方块，烧得红酥，分众品尝，广得赞誉，这便是垂名千古的“东坡肉”。以“东坡”命名的菜品（东坡鱼、东坡豆腐等）及小吃（东坡饼、东坡羹等）不下几十种，不少与他的黄州生涯有关。称东坡为史上第一美食家，似不为过。

东坡的传道授业也成效卓著，其门下涌现黄庭坚、张耒、晁错之、秦观等“苏门四学士”，加上陈师道、李廌，合称“苏门六君子”。李格非、李之仪、唐庚、张舜民、孔平仲、贺铸等两宋杰士也都受到苏子影响。

东坡不仅以诗词、文赋、书画树立文坛高标，其人生态度也堪称范式：进退自如，宠辱不惊，既坚持操守又全生养性。王国维说：“三代以下诗人，无过屈子、渊明、子美、子瞻者。此四子者，若无文学之天才，其人格亦自足千古。故无高尚伟大之人格，而有高尚伟大之文章者，殆未有之也。”

东坡以放达襟怀拥抱大千世界，随处都能发现美与乐。笔者家藏清代书法家陈捷所书“东坡赏心十六事”：

清溪浅水行舟　凉雨竹窗夜话

暑至临流濯足　雨后登楼看山

柳荫堤畔闲行　花坞樽前微笑
隔江山寺闻钟　月下东邻吹笛
晨兴半柱茗香　午倦一方藤枕
开瓮忽逢陶谢　接客不着衣冠
乞得名花盛开　飞来佳禽自语
客至汲泉烹茶　抚琴听者知音

此乃道法自然之佳境也！

东坡的开朗乐天，除个性使然外，还渊源于宋代文化生态的相对宽松（宋太祖立卧碑，禁杀言事士人；宋太宗亲士右文等）。东坡一生虽多次遭贬，仕途坎坷，却总能化险为夷，这与环境严酷的明清，士人动辄得咎乃至身首异处颇相差别。东坡人格的阳光，不唯个体因素所定，亦深受时代氛围影响。这是我们欣赏东坡生趣盎然时，不应忘却的社会生态要义。

千年以下，东坡广为士子、民众喜爱，以致他在各地的游踪，他的睿智诗文警句，乃至各种发明发现，都是后人永远的话题。笔者先父 1936 年 12 月参加在武昌静偶轩举行的苏东坡生辰纪念会，与会者以东坡诗意作画题词，此为抗战爆发前夕武昌一次文人雅集，今日展读当年诗画，可见现代人追怀东坡之热诚。

幽默机智颇类东坡的现代作家林语堂，如此描述苏子——

> 一个不可救药的乐天派、一个伟大的人道主义者、一个百姓的朋友、一个大文豪、大书法家、创新的画家、造酒试验家、一个工程师、一个憎恨清教徒主义的人、一位瑜伽修行者佛教徒、巨儒政治家、一个皇帝的秘书、酒仙、厚道的法官、一位在政治上专唱反调的人。一个月夜徘徊者、一个诗人……但是这还不足以道出苏东坡的全部……苏东坡比中国其他的诗人更具有多面性天才的丰富感、变化感和幽默感，智能优异，心灵却像天真的小孩——这种混合等于耶稣所谓蛇的智慧加上鸽子的温文。

这正是笔者与冀明兄在选择“最钟爱的文人”时，不假思索地指向苏东坡的缘故。

值得一提的是，苏子号“东坡”，得于黄州。1059年，苏轼、苏辙兄弟同中进士，与其父苏洵三苏齐赴京城汴梁，途经忠州，苏轼游览他仰慕的白居易贬任忠州刺史期间所辟东坡。1080年，苏轼因“乌台诗案”获“谤讪朝廷”罪贬谪黄州团练副使，感慨仕途际遇与“乐天大略相似”，遂效白乐天忠州东坡故事，在黄州东门外一块荒地开垦种植，取名“东坡”，又在附近筑草房“东坡雪堂”，为其聚邀友朋饮酒赋诗之所，并以“东坡”为自己别号。苏子与黄州渊源之深，可见一斑。

黄州谈祖应先生博学深思，研习东坡有年，倾力编纂《苏子语典》，从“修身”“民本”“宦游”“解脱”“文艺”“禅修”到“美食”“养生”，多方位辑录东坡原典，并辅以精要阐释、介评，使我们手持此卷，即可观照这位百科全书式文化巨匠的大貌。谈兄有索序之雅，余只得勉力撰成篇什，卑之无甚高论，谨以一仰慕者的体悟呈于苏子灵前。

2016年3月30日于武昌珞珈山

明清间民族战争的艺术画卷——读《李自成》札记

民族战争作为民族交往和民族文化融合的一种激烈形式，曾经在中外历史上多次发生。特别是栖息在亚欧大陆中心地带荒漠草原上的游牧民族，如匈奴、突厥、契丹、女真（后来发展为满洲）、蒙古，作为粗犷的草原游牧文化的代表，曾与亚欧大陆东西两端的农耕民族反复发生碰撞，这是世界古代—中世纪历史的一个重要构成因素。如何把握民族战争这样一种复杂的文化现象，是个亟待解决的课题。而姚雪垠所著长篇历史小说《李自成》对这一课题所涉及的诸多方面都提供了启示。

一、作为《李自成》情节副线的民族战争

明代是民族战争一直未曾平息、国防危机日趋严重的朝代。明代前、中期，北边为蒙古鞑靼部和瓦剌部所骚扰，沿海则饱受倭寇掳掠；后期在东北兴起的一支强劲的民族力量——满洲，更以咄咄逼人的气势，给北京等腹心地带造成威胁。同时，明朝又是一个阶级矛盾特别尖锐的朝代，以皇帝为首的权贵地主争相兼并土地，造成空前严重的流民问题和财政危机，以致从明初开始，农民起事和边兵、矿徒暴动连绵不绝。至明代晚期，朝廷为“内忧”“外患”所交相煎迫，陷入两面作战的困境，“四方渐成土崩瓦解之形”，败亡之势已经无可挽回。这两组矛盾又互相影响、互相制约，构成一种错综复杂的局面。《李自成》作为一部表现明末农民战争的作品，理所当然地应以后一组矛盾冲突为主线，但与此同时，作者丝毫没有忽视给明清之际的社会历史面貌带来重大影响的民族战争，把它作为一条与主线互为补充、交相辉映的副线，着力加以描绘，匠心独运地处理了主线与副线之间的辩证关系。这就增强了作品思想

内容的丰富性和深刻性，准确地把握住历史的规定性，同时也使得情节更为波澜起伏、曲折多变，从而添加了动人的艺术魅力。

《李自成》没有走入描写农民起义的作品的一般化套头，它并未以两大对抗阶级——农民与地主之间的冲突作为发端，而是在全书的开头展现了这样一幅图景：崇祯十一年（1639）十月，清兵入塞，京城内外，火光冲天，炮声轰鸣，支撑着风雨飘摇的明帝国大厦的崇祯皇帝，面对“多艰”的“国事”，万分烦躁、惶惑，有如热锅上的蚂蚁。他连夜召见心腹宦官、监督天下勤王兵对清作战的总监军高起潜和兵部尚书杨嗣昌，谋划对清行款议和问题。在这忧心忡忡的君臣三人的密议之中，又透露出这样一个信息：使得28岁的崇祯食不甘味、夜难成寐的原因，除了“东虏兵势甚锐”之外，还有那正在陕豫间鏖战不息的围剿“流寇”的战争，这就给全书的主线埋下了伏笔。

紧接着，作品又以浓厚的悲剧色彩描绘了从镇压农民起义前线匆匆赶回北京“勤王”的卢象升，并通过卢象升与“高起潜—杨嗣昌—崇祯”之间的明争暗斗，表现了明朝统治集团围绕着对清和战问题出现的两派尖锐冲突，从而有力地揭示出明朝中枢在“外忧内患”交迫的情势下所表现出来的捉襟见肘、顾此失彼的窘迫状态。

作品第一卷的前一、二、三章，虽然尚未展现农民军与朱明王朝的冲突，但这起势不凡的开端却有着特殊的妙用：它把构成主线的一方——明朝统治集团的五腑六脏腐败溃烂的情形，栩栩如生地显现在读者面前；同时，还将主线发展的历史背景，层次分明地勾勒出来，使读者深切感受到，明末农民战争是在阶级矛盾和民族矛盾同时达到白热化程度的岁月里爆发和展开的，显然不同于陈胜吴广起义、黄巾起义，以及明朝中期的刘六、刘七起义。明末农民战争的历史特点，在全书的开端便鲜明地突现出来。这样，从第四章开始正式展开的主线——农民军与明王朝之间的阶级搏斗——就有了烘云托月般的精彩前奏。

此后，作品转入对潼关南原大战、李自成息马商洛、张献忠谷城重树义帜等情节的描绘，副线则隐入画面背后。直到第一卷下册的第二十三章，作者又调转笔锋，绘声绘色地展现卢象升战死抗清前线的壮烈情景，结束了副线的第一个段落。在第一卷后面的章节和整个第二卷，主线展现出壮丽多姿的身形，而副线基本化入幕后，只是作为主线的某种呼应，偶尔若隐若现地闪露一下。

到了第三卷“洪承畴出关”“辽海崩溃”“燕辽记事”等单元，民族斗争的副线才又一次如画角洪钟，为主线的发展增添了音域宽阔的伴奏，给人耳目一新的感觉。长城战鼓、松山旌旗，与李自成在洛阳、开封燃起的薄天烽烟交织一片；关外民族战争的隆隆炮声，与中原地区阶级搏斗的呐喊，遥相呼应，共同预告着明朝的气数将尽，中华大地即将发生“天崩地解”的变化、更迭。作品主线、副线的这种穿插、交替，有如横云断岭，异峰叠起，形成动人心魄的跌宕起伏。这既得益于历史真实提供的绝妙素材，也要归功于作者驾驭繁芜庞杂的史料、构筑多层次艺术建筑的能力。

二、悲歌慷慨的明廷主战派

《李自成》关于民族斗争的描写，是多侧面的，内容相当丰富。首先，作品以不少篇幅刻画明廷内部的主战派形象，其中着墨最多的是卢象升。

卢象升进入作品画面的时刻，是刚刚死去父亲之时。这个以孝子著称的儒将一心回籍奔丧，但皇帝以清兵入塞、军情紧急为由，不仅没有批准他归庐守孝，反而调他做兵部尚书，总督天下勤王援军。卢象升是抱着“与东虏决一死战”“以报君父之恩”的悲壮心情，风尘仆仆，千里勤王的。可是，进京以后，崇祯召见卢象升，虽然表示了种种恩宠，但卢象升已隐约感到，皇帝对于战和问题，态度暧昧，闪烁其词，这不能不在卢象升的心间投下一个巨大的阴影，但他对皇帝的忠心和迷信，并未动摇。在以后具体的军事活动中，卢象升愈益陷入杨嗣昌、高起潜设置的一个又一个深深的泥潭：军饷不足，一再分兵，军事上完全一筹莫展，进不能攻，退不能守。而那位高居庙堂、刚愎自用的崇祯，不辨忠奸，反而迁怒于卢象升，切责他“畏敌避战，劳师无功”，并收回尚方宝剑，“降了他的职，还几乎把他撤职，召回北京勘问”。面对此情此景，卢象升“一腔热血差不多冷了一半”，但他仍然独立支撑着抗清战局，身先士卒，艰辛备尝。然而，前面等待着他的，却是更为险恶的境遇：已经削弱了的军力，再次被分兵，粮草则全然断绝，而监军者如同叠床架屋，层次愈加繁多，除高起潜以监军之名，行掣肘之实以外，又来了一个根本不懂军事，只会沽名钓誉的大学士刘宇亮“总督诸军”。卢象升完全成为一个被捆绑起来的好汉，无法施展本领。他的处境是，前有如狼似虎、强悍精锐的清兵，后有猜忌多疑的皇帝，身边则只剩下几千处于饥寒交迫之中的将士。卢象升面前只有两条路——或者捐躯疆场，或者像袁崇焕那样死于朝廷的冤狱。他毅然选择了前一条路，抱着必死的决心，率部枵腹作战，终于壮烈牺牲。而监军太监高起潜此刻却在 50 里外，拥 10 万精兵，坐观卢象升全军覆没。

中国历史上发生过多次民族战争，既有汉族打出去，也有少数民族打进来。这都是农耕与游牧两种文明形态之间无可避免的历史现象。在今日看来，这些民族战争大都是兄弟阋墙，属于中华民族内部融合过程中的插曲。但这并不意味着，那些战争都无是非可言，从事那些战争的各类人们都无功过毁誉可论。

在我国历史上，尤其是宋以后，往往出现这种情形：当北方强悍的少数民族乘着中原地区汉族政权处于腐败状态而挥师南下的危急多事之秋，除广大汉族人民群众奋起自卫之外，在统治营垒内部总会分化出一些坚定的抗战分子，他们出于“夷夏之防”的正统观念，又目睹了老百姓在战乱中所蒙受的巨大灾难，激发出一种浩然的民族正气。他们不顾敌我力量的悬殊和内部的腐败，奋不顾身地与敌周旋，悲歌慷慨，大都以身殉国。千百年来，这类人物被广大群众所爱戴和追怀，他们之中的杰出者，如杨业、杨延昭父子，岳飞、岳云父子，韩世忠、梁红玉夫妇，以及文天祥、史可法等人，早已成为家喻户晓的英雄，而卢象升，正是这一行列中人。

杨业、岳飞、文天祥、卢象升、史可法都是君主专制政权中的文臣武将，有的还直接镇压过农民起义，然而，他们之所以在历史上留下了英雄的美名，无一例外的都是由于他们献身于民族自卫事业。他们长期赢得人民的崇敬，是有着深刻的社会原因的，而并非如某些论者所说的那样，可以用“大汉民族主义”一言以蔽之。

古今中外的历史反复告诉我们，当民族矛盾尖锐化并上升为社会主要矛盾时，这个民族内部的各阶级、各阶层，除那些彻底背叛民族利益的投降分子之外，就出现某些一致的要求，如维护全民族的生存权利、捍卫民族的文化传统、抗御异族的掠夺和屠戮，等等。这些一致的民族要求，具有毋庸置疑的正义性和人民性。同时，就一般而言，在古代社会，人民群众中很难产生可以号召全国的民族领袖，而统治营垒内部的抗战派往往就担负起这个历史的责任。此时此刻，他们的行动虽仍然不可避免地还要受到自身阶级立场的制约，但也会在一定程度上超越本阶级的狭隘视野，而代表着全民族的某些共同利益。在这种历史关头，他们的命运是与民族的大多数息息相关的。这就是文天祥的《正气歌》感人至深的奥妙所在，也是《杨家将》《岳飞传》等戏曲、小说流传千百年而不衰，能够一再拨动广大观众、读者心弦的原因。

当然，上述作品产生于旧时代，民主性精华和专制帝制性糟粕掺杂在一起，它们既歌颂了应当歌颂的民族自卫精神，也赞美了某些不应称颂的正统观念。不可同日而语的是，《李自成》一方面继承了上述作品对抗清英雄竭诚赞美的传统，刻画了一个活生生的“明代岳少保”的形象，在杨家将、岳飞等人民群众喜闻乐见的民族英雄的艺术群像中，又增添了一个光彩夺目的新角色；另一方面，作者对卢象升这类人物的阶级局限性，也给予了恰如其分而又毫不含糊的披露，从而使得卢象升这一典型，较之旧戏曲、旧小说中所常见的抗清英雄的形象更符合历史的真实，并且包含着更为丰富的认识价值。

首先，《李自成》以入木三分的笔墨，揭示卢象升对皇帝的“愚忠”是导致他陷入悲剧性结局的原因。

作品反复点染卢象升与宦官和阉党势不两立的态度，他对高起潜的蔑视、对杨嗣昌的痛恨，都溢于言表。在高起潜这个“总监军”面前，卢象升没有丝毫的奴颜媚骨，这在畏惧、逢迎宦官成为风气的明代官场，是难能可贵的。高起潜垂涎于卢象升蓄养的骏马，而卢象升决不相赠的一节精彩描写，使卢象升刚直不阿的性格跃然纸上。但是，与此形成鲜明对照的是，卢象升对于皇帝却充满服从。虽然，崇祯在召见卢象升时一再叮嘱“不可浪战”，明白地预示皇上没有积极抗战的决心，这使得卢象升觉得一惊，“好像一瓢冷水浇在头顶”。但是，当崇祯为出征统帅举行照例的饯行、赏赐银两时，卢象升又感动得热泪纵横，并认为“皇上又倾向主战了”。然而，这一切不过是这位忠臣心造的幻影而已。残酷的现实是，正是在崇祯的指使、支持或默许下，高起潜、杨嗣昌等人一步一步地把卢象升推向死亡的绝境。但卢象升始终不敢对皇帝有任何微词，不满情绪也只能压抑在内心深处。第一次分兵时，杨廷麟向卢象升发泄了对朝廷的愤懑，但卢象升则认为，“一个忠臣宁可自己饮恨而死，也不该在别人面前张扬君父的不是”。第二次分兵，卢象升心中非常激愤，但既然这件事得到了皇上的同意，他也就不好发任何牢骚了。作品准确地刻画了君主专制时代的君臣关系，以艺术力量揭示了纲常名教是多么严苛地桎梏着人们的思想行动，这正是宗法专制社会派生出的伦理型文化的巨大制约功能。

其次，《李自成》还毫不含糊地展现了卢象升这样的抗战派与民众相脱离的致命弱点。当军事形势更加严重的时刻，杨廷麟、姚东照及畿南三府的老百姓，建议卢象升移军三府，整顿兵马，然后再与清兵决一死战。倘若这样做，局势尚有可为。但卢象升却惧怕朝廷怪罪，一心只想战死沙场，向皇帝一表心迹。杨廷麟曾对卢说："畿辅屡受鞑子蹂躏，民气可用。"而卢的答复却是，朝廷无道，"民气有什么用"！在卢象升这种出身和教养的人看来，君、国是二而一的东西，忠君即是爱国，爱国即是忠君。如果君不圣明，卢象升只能像岳飞那样"凭栏长啸"，而看不到任何别的出路，看不到民众中蕴藏着的巨大力量。这就决定了卢象升只可能成为一个孤独的悲剧英雄。

与卢象升相参照，《李自成》还刻画了其他一些爱国志士，如那个将在以后的南明抗清斗争中发挥重要作用的杨廷麟。杨虽然也是士大夫，但与作为上层当权派的卢象升有明显区别，他曾"建议皇上赦李自成之罪，召他带兵与东虏作战，将功赎罪"。这实际上是在主张建立某种形式的抗清统一战线。在当时阶级矛盾还相当尖锐、民族矛盾在全局范围还没有成为主要矛盾的情况下，建立抗清统一战线这个问题自然还不会纳入议事日程，杨廷麟此刻提出这样的主张，确是"书生之见"，不能被卢象升所理解。但杨廷麟能设想这样的方案，不能不说他对农民军的偏见比卢象升要少一些。杨显然是统治阶级中抗清派的左翼。

姚东照是作者笔下的又一个爱国志士，作者在他身上着墨不多，但一个豪爽的北方老义士的形象已经呼之欲出。姚东照是生活在草野民间的下层士人，对朝廷不抱什么幻想，对人民群众的力量却有一定认识，他在乡间四处奔走联络，组织乡里子弟与清兵周旋。姚的社会地位决定了他不像卢象升那样有着浓厚的忠君思想，当他在战场见到卢象升的尸体时，就愤然说道："是朝廷将你逼死的啊！"这种一针见血的直言快语，只有姚东照这样的下层士人方可无所顾忌地说出。

总之，作品以真实而细腻的笔触，描绘了同为抗战派的卢、杨、姚等人的群像，赞颂了他们同样具备的浩然民族正气，也展现了他们之间的阶层区别和各自的性格特色。

继卢象升、姚东照之后，作者在第三卷又塑造了一个名叫刘子政的民族战士的艺术形象。这个虚构的人物不仅起着点破辽海之战若干机关的作用，而且在他身上我们可以看到明朝后期尽瘁“辽事”的熊廷弼、袁崇焕等英雄的影像。作品借人物的对话来介绍刘子政的身世：

> 此人在关外打了二十年的仗，辽阳一仗几乎全军覆没。他冲出重围，仍在辽东军中，总想有所作为。不意又过数年，局面毫无转机，他忿而回到关内。从此以后，他对辽东事十分灰心，在北京每与人谈到辽事，不免慷慨流涕。他曾屡次向朝廷上书，陈述救辽方略，但是朝廷并不采纳。朝廷上的门户之争是那么激烈，他已经看透，无能为力，后来就隐居在西山一个佛寺里，听说是卧佛寺，在那里注释兵法。

这是一个军政阅历丰富，并对朝廷的病入膏肓有透辟认识的士人。他毫不含糊地对洪承畴说，明朝的败亡，“三五年之内恐怕会见分晓”。然而，浓厚的“夷夏之辨”的意识，使刘子政为国家民族尽忠竭力的热情仍然十分炽热。“跃马弯弓二十年，辽阳心事付寒烟。僧窗午夜潇潇雨，起注兵书《作战篇》。”他在澄海楼题的这首苍凉的诗句，写出了一个忧国忧民的老战士辛酸、悲壮的心境。虽然他对朝廷非常失望，却还是期待洪承畴出关能获成功，并以一种“知其不可为而为之”的精神，舍命陪君子，作为洪承畴的幕僚随军东征。

刘子政凭着自己丰富的军事知识、对明清双方的深刻了解，对洪承畴提出的建策是：“牢记持重为上。能够与建虏相持数月，彼军锐气已尽，便易取胜。”与此不约而同的是，被围困在锦州的祖大寿，也专门派人从围城中偷跑出来，向洪承畴转述意见：“到了宁远之后，步步为营，不宜冒进，持重为上。”作品还通过对多尔衮、豪格、皇太极等清方将帅的描写，反证上述战略考虑是正确的：皇太极们怕的是明军稳打稳扎，欢迎的是明军倾巢来攻。而洪承畴作为一个久历戎行、老谋深算的统帅，当然完全赞同刘子政、祖大寿这些辽东老将的意见，所以，他一再敷衍监军张若麒的催促，不肯贸然与清军决战。但深知朝廷内里的洪承畴也明白，这种“持重”战略，决不会为刚愎自用、急于求成的崇祯皇帝所容，也必然会被兵部尚书陈新甲等朝臣攻击为“畏敌怯战”。皇上、本兵和监军一定会像催命判官一样，逼着他尽快与清军决战。而内部涣散的明军在立足未稳之际，与强劲无比的清军决战，只能一触即溃。

洪承畴对于这种前景，看得一清二楚，却没有任何办法摆脱，其原因，正如他对自己的亲信幕僚发牢骚时所说："对别的皇上，有时可以用'将在外，君命有所不受'的话抗一抗。可是我们大明不同，我们今上更不同。"刘子政怀着满腔悲愤，离开前线，返回北京运动援师。

民族战士一个又一个地被排斥，被打击，他们或者献身沙场，或者一筹莫展。民族的精英一再被明廷所扼杀，"明亡于清"的大局已经注定。

三、从崇祯到洪承畴

与卢象升等人形成鲜明的对比，《李自成》还以丰富的色调，描绘了统治集团中的另一部分人——崇祯、杨嗣昌、高起潜和洪承畴。他们是明王朝统治集团的核心，代表着大地主、大官僚贵族集团的利益，在民族斗争和阶级斗争交织的时代，扮演着特定的角色。

崇祯作为汉族地主阶级的总代表，深怀"内中华而外夷狄"的观念，与企图染指中央政权的少数民族当然存在着尖锐的难以调和的矛盾。但他处于内外交困的境地，权衡轻重缓急，终于确立了"先安内而后攘外"的方针。比起满洲的威胁来，崇祯更害怕农民起义军。他认为"流贼"是"腹心之祸"，是不共戴天的仇敌，"东虏"不过是"癣疥之疾""肘腋之患"，两者不能等量齐观。他总希望能够暂时羁縻满洲，以便抽出手来，全力镇压农民起义，在荡除内患以后，再"对东虏大张挞伐"。而畏清兵如虎的高起潜、杨嗣昌等掌握军事实权的宦官、朝臣，看透了崇祯的心思，放手推进对清妥协的密计。可是，作为"好誉专家"的崇祯又不敢也不愿公开提出议和，仍然摆出一副"一统天子"的架势，明明是向清方求饶，却硬要说是"议抚"，同时又反复叮嘱杨嗣昌等人"对东虏议抚一事，总要万分机密，不可使外廷诸臣抓着一点把柄，阻挠大计"。崇祯知道，与清议和非但老百姓反对，朝廷中的许多士大夫也不会答应。这又暴露了崇祯色厉内荏的虚弱本质。第三卷上册"燕山楚水"写道，刚从狱中释放出来被任命为陕西三边总督的傅宗龙，向崇祯建策"从关外抽出手来，全力剿贼"，崇祯立即说："目前对东虏行款，示弱于敌，殊非朕意。"何等正颜厉色，冠冕堂皇。后来，兵部尚书陈新甲不慎泄露了与满洲议和的消息，崇祯立即将他处死弃市，这除了表现出崇祯的残忍性格外，也充分说明崇祯既需要对清妥协，又放不下“中兴之主”大架子的矛盾心态。

在第三卷中，作者进一步表现了崇祯在辽东用兵问题上的矛盾心理。当时，李自成围攻开封不甚得手，张献忠又被左良玉击溃，豫楚一带战事相对平稳；而在辽东，清军久困锦州，威胁北京门户——山海关。这样，在崇祯的总战略中，“眼下料理关外军事，看来比豫、楚还要紧迫”。他急于通过洪承畴东征，“挫败东虏锐气”，解除锦州之围，以便在实力地位上与清方言和，暂时消除“东虏之患”。然后调洪承畴回师关内，围剿中原一带的李自成军。所以，他决不允许辽东战事旷日持久地拖下去。崇祯迫于两面作战的危局，加上本人对军事一窍不通，却又自视“英明天纵”，主观独断地决策于千里之外，轻率地否定了洪承畴稳打稳扎、步步为营的持重战略，终于导致了“辽海崩溃”，造成丧师十余万，锦宁走廊洞开的败局。正因为崇祯战略重点始终摆在镇压农民起义这一面，终于导致了对清战争的失败。此后，明朝非但再也不可能集结大军和粮草抗御清军，而且连一位像样的统帅也产生不出来了。明清之间民族战争谁胜谁负，至此已经一目了然。

以崇祯为首的明朝统治集团的核心“攘外必先安内”的战略思想，是颇具典型意义的。崇祯的后继者，南京弘光小朝廷，面对清军压境的危急状况，仍然对大顺农民军持排斥、反对态度。在近代史，这样的情形就更不乏其例：清朝政府可以对英法联军屈膝求降，结城下之盟，割地赔款，却要拼出全力扑灭太平天国的烈火。自崇祯以下的这些统治者的行径，当然不能用个人的心智不全加以解释，究其根本，乃是其阶级本性所使然。大地主、大官僚阶级的一己私利，决定着他们同广大人民群众处于尖锐对立之中。他们从自身的阶级本能出发，把人民的起义看作“危及宗社”的“名教之奇变”，非用血与火的讨伐对待不可。至于清军的入侵，他们既想阻挡，又决不愿意以放松对人民的镇压作为代价。与此相反，他们倒是可以向入侵者妥协，来赢得时间和力量，朝起义的人民猛扑过去。因为，同入侵者还有讨价还价、分得一杯羹的可能，而如果让造反的老百姓得势，则只有倾覆皇朝这唯一结局。这就决定了那些统治者在“内忧外患交迫”的时刻，采取“守内虚外”的战略。《李自成》牢牢地把握着崇祯的这种阶级性格，并在明末农民战争和明清民族战争交织进行的典型环境中，使这种性格得到淋漓尽致的展现——他对清方充满恐惧而又抱有幻想；他对抗战派试图利用却也猜忌怀疑，并终于将抗战派推入死亡的绝境；

崇祯本身就是最大的妥协派，却又装腔作势，扭捏作态地不肯承认，千方百计把自己打扮成抗战的代表者。作品把崇祯作为“这一个”的特殊性格刻画得入木三分，因而也就具有包容量极大的普遍性。在崇祯身上，我们不是可以清楚地看到慈禧、曾国藩、袁世凯的影子吗？艺术典型就是这样又一次显示着它的威力。

洪承畴是作品继崇祯之后着力塑造的另一个重要的统治集团核心人物。如果说在第一卷潼关南原大战单元，我们看到的是胸有城府、颇具儒将风度的洪承畴；那么，第三卷“洪承畴出关”和“辽海崩溃”两个单元，则展现了一位战略思想缜密、满腔忠君报国之念的洪承畴。

崇祯十四年春，洪承畴总督蓟、辽军务，会八镇兵 13 万出关援锦。此刻的形势十分险恶。他面前的敌人，是精锐剽悍、蒸蒸日上的清军，其统帅皇太极多谋善断，早已布下重重罗网；久困锦州的祖大寿部，家乡多在清朝控制的辽东，随时都有可能师溃降敌；至于洪承畴所带的部队，除曹变蛟、王廷臣部以外，都涣散无斗志，吴三桂、马科等骄兵悍将尤难驾驭；在洪承畴身后，则是急躁多疑的崇祯皇帝，以及门户林立、动辄攻讦倾轧任事者的百官。作为宦场老手的洪承畴，深知今番出师，凶多吉少。小说贴切地表现了洪承畴此刻的心绪：“他想着这次统兵援锦，不知能否再回山海关内，能否再从澄海楼上眺望山海关外的日出景色，不禁心中怆然。”洪承畴明白，此战如果稍一不慎，就会全军覆没。所以他在山海关逗留徘徊，筹集粮草，整顿兵伍，迟迟不向辽东发兵。后来，在崇祯的一再催逼下，洪承畴只得统率十余万东征之师，投入皇太极设置的圈套，终于演出了“辽海崩溃”的惨剧。

到了“燕辽记事”单元，洪承畴则急转直下，朝着背叛明朝的方向转化。对于这一复杂的历史现象，作品从大处着眼，从小处着手，勾绘出一组极为生动、真实的工笔画。

《清史稿》本传记载洪承畴降清过程相当简略。洪被俘后，先是“科跣谩骂，文程徐与语，泛及今古事，梁间尘偶落，著承畴衣，承畴拂去之。文程遽归，告上曰：‘承畴必不死，惜其衣，况其身乎？’上自临视，解所御貂裘衣之，曰：‘先生得无寒乎？’承畴瞠视久，叹曰：‘真命世之主也！’乃叩头请降”。姚雪垠根据正史，参考野史传说，加以铺陈，按照生活本身的丰富性，表现了洪承畴心理变化的复杂过程。

洪承畴世受国恩，本人又身居高位，长期受着儒学礼教的熏陶，“四岁开始认忠孝二字，老夫人反反复复讲解”。洪承畴出师关外，也确实决心精忠报国，他在同刘子政议论形势时，曾表示：“倘若局势不利，学生唯有一死尽节耳！”此刻，他心情的激越，与卢象升千里勤王时颇有几分近似。洪承畴在松山城被围困之际，含辛茹苦，与士卒共患难，并对部属慷慨陈词：“幼读圣贤书，壮年筮仕，以身许国，杀身成仁，原是分内之事。”这些言行，都发自肺腑，绝非装腔作势。城破之时，他自杀未遂，又被亲兵劝说突围，以图再起，终因马失前蹄，被清兵俘获。被俘后，他“宁死不跪，也不答话，只是骂”。面对清方的劝降活动，他在心中冷笑说：“任你使尽威逼利诱办法，休想我洪某屈膝！”进入盛京三天，洪承畴就绝食了。

在这前前后后的一段时间，三纲五常、“夷夏之大防”的思想，支撑着洪承畴“为国死节”。在中国古代，将这种信念贯穿始终的志士仁人不在少数，贝加尔湖畔牧羊的苏武，碰死在李陵碑前的杨令公，屈死在风波亭的岳飞，吟咏着《过零丁洋》的文天祥，便是典范。然而，洪承畴虽然貌似上述先贤，内骨子却有所区别。作品以纤毫毕现的笔触展现了这样的细节：在洪承畴大骂不止、一再扬言以死尽节的同时，另一侧面的东西也在他的灵魂深处酝酿着、发酵着。例如，当邱民仰押赴刑场时，洪承畴一方面心中赞道：“好一个邱巡抚，临危授命，视死如归，果然不辱朝廷，不负君国！”另一方面，他又思绪起伏，“有时像波涛汹涌，有时像暗流深沉；有时神驰故国，心悬朝廷，有时又不能不考虑着到了沈阳以后的事”。“特别奇怪的是，他在这前往沈阳赴死途中，不仅多次想到他的一个爱妾，还常常想到两个仆人，一个是在松山西门外被清兵杀死的刘升，另一个是去年八月死于乱军之中的玉儿。每次心头上飘动玉儿的清秀姣好的面孔和善于体贴主人心意的温柔性情，不禁起了怅惘之感。”然而这一切杂念不能保持多久，都被一股即将慷慨就义的思想和感情压了下去。这时，他又在心中以文天祥自许，在最苦闷时就默诵文天祥的《过零丁洋》，他还在心中吟成了《囚车过锦州》七律一首，其中有“千年若化辽东鹤，飞越燕山恋帝居”的句子。然而，洪承畴毕竟不是文天祥，他想到邱民仰之死，便“久久不能入睡。虽然为国死节的道理他很清楚，也早已将生死置之度外了，但此刻他的心情仍不免有所牵挂”。牵挂什么呢？既不是年高的老母，也不是妻子儿女，因为他殉节以后，皇上会对他的家人“特降隆恩，厚赐荫封的”。洪承畴“牵挂”的却是“留在北京公馆中的年轻貌美的小妾陈氏”，以及他所喜爱的男风。可见，是官僚贵族腐朽的生活方式，使洪承畴不愿弃世而去，驱使他背离了文天祥的道路而走入降清之门。

洪承畴到盛京以后，皇太极遵照范文程的建议，寻其弱点，投其所好，派庄妃送参汤，打破洪承畴的绝食障壁。参汤下肚，洪承畴精神为之一爽，“希望活下去的念头忽然兴起”，但又被“大臣的千秋名节”“皇上的知遇之恩”等观念压下去，正在胡思乱想之际，送参汤的“丽人”的倩影又飘现在洪承畴脑海中，“他记起来她的一双睛如点漆、流盼生光的眼睛，自从督师出关以来，他没有看见过这样的眼睛”。总之，洪承畴已离开死节的重大问题，为“丽人”而游心胡想。如果说，前面所讲到的留恋爱妾美仆，是洪承畴求生的潜在因素的话，那么，这里庄妃送参汤所产生的后果，则造成洪承畴精神防线的正式崩溃。紧接着，又有容貌、性格酷似玉儿的男仆“如玉”的前来伺候，洪承畴的求生之意更增。什么“倘若不死，长留敌国，如张春那样，消磨余年，未尝不可”的意念应运而生，但马上又被“唯死而已，不当更有他想”的余意压了下去。

得知庄妃是皇太极的宠妃，洪承畴领略到满洲人对自己的器重，心灵又受到一次猛烈的冲击，开始同意进食。最后在范文程与他谈了许多关于古今成败的道理，说明明朝种种弊政，必然日趋衰亡，洪承畴终于决定投降。但“他有时想起老母和家中许多亲人，想起故国，想起祖宗坟墓，尤其想到崇祯皇帝，心中感到惭愧、辛酸，隐隐刺痛”。当他剃发之后，露出青色的头皮，“洪承畴在镜中望见，赶快闭了眼睛”。另外，以往他“很蔑视满洲衣帽，称之为夷狄之服。他常骂满洲人的帽子后边拖着豚尾，袍袖作马蹄形，都是自居于走兽之伦。现在他自己穿戴起来，对着镜子看看，露出一丝苦笑”。这样的描写，非常符合洪承畴的教养、身份和性格。后来，当洪承畴在清宫观看朝鲜舞女表演时，发现舞女两次偷偷地向在清廷当人质的朝鲜世子送去眼波，眼波中似乎含泪，洪承畴心中一惊——“她也有故国之悲！”作者摄取的这一组镜头，真实地表现了洪承畴这样的人尽管降清，但多年形成起来的民族意识不可能顷刻荡除殆尽。这正是现实主义文学合情合理的笔锋所至！

《李自成》第三卷关于洪承畴降清的描写，是把洪承畴作为一个具有复杂心理的悲剧性格来处理的，而不是像某些作品那样，把“叛徒”当作闹剧中的丑角来加以表现。小说充分展示了洪承畴卓越的军事眼光和干练的政治才能，表现了他的忠君爱国思想曾经是相当真实的。唯其如此，他的背叛才包蕴着更深刻的意义。这种描写，使我们联想起莎士比亚的《麦克白》。莎翁刻画的麦克白，在犯罪之前，曾经是英勇善战的统帅，他平定国内叛乱，击退外国侵略，为苏格兰立过功勋，受到国王和人民的爱戴。后来，他由野心发展到犯下滔天大罪。此种写法，合情合理，是对复杂的历史现象和历史人物的艺术概括。《李自成》中的洪承畴，正与莎翁笔下的麦克白有异曲同工之妙。

洪承畴终于决心投靠新主子了。此后，他将以带头羊的身份，为满洲贵族入主中原开辟道路。而《李自成》恰在此处插入北京祭奠洪承畴的隆重场面。当时误传洪承畴已在盛京"为国捐躯"，京师人人称赞洪承畴死得重于泰山，哀荣隆重，皇帝将亲临致祭，文武百官陪祭，崇祯还亲自撰写祭文，歌颂洪承畴"佳肴罗列于几上，卿惟目闭而罔视；艳姬侍立于榻前，卿惟背向而怒斥"。对照洪承畴的叛卖行径，这篇由姚雪垠代笔的祭文，真是神来之笔，妙不可言！

作品通过洪承畴背叛君国过程的详尽描写，揭露了明朝统治集团的堕落，形象地表现了明王朝覆灭的必然趋势。崇祯在"寇乱、虏警接连不断"的岁月里，两面应付，一再举措失当、制置乖方。以"督师辅臣"之尊到南方围剿"流寇"的杨嗣昌，终于被张献忠"以走致敌"的战略拖垮，并因"两失名城，连陷亲藩"在宜昌自尽；而出师关外抵御清兵的洪承畴，除全军覆没外，自己也投降了皇太极，这对崇祯的打击，比丧师十余万还要沉重。明王朝和崇祯本人的死期已经不远了。

四、农民起义军对民族战争的态度

卢象升血洒疆场，遗恨九泉；崇祯、杨嗣昌对满洲欲战无力、欲和不能；而出镇辽东的洪承畴终于剃发降清。明王朝的对清防卫体系，从军事战线到政治战线已经全然崩溃。历史即将把转战于黄河长江之间的农民军推向抗清的第一线。

在《李自成》已经发表的卷册中，农民军还没有与清兵正面接触，他们的战斗锋芒还集中在明王朝身上。但是，作品信笔点染了农民军对清兵屡次进关烧杀抢掠所充满的敌忾情绪，可谓草蛇灰线，伏笔千里，为以后将要展开的农民军的抗清壮剧做好了铺垫。

例如，第一卷写道，高夫人与李自成潼关失散以后，几经转战，方在崤山暂时立住脚。此刻的高夫人除牵挂闯王、刘宗敏等人之外，也曾立马高山，遥望东北。“几天来她不断得到消息，说清兵继续深入，快到畿南。如果不是怕崤山中老营有失，她真想从这里渡过黄河，往北去看看情形”，表现出农民军对清兵入塞所造成严重局势的忧虑和关注。

作品还表现了农民军对朝廷中抗清派的某种同情和肯定，以及对“联明抗清”可能性的一些朦胧设想。尚炯北京之行，恰逢杨廷麟重病不起，尚炯对这位主张抗清的士大夫不无敬仰，赞赏他在“反对与满鞑子议和这一点上较有骨头”，并积极为他治病。尚炯回到李自成军中，向众将领谈及如何医救杨廷麟，并谢绝杨宅酬报的情况时，大家都称赞尚炯这事办得好。当李自成听到卢象升抗清阵亡的消息，颇表同情，并说卢“也算死到一个正经题目上”。这些描写都表现了农民起义军在民族危亡当头之际，是坚持民族大义的，这正是以后农民军能够顾全大局，联合南明，共同抗清的思想基础。

当然，由于农民军只有与明朝打交道的经验，对于勃兴的清朝的强劲力量，对于民族矛盾将上升为主要矛盾的新形势，都缺乏必要的精神准备，而这正是以后大顺政权由胜利的顶峰跌落下来，迅速走向失败的重要原因。但《李自成》在表现农民军的民族意识的同时，对农民军的上述政治上的短视，似乎还没有给予必要的抒写。这一任务大概要由后两卷完成，但在前三卷里也应预留。

五、作为农耕文化“复壮剂”“补强剂”的游牧文化的代表——清朝开国者的阔大气象

中华民族是一个多元的复合体，它大体由聚居在中原地区的、很早就进入农业社会的汉民族和周围诸游牧民族组成。而在几千年间，粗犷的游牧文化与精耕细作的农业文化之间发生过多次交锋，并在反复的冲突中实现融合。游牧文化与农业文化的相互作用，对整个中华民族文化的发展产生过长远的、全局性的影响。这里既有游牧文化给农业文化造成灾难性破坏的一面，有游牧文化向较先进的农业文化学习的一面，也有农业文化以强悍的游牧文化为“补强

剂”“复壮剂”的一面。因此，对于古代民族战争的双方，采取旧时史学家和文学家传统的“汉族本位”态度，简单地褒此贬彼，显然不是拥有科学历史观的今日学者和作者所应坚守的立场。而《李自成》的可贵之处在于：它从崭新的角度描绘了明清间民族战争的另一方——满洲人。

为了展现明清间民族斗争的广阔图景，作者在“辽海崩溃”单元中，第一次正面描写与洪承畴对阵的清军，刻画多尔衮、豪格这些日后将在中原大显身手的清朝开国元勋的形象，表现他们威猛豪强而又足智多谋的性格特征；在“燕辽纪事”单元，更彩笔挥舞，把我们带到了清朝的旧部——盛京。姚雪垠运用他那渊博的历史知识、对兄弟民族风土人情的详细了解，通过跳神、宴会等场面的描写，生动地再现了刚刚由氏族社会跨入文明社会的满族的生活习惯、社会环境以及政治生活和宗教生活，描写了清廷那种与明廷迥然有别的粗犷而朝气蓬勃的气象，勾画出一幅清朝开国初年的风俗画。

满族是一个有悠久历史的民族，这是金代女真人的一个支族，追溯得更远一些，其祖先是肃慎，西周时即生活在东北，是中国最古老的民族之一。在明代前期和中期，明朝对女真人执行的是一种分化羁縻的政策，女真人与汉人不和，明朝统治者要负相当大的责任。努尔哈赤统一女真各部、建立后金汗国以后，女真人逐步强盛起来，并断绝了与明朝的臣属关系。到皇太极在位时期，将本民族名称由“女真”改为“满洲”，国号由“金”改为“清”，都包含着“水克火”的寓意（朱明尚火），从而把恢复金朝版图、入主黄河流域确立为自己的基本国策，明清间的矛盾冲突也就进一步尖锐化起来。总之，明清间的战争，是以汉族为主的明王朝与以满族为主的清王朝争夺全国统治权的斗争。《李自成》正确地表现了这样一场错综复杂的民族战争。

小说一方面对清朝统治集团发动的破坏性极大的骚扰战争做了有力的揭露，描绘满洲铁骑给长城内外造成的“哀鸿遍野、赤地千里”的可悲场面，形象地展示了这样一个历史现象——处于半游牧状态的民族，“进行掠夺在他们看来是比进行创造性的劳动更容易甚至更荣誉的事情。……战争成为经常的职业了”。另一方面，小说又对满洲民族的勃兴给予积极的评价和充满亮色的描绘。从努尔哈赤到皇太极的短短几十年间，满族出现巨大的社会跃进，从满族本身的发展看，这是十分辉煌的一页，就整个中华民族的进步史而言，也是不容忽视的篇章。在“燕辽纪事”这一单元，作者绘声绘色地展现满洲生机勃勃的开国气象，以饱含热情的笔墨，描写满族吸收先进的汉文化、朝鲜文化，以及藏文化、蒙古文化的情形，充分肯定这个强悍有为的少数民族锐意进取的精神。小说还着力刻画皇太极的形象，显示了他比崇祯等明朝统治者高出一筹的卓越之处。

史书记载，皇太极“廓然有大度”，是一个雄才大略、励精图治的政治家、军事家。“燕辽纪事”侧重从皇太极争取洪承畴的苦心经营中，表现其性格特征。皇太极的战略目标是恢复金太宗时的金朝规模，但他深知实力不够，必须改变女真人历来嫉视汉人的风习，利用明朝的腐败没落的形势，争取汉族士大夫。皇太极对于洪承畴的收降极端重视，正是出于这种考虑，作品特别细腻地描写了皇太极派自己专宠的庄妃给洪承畴送参汤的情节。这类行径在汉族专制帝王那里是不可设想的，而只有带着氏族制度遗风、又深通权谋韬略的皇太极，才可能出此奇着。为了获得一个进攻中原所必需的“识途老马”，皇太极丝毫不受礼教条律束缚，采取如此越轨的步骤，终于取得了显著的成效。如果把皇太极这种敢作敢为而又筹之有素的行事风格，与崇祯向贵戚筹款时瞻前顾后，结果却“偷鸡不着反蚀一把米”的情形对照，就可以看出，文化落后然而却富于朝气的清朝，战胜老大而朽败的明朝，是无可阻挡的历史趋势。

作品还表现了皇太极那种全局在胸、指挥若定的战略家风度，以及对朝鲜世子、明朝降将雍容大度、兼收并蓄的气量，从而正确地表现了皇太极的历史地位——他同魏孝文帝、松赞干布、成吉思汗、努尔哈赤一样，不仅是少数民族的杰出领袖，同时也是整个中华民族的英俊人物。

中国是一个多民族国家，如何处理民族关系，是中国的过去、现在和将来一直面临的重大课题。历史反复昭示我们，各种形态的狭隘民族主义，无论是大汉族主义还是地方民族主义，都不利于中华民族的团结和进步。而这些狭隘民族主义的一个共同特点，就是只承认本民族的利益和传统，无视甚至根本否定其他民族的利益和传统，其结果只能是扩大民族裂痕，加深民族仇恨。而以往的一些描写民族关系的旧小说、旧戏曲，往往存在着这种偏向。这些作品大都歌颂了当民族危机上升之时，那些维护汉民族的生存权利、捍卫汉民族文化传统、抗御掠夺和屠戮的英雄，这使得此类作品具有鲜明的人民性。《杨家将》《岳飞传》一类戏曲、小说之所以流传千百年而不衰，能够一再拨动广大观众、读者心弦的原因也正在于此。然而，上述作品又确乎包含着大汉族主义的描写，对少数民族采取鄙视和仇视的态度。我们在旧戏舞台上，看惯了这类场面：那些少数民族的领袖人物（所谓“番邦狼主”之类），个个青面獠牙，头插野鸡毛，其性格和行径，除了愚昧、野蛮，就是残忍、嗜杀。从中华民族的整体来考虑，这种艺术表现的社会效果是不好的。1949 年以后，出现一批歌颂民族团结的新编历史剧，如《蔡文姬》《文成公主》《王昭君》等，颇有拨乱反正的意味，但艺术上却并不成功，有概念化和生造痕迹。历史上的民族关系除了和睦交往的一面之外，还有互相摩擦，以至发生战争的一面，而且“战争本身还是一种经常的交往形式”[①]，是中华民族的融合过程中的一种重要环节，因此，文学艺术也就不能回避这后一种历史的真实。《李自成》的一个可贵之处便在于，它没有在民族战争这一复杂的、难以处理的课题上稍稍收敛自己有棱角的艺术锋芒，而是以所向披靡的气势，去征服这个课题所涉及的各个领域，如此丰富，而又如此准确地描绘了民族战争的若干侧面，既肯定了汉人为着保卫本民族的正当利益所进行的自卫战争，歌颂了为此而献身的英雄，谴责了民族利益的叛卖者；同时，作品又公正地表现少数民族所走过的历史道路，以一种全新的姿态描写清方的生活和人物，赞扬他们的长处以及对整个中华民族的发展所起的积极作用，从而与旧文艺中的糟粕划清了界限。

祖国、民族都是历史的范畴。只有用历史主义的眼光去研究和表现民族问题，才能探幽致远，深入前人未曾抵达的新境界。《李自成》关于民族战争的描写，正是走在这样一条饶有兴味的道路上。我们期待着作者在后面的卷册里，把我们带到更加广阔的场景中去，领略战马和画角所鸣奏出来的农民战争和民族战争相交织的悲壮的交响乐。

撰于 1995 年

---

① 《马克思恩格斯选集》第 1 卷，人民出版社 1972 年版，第 27 页。

《精补本〈李自成〉》序言*

长篇历史小说《李自成》于 20 世纪 60 年代初推出第一卷，即以其内容的厚重深切、表现手法的典雅丰富，引起那一思想禁锢时代读者的惊喜。记得在 1964 年春节期间，还是大四学生的笔者在湖北图书馆读到上架不久的《李自成》第一卷时，即领受一阵久违了的现实主义杰作的清朗之风，“卢象升千里勤王”“崇祯帝忧国如病”的悲剧氛围，令笔者如醉如痴。时过 40 余年，其初始阅读的强烈印象还鲜明如昨。那时人们私底下曾对《李自成》以“中国的《战争与和平》”相期许。姚雪垠（1910—1999）驰骋文坛数十年，抗战初期即以《还差半车麦秸》《牛全德与红萝卜》名世，然其在中国现当代文学史上的定位，大约应该以 1963 年出版《李自成》第一卷为主要基点。

20 世纪 70 年代中期以后，姚老赢得较之 50—60 年代不可比拟的优越的写作条件，于耄耋之龄，锲而不舍、锐意精进，《李自成》第二卷至第五卷于 70—90 年代陆续出版，成为新时期文学园地的一道富于特色的风景线。多卷本《李自成》被公认为“五四以来长篇历史小说领域的填补空白之作，在历史文学发展史上具有里程碑的意义”。时下中国的历史小说奖项以“姚雪垠”命名，是恰如其分的。

任何作品都是一定历史条件的产物。姚老开掘我国古典文学的深厚底蕴，借鉴西洋长篇小说多头并进、起伏跌宕的结构方式，发扬“五四”以降新文学的现实主义传统，博采近代新史学的果实（尤其是明清史的资料开掘及研究成果），又吸纳自己坎坷、丰厚的人生经历资源，充分挥洒才情睿智，方熔铸出

---

* 《精补本〈李自成〉》，姚雪垠原著、俞汝捷精补，长江文艺出版社 2008 年版。冯天瑜撰序言曾以《旧曲新弦见沧桑——〈李自成（精补本）序言〉》为题，刊载于 2008 年 4 月 26 日《光明日报》。

《李自成》这一恢宏的制作，实得“古今中西大交会”的时代之赐，这是姚老的幸运。借用与李自成（1606—1645）同时代的思想家方以智（1611—1671）的话，或许可以代姚老发出这样的感慨：

> 生今之世，承诸圣之表章，经群英之辩难，我得以坐集千古之智，折中其间，岂不幸乎！①

与获取时代之赐相表里，姚老又不可避免地为时代所累。《李自成》的构思与写作定型期，恰在“以阶级斗争为纲”时段，仅就历史观而论，当年的流行观念为：农民战争是秦汉至明清两千余年社会演进的主要推动力。自 20 世纪 30 年代以来自觉厕身于“左翼”行列的姚雪垠，当然服膺此种观念，并以其指导创作，《李自成》把颂扬、提升农民起义作为主旨，便是顺理成章的事情，李自成农民军定位的某种程度的非历史倾向，皆源于此。

姚老深入探讨过明清之际历史，对明末达到登峰造极程度的宗法专制帝制的内里结构与种种病端有着真切的认识，其笔下的崇祯及其臣僚、后妃、太监，栩栩如生，颇富历史厚重感。《李自成》塑造的艺术形象崇祯与历史人物崇祯（1611—1644）达成高度的统一：这并非一般意义上的昏聩、腐化的“亡国之君”，而是一位宵衣旰食、刚毅有为的君王，然而，崇祯的励精图治并不能挽狂澜于既倒，甚至他对军政事务自认英明的谋划与具体干预，直接导致的却是袁崇焕（1584—1630）、卢象升（1600—1639）、孙传庭（1593—1643）这样一些才能卓越的明朝忠臣的毁灭，正所谓“自坏长城”，朱明王朝无可逆转地在内忧外患中，也可以说在崇祯的终日操切中陷入灭顶深渊。小说对崇祯专横独断、刚愎自用、猜忌多疑性格入木三分的刻画，昭显了“绝对君权”的本质属性，塑造出极具典型意义的专制君主“这一个”。将姚雪垠笔下的崇祯及卢象升、杨嗣昌（1588—1641）们置之施耐庵《水浒传》中的高俅、宋徽宗（1082—1135），莎士比亚《李尔王》中的李尔王，普希金《上尉的女儿》中的叶卡捷琳娜二世（1729—1796），托尔斯泰《战争与和平》中的亚历山大一世（1777—1825）、库图佐夫（1745—1813）等帝王将相的文学群像中，非

① 方以智：《通雅》卷首之一。

但毫不逊色，其内涵的丰富性或有过之（这得益于明末历史为此提供的丰富素材，以及姚老对这类历史事实的烂熟于胸）。与之相辉映，《李自成》关于明清战争的描写也极见工力，皇太极（1592—1643）、多尔衮（1612—1650）、孝庄文皇后（1613—1688）等人的雄强勇武、足智多谋跃然纸上，对于他们学习先进汉文化的热心也有充分表现。与旧小说、旧戏曲将少数民族领袖处理为凶暴蛮横的“番邦狼主”大相径庭，《李自成》塑造了满洲的英俊人物，对这支新兴势力在中华民族发展历程中所发挥的复壮剂、补强剂功能作了艺术的展现。作品塑造的洪承畴（1593—1665）也是一个内涵丰满的艺术典型，这里不仅展示了士大夫“夷夏观”“忠节观”与“珍生观”“权位现”的搏击交战，还有力地揭开一个历史的真实过程：明末士子、庶民对清朝浩博的开国气象由抵抗到服膺。《李自成》超越旧史书的“贰臣观”，对明末清初成批士大夫（从范文程到洪承畴）归附清朝的现象，提供一种历史主义的艺术诠释，显现出姚老过人的史学、史才与史识。

然而，与对崇祯等明廷人物，皇太极等清方人物丝丝入扣、丰满自如的描写相比较，姚老用大气力铺陈的李自成及其部属的形象，却留下不少造作痕迹，这集中表现为李自成、高夫人、红娘子的纯化与拔高，大顺军被一定程度现代化，从而削减了小说关于明末农民战争总体把握的真实感。我们不能将此种缺陷归结为姚老不擅长于描写农民，其实，姚老是熟悉农民造反者的（他少年时曾被“杆子”绑票），他 1947 年出版的长篇小说《寒夜》对民国初期河南“杆子”的描写便十分真实、生动；《李自成》写到张献忠（1606—1647）、罗汝才（？—1643）等李系之外的农民军及诸路“杆子”时，妙笔生花，挥洒自如，人物形象有血有肉。可见，在李自成及其部众的描写上露出“现代化”的斧凿痕迹，并非艺术能力不济所致，而主要是由于“歌颂”“升华”农民起义的观念驱使，这是流行于 20 世纪中叶的“非历史”理念的产物，在表现手法上则蹈入《三国演义》“欲显刘备之长厚而似伪，状诸葛之多智而近妖”①的故辙。姚老笔下的李自成，较之《水浒传》的林冲、武松等“逼上梁山”的好汉，真实可信度有所下降；与普希金《上尉的女儿》以神来之笔勾勒的豪放而狡猾的普加乔夫（1740—1775）相比，其艺术感染力也有高下之分。笔者自

① 鲁迅：《中国小说史略》，《鲁迅全集》第 9 卷，人民文学出版社 1982 年版，第 129 页。

20 世纪 70 年代中期结识姚老，即成莫逆之交，20 年间（直至 90 年代末姚老辞世前夕），曾多次与之切磋此一论题。姚老是个真诚的人，对原先的史观和艺术手法有所坚持，亦有所觉悟，然在创作中改变惯性，殊非易事。

总之，巨著《李自成》在取得多方面成就的同时，也留下遗憾，这不仅是指姚老因老病终于未能全部完成写作计划，也是指这部长篇存有败笔。多年来，从出版者到读者一直抱着完善《李自成》的希冀，我们这些姚老的友人此种念想就更为强烈了，但也深知其难。所幸，这个世上有一位可以修订补充《李自成》的人物在，这便是曾任姚老助手多年、学识渊博、文学才能卓异的俞汝捷先生（1943—　），由于他的艰辛努力，我们的期待没有落空。

置于诸君案头的这部由汝捷兄完成的《精补本〈李自成〉》，用力于“精改”与“补写”。在“精改”方面做了以下工作。

（一）精简

在保持原著章节完整的前提下，从语言、细节、情节入手，下细致的删节功夫。原著 300 多万字，精简为 190 万字，加上补写 20 万字，精补本 210 万字，由原著 5 卷 10 余册整合为四部曲，每部以一句五言杜诗作标题：《天寒霜雪繁》《闻说真龙种》《长风驾高浪》《风散入云悲》，正与起义军“潜伏—转折—挺进—败亡”的悲剧历程相切合。

（二）铲除非艺术、非历史的痕迹

凡脱离小说情节的议论、说明一概删除。对原著拔高李自成、高夫人的描述力加笔削。

（三）纠正历史知识性的失误

如《东周列国志》是清人作品，原著在明末人刘宗敏（？—1645）言谈里出现此一书名。此类误处一概删除。

（四）改正诗词格律方面的错讹

姚老 50 岁以后方开始写旧体诗，《李自成》中各类人物的诗词由姚老拟出，多半妥帖，颇能增辉，然原著诗词也有平仄失误处，精补本逐一改正。

（五）补救情节疏漏与自相抵牾处

《李自成》头绪纷繁、经纬万端，难免出现情节疏误，偶有前后矛盾，精补本逐一纠正。

（六）修正语病

在“精改”之外，汝捷兄又完成“补写”工作，其中主要增补的一大段落，是崇祯十六年的部分。

按姚老原来的计划，崇祯十五年冬至十六年冬（1642—1643）的情节是极其重要、不可或缺的，需要重笔渲染。它包括一败孙传庭，与革左（“革”指革里眼贺一龙，“左”指左金王贺锦）等在汝宁会师、在襄阳建立政权，火并曹操（即罗汝才）与革里眼，二败孙传庭，在西安建立政权，米脂祭祖等情节，并侧面交代张献忠的行踪和皇太极之死等大事。其篇幅相当于整个第四卷。可是自 1985 年汝捷兄替姚老整理完第五卷离京返汉后，十余年间姚老始终未写第四卷，后来患退行性脑软化症，更不能动笔了。到 1999 年要出书时，万般无奈，只好由当时的助手将第五卷一分为二，前面一半就称为“第四卷”。但读者读完第三卷《慧梅之死》后，翻开“第四卷”，发现已到崇祯十七年，其间缺了整整一年，精补本不但补写姚老有构思而未及成文的崇祯十六年的重要情节，而且还完成姚老有愿望而无构思的江南单元。汝捷兄笔下的《烟波江南》极富情致，尚炯等人观照下的黄鹤楼、长春观、秦淮河、苏州园林，饱含文化内涵与社会内容，华叔敏、施丽的故事感人至深。

汝捷兄的补写有如下特点：

语言风格与原著保持一致，但比较简练，没有拖泥带水。

官场称呼、略带文言色彩的文人对话都比较准确而自然，不会闹笑话，也不会给人以生硬之感。这得益于汝捷兄早年所受父执辈特别是瞿蜕园先生（1894—1973）的熏陶，在青年时代与老辈的交往中已学会用文言写信。

人物性格也与原著保持一致，同时注意性格的发展。补写部分张献忠、崇祯等形象在生动性方面并不亚于原著；孙传庭的性格则明显地有发展，突出了人物的悲剧性。李自成的缺点、局限都通过具体的情节更加暴露，身上已没有什么光环。对次要人物如红娘子则既补写她与李岩的夫妻生活，也写出她的精明与世故，从而为以后李岩被害前她的疑虑表现做了铺垫。

汝捷兄以前写过探讨小说风格与技巧的《小说二十四美》，这次写小说，设法将以往的纸上谈兵用到创作实践中来。譬如关于人物外貌、景物、环境、氛围的描写，在《小说二十四美·流动之美》一篇中曾以莱辛所举荷马史诗为例，谈到化静为动的写法，也就是对事物不做静止、刻板的描写，而是通过人物的感受烘托出来。补写部分描述孙传庭在总督衙门开誓师大会，表现孙的威信，只写苏京的感受，而不作其他渲染。

汝捷兄的“精改”工作，对《李自成》的某些累赘做了外科切除手术，虽不能完全解决原著的弊端，但新本毕竟较为清俊、爽利了，此亦功莫大焉。其“补写”工作，则沿着姚老创作思路与风格，锐意进取，颇有创获，令全书结构与内容更为完整。笔者以为，汝捷兄的增补同高鹗（约 1738—约 1815）功业相类。读者诸君，以为如何？姚老地下有知，以为如何？

2007 年 11 月 24 日拟于武昌珞珈山麓

李自成归宿问题研讨会*学术小结

会议要求我作学术小结，实在是不敢当。因为，对于李自成（1606—1645）死地及时间，我没有做深入考察，近几年围绕这个问题的讨论文章也很少拜读，确乎难以赞一辞。到会上以后，看了一批材料，又有幸聆听诸位专家的发言，受益匪浅。现仅就学习体会所及，简略回顾一下这场讨论的历程，权作这次学术会议的结语，对于前面诸公的崇论宏议而言，难免狗尾续貂之讥。

明末农民起义领袖李自成驰骋疆场10余载，终于取得挺进京师，灭亡朱明王朝，建立顺朝的胜利。然而，这位一世之雄登上事业顶峰的前后，犯了一系列战略性错误，以至在强劲的满洲铁骑和明朝余部的双重袭击下，兵败如山倒，从北京—真定—平阳—西安—襄阳—武昌—富池口一路溃退下来，李自成本人也在长江中游的崇山峻岭间倒下了自己的身躯。

由于这段事变是在兵戎倥偬之际完成的，战争诸方又多头并举，犬牙交错：大顺军兵分数路退却，清军尾追不舍，明军沿途堵截，战情飘忽不定、瞬息万变。可以想见，当日参战三方的战况邸报，一定是纷乱不确的，时间、地点、情节均多有抵牾。而中国的传统是"成者为王败者为寇"，李自成既然作为"流贼"载入史册，其事迹（包括其死亡情形）便不大可能被史家作精密考证和翔实记录。

清初记述明清鼎革的史书，较有分量的是计六奇（1622—？）的《明季北略》《明季南略》和吴伟业（1609—1672）的《绥寇纪略》。脱稿于康熙十年（1670）的《明季北略》，卷二十一有一题为《李自成死罗公山》，说在弘光元年（清顺治二年，1645），李自成为避南明何腾蛟（1592—1649）部兵锋，遁

* 此会1985年11月初在湖北通山举行，参加者有来自中国社科院历史所、北京大学、湖北大学、湖北省社科院、河南省社科院等单位明清史专家以及长篇历史小说《李自成》作者姚雪垠。

入罗公山中，不久病死。书称："自成死罗公山，清朝有贺表，谓病故也。此实录。"因清初文禁，《明季北略》直至嘉庆、道光间方付梓，故该说影响不大。熟悉明清之际史事的"乱世文人"吴伟业的《绥寇纪略》，成书于顺治九年（1652），加之吴伟业文名满天下，该书清初流行于士林。《绥寇纪略》有一题为《通城击》，称李自成死于通城九宫山村民之手。此说为各种史籍所采纳。历经顺治、康熙、雍正三朝官修的《明史》，论及李自成败死，也大体取材于《绥寇纪略》。《明史》卷三百九，列传第一百九十七《流贼》称，顺治二年，"自成走延宁、蒲圻，至通城，窜于九宫山。秋九月，自成留李过守寨，自率二十骑略食山中。为村民所困，不能脱，遂缢死"。《明史》乾隆四年（1739）刊行。自此，李自成在顺治二年（1645）秋九月死于湖北通城九宫山，成为定说，被各类史书（包括郭沫若1944年所作《甲申三百年祭》）沿用。

上述"定说"被严肃的考证所修正，是20世纪50年代中期的事情。当时，湖北通山县一位小学教师王如江根据他在通山接触到的民间传说和宗谱，认为"通城说"值得怀疑，并提出李自成殉难于通山九宫山牛迹岭的意见。王老师将这一想法函达《历史教学》，该杂志又委托晚明史专家李文治先生（1909—　）作答，李先生遂于1955年在《历史教学》发表《关于李自成殉难地的考证——答读者问》，明确指出，一向沿袭的李自成死于通城九宫山之说不确，李自成的死地应为通山九宫山。1956年3月，湖北师专（武汉师院前身）历史科高维岳等老师又举出两种有力的原始资料——《通山县志》和《程氏宗谱》，证明李自成确死于通山九宫山。武汉大学历史系以及金毓黻先生（1887—1962）也提出类似看法。同年5月，郭沫若先生（1892—1978）也著文申明，李自成死于通山九宫山确有实据，他以往在《甲申三百年祭》中说李死通城，是根据旧说，不确。自此，李自成顺治二年秋牺牲于湖北通山九宫山村民之手，成为新的定说，见于大、中学历史教科书和各种史著。1978年，由《湖北文艺》组织，主要由武汉师院中文系教师参加的通山考察活动，进一步搜集记述李自成死于通山九宫山的地方史志及谱牒材料，并发表重申、充实通山说的论文。

三个世纪以来，关于李自成的归宿问题，还流传着湖南隐居说，其中尤以"石门夹山为僧说"较有影响。这也事出有因。李自成丧身九宫山的消息，虽然被清廷和南明视作特大喜讯而"宣谕中外"，但很快又引起清摄政王多尔衮

（1612—1650）和南明隆武政权的怀疑。原因很简单：无论是追击李自成的清军主帅阿济格（1605—1651），还是堵截李自成的南明大吏何腾蛟，都未得到李自成首级，而李自成的部队在江西、湖南一带又此伏彼起，继续成为清廷和南明的心腹之患。其实，阿济格和何腾蛟，都不具备获得李自成首级的条件，因为李自成本来就既不是死于阿济格部之手，也并非毙于何腾蛟部的刀下。清廷与南明小朝廷对李自成死地的疑惑，为李自成石门夹山为僧说埋下伏笔。正式提出此说的是乾隆十一年任澧州知州的何璘，其时距李自成死期已有整整一个世纪。何璘在《书李自成传后》一文中说，他主修澧州志时，“旁询故老”，获悉李自成“独窜石门之夹山寺为僧”的传说。这一颇寓传奇色彩的故事曾引起以后少数文人的创作兴趣，而一直未被重实证的史学界认真看待。近年，湖南石门县有关同志获得夹山寺奉天玉和尚实有其人的证据，重新论证并宣传何璘的“夹山为僧说”。而坚持通山九宫山说的同志则纷纷发表文章与之辩难。自 1980 年以来，两湖、北京、其他省市学者参与讨论者多人；湖南石门、湖北通山又先后举行专题学术讨论会，这一论争引起社会各界的广泛关注。

以我之孔见，这场论争有以下几个特点：

第一，“通山说”“通城说”“石门说”等多说并存，盖渊源于清初以来史籍记载的歧异无定。即何璘所谓“闯贼李自成之死，野史所载不一”。这就要求我们发扬严肃的考证精神，详尽地占有史料，科学地辨析史料。而参与这次讨论的诸方，都注意发掘史料，从而为李自成之死这一论题提供了空前丰富的材料。这是我们进行“去粗取精，去伪存真，由此及彼，由表及里”的分析工作，得出科学结论的宝贵前提。

第二，这场论争是由“石门夹山为僧说”的再申述引起的。但截至目前，石门说并未能提供突破性的直接材料证明奉天玉和尚确系李自成，因而此说的传说性并未改变。与此同时，起而“应战”的“通山说”则在出现对立面的情形下，大大充实自己的证据，并使之系统化。清朝的英王阿济格的奏报，南明湖广川贵广东广西五省总督何腾蛟的《逆闯伏诛疏》等早为人所共知的材料，得到康熙《湖广通志》卷三十七，康熙《武昌府志》卷三、卷八，康熙四年《通山县志》卷五有关材料的佐证；而在通山搜集的《程氏宗谱》《朱氏宗谱》《李氏宗谱》《王氏宗谱》等谱牒则在李自成的牺牲时地问题上与前述奏疏相呼应，并提供大量具体细节。值得注意的是，这几类材料并非从同一源头涌流出来的“母子证”，而是各自持之有故的“兄弟证”。这些“兄弟证”又彼此印证，几乎达到丝丝入扣的程度。加上通山县境一再发现各种有帝王装饰的李自成遗物，器物与文献也彼此印证。应当说，20 世纪 80 年代的“通山说”较之 50 年代的“通山说”更为坚实、丰满、可信。

第三，各说的持论者都没有把李自成之死作为一个孤立问题讨论，而是力图将其置于明清鼎革之际的大背景下进行考察，讨论的收获也就不限于李自成死地这一具体细节问题，它促使学者们广泛展开对顺、清、明三政权犬牙交错的斗争史的研究。而这段历史正是我国古代史研究上的难点和薄弱点之一。这场讨论吸引众多学者对上述难点和薄弱点展开“攻坚战”，其功不可没。

论争还会继续下去。然而，现有材料已经大略证明，明末农民起义领袖、大顺王朝皇帝李自成于永昌二年（清顺治二年，1645 年）五月初，被程九伯所率乡勇杀死于通山九宫山北麓牛迹岭。

（载《李自成殉难于湖北通山史证》，武汉大学出版社 1987 年版）

李自成死地之争对史学研究的启示 *

其文直，其事核，不虚美，不隐恶，故谓之实录。

——班固《汉书·司马迁传》

农民战争是20世纪五六十年代历史学的“五朵金花”之一（另四为“中国古史分期、中国资本主义萌芽、中国封建土地所有制、汉民族形成”）。明末规模最大的李自成起义是农民战争的要例，它从高峰迅速跌落低谷的过程，以及相关联的李自成终局问题，长期吸引人们眼球，直至20世纪80年代，此题仍属热门（1985年10月在湖北通山举行李自成归宿研讨会，中国社会科学院历史所、北京大学、武汉大学、湖北大学、湖北省社联学者参加，长篇历史小说《李自成》作者姚雪垠与会并长篇发言。笔者在会上做学术小结。此会文存，见《李自成殉难于湖北通山史证》，武汉大学出版社1987年版）。这不仅是“五朵金花”的余韵流风，还因为，大顺军的尾声、李自成死于何时何地，与明清鼎革这一历史关键环节颇有干系，故为明清史研究者持续关注，这本为史学领域之业务。而自20世纪80年代蓬勃兴起的旅游业的需求，又与此题发生联系——旅游景区除自然风光外，还亟须以历史名人、古今趣闻逸事招徕游客，于是，20世纪80年代以来迭次出现各地方政府及文化机构为本地景区“争名人名事”（如诸葛亮隆中在湖北襄阳还是在河南南阳之争、曹操墓真伪之辨，皆属此类），使得一些固有的或新起的史学论争平添了热络的商业诉求驱动，正所谓“文化搭台，经济唱戏”，或反过来说：“经济需求，学术论证。”对于以“实录”为务的史学而言，此为福耶，抑或祸耶？笔者今日议此，其微意在于：透视这类

---

* 本文刊发于《江汉论坛》2018年第11期。

学一商因素交织的论争，探讨史传与稗官小说的区别，考究史学研究在求实与虚拟之间当持何种态度。这已不限于“五朵金花”式考察的范域。

一、李自成死地诸说回顾

明崇祯十七年（甲申年，1644年），军力日盛的满洲对垂危的明王朝虎视眈眈，八旗兵逼近长城北沿，待机进攻北京。与此同时，以灭明为务的李自成（1606—1645）统率的大顺军，正陶醉于在黄河流域取得的一系列军事胜利，对清军压境的态势并未留意，在没有巩固后方的情形下，孤军深入长城南沿，轻松地占领北京（明廷太监打开城门迎入），“十七年忧国如病”的明帝崇祯（1611—1644）自缢于景山。达到事业顶峰的李自成，以为从此可以“传檄定天下”，于骄傲自满之际，留下一系列政治、军事上的战略策略败笔，一如大肆拷掠明廷贵戚和大小官员，激起广存南北的明朝余部和士人的殊死反抗（口号是“忠君灭贼”），其严重的直接后果，是把镇守山海关、掌握两万精锐关宁铁骑的明将吴三桂（1612—1678）推向清方。得知“冲冠一怒为红颜”（《圆圆曲》语）的吴三桂降清，恼怒的李自成仓促亲征山海关，始而轻敌，继而在强劲敌手面前张皇失措，惨败于吴三桂部和多尔衮（1612—1650）指挥的清军。李部退守永平，再返北京，仅存数千骑。铩羽而归的李自成，在紫禁城武英殿匆匆称帝，旋即以大顺朝皇上之尊放弃北京，一路南撤，虽沿途接纳援军十余万，却被尾追的吴三桂部和八旗军先挫于定州、再败于真定，遂经山西退往唯一的根据地陕西。清方由和硕豫亲王多铎（1614—1649）部、和硕英亲王阿济格（1605—1651）部在陕西组成钳形攻势，大顺军只得放弃西安和潼关，从陕西蓝田奔河南商洛，出武关，至内乡、邓州，阿济格统率的满洲八旗、蒙古八旗和归降清方的尚可喜部紧追不舍。大顺军南走湖广，抵襄阳后兵分两路：一路高一功、李过部去鄂西，继而南下湘北；一路李自成亲率，向南先占荆州，继领武昌，大举东下，声言攻略南京，然在富池口败于清军，又在九江西边受阻于清军，船舰尽毁，东进已无可能，只得经瑞昌西撤，沿江西西北部的武宁，西遁鄂南幕阜山区，遭遇先期抵达的清军在李家铺伏击，损失惨重，鄂南又有南明隆武帝所属湖广总督何腾蛟部署的军政力量与之对抗，大顺军失去后勤供应，只得沿途抢夺民粮，“鸟惊兽逸，掠食千里”（王夫之《永历实录·高李列传》语），丧失民心，与当年“迎闯王，不纳粮”，李部受各地民众拥戴的情形大相径庭。逆境中的大顺军遁入通山县九宫山，试图入湘。一日，李自成与少数亲随在九宫山牛迹岭观察地形，被当地程九伯为首的乡民武装围杀，时在乙酉年五月初（清顺治二年五月初，1645 年 5 月底）。

以上为笔者综合、提炼各家史籍，对大顺皇帝李自成撤出北京、西安后的行军线路，以及这位“一世之雄”被乡民杀死的时间地点所做的概述。

由于斩杀李自成的既非清军亦非南明军这样的拥有邸报系统的“正规部队”，而是乡间宗族武装在不知对象为何人的情形下所为，乡民除缴获宝剑、马镫、龙袍等物品外，并未取下李自成首级这一确证（俗语曰“活要见人，死要见尸”，这两点当时皆未做到），这给追究李自成死亡确信的清方和南明方留下疑点，加之大顺军余部继续在湖北、湖南、江西一带活动，不断传出飘忽不定的信息，以致清方和南明的邸报虽指认李自成亡故于鄂南山地，却不能做出关于李闯死地的最终断言，以致正史、野史对此情节所载不一，这便为各类民间传说的演绎提供了运作空间，故而有关李自成的终局，三百多年来形成多种说法，略举如次：

（1）湖北通城九宫山乡民截杀说。清初文人吴伟业（即写《圆圆曲》的吴梅村）《绥寇纪略》卷九“通城击”载此说，另有《南明野史》《明亡述略》记此，乾隆间刊行的《明史·李自成传》及道光咸丰间文士夏燮撰《明通鉴》据以载之，长期被视作正史定论，郭沫若 1944 年撰写的名文《甲申三百年祭》亦持此说。

（2）湖北通山九宫山乡民截杀说。追击李部的清英王阿济格奏报、堵截李部的南明湖广总督何腾蛟奏报（《逆闯伏诛疏》尤详）述此，文秉的《烈皇小识》及费密的《荒书》据以记载。《清史稿·阿济格传》记作通山，未言九宫山；《清史稿·尚可喜传》记作九宫山，未言通山，然联系前后文，两传皆意指李闯死于通山九宫山。

（3）湖南黔阳罗公山隐居说。清顺治十五年谷应泰撰《明史纪事本末》载，以后《平寇志》《后鉴录》《明季遗闻》抄录此说。

（4）湖南石门夹山寺禅隐说。清乾隆间何璘据传闻撰《澧州志林·书李自成传后》述此。近人章太炎获《梅花百韵》诗五首，肯定何璘说。李自成夹山寺削发为僧说传奇色彩浓厚，乾隆间开始在湖湘民间流传，后为文学家乐道，如金庸的《鹿鼎记》《雪山飞狐》关于李自成夹山为僧，有绘声绘色的描写；阿英剧本《李闯王》亦采此说。

以上四种，通城说不过是通山说在地理方位上的误述，史家多有辨析（《明一统志》称“九宫山在通山县东南八十里”，《明史·地理志》称通山县境“东南有九宫山”皆纠正通城九宫山说的地名之误）。

黔阳罗公山说证据单薄，又少有流传，可不予议。

故李自成终局之争，主要是湖北通山九宫山乡民截杀与湖南石门夹山寺禅隐两说的辩论。

二、通山九宫山乡民截杀说获多种“兄弟证”支撑

湖北通山九宫山乡民截杀李自成说的直接证据、间接证据多种，要者有四：

（一）追击李自成部的清朝英王阿济格给清廷的奏报

清方在陕西对大顺军发动钳形攻势的，是豫亲王、定远大将军多铎所部和英亲王、靖远大将军阿济格所部两路人马。大顺军出陕进入豫、鄂后，多铎部转向安徽、江苏，攻打南京，征讨南明弘光政权，尾追大顺军的为阿济格部及尚可喜部。阿济格从河南内乡、邓州追击李军到湖广，一路不断向清廷奏报军情（当时掌控清朝政柄的是阿济格的弟弟、摄政王多尔衮），如奏称李自成占领武昌，集众二十万，“声言欲取南京，水陆并进”；再奏李部退入通山九宫山，疏文曰：

> 贼兵尽力穷，窜入九宫山中。……有降卒及被擒贼兵，俱言自成窜走时携随身步卒仅二十人，为村民所困，不得脱，遂自缢死。（《顺治实录》卷十八）

清军并未参与围杀李自成之役，阿济格的奏疏明确说明，是投降清军及被清军俘虏的大顺军士卒口径一致的供词（“俱言”）。因此，阿济格虽未亲历，但所奏乃陈述亲见亲闻者的交代，具有较高的可信度（“自缢”说不确）。清廷获此报大喜，在北京“祭告天地，宣谕中外”（见《顺治实录》卷十九）。

由于清方把剿灭大顺军视作征服全中国的要着之一（另一为剿灭南明诸政权），故对李自成是否死亡十分重视。当摄政王多尔衮得知大顺军在江西、湖南频频出现，且有李自成逃往江西的传言，便对阿济格关于李闯死于通山九宫山的奏报产生怀疑。阿济格取得南征胜利，于乙酉年（顺治二年，1645 年）七月班师回朝，清廷本应隆重欢迎，而多尔衮却“不遣人接”，让阿济格及部属在午门会齐后“俱各归家”（见《顺治实录》卷二十），足见李自成生死未定使多尔衮对阿济格深为不满。然而，不久清军平定江西，未获李自成踪迹，且续有大顺军成员关于李自成死于九宫山的说法传来，清廷又重新相信阿济格奏报。当年九月，清朝摄行湖广总督的佟岱接见在通山杀死李自成的程九伯，“委九伯以德安府经历”（见费密《荒书》）。这是清官方对李自成于通山九宫山被程九伯等乡民围杀一说的肯定。顺治三年（1646）五月，摄政王多尔衮在《招抚湖南文武各官书》中称：“英王谋勇兼济，立剪渠魁，李自成授首于兴国八功山”（《明清史》丙编），明清之际，通山县属兴国州，八功山是九宫山别名，以“李自成授首于兴国八功山”宣布天下，表明作为清廷首脑的多尔衮正式确认英王阿济格关于李自成死于通山九宫山的奏报。

（二）清朝正史、野史的记述

经过若干反复，李自成于顺治二年（1645）五月死于湖北通山九宫山终于被清廷视为正论，随之，清朝各相关史书，如蒋良骐《东华录》、乾隆年间编《贰臣传》，清朝官修《明史》的总裁张玉书撰《纪灭闯献二贼事》皆遵此说。民初由清朝遗老编修的《清史稿》沿袭此说。私修史书，如查继佐的《国寿录》、温睿临的《南疆逸史》、徐鼒的《小腆纪年附考》及晚清魏源的《圣武记》亦用此说。现代史学家李文治的《晚明民变》也采通山说。1977 年由小学教师朱型森献出家藏清初朱万年所撰《弋闯志》等，大体遵从此说。为省篇幅，这里略引三条材料以观概貌——

（1）清初学者费密所著《荒书》，主要记述张献忠入川出川事，也涉及李自成末期活动，对通山九宫山一带乡民程九伯等击杀李自成的过程有述：

> 大清追李自成至湖广，自成尚有贼兵三万，令他贼统之，由兴国州游屯至江西。李自成亲随十八骑，由通山过九宫山岭，即江西界。山民闻

> 有贼至，群登山击石，将十八骑打败。自成独行至小月山牛脊岭，会大雨，自成拉马登岭。山民程九伯者，下与自成手搏，遂辗转泥泽中。……其甥金姓以铲杀自成，不知其为闯贼也。武昌已系大清总督，自成之亲随十八骑有至武昌出首者，行查到县。九伯不敢出认。县官亲入山，谕以所杀者流贼李自成，奖其有功。九伯始往见总督，委九伯以德安府经历。（《荒书》一卷）

这是关于李自成遇难的地理方位、具体过程较翔实的记载，其关于清朝官府调查、确认事件并奖励杀手程九伯的情节，均与各种相关文献吻合。与李自成同时代的费密，阅读过康熙《通山县志》等地方文献，并采访过杀李的当事人及各种知情者，方有以上真切叙写。

（2）日耳曼来华耶稣会士汤若望主持修历，出入明末清初宫廷，被清顺治帝称“玛法”（满语爷爷），能从帝室获知军政机要，其记述文字近乎信史。如汤若望在论及吴三桂时说：

> 李自成因受他（指吴三桂）的和满人的追击，竟越河南逃往湖北；在湖北，他（指李自成）于一六四五年显然未经人所识出而被农民击毙。（见〈德〉魏特《汤若望传》）

语虽简约，却于李自成死亡的地点（湖北）、时间（1645）记载无误，而李在“未经人所识出而被农民击毙”之说尤其精准。

（3）清中叶学者徐鼒的编年体南明史《小腆纪年附考》，征引清初史籍六十余种，考订翔实，匡正传闻之谬，力辟通城说、夹山说，以简练而明确的文字指出：李闯“趋通山之九宫山，乡兵遇之，乱刃交加死”（《小腆纪年附考》卷十）。

以上诸文皆显实录风格。

（三）堵截李自成部的南明湖广总督何腾蛟给隆武朝廷的奏疏

与清方信息及记载彼此独立的另一系统是南明信息及记载，最重要的文本出自何腾蛟（1592—1649）。

何腾蛟原为明朝地方官，清兵入关、明廷解体后，南明福王、唐王、桂王纷纷建立小朝廷，福王朱由松（旋即称帝，年号弘光），任命何腾蛟为兵部右侍郎，兼抚湖南。后与弘光君臣发生矛盾，左良玉邀其叛明，何未允，转投唐王朱聿键（旋即称帝，年号隆武），被任命重职，招纳明军余部，在两湖一带阻截大顺军、建立南明地方政权。何腾蛟在与大顺军周旋过程中，不断奏报南明朝廷，其中署“总督湖广、川、贵、广东、广西五省军务兵部尚书何腾蛟”的《逆闯伏诛疏》对李自成终局记述尤详：

> 天意亡闯，以二十八骑登九宫山为窥伺计，不意伏兵四起，截杀于乱刃之下，相随伪参将张双喜，系逆闯义男，仅得马先逸，而闯逆李伴当飞骑追呼曰：“万岁爷被乡兵杀死马下，二十八骑无一存者。”（见《烈皇小识》卷八附）

何腾蛟部并未参与截杀李自成，所述情节，皆由后来被何腾蛟“招抚”联合抗清的大顺军将士提供。《逆闯伏诛疏》说：

> 及臣抚刘体仁、郝摇旗于湘阴，抚袁宗第、蔺养臣于长沙，抚王进才、牛有勇于新墙，无不众口同辞。（见《烈皇小识》卷八附）

成为何腾蛟标下的张双喜、郝摇旗“时时道臣逆闯之死状”。（见《烈皇小识》卷八附）

李自成被九宫山乡民截杀后，部将郝摇旗等归附南明唐王共同抗清，丙戌正月，唐王在《赐闯贼党郝摇旗名永忠》的诏书称李自成——

> 遁入九宫山，余党十万，悉为伏兵所诛，自成自刎，湖广总督何腾蛟疏闻，以摇旗有指示之功，故特以永忠之名赐之。

此外，南明“五虎”之一的蒙正发在乙酉年十一月撰《三湘从事录》称：“闯逆授首，死于九宫山村民之手。”曾投奔鲁王抗清的查继佐，被时人赞为“才华丰绝”“海内奇杰”，他所著《国寿录》亦有类似记述。

（四）《通山县志》《湖广武昌府志》《湖广通志》等清初方志的记述

李自成败亡于通山九宫山，作为一件大事件，被清初各相关地方志所记载。距事件发生仅十余载的康熙四年修纂的《通山县志》，其卷五《人物·武勋》称：

> 程九伯，六都人。顺治二年五月，闯贼万余人至县，蹂躏烧杀为虐，民无宁处。九伯聚众围杀贼首于小源口。本省总督军门佟嘉其勇略，札委德安府经历。

同治间重修《通山县志》对此全文照录。可见从清初到清中叶百余年间，通山地区对其说的沿袭无疑。

康熙丁卯《湖广武昌府志》与《通山县志》所载一致，但视野更广阔一些，文称：

> 李自成入楚境，众尚数十万。及渡江多奔窜至通山县九宫山，为农夫程九伯乘便以锄击死。

值得一提的，还有光绪八年（1882）由九宫山道士编修的《九宫山志》卷十四，列《闯王墓》条，对李自成死于九宫山牛迹岭有较详细的考证。

（五）《程氏宗谱》《金氏宗谱》等谱牒家乘的记述

清代至民国的三百年间，主流史观将李自成视作“叛贼”“流寇”，杀死李自成是一大荣耀，故李自成在九宫山被乡民截杀，为多种当地族谱作为先辈功业加以记载，从而留下事件实录。

1925年重修之《世忠堂程氏宗谱》（“笔录旧底”，此“旧底”指清初《程谱》），遵谱牒书写惯例，记载程氏祖辈的生平与事迹，其卷三称：

> 安思，恭达三子，字九伯，号南枝，于万历四十三年乙卯三月九日午时生。顺治元年甲申剿闯贼李延于牛迹岭下，献贼首、珠盔、龙袍于

本省都宪军门佟，札委德安府经历。后选陕西西安府守备，未赴任而逝。

所述有不确切处，如称杀李闯之年为甲申（当为乙酉），又说程九伯将“贼首”献给清当局，也为误传（程九伯未留李自成首级），另将被杀者称李延（李自成原名李炎，延与炎同音），皆系后人传递信息出现的枝节性误差。然观此宗谱所载程九伯身世大略，其在九宫山牛迹岭杀李自成一事无误，时人及后代将之称为“建一时之功勋”，乡民程九伯因以得“经历”“守备”职衔，这些皆与县志、府志所载丝丝入扣，如光绪《德安府志》之《国朝经历》栏下有程九伯名，注曰：“通山人，顺治二年任。”

此外，参与九宫山牛迹岭截杀李自成的其他诸姓成员，其后辈所编纂族谱（《金氏宗谱》《朱氏家谱》《大源王氏宗谱》）也都记载此一情节，所述小异而大同，如民国十三年（1924）通山《金氏宗谱》卷三《老隆公黄客世系》称：

一柏，世俊次子，字华生，追剿李自成于牛迹岭下。

另载金氏尚岩公曰：

顺治乙酉五月，王师南下，闯贼窜扰吾通，被锄于六里乡民。

诸宗谱记述虽详略有别，杀李的主谋有异，但李闯于乙酉五月在九宫山为乡民所杀这一基本情节却是一致的。

史事考索当求证据，而证据分“父子证”和“兄弟证”两种。由一条证据为源头生发出来的诸证谓之“父子证”，条目再多也不能摆脱“孤证”之讥。而各有独立源头的诸证谓之“兄弟证”，较具实证价值。上述清朝奏疏、南明奏疏、几种志书和族谱，皆为独立史料，是直接当事人和间接传话人提供的各有源头的“兄弟证”，如清朝英王阿济格与南明湖广总督何腾蛟决无信息沟通的可能，他们的奏报分别来源于自己的信息系统。程氏族谱信息源自本宗族先辈故实，独立于清廷及南明官方信息之外。而通山县存留的有皇家纹饰的马镫等实物（当年由程九伯获得，另还获马鞍、宝剑等物，一直传存于程氏家族，直至“文革”时期有龙饰的宝剑方被某生产大队队长要去，因以失去下落，当地人对此记忆犹新），则提供了实物旁证。

李自成于乙酉年五月在通山九宫山被乡民武装所杀，此一结论得到聚焦同点的诸多兄弟证的证实，故可归入信史。

三、夹山寺为僧说，盖出于民间传闻和后人想象

李自成乙酉年死于鄂南山区之说，自清初以下百余年间基本未受挑战，虽另有李闯于湖南黔阳出家之说（谷应泰《明史纪事本末》载），但此说证据单薄，流传不广。

李自成于顺治二年五月死于通山，最权威的记述见于清朝官修《明史·李自成传》。虽民间也有异议，如湖广孝廉张琮伯称在康熙间亲见李自成、并“语甚投合”，但此类传说并未形诸当年文字，而是口传故事。直至乾隆年间，方正式出现关于李自成禅隐夹山的文章，这便是乾隆十一年至十八年任湖南澧州知州的何璘所撰《书李自成传后》。该文称，何璘在澧州知州任上听闻李闯禅隐石门县（属澧州管辖）夹山寺的民间故事（故事并未出现张琮伯亲见李自成事），遂往石门县考察，当地孙教授告何璘：

> 李自成实窜澧州。其下多数亡，至清化驿，随十余骑走牯牛坝，在今安福境，复弃骑去，独窜石门之夹山寺为僧，今其坟尚在云。（何璘《书李自成传后》）

何璘的反应是：

> 余讶之。后至夹山，见寺旁有石塔，复以瓦屋，塔面大书“奉天玉和尚”。前立一碑，乃其徒野拂所撰文，载“和尚不知何氏子”。夫“奉天”岂和尚所称？……遍问寺僧，对不甚详。内一老僧年七十余，尚能记夹山旧事，云和尚顺治初年入寺，是律门，不言来自何处，其声似西人。……和尚卒于康熙甲寅岁二月，约年七十。和尚临终有遗言于野拂，彼时幼，不与闻。奉天玉和尚为其自号，野拂即以名其塔。寺尚藏有遗

像，命取视之，则高颧深颐，鸱目曷鼻，状貌狰狞，与《明史》所载相同，其为自成无疑。(何璘《书李自成传后》)

下文还认定“奉天”即李自成曾号奉天倡义大元帅之“奉天”，“玉”即天子玉玺，与李自成称帝相合。何知州又据“塔铭碑”碑文落款“补之为铭”，判断野拂即李自成部将和侄子李过（李过字补之）。

何璘说的依据，一是老僧的回忆（其实这回忆也没有讲奉天玉即李自成），而此老僧乾隆年间见何璘时年七十，与顺治初入寺的奉天玉相距近百年，所言之情节显然是得之多代人的转述，远非直接证据。二是夹山寺藏遗像与《明史·李自成传》的简要描述近似，何璘便断言奉天玉和尚“其为自成无疑”，这判定实在是太过孟浪。李自成在崇祯十五年与明军的战斗中被射瞎左眼，而夹山寺藏奉天玉画像无此描绘；老僧转述奉天玉和尚形象，也无“眇左目”的说法。可见，称寺藏奉天玉像即李自成像站不住脚。

何璘断《奉天玉墓志铭》为李过作，主要依据是墓志铭结尾有“补之为铭”四字，李过字补之，遂解为“李过（字补之）作铭文”。其实，此墓志铭署名刘暄撰，而文末“补之为铭”应当释读为刘暄“补充之以为铭文”。通读墓志铭全文，可见刘暄确乎以所见材料“补充之以为铭文”。将墓志铭作者刘暄附会为李过，太牵强矣！

至于李过的后期经历，王夫之的《永历实录·高李列传》有翔实记述，决无李过到夹山寺出家的影子。王夫之曾在永历朝为官，参与抗清，与高一功、李过部属有直接接触，且王夫之撰《永历实录》，时在康熙十年，住衡阳（距石门不远），从未听到李自成、李过先后夹山为僧之说。王夫之治学谨严，又与事件发生的时地切近，其《永历实录·高李列传》当为信史。与之比较，何璘说只凭传说与臆想，断野拂为李过。其直接的反证是，在湖南慈利县发现野拂和尚墓碑文，称野拂乃明末勇将，与清兵作战，又“追李闯于澧水”，他决无可能是李过。而此后传衍的李自成夹山为僧说，野拂为李过说，皆建筑在何璘于乾隆年间凭传闻和臆想堆积的松软沙滩之上。

因何璘说标新立异，另成一格，曾被多种文献收录。《书李自成传后》初载《澧州志林》，又为《直隶澧州志》《石门志》《米脂县志》等湖南志书及李自成家乡（陕西米脂）志书援引，作为李自成末年史迹之另说，聊供查阅。

夹山寺为僧说的第二个浪潮，是章太炎1912年访问湖南石门夹山寺，获《梅花百韵》诗五首（引见《太炎文录续编》卷六之上），将其视为何璘说的佐证，章先生于是倡言李自成夹山寺为僧，继续暗地指挥大顺军余部抗清。其实，《梅花诗五首》全然没有出现李自成削发为僧的任何语句，章先生是从诗中的种种“隐语”（如“奉诏天使行边后，带得新香马上回”之类）推断出李自成即夹山寺奉天玉的。章太炎是有学问的革命家，是清末“排满革命”的倡导者，而当年李自成“革”明朝崇祯帝的“命”，为章先生所敬重；李自成及其余部又坚持抵抗满洲入主中原，更被高唤“排满”的章先生视为大英雄。1912年恰值辛亥革命功成之际，章太炎兴冲冲探访其“革命排满”的前辈李自成故处，又获诗证，自然浮想联翩，作出《再书李自成事》一文，为夹山禅隐说张目。这是章先生想象力丰富的文人气质的表现，我们切勿将其视作严密学术研究成果。

事实上，李自成夹山寺削发为僧之说，清民以来虽有流传，却对尊重史实的史学并无撼动力，但对容许虚构甚至有赖于虚构的文学创作则颇有影响，如阿英（钱杏邨）的剧本《李闯王》采用此说，人们观剧时兴味盎然；又如武侠小说巨匠金庸的名篇《雪山飞狐》（1959年出版）、《鹿鼎记》（1969—1972年连载）绘声绘色地演绎此说，虚构的李自成四侍卫为金迷们津津乐道。《雪山飞狐》第五章更直引夹山为僧说：

> 原来闯王逃下九宫山后，到了湖南石门县夹山普慈寺出家，法名叫作奉天玉和尚。闯王一直活到康熙甲辰年二月，到七十高龄方才逝世。

当然，金庸编的故事并未被人们当作历史看，而视为“小说家言”，这未尝不可，正如大仲马动人心魄的《基度山伯爵》，可以风靡世界各国读者，却从来不会被看作法国后拿破仑时代的信史，也不会真以为地中海有座名为“基度山”的岛屿和智勇双全的“伯爵”其人。

总之，李自成夹山寺削发为僧说以其传奇色彩，为文学创作提供了素材，启动了艺术想象的翅膀，这是该说的一大贡献，但没有确证的该说，决不能当作真实史料使用，这是懂得史—文区别的人们的共识。

现在的问题在于，近三十余年来，出于为当地制造名人名事以招揽游客的需要，李自成夹山为僧说被一些人格外青睐，并不倦地“发掘”材料，并对材料作定向解释，又在地方政府赞助下，多次举行学术研讨会，更大兴土木，建各种有关李闯王的纪念设施，并请电视台拍摄多集“文献片”，在多个频道播放（笔者有幸看过一两集）。如上种种，都是试图将该说挤进信史行列。

近年这种努力集中于对“中兴夹山祖庭墓志碑”的护碑文字与图像的解读上。因图像排印困难，发表本文的刊物不便详载，笔者只能简要揭示要点——护碑文字及图像本为自魏晋南北朝即有的道教符箓，唐宋以降道佛交融，佛僧常借用道教符篆，本为常例，而今有人将此符箓强释为“闯王陵”三字，并就此大做文章，称李闯王夹山为僧由此可以坐实。现在已有文字学家、宗教学家对此一情节做详细考证，其结论是护碑文字决不能释读为“闯王陵”，从而再次表明“夹山说新发现”的牵强附会。而“中兴夹山祖庭墓志碑”的护碑文字与图像的蓄意误释，恰恰证明了李自成夹山禅隐说的虚构性。

四、小结：强烈的主观诉求会遮蔽客观的史实考究

在李自成败亡后一个世纪方开其端绪的李自成夹山为僧说，在此后两百年间只是以奇闻逸事流传于民间，偶尔被文艺家采纳为创作素材。然而，时至20世纪80年代，其说骤然热络起来（至今未衰），并试图进入实录信史殿堂。形成这一现象的原因和动力当然不是单一的，但归结起来，大约是过于强烈的主观诉求在推动。这种“主观诉求”也是多方面的（不乏严肃的学术探索），但较为显在的一条，是发展旅游业激发出来的对名人及其趣闻的占有欲。当这种强烈诉求在某一领域、某一论题笼罩学术研究时，便有可能使“研究”误入歧途。以下举一个比较极端的例子，目的是引起我们对上述问题的重视。

日本在2000年底揭露出轰动全国的藤村新一考古丑闻。笔者当时正在日本讲学，见证了这一事件的披露过程以及学界和民众的反应。藤村新一本非专业考古学者，然也参加考古发掘三十年，后十多年忽然发掘连连得手，其最重要的“发现”，是在本州东北的宫城县上高森遗址主持出土了据称70万年前的旧石器，从而把传统说法的日本旧石器时代提前了几十万年，一时轰动日本考古学界，并获得广泛的社会关注。在此前后，藤村每至一个发掘点，必有“新发现”，因而获得考古“神之手”美誉，其“新发现”甚至写入日本1998年以后出版的中学历史教科书，业余出身的藤村新一竟在极讲究学历、学位的

日本当上了东北旧石器文化研究所副理事长。藤村新一还扬言，他将发现100万年前的旧石器，还将发现比北京猿人更古老的日本猿人化石。正当考古神人藤村“事业”蒸蒸日上之际，2000年10月22日，日本三大报之一的《每日新闻》采访藤村，记者在藤村全然不知之际，于其考古发掘地安置了红外线夜视摄像机，拍摄到藤村当晚从塑料袋里取出他制作的“旧石器”，埋入上高森考古遗址（按藤村计划，第二天他一定又可在此地有“新发现”）。藤村在铁证面前只得承认自己造假，后又进而交代，他在参与发掘的178处遗址中，有159处埋入自制“旧石器”或其他“古器物”。《每日新闻》于该年11月公布了藤村丑闻，引起社会震动。我记得，当时日本各家报纸竞相刊发此一消息和相关评论，日本最大的电视台NHK连续多日播放此一消息。日本考古界和史学界多次开会，总结教训，但日本人习惯从细节论事，教训多归结为碳-14等检测仪器落后、考古界核查出土文物不严格，有青年学者则批评迷信权威等。约在2001年元旦，一些日本史学界朋友和中国访日学者聚会，笔者在其列。聚会间自然谈到藤村丑闻，日本朋友也略议教训，大约与前述相似。我忍不住提出一个问题：藤村的作为十分可鄙，此自不待言。现在需要探讨的是，日本学界素以精密严谨著称，但为什么学界诸君乃至政要、庶众，竟然被一个并不十分高明的造假者欺骗了十多年，其“成果”居然进了教科书？吾言一出，冷场片刻，有人说：“冯先生，你看问题出在哪里呢？”我答曰：“在下很不礼貌，请见谅，我以为问题出在贵国普遍存在的一种社会心态——希望证明日本历史更悠久、更富于独立性（最好不是从东亚大陆传来的，而是日本土生土长的）。这种潜伏在国民心理深处的诉求，蒙蔽了聪慧而谨严的日本国民乃至学界的心智，而藤村新一的所为，恰恰满足了这种社会诉求，以致在十多年间藤村说畅行于雅俗两层面。”吾言一出，聚会朋友们先是一愣，继之大笑，有的还鼓掌表示赞同。

勿为强烈的主观诉求遮蔽对客观真实的探究，是上述事件给我们的一个教训。其实这里并无太高深的哲理，需要的只是回归常识、放软身段，在真实面前俯首低头。

2018年10月20日撰定于武汉大学人民医院楚康楼

住院间携带资料有限，若干细节凭记忆言之，定有不确处，切盼方家匡正。

《徐九经升官记》创作及其他 *

20 世纪 80 年代初，中国戏曲舞台出现一部名曰《徐九经升官记》的古装京剧（由单口相声《姚家井》改编而成），主角竟然是一位唱念俱佳的白鼻子，这在众多的剧目中实在是罕见之举。令满场生辉的丑角徐九经，以其诙谐与睿智，巧设妙局，欲擒故纵，四两拨千斤，制伏拥有专制特权的王府，使有情人终成眷属。全剧起伏跌宕，人物形象生动鲜明，构思奇特而又入情合理，洋溢着政治智慧和人性美。一时间，“徐九经”家喻户晓，扮演者朱世慧（1947—　）自此成为国人尽知的名丑，而观众也开始记住了编剧郭大宇（1948—2006）、习志淦（1947—　）的名字。

中国有着深厚悠久的戏曲文学传统。元杂剧作者关汉卿（生于金末，卒于宋亡之后）、马致远（约 1251—1321 以后）、王实甫（生活于元代）、白朴（1226—1306 以后）彪炳中国文学史册；明清传奇留下编剧汤显祖（1550—1616）、冯梦龙（1574—1646）、李玉（生于明万历十九年前后，卒于清康熙年间）、洪昇（1645—1704）的英名。关汉卿被列为世界文化名人，汤显祖荣膺“中国莎士比亚”的美誉。时至近代，中国戏曲界形成一种以名演员为中心的体制，“四大名旦”“四大须生”家喻户晓，而传统剧目的编剧则在艺人的光焰下隐没其名。提到《打虎》《快活林》《贵妃醉酒》《霸王别姬》，我们想到的是武生盖叫天（1888—1970）、青衣梅兰芳（1894—1961）；《四进士》《徐策跑城》《铡美案》《打龙袍》《闹天宫》《野猪林》，则钩联起老生周信芳（1895—1975）、净角裘盛戎（1915—1971）、武生李少春（1919—1975），至于剧本初创者为谁、改编者为谁，颇难确考。一代京剧名笔许姬传（1900—

* 本文为《习志淦剧作选》序言。《习志淦剧作选》，中国戏剧出版社 2008 年版。

1990）也只能以梅兰芳的写手传世。以名角为中心的体制自有其积极意义，20世纪上半叶京剧高峰期的出现与之直接相关。然而，弘扬名角功能，以其为核心调动编、导、演，固然有理、有益，但编剧的被埋没显然不利于戏曲文学的发展。而现代新编剧目再度肯认编剧的价值，《红灯记》主要执笔阿甲（1907—1994）、《沙家浜》主要执笔汪曾祺（1920—1997）在现代戏创作中的关键作用，人所公认，这无疑上承元杂剧、明清传奇注重剧本创作的传统，反映了戏曲这一综合艺术必须以文学为根基的规律，彰显了剧本乃“一剧之本”这一戏曲发展的真实过程。

《徐九经升官记》作者成为新时期戏曲作家翘楚，是他们以此为开端的一系列创作劳绩的结果。以习志淦为例，继1981年合作《徐九经升官记》之后，1984年与余笑予（1935—　）、谢鲁（1938—　）合作京剧《药王庙传奇》，1985年与文军、吴胜中合作现代荆州花鼓戏《水乡情》，1987年与欧阳明合作京剧《洪荒大裂变》，1988年与余笑予、谢鲁合作京剧《膏药章》，1991年创作京剧《阴阳河》，1992年创作古装汉剧《美人涅槃记》，1993年创作京剧《射雕英雄传》，1994年创作京剧《刘海传奇》，1995年创作京剧《君臣鉴》《钟馗》，1996年与钟传幸合作京剧《阿Q正传》，2004年创作京剧《襄阳米颠》，可谓佳篇迭出，诸剧目竞演于海峡两岸戏曲舞台，成为一道亮丽的文化风景线。

习志淦是我多年的朋友，他因“家庭出身问题”而屡经磨难，其青少年时期是在相当困窘、压抑的境遇中度过的，然而，艰难玉成，这一切磨砺了志淦的思想锋锐，使他增添几分洞察生活的睿智，其作品洋溢着的现实主义批判意识、层次渐深的社会观察，背后都蕴含着志淦的生活感悟，此所谓“工夫在诗外”。志淦又是一位敏锐把握时代精神的作者，《徐九经升官记》对专制特权的谴责、《药王庙传奇》对人才脱颖而出的呼唤、《膏药章》对民主自由的追求，都显示出作者思绪的前沿性，赋予作品以感召力。志淦少时入湖北省戏校，学成后在剧团当演员、做编剧，深受传统戏曲熏陶，熟悉舞台，这在志淦创作诸剧目的起承转合、一招一式里有所展现。人生历练与舞台经验，是志淦的两大财富，“舞台小人生，人生大舞台”，志淦较成功地实现了二者的结合。好学也是志淦一大优长，他长期坚持较系统的文史研习，以弥补青年时代无缘学院式文科教育的缺憾，从而具备了戏曲创作必不可少的文史知识基础。

纵观古今中外戏剧作家，偶有演员出身者，如西班牙的鲁埃达（1510—1565）、英国的莎士比亚（1564—1616）（他们又都是渊博的学者和天才的诗人），但大多数是由文学家进入戏剧创作的，如德国的席勒（1757—1805）、法国的小仲马（1824—1870）、挪威的易卜生（1828—1906）、英国的王尔德（1856—1900）、爱尔兰的萧伯纳（1856—1950），中国元代的关汉卿、王实甫，明代的李开先（1502—1568）、汤显祖，清代的洪昇、孔尚任（1648—1718）等，现代的郭沫若（1892—1978）、洪深（1894—1955）、田汉（1898—1968）、老舍（1899—1966）、曹禺（1910—1996）等。文学家构成剧本作者的主体，表明剧本创作首先是文学创作，作者必须具备较高文学素养、生活积累和文学创作能力。当然，文学家只有熟悉舞台方能成就优秀的舞台剧剧本（小仲马、关汉卿、田汉等都有深交演员、通晓舞台的佳话）。而演员虽具熟悉舞台的优势，但要进入剧本创作，则必须完成作家式的文学修炼及生活积累。据说，现在国内各剧团乃至影视界，由演员转行编剧者数不在少，他们撰写的剧本，其利弊得失已在今之舞台和荧屏上展示出来，此不赘述，作为圈外人的笔者无法提出高明建策，只能衷心期望：新一代的戏剧作者在完成作家式的文学修炼方面多下功夫，千万不要把编剧工作看作简单易行之业。而习志淦的道路已经提供了一种范例，昭显着戏剧创作的一个铁律：“生活积累—文学素养—舞台经验”三者不可或缺，而三者的互动共济是成就优秀剧作的必由之径。

2008 年 2 月 20 日撰于武昌珞珈山麓

关于《我的父母之乡》的通信——致沈虹光

虹光君如晤：

拜阅剧本《我的父母之乡》，如沐春风，感觉甚佳。此类以“不忘国耻”“救亡图存”为题旨的作品不少，但多有“主题先行”之弊，尊作则未入窠臼，生活气息较浓，有感染力。

以冰心这位出身海军世家，又有深切家国民族兴亡感的思想者为枢纽，以其记忆、感受所及，观照近代中国坎坷悲壮的历程，颇有特色。

如果提点儿建议，可否更鲜明地突出“海洋—海军”这一题旨？自15—16世纪海道大通以降，人类文明进入海洋时代，资本主义的殖民扩张也是以海洋为舞台展开的。中国人大约在19世纪中叶以后逐步认识到这一点，19世纪70年代李鸿章在奏折中指出：

> 历代备边，多在西北，其强弱之势、客主之形，皆适相埒，且犹有中外界限。今则东南海疆万余里，各国通商传教，来往自如，麇集京师及各省腹地，阳托和好之名，阴怀吞噬之计，一国生事，诸国构煽，实为数千年来未有之变局。轮船电报之速，瞬息千里，军器机事之精，工力百倍，炮弹所到，无坚不摧，水陆关隘不足限制，又为数千年来未有之强敌。

近代中国面对的“数千年来未有之变局”、遭遇的“数千年来未有之强敌”，都是从东南海疆进入的，因而近代中国的基本战略与“海洋—海军”紧密相连。在一定意义上可以说：海军弱则中国弱，海军兴则中国兴；当然，中国国势衰微、内政腐败，海军也强大不起来，中法马尾海战、中日黄海海战两度舰队覆没便说明这一点。冰心生在海军家族，感同身受于中国海军的兴衰存亡，终生魂牵梦绕于中国的海洋事业，剧本可以进一步强化“海洋—海军”题旨，除在情节设计上再下功夫外，可用台词诵读冰心题咏海洋、海军的篇章，或他人吟诵海洋、海军的名句。我对黑格尔《历史哲学》中咏海的段落十分欣赏：

> 大海给了我们茫茫无定、浩浩无际和渺渺无限的观念；人类在大海的无限里感到他自己的无限的时候，他们就被激起了勇气，要去超越那有限的一切。大海邀请人类从事征服，从事掠夺，但同时也鼓励人类追求利润，从事商业……他便是这样从一片稳固的陆地上，移到一片捉摸不定的海面上，随身带着他那人造的地盘，船——这个海上的天鹅，它以敏捷巧妙的动作，破浪前进，凌波以行……

梁启超《新大陆游记》中吟咏太平洋，也甚精彩，从中或可激发创作灵感。

剧本可集中写一个时段，如甲午之役，避免平均用力。写甲午，也不必在正面战场展开（人们对李默然的《甲午海战》很熟悉），而从后方（清廷、海军家属、士大夫）揭示中方败亡的深层原因，以及此一惨败引发的中国士人的觉醒（梁启超说，中国人震醒，实自甲午始。此后方有公车上书、戊戌变法，等等），从冰心家族写此，是一好的角度（包括写冰心等留学）。还可吸收严复的生平事迹入戏（不是严复成为戏中角色，而是将严复的心路历程贯穿入戏）。严复福建侯官人，福州船政学堂出身，约与冰心父亲同先后，严复后留英学海军，而其注意力倾注西方人文学，寻求救亡、富强之道。甲午之役阵亡将士多为严的师友同窗。此役对严复震撼甚巨，他翻译《天演论》与此直接相关，而“物竞天择”“适者生存”观念的广为传播，也得甲午惨败之赐。此类思潮似应在剧中有更鲜明、强劲的昭显。将这一段落写得深透，全剧可能得一提升。

即颂

夏祺！

冯天瑜

2009 年 6 月于武昌珞珈山

草根性、人文精神与文化创新*

呼唤“文化创新”，是时人的共同诉求。人们都厌倦粗劣的文化复制品，期待着令人耳目一新的作品出现。然而，文艺创作、文化生产何以获得原创性源泉呢？以笔者之浅见，文化草根性的开掘及人文精神的弘扬，是值得关注的两个方面。

先议“草根性”的开掘。这是文化创新的深厚土壤。广义文化指“自然的人化”，即所谓“人文化成”，一切文化创造，都深深植根于“人文”之中，也即深植于人民生活的土壤之中，文化创造需要吸纳仪态万方的人民生活提供的营养。这便是“草根性”的意蕴所在。

比如说，早已成为经典，被供奉于庙堂之上的《诗三百篇》，原本是商周时期各阶层、各地域人们草根性的歌咏，尤其是《国风》，全然是底层人民的欢歌与哀叹，“关关雎鸠，在河之洲，窈窕淑女，君子好逑”，“投我以木瓜，报之以琼琚，匪报也，永以为好也”，是民间男女质朴而美好的情歌。“君子于役，不知其期”，“硕鼠硕鼠，无食我黍”，是大众对压迫剥削的怨愤之音。《诗三百篇》经历数千年仍能感动今人，读者能与之产生强烈共鸣，其机制深藏于文化草根性的古今贯通之中。二如已经成为中华戏曲典范的京剧，来源于汉剧、徽剧等民间地方戏曲，其大众生活况味、审美情趣，并未被后来入京进宫的堂皇外观和程式化表演所掩盖，草根性仍然深蕴其中。三如张艺谋的电影，凡植根于大众生活的，如《秋菊打官司》《我的父亲母亲》《一个也不能少》《千里走单骑》，皆感人至深，张艺谋的艺术才华在民间真实生活场景的描绘中得到行云流水般的展示；而凡是脱离此正道的作品，如《英雄》，尽管

---

* 载《中国文化报》2007 年 1 月 15 日。

画面壮美，摄影技法高超，意在追求“大片”效应，却难以遮掩思想的空洞与内容的牵强，其艺术手段也有刻意舞弄之嫌。与之类似，杰作《霸王别姬》的导演陈凯歌，一旦脱离民族文化的草根性，制作缺乏历史内涵、民族个性的“大片”《无极》，也陷入同样的尴尬。其实，认真考察较为成功的好莱坞“大片”，如《拯救大兵瑞恩》，便会发现，其震撼人心的艺术效果，来源于作品深植历史生活（二战历史生活，尤其是诺曼底登陆之战历史生活），斯皮尔伯格绝非在那里凭空编造。即使《指环王》《哈利波特》之类魔幻片，也与西方文化传统保有深刻的因缘关系。我们参考西方大片的创制，应当求其神，而不可一味仿其形。近年国内电影人接踵制作“大片”，似乎大都不很成功，可能与“仿形失神”有关，以至邯郸学步，忘却了自己的文化之根。

总之，能否与民族的历史生活、现实生活这一源头活水保持内在联系（这种联系可以较为直接，也可以间接），是决定文化产品成败、高下的关键之一。包括有才华的文化匠师，都难脱此一法则。有人或许会举出李后主之例，反问道：与民众生活隔离的李煜，其词不也卓异而动人吗？若从表现底层生活而言，此论不错，但从表现宫廷生活而言，李煜的创作则是深植于生活土壤之中的，尤其深植在他那亡国之君的深切感受之中，否则便吟唱不出“问君能有几多愁，恰似一江春水向东流”那样的佳篇名句。

再说“人文精神”的弘扬。这是文化创新的精神支柱。今日所说的人文精神，是指与科学精神相并列、相渗透的现代文明赖以创发的两大元素之一，是走出“不把人当人”的中世纪、迈向“以人为本”的现代文明大道的精神。各时代有各自的时代精神，但又有相通性，如古代作品中的人民性成分、历史智慧成分、爱国主义成分，经过现代诠释，可以汇入今日之人文精神的洪炉。

中外文学杰作，大多通过高扬时代精神，实现文化创新。李白、杜甫、白居易的诗篇，均有挣脱、谴责专制弊政，生发民本主义的时代性题旨。太白诗篇对权贵的蔑视与超越；杜诗的《三吏》《三别》，白诗的《卖炭翁》《观刈麦》，无不洋溢着宗法专制时代最可宝贵的民本精义。《水浒传》《西游记》《西厢记》《聊斋志异》《红楼梦》也都高扬着时代精神，不同程度、不同方式地与陈腐的纲常名教搏击。莎士比亚笔下的哈姆雷特对人的赞颂，对宫廷阴谋的揭露，正是文艺复兴时代人本主义的高歌。有人或许会举出巴尔扎克作反例，认为他的政治理念是落伍甚至反动的，何以成就了不朽的文学巨制？如果我们对时代精神的弘扬做更广阔的理解，便会发现，巴尔扎克也步入他的时代思想的前沿，对时代精神做出复杂而深刻的阐发。巴尔扎克虽然怀念封建贵族时代，但作为忠实于生活的现实主义文学大师，他的《人间喜剧》生动揭示封建贵族无可挽回的衰败，展开资产阶级难以阻挡的上升势头，从而描绘出 19 世纪上半期巴黎社会的众生相，成为文明近代转换期的百科全书。在这一意义上，主观上抵触时代精神的巴尔扎克，客观上成为时代精神的弘扬者。至于巴尔扎克对上升期资产阶级利己、贪婪、无情无义的深度刻画，昭显了执着的人文主义观照，更有深远的认识价值。

反观我们今日的文艺作品，当然不乏弘扬人文精神的佳作，却也较普遍地存在着两类问题：一种是表浅地呐喊时代精神，这种“时代号筒”式的作品既无思想深度也无艺术感染力，当然不可能赢得广大读者与观众，这便留下巨大空间，为与人文精神相游离的另一种作品敞开门户。时下泛滥于影视节目中的某些宫廷戏、皇帝戏，便属于这一类。且不谈大量的“戏说”帝王戏充斥着仰慕、赞颂专制帝王的非人文精神内容，充斥着滞留在中世纪故道的陈词，即以正剧出现的《雍正王朝》为例，也未能脱出此种俗套。《雍正王朝》通篇为一位专制帝王作全面辩护，与民本、民主的时代精神走向相去甚远。本来，雍正皇帝作为中国历史上一位堪称典型的专制帝王，无论就其励精图治、雄才大略，还是就其阴鸷可怖、深文周纳而言，都是一个值得书写的人物，透过这个人物，可以帮助我们认识距今并不遥远的专制帝制的种种内幕。了解雍正豪强、隐忍而又残暴、刚愎的性格，进而揭示这种性格的制度性根源和文化土壤，是颇有历史认识价值和现实启示意味的。应当说，《雍正王朝》的编剧、导演和演员，其艺术水平在今日中国艺坛均属一流，全剧起承转合，丝丝入扣，故这部电视连续剧确乎好看，据说其热播时万人空巷。但遗憾的是，这部近年少有的好看的历史巨片，其题旨却是为雍正“洗冤”，全片用力于驳斥以往传说的种种关于雍正“篡位”故事。我并不认为清中叶以来流传的那些雍正“篡位”故事都是可信的，这些故事本来便是专制帝制体系内部斗争的衍生物，争辩的无非是继位的“正统”性，对这些故事加以适度辨正，无论就史学研究还是就文学创作而言都是必要的，但问题在于，《雍正王朝》以反驳雍正“篡位”作主线，将同情心倾注在雍正身上，如此一路演绎下来，“驳正”后的雍正便被塑造成一个正大光明、深得民心的“明君”，不仅得位甚正，而且几乎成了民意总代表，正如《雍正王朝》主题歌反复吟唱的："得民心者得天下。"如此表现清朝最为专制、残暴的皇帝，恰当吗？须知，清朝是专制君主集权制度达到登峰造极程度的朝代，是中国近现代民主主义走势的直接对立面。

人文精神的弘扬，并非一定要靠现代题材的作品来实现。其实，现代题材的作品也可能悖逆于时代趋势，历史题材作品则不乏伸张人文精神的良例。如那些富于人民性的，对宗法专制力加揭露、谴责的历史题材作品，便洋溢着人文精神。《海瑞罢官》《狱卒平冤》《徐九经升官记》《张居正》等作品做过有益的尝试。以长篇小说《张居正》为例，它通过描写明朝万历年间一位改革家起伏跌宕的人生，揭示宗法专制时代的本质特性。作品展示张居正改革的成就及其限定性，张居正被万历皇帝掘墓焚尸的悲剧性结局，都是时代的产物、制度的产物。这部小说的人物、题材是历史的，因其对宗法专制帝制取深刻的历史批判态度，故而作品的价值取向是现代性的。惜乎，这样的好作品，往往被众多的正说、戏说宫廷戏所淹没，那种充满中古式情趣的高分贝喧哗，使得我们的历史剧领域呈现一种人文精神隐而不彰的局面，实在令人遗憾。

草根性的开掘，必须深入民众生活底层，深入历史真实的枢机处，这需要生活积淀、知识积累，需要真切体验和渊渊哲思，而不能单凭几位头脑空空的作者关在宾馆内神聊。听说，今日不少电视连续剧的本子便是这样"聊"出来的，某些电视连续剧的胡编滥造就势在必然了。（当然，如果是一群有生活积淀、知识积累的作者，聚而聊之，也有益创作。）

人文精神的弘扬，既需要提升我们的作者的思想境界，真切把握时代精神的真髓，又要防范主题先行、防范概念化，诚如马克思告诫的：要莎士比亚化，不要席勒化。人文精神应当深深隐藏在情节展示中，而不能仰赖人物用口号唤出。思想大于形象或思想游离于形象之外的作品是苍白无力的，无助于时代精神的弘扬。

创新需要凭借，需要依托。有了草根性的支撑，人文精神的涵泳，文化创新的前途是光明的。我们对此抱持有限乐观的期待。

时下清宫戏历史观探略

一、清宫戏热播

近些年来，每凡打开电视机浏览娱乐节目，古装影视剧便扑面而来。《芈月传》《大秦帝国》《大汉天子》《英雄》《大明王朝》演绎历朝君主的文治武功、内斗外拓，可谓五彩缤纷，而清宫戏的数量之巨大，品类之繁多更独占鳌头——从入关前的清太祖努尔哈赤、清太宗皇太极起首，经短寿顺治，密集展开于“盛世”康熙、雍正、乾隆，收尾于悲剧角色光绪、末代皇帝宣统，每位帝王皆有一种或多种数十集长卷电视剧，或以“大片”呈现的电影。清朝十二帝成为二十余年来影视竞拍热门。兹简列要目如次——

（1）《努尔哈赤》《太祖秘史》

（2）写明清鼎革之际崇祯和皇太极的《江山风雨情》《山河恋之美人无泪》

（3）写清世祖顺治的《少年天子》、纵贯顺治前后三朝的《孝庄秘史》

（4）写清圣祖的《康熙王朝》

（5）写清世宗的《雍正王朝》

（6）写清高宗的《乾隆王朝》

（7）写清仁宗的《嘉庆传奇》

（8）写清宣宗的《道光秘史》

（9）写清文宗的《咸丰王朝》及电影《火烧圆明园》

（10）写清穆宗同治及其母慈禧的《两宫皇太后》《一代妖后》

（11）写慈禧和清德宗的《光绪皇帝》《苍穹之昴》

（12）写宣统的《末代皇帝》（此题材影视剧甚多）

上为清宫“正剧”并不完整的名录。此外还有林林总总的“戏说”，诸如《独步天下》《康熙秘史》《康熙微服私访记》《戏说乾隆》《铁齿铜牙纪晓岚》；写公主天真、后妃争宠、太后擅权的“后宫剧”也竞相登场，如《还珠格格》《大清后宫》《如懿传》《延禧攻略》之类，而皇帝妃子间阴谋诡计环环相扣的“宫斗戏”《甄嬛传》尤其吸引观众眼球。

我对“戏说”兴趣不大，但“正剧”中的康熙、雍正、乾隆三部却大体完整地看下来。这首先是因为二月河原作跌宕起伏，故事多趣，令人欲罢不能；二来胡玫等导演手法高超，起承转合，扣人心弦；三来焦晃、陈道明、唐国强、斯琴高娃等一线演员技艺非凡，将皇帝及其后妃臣子演绎得出神入化。以《雍正王朝》为例，人称焦晃乃“康熙转世”，唐国强是“雍正再生”。据说44集《雍正王朝》热播，收视率27%，高踞一时榜首。

我作为观众一员，在欣赏古装戏演艺之际，也为其中知识性错误频出感到遗憾，如有些剧目将帝、后亡故方追赠的谥号或庙号用在人物生前，《康熙王朝》中顺治帝生母博尔济吉特氏（斯琴高娃扮演）一再自称“我孝庄”，剧中人物也反复敬呼这位在世女强人“孝庄太后”；唐代剧称在生的李世民为“太宗皇帝”，等等。唐宋剧宣诏皆以“奉天承运，皇帝诏曰”开头，殊不知，此一套语是明初洪武年间方创用的。另外，大臣上朝跪拜皇上，初始于元，明代承袭，清代更演为三跪九叩，百姓见官也须长跪。而一些写前后汉、魏晋、隋唐、两宋诸朝代的剧目，常常出现群臣向皇帝下跪叩头的场景，令人哑然失笑。这些细节描写不仅存在知识性问题，还模糊了中国帝制的专制性逐渐强化、明清达于高峰的历史趋势。

文艺作品需要虚构，不必一一遵照史实，但有些剧目虚构失当，如《康熙王朝》写施琅收复台湾，竟出现这样的情节：据守台湾的郑经（郑成功之子）抗拒清廷收复台湾，施琅率水师抵台时，郑经在海边挥剑自杀，以示决绝。观剧那几天我在校园散步，常有非历史专业的老师询问，历史事实果真如此？吾答：康熙二十二年（1683）施琅水师抵台前，郑经已然病逝，其子郑克塽降清，并接受清廷册封。而此剧情节，将大体和平收复台湾岛（仅在澎湖发生海战）的史实，改成台湾当政者抗拒到底，直至自刎而亡，此种虚构应当说是很不恰当的。老师们闻言，连说电视片“瞎编”。另外，反复播放的《铁齿铜牙纪晓岚》把乾隆时的大学者、《四库全书总目提要》主纂者纪晓岚写成一个滑稽的老顽童，可与皇帝随便打趣、无所不谈，又终身与大贪官和珅作对，纪还是文字狱的非议者。这三点都与史实相悖，其一，乾隆从来把纪晓岚当作文学侍臣，不许纪氏议政，纪偶发政论，即遭乾隆严厉呵斥，君臣关系决非剧中那么和谐无间；其二，纪氏与和珅是关系不错的朋友，二人并非对头；其三，纪晓岚不仅没有抗议文字狱，而且是文字狱的推助者，曾拟定四库全书禁毁书目。该剧对清中叶政坛生态作了非历史的描写，让观众形成错觉。

上述皆属细枝末节，反映了编导文化素养偏低，无须深究。值得探讨的却是下面一个比较沉重的论题。

二、帝制末世的专制皇权如何历史定位

清宫戏的主角，是中国最后一个帝制王朝的最高统治者——皇帝，以及围绕周边的后妃、太监及文臣武将。清宫戏以浓墨重彩表现以帝王为中心的权贵场之风云际会，其可观处在此，应当讨论处也在此。

中国政治史的一大特点，是中央集权的专制帝制早在公元前 3 世纪的秦代便已确立（战国初成），比西欧及日本王权专制形成早了一千几百年，延续时间长达两千多年，而西欧王权专制仅两三百年，日本不足百年（明治至昭和前期），且愈演愈烈。从秦汉至明清的重大历史事变、政令法规的启动及实施，与秦皇汉武、唐宗宋祖，乃至成吉思汗、忽必烈、朱元璋、朱棣、爱新觉罗·玄烨、爱新觉罗·胤禛、爱新觉罗·弘历等辈多有干系。故历史论著的书写，历史小说、历史剧的创作，较多聚焦于帝王，理所当然。不过，这里有三个关键问题需加辨析：

第一，历史的基本驱动力并非帝王个人，包括最强悍、最有作为的帝王也受制于历史条件及其趋向（即柳宗元、王夫之们所论之“势”），历史的真正主角是民而不是君（故《尚书》有“民为邦本”说，《孟子》有“民贵君轻”说），因此历史不能写成帝王家谱，不能以帝王起居注取代广博深厚的历史图

卷。百余年前梁启超便强调此旨（见梁启超 1902 年著《新史学》），今人不可遗忘近哲的启蒙性提示，切勿重陷“二十四史尽家谱”的窠臼。

第二，帝制是历史的产物，在不同历史阶段，发挥的作用有异。帝制史的前期（秦汉）、中期（唐宋）和晚期（明清），帝王的社会功能各有侧重，不可笼统视之。这里暂不讨论帝王的“仁”“暴”之别，而以社会大趋势简略言之：

（1）战国是“古今一大变革之会”（王夫之语），战国以至秦汉的大变革，基本内容是走出贵族政治，确立朝廷选拔任免的官僚制，以郡县代封建，变土地不可买卖的领主经济为“土可贾焉”的地主经济，大一统帝制国家因以确立。其书同文、行同伦，扫六合、一天下的文治武功，尽管暴政迭现，充溢着污秽与鲜血，但在“恶”这一杠杆的撬动下，其历史的进步趋向历历在目。

（2）唐宋完善官僚政治和地主经济，租佃制取代庄园农奴制，农民和手工业者一定程度上摆脱人身依附，生产力得以部分解放；城市在政治军事中心基础上发展商贸功能，遂有《清明上河图》展现的那种繁荣、开放的市井生态（有学者称之“城市革命”）；开端于隋、成熟于唐宋的科举制，不计身份考选士众，政权向庶族地主、自耕农开放，扩大了社会的统治基础；唐宋两代（尤其是宋）士人政策宽松（宋太祖赵匡胤立卧碑，发誓不杀言事士人，两宋三百年基本执行此旨）。如上种种，养育了中国古典文化空前绝后的繁盛，陈寅恪称中国文化“造极于宋”，确为至论。

（3）明清是专制帝制登峰、且作病态式强化的时代。以取消相权为标志，皇帝兼为国家元首和政府首脑（六部直接受命帝王），皇权不信任外廷，政治、军事、经济、文教实权由“身边人”（内阁、太监、军机处）操持，更实行特务政治，高中级官员皆在监控范围之内，连大臣某日小宴几人参加，都立即有厂卫向皇帝报告，皇帝装着随意询问大臣：昨夜几位宴饮可快活？实为警告大臣：你们的一言一行皆在我掌握之中。

集权的明清帝王“办大事”能力超强（如开疆拓土、平定内乱、改土归流、派遣空前规模使团到外洋炫耀帝威、修纂巨型类书丛书等），文治武功极一时之盛。与此堂皇的阳面同时，皇权桎梏社会革新、扼杀士众自由意志，以八股取士、文字狱软硬两手，将士人纳入精神囚笼，致使万马齐喑，“避席畏闻文字狱，著书都为稻粱谋”（龚自珍诗云）是那一时代知识界的实态。

明清维系重本抑末的经济政策，使社会生产力顿滞。又厉行海禁，愈趋封闭。乾隆末年来华的英国马戛尔尼使团，阅尽清廷浮华，又洞察到民众的极度贫困，看透了清朝是个一推即倒的“泥足巨人”。乾隆间诗人黄景仁已于当时的表面升平中洞见“忧患潜从物外知”（《癸巳除夕偶成》）。而反映清朝历史的清宫戏，大多回避社会危机，展现的是一派帝威民顺、繁荣昌盛图景。

第三，考析明清五百年，尤其是清代两百余年，还有一个切关紧要的视角，便是此际恰值西方近代文明勃发：14—16 世纪文艺复兴，15 世纪末开启大航海，17 世纪科学革命，18 世纪工业革命与启蒙运动，而中国却在封闭的农耕经济—宗法专制社会的轨道上徘徊。从全球视野观之，人迅进而我顿滞，中国落伍定格此际，铸就了战略性颓势，这正是今人最应反思并谋求克服之道的所在。而我们的康—雍—乾诸剧对此置若罔闻，一味演绎武功强大、经济繁荣的“盛世”景象。剧中偶尔出现西洋传教士入宫镜头，多是猎奇式描写，回避了朝廷自我封闭和中西文明差距拉大的事实，从而抽去“盛世乾隆”为 19 世纪中叶以来被动挨打埋下伏笔这一要点。于是，道光、咸丰、同治、光绪诸朝的衰颓以至丧权辱国，便失却前因，将败局归咎于个别帝王（如道光、咸丰）的愚钝、荒嬉，太后擅权和外敌入侵，一部具有深刻教益的清代历史失却纵深感，变得肤浅和偶然化了。

有一种说法：电视剧皆娱乐节目，不承担历史教化功能。此说有一定道理，文学作品当然不应摆出历史宣教者姿态，但历史小说、历史剧的教化作用又是客观存在的，例如，老百姓的三国知识和历史评断观，主要获自小说《三国演义》及一系列三国戏曲，而并非正史《三国志》。史家陈寿的《三国志》以曹魏为正统（此较接近历史真实），作家罗贯中的《三国演义》及三国戏曲却以蜀汉为正统，痛斥曹操为白脸大奸臣，而长期以来，普罗大众深信后者，可见文学艺术的威力往往在学术论著之上。既然如此，我们的影视作品便不能完全抛却历史教化责任。

三、帝制末期君王的扭曲造像：略析《雍正王朝》中的胤禛

雍正（名胤禛）是中国专制帝王的一个典型。他颇具才略，勇于整饬前朝弊端，善于开辟局面，实乃有为之君；他励精图治、事必躬亲，“立志以勤先

天下”，“朱批之折，不下万余件”，称之史上最勤政的帝王，并不过分。而与此同时，雍正“以一人治天下”，嗜权若命，刚愎自用，深文周纳，隐忍多疑，阴鸷暴戾。通过雍正“这一个”，正可展示专制帝王的基本属性，加深对晚期宗法专制制度的认识。而《雍正王朝》却另有思路，通过力辟雍正“篡立”传说，塑造一个光明正大的帝王崇高形象。

以康熙—雍正传位继统这一关键环节书写雍正，本来是一个不错的取材角度。

君主专制社会统治权力（其最高点便是帝位）的获得，从来与民意、民举毫无关系，其间并不存在“公天下”的公法，而历来是统治集团最高层（帝王及身边几人）暗箱操作的产物。皇权时代的“天下”专属皇家，皇族及其追随者一再声言“天下”乃皇祖“打”下来的，理当由其后嗣“坐天下”，故皇位授受，被视作帝王的家事，臣民不可染指。在“正常”情况下，由老皇帝生前设东宫（太子居处，或指太子本人）为“储君”，老皇帝驾崩，储君自然承接帝位，臣民向新君山呼万岁。也时有“不正常”获位手段，著名者如唐初发生“玄武门之变”，秦王李世民射兄（太子）斩弟，逼父（唐高祖李渊）让位；明初发生燕王朱棣以“清君侧”之名兴“靖难”之兵，从侄儿建文手里夺过帝位。而李世民、朱棣后来皆被认作“圣主”“明君”。这充分说明，专制帝制下的统治集团全无“忠信孝悌”可言，最高权力（帝位）便是他们追逐的首席图腾，在此大纛之下，父子、夫妻、兄弟等等人伦亲情都可弃之若敝屣，民众的灾难更不在话下（如明初争夺帝位的“靖难之役”延绵三载，军民死亡数十万之众，半壁江山一片瓦砾，生灵涂炭）。帝位承袭引发残酷内斗，是揭示专制帝制黑暗本质的一个极佳窗口。然而，电视剧《雍正王朝》却另有寄——以多集篇幅洗清关于雍正为了“篡立”而“谋父、逼母、弑兄、屠弟”等种种“传言”，证明皇四子胤禛的“得位之正”。这成了雍剧的主线和展开部，也是我们质疑雍剧的所在。

胤禛承位前后的历史真实，因皇帝的严切指令、反复修饰篡改，早已模糊不清，《清圣祖实录》等官方记载，胤禛方面的一切阴暗行为被全部抹除，经张廷玉等写手的杜撰，《实录》等文本借所谓的康熙言说，充满了对皇四子的美化和吹捧；但胤禛的争权对手胤禩、胤禟等人散布的十分不利于雍正的流言，则在民间口碑和稗官野史中传播不辍，于两三百年间不断发酵。其中有些故事（如胤禛改康熙遗诏“传十四子”为“传于四子”之类）造作痕迹明显，当然不可凭信，但在争位之际，四阿哥胤禛的阴毒凶狠决不在胤禩等人之下，而其狡诈、凶残更有过之而无不及，却是无法遮掩的历史事实。如果说，胤禩、胤禟是阴谋家、野心家，胤禛同样是阴谋家、野心家，只不过是一个成功了的阴谋家、野心家，爱新觉罗兄弟们的行径都是专制帝制的产物，并无正义与不义之分，雍剧却用力于作此区分，实在是画蛇添足，又把观众引入迷途。限于篇幅，本文不能展开议此，只略举数端稍加说明。

康熙多子（三十多个儿子，成人二十多位），他在位时间又长达六十一年，居中国数百帝王之首，故建储及诸皇子争位问题十分突出，多次达到白热化程度。康熙中期主要围绕二阿哥胤礽太子位的“立—废—再立—再废”展开，此间四阿哥胤禛隐忍，作局外状。至康熙晚年，才能卓越、党羽众多的八阿哥胤禩野心勃发，引起康熙警觉，八王党遭到严禁，胤禩失去承统的可能，此间胤禛虽暗地纵横捭阖，阳面上仍作局外状。康熙晚年可选继位的皇子已经不多，渐渐属意四阿哥和十四阿哥，更有意于军功显赫的十四阿哥、抚远大将军胤禵，此点史证甚多，兹不赘。皇位觊觎者胤禛在康熙六十年至六十一年（1721—1722）间的主要用心转为阻止胤禵继位，在康熙驾崩前后有一系列动作，此点史证亦甚多，兹不赘。其中一个关键处是，为了防止父皇宣诏胤禵承统，胤禛抢在胤禵从甘青前线赶回京师之前，结束老皇帝的性命。关于这一要点，传言很多，所谓斧声烛影，疑案重重。我们不必俱信雍正政敌胤禩等散布的流言，但超越他们兄弟间争位缠斗故事，有几桩无可置疑的事实（与胤禩等散布的故事无关），值得我们回味。

其一，康熙临终时身边唯一的重臣是胤禛的舅舅、拱卫京师的步军统领隆科多，康熙亡故后一个时辰，方由隆科多向外面等候的诸王宣示他“听到”的康熙口头遗诏：传位皇四子胤禛，显然不存在后来雍正宣传的“八人受谕”之事（“八人”指七个皇子加上隆科多）。不仅胤祉、胤禩、胤禟、胤䄉等皇子决不相信隆科多宣示的口头“遗诏”，今日研史者也认为其间可疑处太多。而胤禛登极，立即杀掉康熙晚年贴身内侍赵昌，显然因为此人知道不利于雍正的内情；继而又处决年羹尧，并将舅舅隆科多囚禁致死。这两个助胤禛上位最有力者的死于非命，不能一般性地归之“鸟尽弓藏”，合乎逻辑的解释是：年、隆二人参加胤禛的夺位阴谋甚深，成事后必被杀人灭口。雍正登帝位后，还害死主要对手胤禩、胤禟，禁锢胤祉、胤祹等人，而且立召十四阿哥胤禵（雍正的同母亲弟）返京，并将其长期幽禁（以守陵之名）。诸般举措，意在堵塞继统问题上的大量露洞。常言道“欲盖弥彰”，雍正在统治集团核心层施展的上述暴行，透露了他在继统过程中有重大不可见人的阴谋需要掩盖。

其二，雍正诚然雄才大略，但这位喇嘛教崇奉者又极其迷信，深服鬼神说。他登极后，从来不住亡父康熙喜居的畅春园，而花巨资扩建圆明园，作为自己居处，这不符合向以节俭著称的雍正的常轨，只能以避免与先父神灵相逢作解释。另外，顺治、康熙陵墓在北京东部遵化，雍正却到北京西部易县为自己修陵（自此清朝方有东陵、西陵之分），显然是要远离乃父陵墓，以免自己在阴曹地府遇到乃父。这两大举措只能说明雍正于先皇深怀愧疚、惧怕，佐证他借隆科多之手令康熙速亡（赶在十四阿哥胤禵返京之前），并编造口头遗诏的可能性。

其三，自康熙朝开始，清朝屡兴文字狱，此为清史重要的黑暗处，是晚期专制帝王丧心病狂的表现，而今之康—雍—乾三剧却对此基本回避，唯《雍正王朝》略涉曾静—吕留良案，也只是轻描淡写，远未揭示专制帝王病态的猜忌心理和残忍严酷（雍正不仅杀害曾静，还对亡故已久的曾静的老师、早期启蒙思想家吕留良掘墓毁尸）。该剧通过宣介雍正的自辩文《大义觉迷录》，继续替雍正的“矫诏篡立”不厌其烦地“辩诬”，又用力表现雍正的“勤政爱民”，以树立一个“得民心者得天下”（该电视片主题曲歌词）的伟大君王形象。顺便提一句，《康熙王朝》主题曲的歌词，替康熙帝高唱出“我真的还想再活五百年”的豪言壮语。这两段主题歌只能使我们认定，《康熙王朝》《雍正王朝》诸清宫剧对帝王的衷心服膺和热忱赞颂。

凡此种种，使人联想起描写帝王的中外文学名著，稍加比较，感到今之清宫剧与其差别不可以道里计。

曹雪芹的《红楼梦》通过“元春省亲”，从一个侧面展示后宫真相——尊为贵妃者其实十分凄清孤苦，元春见到母亲、奶奶痛哭不止，无言地透露了宫廷生活绵绵无尽的冷酷与辛酸。小说从官宦显族浮华生活的表象，透见清代的制度性腐败，其内囊已然蛀空，呼啦啦如大厦将倾。

吴敬梓的《儒林外史》以生花妙笔描绘朝廷构筑的名利场，如何戕害周进、范进之类士子的心灵，成为奔竞仕途的行尸走肉。

莎士比亚的《哈姆雷特》力辟王室阴谋，谴责宫廷政治的阴险、残暴；《李尔王》则尽写王族的无情和虚伪；《麦克白》表现一个本来人品不错的骑士，进入帝王权利场，终于演变为独夫民贼。

托尔斯泰的《战争与和平》，热情讴歌俄罗斯大地，同情皮埃尔等善良的追求者，欣赏天真纯洁的少女娜塔莎，景仰貌似迟钝、实有大智慧的军事天才库图佐夫，深爱谆厚的底层庶众，却嘲讽俄国沙皇亚力山大的虚骄与浅薄，辛辣地讥刺法国拿破仑一世的狂妄与自恋。

这些杰作决无对专制王权及其人格化体现——君主的景仰乃至艳羡，却是站在人文主义高度声讨王权专制制度。

如果要探求宫廷剧的健康理路，上述中外现实主义文学著作早已树立榜样，它们洋溢着的对专制帝制的批判锐气，深藏着富于人民性的历史观，正是我们应当继承和发扬的文化遗产。

2019 年 3 月 4 日于武汉大学人民医院楚康楼

（本文前几年草稿，今春住院期间修订补充，无法核查文献，更不可能复览诸电视片，凭印象发议论，定有不准确处，切盼指正）

荆楚文脉

任何一种文化均受惠并受制于特定空间提供的生态环境，文化研究理当彰显地域特征，这是把握文化“一”与“多”、共性与个性相统一所必需的劳作。笔者鄂籍，三十余年来一直参与湖北省地方志、武汉市地方志的修纂，近年忝列大型丛书《荆楚文库》总编，真切体悟到区域文献收集整理对“存史—资治—教化”的重要性，偶尔涉笔议及此题。

中华文化的地域展开*

作为人类物质文明和精神文明创造总和的文化，因时间向度的演进而具有时代性，又因空间向度的展开而具有地域性。人们把研讨文化时代性演进的学科称之文化史学，把研讨文化空间性分布的学科称之文化地理学，这两门学科都有独立存在的价值和独立发展的历史。然而，时间和空间又是运动着的物质的两种密不可分的存在形式，时代性与地域性当然也是文化的两种相互依存的属性，我们只有全面观照这两种属性，并考察其互动关系，方能实在地把握人类创造的文化的纵深度和广阔度。在这一意义上，历史学与地理学的联姻势在必行，而本书系便是文化史学与文化地理学相结合的产物。

中国是一个文明传统悠久深厚的国度，又是一个广土众民的国度，其文化的时代性演进和地域性展开均呈现婀娜多姿的状貌，因而切忌做简单化的描述与概括。已故历史地理学家谭其骧指出："把中国文化看成一种亘古不变且广被于全国的以儒学为核心的文化，而忽视了中国文化既有时代差异，又有其地区差异，这对于深刻理解中国文化当然极为不利。"① 谭先生的这一论说显然是有感而发的，因为，笼统地界定中国文化，已是一种司空见惯的做法，此类做法有碍于人们从共相与殊相辩证统一的高度把握中国文化，不利于开掘中国文化无比丰厚的内蕴。

要想获得对中国文化的深刻理解，必须纠正空泛、粗疏的学风，多做具体分析和实证研究，方能为综合与抽象提供坚实的基础。而此类工作的一个

---

* 本文为由北京教育出版社、内蒙古教育出版社、河北教育出版社、安徽教育出版社、山西教育出版社联合出版的冯天瑜、林干主编《中华地域文化大系》的总序。

① 谭其骧：《中国文化的时代差异和地域差异》，《中国传统文化的再估计》，上海人民出版社1987年版，第41页。

重要方面，便是对中国文化加以分区考析。应当说，在这方面我们有着宏富的遗产。

中华先民很早便在东亚大陆建立起幅员辽阔的国家，并对这片国土的自然风貌和人文状态做过真切的分区把握。成文于周秦之际的《禹贡》简练而准确地描述当时的国土——“东渐于海，西被于流沙，朔南暨，声教，讫于四海。”对纵横于东亚大陆的广袤国土，《禹贡》分作“冀、兖、青、徐、扬、荆、豫、梁、雍”九州，并对每州的土壤做出分类和等级划分。而土壤分类和等级划分，实际上是对农耕文明时代做经济、文化水平的地区等级判定。此后，西汉史家司马迁在《史记·货殖列传》中对当时南北东西各地的物产和人文特色有传神的描绘。西汉末年学者刘向则将汉朝全境划分为若干区域，丞相张禹又令僚属朱赣按区域介绍风俗。东汉史家班固所撰《汉书·地理志》集上述之大成，对当时的中国做出如下“域分”：秦地、周地、韩地、赵地、燕地、齐地、鲁地、宋地、魏地、楚地、吴地、粤地，并记录各地风俗，绘制出文化地域特征的生动画卷。以《汉书》为端绪，历代正史皆设地理志，以各朝疆域为范围，以政区建制为纲目，分条记述山川、物产、风俗，形成文化区域研究的良好传统，奠定了我们今日理当深入开展的文化区域研究的前进基地。

地域研究涉及的一个基本概念是“文化区”。作为文化的空间分类，文化区由自然、社会、人文三重因素所决定，三者在历史进程中综合成某种地域性文化特色，如北方的中原文化，雄浑如触砥柱而下的黄河；南方的楚文化，清奇如穿三峡而出的长江。有人曾这样概括南北文化的卓异处：“北峻南孅，北肃南舒，北强南秀，北僿南华。”这种关于区域文化特征的把握，既着眼于自然环境之分，更观照了社会生活、人文传统之别。当然，文化区并非静态、凝固的空间存在，而是因时演变的。一般而言，构成文化区的自然因素变化较慢，社会、人文因素迁衍较快。这也就是年鉴学派所谓的长时段、中时段、短时段之说。

明清之际哲人王夫之在论及文化中心转移的态势时说：“三代以上，淑气聚于北，而南为蛮夷。汉高帝起于丰、沛，因楚以定天下，而天气移于南。”[①]夫之常用“天气移于南”“地气南徙”诸说法，而他所谓的“天气”“地气”，

① 王夫之：《读通鉴论》卷十二。

显然并非专指自然之气，而是自然、社会、人文的综合，更多地包蕴社会、人文因素。这就把长时段、中时段、短时段的变迁综汇到现时的变迁上来，确为一种卓识深见。事实上，自从具有理性的人类介入，造成文化世界，我们这个星球上的变化往往不再是单纯的自然运动，即以各地土壤肥瘠的变迁而论，便深深打上人类活动印记。曾被《禹贡》（反映周秦之际状况）列为下中、下下的长江流域，至近古已成上上之地，如宋人王应麟说："今之沃壤，莫如吴越闽蜀。"[①] 至于各地风俗、学术的异动，更是古今起伏，时有更迭。这是在做区域研究时应予注意的。

当下我们所做的区域文化研究，在观照历史的前提下，更要着眼当下。今日中国，北起漠河，南达南沙群岛的曾母暗沙；西起"世界屋脊"帕米尔高原，东及黑龙江与乌苏里江汇合处。领土面积约与整个欧洲相当，包括56个民族的中国做合理的文化域分，是本书系的使命。鉴于中国领地的辽阔和文化类型的复杂，有必要做多级次的文化域分。

按照自然条件和经济文化类型，中国首先可分作东、西两部。从黑龙江的爱辉到云南的腾冲之间作一连线，东半壁是向太平洋倾斜的低度高原、丘陵和平原，季风气候使之干湿交替、季节分明，数千年来形成发达的农耕经济、繁富的典章制度和精深的艺文哲思；西半壁以草原、沙漠、高山、高寒高原为主，属大陆干旱性气候，自古以来繁衍着粗犷奔放、富于流动性和生命活力的游牧文明。东西两大文化区的互动，构成中国历史的重要内容，并为中国现代文化的丰富性和多样化发展提供了无尽的源泉。

东部农业文化区可分为由汉族为主体的中原农业文化亚区和西南少数民族为主体的农业文化亚区。中原农业文化亚区，自北而南又可分为燕赵文化副区、三晋文化副区、齐鲁文化副区、中州文化副区、荆楚文化副区、吴越文化副区、巴蜀文化副区、安徽文化副区和江西文化副区。中原农业文化亚区向北延展为松辽文化副区，向南延展为闽台文化副区和岭南文化副区。西南文化亚区又分为滇云文化副区和贵州文化副区。西部游牧文化区可分为蒙新草原—沙漠游牧文化亚区（其内又分作塞北文化副区、甘宁文化副区、西域文化副区）与青藏高原游牧文化亚区。基于这种文化域分，本书系由如下十九卷组成：

---

① 王应麟：《玉海》卷十七。

燕赵文化　松辽文化
三晋文化　闽台文化
三秦文化　岭南文化
齐鲁文化　滇云文化
中州文化　贵州文化
荆楚文化　塞北文化
吴越文化　甘宁文化
巴蜀文化　西域文化
安徽文化　青藏文化
江西文化

这种划分是否周到，本书系对中华文化的分区描述是否精当，还望读者诸君评析、指教。

在言及中国文化的地域性时，应当申述的另一要义，是中国文化的共通性。这种共通性是中华民族在数千年历史进程中磨合而成的，表现为一种兼收并蓄的宏阔气象、对多元文化“有容乃大”的统摄与综汇。诸如晚周南北文化的交合，成就了战国文化的空前辉煌；汉唐中原文化对西域及周边文化的吸纳、魏晋南北朝诸族文化的融会，以及此后多次民族文化及地域文化的沟通，加之对南亚佛教文化的采借与再造，成就了以宋文化为代表的中古文化高峰。元、明、清更将多民族国家的雄伟格局奠定，而多元一体的文化政策的确立，则是其文化保障。今日异彩纷呈、生机盎然的中华文化，是诸地域、诸民族的共同创造，是文化的“多”与“一”互动的结果。这种和而不同、刚健自强的文化机制，是中国作为一个广土众民的泱泱大国长久屹立世界东方的重要原因。本书系在详述中国文化地域多样性之际，也念念于兹，读者诸君可于全篇窥此微意。

《荆楚文库》编纂设想[①]

湖北省决定倾力编纂《荆楚文库》，此为“经纪一方之文献”的壮举，吾辈躬逢其盛，理当勉力投入，贡献绵薄。

一、弁言

文献集成是总汇历代学术文化成果，把握国情、地情的一项基本工作。我国有图书集成的深厚传统，唐的《艺文类聚》《北堂书钞》，宋的《太平御览》《册府元龟》，皆荦荦大者，明代编类书《永乐大典》，清代编丛书《四库全书》，乃震古烁今的巨制，我们至今受其赐。

除全国性文献集成外，区域性图书总汇也广为展开，清乾隆间章学诚有“仿《文选》《文苑》之体而作《文徵》”[②]之倡。道光、咸丰以降，各省人士汇集乡邦著述，编纂郡邑丛书蔚然成风。湖北省清末民国整理区域文献成绩卓著，鄂籍学者罗田人王葆心，潜江人甘鹏云，蒲圻人张国淦，沔阳人卢靖、卢慎之兄弟等辑《湖北书徵》《湖北文徵》《湖北诗徵》《湖北先正遗书》《湖北丛书》，这些集成本多编而未刊，可谓湖北文献总汇的前驱之作。卢氏兄弟辑印《湖北先正遗书》时说：“乡人读此，当知吾数千年之灏气英光，流风余韵，晦而弥显，久而弥彰……忧时悯乱之怀，爱乡合群之念，油然而生。”这颇能代表前贤编纂乡邦文献的渊雅旨趣。

抗日战争最艰苦的岁月，时在罗田，年过七旬的王葆心先生还在孜孜不倦

① 本文系冯天瑜作为《荆楚文库》总编辑2014年7月18日在《荆楚文库》编纂出版工作会议上的发言。

② 章学诚：《文史通义校注》下，中华书局1985年版，第571页。

地收集整理地方文献，他在与先父冯永轩的多通往还书信中反复讨论此类业务，后学如我者，每览前辈书札都感慨万端。董老为王葆心墓表题词曰："楚国以为宝，今人失所师。"诚非虚誉。我们今日有远为优越的工作条件，当师法先哲，深入广泛地开掘、收集、整理乡邦文献。

放眼全国，近十年来，一些省区先后启动文库编纂，如湖南的《湖湘文库》(702册，2013年出齐)，广东的《岭南文库》(已出百余种)，四川的《巴蜀全书》(含《巴蜀文献精品集萃》《巴蜀文献联合目录》《巴蜀文献珍本善本》)，福建的《福建丛书》，江苏的《金陵全书》(甲编方志类，包含南京历代府志、县志、专志；乙编南京历代方志以外的史料；丙编南京的历史档案)，山东的《齐鲁文化经典文库》《山东文献集成》，浙江的《浙江文丛》，河南的《中原文化大典》，安徽的《安徽古籍丛书》，新疆的《新疆全书》，甘肃的《陇右文献丛书》等。湖北当利用后发优势，在较高的基点上编纂《荆楚文库》。

二、湖北文化积淀深厚，文献宝藏丰盛

作为荆楚文化核心地段的湖北，文化起步期几与中原同时。先秦楚地孕育了中国最早的伟大诗人屈原，还有宋玉、唐勒、景差等，南国"惊采绝艳"的《楚辞》与北方"惇厚质朴"的《诗经》交相辉映，"风""骚"二元并美；而与邹鲁的《论》《孟》相竞又互补的，有楚地的《老》《庄》。故称楚文化占先秦文化半壁江山，并不过分。秦汉至清末，湖北文化巨匠迭现：诸葛亮、陆羽、孟浩然、岑参、皮日休、宋祁、张居正、李时珍、袁宏道，或在人文或在科技领域竞放异彩。襄阳释道安"三教求同"，监利智者大师创建天台宗，禅宗四祖、五祖黄梅阐法，为六祖慧能完成"南能北秀一统"奠定基础。张君房撰《云笈七签》得"小道藏"美誉。元明之后，武当山道教著述宏富。湖北可谓儒释道群籍的重要诞生地之一。

近代湖北处古今东西文化交会锋面，涌现大批学贯中外的学人，杨守敬、熊十力、王葆心、黄侃、李四光、王世杰、汤用彤、李济、王亚南、闻一多、徐复观、胡风、曹禺、殷海光等，这还只是很不完整的名录。这些近现代哲人留下守先待后、足可传世的文籍。还有一批外籍旅居湖北人士，创作观察湖北、研究湖北的著述。以总督湖广十余年、视湖北为"第二故乡"的张之洞为

例，其论及湖北政治、经济、军事、文化、社会的篇什不下全部作品的三成，一部《张文襄公全集》，堪称近代湖北百科全书。张之洞还对文献学做出贡献，所著《书目答问》《輶轩语》是文献学经典，也是我们编纂文库的指导书。

谈到鄂籍文士的书刊故实，杨守敬值得一提。杨氏不仅是卓越的历史地理学家，著述宏富（湖北人民出版社 1991 年出版 13 卷巨册《杨守敬集》），而且是有特异贡献的图书家，他在清末作为驻日使馆的随员，恰值日本明治间“脱亚入欧”风气弥漫之际，江户时期日本大量购买的中国典籍，这时被公私两界廉价抛售，慧眼识珠的杨守敬倾囊收购，又动员出使大臣何如璋、黎庶昌提供经费，购得宋版、明版、清版图书多种，广搜国内散佚古籍。积贫积弱的近代中国，大量文物（包括古籍）流失海外，而湖北枝江人杨守敬却有海外大量回收古籍的义举，开启后来李盛铎、王古鲁日本访书之先河，这是湖北的光荣，将策励我们做好文库编纂工作。

三、总汇五类图籍，集成“文献编”“方志编”“研究编”

《荆楚文库》收录标准是：湖北籍人士著述、外籍人士论议湖北著述、今人研究湖北著述，以期总汇湖北文献。从来源及类别论，文库拟汇集五类典册。

（一）全方位囊括传世文献

湖北传世旧籍，主要从《四库全书》《续修四库全书》、四库毁禁书中辑录，还须搜求之外的书刊。

湖北典籍堪称宏富，自古以迄 1949 年，湖北籍学人著述和外籍人士论及湖北的著述共约 50000 种，有文本存世的占十分之一，共 5000 种图书，约 15000 种版本（目前已收集 13000 种）。这些传世文献当网罗周全，选其精粹，编入文库。其间尤需重视善本选择和孤本抢救。

湖北是近代文明勃兴的重要区域，汉口开埠后海关文献甚多；张之洞主持“湖北新政”，兴实业、练新军、办文教，在在留下丰富文献，以“汉冶萍公司”文献论，便具有颇高价值；湖北是辛亥首义之区，有渊富的辛亥革命史料，特别是湖北军政府成立伊始，立即组建“湖北革命实录馆”，征集大量文书及口述史料；湖北是现代革命中心地之一，第一、第二次国共合作的中枢地段，三大苏区湖北居其二（鄂豫皖、湘鄂西），抗日战争最大会战主战场在武汉及其周边，这些切关全局的历史事件都在湖北留下丰富的文献资料，有待我们开掘、整理。

（二）广辑佚书、出土文献、民间文书等非传世文献

文库之功业，不唯在传世文献集成，还负有发皇非传世文献的使命，在一定意义上，这正是文库的创新处。

注目于非传世文本的搜集，古有传统。乾隆间编纂《四库全书》，不仅从历代类书、政书、丛书、总集中辑录典籍，还下诏征求民间遗书，广蒐佚书。今日编纂文库，尤应在这方面用力。

湖北是近代考古发现最丰富的区域之一，仅以出土文献而论，其数量之大、质量之高堪称翘楚。云梦秦简、郭店楚简、张家山汉简等纷至沓来（上博简、清华简皆郭店楚简流失境外又返购回来），展现了先秦、秦汉典籍的原始状貌（传世文献在流传过程中不断被修订甚至改窜），故有思想史家称，楚简等出土文献的发现，原来依据传世文献撰写的中国思想史、文化史应当改写。

近二十年湖北学人致力公私文书、契约、账簿、族谱、碑刻等民间文书搜集，提供社会史、经济史、文化史研究的宝贵材料。复得之佚书、出土文献、民间文献等非传世文献的搜集整理，是文库编纂的题中应有之义。以较高的文化自觉，充分重视非传世文献的搜集整理，当为《荆楚文库》的亮色之一。

（三）辑录方志

各省区文库对方志的处理有两法，一为单列专类，全数收入；二为将方志置于传世文献的史部中，部分采入。取后法为多。

湖北修志传统深厚，现存明、清、民国方志品类丰富（省志、府志、县志，及山志、水志等专志），提供认识湖北的系统资料。而且，方志大家章学诚、王葆心、朱士嘉等都曾躬亲湖北方志修纂，并有重要的方志学论著存世。如章学诚应湖广总督毕沅之请，主修《湖北通志》，后毕沅离鄂，《湖北通志》未刊印，《章氏遗书》存《湖北通志检存稿》四卷。章学诚又应荆州知府崔龙见之请，撰《荆州府志》，有《复崔荆州书》存世。章氏还具论湖北诸县

志，作《天门县志艺文考序》《天门县志五行考序》《天门县志学校考序》《与石首王明府论志例》《报广济黄大尹论修志书》。章氏还为毕沅代作府县志序文，如《为毕秋帆制府撰荆州府志序》《为毕秋帆制府撰石首县志序》，于湖北省情及修志体例颇多深见。王葆心主纂民国《湖北通志》，抗战间修《罗田县志》，所著《方志学发微》倡导“详备文献”“注重采访”，为方志学奠基之作。

鉴于湖北方志遗产质高量大，且若干志书已成孤本，亟待重印以便保存、利用，故宜将“一方之全书”的方志360种，列为专类，全数收入文库。

（四）汇集近代湖北报刊

湖北报刊兴起，与近代文明成长同步，从洋人办报到国人办报，从官方办报到民间办报，近代湖北报刊种类繁多，应择其中在历史上发挥过重要作用，或有助于完整反映近代湖北面貌的报刊整理出版，以彰显湖北在中西文化交流和重大转折时期的思想文化领域的历史地位。

（五）汇集研究湖北的今人论著

近代以来，尤其是1949年至今，本籍及外籍人士研究湖北的著述甚多。其中包括：①荆楚历史；②荆楚人物；③荆楚考古与文物；④楚国与楚学；⑤荆楚风物；⑥荆楚文史资料汇编；⑦荆楚文化工具书。

在这七大类中，一要突出荆楚文化特色。遵循“人无我有，人有我特”的原则。如对湖北古人类研究、楚文化研究、汉冶萍研究、张之洞及湖北新政研究、辛亥革命研究、鄂东人文荟萃研究、鄂豫皖和湘鄂西革命根据地研究、保卫大武汉研究，是我们特有的研究领域。

二要充分收纳已有研究成果。今人对荆楚文化的研究，对辛亥革命的研究影响远播海内外；对湖北的红色革命根据地的研究也已成系统。初步统计有价值、有影响的著述约200种，当采入文库。

三要做到系统科学，不能缺档。据调查，文库的著述研究成果中，有的差错率超标，有的观点陈旧，有的表述不规范。“缺档”现象较为严重。编辑部在遴选书目时，应具体指出以上问题，避免滥竽充数。缺档研究项目须及时立项编写，对已有研究成果采取订正、修订、增补、压缩、改编等方法，提高质量。

以上五类图籍汇作三编：文献编（甲编）、方志编（乙编）、研究编（丙编）。

四、湖北有雄厚的文献整理力量和出版力量

武汉大学、华中师范大学、湖北大学等高校有学殖深厚的文献整理及研究机构，华师张舜徽，湖大朱祖延，武大彭斐章、宗福邦等先生是全国知名的文献学家，并形成相当雄厚的老中青专业梯队，多年来在文献整理（包括湖北文献整理）、文献学研究方面取得骄人成绩。

湖北省图书馆、湖北省档案馆、湖北省博物馆、武汉市图书馆、武汉市档案馆，武汉市博物馆、各高校图书馆，其馆藏多有湖北文献，不乏善本乃至孤本。省图书馆老馆长阳海清等多年精心编撰的篇幅浩繁的湖北文献书目，为文库编纂提供坚实的遴选基础。

湖北人民出版社、湖北教育出版社及崇文书局、武汉出版社、武汉大学出版社、华中师范大学出版社、华中科技大学出版社等出版机构，有较健全的编辑阵容和较强大的出版力量，多年来出版湖北文献，成果斐然。由湖北诸家出版社刚刚退休而尚在盛年的老社长、老总编及资深编辑组成文库编辑部，将在文库编纂中发挥重要作用。我看到这些熟悉而亲切的面孔，听到他们建立在丰富经验和学养基础上的种种建策，对文库编纂增添了底气。

湖北各县市典藏是湖北文献又一宝库。我 1983 年曾到浠水县博物馆阅览古籍，那里的古籍收藏令人惊叹，这得益于该县的优良传统：明清以来，浠水凡外出读书、做官者，须向家乡赠书，此成惯例。故浠水在民国年间已是富藏图书之县。这些古籍较完整地保存至今，是浠水文化群体共同努力的结果，而其间老县长白水田（后为黄冈专区专员）贡献尤巨。白专员与我一见如故，他自称“土八路”，读过简师，热爱书籍，土改时，许多地方把从地主家抄出的书籍一把火烧掉，而作为南下干部的白水田将这些典册搜集到县里，成为浠水县藏书。“文革”初期，时任县长的白水田在被“打倒”前，抢做的最后一件事，是派人将县文化馆藏书屋的门窗用砖砌起来，使这批古籍得以保存。我们应当礼赞保存书籍的贤人嘉行，推动藏书、献书的展开。

五、工作建议

（一）设立工作专班

各相关单位要明确责任领导、责任部门，承担任务较多的高校和出版单位应成立《荆楚文库》项目专班，要为项目专班提供办公场所、配备人员，确保承担的各项工作顺利进行。

（二）配套扶持政策

《荆楚文库》编纂出版项目是一项综合性系统工程，历时长，涉及面广，需要调动专家学者、调配优秀骨干编辑，集中时间和精力共同完成。对专家学者参与《荆楚文库》搜集整理，高校和科研院所要承认其属于科研成果，计入职称评定等业绩考核，保证工作时间，给予经费支持。出版单位承担《荆楚文库》编辑出版任务，对出版社和编辑进行经营目标的考核时，要把编辑出版《荆楚文库》投入的工作量计算进去。

（三）尽快落实项目经费

经费一须“科学有效”，经费规模要与《荆楚文库》编纂出版方案相适应、相配套；二须“及时有效”，经费保障及时到位。如《荆楚文库》编纂出版方案中列“数字化”一目，数字化是现代文献整理保存、开发利用的趋势，也是出版的重要发展方向。越是大型项目，数字化的优势和价值体现更充分。湖南编纂《湖湘文库》未作数字化安排，现在《湖湘文库》已经全部出版，不得不重新开启数字化工作，花费更多时间精力及经费，事倍功半。鉴于前车，《荆楚文库》数字化工作宜与编纂同时进行，此项经费须先期拨放，可收事半功倍之效。

（四）资料文献资源共享，向文库编纂出版开放绿色通道

各高校和省市县图书馆、档案馆、博物馆保存的文献资料，是编纂《荆楚文库》的资源保证。各单位需提供《荆楚文库》拟收入的传世文献、未刊稿

本、图片资料等，积极主动地协助编纂出版部门做好搜集整理工作。省内各高校、省市县图书馆、档案馆、博物馆等单位，要以大局为重，保证资源共享，向文库编纂出版开放绿色通道。

《中国省别全志》影印版*序言

一

“国有史，方有志。”与国史并称的地方志，是全面记述某一地域（或省、州、县、乡，或山、水、楼、寺等）的自然、社会、政治、经济、文化、风俗诸方面故实的文献，系“一方之全志”，简称“方志”。

广土众民的中国，有着悠久深厚的修志传统。早在周代，朝廷及各诸侯国设外史“掌四方之志”，设内史“掌邦国之志”。至中央集权的秦汉已专修地志、地记，《汉书·地理志》是第一部分区地理总志。东晋成书的《华阳国志》与《越绝书》是较早的传世志书。隋唐有图经类志书（如隋炀帝时的《区宇图志》，唐代李吉甫编《元和郡县图志》），宋以降修地方志更成定制，涌现名志《太平寰宇记》。明代永乐年间颁布《纂修志书凡例》，规定志书须记二十四类，包括建置沿革、分野、疆域、城池、里至，直到经济生活、文化教育、民情风俗诸方面。明清两代编修的省志、州志、县志皆沿此规制，遂有洋洋大观的《大明一统志》《大清一统志》的纂集，此外还涌现山志、江河志、楼志、寺志等种种专志。

时至清末、民国，接受科学文明洗礼的近代意义的中国地方志初萌，民国十七年（1928）行政院通令全国各省、县修志，并颁布《修志事例概要》22条，各地成立方志馆，省、县方志陆续修纂。然而，近代中国内忧外患、积贫积弱，方志修纂难以系统展开，各省方志合集更属稀缺，除白眉初主编的并不

* 国家图书馆出版社 2015 年出版。

完善的《中华民国省区全志》外，并无二例。一个引人注目、发人深省的情形是——

建立在周密的实证调查基础上的完整的中国各省志书丛编，是日本人于20世纪上半叶修纂、出版的，这便是《中国省别全志》与《新修中国省别全志》。今次国家图书馆出版社将两种全志以《中国省别全志》之总名重新印行面世，展现传统方志向近代方志转变的状貌。

二

欧美率先完成工业革命并掌握近代科学方法，采用实地勘察手段，对掠占对象国做周详调查，以掌握对象国国情诸方面的第一手材料，这是西方列强为推行殖民主义、建立世界统一市场而从事的一项长期活动。日本作为后起的资本主义国家，深悉此一玄机，并身体力行之。而日本的域外调查，又以东亚，特别是中国为首要对象，这是与其侵略范围相一致的。

中日两国是“一衣带水”“一苇可航”的近邻，有着深厚的历史文化渊源，近代初期又都受到西方列强的殖民侵略，处境相似。日本自幕末“开国”之际，即十分关注在中国发生的鸦片战争、太平天国诸事态，以之作为日本决定国策的参考，并于19世纪60年代初中期，四次遣使上海等地，对中国社情做现地调查（见冯天瑜著《“千岁丸”上海行——日本人1862年的中国观察》，商务印书馆2001年版）。明治维新以后，日本国势骤强，确立“经略中国”“雄飞海外”战略，制定以独占中国为目标的“大陆政策”。由此出发，又依凭地近、文近、人种相近之利，日本对中国调查的强度、规模和系统性，较之欧美诸国颇有后来居上之势。

自19世纪80年代始，日本已开始对中国做系统调查。哲学家三宅雪岭在《真善美日本人》（政教社1891年版）一书中宣称，“日本人系有为种族”，“亚细亚诸国相继败亡，而蕞尔岛国的日本却作为帝国屹立在绝海之东”。三宅雪岭指出，面对白种人的东侵，日本人肩负真、善、美三方面使命，其中“真”的使命是：进行史迹调查，向亚洲大陆派遣学术探险队，开展东洋文化、生物、地质学、人类学的研究。可见，近代日本把对以中国为主体的亚洲大陆的实证性探查，以掌握亚洲大陆的真实情状，视作日本与欧美列强竞争高下的

“使命”。日本官方、军方、商界，出于军事、政治、经济目的，不断派出浪人、军人、商人、记者，潜入中国各地，对清朝国情做周密调查，甲午战争前夕，日本根据这些调查绘制出包括朝鲜、中国东北和渤海湾在内的军用详图，上面细致标明这些地区的每座山丘、每条道路、每条河流、每个渡口，为发动战争做了精到的调查准备。反观清朝军队使用的地图，则大而化之，不仅粗略，而且讹误百出，以之策划战事，清军的溃败势在必然。甲午战争以后，日本以掠夺、侵占中国为矢的的中国调查，更成为日本政府、军方、民间有计划的、长期延续的行动。

近代日本的中国调查，留下卷帙浩繁的文献材料，较成系统的有如下几类。

（一）学者、官员、商人、军人、浪人的个人踏访记录，如19世纪中叶以降，高杉晋作、名仓予何人、竹添光鸿、冈千仞、安东不二雄、宇野哲人、内藤湖南等的中国旅行日记、随笔，日本尤玛尼书房于平成九年（1997）出版小岛晋治监修的《幕末明治中国见闻录集成》20卷本，平成十一年（1999）出版小岛晋治监修的《大正中国见闻录集成》10卷本，即为这批纪行文的精选本，从中可以得见近代日本武士、学者、商人、军人、记者中国旅行见闻、评述的范围与深度。

（二）日本驻华领事对中国商情、工农业、政治、社会、文化所做的分区调查：日本外务省从明治十四年起，将领事报告编为《通商汇编》年刊，继而改为半年刊。农商务省还于明治十八至二十一年办《农商工公报》（月刊），每号都载有“领事报告”。明治十九年以后外务省下属的《通商汇编》更名为《通商报告》，明治二十二年底停刊，明治二十七年以《通商汇纂》复刊。汉口总领事水野幸吉著《汉口》、内田佐和吉著《武汉港史》之类书籍，则是领事系统调查的副产品。笔者在日本的爱知大学图书馆所见《特调班月报》（1941），是上海日本总领事馆特别调查班的调查报告汇编，与侵华战争关系密切。

（三）满铁调查：1906年组建的南满铁道株式会社，建立规模庞大的“满铁调查部”，在沈阳、吉林、哈尔滨、北京、上海等地设事务所，从事中国社会调查。1939年4月，为适应扩大的侵略战争的需要，满铁调查部改组、扩充，从事“中国抗战力调查”“中国惯行调查”“东亚重要物资自给力调查”“世界情势调查”，等等。满铁调查部始于20世纪初，终于1945年的中国调查，历时近40年，调查范围是东北、华北、华东。已出版的《满铁调查资料》汗牛充栋。

（四）兴亚院的中国调查：1938年成立的兴亚院，由日本首相兼任总裁，陆军大臣、海军大臣、外务大臣、大藏大臣兼任副总裁，具体事务由总务长官负责。本院在东京，中国的北京、上海等地设联络部，开展对中国的政治、经济、文化的“实态调查”，包括中国工业调查、重要国防资源调查、流通关系调查、社会调查等，发表2000份调查报告。

（五）“末次情报资料”：这是日本侵华军北平情报机关对中外报刊以剪报形式做的中国调查，累积数千万言，广西师范大学出版社1994年将该资料的中文部分出版。

（六）日本各实业团体作的中国经济、商情调查。笔者曾翻阅日本兴亚银行1942年、1943年、1944年的《调查月报》，以及南亚海运株式会社的《调查内报》16卷，关于中国经贸及交通的调查十分详细。类似的以“商战”为目标的调查报告甚多。

（七）东亚同文会在中国兴办的东亚同文书院（1901—1945）及其前身、荒尾精主持的“汉口乐善堂”（1886—1889）、荒尾精与根津一先后主持的上海“日清贸易研究所”（1890—1893），在中国从事长达半个多世纪的旅行调查。

三

“东亚同文会”1898年在东京成立，会长为亚洲主义者、日本贵族院议长近卫笃麿公爵（1863—1904，二战时期日本首相近卫文麿之父）。1899年，近卫笃麿访华，在南京拜会两江总督刘坤一，商定东亚同文会在南京设校，1900年5月，南京同文书院开办，院长根津一（1860—1927）。因义和团事起，1901年初书院迁上海，更名为“东亚同文书院”，首任院长根津一。学生从日本各府县招考，每府县两名，学生享受公费待遇，修业3年，教授汉语以及中国历史、政治、经济、文化等课程，以培养“中国通”为目标。1939年，东亚同文书院由专科学校升格大学，更名为“东亚同文书院大学”。

东亚同文书院学生接受严格的社会调查训练，每届学生于毕业前的一学期，组成调查队（晋蒙队、蜀汉队等），至中国某地做周密的专题考察，撰写“大旅行记”和“调查报告”，作为结业文本。自1901年至1945年的四十余年间，46届近五千名东亚同文书院学生，对中国各省区做地毯式立体调查，线路达七百多条，“入吾内地，狼顾而鹰睨”（《鲁迅全集》第8卷，人民文学出版社1981年版，第4页），留下卷帙浩繁的调查材料（材料上交军部或外务省）。如果把东亚同文书院的前身“汉口乐善堂”（19世纪80年代中后期）、上海“日清贸易研究所”（19世纪90年代前中其二）的调查活动计算进来，此一由日本军部、外务省支持的中国调查进行了六十年。“汉口乐善堂”—“日清贸易研究所”—“东亚同文书院”是日本开展中国调查历时最久、涉及地域最广的系统。

此一系统在大规模开展社会调查的基础上，还用力于做综合整理工作，如1892年根津一利用“汉口乐善堂”、上海“日清贸易研究所”的调查材料，编纂《清国通商总览——日清贸易必携》二编三册二千三百余页，分地理、交通、运输、金融、产业、习惯等项，成为当时日本从事对华各项活动的百科辞典，也是今人研究清末社会（特别是经济生活）的系统文献。东亚同文会更组织专家（主要是东亚同文书院的教授），对书院学生的巨量调查报告做综合研究，编纂各种专题论著（如《清国商业惯习及金融事情》《中国经济全书》12卷等），其中最重要的是《中国省别全志》与《新修中国省别全志》。

四

大正六年至九年（1917—1920）东亚同文会在日本东京出版《中国省别全志》，共18卷：第1卷广东省（附香港澳门），第2卷广西省，第3卷云南省（附海防），第4卷山东省，第5卷四川省，第6卷甘肃省（附新疆省），第7卷陕西省，第8卷河南省，第9卷湖北省，第10卷湖南省，第11卷江西省，第12卷安徽省，第13卷浙江省，第14卷福建省，第15卷江苏省，第16卷贵州省，第17卷山西省，第18卷直隶省。

各卷大体包括以下内容。一、总论：各地沿革、面积、人口、气候、民俗、军事概况、对外关系等。二、都市：通商口岸、主要城市及各县城。三、贸易。四、交通：铁路、公路、船运、邮政与电信。五、农林渔牧。六、工矿。七、商业与金融。八、度量衡。每卷一千余页，图、表、文兼具，并附有地图。

东亚同文书院干事长小川平吉1917年撰《中国省别全志序》，概述“全志”修纂过程：“上海东亚同文书院成立于明治三十三年，迄今已18载。在此期间，各府县选拔优秀分子到上海接受培养教育，迄今已逾千人。每年夏秋分派即将毕业的学生到中国各省作实地考察。从山川城邑到人情风俗，从物资特产到农牧收成、水陆交通等，巨细靡漏，无所不包。彼等北渡黄河，逾阴山；西越秦岭、履蜀道、攀峨眉；南踏滇粤之区、历苗瑶之野，栉风沐雨，勇往迈进，足迹几乎遍布中国各省，调查稿件达20万页余。本书即以此调查报告为主，在旧方志基础上加以新的内容修订而成。”以中国固有旧方志为基础，又大量补充东亚同文书院调查材料，并部勒以近代地方志体例，是《中国省别全志》的修纂特色。

从昭和十六年（1941）起，东亚同文会又编纂《新修中国省别全志》，东亚同文书院大学名誉教授马场锹太郎任总编。至1945年日本战败，共出9卷：第一卷四川省上，第二卷四川省下，第三卷云南省，第四卷贵州省上，第五卷贵州省下，第六卷陕西省，第七卷甘肃宁夏省，第八卷新疆省，第九卷青海。各卷述及自然环境、人文、都市、矿产资源、工业、商贸、财政金融、度量衡、交通运输附邮政及名胜古迹。值得注意的是，新修本所涉省区皆为尚未被日本侵占的国统区，此志书显然是为日本攻略大西南、大西北做资料准备。

五

近代日本从其对外扩张的战略出发开展的长时期、巨细无遗的中国调查，以满铁调查部所做的东北、华北、华东“惯行调查”最著声名，也较为广泛地被世界各国研究中国问题的机构和专家所使用。然而，在近代日本关于中国调查的诸多系统中，东亚同文书院及其前身汉口乐善堂、上海日清贸易研究所的中国旅行调查，持续时间最长（从19世纪80年代中期至20世纪40年代中期，长达60年，而满铁调查不足40年），调查地域分布最广（除西藏、台湾之外的全部中国省区，还涉及邻近中国的西伯利亚、东南亚地区，满铁调查则限于东北、华北、华东），调查材料（主要是旅行记和调查报告两大类）又基本保存完好，而且相对集中（原件现分别藏于日本丰桥的爱知大学图书馆和中国北京的国家图书馆）。但是，对于东亚同文书院及其前身在中国长达半世纪以上的办学活动，特别是其开展的持续、系统的中国旅行调查，较少为世人注意，相关的资料搜集整理、研究、利用尚未充分展开。

笔者 1996 年初访东亚同文书院后身——日本的爱知大学（1945 年日本战败，在上海的东亚同文书院大学撤回日本，吸收自台湾“帝国大学”和韩国“帝国大学”撤回人员，1946 年在爱知县丰桥市组建爱知大学），开始接触这批材料，当即著文《日本“中国学”的启示》（《江汉论坛》1996 年第 10 期）加以介绍，以引起学界对东亚同文书院及其中国调查的关注。1998—2001 年笔者在爱知大学讲学期间，与同事刘柏林教授在名古屋、东京等处访问东亚同文书院在世老人，在爱知大学图书馆、北京图书馆（今国家图书馆）广泛查阅相关原始材料，并着手介绍、评析这一广涉晚清、民国的社会调查的资料渊薮，先后整理出版《上海东亚同文书院大旅行记录》（商务印书馆 2000 年版），《东亚同文书院中国调查资料选译》上、中、下册（社会科学文献出版社 2012 年版）。然因力量单薄，其间还遭遇意料之外的坎坷，故进展有限。但这一介绍评析工作的正当性与必要性毋庸置疑——它让我们具体了解近代日本从事中国调查的广度与深度，认识其侵占中国的用心之深、用力之切，从而激发国人警醒；同时，通过展示日本的中国调查材料及其加工成品，也为晚清、民国研究敞开一个鲜为人知的资料库，并从方法论上提供若干研究国情、地情的启发。这项工作既然有益于学术发展，有益于对近代中国、近代日本的认识，便应当坚持下去。令人感奋的是，国家图书馆出版社高瞻远瞩，决定系统整理出版东亚同文书院的中国调查材料，首先从再版《中国省别全志》与《新修中国省别全志》入手，这是颇有学术价值的举措，我们乐观其成。

2015 年 3 月 31 日于武昌珞珈山

《湖北近三百年学术文化》* 序

置于读者案头的《湖北近三百年学术文化》，是罗福惠教授（1945— ）的一部力作，它为我们从观念文化层面把握湖北近古以迄现代的文化流变提供了较完备的线索。

20 世纪初叶，时任湖广总督的张之洞（1837—1909）在其主持的“湖北新政”取得耸动中外视听的实绩之际，在建于蛇山头的奥略楼欣然题写楹联云：

昔贤整顿乾坤，缔造先从江汉起；
今日交通大轨，登临不觉亚欧遥。

张氏以“整顿乾坤”的“昔贤”继承者自命，高度评价湖北（联文称“江汉”）的关键地位，显示了一个近世战略家视野宏阔的“湖北观”。

湖北在春秋战国曾是孕育灿烂的楚文化的核心地段；秦汉以降，一统帝国的文化重心在黄河中下游。晋唐之后，南方渐有崛起之势，而领先的是江浙一带，湖北只是偏师。诚如梁任公（梁启超）（1873—1929）统计的，自两汉以迄宋明，见于史传的著名人物数量，湖北居全国中下游，远在陕西、山东、河南、河北、山西之下，也不及浙江、江苏、江西，这从一个侧面反映了湖北当时的人文水平。清代中叶，湖北的人文状况在全国的地位更有所下降。然而，时至清末民初，湖北人文大有跃升之态，这实在是时势所赐予。1989 年 1 月，我在为《湖北省志 · 人物志稿》（光明日报出版社 1989 年版）作前言时，曾

* 罗福惠：《湖北近三百年学术文化》，湖北人民出版社 1994 年版。

对此种现象有所分析，现引述如下：

自19世纪中叶以降，西方资本主义列强用炮舰、鸦片和商品，打破中华帝国紧闭的大门，中国逐渐由一个“大一统”的、沉睡的宗法专制国家，演变为社会急剧动荡的半殖民地、半专制帝制国家，中国的社会经济开始纳入世界统一市场，观念形态也随之出现古今中西大交会的格局。然而，这种“千古之奇变”在疆域辽阔的中华大地展示出明显的不平衡状态。

中国接受西方近代工业文明的冲击和影响，跨入近代社会门槛，是从东南沿海开始的。“得风气之先”的地区是广东，随后是福建和江浙。东南沿海诸省最先涌现一批“睁眼看世界”并进而“向西方求真理”的人物，如福建林则徐、严复，广东洪秀全、洪仁玕、郑观应、康有为、梁启超、孙中山，江苏冯桂芬、王韬、马建忠、张謇等。与这些先进人物的出现互为因果，近代工商业、近代新学和近代政治运动也由东南诸省和海外华侨社会中发轫。上海的江南制造总局开中国机器工业的先河，康有为在广州创办的“万木草堂”成为维新派养成所，梁启超在上海主笔的《时务报》是变法喉舌，广东则成为孙中山领导的革命运动首先活跃的省份。而近代新学、近代政治运动连同近代工商业在东南诸省兴起后，以锐不可当之势，向内地延伸、发展，形成由南而北、由东而西的运动方向，这与中国古代经济文化重心由北而南、由西而东的迁徙方向恰好相反。……

由于湖北位处冲要，尤其是它曾几度雄踞全国政治中心，这里演出过一幕又一幕悲壮激越的话剧，从而造就了一代又一代英俊人物。就政治军事类而言，湖北涌现出为数众多的辛亥革命志士，据1956年的统计，当时仅居留武汉的辛亥武昌首义参加者便达600之众。湖北还产生过一系列著名的共产党人和国民党人。参加中国共产党第一次代表大会的十三人中，便有五名湖北人，他们是黄安董必武，黄冈陈潭秋、包惠僧，潜江李汉俊，应城刘仁静，而且会议是在辛亥志士、湖北人李书城（李汉俊之兄）的上海公馆里举行的。就经济类而言，自汉口开埠和张之洞督鄂以来，湖北的近代工商业有相当规模的发展，官办实业的主持者、为外资奔走的买办、民族工商业的企业家和经营者应运而生，如刘歆生、周苍柏、徐荣廷等。就科教、文化类而言，近现代湖北也是才俊林立，黄冈熊十力、李四光、王亚南，蕲春黄侃、胡风，浠水闻一多、徐复观，黄梅汤用彤，钟祥李济，黄陂谭鑫培、谭富英，罗田王葆心等，都是某文化门类领风骚的一代巨子。

福惠君是作，以翔实的材料，细致的分析，展开自明清之际到中华人民共和国初期的三百年间湖北人文状况的迁演状况，使我们得见桑梓在起伏跌宕的时代所发生的深刻变化。

福惠君的这部著作，除有体例周严、条贯清晰、评析公允等优长之外，尤其值得称道的是，作者在占有第一手文献方面用力真切。顾炎武（1613—1682）在与人讨论自己的《日知录》编著情形时，十分强调直接资料的运用，鄙视那种辗转抄袭的不良风习。顾氏说：

> 尝谓今人纂辑之书，正如今人之铸钱。古人采铜于山，今人则买旧钱，名之曰废铜，以充铸而已。所铸之钱既已粗恶，而又将古人传世之宝，舂锉碎散，不存于后，岂不两失之乎？承问《日知录》又成几卷，盖期之以废铜。而某自别来一载，早夜诵读，反复寻究，仅得十余条，然庶几采山之铜也。[①]

福惠君为搜求文献，遍查湖北图书馆、武汉图书馆和武汉各大学图书馆，颇有入山采铜的诚意与决心，终于直逼一手资料，诚然难能！这种努力使是著得以介绍出许多冷僻而又颇富典型性的湖北文化人，征引了大量不易得见，甚至濒临坏损的文集。仅从开掘和保存珍贵文献一点而论，是著便功不可没。

早在清末民初，王葆心（1867—1944）、甘鹏云（1862—1941）、龚谌园等一批鄂籍文人曾编辑《湖北先正遗书》《湖北丛书》，并有编辑《湖北文徵》《湖北诗徵》《湖北献徵》的倡议和实际行动，然限于主客观条件，可惜未能毕其功。20 世纪 80 年代初，我在撰写《辛亥武昌首义史》和《张之洞评传》

① 《亭林文集》卷四："与人书"十。

二书时，在湖北省政协文史办公室的书柜得见《湖北文徵》的若干册手抄本，深觉此类文献的弥足珍惜，曾多次呼吁继承前贤的工作，将这些大有利于了解湖北省情的丛书完成并加以出版，但迄今尚无结果。[①]令人感到欣慰的是，罗福惠教授的《湖北近三百年学术文化》面世，可以部分地发挥上述未成之书造福桑梓的社会功能，这是作为鄂籍人的笔者要向福惠君深致感谢之忱的原因所在。

1993年6月30日于武昌寓所

① 20世纪90年代末至21世纪初，《湖北文徵》等书经湖北文史馆陆续整理由湖北人民出版社出版，值得庆贺。2008年9月补记。

《档案中的湖北》* 序

广义的"历史"指客观世界运动发展的过程，包括自然史和人类社会史两方面。以人类社会史而言，"历史"有两层含义，一为人类社会发生的往事，此为客观的历史本体，可称之"历史 1"；二为对往事的记述及其研究模式，是对历史本体的刻录与阐释，可称之"历史 2"。努力逼近客观的"历史 1"，是带有主观色彩的"历史 2"求索的目标之一。

历史是"一去不复返"的过程，史学家不可能像自然科学家那样在实验室重演自然现象，也不可能像新闻记者那样直观事件现场，只能从过往陈迹（史料）中探寻历史真相，故占有并解析史料是史家逼近"历史 1"的不二途径。

客观的、一去不复返的"历史"，在演进过程中往往要在无止境的时间轴上留下人类活动的擦痕（所谓"雪泥鸿爪"、所谓"雁过留声"），这些后人仍可得见的擦痕，便是我们所称的"文献"。

人类为了保存时间擦痕（文献），自古（于今为烈）便专门建造一些房子——图书馆、档案馆、博物馆……那幢被称为"档案馆"的房子，专以文书凭证的方式保存时间擦痕，从而为"历史 2"逼近"历史 1"提供可能。

湖北是楚文化的发源地，尤其又是近代文明发祥处之一，具有深厚的文化底蕴，保留的时间擦痕较为渊富，故湖北是档案大省，有县级以上国家综合档案馆 116 个，馆藏档案资料 1500 余万卷（册）。馆藏"汉冶萍公司档案""江汉关税务司档案"和"辛亥革命档案"3 个项目列入《中国档案文献遗产名录》。这些珍贵的档案资料，浓缩了湖北地区数千年尤其是近 300 余年的历史，真实地记录了湖北近现代历史变迁和社会发展。大量重要和珍贵的档案在全国

* 黄国雄：《档案中的湖北》，湖北省档案馆 2016 年编。

具有重要历史价值和广泛社会影响，从而形成一个蕴含丰富的文化宝库。

各项事业得以发展，都离不开档案。档案好比是将凭证钉紧的钉子，它为现在与未来钉着过去。没有凭证的紧固，一切都是漂浮的，稍纵即逝的。而这些“钉着的过去”，又需要整理与展示，故档案编研工作是在传统档案工作中最能体现档案文化属性的一项内容。让养在深闺的厚重的历史档案走出“深宫大院”，解开档案的神秘面纱，说更多好听的湖北档案故事，传播积极向上正能量，让更多人品味历史，当是档案编研人职责所系、使命所在。可喜的是，近些年来，湖北省档案馆加强档案编研创新，与湖北日报社合办《档案解密》专栏，与湖北广电合办《档案揭秘》栏目，省外与中国档案报合办《百年荆楚》专栏，开辟我省首个在国家级媒体的档案文化战略阵地。

记录当下，留存过往，正是编辑出版《档案中的湖北——湖北省档案开发利用成果汇编》最朴素的初衷。

2016 年时逢鄂湘赣三省档案部门签订《赣鄂湘档案事业协同发展合作协议》战略实施第一年，“首届‘中三角’档案编研高级研讨班”在湖北武汉召开的机遇，作为展示湖北档案开发利用编研成果，这个初衷得以表达。

祝贺《档案中的湖北——湖北省档案开发利用成果汇编》问世，期其推动湖北档案文化建设，使更多人通过这些档案，迈入历史文化的学习、研究和运用之中。

2016 年 3 月 21 日于武昌珞珈山

《湖北名人》* 序

鸟瞰中国全图，其自然地理中心约在甘肃中东部，而经济地理、人口地理中心则在湖北。以湖北省会武汉为圆心，以1000公里为半径，北京、天津、沈阳、大连、青岛、上海、台北、广州、香港、澳门、南宁、昆明、重庆、成都、西安、呼和浩特等大都会，皆在圆圈近侧。湖北正处中华之“中”，诗圣杜甫《江陵望幸》描述其形势云：

地利西通蜀，天文北照秦。
风烟含越鸟，舟楫控吴人。

从人文视角观之，湖北是一片生机勃勃的热土。70万年前的“郧县猿人”、40万年前的“郧西猿人”、19万年前的“长阳人”，表明湖北是古人类栖息地。而江陵及房县的旧石器文化遗址，“大溪文化”“屈家岭文化”“石家河文化”等新石器文化遗址，则昭显这里文明曙光较早升起。夏朝，这里为三苗之地，而商朝已在今黄陂境内修筑城垣（今称“盘龙城”）。约在3000年前，芈姓熊氏在荆山创业，后来建立楚国，传祚800年，几与周朝共起讫。筚路蓝缕的楚人建成南方大国，领地囊括长江流域，并上及中原，下及岭南，而湖北为其核心地段。与楚国强大相为表里，楚文化极一时之盛，铜绿山铜矿、擂鼓墩编钟、越王勾践剑、汪洋恣肆的楚辞，皆震古烁今。

湖北为南北东西冲要，历来兵家必争，素称“四战之地”，吴楚之战、秦楚之战、赤壁之战、彝陵之战……乃至辛亥阳夏之役，北伐间贺胜桥、汀泗桥

---

* 叶显恩：《湖北名人》，湖北人民出版社2012年版。

之役，抗日战争规模最宏伟的武汉保卫战，皆在此展开。鄂水楚山间，多少豪杰慷慨，三国胜迹、辛亥遗址、大别群峰、洪湖碧波，回响着英雄壮歌。

湖北是水稻、茶叶种植，冶铜、治玉、丝织的重要生发之地，时至清末，张之洞治鄂，这里成为中国近代工业的发祥地之一，亚洲第一家钢铁联合企业汉阳铁厂崛起，清末民初全国九成以上的钢铁由此产出；近代中国最大的军工企业湖北兵工厂生产的枪炮（俗称“汉阳造”），是清末民初陆军的主要装备来源。汉口的外贸额曾居全国第二。今之湖北，成为中部崛起的战略支撑点，又是环境友好型、资源节约型社会的践行区。

地灵人杰，“惟楚有才，于斯为盛”；炎帝辟草莱、创农耕，尝百草、救苍生；楚庄王成就春秋霸业，不飞则已，一飞冲天；香草美人孕育屈子《离骚》，绝唱千古；出塞昭君、中兴刘秀、智慧孔明、传禅弘忍、放达孟浩然，皆一时俊杰；茶圣陆羽、书家米芾、活字毕昇、药师李时珍，竞献越代发明；张居正一条鞭法、谭鑫培须生演艺、首义志士组建军政府，堪称创举。

如果说，古代中国文化传播的大体走向是自西北而东南，这种转移，肇始于两汉，展开于两晋，完成于两宋，那么，近代中国文化传播的基本走向则正好相反，是从东南而西北。长江中游诸省，尤其是湖北、湖南，正处在较开化的东南与较封闭的西北的中间地带，借用气象学语言，长江中游处在湿而暖的东南风与干而冷的西北风相交会的“锋面”，气候因素繁复多变，乍暖乍寒，忽晴忽雨。如果说，整个近代中国都卷入“古今一大变革之会”，那么两湖地区更处在风云际会的旋涡中心，诚如晚清鄂籍留日学生所说，近代湖北是“吾国最重最要之地，必为竞争最剧最烈之场”，而“竞争最剧最烈之场，将为文明最盛最著之地”（《湖北学生界》第 1 期）。这并非虚夸的惊世之论，而是有远见的预测。湖北在 20 世纪初叶崛起为仅次于上海的工商业基地，所谓“驾乎津门，直追沪上”；继之成为辛亥革命首义之区，大革命心脏地带，以后又是国共两党争战激烈的区域。这一切养育了近世湖北学子真切的忧患意识和深沉哲思。熊十力早年投身辛亥革命，又目睹辛亥后政治的腐败，遂退而论学，穷究天人，制作整合儒释的哲学大建构。徐复观中青年时代参与政治颇深，后转入学术领域，潜心著述。他们的文化业绩，可谓艰难玉成，时代孕育。

湖北乃至鄂东近世人文荟萃，更直接的动因是张之洞督鄂期间开端的文教兴革，使湖北的文化教育水平居于晚清各省前列，鄂籍学人出国留学人数也名列各省前茅。清末民初湖北文化名人大都是张之洞督鄂期间兴办的新式学堂或改制书院培养出来的，或由其派遣出国留学。如王葆心曾就学两湖书院；张知本曾就读两湖书院，又以官费赴日本留学；黄侃由张之洞亲自指示，资助官费留学日本早稻田大学；张子高曾就学武昌文普通学堂，后赴美留学，入麻省理工学院；李四光曾就读东路高等小学堂，又被选送日本东京弘文学院学习；黄文弼就学汉阳府中学堂；闻一多曾就读于武昌两湖师范附属小学，后留学美国。如果说，曾国藩及其湘军把湖南山乡的农家子弟带上全中国舞台，为近世湖湘人文之盛奠定基石，那么，张之洞开端的文教兴革及大规模留学生派遣，则使湖北学子走上中国乃至世界文化殿堂。

湖北近世政治人物，在全国有举足轻重地位。这里涌现了众多的辛亥革命志士，产生了居正（广济）、陶希圣（黄冈）、吴国桢（建始）等著名国民党人；参加中国共产党第一次代表大会的 13 人中，便有 5 位湖北人，他们是黄安董必武，黄冈陈潭秋、包惠僧，潜江李汉俊，应城刘仁静，而且会议在辛亥志士、潜江李书城（李汉俊之兄）的公馆举行；著名的早期共产党人还有施洋（竹山）、萧楚女（黄陂）、恽代英（武昌）、项英（武昌）、李求实（武昌）。科教文化领域湖北也是才俊林立，黄冈熊十力、李四光、王亚南，蕲春黄季刚，浠水闻一多、徐复观，黄梅汤用彤，罗田王葆心，钟祥李济，潜江曹禺，黄陂谭鑫培、谭富英、胡秋原，江陵张知本，武昌王元化皆是各领风骚的一代巨子。

叶显恩先生读万卷书，行万里路，致力湖北名人研究有年，案头功夫与田野考察双管齐下，从湖北省志人物志收录的一千五百多人中遴选一百六十人，每人一传或多人合传，结集成《湖北名人》，系统、清朗地反映湖北古今人物胜状。白云黄鹤的故乡，武当、神农的秘境，江汉朝宗的所在，辛亥首义之区，因有先贤的懿言嘉行而倍增光辉。持此一卷，朝诵夕览，即可增进对省情的认识，并从前哲那里获取榜样的力量。

2011 年 6 月 2 日撰于武昌珞珈山

《民国前的鄂东教育》* 序言

位于湖北省东部的黄冈地区，俗称“鄂东”，它邻接河南、安徽、江西三省，毗连武汉市郊县及孝感、咸宁两地区，北部大别山群峰巍然屹立，南边长江波涛滚滚东去。这里物产丰饶，又地处水陆交通冲要，自然的、人文的优越条件养育着鄂东人民，古来黄州八属便有“地灵人杰”之誉。这里的起伏山峦间，蕴藏着多少豪杰慷慨；江南春水中，又浸润几许书生情怀。刘子壮、陈沆们的科名，耿定向兄弟的出仕与讲学，李时珍、庞安时们的药学与医道，都曾极一时之盛。近代以降，鄂东更英才辈出，涌现一批声名远播四海的人物。参加中国共产党第一次代表大会的十三人中，鄂东竟占三名，他们是：黄安董必武，黄冈陈潭秋、包惠僧；中国近代的若干文化大师也从这里脱颖而出：黄冈熊十力、李四光、王亚南，蕲春黄侃、胡风，浠水闻一多、徐复观，黄梅汤用彤，罗田王葆心，都是该文化门类一领风骚的巨匠，其“通古今，辨然否”的业绩，恩泽千秋。

近十年来，我主编《湖北省志·人物志》，广泛接触湖北近现代人物问题，发现黄冈地区不仅在湖北省内，且从全国范围而言，都堪称卓越人物密集的地区。“千仓万箱，非一耕所得；干天之木，非旬日所长。”鄂东人才之盛绝不是偶然机遇所至，乃是诸多社会因素长时期习染的结果，其中教育又是重要原因，诚如宋人胡瑗所说：“成天下之才者在教化，教化之所本者在学校。”（《松滋县学记》）要穷究鄂东涌现“天下之才”的缘由，并从中获得现实的启示，就有必要研讨鄂东的教育传统。而现在摆在我们案头的这本《民国前的鄂东教育》，便较为系统地介绍了古代和近代黄冈地区教育的发展历程，具体地

---

* 白战存：《民国前的鄂东教育》，武汉大学出版社 1991 年版。

评价其成败得失。我作为一个旅居区外的鄂东人，对于出自桑梓的这部专书，倍感亲切，遵作者之命，在拜读之余，草拟序文，借以向乡邦父老致敬。

1990 年 10 月 28 日于武昌

以史入诗　以诗证史——《湖北竹枝词》* 的史学价值

置于案头的这部收录丰赡的《湖北竹枝词》，由人称“武汉通”的徐明庭先生（1927—　）率其助手辑校，编录上自唐代、下迄民国后期的鄂籍与非鄂籍人士描述湖北的竹枝词4500多首。拜阅一过，直觉异彩纷呈，信息量浩大，千百年来怀咏湖北山川形胜、人物流品、百业社情的佳篇妙语，在“竹枝词”名目下竞展英姿，既洋溢着美学欣赏性，又深蕴着广博的历史认识价值。

楚头巴尾（鄂西川东）流行的与舞、乐结合的民歌，是竹枝词的源头与根系，那些民歌因演唱者手执竹枝或花枝，又在歌词中插入竹枝、女儿等衬字，故名“竹枝”。唐代文豪刘禹锡（772—842）采风民间，研习竹枝，进而仿效其格调，作词多篇，首创文人创制的“竹枝词”，又有多位骚客跟踪发扬，使其成为灿若群星的唐诗中耀眼的诗型。宋、元、明、清续作者迭出，既有苏辙（1039—1112）、黄庭坚（1045—1105）、范成大（1126—1193）、袁宏道（1568—1610）、姚鼐（1732—1815）等名士，更有众多普通文人创制竹枝词，以质朴生动的形式表现社会风情、人心实态，尤长于抒写地方状貌、乡土情怀，诚如白居易（772—846）诗曰：“幽咽新芦管，凄凉古竹枝。似临猿峡唱，疑在雁门吹。”[①] 竹枝词远承《诗经》“国风”植根民间的传统，近追杜甫（712—770）、白居易深怀忧患意识的“诗史”故迹，发展成一支富于草根性的诗歌劲旅。

本书以吟咏湖北为题旨，四千余首竹枝词，从铺陈空间而言，有总括湖北

---

* 徐明庭、张颖、杜宏英编著，湖北人民出版社2006年版。

① 《听芦管》。

全省的，有分述某一州县乃至一街一巷、一桥一村、一人一事的；从时间段落而言，自唐宋至元明，迄于清末民国，上溯千载，下涉现世，共同编织成时空纵横、宏观概述与微观细描相交会的湖北风貌全景图，又以清末民初篇什较为密集，称其为以近世作展开部的韵文体简明湖北百科全书并不过分。以下略举几例，以见其历史认识价值。

湖北是清军与太平军交战的重要战场，武昌、汉阳、汉口是双方反复争夺的处所，然史籍关于这段战事所载甚略，官书常将“真事隐去”，而其时民间文人留下的诗文却有相当具体生动的描绘，保存若干真实细节。署名“约礼斋主人”所作《流寇志咏》及《志咏注略》，对太平军自湖南岳州（今岳阳）攻入鄂境，与清军激战于武汉三镇有所记述。佚名作《湖北竹枝词四十首》，以更大篇幅详细描绘太平军首克武昌城的过程：首写清湖北巡抚常大淳（1792—1853）为加固武昌，从汉阳至武昌搭造两道浮桥，成包围武昌之势，又在武昌城文昌门下设埋城防，焚烧城外民房，“一片男啼女哭声”；再写太平军（词称“西贼”）先取汉阳，炸药“一声霹雳震遥空，西贼爬城快若风”；继写太平军入城后清方的败象，诸官吏或死，或降，或逃。作者虽痛骂太平军为“贼”，却也如实写出城内混战间，太平军遵纪而不扰民，清军则相反，“犹嘉贼令甚严明，百姓相逢尚不惊。唯有人人都蹙额，全无节制是官兵”。这些都是真实可信的历史资料，较之一味褒扬交战某一方、贬抑另一方的“正史”文献更有价值。

清同光之际任荆州知府的倪文蔚（1823—1890）所作《硪夫曲》，记述了荆江大堤修筑过程：“岷江东下接沮漳，激流奔涛势莫当。八柜久湮三海涸，只今长策重修防。”指出修筑荆江大堤的必要。以下展开描述修堤、护堤的种种方策：防止“减料偷工”，由水之浊清观察堤防渗漏，植树以固堤（“不为浓荫覆游骑，为留枝叶护江风”）等。龚耕庐（1862—1938）作诗和倪文蔚，进而谴责“清末郡守玩视要工”，“吸将膏血竟年年，墨吏何曾费一钱”，并论及围田筑圩，与水争利，导致“江患益烈”。这都是宝贵的历史经验，值得今之治鄂者及全体鄂人记取。

黄安程鹏1876年刊发在上海《万国公报》上的《除日试士竹枝词二十首》，描写汉阳、黄冈、麻城、广济、罗田等处科举考试的情形：“一齐检点临场事，府恐州惊县更忙。”词中描写主考官（“学台”）出入的排场（“官船排列满江红”)，考生应试的过程(“十六一场经古毕，岁科十八又悬牌。”“看得题来咀与嚼，之乎也者已哉焉”)，科考有取有舍，“连朝调覆五更头，一半收留一半丢。屈杀英雄无限憾，魂灵悉付大江流”。欲知清代科考情状，此词不可不读。

孝感梁祚昌(1848—？)的《湖北金石杂咏》对湖北多处碑记的吟唱，潜江朱士尊《水上谣并序》及莫与先《水上谣和韵》对清末潜江水灾的描绘，道光间举人黄梅余锡椿《黄梅杂咏》对两汉、三国、两晋、唐、宋、元、明诸代的黄梅史事的记述，多有史志失载的内容，颇有拾遗补阙之效。

本书所辑，较为繁富也尤具认识价值的，是关于近世武汉的篇什。清道光间叶调元(1799—？)撰篇帙浩繁的《汉口竹枝词》(292首)，状述当年作为“贸易之巨区”的汉口“商贾麇至，百货山积”的情景。续此之后，民初罗汉的《汉口竹枝词》、蔡寄鸥(1890—1961)吟咏武汉的多篇竹枝词(《女子解放》《旅馆竹枝词》《洪山竹枝词》)等篇，则提供了关于武汉社会及文化近代转型的生动影像。

以广东番禺罗汉1915年载于《汉口中西报》的《汉口竹枝词》为著，可谓清末民初汉口市井全图。其《华界》《各国租界》《印捕》《越捕》等篇，表现西方列强入据汉口的情形，“利权既落西商手，汇水由他任意加”(《各国银行》)，“租界东洋驻重兵，保商何必要连营。可怜卧榻横陈夜，时听旁人鼾睡声”(《东洋兵房》)，“游人入境须知禁，犯例洋官要罚钱”(《各国工部局》)，活画出当年汉口的半殖民地景象。

《后城马路》《歆生路》《火车站》《轮船码头》《西药房》《高中小各学堂》《大报馆》《小报馆》《电车》《汽车》《东西洋留学生》诸篇，状写种种近代新事物，写铁路如：“京汉迢迢鸟道通，骤于奔电疾于风。羡渠历尽山川险，都在南柯一梦中。”(《铁路》)写邮政如：“邮便交通众共欣，寰瀛传得到乡村。”(《邮政局》)写电话如：“两地迢迢一线通，非关月老系丝红。声音宛在人何处？消息传来在个中。”对于民族工商业的新进展赞美有加：“交通到处设银行，经济应推此部强。路政近年收效果，艳夸京汉与京张。”(《交通银行》)，对于李鸿章(1823—1901)创办、唐景星(即唐廷枢，1832—1892)、徐雨之(即徐润，1838—1911)襄助的招商局，则有褒有贬：“招商局创李文忠，多赖唐徐辅助功。数十年来唯保守，任人江海各称雄。”(《招商局》）对于浙商宋炜臣（1866—1926）所办汉镇既济水电公司，也作如是观：“汉皋创后倍繁华，水电今时用更奢。依旧公司无起色，不闻红利派东家。”（《水电公司》）

《私塾》《人力车》《光绪宣统银元》《辫子》《前清旧官僚》《前清装束》诸篇，则记录了民国初年存留的清朝遗迹，展现其时汉口新旧杂糅的社会实况。

罗汉《汉口竹枝词自序》云：“二十四部史书，不知何处说起；一百六条题目，恰逢此日征诗。”可见罗氏作竹枝，意在记史，意在补史著之不足。而纵览四千余篇湖北竹枝词，确乎多为记史之作，可补史志之不足，或与史志相互映照，诚所谓“以史入诗”“以诗证史”，这也正是我们求之于《湖北竹枝词》之所在。当然，竹枝词文辞的绮丽，意蕴的美富，足显韵士风怀、诗人情采，大俗中可见大雅，亦堪把玩欣赏，陶冶情志。

《红安县志》* 序

位居湖北省东北部、大别山南侧低山丘陵地带的红安，前名黄安，明嘉靖四十二年（1563）自麻城析出建县，已历四百余年。这个人口、面积均属中等偏下的县份，自 20 世纪 20—30 年代以降却名震遐迩。1927 年 11 月在这里及邻县麻城爆发的黄麻起义，与秋收起义（1927 年 9 月）、海陆丰起义（1927 年 5 月、9 月、10 月）、湘南起义（1928 年初）齐名，成为长达 10 年的土地革命的开端。为着创立新中国，红安儿女前仆后继，仅大革命和土地革命战争时期即牺牲群众 10 余万，有记载的烈士便达 22000 之众。

红安不仅以其对中国现代革命做出巨大贡献彪炳千秋，而且风光旖旎、物产丰饶、人民勤劳，堪称山长水远，人杰地灵。这里起伏的山峦间，蕴藏着多少豪杰慷慨；江南春水中，又浸润几许书生情怀。记述这个颇具特色的县份的自然状貌和政治、经济、文化沿革的史志专书，以明万历十二年（1584）耿定向（1524—1597）著《黄安初乘》为嚆矢，清康熙三十六年（1697）、道光二年（1822）、同治八年（1869）、光绪八年（1882）更数次编纂《黄安县志》，然此后竟无续修为继。而自光绪八年后的 100 余年间，沧海桑田，物换星移，旧志固然可充借鉴之资，却毕竟仅存往昔之迹，远不敷正在从事复杂而艰巨的现代化建设事业的今人需求，纂修一部反映近现代红安全貌的新县志，便成为当务之急。

在县人民政府主持下，经过县志办公室及各有关方面的惨淡经营，数历寒暑，乘“地近则易核，时近则迹真”之便，终于完成这部洋洋百万余言的志书。现在置于我们案头的，不仅是以“红安”名县后的第一部县志，而且就宗

* 《红安县志》，上海人民出版社 1992 年版。

旨的科学性、人民性，体例的完备、周详，内容的翔实、丰富而论，均可谓超过旧志。梁启超（1873—1929）指出：

> 有良方志，然后有良史；有良史，然后开物成务之业，有所凭藉。故夫方志者，非直一州一邑文献之寄而已。民之荣瘁、国之污隆，于兹系焉。①

诚哉斯言！一部优秀的县志，作为“一方之全史”，不仅因取材翔实、真确，可以“为国史羽翼”，而且由于志书“义以经世，例以救时”，非空言泛论之书所可比拟，故可以“佐时务”“裨风教”“存信史”，从诸多方面广泛而长远地服务于社会事业。新修《红安县志》是否堪称“良方志”，尚待实践检验及专家、读者评说，但该志兼备地方特色和时代特色，具有求真、求实风格，却是显而易见的，称其“肃括闳深，文极简而不虞遗阙”，亦并非过分。

这部成自众手的志书将要发挥的社会功能，集中到一点，便是有助于今人和后人把握红安县情，从而提供一个了解省情和国情的可靠案例，正所谓“览一隅知天下，其所裨甚巨”。如果人们在这部志书记述的红安县自然—社会面貌诸侧面材料的基础上，加以科学的整合，红安的发展大略便成竹在胸，从而真正杜绝因脱离国情、地情而一再出现过的失误。从这一意义言之，一部准确、完整反映县情的县志产生，以及这部县志在今后不致束之高阁或成为装点太平的修饰品，而真正被政府和各界人士所借重和利用，才是修志者的夙愿，更是广大民众的福音。

出版一部详明完备的新县志，是包括我们这些旅居外地的游子在内的全体红安人的“云霓之望”。在新县志杀青付梓之际，主事者嘱我为之作序，一时间，千万感慨奔涌笔端，然而纸短情长，只有草就以上话语，并奉献一瓣心香，遥祝桑梓现代化事业蒸蒸日上，父老乡亲幸福安康。

1989 年 12 月 20 日撰于武昌

---

① 《龙游县志序》。

续修《红安县志》* 序言

续修《红安县志》，几经寒暑，即将付梓，县志办邀序于余，作为一个红安籍史志工作者，自当为乡邦修志略尽绵薄，特爰书数语，既为贺忱亦作补笔。

志书不仅具有补史之缺、参史之错、详史之略、续史之无的存史价值，更重要的是，能起到以史为鉴，启迪后人的作用。故此，古人云："治天下者以史为鉴，治郡国者以志为鉴。"

"方志"一词源出《周礼·地官》："掌道方志，以诏观事。"唐宋时期方志成型。唐袭隋例，继续图经定期编修制度，并规定每 3 ~ 5 年选送一次。宋朝开国后便大规模组织编造图经，先令各地呈送地方图经，综合性方志的内容和体例逐步完善并趋于成型。明代官修方志演为主流，私撰志书已不多见。清代三修一统志，康熙、雍正都诏令各省修志，乾隆帝还亲自审阅志稿。民国时期各省县设立方志馆，志书纷呈。中华人民共和国成立初期，各地修志，到 20 世纪 70 年代末、80 年代初，第一届全国性修志正式启动，至世纪之交新修地方志蔚然成形。21 世纪初又开始第二轮三级修志工作，至 2008 年全国已涌现 6000 余部新方志。

黄安（今红安）有编修县志的悠久传统。黄安建县于明中叶（1563），1584 年由耿定向编撰的第一部志书《黄安初乘》面世，此后于清康熙三十六年（1697）、道光二年（1822）、同治八年（1869）、光绪八年（1882）又数次编纂《黄安县志》。

中华人民共和国成立之后，以"红安"名志的第一部县志以八年之功于

* 武汉大学出版社 2016 年版。

1992年由上海人民出版社出版。《红安县志》铺叙吾县的历史与现状，彰显地方特色，先后荣获省和国家新编地方志优秀成果一等奖。2007年9月，续修《红安县志》工作启动，红安县委、县政府以“修志问道，以启未来”为主旨，十分重视修志工作，在人力物力财力上加以支持，为地方志事业提供良好的工作条件，使地方志事业顺利健康发展。

红安钟灵毓秀，人杰地灵，风俗醇厚，物产丰盈。勤劳智慧的红安人民，发扬“朴诚勇毅、不胜不休”的红安精神，艰苦创业，使城乡面貌不断发生变化、经济综合实力不断增强、生活水平逐年提高。新方志录改革之要事，集开放之精华，弘一方之文化，展一域之文明。续修《红安县志》，时限1990—2007年，计30卷，160余万字，记述自然、经济、政治、文化及社会之实态。理历史沿革脉络，叙山川地理特征，表风土人情变革，记政治经济变化，书社会事业发展，“求真、求实、求新”。统览全志，图文并茂，内容翔实，结构严谨，体例完备。可谓资政之书、教化之篇、存史之册，是可读、可信、可用、可存的一县之百科全书。

“维桑与梓，必恭敬止。”祝愿家乡日新月异、富庶繁荣，祝愿父老乡亲福祉昌延、生活安康！

《续修新洲（原黄冈）万氏宗谱》序

人类不同于动物的处所之一，在于动物只能凭借肉体承袭先辈性状、重演本物种固有功能，其进化是不自觉而且缓慢的，每以千万年方可得见其迹；而人类，尤其是跨入文明门槛以后的人类则不然，他们对自身、本族类、本民族、本国家乃至全世界的发展进程具有自觉的认识能力，因而可以超越本能，在前辈积淀的经验的基点上，百尺竿头，更进一步。如果说，视觉、听觉、味觉、嗅觉、触觉是动物和人类共同具备的感觉，那么，“历史感”便是人类特有的“第六感觉”，正是依赖这种感觉，人类方可识往知来，积淀并更新文明，成为“万物之灵”“天地之心”。

人类的“历史感”是多层次、全方位的，小而言之，可以穷究一人一事的原委；大而言之，可以观照宇宙的发生及演变历程。当然，作为具有主体意识的人，往往以最浓厚的兴趣考究自己的世系和族属，以“知其所从来，识其今所在”，这大概是古今中外各色人等共有的一种认知心理。正是出于这种需求，族谱的修纂便应运而兴，“族之有谱，犹国之有史”，此之谓也。因此，族谱固然发达于家族—宗法社会，以满足其“敬宗收族”的需要，但族谱又并非仅仅是家族—宗法社会的产物，在地缘关系突破血缘纽带的时代，人们的社会关系已大为拓展，变得丰富而多元，不再像宗法时代那样主要依凭血缘关系，不过，血缘关系作为人类诸社会关系的重要一支，其作用和功能又是永远不会泯灭的。在现代文明照耀下的人们，同样关切自己的族属和世系，西方发达国家谱牒学盛行便是例证；在商品经济得到空前发展的今日中国，出现修纂族谱、宗谱的新一轮热潮，则是另一例证。不过，今人修纂族谱、宗谱多已扬弃昔日修谱的若干迷信和落后内容，而赋予新的时代精神。续修新洲万氏宗谱便是一个典型。

新洲万氏，昔称黄冈万氏，因新洲县于1951年由黄冈县析置，故今称“新洲万氏”，为鄂东大姓，久有修谱传统。据万氏宗谱载，孟子弟子万章是见诸古典的第一位万姓人士（见《孟子·万章篇》），因而万章被尊为万氏第一世圣贤之裔。续修新洲万氏宗谱沿袭这一传统说法，事在情理之中，而又没有在这类无法详考的问题上展开，避免落入妄攀贵祖、虚构族源的窠臼，实为明智之举。万氏宗谱以明初迁居湖广黄冈武湖溪之雄甫公为黄冈万氏始祖，又沿流辨析其散处江黄之间诸子孙，传九世，至心斋公，又下序分四房，本支繁衍，族姓殷繁，其间不乏节廉忠勇之士。这一关于万氏族属的追溯和走向的记载，没有侈引源流，而以实证材料为基础，是一种历史主义态度。语曰：“谱之贵得其真，犹史之贵求其信。”诚哉斯言！而万氏宗谱正堪称真谱、信谱，它不仅为万氏提供了追溯宗源、探讨余脉的可信文本，也为历史学、社会学、民俗学研究提供有价值的参考材料。

续修新洲万氏宗谱除记载信实之外，还注重发挥教化功能，大力提供父慈子孝、夫和妇顺、兄友弟恭、尊师重教等优良风尚；又一改宗谱载男不载女、详贵略贱的陋习，充分体现民主平等精神，并指引万氏子弟勤劳务本、勉学成才、不亏志节。如此，续修宗谱可成为团结散处天涯的新洲万氏爱国兴邦、创造功业、和睦家庭的纽带，故续修之举实为智圆行方的美事。主持者以序言相属，予拜读谱系一过，钦佩之余，欣然命笔。

1995年11月17日书于武汉大学寓所

《湖北胡氏族谱》序

中国是一个宗法的、重史的国度。传统的社会序列是“身—家—国—天下”，中华元典一再宣示：通过“修身、齐家”，方可实现“治国、平天下”。在这个“修—齐—治—平”的系统中，家族的兴衰是关键环节，故向来受到历史记载的重视，也为芸芸众生所关注，因为有理性的个人都希望了解，自己“从哪里来，到哪里去”。清代史学大家章学诚谓：“有天下之史，有一国之史，有一人之史”，这里的“天下之史”指国史，“一国之史”指地区史（方志），“一人之史”指个人传记。章氏补曰：“家乘谱牒，一家之史也”，这里的“家”可解为家族、宗族，“家乘谱牒”即家族史、宗族史，可补国史、方志之缺，又是个人传记的基础与出发点，故族谱是上承国史、下启私传的历史记载，是全部历史的一个毋庸或缺的环节。以胡氏族谱为例，便可充分昭显家族史、宗族史包蕴的丰富内涵和不可替代的作用。

胡氏乃中华大姓，以人口数量论，在诸姓氏中排名十三。

据《左传》载，周武王封妫满于陈（今河南淮阳），妫满谥“胡”，故“满公”为胡氏得姓始祖。胡氏繁衍于中原沃土，后裔西入陕、甘，北入晋，东入鲁，南入鄂、赣，“胡姓遍天下，淮阳是老家”，是可信而且传神之说。

唐末中原仕女南迁，胡姓流徙湖北，“城公”被尊为湖北胡姓一世祖，子孙遍布全省。今日湖北胡姓 180 万人，占全省总人口 3%，明显高于胡姓占全国总人口比例（1.3%），故湖北是胡姓较集中的省份之一。湖北胡姓有世居之南郡胡，唐末至明代迁入之华林胡，等等，各市县胡姓皆自有源流。分别考订诸支胡氏的来龙去脉，然后加以决不牵强的合理整合，可以发现社会史、经济史、政治史、风俗史，乃至人口迁徙史的重要线索。故族谱具有不可替代的存史价值。族谱中又富藏基层社会管理内容，包含若干教民淳厚的条规约法，具有较高的教化功能。

历代族谱惯于着力宣扬本姓中的卓越人物，以增进本姓氏的荣誉感，激励后代积极上进。以胡氏为例，杰士颇多，就辞世者论之，可略举东汉名臣胡广，北宋思想家胡瑗、学者胡安国，南宋学者胡宏，宋元之际史学家胡三省，明初勇将胡大海，民国元老胡汉民，学者胡適等。当然，我们也须防止族谱走上攀龙附凤的路数，而应当主要用力于民间性、基层性材料的开掘，将历史创造者——人民大众的真实状貌记述下来，这也有助于揭示卓越人物的生活土壤，昭显中华文化的生成机制。我们期盼这样的新编族谱：

重民间而不偏纪富贵
传信实而拒绝纪虚妄

在胡氏首任宗长胡丹、二任宗长胡文柏和湖北胡氏宗亲会胡洁会长主持下，经众位胡姓贤达的共同努力，一部兼具守成与进取精神、内容丰富的胡氏族谱即将现世，余乐观其成，谨以《易传》语敬赠胡氏——

天行健　君子以自强不息
地势坤　君子以厚德载物

2014 年 12 月 19 日于武昌珞珈山

《黄安冯氏族谱》序

中国是敬祖重史的国度，“国有史，方有志，族有谱”，族谱、方志、国史共同构成记述中华民族绚烂多姿的社会生活及其典章制度的文本系统，其中族谱又是这个系统中最基层的部件，是修方志、编国史不可或缺的资料源泉。族谱通过详载宗族世系始末，昭显其荣光与苦难，通过历数远祖近贤筚路蓝缕的经历，告诉族人所来何自、演化诸端，是最贴近生活底蕴的历史教科书；作为宗族的档案、典藏与法规，族谱于训导族众尊祖敬宗之际，告诫族人向善崇德、勤勉敬业，成为真切感人的伦理读本。

冯氏乃中华常见姓氏，“百家姓”前 12 位的顺序为：赵钱孙李周吴郑王冯陈褚卫，冯姓在“百家姓”中居第 9 位，时下在中国人口数量中排列第 31 位，约占全国人口的 0.56%，总人口约 700 万。

冯，意谓马疾行，本义为奔马踏地有力的声音，昭显古时冯人乃牧马为生的氏族，原来生活在北方沿河地区，以“马”与“冰（简约为两点水）”为其氏族图腾。冯氏渊源有两支：归姓和姬姓，归姓冯氏曾在陕西大荔建冯夷国。姬姓冯氏生活于陕西渭河一带，周武王姬发封亲属于冯夷，子孙以邑为子生氏，遂姓冯，被多数冯姓奉为先祖，春秋战国迁徙于河南、河北、山西、山东，唐代播散到大河上下、长江南北。宋代冯姓约 77 万人，占全国人口 0.72%。明代冯姓约 67 万人，约占全国人口 0.72%，主要分布于浙江、山东、广东，其次在山西、江苏、江西。今黄安冯姓，系于明代自江西迁徙而来。

历史上的冯姓名士有春秋郑大夫冯简子，战国时齐国孟尝君谋士冯驩、韩国上党守冯亭，汉代左将军冯奉世、征西大将军冯异、宜都侯冯参、燕王冯宏，西魏宁州刺史冯宁，北燕国君冯跋，唐代监察御史冯师古，南唐词人冯延巳，五代宰相冯道，北宋名臣冯京，明代开国名将冯国用、冯国胜，散曲作家冯惟敏、文学家冯梦龙，清代诗人冯班，太平天国南王冯云山，清末抗法名将冯子材，近代启蒙思想家冯桂芬，词人冯煦，民国代总统冯国璋、名将冯玉祥，民族女英雄冯婉贞，史学家冯承钧、冯永轩，哲学家冯友兰、冯定、冯契，文学史家冯沅君，文学评论家冯雪峰，考古学家冯汉骥，诗人冯至，作家冯牧，中国第一个飞行家冯如。

据可考历史，黄安（今红安）冯氏先祖荫亭公原籍江西临川，有四子：长云祥，次云瑞，三云龙，四云飞，于明末奉朝命任军职，云龙公以都指挥使率部镇守黄州，其兄弟皆襄赞军务，纪律严整，地方赖以安辑，并将父辈卜宅以迎，养于黄安。云祥公官副将驻冯家亭，即今冯秀一。云瑞公任参将，驻太仙乡之冯家塆，即今之四房塆。云飞公官副使，解职后居太仙乡之石子园，即今之冯寿二。云龙公居县城大河西岸，即今之冯家畈，朝廷嘉其勋绩，晋封征虏将军，生平好善乐施，四方贫苦无告者，频年周济不怠，并继父志崇佛教，建庙于大河之湄，曰竹隐庵，有诗云："晚年唯好静，竹隐自清闲"盖自况也。冯氏昆季均能与当地居民融洽无间，歌于斯，哭于斯，聚族于斯，岂非其威足以靖难，而恩足以抚民欤！

冯氏耕读传家，宗谱渊源，其来也久，其延也广，素有慎终追远，激励后昆之传统。民国三十一年，黄安冯氏于抗战军兴间曾修族谱，越七十五载。今之红安冯氏，族旺人兴，有续修宗谱之雅，作为旅居县外的冯氏子孙，应命敬撰序文，呈献列祖列宗灵前，又与并世兄弟子侄共拜天地神明。

敬书于武汉大学南三区寓所

《湖北最美乡村——绿色幸福村》序言

新石器时代成型、延及后世的农业，是人类的伟大发明。农业提供了较为充足、稳定的食物及其他生活物资，人的能力与自由度得以提升，社会结构趋于复杂，历史遂由蒙昧时代（采集—渔猎经济的旧石器时代）步入野蛮时代（农耕—畜牧经济的新石器时代），进而迈进文明时代（使用金属工具和文字的高级农耕经济时代和随后的工业文明时代）。

以东亚大陆为例，长达万年之久的农业先后经历从“游耕”到“定居”两个递进阶段。定居农业发端于新石器时代后期（半坡遗址为其典型）、兴盛于使用金属工具的文明时代，由此，在黄河、长江滋润的东亚广袤大地，出现星罗棋布的农人聚落——乡村，构成文明社会的基础，城市、国家在此基础上耸立。

乡村是亿万农民生产劳作、安居繁衍的家园，并为包括城市在内的文明系统提供衣食之源，又以乡规民约、淳风厚德深度影响制度文化、民俗文化、观念文化。整个文明的繁荣，仰赖农业、乡村的支撑。通常所说“中国有延绵不辍的五千年文明史”，很大程度上便是因为中国的农业、乡村提供了生生不息的源头活水。故而，忽视农业、淡漠乡村便是数典忘祖、自断源泉。

乡村曾经是农耕时代人口的主要居留地，而当下历史已推进到一个新的阶段：工业文明高歌猛进，城镇化进程大大加速。这是一种世界性趋势，欧美加日澳韩的城镇人口都高达全人口的80%～90%。今之中国也进入这一过程，近几十年城镇人口比例由12%激增至52%，预估本世纪中叶将达到70%～80%。

城镇化过程有可能带来两种后果，一是乡村凋敝、农业衰落，城乡差别拉大，20世纪以来第三世界不乏其例，一些国家落入“中等收入陷阱”多与此相关；二是乡村新生、农业发达，城乡差别弥合，前面列举的现代欧美加日澳韩，农民人数锐减，而乡村的文明水平并不亚于城镇，凡访问过上述国家乡间农庄者，都对其设施完善、环境优美、农人高雅留下深刻印象。今日正在经历大规模城镇化过程的中国，当然不能任乡村凋敝、农业衰落，而应该走乡村新生、农业发达、缩小城乡差别之路，时下正在展开的建设美丽乡村的事业，正表现了国人择善而从的卓识远见，也是中国在未来一二十年跨越“中等收入陷阱”的关键举措之一。

建设美丽乡村的首要任务当然是提高生产力，没有现代化生产力，美丽乡村只能是乌托邦。但美丽乡村的内涵又不仅指物质层面的现代化，诸如拥有拖拉机、收割机以及电气设备，筑起乌瓦白墙、略有飞檐的徽式房屋或洋式小楼，还必须保有绿水青山、蛙鸣蝉吟，更须承续并提升淳厚的乡规民约，弘扬健朴的民风。我们不能让城镇化过程变为城镇向乡间的简单移植，城乡同质化，使乡村失去家园魅力与道法自然的气质。

建设全面小康社会是我们当下的迫切任务，“小康不小康，关键看老乡”。全社会能否同步小康，农民、农业、农村的健全发展是症结所在。美丽乡村，让百姓安守一汪井泉，扎根繁衍，致使社会和谐，泽及子孙万代。

湖北乃江汉朝宗之地，兼有千湖万柳之柔、武当大别之雄、三峡清江之奇，湖北的美丽乡村，不可千村一面，而当依凭环境的丰富，走一乡一景的卓异之路。

湖北乃荆楚文化核心所在，三国文化的展开之域，近代文明的发祥地之一，湖北的美丽乡村，从村舍建筑、人文风尚当融会古今中外韵致，再加超升。

湖北乃南北东西交会处，物产丰茂、百业兴盛，湖北的美丽乡村当广辟财源，走共同富裕之路。而维护并优化生态环境，走可持续发展之路，是重要前提。

绿色与幸福是湖北美丽乡村的中心旨趣，宜居、宜业、宜人，永葆优美的自然环境、祥和的社会秩序，共筑百姓乐园。

本书编者慧眼识珠，将散落在荆山楚水间的美丽乡村集合整理，既是湖北美丽乡村现状的展示，也为未来发展树立楷范。

美丽乡村，让我们看得见山、望得见水、记得住乡愁！

2016年4月14日撰于武昌珞珈山麓

文化史学

人是文化的创造主体，又接受文化的反哺，获得知性与德性，成为万物灵长。创造并受惠于文化的人，理当充任文化守望者，而经由守望，便结撰成文化史。

即器求道　内外兼修——文化史学进路 *

文化史学是史学的分支，是文化学与史学相结合的一门历史科学。

史学的对象是历史。而广义的历史泛指宇宙间一切事物的发展过程，包括自然史和社会史。正是在这一意义上，可以把历史科学称作“一门唯一的科学”[①]。狭义的历史则特指自然界中有机生命的最高发展阶段——人类的社会生活发展史，史学便是记述并探究人类社会进程的科学，它的基本使命是按照时代顺序，通过占有并处理反映历史事实的史料，“述往事，思来者”，阐明全部人类社会运动的过程及其规律。具体的史学研究，则可以对人类社会及各国度、各民族、各地域的历史作综合的、分期的或分类的考察。

作为史学一个特殊部门的文化史，同其他专门史，诸如社会史、政治史、经济史一样，有着自身的特殊研究范畴和使命。

文化史是史学向一个宽阔的领域展拓的产物。它把人类文化的发生发展作为一个总体对象加以研究，从而与作为社会知识系统某一分支发展史的学科，如文学史、史学史、科学技术史、哲学史相区别。

文化史在研究人类文化发生发展的总体过程时，尤其注意人类创造文化时主体意识（当然，这种主体意识受制于种种客观条件）的演变历史，从而又与研究客观的社会经济形态的经济史、研究社会状貌的社会史相区别。

自从人类站立起来，脱离兽类，在自觉意识支配下从事生产劳动，自然界就被赋予人的意义，出现反映人的意向和活动的世界，“文化”也就开始了它的一发而不可止歇的生命运动。“社会的人是动物长期发展的产物。但是，只有当人不满足于坐享大自然的赐予，而开始亲自生产他所需要的消费品时，人

* 采自冯天瑜、何晓明、周积明著《中华文化史》笔者所写导论，上海人民出版社 1990 年版。

① 见《德意志意识形态》，《马克思恩格斯全集》第 3 卷，人民出版社 1972 年版，第 20 页。

类的文化史才开始了。”[①]

同已有亿万年经历的宇宙自然史相比，人类文化史“若白驹之过隙，忽然而已”[②]，但与人的个体生命时间相比，人类文化史则相当悠久，我们今天所拥有的文化，不是骤然降临的，正所谓“千仓万箱，非一耕所得；干天之木，非旬日所长”[③]，它是人类在过去各时代由交互关系与劳动生活所产生的延续的累积的结果。

文化史的任务便在于综合考察这一汪洋恣肆的进程，并探究看似白云苍狗、莫测变幻的文化运动的规律。

文化既包括人类活动的对象性结果，也包括人在活动中所发挥的主观力量和才能，因此，文化史不仅要研究文化的“外化过程”，即人类“开物成务”[④]，创造各种物化产品，从而改造外部世界，使其不断“人化”的过程，而且要研究文化的“内化过程”，即文化的“主体”——人自身在创造文化的实践中不断被塑造的过程，同时还要研究外化过程与内化过程如何交相渗透，彼此推引，共同促进文化有机整体进步。

因为主体（个体主体和群体主体）居于文化史研究的中心位置，所以，文化史家历来格外留意于主体色彩鲜明的领域。举凡人的认知系统、艺术语言文字系统、宗教伦理系统、习俗生活方式系统，尤为文化史家所注目倾心；即使是对那些主体性隐而未彰的领域，如科技器物系统、社会制度系统，文化史家也着力剖视潜伏其间的主体因素的创造作用，以及那些外化了的文化形态对主体的再造功能。

文化史学既以历史运动中的文化表现和文化锻造人自身的过程为研究对象，它必然是以文化的“内化过程”和“外化过程”兼而修之的。同时，文化史学还应当是“道”“器”兼修的，《易传》曰：“形而上者谓之道，形而下者谓之器。”推究形上之道，是哲学的使命；考察形下之器，是广义物理学的任务。然而，形上之道与形下之器之间并未横亘着不可逾越的鸿沟，其实是道不离器，器中藏道的。文化史学的研究理路，便是即器即道，器中求道，道的探

---

① 《普列汉诺夫哲学著作选集》第 2 卷，三联书店 1961 年版，第 227 页。

② 《庄子·知北游》。

③ 《抱朴子·极言》。

④ 《周易·系辞上》。

求又须附丽于形器的考察，而形器考察亦不忘道理的追索。

即器求道，兼采内外，是文化史研究的正途，是文化史学既区别于哲学及思想史学，又区别于物理学及种种技术层面学术之所在。文化史学的学科定位，其基本依据在此。

中国文化史分期献议 *

一

现代意义上的中国文化史撰述，是20世纪才得以展开的，近百年出版了几十部文化通史和断代史。[①] 中国文化史的研究在三个时期较为热烈：一是20世纪初，二是30—40年代，三是80年代至今。由于对“文化”的界定和“文化史”所应描述的内涵外延理解各异，各个时期研究的侧重点有所不同，对中国文化史的总体把握也各有差别，不同时期各个学者对中国文化史的分期问题，亦即如何描述中国文化发生、演化过程中的阶段性问题存在着不小分歧。

尽管迄今为止很少有学者对中国文化史分期正面提出讨论，但综观各家史著，都分别自有体系，逐段叙述，其分期主张是不言自明的。

夏曾佑（1863—1924）在1902年出版的《最新中学中国历史教科书》（1933年商务印书馆重版时改名为《中国古代史》）中，将中国历史分作三大阶段：上古世，草昧传疑时代至于周末（春秋战国）；中古世，秦汉的极盛时代至于唐代；近古世，宋至于当今（20世纪初）。夏氏所做的中国史分期，实为现代中国人中国文化史分期之嚆矢。

民国初年梁启超（1873—1929）发表《中国史叙论》，作为中国通史的纲领，在此文中他把中国史划分为上世史、中世史和近世史三段。上世史自黄帝至秦统一，是“中华民族自发达自争竞自团结之时代”，“实汉族自经营其内

* 本文为笔者与杨华合著《中国文化发展轨迹》（上海人民出版社2000年版）之导言。

① 参见中国社会科学院近代史所闻实编：《八十年来有关中国文化史论著资料目录》（一），《中国文化研究集刊》第三集，复旦大学出版社1986年版。

部之事务，当时所涉者，唯苗种诸族类而已”，为“中国之中国”时期；中世史，自秦统一至清代乾隆末年，是“中国民族与亚洲各民族交涉繁赜竞争最烈之时代”，这一阶段“自形质上观之，汉种常失败，自精神上观之，汉种常制胜”，为“亚洲之中国”时期；近世史，自乾隆末年以至今日（辛亥革命初），是“中国民族合同全亚洲民族，与西人交涉竞争之时代”，为“世界之中国”时期，是“将来史之楔子”①。众所周知，任公曾经拟定《中国文化史目录》，包括种族、政制、法律、教育、交通、服饰、学术等28篇，可见他对中国史的阶段划分，实际上也就是对中国文化史的阶段划分。

或许与夏曾佑、梁启超相互影响，日本学者内藤湖南（1866—1934）的“内藤假说”也提出中国史三分法，他在《中国论》《唐宋时代观概述》《中国近世史》《近代中国文化生活》等文中对此做了完整的表述：上古时期，从盘古迁殷到东汉中期，是中国文化形成并向四方扩展的时期，是中国文化史的幼年，喜欢接受新的挑战，极富创造性；中古时期，东晋开始至唐朝末年（公元4世纪初至10世纪初），是中国文化史上的青壮年时期，建功立业，不避繁难，勇往直前；近世时期，宋、元、明、清四大王朝，宋元为近世前期，明清为近世后期，君主独裁政治建立，与之相对应的中国官僚群体最后形成，庶民（平民）出现并与君主独裁政治对立，中国文化进入老年时期。内藤在上述三个时期中还加入了两个过渡时期。

承袭内藤湖南之说，日本史学界的京都学派，进一步奠定了中国史三分法（上古、中古、近世）构架。尽管后来以前田直典等人为代表的东京学派对此提出强烈批评，宇都宫清吉、西嶋定生等人对此也做了大量的修正，但三分法仍然深刻地影响着日本的史学界。他们大多以整个东亚文化圈为背景，来考虑中国文化的作用力度和演进过程。②

柳诒徵（1880—1956）在1924年出版的《中国文化史》中，也将中国文化史分为三个阶段：第一期，邃古至两汉，是“吾国民族本其创造之力，由部落而建设国家，构成独立文化之时期”；第二期，东汉迄于明季，是“印度文化输入吾国，与吾国固有文化抵牾而融合之时期”；第三期，自明季迄于今日

① 《饮冰室文集》乙丑重编卷34，商务印书馆1925年版，第25页。

② 参见刘俊文主编《日本学者研究中国史论著选择》第一、二册，中华书局1992年版。

（民国），“是为中印两种文化均已就衰，而远西之学术、思想、宗教、政法以次输入，相激相荡而卒相合之时期”。此种三段论的划分显见得受到梁启超等人的影响。同一时期陈登原、陈安仁、夏光南等人的文化史著作也基本沿用了这一思路。

在三段论之外，还有其他一些分期方法。例如 1928 年出版的常乃德著《中国文化小史》[①]，就将中国文化史分为八个时期：一是自太古至西周的宗法社会时期；二是自春秋战国时代的宗法社会破裂后文化自由发展的时期；三是秦汉两代统一安定向外发展的时期；四是魏晋南北朝民族移徙、印度新文化输入的时期；五是隋唐两代民族间同化成功新文化出现的时期；六是晚唐五代宋汉民族能力萎缩、保守思想成熟的时期；七是元明清与西方文化接触逐渐蜕新的时期；八是晚清以至今日（民国）大革新的时期。此类分期方法没有摆脱按朝代更替来进行叙述的窠臼，为后来一般的通史所习见。

中华人民共和国成立以来中国历史分期的基本思路是，将社会形态五阶段论与中国之具体史实进行对接。众所周知，有关中国古史分期问题的争论，曾长期成为历史学界的主要课题。从 20 世纪 50 年代到 80 年代的 30 年间少有文化史方面的专著问世，也没有就中国文化史的分期问题展开讨论，人们思考中国文化史的阶段划分当然也就没有脱离这种主流分析方法的影响。

20 世纪 80 年代以来的“文化热”，实际上是从“文化史热”开始的。但是也没有正式就中国文化史的分期问题展开讨论，不过从这十多年间出版的若干文化史专著中，可以窥见学界对中国文化史分期问题的思考。以下略举几部著作中的分期观点。

李宗桂的《中国文化概论》[②]，把中国文化史分作五期：一是孕育期，殷周时期；二是雏形期，春秋战国；三是定型期，秦汉；四是强化期，魏晋至明；五是转型期和衰落期，清代到“五四”。

徐仪明等《中国文化史纲》[③]，将中国文化史分作四个时期：一是萌芽期，上古至西周；二是奠基期，春秋战国；三是成熟期，秦至明末；四是转化期，明末至“五四”。

---

① 《新文化丛书》，上海书局版。
② 李宗桂：《中国文化概论》，中山大学出版社 1988 年版。
③ 徐仪明等：《中国文化史纲》，河南大学出版社 1992 年版。

张凯的《中国文化史》①，将中国文化史分作三阶段：一是上古文化，殷商至秦朝；二是中古文化，西汉至清；三是近代文化，鸦片战争至五四运动。

胡世庆的《中国文化通史》②，将中国文化史划分为七个阶段：夏代到西周、春秋战国、秦暨两汉、魏晋南北朝、隋唐五代、北宋至明初、明中叶到清代鸦片战争爆发。

近年翻译出版的《东亚文明——五个阶段的对话》，使我们可以看到 80 年代美国汉学家狄百瑞（1919—2017）从东亚文明的视角对中国文化史所做的四个阶段的划分："（一）形成阶段（约公元前 11 世纪至公元 2 世纪），这时古典的中国发展了她的基本观念和体制，它们后来成为其他东亚民族古典遗产的一部分；（二）佛教时期（公元 3 世纪至 10 世纪），其间在东亚占统治地位并到处弥漫着的文化力量是大乘佛教，而各种本土的传统则存活在基层之中；（三）新儒学时期（公元 11 世纪至 19 世纪），其中新儒学在新的社会与文化活动中占有领导地位，而佛教则在当时的群体基层中奋力以求生存；（四）近代，这一时期，扩张中的西方文明冲击着东亚的沿岸，冲刷着这些古老的岩石。"狄百瑞认为，在每一个阶段都存在着占主导地位的"思想分享或思想交流"，即所谓"对话"。第一阶段的对话，主要在儒家、墨家、道家和法家之间；第二阶段则是在佛家和其他东亚国家的本土传统之间；第三阶段，是在新儒家与佛家之间；第四阶段，主要是在新儒家与西方文明之间。③

二

要对上述种种分期方法加以评判，首先必须讨论的是，应该以什么标准来划分中国文化史的段落。

西方文化史的分期标准和分期方法并不适用于中国。在西方文化史的古代、中世纪、近代三段划分，与欧洲文化的特殊性有密切的关系。如西方的古典（古代）文化即是所谓"地中海时代"，以希腊—罗马文化为重心；中世纪

① 张凯：《中国文化史》，北京燕山出版社 1992 年版。

② 胡世庆：《中国文化通史》，浙江大学出版社 1996 年版。

③ 狄百瑞：《东亚文明：五个阶段的对话》（何兆武、何冰译），江苏人民出版社 1996 年版，第 2～4 页。

文化则转向西欧，以拉丁人和日耳曼人的文化为重心；近代文化即所谓“大西洋时代”，西班牙、葡萄牙、不列颠及其一支北美文化都先后成为主角。显而易见，西方文化的三段式划分与其民族的兴衰、文化中心地域的变迁互为表里，西方文化史的演进历程就意味着文化主角的更换和文化舞台的转移。换言之，不同时期的西方文化，属于不同的历史主体——民族，而且又是活动在不同的地域范围内。同时还应该注意到，此种三段式的划分本质上将世界其他地方的文明置之外，如古代的日耳曼、中世纪的东方和北美、近世的印度和东亚以及澳大利亚等“域外”文化都为“欧洲中心论”所漠视。

中国文化的发展轨迹与西方文化大有不同，其相异之处在于，地域、民族、国家和文化这四者合为一体，同此一指。在中国，文化的整合通过国家集权来实现，文化的延续通过改朝换代来实现，文化的辐射通过疆域盈缩来实现，文化的涵化通过夷夏互动来实现。地域、民族、国家和文化这四者的统一性和连续性，使得中国文化不像西方文化那样，由于种族斗争之胜败和政治中心之转移而造成文化的突发性中绝或大空间转移，因而中国文化史也不能像西方文化史那样简单地划分为古典（古代）、中世纪和近现代三段。中国文化自有其独自的成长、完善过程，中国文化史的阶段划分，也应自有其独特的标准。

我们以为，应当着重从以下四个方面加以考虑：

（1）首先要考虑到中国文化独有的延续性和自我完结性。作为世界上少有的几大原生文化之一，中国文化没有中绝或明显的突破，而是绵延不断，代有开新，汤因比（1889—1975）谓文明都要经过“萌芽”“成长”“挫折”“解体”这几个阶段的结论，对中国文化并不适用。正如有日本学者所说：“从广义的‘中国文化发展史’来说，东洋史有一套系统，但它的文化本质并不因时代而变化，而是与时代同时变得更广更深。”[①] 中国文化的发展历程中虽然也有“萌芽”（三代）、“成长”（秦汉）、“挫折”（如五胡乱华、元蒙、契丹、女真入主中原），但没有所谓“解体”的过程，即使异族入侵，也是“进入中国则中国之”，他族文化对中国文化一般都自我认同，所以中国文化没有解体，只有“转折”或“转型”，即中外（如胡汉、中印、中西）文化在碰撞、冲突中实

① 宇都宫清吉：《东洋中世史的领域》，《日本学者研究中国史论著选译》（一），第 124 页。

现涵化、整合，从而达到中国文化的扩延、接力、传承。如果不承认这一点，那么对中国文化史进行分期便无从说起了。

（2）只有关注中国文化与外来文化之间的整合、互补过程，方可确定中国文化的世界地位。因为如果仅仅局限于中国本土文化内部，缺乏必要的世界参照，便很难准确地把握中国文化的发展过程。梁启超的“中国之中国”“亚洲之中国”“世界之中国”的确很能说明中国文化的历史过程。从世界范围来说，16世纪以前，世界各文化间的冲突都是区域性的冲突，中国文化也基本以亚洲范围内农耕文明与游牧文明间的冲突为主，这期间北方的匈奴、鲜卑、突厥、契丹、蒙古、女真等族文化与汉族文化间的往返冲突融会是确立中国文化史的重要坐标。中原王朝尽管军事上屡有挫败，但总体说来中原农耕文化对游牧文化处于高势位，每每演出“征服者被征服”的戏剧。至于印度佛教的传入中土，则导致古代亚洲两个高水平文化的交会，中国化佛教及吸收了佛学成果的新儒学（宋明理学）的产生，成为东汉以迄宋明的重要文化形态。在世界工业化时代到来之后，全球由分散走向整体，中国文化也不得不纳入到此种格局中去，于是有中国被动和主动的开放。同时，中国文化从中原扩展到东亚大陆，进而向亚洲其他地区辐射，以至发生世界性影响，这一历程具有明显的阶段性。总之，这种文化的空间变化与时间推演互为表里，应当作为中国文化史分期的重要视角。

（3）划分中国文化史的阶段性时应当充分观照到文化内涵的各个层面，无论物质文化、制度文化，还是行为文化和心理（精神）文化，都应当予以充分的考虑和全面的把握。因为中国文化是这些层面的总和，中国文化史是这些层面协同发展的辩证过程，不应当以某一层面的文化内涵来涵盖整个文化史丰富而复杂的内容。有的文化史著作径称“将观念形态的文化作为研究对象”，或称“从观念形态的角度去定义文化”，在这种视角下叙述中国文化史的历史进程，实际就是中国哲学史或中国思想史的移植，也容易把视野局限于精英文化层面。实际上，中国文化自原始巫祭时代开始，就分化为雅与俗即官与民二途，二者一显一隐、一彰一潜，时而平行演进，时而交叉互动，呈现出发展的不平衡性，而正是因为这种不平衡性，才使得中国文化史繁复多彩。从巫史文化到官学文化，再到后来的宫廷文化、官僚士大夫文化，这是雅（官）的一条线；下层民众的风俗习惯、时尚好恶虽然在历代正史中不登堂奥，但在新的文化史观中也应当是一条重要的线索，如文学中的国风、乐府、传奇、说书，都曾经由俗入雅，在中国文化史上放过异彩。雅俗之间平行发展又互相渗透，越到中国文化史的晚近期，越是趋于合流互融。如果不注意到此类现象，而仅仅将目光聚焦在观念形态层面的精英雅文化上，便很难准确、全面地把握中国文化史的发展脉络。

（4）还应当特别注意中国文化内部自身的运动规律。从时间和空间的关系上来说，随着中国文化的历时性演进，中国文化的空间中心也发生了渐进性的转移（此与华夏—汉族文化与周边游牧民族及半农半牧民族的交互关系直接相连），这种文化中心的转移过程便很能说明中国文化史的历史阶段性。在工业文明到来之前，中国历史上政治中心、经济中心与文化中心既有重合的一致性，又有分离的互动性；一般说来，中国历史上的政治中心与文化中心是相互重合的，但是也不尽然，随着经济中心的转移，毫无疑问也引起了文化中心的历史性转移。总体观之，中国文化的中心呈现出由西而东、从北徂南的移动趋势。在唐宋以前，文化中心和政治中心、经济中心大致重合，沿渭河—河洛的长安—洛阳—开封一线做东西向移动。然而西晋以来，整个东亚文明的基本主题——农耕文明与游牧文明之间的冲突和融合——导致中原农耕文化的中心向东南转移。经西晋末年的“永嘉南渡”、唐朝中期的“安史之乱”和藩镇割据、宋代的“靖康之变”，中国文运南移的过程基本完成。唐宋以后，经济转输和政治斗争的空间运作都不再做东西向运动而是沿运河一线做南北向运动，文化中心也稳定在南方地区，形成了以长江中下游为核心的所谓“东南财富地，江浙人文薮”的局面。在上述过程中，文化中心和政治中心、经济中心曾经出现过分离，但最后终至和谐。诚如日本学者桑原骘藏所说：“中国的文运不断南移，从这方面看中国的历史，也可以说是汉族文化南进的历史。魏晋以前中国文化的中枢在北方；南宋以后，中国文化的中枢移到南方；东晋以后至北宋末年约八百年间，是中国文化中枢的过渡期。”[①] 从这方面来说，中国文化史的阶段划分应当充分考虑秦汉与魏晋之间的转折、唐与宋之间的转折。

① 桑原骘藏：《历史上所见的南北中国》，《日本学者研究中国史论著选译》（一），第29页。

三

前文所述的几种三分法，要么以中国文化的世界地位为坐标，要么以中国历史的社会形态为线索，前者适合于作为中外文化交流史的分期准则，后者宜作中国社会史的分期准则，但作为中国文化史的分期方法则值得斟酌。而王朝演变的顺序也只能作为政治史分期的参照，文化的阶段性转折并不一定囿于朝代的更替。我们以为，讨论中国文化史的分期问题时，还是应该以中国文化（而不是社会、政治或其他）自身的衍生、发展和转型过程为主线，再参照其他指标，方可得其精要。据此，我们将中国文化史划分为如下几个阶段。

（一）前文明期：智人到大禹传子

这是中国文化的史前期，它包括旧石器时代和新石器时代，相当于中国古史的传说时代。这一时期具有如下特点。

（1）我国境内分布广泛、数量众多的考古遗址表明，从旧石器时代到新石器时代的居民间，体质上存在着明显的承续、发展的人种学序列，基本上是在一个大的人种（蒙古）主干下发生和发展的，还未发现西方人种的渗入，中国人种西来说和中国文明西源论缺乏人类学依据。也就是说，中国石器时代文化是在相对单纯的人种学基础上发展起来的，它对以后中国文化持续稳定的独立发展，起着重大作用。[①]

（2）经历了一百多万年的采集和渔猎活动，我国境内的原始人积累了丰富的动植物知识，大约在新石器时代开始了农业栽培和家畜驯养，中国无疑是世界农业起源的中心之一，包括稻作和旱作在内的丰富多彩的农业生产方式，奠定了有别于游牧方式的农耕文化的基石，由此决定了后来中国文化的许多实质性特点。

（3）中国前文明时期的文化遗址数量多、分布广，恰似“满天星斗”，它预示着中国文明的多元发生，然而其主体集中在黄河流域和长江流域及其南北不远的范围内，这与文献传说大致相符，徐旭生、蒙文通梳理出的华夏（河

---

① 参见中国社会科学院考古研究所编《新中国的考古发现和研究》，文物出版社 1984 年版，第 193 页。

洛）、东夷（海岱）和苗蛮（江汉）三大先民集团，在近年来的考古发掘中得到了部分的证明。[①]

（二）文明奠基及元典创制期：夏、商、西周至春秋、战国

这是中国文化史的元典时代。像世界其他地区独自生成的文明系统一样，此一阶段已经奠定了中国文化的初步构架，后来影响中国文化乃至整个东亚文化达两千多年的许多特征在此阶段已初步显现。

（1）公元前两千年左右，在我国范围内普遍出现文字、青铜器、宫殿、祭坛等，中国文化开始进入文明阶段，这正与文献所载古史系统中的夏代相当，豫西、晋西南进行的考古发掘正在揭开中国早期文明的面纱。

（2）中国青铜时代的诸特点，如铜锡合金、范铸法、有特征性的器物类型及其组合，这些都与西方文明有所不同，尤其重要的是，中国青铜器优先用作礼器以象征王权及等级秩序，而不是像其他文明那样主要用作生产工具和战争兵器。

（3）天、地、人三大祭祀发达，尤其是祖先崇拜特别发达，这与早成的宗法制度和宗法观念互为因果，并孕育了中国文化的一系列特征，如慎终追远、重史立言等等。

（4）这一时期形成的《诗》《书》《礼》《易》《春秋》及《老子》《庄子》《论语》《孟子》等中华元典，系统地展现中华文化的中坚理念，人文精神、天道自然主义的宇宙生成论、忧患意识等，以及阴阳、道器、有无、天人等范畴，在诸子辩难、百家争鸣中已张扬开来，为后世中国文化的观念层面垂范作则，建造了中华文明的精神家园。

尽管这一时期华夏族的活动空间（“中国”）还很有限，尚没有对南北四方产生足够的作用力，但中国文明的基石已初步奠定，象形会意的汉字、儒墨道法等诸子思想、宗法伦理等都对后世影响甚巨。

（三）一统帝国文化探索、定格期：秦汉

从公元前220年到公元220年的这四个多世纪，是一个连续的文化过程。

---

① 参见徐旭生：《中国古史的传说时代》（增订本），文物出版社1985年版；刘式今：《试论中国古代文明的发祥地》，《考古与文物》1982年第4期。

如果向前追溯，一统帝国文化的端绪应该至春秋战国之际，因为其时所发生的中国文化史上的第一次社会大变革和文化大转型，已经寓含着政治大一统和文化大一统的契机。[①]秦汉大一统帝国的建立，汉民族在政治、军事以及所有的内外事务上都表现出强劲态势，民族的文化原创力得到辉煌的迸发，并显示出帝国文化的外拓气象。这是“古代帝国的完成期”“古代中国文化的总归结时代”[②]，它完成了对先秦多元文化的一统整合。

（1）中国文化的很多基本面貌都在秦汉时期固定下来。如度量衡的统一、文字的隶定，以及教育模式、户籍控制、官吏考选方式和经学、史学体系均格局大定，形成中国独具的特色，并在帝国内部有效实施。汉族的形成也在此一时期，汉语、汉字、汉方等沿用至今的文化成果，都在秦汉时代定型。

（2）在经过秦朝至汉朝前期百余年的探索、调适与磨合之后，大一统帝国的集权体制终于找到了一种与之相契合的意识形态，那就是发端于元典时代而又吸纳了道、法诸家的儒家文化。在统治集团倡导的“独尊”氛围下，儒家文化被经学化和官学化，“经学”成为至尊之学，两千年来规范着全民的视听言动。而在统治集团的实际运作中，却儒法兼采、王霸杂用（以董仲舒、汉武帝、汉宣帝的表述最为代表），这也成为后代专制集权统治的一般方略；士大夫间流行儒道互补的生活哲学，下层社会则辅之以潜行着的种种民间宗教。

（3）中国古代皇权更替、朝代循环的基本模式，在此一阶段形成并固定下来，对后来两千年的改朝换代和文化传承影响甚巨。这种模式是，在一个朝代内部，帝王按严格的宗法制世袭转让；但当一个王朝腐朽不堪维系，则有雄强者借势取而代之，出现“王侯将相，宁有种乎”的“皇帝轮流做”局面。农民战争或豪强夺权导致的改朝换代反复重演。正因为帝王世袭并不绝对可靠，于是统治者更加重视王权的神化和圣化，后代的专制理论愈演愈炽。值得注意的是，改朝换代并没有引起文化中绝，尽管后继朝代“改正朔，易服色”，但总是自觉认同前代并实现文化接力，秦汉之际、两汉之际是如此，后来历代也是如此。

秦汉时期中国文化由多元走向一统，中原农耕文明在与周边游牧文明的冲

① 参见顾炎武《日知录》卷十三“周末风俗”。

② 宇都宫清吉：《东洋中世史的领域》，第 128 页。

突交融中，逐渐赢得强有力的控制地位。秦汉文化足以与南亚的孔雀王朝文化、欧洲的罗马文化相媲美，成为亚欧大陆并峙的三大帝国文化。秦汉时期，既可以视为中国史前文化及元典时代之后的一个大完结、大整合，又可以视为后来的帝国文化乃至中国本土文化奠定模式的独立阶段，这四百多年自成循环，有始有终。

（四）胡汉、中印文化融合期：魏晋南北朝至唐中叶

这一阶段，中国文化开始大范围地与东亚、西亚、南亚文化进行涵化整合，踏上了“亚洲之中国”的道路。这一时期，与庄园经济和门阀贵族政治相表里，精神领域神学弥漫，儒、道、玄、佛深深地钳制着全社会的思想意识和文化门类。

（1）农耕文化与游牧文化之间的冲突与整合是这六百年间文化的一大主题。有别于秦汉的是，这一时期，华夏农耕文化的同化力有所减弱，北方游牧民族的压迫曾经造成“五胡乱华”、南北分治的局面；但是游牧文化无疑又给中国文化带来复壮和补强作用，继秦汉之后，隋唐成为又一帝国文化高峰，不能不说得益于充满阳刚精神的北方民族的“胡气”熏染，物质上如此，精神上也是如此。

（2）这五百年间，中国文化史的又一主题是来自南亚次大陆的佛教文化与中国本土文化之间的交互关系。佛教传入之初，也曾经与儒、道等文化体系相冲突，但最终不得不与中国的伦理规范、实用理性、崇拜模式、政治需求等相妥协、相融合；经过排佛、灭佛、佞佛、援佛等过程，佛教逐渐实现中国化，并深刻影响中国文化的各个层面。尤其是隋唐时期，佛学宗派林立，禅声缭绕，成为中国学术史上的奇峰异峦；如果按照通行的说法将中国学术史分作七段（先秦子学、两汉经学、魏晋玄学、隋唐佛学、宋明理学、清代朴学、近代新学），那么其中三段（魏晋玄学、隋唐佛学、宋明理学）是直接因为佛教影响而形成学术大势的，而这其中的二段（魏晋玄学、隋唐佛学）就在这一时期，后来的宋明理学也潜伏于此。

（3）这一时期，发生了中国文化的中心向东向南的转移过程。“安史之乱”后，中国的经济中心已经基本移至南方，所谓“赋出天下，而江南居什九”，但文化中心的南移还没有最后完成，这五百年间正好是南移过程中的过

渡和调适期。

（五）近古文化定型器：唐中叶至清中叶

唐宋之际继春秋战国之际以后，发生了第二次社会大变革和文化大转型，同时还引起东亚文化圈内朝鲜、日本等地文化相继发生变革。一些日本学者和欧美学者将此次大转折看作是中世纪（或称“中世”）向近代（或称“近世”）的转型。[①] 陈寅恪则指出：“唐代之史可分作前后两期，前期结束南北朝相承之旧局面，后期开启赵宋以降之新局面，关于政治社会经济者如此，关于文化学术者亦莫不如此。”[②] 这次转型，规范了中国文化史后半段的大致框架。唐宋以降的一千年间，中国文化在自身的发展中，总体上已显示出走出中古文化故辙的种种动向，孕育了某些近代文化因子，可以称之近古文化期。

（1）唐代中叶以降，领主庄园经济破产，地主—自耕农经济定型，赋税制度也发生根本性变化，以两税法代替租庸调制为开端，以后宋明几代的赋税改革，越来越明确地把朝廷对平民的直接经济关系确立下来。政治上亦是如此，科举制度实行以后，门阀贵族淡出政治，官吏直接从地主和自耕农中考选，相对具有开放性和流动性。此种地主—自耕农经济和文官政治的特色，与封建时代的西欧、日本大相区别。

（2）唐宋以来，实物经济式微，货币（包括纸币）大量流通；城市由单纯的政治中心和军事堡垒演变为经济和文化的集散地（这种功能的变化或谓之“城市革命”）。随着工商业的繁荣，市民阶层兴起，市井文化趋于活跃，反映市民生活及其情趣的小说、戏曲，在形式和内容上都另创一格，如果说，汉赋、六朝骈文、唐诗、宋词、元曲、明清小说构成中国文学主潮脉络，那么中唐以后其俗的一脉便由潜渐显。

（3）酝酿于唐中叶，在宋明得以张大的理学，一定意义上是人文理性的复

---

① 内藤湖南的《概括的唐宋时代观》认为：“唐和宋在文化的性质上有显著的差异，唐代是中世的结束，而宋代则是近世的开始。”在其影响下，其他日本学者如西嶋定生、前田直典也有类似观点。参前田直典《古代东亚的终结》，宫崎市定《东洋的近世》，《日本学者研究中国史论著选译》（一），第 10、135、153 页。法国汉学家谢和耐把这一转折的结果概括为：“11 ~ 13 世纪期间，在政治、社会或生活诸领域中没有一处不表现出较先前时代的深刻变化……一个新的社会诞生了，其基本特征可以说已是近代中国特征的端倪了。”（《中国社会史》，江苏人民出版社 1995 年版，第 257 页）。

② 《论韩愈》，《金明馆丛稿初编》，上海古籍出版社 1980 年版，第 285 页。

归，尤其是阳明心学已初具道德个人主义内涵；宋学的怀疑精神和清代考据朴学的实证精神，也已触及实证科学的底蕴；另外，文人、官僚、地主、商人合为一体，形成士大夫阶层，他们的审美情趣、人格理想、道德观念主导了全社会的价值规范，对其后乃至今天的精神生活仍有影响。

（4）唐以后，在日益强化的君主集权格局之下，官僚政治实行文武分离、右文抑武之策，虽然防止了武人割据和篡权，却导致国防劣势，民族文化的气质从汉唐的雄强外拓转向宋明的精致内敛；而与此同时，中国周边民族却日渐崛起，走向与华夏本土文化相颉抗的道路，契丹、女真、蒙古、满洲等游牧或半农半牧民族相继入主。尽管他们最终都沿袭、传承了中原农耕文化，并注入强劲的活力，元、清两代国土的拓殖即为明证，但是后进民族的一再军事征服所造成的破坏，无疑也阻碍了中国文化原发式近代转型的可能。有的西方汉学家甚至认为："在中国早已开始了近代化时期，是蒙古人的入侵阻断了此一迅速进步的过程。"①

（5）从唐中叶到清中叶的一千年间，以明代中叶为界，又可以分作前后两段。明中叶以后，商品经济更加活跃，出现所谓"资本主义萌芽"；在观念意识层面，明清之际顾黄王唐等一批先进士人非君崇"公"，高倡"民本"，开近代启蒙主义之先河。此间，西方传教士进入中土，揭开西学东渐的序幕，这是继佛教东传之后中国本土文化与外域文化的又一次大交会。

唐中叶以降的文化转折，决定了近一千年来中国文化的基本格局和大体走向。故而有识者多重视两宋文化，如严复（1854—1921）说："中国之所以成为今日现象者，为宋人之所造就什八九。"陈寅恪（1890—1969）谓："华夏民族之文化，历数千载之演进，造极于赵宋之世。"狄百瑞在论及这一阶段的文化特点时也指出："赖绍华谈到9世纪是一个新局面的转折点，那是'一个伟大的形成期'，'最近几个世纪西方所接触到的那个近代中国'的大部分特征，就是在这时候出现的。"② 总之，这一阶段构筑了西方资本主义侵入之前中国的文化背景，也是中国文化现代转型的基础和出发点。

---

① 谢和耐：《蒙元入侵前夜的中国日常生活》，江苏人民出版社1995年版，第5页。

② 狄百瑞：《东亚文明：五个阶段的对话》，第44页。

（六）中西文化交会及现代转型期：清中叶迄今

清代道咸之际，已先期完成现代转型的工业西方，以炮舰加商品打开了中国封闭的国门。中国文化第一次遭遇到“高势位”文化的入侵，中国文化与西方文化的冲突、调适、融合过程异常艰难也异常痛苦，但这一过程也赋予中国文化新的发展机遇，中国文化在物质、制度、行为、精神诸层面进入现代转型期。

（1）近一百余年来的现代转型是内力和外力共同作用的结果，是西方影响与中国文化的固有因素彼此激荡、相互作用的产物。曾经颇有影响的“冲击—反应”模式，强调西方现代文化的输入对于中国文化转型的作用，以及中国固有传统对现代转型的阻力。但仅仅认识到这一侧面是不够的，还应该看到，在民族危亡和西方现代文化的冲击面前，中国文化自元典时代就深蕴其中的忧患意识、变易观念、华夷之辨、民本思想等精神传统，通过现代诠释获得了新的生命，转换为近代救亡意识、“变法—自强”思潮、革命观念以及近代民族主义、民主主义，等等，推助了中国文化的现代化进程；至于自宋明以来隐而未彰的原发性近代文化因子，更被纳入中国文化现代转型的动因系统之中。如果对此估计不足，必将导致对中国近一百余年来现代化进程的片面理解。

（2）中国国土辽阔，各地发展不平衡，文化的现代转型务必做区域分析。由于现代西方文化从东南沿海登陆，所以两广、江浙成为一个多世纪以来中西文化碰撞的前沿。闽粤等地以及宋明以来就已成为文化中心的江浙等地，在这一阶段不仅是经济的重心而且是新文化的发祥地，其文化能量不断向内地辐射、推进。此种由南向北、由东向西的文化传播路向，与两宋以前由西向东、由北向南的文化传播路向恰成相反之势。而近代两湖地区则在文化上成为古与今、中与西相互交会的冲要地带，所以际会风云，人文荟萃。这些都构成中国近现代富于特色的文化景观。

（3）20 世纪以来的文化变革，无论在深度、广度还是在剧烈程度上，都比中国文化史上的前两次转折（春秋战国之际和唐宋之际）有过之而无不及。五四新文化运动的新旧决裂，可以看作是对明清之际以来启蒙思潮的一个终结，它存在激进主义的偏颇，然其清算中古文化若干积弊的功绩不可抹杀。此后，中国经历了对欧美模式和苏俄模式的学习、选择与改造。尤其是 20 世纪

70年代末以来，在世界信息化、全球一体化的时代氛围中，中国正在前所未有的规模和深度上经历着变革，从而把清中叶以来百余年间起伏跌宕的文化转型推向高潮。这种转型的激变性和复杂性，为古今中外所罕见，它包括三个层面：一是从农业文明向工业文明的转化（此一过程自19世纪中叶已经开始，时下正在赢得加速度），这是当代中国社会转型的基本内容；二是从国家统制式的计划经济向社会主义商品经济转化，这种经济体制的改轨与上述经济形态变化同时并进，正是现代转型的“中国特色”所在；三是从工业文明向后工业文明转化，已经实现工业化的发达国家正在进行的这一转变所诱发出的种种问题，在全球化的趋势下也呈现于尚在现代化过程之中的当代中国面前，诸如意义危机、生态危机、能源枯竭、文明冲突等问题也开始困扰今日中国。

当下日益深化的现代转型对深厚、悠久的中国文化的激荡、挑战和提供的发展机遇，都是前所未有的，波澜起伏的中国文化史正在揭开蔚为壮观的新场景。

中国古文化特质 *

一个民族文化的特质，或曰“民族精神的标记”，既非造物主的赋予，也不是绝对理念的先验产物，而是从深厚的民族生活土壤里生长出来的。19 世纪末叶，泰纳、勃兰兑斯等文化历史派认为种族、环境和时代是决定民族文化的三因素，其中又特别突出种族因素，断言种族因素中的天赋、情欲、本能、直观是决定民族文化特征的“永恒冲动”。我们认为，文化历史派的观点包含着可借鉴的成分，但片面强调种族因素，并未能真正追溯文化特质的终极原因。事实上，各个民族文化的差异性，是那些民族所处的地理环境、所从事的物质生产方式、所建立的社会组织形态的多样性造成的。因此，要把握一个民族文化的特征，必须首先了解这个民族的文化得以繁生的独特的自然环境和社会条件。

近代中国文化人在剖视民族文化的特征时，曾做过这类“土壤分析”，但他们大都偏于一端，未对自然和社会条件做全面考虑。如 1916 年《东方》上发表的杜亚泉（笔名伧父）的文章，把中西文化的差异归结为民族斗争的有无以及地理环境的区别：第一，“西洋社会，由多数异民族混合而成”，因而“叠起战斗”；中国虽民族并非纯一，但各族“发肤状貌，大都相类”，彼此争夺，“仍为一姓一家兴亡之战，不能视为民族之争”。第二，西洋文化发源于地中海沿岸，这里“交通便利，宜于商业，贸迁远服，操奇计赢，竞争自烈”；而中国文化发达于黄河沿岸，这里“土地沃衍，宜于农业，人各自给，安于里井，竞争较少”[①]。这两方面的差别，导致东西方社会现象“全然殊异”，进而造成文化的大相分歧：西洋“以自然为恶”，“注重人为”；中国“以自然为

---

* 本文系《中华文化史》（上海人民出版社 1990 年版）上编第一章的修订本。

① 伧父：《静的文明与动的文明》，《东方》第十三卷，第七号。

善，一切皆以体天意遵天命，循天地为主”。由此派生出西洋的“主动”文明，中国的“主静”文明。“两种文明，各现特殊之景趣与色彩。即动的文明，具都市的景趣，带繁复的色彩；而静的文明，具田野的景趣，带恬淡的色彩”[①]。

梁启超、李大钊等人在五四前后也认为东西文化的差异是地理因素和气候因素造成的。陈独秀则有深入一步的见识，他在肯定地理——气候影响的同时，还指出：以“家族为本位”的宗法制度，是中国文化类型形成的重要原因。他说：“忠、孝，宗法社会封建时代之道德，半开化东洋民族一贯之精神也。”[②]陈氏在这里企图从社会内部寻求造就中国文化诸特征的原因，并大略揭示了中华文化的道德型（或曰伦理型）特质，其努力是难能可贵的。然而，由于思想武器的单弱，近代文化人都未能对中国传统文化的土壤做多层次的综合考察，因而其见解难免偏颇，或有欠深刻。

作为社会意识的文化是由社会存在决定的，但社会存在又有若干层次，自然条件（或曰地理环境）是最基础的层次，其上则有经济层次（生产方式）和社会组织层次等，它们分别通过各种复杂的渠道对作为社会意识的文化施加影响。同时，社会意识又并非都如照相机式地直接反映社会存在，特别是较高级的社会意识总要通过若干中介去反映社会存在。一般而言，社会意识可区分为社会心理和社会意识形态。社会心理是未经精密加工的，在民众中普遍流行的思想意识，它们与社会存在保持着较密切的联系；而社会意识形态则是经过系统加工的社会意识，它们往往是由文化专门家对社会心理这一中介进行理论的或艺术的处理，曲折地，同时也更深刻地反映社会存在。因此，为着真切地把握中国文化的特征，有必要对中国文化得以繁衍的土壤进行多层次的综合研究，进而考察这种土壤对社会心理和社会意识形态发生怎样的影响。

当我们进行这种综合的、比较的研究时，便会发现，养育中国古代文化的土壤，是一种区别于开放性的海洋环境的半封闭的大陆环境；是一种既不同于游牧经济，也不同于工商业经济的农业型自然经济；是一种与古代希腊、罗马的城邦共和制、元首共和制、军事独裁制以及中世纪西欧的封建等级制和印度种姓制均相出入的家国一体的宗法制社会。

---

① 伧父：《静的文明与动的文明》，《东方》第十三卷，第七号。

② 《独秀文存》卷一。

地理环境的、物质生存方式的、社会组织的格局，决定了中国古代社会心理的特点，而中国古代文化匠师们便以这种初级的思想材料作原料进行加工，创制了富于民族色彩的文化产品。

下面，让我们对中国文化得以滋生的土壤作三个层次的分析。

（一）半封闭的温带大陆大河型地理环境

人类历史和文化的发展，是以自然为基础和前提的，因为，一方面，人类本身便是自然的产物；另一方面，人类的劳动对象也是自然。唯心史观总是企图把地理逐出社会，把自然逐出历史，将文化全然归结为智力的或精神的产物。唯物史观则毫不含糊地把地理环境、自然条件视作人类社会活动的物质基石，并把地理环境看作“人化了的自然界”，看作人类社会内部不可缺少的因素，因此我们可以把这种地理环境称作“社会地理环境”。当然，我们不赞成“地理环境决定论”，这一理论的错误在于把地理环境作为社会及其文化变动的唯一基本原因，从而陷入片面性。事实上，人类社会的变迁和文化类型的铸造，并非由地理环境单独决定，它们还要受到各种社会条件，尤其是生产方式和阶级关系的左右，因而在相近的地理环境中可以产生大相差异的文化。文化是由作为社会的人创造的，并非由地理环境直接赋予，但地理环境毕竟给人类文化的创造提供了物质材料，在一定程度上影响着文化的发展趋向和色彩。而且，人类社会愈接近原始阶段，这种影响力所占的比重愈大。所以，我们在考察中国文化，尤其是中国古代文化的类型时，必须把地理环境纳入自己研究的视野。

按地理环境的一个重要因素——气温带进行分类，人类可以粗略区别为寒带民族、温带民族和热带民族。由于温带气候适中，提供了较良好的生产、生活条件，所以，温带—暖温带成为文明的发祥地和繁盛之区。“历史的真正舞台所以便是温带，当然是北温带，因为地球在那儿形成了一个大陆，正如希腊人所说，有着一个广阔的胸膛。”[①] 而中国正处在北半球的温带—暖温带，地理环境提供了“自然之富，物产之丰”，这显然是古老的中国文明得以滋生发达的一个先决条件。

---

① 黑格尔：《历史哲学》，第 124 页。

按地理环境的另一重要因素——濒海性来区分，人类又可判别为大陆民族与海洋民族。古人的交通往来，主要靠河海提供舟楫之便。正是从这一意义上，黑格尔说："水性使人通，山性使人塞；水势使人合，山势使人离。"梁启超更发挥道："海也者，能发人进取之雄心者也。陆居者以怀土之故，而种种之系累生焉。"[①] 希腊、罗马、斯堪的纳维亚诸国、英吉利、日本都是典型的海洋国家，人民栖息在半岛或群岛上，享有海运之便，因而商业发达较早；又由于这些岛屿或半岛腹地比较狭窄，更促成人们朝海外展拓。因此，上述海洋民族的文化心理较为外向，文化系统也处于一种动态的和开放的状况。梁启超曾以诗一般的语言描述了海洋给人的感受："试一观海，忽觉超然万累之表，而行为思想，皆得无限自由。彼航海者，其所求固在利也。然求利之始，却不可不先置利害于度外，以性命财产为孤注，冒万险而一掷之。故久于海上者，能使其精神日以勇猛，日以高尚。此古来濒海之民，所以比于陆居者活气较胜，进取较锐。"[②] 同时，海洋还使滨海民族之间得到较充分的文化交流。埃及、巴比伦与希腊间，希腊与罗马间，多次发生就古代而言规模巨大的文化交融现象，以至世界史学界已开始采用"东地中海文明区"的概念，因为地中海这一海上走廊沟通了上述文明古国，使它们的文化"你中有我，我中有你"，在一定程度上成为一个浑然一体的系统。

中国的情形则另具一格：我们的先民自古生活在东亚大陆上，这里东濒茫茫沧海，西北横亘漫漫戈壁，西南耸立着世界上最险峻的青藏高原。这种一面临海（须知，这是古人难以横渡的太平洋，与地中海这样的内海大不相同），其他三面陆路交通极不便利，而内部回旋余地又相当开阔的环境，造成一种与外部世界相对隔绝的状态，这对中国文化类型的形成，其影响是不可低估的。梁启超曾对这个问题发表过看法：

> 故亚洲东西南北各自成一小天地，而文明之竞争不起焉。波斯与印度之间，唯有一路可通，亚历山大以来用兵所通行者是也；而卡布儿之高原[③]，又使之与西亚细亚相隔绝。若夫中国与印度之间，更无一路可适

①② 梁启超：《地理与文明之关系》，《饮冰室合集·文集之十》。

③ 今译克什米尔高原。

> 用于行军通商者：雪山之峻险，常在千丈乃至千八百丈以上之高度，而帕米尔高原，盛夏积雪。故舍海路外，无可以相通之道。坐是，亚细亚虽有创生文明之力，而无发扬文明之力。盖由各地孤立，故生反对保守之恶风，抱唯我独尊之妄见。以地理不便，故无交通，无交通故无竞争，无竞争故无进步。亚洲所以弱于欧洲，其大原在是。[①]

梁氏的这番横议虽有一味强调地理因素的偏颇，却淋漓尽致地揭示出这样一种真实情形：亚洲的多山造成交通阻隔，限制了文化交流的规模。

由于中国古文化系统从半封闭的大陆性地理环境中获得了比较完备的“隔绝机制”，而“隔绝机制”正是一个独立的古文化系统得以延续的先决条件。所以，虽然从秦汉到隋唐，中原文化曾与中亚、西亚的草原文化以及南亚次大陆的佛教文化进行过颇有声色的交流，但中国古文化始终保持着自身的风格和系统，而没出现类似印度文化因雅利安人入侵而被摧毁、埃及文化因亚历山大大帝占领而希腊化、罗马文化因日耳曼蛮族南侵而中绝那样的“断层”。

由于中国古代文化始终保持着独立的、一以贯之的发展系统，加之古代中国人对外部世界知之甚略，这使得中国人在相当长的期间，把黄河、长江滋润的那片土地视作真实的“域内”，而把其他地区看作虚幻的“方外”“化外”。虽然中国人的“九州”观、“天下”观在渐次扩大，但直至19世纪中叶以前，中国人一直把自己的国度当作世界的主体，这只要看一看中国古人绘制的世界地图便一目了然。由于古代中国的政治、经济、文化较周边地区先进，中国人一向自视为“天朝上国”；加之古代华夏族、汉族多建都于黄河南北，处在“四夷”之中，故自称“中华”“中国”，所谓“是以声名，洋溢乎中国，施及蛮貊”[②]。这种特定的氛围，使中国人自以为处在世界的中央，“中国者，天下之中也”，是中国人长期以来形成的颇富于尊严感的“自我意识”。凡此种种，铸造了中国人独具风格的世界观念和文化心理，古代中国的哲学、文学艺术和科学技术，无不受到这种世界观念和文化心理的制约。“白日依山尽，黄河入海流；欲穷千里目，更上一层楼”，“大漠孤烟直，长河落日圆”之类诗

---

① 《地理与文明之关系》,《饮冰室合集 · 文集之十》。

② 《礼记 · 中庸》。

作所展现的，正是一个大陆民族所特有的视野和壮阔的襟怀；而北京故宫那种高度对称、凝重而富丽的建筑风格，则淋漓尽致地显示了“中央帝国”雄踞万邦的雍容、庄严的气度。至于中国人强烈的民族观念（所谓“华夷之辨”）、对国籍的格外注重（一些海洋民族视变更国籍为常事，而中国人则不然），以及眷恋国土乡邦的情怀，也是一种执着的大陆民族意识。尽管这种民族意识是在半封闭状态中养育出来的，因而有其褊狭之处，但在两千多年间，确乎是支撑中华民族保家卫国，发扬文化传统的精神力量。

讨论爱国主义，有一论说值得注意：“爱国主义是由于千百年来各自的祖国彼此隔离而形成的一种极其深厚的感情。”[①] 这就明确地把“隔绝机制”作为历史上爱国主义产生的土壤。而中国古代的爱国主义，确乎与隔绝机制特别完备的大陆型地理环境有着不可分割的关系。这是我们在考察爱国主义这一重要文化现象时应当注意的一个问题。

（二）农业型的自然经济

中国文化得以滋生的地理环境是大陆型的。然而，大陆环境又有几种不同类型：中亚一带属于大漠大陆型，匈奴人、突厥人、蒙古人在这片干旱而开阔的荒漠和草原上发展了游牧经济，并组成英勇善战的骑兵，在十几个世纪中对东亚和欧洲文明世界一再带来可怖的军事威胁；东欧是草原—森林大陆型，斯拉夫人在这里发展了半农半牧经济，成为欧亚文明的过渡形态；而中国的主体——汉人聚居的地区则是湿润半湿润的大河大陆型，黄河、长江哺育着这片肥沃的土地，为我们的先民从事精耕细作的农业经济提供了条件。

“农业是整个古代世界的决定性的生产部门”[②]，农业取得进步的地区，是文化首先得以繁荣的地区，这是世界史的通例。巴比伦、埃及、印度和中国，都是在大河养育下农业最早得到发展，因而文化最早兴盛的国度。这是因为，只有当社会生产出较多的食物，才有可能从人群中分化出一部分从事非生产性活动的文化人，去进行科学的、文学的、艺术的、哲学的创造。

---

① 《列宁选集》第3卷，第608页。原译文为：“爱国主义就是千百年来固定下来的对自己的祖国的一种最深厚的感情。”现据中央编译局列宁斯大林著作编译室根据俄文版原文重译。见《光明日报》1985年10月13日第3版《对列宁关于“爱国主义”的一处论述的译文的订正》。

② 恩格斯：《家庭、私有制和国家的起源》。

中国先民的主体早在大约六千年前后，就逐渐超越狩猎和采集经济阶段，进入以种植经济为基本方式的农业社会。“禹、稷躬稼而有天下”[①]，中原地区的古代部落长能够统治天下，是发展农业的结果，这与游牧民族的酋长靠硬弓骏马制驭诸部大异其趣。后来，中国更素称“以农立国”，列朝帝王都有耕籍田、祀社稷、祷求雨、下劝农令的仪式和措施，并且无一例外地把“重本抑末”作为“理国之道”[②]。中国农具的制作、牛耕的发明、农书的刊行，都著称于世。中国还是多熟农业的发源地之一。《荀子》便有“一岁而再获之”的记载，张衡的《南都赋》则提到“稻下种麦”，这都显示了古代中国农业的发达。与此相关，古代中国人的主体——农民大都束缚在土地上，“日出而作，日入而息，凿井而饮”，少有流动，他们世世代代、年复一年地从事简单再生产，并成为国家赋役的基本承担者和社会上层建筑赖以立足的根基。这就铸定了中国古代文化在很大程度上是一个农业社会的文化，中国文化若干传统的形成，都与此相关。

当然，单以“农业社会”概括中国古代社会，也是不全面的。中国周边少数民族长期从事游牧经济，从先秦到两汉的戎、羌诸族以及匈奴人，唐代的突厥人，此后活跃在北方和西北、东北的契丹人、女真人、党项人、蒙古人、满洲人（由女真人发展而来）都是强悍的游牧民族。这些游牧民族创造的草原文化，是丰富多彩的中国文化系统的一个重要构成因素。而草原文化又曾多次与中原地区精耕细作的农业文化发生碰撞，并在反复的冲突中实现融合。这种草原文化与农业文化的相互作用，对整个中华民族文化的发展产生过长远的、全局性的影响。

然而，农业经济毕竟是中国古代社会经济的主干，中国文化的一系列特征都由此派生出来。例如民族心理的务实精神，便是由农业社会导致的一种心理趋向。“国民常性，所察在政事日用，所务在工商耕稼，志尽于有生，语绝于无验”[③]，章太炎的这一描述，刻画了以农民为主体的中国人“重实际而黜玄想”的民族性格，正是这种民族性格使中国自周秦以后的两千余年间虽有种种土生的或外来的宗教流传，但基本上没有陷入全民族的宗教迷狂，世俗的、人

① 《论语·宪问》。

② 《后汉书》卷二八，《桓谭冯衍列传》。

③ 《驳建立孔教议》，《章太炎政论选集》（下），第689页。

世的思想始终压倒神异的、出世的思想。一般而言，中世纪是文化的黑暗时代，但中国人创造了世界上最辉煌的封建化，在15—16世纪以前的一千余年间，中国文化长期处于世界前列，被神学蒙昧主义所笼罩的中世纪欧洲各国不能望其项背，13世纪来华的马可·波罗在其口述的《行纪》中，便充满了对中国文化的赞叹，真实地表达了欧洲人“自愧不如”的情绪。中国封建文化所取得的高度成就，早已蜚声世界，被认作是人类文明的第二个高峰（第一个高峰：奴隶制文化，其代表为希腊、罗马；第二个高峰：封建文化，其代表为中国；第三个高峰：资本主义文化，其代表为意大利、尼德兰、英吉利、法兰西），这不能不归因于中国农业社会的发达和成熟，归因于中国农民和士人非宗教的理性主义精神。当然，中国人的非宗教倾向，并不是以科学思维作基础的，而是以农业社会所特有的经验理性为基石，先秦时期的两大“显学”——儒学和墨学，以及贯穿秦汉至明清的三大学派——儒家、道家、法家，都具有这种思维特征。

农业社会的政治观念也有自己的特点。一方面，由千百个彼此雷同、极端分散而又少有商品交换关系的村落和城镇组成的社会，需要产生高高在上、君临一切的集权政体和统治思想，这便是所谓的“东方专制主义”，它剥夺了人民群众的一切权利，将国家的军、政、财、文大权全部集中到朝廷以至皇帝个人手中。中国早在距今两千余年的秦汉时代，就确立了这种专制主义的中央集权的君主政体，而欧洲直至中世纪晚期才出现类似政体。这是东方式农业社会的中国的一个显著特点。

另一方面，农业社会存在和发展的前提，是农业劳动力——农民的“安居乐业”，一旦这种格局遭到大规模破坏，“民不聊生”“民怨沸腾”，便有可能导致王朝的崩溃。这使得统治者很早便领悟到民为水，君为舟，而“水能载舟亦能覆舟”的道理，因此，“民为邦本”“使民以时”“民贵君轻”等民本思想成为中国这个农业社会的一种传统观念，反对“杀鸡取卵”“竭泽而渔”的“仁政”“王道”学说即由此派生出来。“爱民”“恤民”的思想与“残民”“虐民”的绝对君权主义相互对立，又相互补充，共同组成中国式农业社会政治思想的主体。而重民心、重民意的民本思想作为中国文化系统中比较富于人民性和素朴民主精神的部分，对中国文化人理论体系的构筑和创作活动的展开，都发生着深刻影响，从屈原的“哀民生之多艰”，到杜甫的“朱门酒肉臭，路有冻死骨”，无不跳跃着民本主义的脉搏。

此外，中国人的崇尚中庸，少走极端；着眼于现世和人事，不太关心来世和人事以外的自然界；注重切实领会，鄙弃口辩，以至往往把能言善辩看作“巧舌如簧”，视为狡猾的别名，而讷讷于言、笨嘴拙舌则成为忠厚老实的同义语；中国人还被西方人称赞为东方民族中“最善于处理实际事务的”，这都是农业民族典型性格的表现。

中国传统的国防观念也由农业社会的属性所决定。中国古代虽然不乏卫青、霍去病这样“勤远略”的军事家，也有过张骞通西域、郑和下西洋之类的探险、远航壮举，但国家和民族所孜孜以求的基本战略目标是“四夷宾服”式的“协和万邦”。杜甫诗云：“杀人亦有限，列国自有疆。苟能制侵陵，岂在多杀伤。”① 反映了我们民族既有抗御外敌入侵的坚强决心，又不热衷于无限扩张疆域、滥杀生灵。长城这种防御性的军事建筑，正是中国人历来求统一、求和平的民族心理的物质表征。明代万历年间来华的意大利耶稣会士利玛窦（他来华前曾遍游南欧列国以及印度）指出，明朝的军队是他所见到过的世界上数量最庞大、装备最精良的军队，但他发现，这支军队完全是防御性的，中国人没有想到过要用这支军队侵略别国。② 总之，中国人作为一个农业民族，采用的主要是农业劳动力与土地这种自然力相结合的生产方式，农民固着在土地上，既是农民自身的要求，也是统治农民的地主阶级的需要。这样，古代中国人所追求的是从事周而复始的自产自销的农业经济所必需的安宁和稳定，这与中亚、西亚多次崛起的游牧民族以军事征服、战争掠夺为荣耀的心理大相径庭；与以商品交换和海外殖民为致富手段的民族对外展拓的意向也判然有别。一些工商业比较发达的海洋民族，如古代的罗马、中世纪及近代的日本，多次制订过征服全世界的计划，而在中国汗牛充栋的经、史、子、集各类典籍中，可以发现我们的先民有过“兼爱、非攻”“礼运大同”“庄生梦蝶”“归墟五神山”之类美好的理想，或奇妙的玄想，唯独找不到海外扩张、征服世界的狂想。这大概只能用建立在自然经济基础上的大陆性农业民族平实、求安定的文化心理加以解释。

① 杜甫：《前出塞》九首之一。

② 见利玛窦：《中国札记》。

（三）家国一体的宗法社会

中国古代的社会制度和组织发生过种种变迁，但由氏族社会遗留下来的，以父家长为中心、以嫡长子继承制为基本原则的宗法制度却延续数千年之久，直到近现代还保留着明显的痕迹。

我国历史由原始社会向奴隶社会过渡，没有像希腊、罗马那样发生奴隶主民主派推翻氏族贵族统治的革命，荷马史诗生动展现了古希腊发生的这种冲突斗争，而中国关于上古社会的历史记述以及神话传说却表明，我们的先民跨入阶级社会的门槛，氏族首领直接转化为奴隶主贵族；以后，又由家族奴隶制发展成宗族奴隶制，而不是像古罗马那样由家庭奴隶制转变为劳动奴隶制。总之，中国古史的发展脉络，不是以奴隶制的国家代替由氏族血缘纽带联系起来的宗法社会，而是由家族走向国家，以血缘纽带维系奴隶制度，形成一种“家国一体”的格局。这样，氏族社会的解体在我国完成得很不充分，因而氏族社会的宗法制度及其意识形态的残余大量积淀下来。

中国进入阶级社会的情形与印度也有显著差异。印度同样是在氏族制度解体很不充分的情况下跨入阶级社会的，但印度不是像中国那样确立一种父家长制的宗法制度，而是从进入初期阶级社会（吠陀时代）起，便形成种姓制度：婆罗门（僧侣）、刹帝利（武士）、吠舍（自由民）、首陀罗（被压迫者）四大种姓划然有别，前三个种姓尤其与首陀罗之间壁垒分明，首陀罗不得参加高级宗教仪式，不得与前三个种姓通婚。这一制度沿袭三千余年，直至现代印度，仍有数以千万计的“不可接触的贱民”。

欧洲古代贵族、平民、奴隶之间的等级划分亦十分鲜明。中世纪更有三大等级的区别：僧侣、贵族、平民，贵族内部还有公、侯、伯、子、男的级差。然而，中国的奴隶制社会和封建社会虽也有等级的划分，家内奴婢一直保持到明清，但全社会并未长期存在如同古代中世纪印度和欧洲那样森严的等级制度，社会组织主要是在父子、君臣、夫妇之间的宗法原则指导下建立起来的。

宗法制度在中国根深蒂固，不仅由于氏族社会解体极不充分，还由于此后自然经济长期延续，“鸡犬之声相闻，民至老死不相往来”的村社构成中国社会的细胞群，而这些村社中又包含家庭宗族与邻里乡党两大环节，由家庭而家族，再集合为宗族，组成社会，进而成为国家的基石。这种社会结构给宗法制度、宗法思想的迁延、流衍提供了丰厚的土壤。战国时期，新兴的封建主对奴隶制的宗法制度曾经有所冲击，但破坏的仅限于奴隶主贵族利用血缘关系所推行的“亲亲”原则，至于以家庭为细胞的农业型自然经济和血缘宗族关系，则完全没有摇撼。因此，虽然在战国年间曾有“法后王”与“法先王”的论战，但在整个中国古代，“尊先王”“复三代”一直是占主导地位的意识，中国古人始终以宗法氏族社会传说的圣人——尧舜为圣人，以宗法氏族社会实行的“井田制”为土地制度的极致，以宗法氏族社会的“大同世界”为社会关系的理想境界。

氏族社会的宗法制度本来是一种习惯性的历史的事实，进入阶级社会以后，由统治阶级及其知识分子加工改造，使之理论化、固定化，铸造出一整套宗法意识，深刻影响了中国人的国民性格和两千多年的文化。

这种血亲宗法制度派生出来的社会心理，首先表现为对血缘关系的高度注重。中国人亲属间称谓的区分之细，在世界上是罕见其匹的。略举一例，在英语、俄语中叔叔、伯伯与舅舅是同一词汇，而中国却有严格区别，这正是中国人格外注意血缘关系的一个表现。中国历代皇朝都依照“立子以贵不以长，立嫡以长不以贤”的原则继位，是从宗法制度派生出来的血缘至上的继统法。其作用在于减少争夺皇位的纷扰，但同时又繁衍出许许多多昏君。此外，中国还有一个畸形的“特产”（奥斯曼帝国也有类似做法）——宫廷内大量使用阉宦，由“中性人”服侍后妃，这是最高统治者为确保皇统的血缘纯洁性所做的努力，其实质是一个宗族决不允许政治权力和经济利益向本宗族以外旁落。总之，“非我族类，其心必异”，成为宗法制度下的中国人的普遍信念。

宗法制度下的社会心理又表现为对祖先的顶礼膜拜。起源于父系氏族社会的祖先崇拜，意在祈求祖宗保佑后代繁荣昌盛。这一社会心理在中国长期延续，直至近代，中国的乡镇仍然普遍建有祠堂家庙，奉祀祖先牌位；中国人虽然也崇拜天神，但绝没有希伯来人、印度人、欧洲人、阿拉伯人那样虔诚和狂热，而往往是对天神持一种“敬而远之”、存而不论或利用态度，并且把天神崇拜和祖先崇拜结合在一起。“天地君亲师”五位一体，是中国古代建立在农业自然经济基础上的宗法制度使这种“遗风”得以保留，并在较高的层次上得以展现——政治上迷信“正统”，“汉贼不两立”成为人们的信条；思想学术上追求“道统”“心传”，从韩愈到宋明理学家，无不以“尧舜禹汤—文武周公—孔孟”统系的继承者自居，而人们也确乎把他们视作孔孟衣钵的“真传”加以崇奉；文学上推尊“文统”，“文必西汉，诗必盛唐”，成为骚人墨客的宗旨；至于艺术流派和手工业行帮更讲究“家法”“师法”，把“无一字无出处”“无一笔无来路”视作艺术和技能的极致。从积极面而言，这种尊重传统的做法大大强化了中国历史和中国文化的延续力，使得中国历史和文化成为世界上少见的不曾中断过的典范；从消极面而言，一味迷恋传统的宗法意识造成中国人向后看的积习和守成的倾向，保守知足，重古轻今，把“信而好古”“述而不作”视作至理，从而消磨了进取和创新的精神，正如巴尔扎克所说：“中国人在他们的发明上是静止的，对五千年以来获得的东西是保守的。”长期以来，“言必称尧舜”“言必称三代”是中国人立论的习惯，“法古”是政治家的口头禅，即使是那些改革志士，也不得不在“复兴三代之制”，“承袭道统”的旗号下，去革除当代弊端，否则他们的主张是难以在国民中得到拥护的。

总之，在一个半封闭的暖温带大陆上繁衍起来，以农业经济为生存基本手段的家国一体的宗法社会，便是中国古代文化得以滋生和发展的土壤。正是这些社会存在的综合作用，养育了中国人特定的社会心理，如勤谨质朴、热爱和平、自足自得、崇尚中庸、习惯稳定、尊重传统，等等，而以这种社会心理为中介，铸成了富于中国风格的社会意识形态，如天人相与、王民相维、上下相依的世界观、政治观、伦理观三者合一的思想体系，政治学、文学、艺术、史学、哲学无不渗透着这种思想体系的影响。

为了清晰地展示中国文化得以滋生的土壤，特将中国与欧洲这两种文化类型绘表对照如下。

中国文化植根“土壤”图

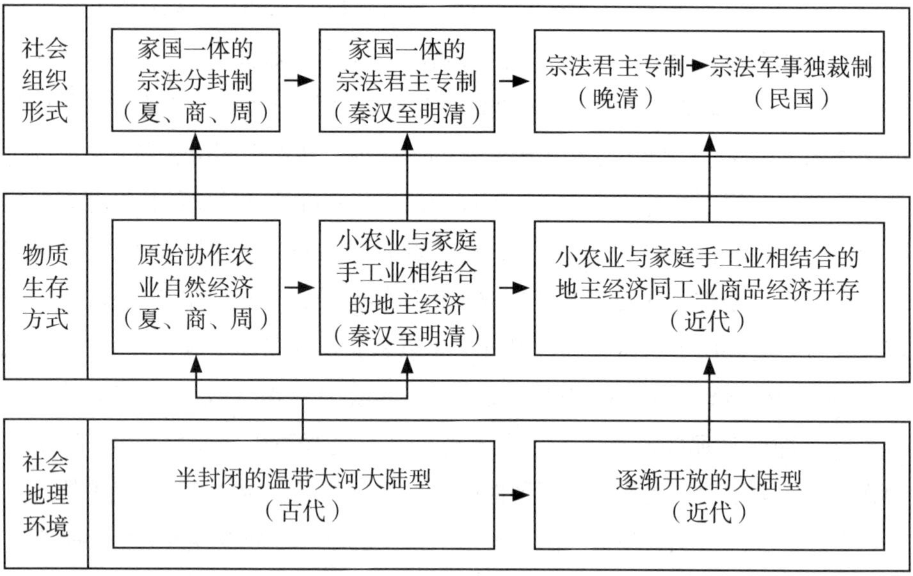

欧洲文化植根“土壤”图

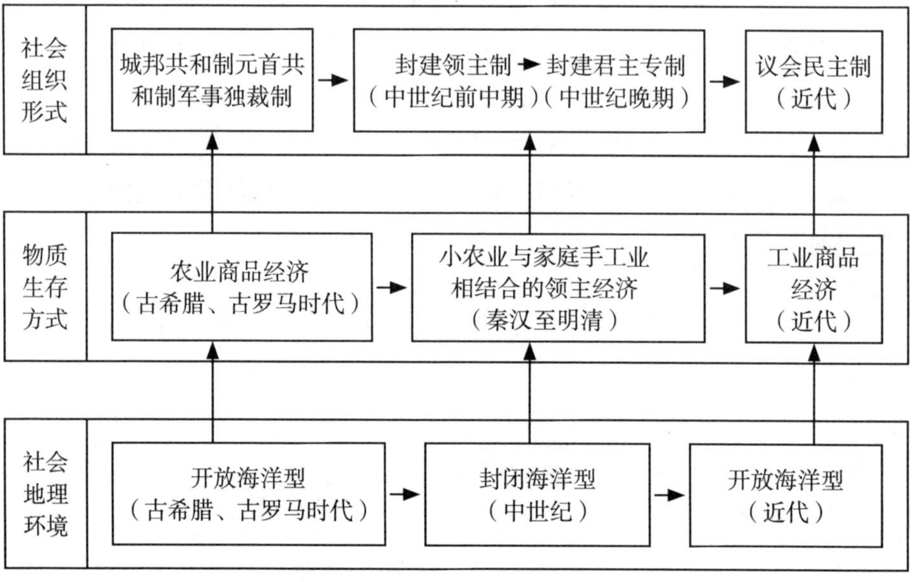

汉文化类型论略*

一、文化类型说的简要回顾

文化的发展总是在特定的时间和空间中运行的。前者造成文化的时代性，后者造成文化的民族性。而正是文化的民族性构筑了文化类型。人类各民族因地理环境、物质生产方式和社会组织结构的差异性，造成各种不同的文化传统或文化类型，这些传统或类型一经形成，就获得顽强的延续力，导致某种定式。因此，关于文化类型的研究具有特别的理论意义和实践意义，从而成为文化学和文化史学的一个重要课题。

中国人很早便对文化类型有所认识，当然，古人的文化类型观主要是在中原地区华夏族（后来演变为汉族）的农耕文化与周边四夷的游牧文化或渔猎文化的比较中建立起来的，也即通过“华夷之辨”来把握自身及异民族的文化类型。春秋时即有“裔不谋夏，夷不乱华”[①]之说，把“四裔”“夷狄”与华夏作为两种不同的文化系统加以对比。由于中原地区的农耕文化总的水平大大高于四夷，华夏族及后来的汉族往往称夷狄文化为“陋”[②]，为“无礼仪”[③]，甚至说“夷狄之有君，不如诸夏之亡（无）也”[④]。明清之际思想家王夫之把“华夷之辨”纳入人类文化类型考察的轨范，通过比较，对华夏文化（或曰汉文化）的特征做出具体的、理性主义的概括。王夫之常将“中国”与“夷狄”

---

* 原载《中国文化史断想》，华中理工大学出版社 1998 年版。

① 见《左传·定公十年》。

② 《论语·子罕》：“子欲居九夷，或曰陋如之何？”

③ 《白虎通》：“夷者蹲也，言无礼仪。”

④ 见《论语·八佾》。

对称，“中国”即汉民族聚居的中原地区，是有城郭可守、墟市可利、田土可耕、赋税可纳、婚姻仕进可荣的文化圈，而“夷狄”则法制疏略、自安逐水草、射生饮血、忘君臣、略婚宦、驰突无垣。[①]这就从经济生活、政治制度、社会风俗方面，探讨具有发达的农业经济和封建政治制度、伦理观念的华夏族（汉族）与从事游牧生活、处于氏族制阶段的少数民族间的文化差异。通过这样的比较，汉民族被推尊为“礼仪之邦”“声明文物之邦”，并颇为自己先进的文化类型骄傲了若干年。当然，两汉以后，中国人还将本土以入世精神为特征的儒家文化与来自南亚的以出世精神为特征的佛教文化加以比较，进一步突出了本土文化重伦常礼教的类型特征。如唐代韩愈谴责佛教“弃而君臣，去而父子，禁而相生相养之道，以求其所谓清净寂灭者”[②]，从而将君臣父子之义、孔孟仁义之言，作为万世不移的道统加以崇奉。

历史推进到近代，西方资本主义工业文明大举入侵中国，中国文化面临严峻的考验，并有了全新的参照系，这促使中国人对自己文化的优劣加以再审度，并从新的视角对自己文化的类型加以界定。20世纪初叶，严复、李大钊、杜亚泉等人，通过中国传统文化与西欧近代文化的比较，把中国文化归结为“农业—宗法”型，其特征是“静的”“和平的”“精神的”“以家族为本位的”；梁漱溟更将中国、印度、西方列为文化三类型，西方文化是“以意欲向前要求为根本精神的”，“中国文化是以意欲自为调和持中，为其根本精神的。印度文化是以意欲反身向后要求，为其根本精神的”。[③]这些说法无疑包含着部分真理，却又存在疏漏处。疏漏之一是，他们所描述的“中国文化类型特征”基本是汉民族文化的类型特征，这显然不足以概括多民族的中国的文化特征；疏漏之二是，他们对文化得以生长的社会历史土壤只有粗略的分析，在进行文化比较时又不大注意社会形态的分野及历史阶段性的区别，因而所提出的文化类型说往往失之片面或表面。这就为今日的文化学和文化史学工作者提出了向深度和广度进军的任务。

---

① 王夫之《读通鉴论》卷二十八，《诗广传》卷五。

② 《原道》，《韩昌黎全集》卷十一，中国书店1991年版。

③ 梁漱溟：《东西文化及其哲学》。

二、汉文化类型的生成机制

中国文化是多民族文化的总汇，这是不应忽略的，但汉文化是中国文化的主体，也是毋庸回避的事实。由于汉族人口众多，生活地域辽阔，又有着悠久的文明史，把握其文化类型相当不易。笔者以为，汉文化独特的格局和传统，自有复杂的生成机制，而其中关键之一，是氏族制解体不充分，血缘纽带在几千年的古史（乃至于近代史）中一直纠缠不休，社会制度和组织发生过种种变迁，但由氏族社会遗留下来的，以父家长为中心、以嫡长子继承制为基本原则的宗法制的家庭、宗族却延续数千年之久，构成社会的基础单位，所谓“天下之本在家”[①]，直到近代还大体保留着如此格局。这种社会结构对汉族文化类型的确立和演化，产生了深刻而久远的影响。

大约四五万年前，先民（主要指生活在黄河中游一带的先民）进入氏族社会。“氏族”是一种血缘组织，其英语对应词 Ceng 意指“生育”，引申为人类社会最原始的血缘集团。在汉语词汇系统中，氏有“根”或“根源”之意，转义为姓氏。“三代以前，姓氏分而为二，男子称氏，妇人称姓。”[②] 姓是母系氏族社会产物，氏为父系氏族社会产物。氏族一般有几十到百余人，由同一女性始祖或男性始祖的几代亲属及配偶组成。几个血缘较近的氏族组成胞族，若干彼此通婚的氏族、胞族组成部落，又由于生产劳动和战争的需要，邻近部落组成部落联盟，这已经是国家的前身。由血缘纽带组合起来的氏族社会，是世界各地区诸民族全部经历过的发展阶段。然而，诸民族在氏族制解体以后的发展形态却千差万别。

生活在海洋型地理环境中的希腊人，由于人员流动频繁、商品交换规模较大，跨入文明社会（以文字的发明和使用为标志）以后，氏族社会的血缘纽带被挣脱，以地域和财产关系为基础的城邦组织取代以纯人身关系为基础的宗法组织。古希腊神话津津乐道的提坦巨族夫妇争权、父子夺位；迈锡尼王阿伽门农为妻所杀，其子俄瑞斯忒斯又杀母为父报仇；黑暗之神厄瑞玻斯逐父娶母等故事，形象地表现了希腊这一时期氏族制解体、血缘纽带断裂的事实。在希

---

① 荀悦：《申鉴·政体》。

② 郑樵：《通志·氏族略序》。

腊非血族的社会结构之上，产生出一种混合型的城邦文化：挣脱血亲束缚，走遍地中海沿岸的希腊人利用伯罗奔尼撒半岛特殊的地理环境，广为采纳来自巴比伦的天文学、腓尼基的文字、埃及的科技和哲学、赫梯人关于铁和武器的知识、古爱琴人的商业和航海技术以及对文学艺术自由的爱好。这一切镕铸、整合而成的希腊文化，不是植根于古代原始型自然经济之中的文化，而是从多元、易变的海洋型开放性经济中获得营养和灵感的城邦文化。

与希腊形成反照的是，生活在东亚大陆上的华夏人及以后的汉人，栖息于由大河灌溉的辽阔而肥沃的原野间，自结束流动性的渔猎生活，很早就从事定居农业。虽然华夏人及以后的汉人掌握古代人类的两种机动手段——牲畜（马匹和骆驼）及船舶的能力并不亚于其他民族，“昔在黄帝作舟车以济不通，旁行天下”[①]一类记载不绝于书，但定居农业的优越性诱使他们对于土地产生一种特别执着的感情。他们这样赞美大地：“至哉坤元，万物资生，乃顺承天。坤厚载物，德合无疆，含弘光大，品物咸亨。”[②]如果说先民对天尊敬如严父，那么对提供生存基础、财富来源的大地则亲近如慈母，所谓“乾，天也，故称乎父；坤，地也，故称乎母”[③]。《礼记》则说：“地载万物，天垂象，取财于地，取法于天。是以尊天而亲地也。”[④]这种对土地的深深眷恋，使汉民族养成一种“固土重迁”的习惯，所谓“鸟飞返故乡兮，狐死必首丘”。除少数行商走贩和从事“宦游”的士子外，大多数汉人，尤其是农民，终身固着在土地上，“日出而作，日入而息”，如果没有极端严重的灾荒和战乱，一般是不愿脱离故土的。由于人员少有迁徙，商品生产和流通规模有限，从氏族社会遗留下来的，由血缘家族组合而成的农村乡社，便世世代代得以保存。希腊、罗马的城邦国家，积市而成；而古中华国家则积乡而成。“乡”作为华夏及后来汉人社会的基层单位，包含家庭宗族与邻里乡党两环节。《周礼》中的“乡师”“乡大夫”，《汉书·百官公卿表》中的“三老”，便是乡党首领兼家族、宗族长老，负有组织农耕协作、实行义务教育、维持社会治安等职责。充满血族温情，相对静止的乡社生活，大大强化了土地对农民的固着力，使古老的氏

① 《汉书·地理志》。
② 《周易·坤卦·彖传》。
③ 《周易·说卦》。
④ 《札记·郊特牲》。

族社会传袭下来的血缘纽带愈益牢固，汉人的伦常观念，以至国家观念都由此派生而来。

华夏族的伦常及国家起源论，有两个显著特点，其一是自然主义的，将“天地”视作国家、人伦的始原；其二是血缘至上的，认为国家基于亲缘，社会关系由血亲关系导生。《易传》说：“有天地，然后有万物；有万物，然后有男女；有男女，然后有夫妇；有夫妇，然后有父子；有父子，然后有君臣；有君臣，然后有上下；有上下，然后礼义有所错。”[①]由血缘纽带维系着的华夏社会，只承认血缘族类，而不承认个人的独立价值。与之大异其趣的是，解脱了血缘羁绊的城邦化的希腊人，则承认个人（当然是指奴隶以外的自由民的个人）独立原则，进而承认个人间的后天契约原则，并将这两点认作国家的基石。黑格尔曾概括希腊人的观念说：“照原子论的政治学看来，个人的意志本身就是国家的创造原则……而共同体或国家本身只是一个外来的契约关系。”[②]

原始公社解体，出现了从“人不独亲其亲，不独子其子”的“公天下”向“天下为家，各亲其亲，各子其子”的“私天下”的大转变。[③]值得注意的是，中国完成这一转变，并没有像古希腊那样发生奴隶主民主派推翻氏族贵族统治的革命，荷马史诗（尤其是《奥德赛》）生动展现了这种冲突斗争，而华夏系统关于上古社会的历史记述以及神话传说却表明，我们的先民跨入阶级社会的门槛，氏族首领直接转化为奴隶主贵族，部落联盟领袖虞舜禅位于禹，禹首次将权位传给儿子启，禹便成为中国第一个朝代的第一位“帝”，实现了政权私家世袭授受的历史性更替。以后，周革殷命，也是走的“人惟求旧，器非求旧，惟新”[④]的路线，只满足于礼器的更新，却保留被血缘纽带束缚着的“旧人”。在夏商周三代，家族奴隶制发展成宗族奴隶制，而不是像希腊罗马那样由家族奴隶制转变为劳动奴隶制。总之，中华古史的发展脉络，不是以奴隶制的国家代替由氏族血缘纽带联系起来的宗法社会，而是由家族走向国家，以血缘纽带维系阶级制度，形成一种“家国一体”的格局。[⑤]商王朝便“以国为

---

① 《周易·序卦》。

② 黑格尔：《小逻辑》，商务印书馆 1981 年版，第 215 页。

③ 见《礼记·礼运》。

④ 《尚书·盘庚上》。

⑤ 中国古史分期长期聚讼未决，中国到底有没有奴隶制社会也一直是未了的公案，其重要原因之一，盖在于此。

姓”[1]，殷墟甲骨文记载的奴隶，大都冠以族名。周王朝更进一步将家国一体的结构完善化，通过氏族血缘纽带实行国家的政治统治，这便是宗法制度。周天子自称天帝的长子，是姬姓家族的“大宗”，天下的“共主”，其王位由嫡长子继承，次子以下封为诸侯，是周天子的“小宗”；诸侯在自己的封国内又是“大宗”，由嫡长子继承，次子以下封为卿大夫，是诸侯的“小宗”。如此次第构成一个宗法等级网络，宗法礼制兼具权力统治和伦常制约的双重职责。周代大略确立了中国传统社会结构的定式，正如王国维所说：

> 周人制度之大异于商者，一曰立子立嫡之制由是而生，宗法及丧服之制并由是而有，封建子弟之制，君天子臣诸侯之制；二曰庙数制；三曰同姓不婚之制。
>
> 此数者皆周之所以纲纪天下，其旨则在纳上下于道德，而合天子、诸侯、卿、大夫、士、庶民，以成一道德之团体。[2]

周人制度被以后历朝所承袭，“复周”成为千百年来许多人号召天下的口号，正表现了宗法制在古代中国的一以贯之。当然，后世对西周制度也是有因有革的，即以东周为例，西周由氏族贵族的血缘纽带攀联而成的统治体系便有崩解之势，周初“兼制天下，立七十一国，姬姓独居五十三人”[3]。而历经春秋兼并，到战国时，七雄中只剩下燕国为姬姓，其余六国都由异姓掌权。秦汉以降，国家政权与家族趋于部分分离，虽然皇帝和王侯的继统依然由家族血缘确定，“立嫡以长不以贤，立子以贵不以长”[4]是大多数朝代的帝王和贵族的继承准则，但其他统治集团成员主要由考选产生，以郡县制为基础的中国官僚制度以“贤贤”取代了“亲亲”。然而，这仅是问题的表层，实际上，构成中国传统社会奠基石的，始终是由血缘纽带维系着的宗法组织，由一个男性先祖的子孙团聚而成的家族，因其经济利益和文化心态的同构性，往往超越朝代，千百年来作为一种社会实体，代代传袭，成为社会机体的细胞群，王朝不可或

---

① 《史记·殷本纪》。

② 王国维：《殷周制度论》，《观堂集林》卷十。

③ 《荀子·儒效》。

④ 《春秋公羊传·隐公元年》。

缺的基层组织和赖以维系的支柱；由家族制度产生的族权，是仅次于政权的巨大权力系统，是束缚中国人民四条极大的绳索之一。总之，由于氏族社会的解体完成得很不充分，因而以血缘家族为基础的宗法制度及其意识形态的残余大量积淀下来。诚如梁启超所说："吾中国社会之组织，以家族为单位，不以个人为单位，所谓家齐而后国治是也。周代宗法之制，在今日其形式虽废，其精神犹存也。"[①] 据此，梁启超称中国人"有族民资格而无市民资格"[②]。

印度同样是在氏族制度解体很不充分的情况下跨入阶级社会的，但印度不是像中国的汉人社会那样确立一种父系家长制的宗法制度，而是从农村公社取代氏族公社，进入初期阶级社会（吠陀时代）起，伴随着雅利安人的入侵及对土著的达罗毗荼人的奴役，便形成种姓制度。婆罗门（僧侣）、刹帝利（武士）、吠舍（雅利安自由民）、首陀罗（由被征服的达罗毗荼人组成的贫民集团）四大种姓划然有别，每个种姓都有长老会议，有权裁判本种姓成员。不同种姓成员禁止通婚，前三个种姓与首陀罗之间尤其壁垒分明，首陀罗不得参加高级宗教仪式，生命也少有保障。这一制度沿袭三千余年，直至现代，印度仍有数以千万计"不可接触的贱民"。在古代欧洲，贵族、平民、奴隶之间的等级差异亦十分鲜明；中世纪更有三大等级的区别：僧侣、贵族、平民，贵族内部还有公、侯、伯、子、男的级差。然而，中国华夏系统的社会虽然也有贵贱等级的划分，如《尚书・尧典》所对举的"百姓"与"黎民"，又如《左传・昭公七年》不厌其详地罗列的身份级别："天有十日，人有十等。下所以事上，上所以共神也。故王臣公，公臣大夫，大夫臣士，士臣皁，皁臣舆，舆臣隶，隶臣僚，僚臣仆，仆臣台。"但自战国以后，贵族阶级走下坡路，学术重心也自官府移于民间，社会失却了如古代中世纪印度和欧洲列国那样森严的等级制度，社会赖以运转的轴心，是宗法原则指导下确立的父子、君臣、夫妇等伦常—政治系统，正是在这一基础上，有些中国哲人力倡"人无贵贱，道在者尊"[③]。如果说，魏晋间的"九品中正制"一度造成"下品无势族，上品无寒门"的族望门第之风盛行，那么，隋唐以后的科举取士，则将仕进的大门朝一切有条件"进德修业"的人士敞开，唐太宗之类的帝王遂得意地发出"天下

①② 梁启超：《新大陆游记》（四十），《饮冰室合集》专集之四，中华书局1989年版，第121页。
③ 蔡邕：《劝学篇》，《全上古三代秦汉三国六朝文》。

英雄尽入吾彀中”的喟叹。从这一意义上可以说，中国的帝制郡县社会较之印度和欧洲的封建社会，获得了更宽阔的统治基础。

宗法制度在汉民族根深蒂固，不仅由于氏族社会解体不充分，还由于此后自然经济的强固有力，“鸡犬之声相闻，民至老死不相往来”的男耕女织的家庭无以崩解，进一步由家庭而家族，再集合为宗族，组成社会。每一家族都建立祠堂，供奉祖先牌位，形成家族中心；每一家族又续修家谱，以便把同一祖先的后裔联络起来；每一家族还拥有族田，作为维系家族活动的经济基础。在小农经济和家族制度的地基上，宗法关系便得以延传，从而达到“管摄天下人心，收宗族，厚风俗，使人不忘本”①的目的。这种社会结构给宗法思想的迁延、流衍提供了丰厚的土壤。战国时期，新兴的诸侯王对封建宗法制度有所冲击，但仅限于在政治领域里用“贵贵而尊官”原则取代旧贵族利用血缘关系所推行的“亲亲而爱私”原则，②至于以家庭为细胞的农业型自然经济和血缘宗族关系，则并未摇撼。因此，虽然在战国年间曾有“法后王”与“法先王”的论战，“尊法”与“亲亲”的冲突，但在整个帝制时代，“尊先王”“复三代”一直是占主导地位的意识，人们始终以宗法氏族社会传说中的圣人——尧舜为圣人，以宗法氏族社会实行的“井田制”为土地制度的极致，以宗法氏族社会的“大同世界”为社会关系的理想境界。严复在《社会通诠》一书的译序中，曾讲到这种情形：

> 由唐虞以讫于周，中间二千余年，皆封建之时代；而所谓宗法亦于此时最备。其圣人，宗法社会之圣人也；其制度典籍，宗法社会之制度典籍也。物穷则必变，商君、始皇帝、李斯起，而郡县封域，阡陌土田，燔诗书，坑儒士，其为法欲国主而外，无咫尺之势。……而迹其所为，非将转宗法之故，以为军国社会者欤？乃由秦以至于今，又二千余岁矣。君此土者不一家，其中之一治一乱常自若。独自于今，籀其政法，审其风俗，与其秀桀之民所言议思维者，则犹然一宗法之民而已矣。

---

① 《宗法》，《张载集》，中华书局1978年版，第258页。

② 《商君书·开塞》：“上世亲亲而爱私，中世上贤而说仁，下世贵贵而尊官。”

在一定意义上可以说，中国汉人聚居区的奴隶社会是宗法奴隶制，封建社会是宗法封建制，至秦汉以降的帝制郡县社会，始终是父家长制的变体。父亲在家庭君临一切，“家有严君焉，父母之谓也”[①]。与之相对应，君王则是全国民众的严父，“夫君者，民众父母也”[②]。总之，君、父并称，父是家之君，君是国之父，彼此互为表里；治国与齐家也相互为用，“治国必先齐其家者，其家不可教而能教人者无之。故君子不出家而成教于国”[③]。君父一致，家国同构，宗法关系就这样渗透到政治生活的最高层及社会生活的最底层，各阶层的人们都在宗法关系的羁绊下蠕动，以至直到近代，严复还慨叹国人皆“宗法之民”，而且，当新民主主义革命运动兴起，中国人民仍须把宗法制度及其具体表现——帝制郡县社会的政权、族权、神权、夫权，作为革命的基本目标，直至建设现代社会的今天，同宗法意识的冲突也随时发生。

三、以维系血缘纽带为职志的伦理观念构成汉文化的中心环节

宗法社会既然以血缘关系作为联络、束缚成员的绳索，表现在文化意识上，便格外注重对于在血缘关系制约下的种种习惯的维护和推行，由此而产生的伦理学说，就成为宗法社会首屈一指的文化门类。

伦理学的希腊语对应词为ethika，出自ethos，意为“习惯”，它研究的对象是道德，而道德是以善与恶、正义与非正义、公正与偏私等原则来评价人们的行为和调节人与人的关系的。伦理学的使命是解决生活中最实际的德行问题，而德行的原则不是学者所能独立建构的，而是人们在社会实践过程中制订出来的，这些原则反映着许多世代大量的生活经验和习惯，伦理学者不过是把这些原则概括起来加以系统化。如前所述，血亲氏族制在中国解体不充分，而氏族社会的特点是，人们的思想行为以千百年来形成的生活经验和习惯为准则，“历来的习俗就把一切调整好了”[④]。在这些生活经验和习惯加工为法律

① 《周易·家人卦》。

② 《新书·礼三本》。

③ 《礼记·大学》。

④ 恩格斯:《家庭、私有制和国家的起源》,《马克思恩格斯全集》第21卷，人民出版社1965年版，第111页。

之前，便已䌷缊化育为伦理观念，左右着宗法社会下人的思想行为；当成文法出现以后，“宗法之民”仍然乐于，或者说更习惯于主要通过伦理观念支配自己，而让成文法退居幕后。商鞅、韩非等法家企图用“前刑而法”取代“先德而治”[①]，结果只见效一时而不能行之久远；宗法社会选择的文化主体，终究是德治主义的儒家仁政王道学说。“民，吾同胞；物，吾与也”[②]等一类充满血缘亲情的哲理，渗入汉民族心灵的深层。

在宗法血缘纽带较早解体的民族和国度，如希腊、罗马，更多地仰仗法律维系社会秩序，与之相随的是，主体与客体两分，心灵与物质对立的观念应运而生，人们的视野也不局限于伦常关系，转而探索大自然的奥秘和人类的思维规律，宇宙生成学和形而上学得以发展。在古希腊人那里，伦理哲学不过是整个学术文化中与其他门类彼此鼎立的一足。如柏拉图所代表的古希腊哲学体系包括思辨哲学、自然哲学和精神哲学（又称道德哲学），以后，斯多亚学派明确地把哲学区分为逻辑学、物理学（即自然哲学）、伦理学（即精神哲学）。近代的黑格尔是在承袭这种三分法的基础上，建立起自己庞大的哲学体系的。总之，从古希腊到近代西方，“求真”型的科学文化构成主潮之一。这种文化类型把宇宙论、认识论与道德论严加区分，分别作纵向研究，因而本体论、认识论得到独立发展，没有与道德论混为一谈。

古中国的情形却别具一格。由于人伦效法自然，自然又被人伦化，形成天人合一、主客混融的局面。自然界既然未被当作独立的认识对象同人伦相分离，因此，以外物为研究对象的科学被轻忽，自然哲学也就不发达，思辨哲学也无以获得充分发育，唯有伦理学一枝独秀，其他一些学科门类往往以伦理学为出发点和归结点。如政治观念大都是从伦理道德观念中引申而来的，三纲五常本是讲的伦常关系，后来被政治化、法律化，不忠不孝被视作“大逆不道”，可判极刑；全忠全孝、做道德完人，成为“最大的政治”。社会各阶层的人们都习惯于用道德准则评判政治，政事往往被归结为善恶之别、正邪之争、君子小人之辨，很少将政治问题置于知识论的基础上加以考察和评析。

以三纲五常为基本内容的伦理观念占据汉文化的中心位置，并构成选择异

① 《商君书·开塞》。

② 张载：《正蒙·乾称篇第十七上》。

质文化的“过滤器”。在古代和中世纪，许多国度和民族以宗教作为撑持社会秩序的精神支柱，汉文化系统虽然容纳了多种宗教，却避免了全社会的宗教化，原因之一是宗教精神难以通过纲常名教这块“过滤器”。大多数宗教都漠视世俗的人伦关系，如佛教教义主张无君无父，一不敬王者，二不拜父母，不受礼教道德约束，“口不言先王之法言，身不服先王之法服，不知君臣之义、父子之情”①，而注重血亲关系的宗法制社会是不能容忍这一点的。某些中国本土宗教（如道教）和外来宗教的中国化教派（如佛教的禅宗）在尽孝、尽忠这伦理的两大端上做出让步，方获国人的理解，得到较顺利的发展。总之，在汉族系统，曾经长期充当社会精神支柱的，是伦理道德学说。恩格斯指出，中世纪是神学世界观，近代是法学世界观，现代是唯物史观。②这是就欧洲而言，中国的汉文化系统在古代居主导地位的不是神学世界观，而是伦理世界观，它在某种程度上起着与欧洲中世纪神学世界观相类似的作用，成为一种“准宗教”。

与伦理中心主义直接相联系的，中国的“治道”特别注重道德感化和身教的作用，“以身训人是之谓教，以身率人是之谓化”③，尊者、长者尤其要讲究以表率服人。所谓“父不慈则子不孝，兄不友则弟不恭，夫不义则妇不顺”④，帝王在发生灾荒或社会动乱时，便下诏“罪己”。这类行径不能以“虚伪”一言以蔽之，它实际上是氏族社会宗法观念的遗存。氏族社会没有成文法，氏族长老靠“榜样”的力量和道德感召来团结、调动全社会。氏族长老常常向氏族成员检讨工作，并进行道德上的自我批评，以求得氏族成员的谅解和支持。以后，奴隶制国家和封建制国家建立，相继颁布无数成文法，但在宗法社会，道德的威力始终被看得比法律更为重要和有效，孔丘说的“道之以政，齐之以刑，民免而无耻；道之以德，齐之以礼，有耻且格”⑤，便点明了此种“德治主义”的精义。中国的统治者主要是以伦理的训条，而不是单以法律精神治理国事；每一个个人首先考虑的也不是遵从国家的法治，而是如何在错综复杂的人际关系中履行伦理义务：臣对君尽忠，子对父尽孝，妇对夫尽顺，弟

① 韩愈:《论佛骨表》,《韩昌黎全集》卷八，中国书店 1991 年版。

② 《马克思恩格斯全集》第 21 卷，人民出版社 1965 年版，第 545 ~ 548 页。

③ 管同:《与朱干臣书》,《因寄轩文初集》卷六。

④ 《颜氏家训 · 治家》。

⑤ 《论语 · 为政》。

对兄尽悌；与此同时，君、父、夫、兄等尊者长者，对臣、子、妇、弟等卑者、幼者也有特定的义务。这两者的配合，便构成宗法式社会的“和谐”。

总之，汉人作为一个颇富于义务感的民族，其社会意识主要不是靠宗教和法治支撑，而是依赖建立在宗法制度基础上的伦理观念加以维系。

高度重视伦理道德学说，不只是某一学派的信念，而且是整个中国汉文化系统的共同特征。儒家创始者孔丘极端注重伦理学说，是人所共知的，他以“仁”为“至德”，而把孝悌、忠信、礼、勇等都从属于仁的总原则之下。“仁”从人从二，讲的是如何处理人际关系。它以“亲亲”为出发点，推及“尊尊”，认为“孝悌”是“仁”的根本，又由血亲之爱的“孝悌”生发开去，演为对尊贵者的忠诚，“其为人也孝悌，而将犯上者鲜矣”[①]！这样，“仁学”便成为宗法思想与国家观念的中介，实现了“亲亲有术”与“尊贤有等”的统一，因而受到特别推崇。孟子又将孔子的道德学说加以条理化，提出“仁义礼智”“孝悌忠信”“父子有亲，君臣有义，夫妇有别，长幼有序，朋友有信”等道德条目，并进一步将“亲亲”与“尊贤”调和起来，正如思孟学派著的《中庸》所说：“敬其所尊，爱其所亲”，“尊贤则不惑，亲亲则诸父昆弟不怨”，这套原则为整个社会所崇奉。

墨家面对“天下大乱”的时代，力究“乱源”，其结论是：“当察乱何自起，起不相爱。臣子之不孝君父，所谓乱也。……若使天下兼相爱，国与国不相攻，家与家不相乱，盗贼无有，君臣父子皆能孝慈，若此则天下治。”[②]这是典型的道德救世论。墨家的“兼爱”与儒家的“爱有等差”颇相径庭，但在企图用劝导人们完善道德的办法来救世这一点上却很相近。墨家虽然有比较发达的自然学说，但伦理学说仍然是其体系的核心内容。

道家尖锐抨击儒墨两家宣扬的世俗道德观念，尤其是其中的君臣父子之道，但道家自身也十分注重伦理的探讨。《老子》又名《道德经》，其中所讲的道与德，除哲学本体意义外，还有伦理学意义，如“以道莅天下，其鬼不神”，“圣人之道，为而不争”等句中的“道”，指人类活动的最高准则；“修之于身，其德乃真”，“常德乃足，复归于朴”等句中的“德”，指人的本性

① 《论语·学而》。

② 《墨子·兼爱上》。

或品德。老子反对仁义忠孝等礼教德目，却倡导“贵柔”“知足”“不为天下先”“不争”等道德信条；庄子则追求“保身”“全生”“养亲”“尽年”[①]。老庄思想表现了宗法社会注重个体修养和伦常关系的倾向。

法家与儒家歧见迭出，但全神贯注于伦理问题的探求，同样是法家学说的潜质。如韩非曾提出“臣事君、子事父、妻事夫”为“天下之常道”的三纲思想，认为“三者顺则天下治，三者逆则天下乱”[②]；《管子》以“礼义廉耻”为民族的精神支柱（“四维”），认为“不恭祖旧则孝悌不备，四维不张，国乃灭亡”[③]。并强调任何事务都可弃而不顾，唯独干系“君臣之义、父子之亲、夫妇之别”的学问一刻也不能马虎，而要时时加以切磋。

由先秦思想家构造起来的伦理学说，其历史土壤是宗法家长制，而它一经产生，便对中国民族精神发生巨大影响，魏晋玄学的“名教自然之辨”，宋明理学的“天理人欲之辨”，都是运用思辨去满足伦理需要的范例。直到明清之际，早期启蒙思想家也仍然恪守伦理中心主义。王夫之等人虽然对蒙昧主义发起抨击，对“人欲”的正当性加以肯定，但他们更为重视“人”对社会国家的伦理义务，认为只有在这个范畴内，“人欲”才具有合理性。

宗法制的社会历史土壤对于在中国广为传播的宗教，也发生了潜移默化的影响。例如，作为中国本土宗教的道教，同世界其他宗教分裂灵魂与肉体、划分此岸和彼岸的体系不一样，它是一种现世的宗教，其目标并非到彼岸做尊神，而是“羽化登仙”，在现世享受荣华；道教还专设功名禄位神——文昌帝君，以满足教徒们对利禄功名的追求。连来自南亚的佛教，历经数世纪的熏染，也伦理化了。按照佛教教义，佛法在诸天之上，但中国化的佛教宗派允许祭天大礼存在；佛教鼓励出家，本与孝道相悖，但中国化的佛教宗派也讲尽孝，其轮回观念竟演为父母死后做超度的佛事；佛教讲出世，但中国化的佛教宗派在教义中也宣扬入世和功德度人，并增添了许多人生实务。

伦理中心主义还渗透到意识形态的各个分支中，如汉文学高度强调“教化功能”，将文学作为“载道”的工具；史学以“寓褒贬、别善恶”为宗旨；教育以德育压倒一切，智育成为德育的附庸；哲学则与伦理学相混合，孔孟学说

① 《庄子·养生主》。
② 《韩非子·忠孝》。
③ 《管子·牧民》。

更成为一种主讲仁义的“伦理哲学”，都是突出表现。

作为伦理型的汉文化，将人推尊到很高的地位，所谓“人为万物之灵”“人与天地参”“天有其时，地有其材，人有其智”。把人与天地等量齐观，并列论之。因此，有的学者将欧洲中世纪神本主义的基督教文化称为“天学”，将宣传“轮回”“因果报应”的印度佛教文化称为“鬼学”，将重视人伦道德的中国儒学称为“人学”，这种概括不无道理。不过，汉文化系统的“重人”意识，并非尊重个人价值和个人的自由发展，而是将个体与类、将人与自然和社会交融互摄，强调人对宗族和国家的义务。因此，这是一种宗法集体主义的“人学”，与近代勃兴的以个性解放为旗帜的人文主义属于不同的范畴。

以儒家的伦理中心主义为出发点，又生长出“贵义贱利”的价值观。所谓“正其谊（义）不谋其利，明其道不计其功”①，把统治阶级的最高利益推尊为“义”和“道”，要求人们为之献身，却禁绝人们去谋求自身的“功”和“利”，将动机和效果截然两分，只强调动机，不注重效果。与此同时，又派生出“德力分离”的观念，引导人们追求道德上的完善和道义上的胜利，漠视功利与生的特质——力，认为“德之所在”，“义之所在”，生死赴之，物质欲望与力的夸耀都被认为是不道德的和低贱的。这种文化氛围养育了士大夫脱离实际、空论仁义的习性，成为与“经世致用”既相矛盾又相联系的另一传统。

传统的伦理思想有其精华的一面，并在特定的历史条件下成为鼓舞人们自觉维护正义、忠于民族国家的动力，即所谓“杀身成仁”“舍生取义”。这种文化气质曾造就了历史上许多悲壮高洁的民族英雄，浇灌了美丽的精神文明之花。“精忠报国”的岳飞，“留取丹心照汗青”的文天祥，饮雪吞毡、坚贞不屈的苏武，都从传统伦理思想中吸取了积极的思想营养，立德、立功，彪炳千秋。文天祥在《正气歌》中列举了中国历史上见危授命的英雄人物：

> 时穷节乃见，一一垂丹青：在齐太史简，在晋董狐笔，在秦张良椎，在汉苏武节；为严将军头，为嵇侍中血，为张睢阳齿，为颜常山舌；或为辽东帽，清操厉冰雪；或为出师表，鬼神泣壮烈；或为渡江楫，慷慨

① 《汉书·董仲舒传》。

吞胡羯；或为击贼笏，逆竖头破裂。[1]

这里歌颂了不惜牺牲生命“秉笔直书”的史学家、冒险刺杀暴君的勇士、为揭露奸佞而犯颜直谏的忠臣、不向异族入侵者屈膝的民族志士、“鞠躬尽瘁，死而后已”的贤相，这些“民族的脊梁”显然都从传统的伦理观念中获得力量，去抗御常人难以忍耐的苦难。

文化的“伦理型”特色又具有精神虐杀的一面，在漫长的岁月中，将宗法关系伦理化、凝固化，成为专制压迫的一种形式。在伦理义务的绝对拘束之下，“国家的特性便是客观的‘家庭孝敬’”，“皇帝犹如严父”[2]，整个社会呈现僵化而有秩序的状态。随着帝制社会的发展，宗法伦常愈益成为束缚卑贱者的枷锁，“饿死事极小，失节事极大”之类的礼教训条，不知戕害了多少弱者，使旧文明成为“大小无数的人肉的筵宴”，“人们就在这会场中吃人，被吃”。[3]

中国帝制时代的伦理中心主义，是以“忠君、孝亲”意识为主体的宗法伦常主义，曾长期制约着中国人的思想方式和生活方式，直到近古，才有所突破，如明代晚期泰州学派的何心隐便置君臣、父子、夫妇等纲常伦理规范于不顾，所谓“人伦有五，公舍其四，而独置身于师友贤圣之间”[4]。清明之际的顾炎武则主张区分天下人之“天下”与一姓一朝之“国家”，并明确指出：“保国者，其君其臣肉食者谋之。保天下者，匹夫之贱，与有责焉耳矣。”[5]黄宗羲、王夫之、唐甄等人也有类似见解。但这类具有初级启蒙色彩的思想并未在社会普及开来，清代占统治地位的仍然是宗法伦理中心主义。直至五四新文化运动，才把清算宗法伦理中心主义的任务提上日程，然这一清算过程又出现偏颇，宗法传统的若干精粹被扬弃，新道德的建立失却民族文化根基。故综会古今中西的伦理构建是今人和来者的未竟之业，任重而道远。

① 《文文山全集》卷一四。

② 黑格尔：《历史哲学》，三联书店1956年版，第165页。

③ 《坟·灯下漫笔》，《鲁迅全集》第1卷，人民文学出版社1981年版，第217页。

④ 李贽：《何心隐论》。

⑤ 《正始》，《日知录》卷一三。

文化结构简论 *

人类从“茹毛饮血，茫然于人道”[①]的“植立之兽”[②]演化而来，逐渐形成与“天道”既相联系又相区别的“人道”，这便是文化的创造过程。在文化的创造和发展中，主体是人，客体是自然，而文化便是人与自然、主体与客体在实践中的对立统一物。这里所谓的“自然”，不仅指存在于人身之外并与之对立的外在自然界，也指人类的本能、人的身体的各种性质内在的自然性。文化的出发点是从事改造自然进而改造社会的实践着的人。

有了人，就开始有了历史；有了人，也就开始有了文化。人创造了文化，同样文化也创造了人自身。

文化的实质性含义是“人类化”，是人类价值观念在社会实践过程中的对象化，是人类创造的文化价值，经由符号这一介质在传播中的实现过程，而这种实现过程包括外在的文化产品的创制和人自身心智的塑造。

一、技术体系与价值体系

文化是主体与客体在人类社会实践中的对立统一物。这一观点既是把握文化的实质内蕴的出发点，也是剖析文化结构的钥匙。

粗略言之，文化可划分为技术体系和价值体系两极。技术体系指人类加工自然造成的技术的、器物的、非人格的、客观的东西；价值体系指人类在加工自然、塑造自我的过程中形成的规范的、精神的、人格的、主观的东西。而技

* 原为《中华文化史》（上海人民出版社 1994 年版）导论，收入“文存”有所调整。

① 王夫之：《读通鉴论》卷二十。

② 王夫之：《思问录 · 外篇》。

术体系和价值体系又经由语言和社会结构组成文化统一体。这个统一体便是广义文化。

广义文化包摄众多领域，诸如认识的（语言、哲学、科学思想、教育）、规范的（道德、信仰、法律）、艺术的（文学、美术、音乐、戏剧、建筑的美学部分）、器用的（生产工具、衣食住行的器具，以及制造这些工具和器物的技术）、社会的（制度、机构、风俗习惯）等方面。它们都是人的创造性活动驰骋的天地，人类自身也正是在这一天地里成长并受其制约。

考古学上的“文化”比较接近于广义文化。它指同一时期、同一地域具有共同特征的考古遗存的总体，通常以首次发现地点或特征性的遗迹、遗物命名，如仰韶文化、龙山文化、彩陶文化、黑陶文化等。考古学探讨的对象——历史文物是先民创造的文化成果的物化遗存，考古学上的文化是人类的精神创造和物质创造的综合。

人们常说中国是“声明文物之邦”①，这也是一个广义文化概念。声，指语言、音乐；明，指光彩、色彩，包括服饰、绘画；文，指文字、文法、文体、文学、文献；物，指经人类加工过的，为人所用的各种器物。明清之际学者顾炎武（1613—1682）提出过宽阔的文化概念：

> 自身而至于家国天下，制之为度数，发之为音容，莫非文也。②

他把从个人修养乃至治国平天下的业绩，从典章制度到文学艺术都视作“文”的表现形态。这已十分逼近广义文化的内涵。

对于文化的内部结构，我们的先哲作过层次分明的剖析。清中叶学者龚自珍（1792—1841）说：

> 圣人之道，本天人之际，胪幽明之序，始于饮食，中乎制作，终于闻性与天道。③

---

①《左传·桓公二年》：“文物以纪之，声明以发之。”吕祖谦《秦晋迁陆浑论》：“伊洛之民，居中华声明文物之地。”

②《日知录》卷七，“博学于文”条。

③《五经大义终始论》，《龚自珍集》。

我们的先哲已经意识到，物质文明是文化的基础和前提（“始于饮食”），制度文化是文化的中枢（“中乎制作”），在它们的基础上，方可进行较高层的精神性探讨（“终于闻性与天道”）。

文化的价值体系相当于狭义文化，它与特定民族的生产方式和生活方式相适应，构成以语言为符号传播的价值观念和行为准则。这种观念形态的文化（或曰精神文化），与经济和政治相对应，是社会的经济和政治的反映，又给予巨大影响和作用于社会的经济和政治。狭义文化即观念形态文化，作为信息的传播及保存系统，具有知识性特征，它是对广义文化的记载。观念形态的文化知识，记录了人类累代的文化创造和文化传播的内容，成为人类文明成就得以传承的载体，成为无限广大的，不停流逝着的广义文化的“摹本”。

我们不倾向于将狭义文化，即精神文化单纯理解为“知识的总和”，不主张把人降格为知识的容器，把人的大脑看作是一部包罗万象的词典，而把文化理解为人的活生生的世界观，理解为一种永无休止的创造力。诚如意大利思想家葛兰西（1891—1937）所说：“文化并非知识的杂凑，而是某种完全不同的东西，它是一个人内在的自我的组织和训练；它是对一个人自己人格的占有；它是对一种优越意识的征服，在达到这一征服的地方，理解一个人自己的历史价值在生活中的作用、权利和责任才成为可能。”[①] 这是一种实践的、能动的，洋溢着主体精神的文化观。本书所要讨论的中国文化，主要从这一意义上展开。

在研究作为世界观和创造力的整合的精神文化时，又不能与精神的物化形态截然两分，这是因为，历史从哪里开始，思想进程也应当从哪里开始，人类观念形态文化的发展历程，是与整个历史，因而也是与物质文化的历史交织在一起的。

首先，观念形态的文化总是受制于并附丽于一定的物质条件，如音乐演奏需要乐器，美术创作离不开颜料、笔墨纸砚和画布之类，文学的流传依赖印刷、纸张等物质材料，更毋庸说人类从事一切精神文化活动必须在解决衣食住行等物质生存条件之后方能进行，正所谓“来牟（小麦）率育而大文发

---

① 参见俞吾金《葛兰西的文化观及其启示》，《复旦学报（社会科学版）》1986 年第 4 期。

焉”[①]——粮食充裕了，即物质生活有了保障，文化才能得以昌盛。

其次，观念形态的文化又是以物质世界和人类的物质创造以及作为物质实体的人为表现、描绘或研究对象的。

其三，人类的物质创造，人类的经济活动和政治活动凝结着智慧、意向和情绪。如一座建筑，当然是物质文化成品，但这座建筑又包含着人（建筑者乃至使用者）的科学思想、价值意识、审美情趣等观念形态的综合成就，并且体现出人的生活习俗、行为定式的规定性要求，实际上是精神的物化或物化了的精神。作为“人化的自然”的这幢建筑，是物质文化、精神文化，以及介乎二者之间的行为文化彼此紧密结合的整体。因此，不做物质文化与精神文化的大体区分，固然难以进行文化学和文化史学的研究，但将两者截然割裂，既不可能，也无必要，这正像人的脑和手无法分离，它们有机地统一于人和人的实践一样。

将文化硬性地区别为物质的和精神的，其不妥之处还在于，作为人类化现象的文化不仅指人类创造活动的结果，而且包括创造、分配、消费文化成果的过程本身。文化的某些表现形态，或者是指人在社会实践和思维中的趋势，或者是指人类加工自然和社会的实践活动，尚处在物质变精神、精神变物质的过程之中，很难用物质与精神截然两分的办法加以归纳。

二、物态文化层、制度文化层、行为文化层、心态文化层（社会心理与社会意识形态）

从文化形态学角度，宜于将文化视作一个包括内核与若干外缘的不定型的整体，从外而内，约略分为几个层次——

由人类加工自然创制的各种器物，即“物化的知识力量”构成的物态文化层，它是人的物质生产活动方式和产品的总和，是可触知的具有物质实体的文化事物，构成整个文化创造深刻的物质基础；

由人类在社会实践中组建的各种社会规范构成的制度文化层；

由人类在社会实践，尤其是人际交往中约定俗成的习惯性定式构成的行为

① 王夫之：《诗广传》卷五。

文化层，它是一种以礼俗、民俗、风俗形态出现的见之于动作的行为模式；一个时代的文化集中体现在该时代的思想理论体系中，却更广泛地活跃在各种社会风尚间；

由人类在社会实践和意识活动中长期细缊化育出来的价值观念、审美情趣、思维方式等主体因素构成的心态文化层，这是文化的核心部分。

这里所谓的“心态文化”，大体相当于“精神文化”或“社会意识”这类概念。而“社会意识”又可区分为社会心理和社会意识形态两个层次。

社会心理指人们日常的精神状态和道德面貌，是尚未经过理论加工和艺术升华的流行的大众心态，诸如人们的要求、愿望、情绪、风尚等。我国古代，朝廷设置专门机构，致力于“观俗”“采风”，便是着意于掌握社会心理，以期“移风易俗”；近人梁启超（1873—1929）力倡“新民说”，鲁迅（1881—1936）探讨“国民性”，也属于把握并改造社会心理一类工作。社会心理较直接地受到物质文化和制度文化的影响与制约，并与行为文化交融互摄，互为表里。

社会意识形态则指经过系统加工的社会意识，它们往往是由文化专门家对社会心理这一中介进行理论的或艺术的处理，曲折地，同时也更深刻地反映社会存在，并以物化形态（如书籍、绘画、雕塑、乐章、影片等）固定下来，播之四海，传于后世。

对心态文化中“社会心理”和“社会意识形态”两个层次加以区分，并认识到社会心理是社会意识形态赖以加工的原材料，对于文化研究具有特殊的启示意义——我们不能只是一味关注经由文化专门家加工过的、定型了的“社会意识形态”（即所谓“精英文化”或“雅文化”），还必须将视线投向社会意识形态与社会存在之间的介质——不定型的，作为潜意识存在的社会心理（即所谓“大众文化”或“俗文化”）。只有同时把握精英文化和大众文化、定型的书面文化和不定型的口碑文化，认真研讨社会心理与社会意识形态之间的辩证关系，才有可能真正认识某一民族、某一国度精神文化的全貌和本质。

此外，依与社会存在关系的疏密程度，又可将社会意识形态区别为基层意识形态（如政治理论、法权观念）和高层意识形态（如科学、哲学、艺术、宗教）。作为基层意识形态的政治思想和法权观念，是经济基础的集中表现，与社会存在保持着较密切的联系，但它的产生和发展仍然要经过社会心理这一中间环节起作用。作为高层意识形态的科学、哲学、文学、艺术、宗教，其终极根源当然也要追溯到社会存在，尤其是经济土壤之中，但它们是更高的即更远离物质经济基础的意识形态，具有较强的独立性，在这里，观念同自己的物质存在条件的联系，愈来愈被一些中间环节弄模糊了。但是这一联系是存在着的。社会存在通过一系列介质方作用于这类高层意识形态，而社会心理和基层意识形态便是其间的介质。“一定的‘心理’是在人们之间的一定的关系的基础上出现，这是再明白不过的了。而哲学思想和艺术创作的一定派别则是在这种‘心理’的基础上发展的。”[①] 对于哲学的发展而言，“经济在这里并不重新创造出任何东西，但是它决定着现有思想资料的改变和进一步发展的方式，而且这一作用多半也是间接发生的，而对哲学发生最大的直接影响的，则是政治的、法律的和道德的反映”[②]。

上述文化诸形态，依其与作为自在之物而存在的自然的距离远近和联系疏密程度，可分成若干层次，简略图示如下。

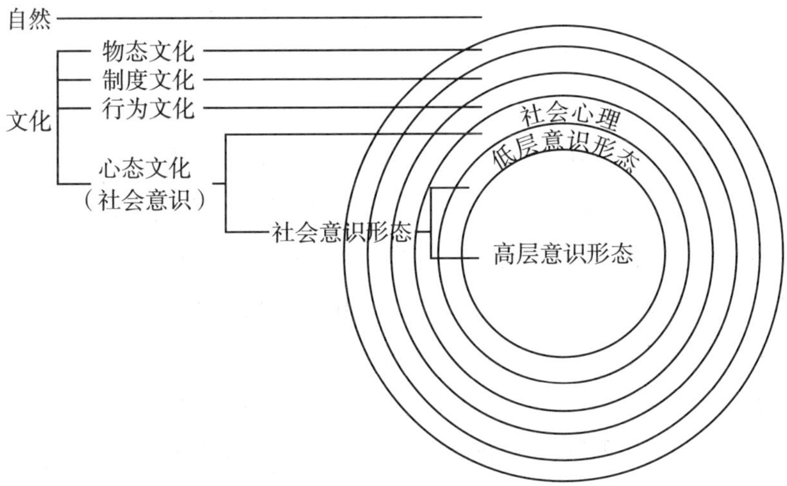

文化诸层次，在特定的结构—功能系统中融为统一整体。这个整体既是前代文化历时性的累积物，具有遗传性、稳定性，同时又在变化着的生态环

① 《普列汉诸夫哲学著作选集》第2卷，第229页。有关普列汉诺夫论社会心理与社会意识形态的思想观点，参见何梓昆《普列汉诺夫哲学思想述评》，中山大学出版社1987年版。

② 《恩格斯致康·施米特》，《马克思恩格斯全集》第37卷，人民出版社1972年版，第490页。

境影响下，内部组织不断发生递变和重建，因而又具有变异性、革命性。而文化整体中的不同成分，其遗传和变异的情形又是很不平衡的，某些部分传统的力量强大，相对稳定，变异缓慢；某些部分遗传制约比较松弛，因而变异也比较迅速。

一般而言，与社会发展的活跃因素——生产力关系直接的物态文化，新陈代谢的节奏较快，而制度文化和行为文化作为社会规范和行为定式，则带有较浓厚的保守性格。

三、文化的深层结构

在构成文化内核的心态文化层中，经由文化专家创作加工，注入丰富的个性色彩的种种社会意识形态（如各种哲学、社会科学理论及文学、艺术思潮），由于是创造性思维的产物，往往具有活跃的变异性，尤其在社会变革时代，可以在短期内屡屡发生新旧更替，甚至在同一作者那里出现“今是而昨非”的情形。与此成反照的是，作为社会意识形态的背景和基础的社会心理，诸如潜藏在大众历史生活中的价值观念、审美情趣、思维方式所构成的“民族性格”，因为是一种感性直觉的“潜意识”或“集体无意识”，难以被自觉把握和运作，从而具有顽强的稳定性和延续力，与社会生产力和社会制度的变异不一定形成直接而迅速的对应性效应，往往历时悠远而情致不衰，所以被人们称作“文化的深层结构”。当然，“文化的深层结构”并非神授天予的凝固物，而是一个在特定的生态环境中孕育出来的生命机体，随着自然与社会环境的改造，随着心态文化层中理性部分的变异造成的影响，作为“潜意识”或“集体无意识”的“文化深层结构”也在演化和重建，归根到底，仍是一种历史地产生又历史地变化、消失的文化现象，不过速度相对缓慢，在短期内不易为人觉察而已。

与文化的“浅层结构”和“深层结构”相对应的一组概念是“显型文化”和“隐型文化”，它们是按照人们对文化诸形态的自觉把握程度加以区分的。作为具有符号性特征的显型文化，是可以从外部加以把握的各类文化事实，物质文化、制度文化、行为文化、物化了的精神文化共同组成这种文化事实；隐型文化则是一种“二级抽象”，它是潜藏在各类文化事实背后的知识、价值观、意向、态度等。文化外在的显型式样和内在的隐型式样构成二位一体的统一物，前者是后者的外部表现和形态，后者是前者的内在规定和灵魂。而文化史学的重要任务之一便在于研究“文化心态”，即通过显型文化把握精深微妙的隐型文化，透过一个民族文化的文字和事实构成的种种表现形态认识这个民族的精神特质。

文化是一个完整的有机整体，这个有机整体的运动历程便是文化史。“整体大于局部相加之和”，部分对整体的决定作用不是直接实现的，而是通过结构实现的，文化的各个局部通过特定的结构，组成文化整体，并创造出整体自身的功能。因此，文化学和文化史学应当在分门别类的、个案的研究基础上，重视整体的、宏观的研究，而且这种整体的、宏观的研究，又不是个案的、微观的研究的拼盘。我们应当注意文化与环境（自然环境与社会环境）的结构关系，这便是文化的“外结构”研究；与此同时，我们还应当注意文化自身的结构关系，这便是文化的“内结构”研究。只有在整体大于局部之和的观念指导下，将内结构研究和外结构研究有机综合起来，方有可能再现文化历史的整体性，才有可能洞察悠久而博大的中国文化的生成机制、内在特质及发展趋势。

《中华文化辞典》* 序

近20年来，随着文化讨论的展开和文化研究向纵深拓殖，文化哲学、文化史学（包括文化通史、断代文化史、区域文化史）及专题文化论著，如雨后春笋般涌现。加之传媒的播散之功，“传统文化与现代化的关系”“中西文化的冲突与整合”等议题不胫而走。至于“神农文化节”“荷花文化节”之类标示“文化”的群众性活动亦风行一时。“文化”这一概念以空前张力，挺进社会各阶层的话语系统，庙堂之上、沙龙之内自不待言，即使芸芸众生的日常言谈也常有“文化”二字现身。1999年中央电视台的春节联欢会上，宋丹丹、崔永元等合作的小品，便不时冒出下里巴人颇富文化况味的佳句，令闻者发出会心之笑。“文化”从20世纪40年代末至70年代末被冷落多年，竟在20世纪后期变得如此热络，实在是先前未曾料及的。

记得20世纪80年代初，我应邀参加在复旦大学举行的一次小型文化研讨会（这可能是新时期国内较早探讨文化学、文化史学的学术聚谈之一），主持人报告说，中华人民共和国成立三十多年来，各大专院校基本未开设文化学和文化史课程，以“文化”命名的出版物，仅寥寥两三种，与同时期世界上许多国家云兴霞蔚的文化研究大不相称，也同20世纪20年代至30年代中国颇有声色的文化论战和文化史研究形成落差。会上，年逾八十的周谷城（1898—1996）先生即席讲话。鉴于那时人们于文化学、文化史都隔膜已久，对“文化”概念也只限于“被政治、经济所决定，又服务于政治、经济”这么一种认识，周谷老的谈话便侧重于界定“文化”。他操着浓郁的湖南乡音说，文化有点像“泥鳅”，难以抓住，只有边研究边把握，轮廓才会逐渐清晰起来，所谓

* 本辞典冯天瑜主编，2001年武汉大学出版社出版。

“草鞋无样，边打边像”。周谷老又说，什么是文化？一块天然的石头不是文化，而是自然，经过有意识的人类对它加工，就变成了文化。

时间逝去十多年，周谷老也作古数载，而他那风趣的神态和举重若轻的说辞，至今仍历历于眼前耳际。20年来，我在研习文化史的过程中，为着把握“文化”概念，参酌过多种论著，涉猎过不少学说，但得益真切的，还是周谷老那深入浅出的一席谈。以诸君案头的这部文化辞典而论，将文化界定为“自然的人化”，除取义于马克思、恩格斯的论述外，也受启迪于周谷老当年的“石头之喻”。

文化作为“自然的人化”，包括外在文化产品的创制和人的内在心智的塑造，因此，文化分为技术体系和价值体系两大部类。技术体系表现为文化的器用层面，它是人类物质生产方式和产品的总和，是整个文化大厦的物质基石；价值体系表现为文化的心智层面，即人类在社会实践和意识活动中细缊化育出来的价值取向、审美情趣、思维方式，形成文化的精神内核。以上就是习语所说的物质文化和精神文化。介乎二者之间或二者之外的，还有文化的制度层面和文化的行为层面。前者是指人类在社会实践中建构的各种社会规范、典章制度，表现为种种规约、体制和机构，诸如国家模式、法律体系、赋役制度等；后者是指人类在社会交往中约定俗成的习惯定式，以礼俗、民俗、风尚形态出现的行为模式。

器用、制度、行为、心智，是本辞典所涉及文化的四个层面，而心智文化记录着累代文化创造和文化传播的精神内涵，是不停流逝的广义文化的摹本，也是本辞典的展开部。心智文化又可分作文化心理和文化观念两个级次。前者约指不定型的、作为潜意识存在的“俗文化”，后者约指经由文化专门家加工过的、定型了的“雅文化”。器用文化、制度文化、行为文化中跃动着心智文化的灵魂，反过来，器用文化、制度文化、行为文化又提供着心智文化的源头活水，并成为心智文化的物化形态和实践形式。本辞典力图从文化四个层面及其互动关系来拟定条目、阐释条目，并兼顾心智文化的“雅”与“俗”两层面。

本辞典是一部中华文化辞典，是关于中华民族共同创造的文化历史的辞典，这就需要进而界定“中华”。

“中华”是一个有着漫长演变过程的词汇，我们有必要把握其古义和经过时代转换后的现代义。

古代华夏—汉族立国，多建都中原（黄河中下游），处于四夷之中，故称之“中华”，意谓“居于天下之中的华夏”，与先秦常用的“中国”“中土”等词相近似。“中华”一词，先秦、秦汉尚未出现，直至汉胡交织、华夷混融的魏晋南北朝，“中华”一词方开始使用。《魏书·礼志》称，“下迄魏晋，赵秦二燕，虽地据中华，德祚微浅”。《晋书·陈頵传》记陈頵与王导书曰：“中华所以倾弊，四海所以土崩者，正以取才失所。”《北齐·高昂传》称，“于时鲜卑共轻中华朝士”。这些文献所用“中华”，或指中原发达的文化，或指拥有礼乐传统的华夏族。

如果说，“中国”与“中华”原先都是地理概念，而“中国”后来逐渐转化并定格为政权、国家性专用名词，那么，“中华”则更多地被发挥其文化内蕴，《唐律名例疏议释义》说：

> 中华者，中国也。亲被王教，自属中国，衣冠威仪，习俗孝悌，居身礼义，故谓之中华。

这段释文在指出“中华”本与“中国”词意略同之后，进而开掘“中华”特定的文化含义。近人章太炎对于“中国”与“中华”两词的区别更有明晰的分梳：

> 中国云者，以中外别地域之远近也；中华云者，以华夷别文化之高下也。①

既然“中华”是一个富于“文化”底蕴的词汇，故本文化词典没有冠以“中国”，却选定“中华”二字。

应当指出的是，20 世纪初叶正执着于“排满革命”“光复旧物”的章太炎所说的“中华”，指的是中国主体民族——汉族拥有发达的文化。与章太炎论战的改良派杨度则在更广阔的意义上，以“中华”指认中国国土上多民族共同

---

① 《中华民国解》，《民报》第 15 期，1907 年 7 月。

拥有的文化。辛亥革命前后，革命派魁首孙中山逐步超越“排满革命”的视域，以“中华”称谓中国诸民族联合体，并在推翻清朝后，定国名为“中华民国”，并提出汉、满、蒙、回、藏“五族共和”之说，实指中国诸族共和，从而赋予“中华民族”以中国各族共同体的内涵。

纵观历史，中国各族得“中华”之共名虽在晚近，其实，诸族文化的交往融会已久历岁月，而一部中国的文化史，正是这个诸族共同体在悠久年代间共同创造的。本辞典并非汉族文化的辞典，而是以汉族为主体的，由多族融合而成的中华民族文化的辞典。这便是本辞典冠以“中华文化”的意蕴所在。应当指出的是，中华文化自发端之日起，即不断与外域文化发生着交互影响，这是中华文化生生不息、异彩纷呈的动力之一。本辞典各断代多设“文化交流”专节，便是此种历史真实的反映。

本辞典除第一部分为文化学条目外，其他诸部分均竖分横写，即按历史时序归章，章内按文化诸门类分列条目。条目释文，力图从“文化”角度发掘内涵，以与政治史、经济史、社会史等辞典相区别。

本辞典成自众手，各条目后注明作者，以示各位的劳绩与文责。常务副主编何晓明教授为编写组织工作付出巨大辛劳，他又与笔者勉力通览全稿。但撰稿人及主编者限于学力，难免疏误，还望读者诸君不吝赐教。

2001年4月25日于武汉大学珞珈山麓寓所

《中华文化事典》* 序

中国史书素重“记事”，也兼及“记言”，“五经”中最具史典性的《尚书》和《春秋》，分别以“记言”和“记事”为重心，所谓“左史记言，右史记事，事为《春秋》，言为《尚书》”（《汉书·艺文志》）。中国史书形成纪传体（以《史记》为端绪，诸正史承袭之）、编年体（以《春秋》为端绪，《资治通鉴》光大之）两种主流体裁，其所载内容兼纳“记言”与“记事”，而又以“记事”为展开部。后来，在编年体的基础上发展出纪事本末体（以《通鉴纪事本末》为端绪，续有《明史纪事本末》等），更突出“记事”，形成一种按时序编排、以陈述事件经纬为使命的史书新体裁，其优长为“文省于纪传，事豁于编年，决断去取，体圆用神”（章学诚:《文史通义·书教下》）。

史书重视记事，并非史家之偏好，而有其深沉的原因在：历史本来就是由事件贯穿而成的。所谓“事件”，略指历史上、社会上已经发生的大事情。脱离了事件具体而微的陈述，历史便陷于空泛。如果缺乏关于“九一八事变”“七七事变”“台儿庄之战”“保卫大武汉”“百团大战”“重庆轰炸”诸事件的准确记述，便不成其为中日战争史。事件的孕育、诞生、发展、演变、消弭，前后事件间的起承转合，构成跌宕起伏的历史进程。一般意义上的历史如此，作为专门史一支的文化史亦是如此——波澜壮阔的文化史，由一系列文化事项的生成演化所构成，正是由诸如文字的发明、青铜器的制造、元典的创生、经学兴起、科举制的推行、李杜诗篇的涌现、永乐大典的编纂、考据学的盛行等事项，方编织成逶迤多致的中国古代文化史。因此，我们可以沿用纪事本末体的体裁，通过前后递嬗的文化事件娓娓道来的叙述，达成色彩璀璨的

---

* 武汉大学出版社 2008 年版。

文化史的呈现。当然，人是文化史的主体，事件由人的活动构成，述事必须见人，尤其要见人的精神，但这人的精神又一定是通过事件的演绎透现出来的，所谓“我欲载之空言，不如见之于行事之深切著明也”（《史记·太史公自序》）。读者诸君案头的这部《中华文化事典》便是依纪事本末体之例编纂的一部贯通性的文化事项史典。

何晓明教授主持的《中华文化事典》剪裁精要，通过306例事项、事件、事物勾勒自先秦以迄民国的中华文化进程，观照物质文化、制度文化、行为文化、观念文化诸层面，纵向层层递进，波澜起伏；横向条分缕析，此呼彼应，并且展示了中华文化由多民族共创，由内外因素互动涵化而成的特点，从而达成一部多维度的，又史迹清晰的中华文化事典。其体例新颖、检索便利、内容丰赡、可读性强都是显著优长，诚为一部不可多得的文化史佳构。由于中华文化的复杂性，试图用三百条目概述之，难度之大，可想而知，故《事典》条目的选取还有商榷余地，关于条目阐发的精确性和学术前沿性也有提升空间，以达成“体圆用神”境界。

2008年5月28日撰于武昌珞珈山麓

“中华文化史”书系*序

在西方人眼里，中国位处遥远的东方，是较早迎接光明的处所。[①]这不仅是从地理方位而言，就人类历史发生的先后顺序来说，东方也较早沐浴文明的曙光。诚如黑格尔在《历史哲学》中所指出的：

> 当黄河长江已经哺育出精美辉煌的古代文化时，泰晤士、莱茵河和密西西比河上的居民，还在黑暗的原始森林里徘徊。

至于中国人自己，截至19世纪中叶以前，一直以为居于“天下之中”，而且拥有超乎外邦异族的优越文化。[②]这种认识在今日看来当然未必足取，因为中国并非世界的中心，只不过占据着亚欧大陆东侧；古代世界也并非只有中国这一个文明中心，巴比伦、埃及、印度、希腊、波斯、阿拉伯、印第安都创造过灿烂的古文明。然而，中国人固然不是一脉单传的“天之骄子”，却曾长期走在先进的文明国度的行列——

中华初民早在一百多万年前已与猿类揖别，从事渔猎、采集经济，创造原始文明，六七千年前逐步进入定居农耕生活，大约五千年前发明原始文字（陶文），而形成比较成熟完备的文字系统（甲骨文）则有近四千年的历史。

中华文化不仅历史悠久，而且延续力强劲，是世界上罕见的在长达数千年

---

* 北京语言学院出版社1992年版。

① 古代腓尼基人把地中海以东的陆地称为Asu，意即“东方日出处”，地中海以西陆地称为Ehb，意即“西方日落处”。以后Asu变化为Asia（音译“亚细亚”）；Ehb变化为Europe（音译“欧罗巴”）。这两名称被希腊人所沿用，并传播给欧洲诸民族，后来更为世界通用。

② 汉语“中华”一词，其“中”字意谓“四方之中”，“华”字意谓“文化繁荣”。“中华”意为文化繁荣的中央之地。

间不曾中断过的文化系统。以学术而论，先秦子学、两汉经学、魏晋玄学、隋唐佛学、宋明理学、清代朴学、近代新学，此伏彼起，相承不辍；以文学而论，由诗经、楚辞、诸子散文发其端，汉赋、魏晋诗文、唐诗、宋词、元曲、明清小说续其绪，高峰迭现，波澜壮阔；中国还是史学发达的国度，准确的历史纪年和系统的人文记述已连绵三千余年；中国在 14 世纪以前的一千年间保持着西方所望尘莫及的科技水平，曾为人类贡献了指南针、造纸术、火药、活字印刷、瓷器等重大发明，其医学、药学和武术，直至今天仍然富于旺盛活力；中国还是一个重视教育的国度，早在一千多年前便确立了通过考试而不是依赖身份等级任命官员的文官制度。凡此种种，使中国成为一个风姿卓异的“声明文物之邦”。

中华文化曾取得多方面成就，并在长达十几个世纪间走在世界前列。然而，中华文化存在的局限性又障碍着她实现近代转型，自十六七世纪以来，随着欧洲近代文化的崛起，中华文化的领先地位逐渐丧失；到 19 世纪中叶，昔日“雄踞万邦”的中国因其落后而被动挨打。但中国人并没有沉沦，饱经沧桑的中华文化也没有丧失生机，而在百余年间中西文化碰撞交融中赢得“凤凰涅槃”式的新生。今天，当中国人再次把握住历史的主动权，开创现代文明的宏图伟业之际，正依凭着中华文化提供的坚实而深厚的前进基地。人们要想了解现代中国诸事万象的奥秘，要想展望未来中国将给人类谱写怎样的华章，都必须回顾古老而又常青的中华文化，体味她那“自强不息”“厚德载物”的精神。

这套书系试图通过对中华文化若干侧面的具象展示和知识性描述，透现中国人的价值取向、审美情趣、思维方式和行为方式，以反映其民族特质和历史进程，可供学习汉语及中华文化的外国朋友参阅，亦可作为具有中等及中等以上文化程度的中国人了解母文化的读本。

1993 年 1 月 26 日书于武汉

“中华文化元素”丛书序

一

由长春出版社策划的“中华文化元素”丛书（分汉字、书法、园林、饮食、服饰、戏曲、武术、货币、节庆等册），以蕴含中华文化元素的诸事象为描述对象，通过纷繁错综的文化实存形态昭显中国文化的特质、流变和前行方向。这是富于创识的文化研讨努力。

“元”意谓本源、本根，“素”意谓未被分割的基本质素。合为二字词“元素”，原为化学术语，本义是具有特定质子数（核电荷数）的原子的总称，如非金属元素氧（O）、金属元素铁（Fe），是组成具体自然物——氧化铁（Fe_2O_3）的基本质素。

作为化学术语的汉字词“元素”，由日本江户时代的兰学家宇田川榕庵（1798—1845）在所著《植学启原》（1833）和所译《舍密开宗》（1837）中创制，是对荷兰语 grondstof 的意译。清末入华的美国长老派传教士丁韪良（1827—1916）在《格物入门》（1868）中创汉字词“原质”，意译同一西洋术语（英文为 element）。清末民初汉字词“元素”自日本传入中国，逐渐取代“原质”。1915 年，中国科学社董事会会长任鸿隽（1886—1961）在《科学》杂志第一卷第二号发表《化学元素命名说》，为中国较早使用“元素”一词的案例。①

在现代语用实践中，“元素”这一自然科学术语被广为借用，泛指构成事

① 见聂长顺、肖桂田《近代化学术语元素之厘定》，《武汉大学学报》2010 年第 6 期。

物的基元，这些基元及基元的组合方式决定事物的属性。“文化元素”指历史上形成并演化着的诸文化事象中蕴藏的富于特色、决定文化性质的构成要素。

本丛书论涉的“中华文化元素”，约指中华民族在千百年的历史进程中（包括在与外域文化的交会中）铸造的具有中国气派、中国风格、中国韵味的基本质素，诸如阴阳和谐、五行相生相克、家国天下情怀、民本思想、忧患意识、经验理性导引下的理论与技术、儒释道三教共弘的非排他性信仰系统、区别于拼音文字的形义文字及其汉字文化，等等。它们生长发育于中华民族生活方式、思维方式的运行之间，蕴藏于器物文化、制度文化、行为文化（风俗习惯）和观念文化的纷繁具象之中，并为海内外华人所认同，所信守。

二

文化的各个不同级次、不同门类又包含着各具个性的中华元素。如水墨画的书画同源、墨分五色；武术的技艺合一、刚柔相济、讲究武德；园林的天然雅趣和“可居可游可赏”的追求；民间风俗文化涵泳的吉祥、灵动、热烈、圆满，建筑中使用“中国红”（体现生命张力）、中轴线、对称与不对称美感等。

汉字及汉字文化是彰显中华元素的一个案例。

世界各种文字都从象形文字进化而来，多数文字从象形走向拼音，而汉字则从象形走向表意与表音相结合的“意音文字”，近有学者将汉字归为“拼义文字”，即注重语义拼合的文字：首先创造多个视觉符号作为表达万象世界的基本概念，然后将这些符号组合起来，用小的意义单位拼合大的意义单位，表达新事物、新概念。①

自成一格的汉字创发于中国，是世界上仅存的生命力盎然的古文字，它主要传播于东亚，成为东亚诸国间物质文化、制度文化、精神文化互动的语文载体。在古代，中国长期是朝鲜、越南、日本等东亚国家的文化供给源地；至近代，日本以汉字译介西方文化，成效卓异，日制汉字词中国多有引入。汉字在汉字文化圈诸国所起的作用，相当于拉丁文在欧洲诸国的作用。故有学者将汉字称为“东亚的拉丁文”。汉字是中华文化系统中影响最深远广大的文化符号。

---

① 见张学新《汉字拼义理论：心理学对汉字本质的新定性》，《华南师范大学学报（社会科学版）》2011 年第 8 期。

20 世纪初，日本学者内藤湖南（1866—1934）提出“中国文化圈”概念，指以中国为文化源及受中国文化影响的东亚地区，日本是“中国文化圈的一员”，内藤在《中国上古史》中说：“所谓的东洋史，就是中国文化发展的历史”，是以汉字为载体的中国文化在东亚地区传播的历史。[①] 此论阐发了汉字这一中华元素在东亚文化圈的重要意义。

中国人在 20 世纪 30 年代即对日本学者提出的东洋文化史观做出回应，傅斯年（1896—1950）1933 年著《夷夏东西说》，概括东亚文化的特别成分：

> 汉字、儒教、教育制度，律令制、佛教、技术。

这是中国学者对东亚文化圈的要素即“中华元素”做出的提取。[②]

承袭内藤说，日本的中国史学家西嶋定生（1919—1988）在二战后所著《东亚世界论（册封体制论）》中指出，东亚世界存在一个以中国为册封中心，周边诸国（日本、朝鲜、越南）为册封对象的“册封体制”，从而提出东亚地区的一种“文化圈”模型。以西嶋定生的“东亚世界”的定义为指标，汉字文化圈的要素（或称“中华元素”）包括：

> 册封体制、汉字、儒教、佛教和律令制。

西嶋定生对包括汉字在内的东亚共有的文化要素（或称“中华元素”）做出概括。1985 年，法国汉学家汪德迈（Leon Vandermeersch，1928— ）出版《新汉文化圈》一书[③]。该书所说“汉文化圈”，相当于“汉字文化圈”。汪德迈认为，此一文化圈的特点是：

> 它不同于印度教、伊斯兰教各国，内聚力来自宗教的力量；它又不同于拉丁语系或盎格鲁—撒克逊语系各国，由共同的母语派生出各国的民族语言，这一区域的共同文化根基源自萌生于中国而通用于四邻的汉字。

---

① 见《中国上古史》，《内藤湖南全集》卷十。

② 见傅斯年《夷夏东西说》，《中央研究院历史语言研究所集刊》外编第一种，1933 年版。

③ 汪德迈：《新汉文化圈》，陈彦译，江西人民出版社 1993 年版。

这里着重表述了一种“中华元素”——汉字的功能，指出汉字造就了一种思维方式和表达方式区别于印度、伊斯兰和欧洲的文化系统。汉字文化圈是一个有着强劲生命活力的文化存在，它是世界上尤具原创性和传承力的文化圈之一。

三

“中华元素”并非凝固不变、自我封闭的系统，它具有历史承袭性、稳定性，因而是经典的。

具有随时推衍的变异性、革命性，因而又是时代的，北京奥运会开幕式表演凸显四大发明、上海世博会中国馆采用中国红，皆为古老的中华元素在现代的展现。

中华元素是在世界视野观照下、在与外域元素（如英国元素、印度元素、日本元素、印第安元素）相比较中得以昭显的，故是民族的也是国际的，是中国的也是世界的。美国好莱坞动画片《功夫熊猫》《花木兰》演绎中华元素并获得成功，便是一个例证。

文化元素决非游离于文化事象之外的神秘存在物，它们从来都与民族、民俗、民间的文化实践相共生，始终附丽并体现于器物、制度、风俗诸方面的具体文化事象和文化符号之中。中华元素之于中华文化事象、文化符号，如魂之附体，影之随形，须臾不可分离。从诸文化事象、文化符号的生动展现中提取、揭示中华元素的精魄；又让中华元素体现于纷然杂陈的文化事项（如江南园林、八大菜系、春节中秋等节庆、书画篆刻、昆曲京剧、武当少林功夫、中医中药），昭显于大众喜闻乐见的文化符号（如深蕴和谐精义的太极八卦图、代表四方、四季的“四灵”——青龙、白虎、朱雀、玄武，代表中央的麒麟，等等），是本丛书的追求。

丛书由阐发体现中华元素的若干文化事象（如第一辑的园林、饮食、节庆、书画、宫殿、戏曲、汉字、武术、中医药、茶，等等，第二、三辑还将涉及更多方面）的系列作品组成。

中华元素是构建当代中国文化及其核心价值体系的基本成分之一，是塑造国家形象、提升国民精神的重要资源。开掘并弘扬中华元素，有助于加深中国文化对国人的感召力、亲和力，增强历史敬畏感和时代使命感，提升民族自信心和文化传承创新的自觉性。

抉发中华元素还有一层意义：通过蕴藏中华元素的文化事象、文化符号，彰显可亲可敬的中国风格，奉献给异域受众，增进国际传播，推动中国文化“走出去”。

《近人文化史论文精选》* 前言

文化史学底蕴深厚，然其作为史学一个分支获得独立发展的时间并不久远，故可称之既古老又年轻的学科。

一

文化史以“文化”的发生、发展为记述和探讨对象。在中国学术系统中，早有关于“文化”的深刻辨析。

先贤创造文理义的“文”和化生义的“化”，二字配合使用，首见《周易》：

> 观乎天文，以察时变；观乎人文，以化成天下。①

此“人文化成”题旨，揭示一种区别于“神文”的“人文”取向，正是中华文化精义所在。

“文化”作为“文治”与“教化”合义的整词，含义广博，明清之际学者顾炎武曰：

> 自身而至于家国天下，制之为度数，发之为音容，莫非文也。②

---

* 本书原名《中国文化史经典精读》，冯天瑜、杨华主编，高等教育出版社 2012 年版。

① 《周易·贲卦》《彖传》。

② 顾炎武：《日知录》卷七，“博学于文”条。

从修身养性到治国平天下，从典章制度到艺文哲思，都纳入“文”的范域。这已逼近广义文化的内涵与外延。

中国学术系统对于边际辽阔的文化，又有精当的分梳，清人龚自珍云：

> 圣人之道，本天人之际，胪幽明之序，始于饮食，中乎制作，终于闻性与天道。①

指出物质文明是前提（“始于饮食”），制度文明是中枢（“中乎制作”），在它们的基础上，方可进行形上层面的探讨（“终于闻性与天道”），已有关于物质文化、制度文化、精神文化区分及联系性的通透认识。

中国传统史学较注意文化事象的记述，史典载有诸子、艺文、经籍、典章、方伎、学案等文化专题内容。《荀子·非十二子》《庄子·天下》《尸子·广泽》《吕氏春秋·不二》《史记·论六家之要指》《淮南子·要略》刘歆的《七略》，二十四史中的《艺文志》《经籍志》《儒林传》《道学传》，近古学者编撰的《伊洛渊源录》《明儒学案》《宋元学案》《清儒学案》《汉学师承记》《宋学渊源记》等，已具有某一断代学术文化史的雏形。唐宋间涌现的《艺文类聚》《册府元龟》《太平御览》等类书，辑录了丰富的文化史素材。如北宋初编纂的《太平御览》，分五十五部，是涵盖广义文化诸方面的百科全书。南宋郑樵的《通志》，结撰“二十略”，记述社会生活及自然界各侧面材料，涉及物质文化、制度文化、行为文化、精神文化，显示文化观的博大和实在。

当然，就总体言之，以帝王为中心的政治史是中国传统史学的主要内容和基本线索，“旧史皆详于政事而略于文化”②，独立的、系统的文化史研究始于清末，由译述东西洋文化史著为开端。

二

以西方言之，“史学之父”希罗多德、古代西方最渊博的哲人之一亚里士多德皆有深切的文化关怀。然而，从希腊、罗马至欧洲中世纪，史学或以政治

① 龚自珍：《五经大义终始论》，《龚自珍文集》，上海人民出版社 1975 年版，第 41 页。

② 梁启超：《中国近三百年学术史》，中国书店 1985 年版，第 290 页。

军事为记述主体，或以神谱为历史主干，直至文艺复兴方有人文史著涌现。而正式把史学从政治史、军事史扩大到文化史、经济史、工商业史、科技史，是启蒙时代的进展。此间文化史开始成为一门独立的历史学科，这方面功绩最著者是法国启蒙思想家伏尔泰，西方学术界称其为“文化史之父”。

伏尔泰把历史看作理性与迷信的斗争过程，他不满意囿于帝王将相活动的编年史，力主将人类社会生活各个方面都纳入史学研究范围。他在《风俗论》（原名《论世界历史及各民族之风俗精神：自查理大帝至当代》）的序言中宣称，他的著述，“不在于指出某年某个可耻的君主继另一个残暴的执政者之后”，而在于指示“主要民族的精神、风俗、习惯”。[①] 他高度肯定精神文明对人类进步的作用，认为数千次战争没有给人类带来任何利益，而莫里哀、笛卡儿的著作将成为后人永久快乐的源泉。他的力作《路易十四时代》描绘法国路易十四执政时期社会生活的全景，其中包括艺术与民俗、战争与外交、科学与技艺，成为近代文化史的滥觞。[②]

19 世纪以降，西方出现一批文化史著作。英国托马斯·巴克尔的《英国文明史》、格林的《英国人民简史》，瑞士史学家布克哈特的《希腊文化史》《意大利文艺复兴时期的文化》，德国史学家里尔的《德意志人民的自然史》等著作，突破传统史学限于上层政治的狭小格局，把研究视野扩展到物质生产、经济关系、社会制度、人民生活方式、思想意识及各种文化现象。

日本明治维新时期福泽谕吉的《文明论概略》等论著，也属于这种广义文化史。

三

清末民初之际，一批国外文化史论著被介绍到中国，如日本人永峰秀树翻译的法国基梭（今译基佐）的《欧罗巴文明史》，日本高山樗牛的《世界文明史》，桑戴克撰、冯雄译的《世界文化史》于 20 世纪上半叶颇有影响。日本人撰写的中国文化史，也有数部被译介，如高桑驹吉原著、李继煌译述的《中国文化史》，田口卯吉的《中国文明小史》（1903 年广智书局版）等。

---

① ［法］伏尔泰：《风俗论》，梁守锵译，商务印书馆 1994 年版。

② ［法］伏尔泰：《路易十四时代》，王晓东译，北京出版社 2007 年版。

与译介国外文化史著作相同时，中国学者自行编撰中国文化史专著，梁启超为开山者。

梁启超与欧洲启蒙时代伏尔泰等人的史观相通，他1902年撰《新史学》，批评旧史学四病源：①“知有朝廷不知有国家”，“二十四史非史也，二十四姓之家谱而已”；②“知有个人而不知有群体”；③“知有陈迹而不知有今务”；④“知有事实而不知有理想”。鉴于此弊，梁氏力倡“史界革命”。[①]而异于以政治史为主体的旧史，文化史的编纂便是“史界革命”的重要方面。梁氏1921年的《中国历史研究法》做专门史与普遍史区分，称“普遍史即一般之文化史”，指出文化史须由具备通识的史家依据专史而撰写。[②]

梁启超力纠传统史学以君主和王朝为本位的偏失，倡导以民族文化创造历程为对象的“新史学”。他设计的《中国文化史目录》，包括朝代篇、种族篇、政制篇、法律篇、军政篇、教育篇、交通篇、国际关系篇、饮食篇、服饰篇、学术思想篇等28篇。这种涵盖物质、制度、行为、精神四个层面的文化史，与以政治史为主线的通史相区别。而以广义文化为史书的展开部，是梁氏将文化理解为“人类心能所开积出来之有价值的共业”在史书编纂上的体现。惜乎梁氏以56岁盛龄辞世，仅完成《中国文化史稿》第一编（1921）、《中国文化史·社会组织篇》（1925），前者是梁氏在南开大学设文化史课程的讲义，后者曾列为清华国学研究院教材。

以梁启超为端绪，文明史（文化史）被视作——

> “叙述进化之现象”的历史（与复古退化的历史对应的文明进化史），
> “叙述人群进化之现象”的历史（与君史对应的民史），
> “叙述人群进化之现象而求得公理公例”的历史（与神道支配的迷信史对应的理性历史）。[③]

承担启蒙任务的文化史学由此在中国揭开序幕。

20世纪二三十年代中国一批学者走出“为皇帝家谱”之旧史学窠臼，开

① 见梁启超《新史学》，《饮冰室合集》文集第四册第九卷，中华书局1989年版。
② 梁启超：《中国历史研究法》，《饮冰室合集》专集之七十三，中华书局1989年版。
③ 见梁启超《新史学》，《饮冰室合集》文集之九，中华书局1989年版。

辟文化史的广阔天地。顾伯康批评“吾国史家专为一朝一姓之奴隶”，宣称：“历史之功用，在考究其文化耳。”柳诒徵论及自己文化史著的涉猎范域时说：

> 世恒病吾国史书为皇帝家谱，不能表示民族社会变迁之状况……
>
> 吾书欲祛此惑，故于帝王朝代、国家战伐，多从删略，唯就民族全体之精神所表现者，广搜而列举之。[①]

本此宗旨，柳氏所撰文化史为“物产、建筑、衣裳、图画、雕刻、礼俗、乐舞、学术”各设专章，加以详述，成一特具“文化”内蕴的史著。

正是在启蒙历史观指引下，涌现出一批“略政详文”的文化通史，除上述柳诒徵的《中国文化史》（撰于1919—1921年，1925年在《学衡》连载，1932年出版全本）外，还有顾伯康的《中国文化史》（1924），陆懋德的《中国文化史》（1925—1926年在《学衡》连载），陈登原的《中国文化史》（1937），吕思勉、陈安仁于20世纪30年代分别撰写的几种中国文化史也相继问世。其中柳诒徵坚持中国文化本位论，认为“礼”是中国文化之“主脑”，这是中国文化区别于以宗教为主脑的欧西文化、印度文化之所在。熊十力1948年致书柳氏，称“公精于礼，言史一本于礼，是独到处”[②]。柳诒徵的《中国文化史》以其史观的独创、谋篇的系统、引述资料的丰富而为学林重视，是20世纪上半叶出版的诸文化史中流播较广远的一种。

此间文化史著在历史观上多受社会达尔文主义、地理环境决定论、种族决定论、心理因素决定论的影响，也有以唯物史观解析中国文化变迁的尝试，如常乃德的《中国文化小史》、杨东莼的《本国文史大纲》、陈国强的《物观中国文化》、陈竺同的《中国文化史略》等为此类篇什。

抗日战争时期面世的钱穆的《中国文化史导论》，就中国文化的地理背景、国家凝成与民族融合、古代观念与古代生活、古代学术与古代文字、东西接触与文化更新等专题将中国文化与外国文化进行比较，把文化分成游牧、农耕、商业三种类型。钱著与梁漱溟《东西文化及其哲学》《中国文化要义》，皆用

① 柳诒徵：《中国文化史》，上海古籍出版社2001年版，第7页。
② 柳诒徵：《国史要义》，华东师范大学出版社2000年版，第1页。

力于揭示中国文化的动力机制，实乃文化生成研究的奠基之作。

出版家王云五致力于文化史研究的集成，其《编纂中国文化史之研究》一文痛论旧史之缺失："我国士夫之著作，要皆偏于庙堂之制度，号为高文大册，其有关闾阎之琐屑，足以表现平民之文化者，皆不屑及焉。"①而王氏主编、商务印书馆20世纪30—40年代推出的"中国文化史"丛书，采用分科研究法，集结了那一时期文化史研究的实绩。

20世纪50—70年代，在"以阶级斗争为纲"观念制约下，国内文化史研究取消。就学术原因而论，由于把历史唯物主义曲解为经济决定论或阶级斗争决定论，将文化史研究以"文化史观"（历史唯心主义的一种形态）加以否定。这样，广义文化史被社会发展史所取代，狭义文化史则分解到思想史、哲学史、宗教史、科技史、史学史、学术史之中，从"文化史"角度做综合性或专科性考察基本中断。

20世纪70年代末以来，适值社会转型节点，随着现代化经济建设和文化建设的全面展开，文化学及文化史学研究日渐为社会及学人重视，并获得空前规模的进步。20世纪80—90年代上海人民出版社推出卷帙浩繁的"中国文化史"丛书，取分科研究法，集合20世纪晚期专科文化史成果。同时，多种文化通史于1990年前后出版，断代文化史、区域文化史、文化专题研究亦有拓展，文化学的理论论争也热烈展开。

有人将20世纪80年代的文化讨论称之"文化热"，又说20世纪90年代此热渐冷，90年代末期以后转向"国学热"。其实不应夸大二者的区隔，它们都是中国文化史研讨的展现，虽有侧重面的调整，然考析中国文化的生成、发展及特质，推究中西文化的异同与相互涵化，探讨中国文化现代转化的路径，却是一以贯之、前后照应的。

四

文化研究固然存在容易泛化而落入平面化窠臼的危险，但文化研究的真实价值不可低估。诚如克鲁伯在《文化的性质》中指出，文化概念的发现，是

① 王云五：《编纂中国文化史之研究》。胡適、蔡元培、王云五编《张菊先生七十生日纪念论文集》，商务印书馆2012年重印，第522页。

19 世纪以来人类学史和社会科学史上的重大成就，其意义完全可以同哥白尼日心说对自然科学的贡献相提并论。

在学科分野日益细密、切割化达于极致的现代学林，“文化”是少数具有强大整合力的概念之一，而文化研究因以具有广远的发展空间和精进不已的领域。

梁启超曾用佛学术语定义文化：

> 文化者，人类心能所开积出来之有价值的共业也。
> 文化是包含人类物质精神两面的业种业果而言。[①]

蔡元培说：“文化是人生发展的状况。”[②]

梁漱溟说：文化“是生活的样法”[③]。又说：

> 文化，就是吾人生活所依靠之一切。[④]

贺麟从“心物合一”观出发，认为：

> 所谓文化就是经过人类精神陶铸过的自然。[⑤]

冯友兰提出，文化是一种“总合体”，“中国文化就是中国之历史、艺术、哲学……之总合体；除此之外，并没有别的东西，可以单叫作中国文化”[⑥]。这与梁启超以文化为人类共业的认识相似。

以上所论，皆广义文化。

陈独秀有感于过于宽泛的文化概念，指出“文化是对军事、政治（是指实际政治而言，至于政治哲学仍然应该归到文化）、产业而言”，“文化的内容，

---

① 梁启超：《什么是文化》，1922 年 12 月 7 日《时事新报》副刊《学灯》。
② 蔡元培：《何谓文化》，《蔡元培美学文选》，北京大学出版社 1963 年版，第 113 页。
③ 梁漱溟：《东西文化及其哲学》，商务印书馆 1999 年版，第 60 页。
④ 梁漱溟：《中国文化要义》，上海人民出版社 2003 年版，第 9 页。
⑤ 贺麟：《文化的体与用》，《文化与人生》，商务印书馆 1947 年版，第 32 页。
⑥ 冯友兰：《三松堂学术文集》，北京大学出版社 1983 年版，第 43 页。

是包含着科学、宗教、道德、美术、文学、音乐这几种”①。

对文化学做专门研究的中国学者黄文山对文化研究的方法做出分梳：纯粹历史叙述的，心理学与统形论的，因果的与功能论的，理则学的与评价论的，科学的或真实的比较的。而“文化现象，以内部状态为最重要，故心理的、统形的方法，值得重视”②。

余英时认为文化是“成套的行为系统，其核心则由一套传统观念，尤其是价值系统所构成”③。他强调：

> 中国文化重建的问题事实上可以归结为中国传统的基本价值与中心观念在现代化的要求下如何调整与转化的问题。④

文化史把人类文化的发生发展作为一个总体对象加以研究，从而与作为社会知识系统某一分支发展史（如文学史、史学史、科学技术史、哲学史）相区别。

文化史在研究人类文化发生发展的总体过程时，尤其注意于推进文化的动力机制的考察，从而超越以帝王将相为主角、以王朝兴衰为线索的传统史学，以人类的物质文明及精神文明进程为展开部，通过对器物、制度、行为等文化具象的把握，透见民族性格及文明走势，洞悉隐藏在物象背后的民族心灵史。

文化既包括人类活动的对象性结果，也包括人在活动中所发挥的主观力量和才能，因此，文化生成史不仅要研究文化的“外化过程”，即人类“开物成务”⑤，创造各种物化产品，从而改造外部世界，使其不断“人化”的过程，而且要研究文化的“内化过程”，即文化的“主体”——人自身在创造文化的实践中不断被塑造的“化人”过程，同时还要研究外化过程与内化过程的交相

---

① 陈独秀：《新文化运动是什么？》，《新青年》第七卷第五号。

② 黄文山：《文化学的方法》，见庄锡昌等编《多维视野中的文化理论》，浙江人民出版社 1987 年版。

③ 余英时：《从价值系统看中国文化的现代意义》，沈志佳编《余英时文集》第三卷，广西师范大学出版社 2004 年版，第 2 页。

④ 余英时：《试论中国文化的重建问题》，沈志佳编《余英时文集》第七卷，广西师范大学出版社 2006 年版，第 229 页。

⑤ 《周易 · 系辞上》。

渗透，彼此推引。

追究人与生存环境的互动关系，通过对物化的精神和精神的物化的双向探求，把握文化生成机制及其发展走势，是文化史的研究理路。

较之前近代中国的文化史论，清末民国间的文化史探讨已含有明显的现代意味，既与世界性的文化论说相应援，又显现出中华思辨的悠长与魅力。本书辑录的清民之际至民国诸学者关于文化史的论述，便可显见这样的特色。本书内容主要包括中国文化史研究的理论和方法、中国文化各面相研究、中国传统信仰和崇拜研究、中国学术史研究、20世纪的中国文化论争、中国文化走向的各种主张、中外文化交流史等几个方面。限于篇幅，本书只选录了30多位已故名家的宏论，有些论文做了删节。这些篇什提供的卓见，对中国文化史的学科建设和深入研究，具有启发意义，是我们前行的基点。

本书选编过程中，许颖、马志亮、覃力维、冯闻文、白坤、鄢然、董帆、杨勇、杨锦等同学曾帮助收集资料，在此一并致谢。

观照文化史的两个重点：开创期与转型期

中国文化源远流长，以创用文字为开端的文明史亦有三千多年，其间发挥自性，又吸纳异域，大开大合，起伏跌宕，却始终传承不辍，成为全球诸文化中罕见的延续型文化。把握延绵不断、异彩纷呈的中国文化，要总览全局，尤须深入细部，所谓“宏观着眼，微观入手”，运作又须疏密有度，抓住重点，集中用力。当然，对“重点”可作多种理解，如可以唐代为重点，因“唐诗”尤显中华文化恢宏气度；也可以宋代为重点，因宋代“造极”于中国文化（陈寅恪语）。而武大中国传统文化研究中心（包括其前身中国文化研究所、中国文化研究院）成立二十年来，诸同仁在历史段落上、学科分野上各有专攻，而其研究重点逐渐集结于两处——中国文化的“开创”与中国文化的“转型”。

文化开创期，约指三代，其关键时段在两周——官学的西周和私学的东周。“周监于二代，郁郁乎文哉”，承袭夏商两代的文化积淀，至周代出现中国第一个文化繁荣期。两周八百年，恰置雅斯贝斯所谓之“轴心时代”（公元前 6 世纪前后几百年），人类的首批（也是最富原创性的）精神导师（如古希腊群哲、希伯来诸先知、南亚佛陀、中国先秦诸子）不约而同诞生于此际，具有思想奠基意义的文化元典创制于此际，后世文化虽各有拓展，却大体环绕着这个轴心运转，作螺旋式上升。西哲有言，一部西方哲学史，无非是柏拉图的注脚；中国人也可以说，一部中华精神史，大略是先秦诸子的演绎和不断重铸。因此，研讨中国文化史，必须用力用心于先秦，特别是元典成型期的晚周（春秋战国）。孙中山在谈到革命史的考究时说：“穷理于事物始生之处，研几于心意初动之时”，诚哉斯言！我们认识中国文化史也当作如是观。

对于轴心时代的精神成果，要做全方位的深度观照，如中国先秦不能仅仅关注后来成为主潮的儒家，道家以“自然”为最高范畴的超世俗思维，墨家的

“兼爱”及墨辩，法家的“法不阿贵”及社会进步观，兵家的军事辩证法等，都各有辉煌处。儒家的仁学与礼学有许多卓越思想，尤其是“民本主义”烛照千古，然帝王专制之术虽依凭法家学说，儒家也有铸造“帝王之学”的潜质，汉以后的历史反复证明此点（中古、近古儒学的官学化与亚里士多德学说在欧洲中世纪教条化颇相类似性），而学说官方化、教条化非学说之福，学人对此应当警惕。此外，儒家肯认劳心劳力分工，反驳农家反分工的历史倒退论，这是儒学的重要贡献，然儒学进而将体脑分工绝对化，无限推崇劳心，贱视劳力及技艺。中国文化重政轻技、手脑分离的偏颇，难以产生亚里士多德、达·芬奇那样人文与科技并富的巨匠，并导致“万般皆下品，唯有读书高”的观念普被雅俗两层面，这与儒学极端扬劳心、贬劳力的传统确有干系。而墨家手脑并用，政技兼理，初现劳心劳力协调发展的取向，惜乎秦汉以下墨学中绝（其中绝的原因，除统治者打压、儒学贬斥外，也与墨学自身的缺陷有关）。中国难以自生近代科技，与工业革命失之交臂，当然有多方面原因，但与墨学中绝所昭显的手脑分离风尚相关。略陈以上，意在提示：对中华元典精义应有全面把握、理性辨析，应作历史主义的批判性继承。

文化转型期则指文化发生全局性质变的阶段。“近代转型”，则指从自然经济为主导的农业社会向商品经济占主导的工业社会演化的过程。与物质文化层面的变迁相为表里，在制度文化层面，彼此隔绝的“鸡犬之声相闻，老死不相往来”的静态乡村式社会，转化为开放的、被种种资讯手段紧密联系起来的动态城市式社会，礼俗社会变为法理社会，人际关系由身份演为契约，宗法—专制政体为民主—法制政体所取代。作为物质文化、制度文化的精神先导和思想反映的观念文化，也在这一过程发生深刻的变异，诸如神本转向人本，君本位（官本位）转向民本位，教育从少数特权阶层的专利变为大众所享有。社会重建和文化重建任务，分别由中产阶级的形成与壮大，知识分子的形成与壮大而逐步得以实现。

近代转型，以往多把启动期定在第一次鸦片战争。此说强调西力东渐的影响，其实，中国文化自身也存在着近代转型的内力，转型是外因与内力综合影响所致。略举一例，1840 年前两个世纪的明清之际，黄宗羲所撰《明夷待访录》，承袭先秦民本主义，又在若干方面有所突破，不仅如孟子那样谴责暴君，而且批判秦以来全部“今之君”，寓否定君主专制制度的意蕴，提出“君臣同事论”“公是非于学校论”“工商皆本论”，这种思想可称之“新民本”，已直逼近代性的民主主义。而“新民本”是西学东渐之前中国自生的产物，胡適称《明夷待访录》为“中国的《民约论》”。而近代改革派的民主理念并非仅仅来自西欧的《民约论》，而且取法于“中国的《民约论》”《明夷待访录》，梁启超、刘师培、孙中山对此都有明白无误的说明。

中国近代文化转型是依托传统又变革传统的过程，如从元典的忧患意识到近代救亡思潮，从“穷变通久”到近代社会变革论，从“汤武革命”到国民革命、共产革命，从原始民主、民本主义到民权主义，从“华夷之辨”到反帝的民族自决论，从“厚生—养民”到民生主义，从“均富—大同”到社会主义，在在皆是中国文化自身的辩证转化过程，当然其间西学东渐的外部助力也是不可或缺的。而上古之元典精义，在人与自然、人与人、人与社会诸层面的协和观念，对于今日克服人与生态环境两极对立的现代病有着启迪意义。

总之，考析古今转换、中西交会的历史场景，以求得对中国文化近代转型的真解，学术意味浓厚，现实启迪性无穷。

过往的二十年，武汉大学中国传统文化研究中心诸同仁探讨文化开创期和文化转型期，乐此不疲，但成绩只是初步的，今后还将继续努力，希望得到诸位高明的指导与帮助。

2017 年初冬病笔匆匆

评《剑桥中国晚清史》的文化观 *

费正清教授编的《剑桥中国晚清史》（以下简称《晚清史》）是一部有影响的中国近代史著作。由于该书的主要撰稿者多是西方人，其写作目的又是“为西方的历史读者提供一部有内容的基础性的中国史著作”[①]，因而这部书的文化观无疑是西方的，它对中国社会近代化历程的描述，它关于西方文化对近代中国的作用以及中国传统文化在近代的命运的评判，都带有明显的西方人的视角特征。尤其值得注意的是，这部完成于20世纪70年代中期的论著，虽然对西方史学界流行一时的“冲击—反应”模式做了某些修正，认为“外来影响的程度和性质”是一个“需要阐明的重大问题”，[②]但全书显然还是以西方文化为价值参照系，未曾摆脱这一基本模式。这一切，在“中国的历史读者”看来都是饶有兴味的。它所提出的一些问题，或者是我们正在思考的，或者是我们比较忽略的；它的一些见解，或者与我们不约而同，或者与我们大相径庭。然而，无论哪一种情形都对我们有所裨益。为着以文会友，我们愿与《晚清史》的作者、读者共同切磋该书的文化观问题。

一、西方文化在近代中国的双重功能

以儒学为主体、包括多方面复合因素的中国传统文化作为农业—宗法社会的产物，进入日益为西方工业文明所左右的近代社会，势必要发生复杂的变

---

* 本文为笔者与唐文权、罗福惠合作，刊于《历史研究》1988年第1期，收入本集时，笔者又作修改。

①② 《剑桥中国晚清史·总编辑序》，中国社会科学出版社1985年版，上卷，第2、3页。以下引该书时，只标卷、页。

异，势必要对纷至沓来的内外挑战做出自己的反应——积极的反应或消极的反应。封建顽固派对外来事物的“深闭固拒”、断然排斥，便是中国传统文化的消极面在外来文化面前显示的一种固执而又虚弱的态度。与此同时，经过痛苦的磨难，愈益增多的先进的中国人，发扬中华民族刚健自强、勇于博采异域的积极传统，逐渐把眼光从封闭的狭窄天地转向异彩纷呈的现实社会和中国人一向陌生的外部世界，并在新生产力的推动下，创造了近代新学。这种“新学”是中国传统文化与来自西方的异质文化（通称“西学”）彼此撞击、相互融会的结果，它自浅入深、由小到大，逐步成为近代中国文化的主潮，并对近代中国社会发挥日益巨大的影响。在这一过程中，中国文化的面貌为之一新。所以中国文化在近代既遇到了严峻的挑战，屡陷危境，同时，也因此而另辟蹊径、另寻生路，犹如烈火中的凤凰，在涅槃中赢得了新生。

《晚清史》在论述中国传统文化的近代命运时，对这个古老文明在近代舞台上的窘态和困境做了相当充分的刻画。该书认为，西方文化在近代中国的传布具有双重历史使命：一方面是对旧制度的破坏性使命；另一方面是对西式新制度的建设性使命。

对于体现西方文化冲击的传教士的历史作用和地位，《晚清史》特别重视，列有专章《1900年以前的基督教传教活动及其影响》予以论析。

有关传教士在中国传布西学的情况，以往国内学者的著作中并非没有论及，但往往罗列史实，简单定性者多，钩玄提要从事宏观的文化考察者少。《晚清史》的作者则有所不同，笔墨主要倾注在传教活动的历史作用上。在“传教事业和旧制度”与“传教事业和新制度”两个标题下，作者具体剖析传教士与中国传统的旧制度旧文化以及与改革的新机运的复杂关系，把传教士置于19世纪中国这一特定历史时期的中西文化冲突融合的大范围中考察，从而勾画出他们作为中国旧制度旧文化的破坏者和新制度新文化的推动者的群体形象。

在19世纪，传教士为何引起中国人“最大的恐惧和仇视”？对这个问题，《晚清史》特别着意从中西文化冲突的角度加以解释。由于“传教士深深地、不可避免地坚信这一主张：只有从根本上改组中国文化，才能符合中国人民的利益”，这就使得“所有传教士都向传统文化提出了革命的挑战。使许多中国人感到受威胁的正是这个原因，而不是任何其他原因”[①]。该书认为，中国人

① 《晚清史》上卷，第584、585页。

视基督教为异端，对传教士钟爱的信仰采取疑而不信的态度；传教士则认为中国人迷信，因而“无情”地、“放肆”地攻击儒家文化道德。在两种文化冲突中，“每一方认为另一方属于低级文明。实际上很难设想不发生更激烈的思想交锋”①。传教士人数虽少，但由于晚清中国的社会、政治等方面只有脆弱的平衡，因而当这种冲突扩及整个中国社会，即涉及体现儒家文化道德的绅士和官僚阶级，又涉及在风俗习惯心理等方面更加固守传统的广大民众的时候，这种冲突往往对传统观念起到破坏作用，对传统的社会制度构成威胁，从而打乱近代中国脆弱的平衡。作者特别强调，传教士不但在文化和道德方面对中国的绅士提出了强烈的挑战，还对他们历来把持的地方教育、善堂、救灾等社会领导权“构成了直接的威胁”。这样，到19世纪下半叶传教士作为对中国传统文化“进攻的先锋”，打破了近代中国绅士“全面地坚持中国是一切文明的中心的主张”②。

在论述传教事业和中国社会改革新机运的关系时，作者把传教士的“非宗教知识和实践”即西学及其传布同他们的宗教活动加以离析，指出西方宗教未能“有效地迎合中国的需要”，而西学则“受到非常热烈的欢迎”。作者依次对传教士所传布的三方面西学予以具体剖解。首先，作者肯定在医学和教育这些传教活动的副业领域日益提高的专业标准对“中国的现代化”所起的作用。他们通过统计，介绍传教士开办的医院、床位、治疗病人和培养中国第一批现代医生的数字以及编译医学著作的情况，罗列传教士开办的各类学校、学生和编印各种教科书的数字以及有关西学的课程设置，具体描述了传教士所传布的物质文明在中国的波及面。其次，在探求传教士所传布的非物质的文化形态时，作者着意从质的方面加以考察，具体分析他们编辑出版的中文期刊撰述译介的非宗教书籍的内容，肯定这类有关科学、数学、历史和国际法等知识的西方著作对中国近代文化发展的贡献，指出这些著作是19世纪前期中国人获得西方新知识的“基本来源”。再次，作者进而肯定传教士在近代中国革新事业中的作用。他们的西学传布造成了一种有利于改革的气氛，李提摩太等著名传教士不但是改革的热情宣传者，与官场内外的中国改革派领袖人物建立了密切关系，并且他们在政治、方法和社会态度等方面也为中国的改革派提供了可资

①② 《晚清史》上卷，第608、607页。

模仿的榜样。

即令如此，对于如何进一步估量传教士所传布的西方非宗教著作所产生的影响，作者仍是谨慎而求实的。他们把自己未能确切把握的三组问题提交今后的研究者。第一组问题要求研究中西思想交往的学者解答：传教士传布的内容清晰到什么程度？他们编撰的东西能被看懂到什么程度？它们在多大程度上表达了编撰者想要说明的问题？第二组问题要求研究思想史的学者解答：传教士传布的内容为何物？他们既以西方文明精髓的译介者自居，但为什么斯宾塞、穆勒和孟德斯鸠的著作却有待严复等人去翻译？而他们所译介的非宗教著作中流传最广影响最大的《泰西新史揽要》，为什么被西方有些学者称之为“第三流的历史著作中最叫人恶心的渣滓”？第三组问题推向所有可能感兴趣的史学家：谁接受了传教士传布的内容？他们译著的读者范围在社会上和地域上究竟有多大？读者的类型在那些年间是怎样发生变化的？这许多富有启发性的问题显然是近代中国文化史研究中极有价值的课题，它充分反映了作者的思维方式及思考深度，也具体展示了作者的研究旨趣和价值尺度。它或许就像希腊神话中斯芬克司的谜语一样，会引起共同跋涉于这一领域的中外学者深入探求的兴味。作者审慎严谨的治学态度，对于勇于定性不留余地、希望“毕其功于一役”的史学家来说，无疑是一块可供攻玉的他山之石。

《晚清史》也极为重视接受近代西方文化的中国人传布西学的历史作用。

一般说来，传教士传布西学的中介作用在甲午战争前至为明显。甲午战争后，随着新时代的到来，传教士业已基本完成其“文化掮客”的历史角色。《晚清史》认为，随着士绅文人日益接受西方文化，就使“西方思想从中国文化的外围向其中心渗透”，“这种渗透引起了西方思想和大国思想倾向的大融合”。[①] 这种渗透和融合从中国方面开始了填平中西之间“文化鸿沟”的巨大工程。从贯串全书的脉络来看，作者认为这一工程是从两方面同时进行的，一方面是震撼破坏陈旧的文化和制度，另一方面则是造就养成新型知识分子。

《晚清史》在论析中国近代最先接受西方文化的士绅文人魏源和早期改良人物时，都具体论述了他们对儒家学说和现行制度的程度不同的批评意见，以及他们关于“艺”“政”“教”三个主要问题都需要向西方学习的看法。作

① 《晚清史》下卷，第 317 页。

者特别指出，对“道”和“器”这一对范畴的解释，充分反映了西学价值观念的扩大。在比较早的时期，中国知识界常常称西学为器，中学为道。这样，西学被认为只有工具的价值，而儒学具有本质的基本价值。到19世纪90年代初期的著作中，便出现了强调器不能与道分离的倾向，这种变化所暗示的内容是十分清楚的：它“颂扬西方不但产生了工具的第二位的价值，而且也产生了本质的和主要的价值”[①]。不过，作者对于康有为代表的维新派在破坏传统文化方面的历史作用评价更高。作者认为康有为在迎受西方知识之后，借今文经学微言大义的名义，对儒家学说加以激进的解释，从而引起人们对儒家的“价值观和信仰产生疑问”。这种情况“意味着作为中国信仰核心的儒家正日趋衰落”[②]。

对于西方文化卓有成效的承受者，《晚清史》的看法与中国多数学者的意见是基本一致的。从1895年到1898年这个时期，以康有为、梁启超为代表的维新派通过模仿，成功地运用传教士取得成效的三种变革的组织工具，造成一种新颖的思想风气，培养了一批新式知识分子。

所谓变革的组织工具，指的是设置新式学堂、成立学会团体和出版定期刊物。对这方面的基本估价，《晚清史》与中国多数学者无甚轩轾。新式学堂的创立形成了近代教育改革的一股新风。改革的核心则在“实学”的名义下接纳西学，它有效地导致此后西学的广泛传布。如果说新式学堂主要促进年青学子接受新的价值观和新的知识，那么学会团体便相应对成年人起这方面的作用。而当时大量问世的报纸杂志作为宣传改革和传布西学的大众媒介，其作用和影响显然更为广泛。这三者相互促进，创造了一种相当浓厚的改革气氛，并使西学的传布也达到了前所未有的广泛范围。

但在如何看待戊戌时期西学传布的历史作用方面，《晚清史》的估价似较一般中国学者为高。由于众所共知的一些原因，在20世纪50年代到70年代期间，不少国内学者对改良派在中国近代思想文化领域的建树估计偏低。相比之下，倒是《晚清史》的估量更平实客观。该书认为，戊戌维新派开创了中国文化的新阶段。变法虽然归于失败，但他们“开民智”的努力实为晚清时代的巨大思想文化遗产。它所引起的思想变化“对中国的社会和文化有着长期的

①② 《晚清史》下卷，第323、331页。

和全国规模的影响”[①]，堪称“近代中国社会和文化发展的里程碑”[②]。而从另一方面看，它又是中国传统文化进一步崩解的标志。因接触西方文化而拓开了视野的中国人，必然对传统文化产生疏远感，“引起了原有的世界观和制度化了的价值观两者的崩溃，从而揭开了20世纪文化危机的帷幕”。从此，先进的中国知识分子深刻地反省过去，“超越他们的文化局限去重新寻求思想的新方向”[③]成为一种新趋势。这就宣示了与传统文化有所变异的近代文化即将在20世纪出现。在这里，作者相当准确地把握自己的研究对象，从而合乎逻辑地把它放在近代中国文化史的特定位置上，表现了清新的思想和敏锐的历史感，足以引起读者的认真反思。

综上所述，我们认为《晚清史》作者的视野比较开阔。他们不是只见一点一面而不及其余，而是上下求索左右考核，宏观地把传布西学的一方面和对应做出反响的另一方面，当作一个流转变动的多面体究察。这种思考方式表明作者对于西学传布这一中西文化交流的特殊现象，具有一种缜密周详的研究意趣。这样，《晚清史》对西方文化传布的双重使命的表述就比较接近了历史真实。传教士开辟荆榛，谷稗俱撤，结果是嘉禾与稗草并生，中国的迎受者努力去稗留禾，却又因水土有限和眼力不济，“器”“政”“教”三种次第试验，复依次失败。《晚清史》研讨近代中国复杂的文化变迁深及于此，这是它的成功之处。

二、“冲击—反应”模式的局限

《晚清史》有一基本观点，即认为“坚持农业经济和官僚政治的中国文明”同西方文明之间存在着“文化对抗”。该书开宗明义便指出，在前者那里，“经典的教义只能容忍限于传统内部的变化，扩大的家庭制支配着个人，恪守职责的信条高于享受权利的信条，文官控制着军事，并且使商人为其所用，道德行为的准则凌驾于人的情欲、物质利益和法律条文之上”，在后者那里，“信仰民族国家、法治、个人的权益、基督教和科学技术，以及使用战争来为进步服务”。鲜明比照后，作者的结论十分明确：“两种文明是冰炭不相容的。”[④]

①②③ 《晚清史》下卷，第372、334、334页。

④ 《晚清史》上卷，第2页。

由这种中西文化两极对立的基本观念出发，该书又生发出中国的现代化就是西化的重要论点。《晚清史》反复强调中国的现代化遇到了文化和制度双重惰性的阻碍，“现代化显然需要冲破文化和制度的障碍”[①]。那么如何冲破这种文化障碍呢？作者提出一个非常值得重视的命题——中国文化走向近代的一种主要形式，是“在‘实学’名义下接受西方知识”。“实学”本是儒学的一个重要范畴，《晚清史》认为“西方知识在实学的名义下得以在新课程中占有突出地位，这件事表明西方思想在传统的思想价值领域中已被承认占有一席之地”[②]。这是很有见地的论断。中国文化虽然一直是在相对封闭的环境中独立发展，不像地中海文化、大西洋文化和印度文化那样屡经异质文化的冲击、取代和融合。但中国文化体系仍然不乏接受外来文化的机制。从经世实学到新学，构成了晚清中国文化的发展路径和基本形态。该书的论断从一个重要方面反映了中国近代文化是在西学输入的直接影响下发展起来的历史事实。

但是与此同时，《晚清史》似有忽视中国文化自身存在着走向近代的潜在因子的偏颇。作者似乎只注意到“实学”成为西学在近代中国得以传布的一种外壳，而忽视了道咸期间兴起的经世实学本身已包蕴着某些通往近代文化的萌芽和因素，并非只是两千余年“儒学经世”传统的简单延续。所以，该书下卷第五章、第七章、第九章在论述戊戌变法、辛亥革命时，都非常强调西学的影响，而较少分析中国传统文化的某些积极因素所起的作用。虽然作者多处提及《周易》中的变易思想对新学家的启迪，然而对《孟子》《左传》中的民本主义，历代改革家的变法谋略，今文经学的历史进化论等对中国近代改革和革命的深刻影响所论甚略。

我们认为，新学的近代性质虽然在很大程度上是由西学赋予的，但它的某些基因还深藏在近代民族文化的母胎之中。也就是说，新学的近代性既来自“西学东渐”的横向历史运动，也来自民族文化继承发展的纵向历史运动。它不同于此前的传统文化，也不同于外来的西学，而是中西融合的结果。这种新学，一方面以中国传统文化为基础，一方面又以西方近代文化为基础，在中西文化的对立统一中形成和生长。尽管它发展有限，却是近代中国不容忽视的历史存在。《晚清史》显然也注意到了这个现象，书中对此不乏论述，但囿于两

①② 《晚清史》上卷，第 543、373 ~ 374 页。

极对立的文化观，未能明确承认在中国传统文化和西方近代文化之外，还存在这种初具规模的中国近代文化，对它的估价也就显得偏低。西学在中国是不断通过中国社会的内部因素才发挥作用的。中华民族特有的心理素质、民族性格和文化传统，始终在中国文化走向近代的过程中产生着深刻的影响。正因为存在这些影响，近代新学不是西学向东方的简单位移，而是东西方文化经过复杂化合作用的产物。近代先进的中国人在学习西学时，并没有忘记民族文化之“根”。他们在构建自己的文化思想体系时，总是致力于“会通中西”，努力在近代中国特定的历史条件下进行再创造，而全盘照搬照抄者毕竟较少。对中国近代文化是中西文化大交会的产物这一契机，《晚清史》似嫌掌握不足。这就显示了运用“冲击—反应”模式概述中国文化的近代命运的局限性。

近代西方文化，是西方各民族经过长期创造、积淀和融合形成的物质成果和精神成果的总和。尽管有物质生产上的工业化和政治制度上的资产阶级民主化构成其文化上的共性，但西方文化也还存在着为数众多的民族差异。因此，就像《晚清史》所正确指出的，“有如政治上统一一样，文化上的共性也是中国伟大的社会神话之一”[①]，西方文化的统一和共性也当属于这类社会神话之列。同时还须指出，近代西方文化也包含了许多源于非西方的成分。中国传统文化中的变易思想、辩证方法、佛学的思辨、儒道两家对理想人格的追求，乃至文学名著《红楼梦》，都曾经在18、19世纪通过各种途径传入西方，引起西方思想界的重视。欧洲知识界曾经对中国文化赞赏备至，以至一度形成“中国文化热”。这又表明晚清时期的中西文化交流并不限于西方文化单向辐射一种形式，中国文化并非处于单纯被动接受的消极地位。

在多数情况下，《晚清史》特别注重于揭露儒学不利于文化的物质层次的一面，因而着重批评其政治意识形态上的负面价值。这就容易给读者造成传统文化与近代文化二者相互对立的印象。我们并不完全同意“存在的就是合理的”这样的命题，但儒学能在中国长期存在也确有其自身存在的价值。儒学也有讲求人格发展的身心性命之学的正面价值，可惜它却漠然落在该书作者的视线之外。应该说，中国传统文化具有鲜明的多面性：既重道德教化，又重经世致用；既教人明哲保身，又教人刚健有为；既讲尊卑贵贱，也讲和谐互助……

① 《晚清史》上卷，第12页。

同时，传统文化是一个动态的、历史的、外延和内涵都不很明确的范畴。晚清的传统文化与汉唐或宋明的传统文化就有不同涵盖面，“传统”之内的文化内容也不尽相同。传统与现代化的对立只有相对的意义，二者之间有冲突、牵制，也有交叉结合和转化的契机。各民族各国家的现代化只能建立在合理的、不断调节的传统的基础之上。随着现代化进程中近代民族意识的确立和人们思维水平的提高，不断地重新认识和发掘传统文化的价值，将其纳入现代的民族文化体系，正是日本、印度、中国这些既富于传统文化、又必须学习吸收外来文化的东方民族国家都存在的共同现象。

总之，我们认为中西文化曾经分别经历了不同的发展阶段，各自的文化基础不一样，因而它们之间的差别是相当明显的。但它们毕竟又都是人类的创造，不乏相同相通之处。因此，它们之间既有冲击的一面，又有融合的一面。研究者不宜只见其“冰炭不相容”的“对抗”，还应看到交会双方的更新应变；不宜只是站在西方文化本位的立场，还应深入到中国文化体系的内部考察。

《晚清史》的作者都是对中国问题研究有素的著名学者，他们对中国近代历史的了解在当代西方无疑是第一流的。但是，也许因为置身域外，研究和撰述难免受到种种条件限制，所以在域内的学者读来，该书对中国文化有时尚似有所隔膜。

这种隔膜的表现之一，在于对作为中国近代文化载体的知识分子的看法。《晚清史》对于中国近代文化思潮演进过程中有关人物的评价有畸重畸轻的现象。比如对于何启、胡礼垣这些在香港接受西方教育的中国人，作者似因比较同情欣赏而估价较高。其实，他们所著的《新政真诠》内容虽然激进，却因作者西方式的世界观和价值观与中国国情相去较远，其著作流布局限于几个通商口岸，影响也就比较有限。倒是全书论列比较有限的梁启超、谭嗣同和严复等人，以及偶尔提及一掠而过的章太炎、邹容和陈天华等人，他们的作品对西方社会科学知识加以有选择的吸收，并用适合中国读者的方式表达，这种中国化了的西学介绍对于多数读者来说，其影响恐非何、胡那种在中国社会土壤中缺乏根基的作品所可比拟。这里事实上涉及对中国近代文化发展趋向的估价问题。在近代中西文化交会过程中，大致产生了三种文化心态。一种是固守传统，它既不能对传统文化做出新的研究和发掘，也不能吸收引进西方文化。第二种是强调西化，它强调移植和吸收西方文化，却往往忽视同传统文化的融合。第三种是主张中西融会，它主张以现实需要为基础，清理并改造传统文化，选择并吸纳西方文化。三种心态所反映的识见显然有高下之分，在我们看来，魏源、洪仁玕、冯桂芬、郑观应、严复、康有为、梁启超、章太炎、孙中山等人，构成了第三种文化心态的代表系列，可以视为中国文化近代化的主流。《晚清史》厚爱于何、胡以及被称之为“基督教改革派”的西方知识分子，而相对忽视这一主流，这刚好表明《晚清史》作者对中国近代文化某些真情的隔膜。

另外，该书在分析中国社会结构时，曾对接受西方文化的知识分子所处的社会地位做过一个总体的归类。作者把他们一律归入与“平民百姓”对立的“特权阶级”①。在19世纪末和20世纪初，中国新式知识分子数量激增，他们职业各异，经济状况贫富悬殊，社会地位高下不一。《晚清史》把他们统统归之于“特权阶级”，似乎失之简单。而在论析这些新式知识分子的“突出特点”时，强调其“新异观点和行为准则”以及他们在中国近代社会变革中的“独特作用”。这种分析固然必要，也富有价值，但相对忽视或低估他们的“阶级背景或社会地位”②却似未见允当。

还要指出一点，《晚清史》对近代文化和知识分子问题的论析似有前详后略的倾向。如，对于早期经世派集团、洋务运动和维新运动时期的文化和知识分子问题论述得相当深入，可谓用笔淋漓酣畅。但对20世纪初即清末最后10年的文化现象和知识分子问题的论述则相对显得薄弱，用笔偏枯，作者只是极其简略地提到不多几人，并且缺乏全面的把握和深入的分析。其实，辛亥革命准备时期的文化思想有着十分丰富的内容，它在中国近代文化史上的地位也极为重要。是戊戌和“五四”两大文化运动之间承前启后的又一高潮。也许这是由于《晚清史》是一部以专题论文缀合而成的著作，又系集合众手所成，因而难免出现这样的缺漏，使读者深抱不能得窥全豹之憾。

隔膜表现之二，在于对中国民族文化心理的看法。

《晚清史》多处批评中国近代知识分子“排外”“好战”。该书作者认为晚清时期的“主战精神部分地是出于知识界对1840年、1860年和1884年几次战争的愤怒”，并认为清流党人应对清政府“赞助不现实的政策和感情用事这

①② 《晚清史》下卷，第617～635、380页。

一情况负主要责任”，不是别人而是他们“促使中法战争、中日战争和义和团战争爆发”[①]。显然，该书所论为一端之见。历史事实是列强打上门来，中国的“战”与“和”其实是“抵抗”与“不抵抗”的含义，孱弱的清政府何来“好战”的本钱？诚然，清流党人呼号抗战，多为书生论兵，徒托空言，无补于大局。但是促使这几次战争爆发的，当是环伺中国的列强，而不是清政府，更不是清流党人。（义和团情形比较特殊。限于篇幅，恕不详论。）

《晚清史》还批评中国学者在论及基督教时态度不够冷静，“表现得感情激动”，以至轻率（作者用“轻易”这个词）地把当年“乖戾的仇外心理”或“排外情绪”“视作爱国主义的愤慨情绪”，而对“中国人敌视基督教的长期传统”，却“忽视、否认，或者被认为无足轻重”了。[②]不必讳言，中国的官家和士绅确实有根深蒂固的“华夷之辨”的传统观念，中国的老百姓（如义和团）也确实有过盲目排外的行动，而中国一部分学者的论述也确实颇多“感情激动”之处，更难保不会导致见解偏颇。它们共同反映了闭塞和落后，其主要根源还在于专制文化的限制。但是，基督教在清末的传布是一种非常性质的文化宗教交流，是在特定的政治氛围下强行进入中国的。既然它挟资本殖民的剑和火而来，同时也连带带来了西方文明的种子和肥料，那么近代中国人对于所受之害或所受之赐记忆不忘，便是一种正常的民族文化心理。在这个星球上，很难找到健忘民族的生存余地。自尊自重是民族独立和发展的基本条件。在不同民族的文化融合过程中，冲突终究是不可免的。纵览基督教在异民族异教徒中推行的遭遇，当可证知这是一种普遍的现象。对于基督教在中国被抵拒的根本原因存在不同看法，也许就是因为对于酝酿中国民族感情的政治氛围的浓厚程度和文化温床的深广程度，中西方学者的估计有所不同吧？

《晚清史》对19世纪中国文化走向近代化的历史过程的总结，给中外学者提供了一个深入探讨的机会。该书作者恳切认为，“各种思想的继续论战归根到底只会加强促使各国人民相互了解的纽带”。本着同样的良好愿望，我们希望这篇短评能引起进一步的讨论和对话，从而加强东西方学术思想之间的交流。

---

① 《晚清史》下卷，第206、208页。

② 《晚清史》上卷，第603页。

东亚同文书院中国调查的历史警示与当下启迪*

冯天瑜

吾乃“智库”门外人，然素仰智库，布鲁金斯学会、兰德公司、中国现代国际关系研究院等中外智库的报告偶尔阅览，每有所得（并非都同意其观念，而是指较准确的论据和别开生面的论点提人神智）。以旁观者身份，微意以为：智库要服务于公权力，并为大众提供有参考价值的建策（无论战略性的、战术性的乃至技艺层面的），其基础在于严肃的、有系统的调查所构建的社情信息网络。如果丧失对社情的真切把握，智库便如沙上建塔，再花哨华丽也必然坍塌。智库功能得以发纵，其命门在社会实情的考求。今以近邻日本的中国调查为例（又以东亚同文书院中国调查为展开部），追究日本人近代所作之巨细无遗的中国社会调查，对我们具有怎样的警示意义和操作层面（包括方法论）上的启迪。

一、日本踏查中国：从学习到觊觎

与中国“一衣带水”“一苇可航”的近邻日本，作为汉字文化圈之一员，长期关注中国情势、研习中国文化，踏查乃至考究中国，是其基本国策和一以贯之的社会行为。

日本对于中国的调查研究，约略分为两个大的段落。

第一阶段，是奈良时代（710—794）、平安时代（794—1185）以降对于中国的学习性调查。不同于公元7世纪以前日本人自发仿效中国文化，8世纪

* 2018年10月21日在光明日报与武汉大学举办的珞珈智库论坛上的主旨发言。

初以后，日本政府派出遣隋使、遣唐使、遣宋使，除办理外交事宜外，要在通过随使团前往的留学生、游学僧踏查中国，将内容广泛的中国情事记载传送回国，以供朝野研习。一例为阿倍仲麻吕（698—770）、吉备真备（695—775）等文士的纪行诗文；二例为日僧对唐土僧俗两层面的考察，如圆仁和尚（793—864）的《入唐求法巡礼行记》四卷，于唐事记述尤为详备，成为日本的“仿唐”课本。

彼时日人调查研考的领域是——

汉字、儒学、中国化佛教、律令制度以及生产与生活方式。

以佛教为例，日本遍地寺庙（7 万多座），不是天台宗、净土宗、禅宗就是华严宗，皆为 8、9 世纪唐地调查所习得之中国化佛教，而并非直取印度原始佛教。

再如日本的律令制，指导思想“王土王臣”“一君万民”论皆学自中国古典，所制订的《飞鸟净御律令》《大宝律令》《养老令》等律令，皆从隋唐制度仿来（又有所变通）。

公元 7 世纪中期的“大化改新”（被称之与“明治维新”相并列的日本史上最重要的两次社会变革之一），实际上就是一次“唐化”运动，其改新灵感得自中国调查。

日本天皇使用年号，亦沿袭中国汉武帝以来的做法，迄今未变。日本官署也仿自中国的“三省六部”，当下还斑斑可见（外务省、文部省之类）。

通过对于中国的调查学习，日本文明迅进，有学者统计，日本古坟时代落后中国千年，平安时代落后中国 500 年，镰仓幕府—室町幕府时期落后中国 300 年，战国时期落后明朝 100 年，至 17、18 世纪的江户前中期，已大体追平清朝。能够在千余年间实现这种文明跨进，有诸多原因，认真学习先进的中国文化便为其一，而向中国学习的入手处，就是调查研究中国。

这是日本调查中国的第一个阶段——抱着虚怀若谷的态度，老老实实、认认真真地对中国文化（从物质层面、制度层面到观念层面）进行调查研究，将其引为自用（当然也作改造，有取有弃）。

第二阶段，始于明治时期（1868—1912）前后。自江户末期起，学习西方有成的日本发展水平渐超中国，明治维新“殖产兴业”“文明开化”“富国强兵”，国力张大，倡言“雄飞海外”“经略中国”，虎视眈眈于昔年老师，渐次形成以侵占中国乃至整个东亚为目标的“大陆政策”（此策19世纪80年代趋于成熟），而对中国开展更大规模的社会调查和剖析研考，则是大陆政策的奠基石。

明治—大正—昭和年间，日本的中国调查，其目的已由古代—中世—近世的学习中国，转变成近代殖民主义式的窥探中国，以为经略、攻占中国作准备。

此间日本的中国调查，采用欧美列强经营殖民地、半殖民地的考察方法，如观察法、访谈法、问卷法、文献法、统计分析法、体质人类学与文化人类学相结合的方法等，调研日益系统深入。

由于地缘、语文、人种相近，明治以降日本人对于中国的调查比欧美人更享便利。外国调查中国，就其广度、深度和持续性而言，称日本居世界之最，是绝不夸张的。

近代日本，一些浪人、学者、僧侣以个人身份踏查禹域（其力度亦相当可观，见小岛晋治1997年监修出版之《幕末明治中国见闻录集成》20卷，1999年监修出版之《大正中国见闻录集成》（10卷），但作为国家行为的调查工作，至明治后期以降，构成日本探究华境的主要形态，军部、农商务省、外务省、兴亚院、各大财团、新闻单位纷纷设立中国调查系统。而南满铁道株式会社调查部和东亚同文书院是两个最具规模、实绩显著的调查机构。

（1）南满铁道株式会社调查部

1904—1905年日俄战争，日本以战胜国身份领有中国东北南部铁路控制权，1906年建立其最大规模的海外殖民主义经营机构——南满铁道株式会社。1907年，满铁设调查部，初期作经济调查、旧惯调查、图书保管，进而广及社会诸方面情报搜集、政策研究。此调查部在建立之初就设定了高标准，汇集日本各方面专业人才（初以东亚同文书院师生为主，后招收京都帝大、东京帝大、九州帝大毕业生），提供优厚的工作条件和生活待遇，调查研究高度组织化、系统化。二战日本失败以后，一些研究人员谋职日本各大学，包括东京大学等名牌，而他们去后的感想是：从满铁到某大学，仿佛是从一个现代化的大工厂，突然被撵到一个家庭手工业作坊，可见当年“满铁调查部”在中国调研上的层级之高。

满铁的中国调查，以东北为基点，延至华北、华东、华中、西北以至西伯利亚（主要在华北、华东），留下巨量调查报告和研究论著，总计6万多种、670万页，成为研究清末民国社会的一大资料渊薮，被视为汉学名著的美籍华裔社会学家黄宗智的华北小农经济研究、长江三角洲小农家庭研究，美国社会学家杜赞奇关于1900—1942年华北村级结构研究，多取材于斯。中国学者也广泛利用满铁的“惯行调查”。

（2）东亚同文书院

与“满铁”齐名，但调查活动持续时间更长、调查地域分布更广的，是东亚同文书院的中国调查。相较满铁，东亚同文书院中国调查被认知、被利用的程度较低，一个时期在中国几乎是“藏在深闺无人识”，这是我们的一大疏忽，而东亚同文书院中国调查的历史警示意义和现实启迪作用都是巨大的，无视于此，都是我们的损失。

世纪之交几年间，笔者赴日本讲学、做研究，应聘专任教授的学校是在丰桥—名古屋的爱知大学（1996—2001），应聘合作研究的机构是在京都的国际日本文化研究中心（2004—2005）。也是机缘巧合，爱知大学的前身恰是东亚同文书院，国际日本文化研究中心则把中日语文互动研究（尤其是近代）作为重点。这提供了考察研究近代日本中国调查的可能，也引发了我对此题的兴趣，于是在那十年间（1996—2006）便以部分心力用之于斯，此后的十多年继续关注。回首瞭望，研考东亚同文书院中国调查，笔者竟断断续续进行了二十余年，时光确乎“若白驹之过隙，忽然而已”（《庄子·知北游》）。

二、东亚同文书院中国调查的历史回顾

东亚同文书院的源头，可追溯到欲以日本为盟主以抗拒西方势力的“兴亚论”者、军人间谍荒尾精（1859—1896）。荒尾精于1886年创办汉口乐善堂，该堂作为日本明治时期“经略中国”的传奇人物岸田吟香（1833—1905）所办上海乐善堂的支店，以经营药材、书籍、杂货为掩护并提供经费，开展“中国调查的试行调查”，范围在湖南（据点设长沙）、西南地区（据点设重庆）。汉口乐善堂重视实地踏查、结交华人，其《外员探查须知》规定，探查人物包括“君子、豪杰、长者、侠客、富豪”，并将其姓名、住址、年龄、行踪详加记载。调查内容则包括各地山川土地状貌、人口疏密、风俗良否、民生贫富、被

服粮秣等，调查报告“对每一个村庄，每一条道路，每一座小丘甚至于水井，都标示得清清楚楚”，这种精细入微的田野考察，开日后东亚同文书院旅行踏查之先河。（参见 井上雅二《巨人荒尾精》，东亚同文会 1936 年版）

荒尾精于 1889 年返国，向参谋本部提出 2.6 万字的《受命书》，对中国的朝廷、内政、人物、兵事，及英、法、德、俄等四大国的对华策略做了详细分析。可见，汉口乐善堂对中国进行区域调查、专科调查，有着自觉的战略性动机。荒尾精曾经报告军部：日本要征服广土众民的中国，需要扩充军备，投入巨额资金，而日本财政能力无法应付，唯一出路是开源，开展“商战”，与西洋列强争夺中国市场，而要做到此点，必须培养“中国通”，对中国开展详细、周密的调查，全方位把握中国经济及社会实态，这便可以大大节省经略中国所需资金及人力物力。（参见 井上雅二《巨人荒尾精》，东亚同文会 1936 年版）

综观荒尾精向日本军部的建策，实为两大要领——一为批量造就“中国通”，二为开展系统的中国调查。此成为日后东亚同文书院的基础。

1890 年，荒尾精在上海创设日清贸易研究所。同年底，荒尾精在陆军士官学校时期的校友根津一（1860—1927）继任所务。该所招收 150 名日本学生入学，以研习中国语言、了解中国商事习惯及社会状况为务。修业四年，前三年为学科，最后一年实地调查并撰写报告。因运营资金枯竭，日清贸易研究所于 1893 年 8 月停办。

1899 年日本东亚同文会会长、“亚洲主义”的领衔人物近卫笃麿公爵（1863—1904）访华，与两江总督、南洋大臣刘坤一（1830—1902）在“兴亚论”上一拍即合，刘与近卫于 1900 年 5 月在南京成立以“兴亚”为旗号的南京同文书院。

近卫笃麿主张的“亚洲主义”，与福泽谕吉（1835—1901）倡言的“脱亚入欧”，旨趣相反而又相成，共为明治以后日本基本国策的两个方面。“亚洲主义”倡言，在日本统领下，亚洲诸国联手与欧美对抗。这一点对中国某些政要颇有吸引力（刘坤一、张之洞等清末督抚皆曾服膺此说），孙中山在相当一个时期内也宣传“亚洲主义”，当然，孙氏的“亚洲主义”是希望中国与日本联手主导。这在当时不过是一种幻想。

因义和团事起，南京不安全，1901 年 4 月同文书院迁至上海，更名“东亚同文书院”，首任院长根津一。学生从日本各府县招考，每府县两名，享受公费待遇，入书院者多贫寒好学，具武士道精神，顽强耐苦，勇于任事。学生修业 3 年，主要受教汉语，以及中国历史、地理、政治、经济、文化等课程，最后一年以一学期时间旅行调查，此对有冒险追求的日本青年，尤具吸引力，东亚同文书院在日本被视作“幻的名门校”，不少学生心向往之。1918 年，书院申请开设中华班，自 1921 年起，招收 11 届共约百名中国学生，其中有后来担任汪伪政权特务机关 76 号头目的李士群。

为培植亲日势力，东亚同文会以退还庚子赔款之经费，在天津、汉口成立同文书院附属学校。

1939 年，东亚同文书院由三年制专科学校升格四年制大学，命名“东亚同文书院大学”，前三年修习中国文化，包括汉文、史地、经济等类专门，后一年以学习踏查的名义对中国进行调查。

清末民初，昭示“亚洲主义”的同文书院，以“亲善”姿态争取中国朝野好感，湖广总督张之洞以刻有《诗经》的石碑赠送书院；至民初，孙中山、黎元洪、段祺瑞、汤化龙等政要名流为书院调查题词壮行；鲁迅、胡適等学者还曾到书院演讲。清末民初，书院的调查活动获中国中央政府、地方政府的支持，踏查各地畅行无阻。1931—1945 年中日十四年战争间，同文书院调查区域受限，囿于日占区，但调查力度有增无已。1945 年日本战败投降，上海东亚同文书院大学被盟军勒令关闭，人员及部分资料迁回日本爱知县。

“东亚同文书院”学生，从第一届开始，以三个月至半年时间，获得中国政府许可证，数人结成一组，或乘车坐船，或骑马徒步，所谓“沐雨栉风”“风餐露宿”，足迹遍及中国各省城乡，有的调查组直接目睹中国近代的大事变：如辛亥四川保路风潮及反正，辛亥武昌起义，新军革命者在四川处决清朝钦差端方，北洋军阀混战，二次革命间的江浙战争，上海攻防战，“五四运动”后全国范围的反日浪潮，1928 年的“济南事变”，等等，踏访者都作现场观察，留下生动详细的记述。

东亚同文书院在每期旅行调查之前，学生受专业教师指导，拟定调查题目，开展调查研究方面的理论、专业知识的学习，尤其是接受调查方法指导，然后编成调查旅行队，如第 6 期生的晋蒙队，第 9 期生的鄂川队，第 10 期生的香港北海队，第 13 期生的山东、辽吉队，等等。踏查队又以领队学生名字命名，如——

1922年的园田次郎队，旅行线路：上海—大连—旅顺—哈尔滨—满洲里—齐齐哈尔。交通方式：船、步行、火车、货车。

1924年的青柳贞三队，旅行线路：上海—南京—武汉—郑州—开封—三门峡—华阴—潼关—洛阳—焦作—太原—代县—大同。交通方式：船、步行、火车、马车、骑马、牛车、汽车。

总汇各届诸队的调查内容，涉及中国各地经济状况、经商习惯、地理形势、民情风俗、多样方言、农村实态、地方行政组织。具体调查项目包括：

①地理：沿途形势、气候、都市、人情风俗、交通运输、税关。

②经济：经济单位、资本家、劳动者、田园及住宅、农业、畜牧业、林业、矿业、工业、物价、生活水平、外人企业及势力。

③商业：贸易状况、商贾、公会、度量衡、货币、金融、商品、商业惯例。

④政治：现在政情及过去政情。

记述方式除文字外，还有图表、素描速写、照片，等等。

上述各类见闻材料，由学生整理成“调查旅行报告书”，作为毕业论文提交，并开展宣讲报告活动。

从1901年到1945年，东亚同文书院、东亚同文书院大学的学生近五千人先后参与中国调查，旅行线路七百余条，仅第5～42期生的旅行线路便达676条，足迹遍及除西藏以外的中国所有省区，可谓密如蛛网，分布于中国南北东西，有的还远涉东南亚的菲律宾、安南、爪哇等地和俄国西伯利亚及远东。

调查旅行历时最长的一次，是2期生林出贤次郎1905年的新疆调查旅行，共274天（另说历时一年多），跋涉天山北路，直抵中俄边境伊犁；同期生波多野养作的西北旅行则长达21个月。

东亚同文书院较之尤著声名的满铁的调查，时间更长——满铁不足四十年（1907—1945），东亚同文书院若从前身汉口乐善堂算起，调查中国几达60年（1886—1945）。其调查范围之广弥，也超迈满铁——满铁调查主要在东北、华北、华东，而东亚同文书院着眼于全中国乃至俄国和东南亚。

笔者与爱知大学刘柏林教授于20世纪末曾访谈多名东亚同文书院大学后期校友（时年皆七十开外，现在多已离世），得知书院的中国调查一直延续至日本战败前夕的1945年夏。

44期生（1943年入学）土门义男于1998年5月9日在名古屋说，他于

1945 年初夏参加的调查旅行，线路是上海—青岛—热河—东北。

45 期生松山昭治 1998 年 5 月 9 日在名古屋说，他 1944 年春，入东亚同文书院大学就读，只在 1945 年夏初为高年级同学旅行调查出发送行，自己这一届未及作旅行调查。

36 期生春名和雄（我们调研时，春名和雄任日本巨型财团丸红株式会社社长，其办公室悬挂其与万里委员长的合影照片）于 1999 年 7 月 12 日在东京说，他所参加的旅行组于 1939 年到江苏南通做社会调查，住在日军营房，并为日军作临时翻译。

40 期生贺来扬子郎、42 期生小崎昌业（曾任日本驻罗马尼亚大使）同 1999 年 7 月 12 日在东京说，他们所在的两届因战争的缘故，旅行调查开展得很不正规，但并未中断。

可见，即使在 1937 年至 1945 年中日战争全面爆发期间，东亚同文书院的调查旅行也未曾中止，其地域当然限于日军占领区及其边缘地带。

东亚同文书院的调查，对于中国的山川形胜、自然资源、政治结构、经济运行、民情风俗乃至各省人的性格特征，无不作细致了解。参加调查的学生提供旅行日记和调查报告。书院据以整理编纂，产生大批资料文献和研究著作，并提供给通产省、外务省、军部利用。

如果说同文书院调查早期侧重经贸、社会结构、民情风俗，主要服务于对华“商战”。“九一八”事变后，尤其是“七七”事变后，书院更直接为侵华战争效力，“学徒出征，翻译从军”一时成风，而其调查活动更广增军事性内容，有多篇“中国抗战力”调查报告（国军战力、八路军战力屡为调查题目），日占区民众及外国人对日军态度调查报告，等等。至于与军事情报相关的诸种信息则多如牛毛，如各战区的山岭高度，水源供应，通行线路，乃至一条小河的冬夏水量、渡涉方式，如此种种，或用摄影，或用素描，或用文字加以记述，提供军部利用。书院曾派 14 批师生以旅行之名，到中国各地实测五万分之一标尺的军用地图，精确细致到一房一树、一河一径的程度。

吾辈观看抗日战争影视片，常见这类镜头：一群中国军官围览某战役的军事地图，发现中国自制地图粗略失准，远不及日方地图的精确细致，军官皆愤愤然，拍桌大骂。殊不知，此种令国人尴尬的局面，正是包括东亚同文书院在内日本诸机构的精细调查使然。

三、警示与启迪

自明治后期以降，日本对华商战和军事侵略屡屡得手，基本原因当然是两国国力之差，同时也与由满铁、东亚同文书院等机构提供系统的、巨细无遗的中国调查颇有干系。反之，中国对日本乃至对中国自身的了解，则大而化之、粗疏零乱。这值得我们深自反省。

（一）中日之间存在着严重的对于彼方国情的“信息不对称”状况，而基础性原因是调查研究水平差异甚巨，对调查材料的研究利用率也落差明显。这是一个严峻的历史教训。

民国间的“日本通”戴季陶（1891—1949），于1928年撰《日本论》说：

> 日本人研究中国精细深刻，不遗余力，“中国”这个题目，日本人不知在解剖台上，解剖了几千百次，装在试验管里化验了几千百次；而中国人研究日本却粗疏空泛，对日本我们大多数人只是一味地排斥反对，再不肯做踏实的研究工夫。

如此情势下的两国相争，岂不是胜负已定吗？

其实，中国也并非全然无人认真调研日本，晚清中国驻日本参赞官黄遵宪（1848—1905）在日本任职四年多（1877—1882），漫游各地，广交朋友，搜集资料两百余种，对日本历史与现状作周密的文献考察和实地观察，黄氏后转任驻美国旧金山总领事期间，继续从事日本研究，终以前后八年之功，撰写了四十卷十二志、五十万言的《日本国志》，在综述日本历史及现状的基础上，重点介绍、分析明治维新的起因、经过及其显在成就，试图以之作为改革模板呈献清廷。

《日本国志》1887年夏成书，次年黄氏将该书上呈主管机构总理衙门（简称“总署”，相当于外交部）和执掌内政外交的北洋大臣李鸿章（1823—1901）。李鸿章不赞成黄氏对明治维新的肯定，更不以日本已成清朝劲敌的推断为然，于是对黄氏书敷衍几句赞语后，将该书判为“议论恢奇”，不予采用。

总署秉承李氏之意，将黄遵宪书稿束之高阁。据黄遵宪在总署任章京的朋友袁昶（1846—1900）说："此书稿本，送在总署，除余外，无人翻阅。"印刷出版更无从谈起。

《日本国志》成书八载，不得总署刊布（民间少有印刷，阅览者极狭），直至 1895 年 4 月签订《马关条约》，中国割地赔款，是书方得正式印行，此时国人展读《日本国志》，皆追悔莫及。袁昶于《马关条约》签订后见黄氏，痛言：此书若早刊流布，可省去战败输银二万万两。（见黄遵宪：《三哀诗袁爽秋京卿》）同年，梁启超为《日本国志》作后序曰：

> 黄子"成书十年久谦让不流通，令中国人寡知日本，不鉴不备，不患不悚，以至今日也！"（梁启超：《〈日本国志〉后序》）。

可见，当时中国不仅对日本乏于调查研究，即使有人调查研究，当局乃至社会也视而不见，弃之如敝屣。形成反照，日本却竭力调查中国，深研中国，军部、农商务省、外务省乃至财团、报刊等又加综合考究，将中国自然人文状貌查得一清二楚，以之作为制定对华战略的坚实基础。人对我知之甚详，故攻之精准；我对人则两眼一抹黑，攻固无须谈，守且不知如何防范。这种情况下，清日间无论商战还是军事对阵，吃亏必在清方。1906 年，一个英国军官参观东亚同文书院，了解其中国调查后发表感言：

> 1870 年，普法战争之时，普鲁士了解法国的事情，要比法国人详细；现在日本人了解中国胜过中国人对本国的了解。

普法之役，法败普胜；甲午之役，清败日胜，原因之一盖出于斯。"知己知彼，百战不殆"；不知己不知彼，战则必败，此乃至言！

（二）东亚同文书院等机构的中国调查，提供关于社会调查研究的具体经验和方法，可供参酌。

回顾东亚同文书院的中国踏查，做法略有三端——

1. 长时段、持续地作现地调查

东亚同文书院的中国调查以持续多年实地踏查为基础，前期（清末民初）适应日本对华商战的需要，主要考察财政经济状况，尤其关注市场动态。中后期（尤其是“九一八”事变、“七七”事变以后）则加入愈益增多的军事性调查内容，往往在貌似民生调查的旗号下，实藏掠取军事情报内蕴，诸如公路的长宽度、路面结构，桥梁的建筑材料、长度、载重量，渡口的运输量及河面宽度，对这类项目皆作长时期、持续不断的实地踏查，皆为侵华军事战略服务。

近代中国也做过若干域外调查，稍见成效，但大体而论，调查的派遣者和实行者既少诚心研习之意，更缺乏长期系统的工作。通常情形是，主事者为了某个特定目的（往往是急功近利的），临时组织人搜集情报，调查者衔命而去，敷衍塞责，拼凑若干材料条目，返身即归，上下皆满足于虚应故事。显例是 1886 年、1891 年北洋水师两度访日，本为调研日本海军和国力的良机，但北洋水师却游冶长崎，寻衅闹事；散漫马关、横滨，不仅未能放下身段探究日方军情社情，反而在炫耀清威之际，将自身的优劣让对方洞察无余。甲午海战清方完败，与此不无关系。

反观日本，则围绕宏观、中观、微观主题，持续不懈地踏查中国，动辄历年，如“满铁”38 年，东亚同文书院加上它的前身 59 年。日本的海军系统、各大株式会社、著名报刊，对中国的各项调查也往往长达数年乃至十多年，外务系统（通过驻各地领事）调查的持续性、系统性也令人咋舌。如驻汉口总领事水野幸吉多年调研华中重镇汉口，所撰《中国中部事情——汉口》（1908 年上海昌明公司出版），至今仍是华中研究不可或缺的参考材料。

中国也有作持续调查的力行者，如社会学家费孝通（1910—2005）的江村调查，自 20 世纪 30 年代费先生青年时代开始，一直持续到 21 世纪初费先生暮年，故能对问题有历史的、系统的认知，其著《江村经济》，成为人类学中国学派代表作，所示中国农村及集镇经济现代化诸义历久不衰。惜乎此种持续、系统的调查，在中国只是凤毛麟角。

2. 搜集感性直观材料与理性专科考察相结合

东亚同文书院的中国调查，以“用腿走路”为倡，将田野踏查置于调研活动的首位，自然物象必究、人文世情必求，上自政界朱门，下至市井巷陌，皆在探查范围。自 1907 年起，外务省出资，同文书院中国大旅行得到经济保障，使踏查旅行调查持久而规范，覆盖面广大，此所谓“地毯式调查”。同时书院又注意于文献占有，将直观的感悟体验与间接的书本知识结合起来，达成感性—理性认知的统一，达成所谓“立体式调查”。

书院历届学生组队调查，皆须撰写两种文字作为结业书：一是见闻性的旅行日志，称为“大旅行记”，为散文体游记文，多载社会生活具象细节；二是专题调查报告，称为“大旅行报告书”，在踏查与文献考辨的基础上，提供较精准的专题调查材料。感性的旅行记与学理性的调查报告两者比配、相得益彰，调查对象的表里情态毕现。

东亚同文书院历届学生的旅行日志，先用作演讲汇报，继而由书院选编，印行年度旅行记，书名多用优雅的中国四字语，如《虎风龙云》《金声玉振》《乘云骑月》《出庐征雁》《大陆漫步》《南腔北调》等，到“七七”事变后，旅行记汇编本则题名《靖亚行》之类，穷兵黩武溢于言表。

东亚同文书院历届学生的专科性调查报告，原本交存书院及东亚同文会，整理本抄录五份，东亚同文书院、东亚同文会各存一，另三份呈交日军参谋本部、外务省、农商务省等军政机构。彼时已有部分调查报告经书院加工整理，印行多种“调查报告书”，如《山东省石炭调查》《上海附近食料品市场》之类。

值得一提的是，虽多历政变、战乱，同文书院校址又一再迁徙，而调查报告的原件、抄件基本保存完整。笔者在丰桥的爱知大学图书馆和北京图书馆（今国家图书馆）多次浏览所藏之东亚同文书院大旅行记和调查报告，皆为其数量巨大和编整有序而作观止之叹。日本人认真、精细的工作精神，值得学习。

3. 编修关于中国国情的综述性巨帙

日本不仅在微观范域对中国进行地区性、专科性实地调查，而且基于微观调研，力采固有文献、大量吸纳新鲜的调查材料，作宏观的中国研究，修纂大型集成性的中国国情文本。如井上陈政（1862—1900）于明治中期编撰长达2347页的《禹域通纂》（1888年大藏省刊行），以“通达彼邦之风土事情，通观其始终”为目的，从空间与时间两大向度，全面述评中国，成为日本首部关于中国国情的百科全书。

后此，又有全面论列中国商业的汇总类书，著名者为东亚同文书院前身——日清贸易研究所编纂之两编三巨册（2300多页）的《清国通商综览》（1891年出版，主纂者根津一），多取材于汉口乐善堂成员数年的调查报告，系统介绍中国“本部十八省”之产业、经营制度、交易环境、行规与商事习惯、交通口岸、对外贸易乃至国民性，成为清末内容繁复的商贸集合体实录。

1901年建立的东亚同文书院，在整理编纂集成性论著方面更上一层楼。书院设中国研究部等多种编纂机构，对历届学生提交的巨量旅行记和调查报告，及时加工整理，选择出版多种《调查报告书》，如《山东省石炭调查》《上海附近食料品市场》之类。书院的研究论著有出自学者个人之手的，如书院教授马场锹太郎利用调查报告，编《中国重要商品志》《上海市的沿革与特殊性》，颇富特色。

书院的大型总汇性出版物，则为书院学人集团制作，如《清国商业惯习及金融事情》之类，而最著名声、使用率较高的是《中国经济全书》与《中国省别全志》。

由东亚同文会于明治四十年（1907）发行的12卷《中国经济全书》，是同文书院规模最宏大的经济类作品。该书吸纳中国各省志、州志、县志中的经济生活记述，更广采书院旅行踏查形成的经济类调查报告，以新型章节体例编而汇之，内容涉及清末农业思想与政策，土地权利移转，劳工就业与酬报，金银铜物价，资本家种类与投资方法，民众生活程度，铁路，邮政，乃至外国对清贸易，全方位介绍近代中国经济生活的方方面面，成为日本对清“商战”的指南。《全书》虽系日文版，然许多引用资料、表格、人名地名以中文书写，从而保证了素材的原本性，提高了可信度。

东亚同文会编《中国省别全志》，是东亚同文书院受日本政府重金资助编纂的中国地方志全书。为编此志，书院组织教师及毕业生，在长达十一年期间（1907—1918）实地调查中国列省，又博采中国旧志材料，于1917—1920年完成《中国省别全志》（18卷），包括广东省（附香港澳门）、广西省、云南省（附海防）、山东省、四川省、甘肃省（附新疆省）、陕西省、河南省、湖北省、湖南省、江西省、安徽省、浙江省、福建省、直隶省，每省一卷两册。

中日战争全面爆发后，由东亚同文书院大学教授马场锹太郎主持，编日军尚未占领诸省之志，自1942—1946年间纂成《新修中国省别全志》，包括四川省、云南省、贵州省、陕西省、甘肃省、新疆省、青海省、西康省，为攻略民国“大后方”作地志资料准备。“新修全志”8卷14册。

《中国省别全志》与《新修中国省别全志》以中国固有省、州、县方志材料为基础，大量补充东亚同文书院调查材料，并部勒以近代地方志体例。下以《中国省别全志·湖北省》的篇目为例，见其结构大貌——

中国省别全志 湖北省（一）

序

凡例

目录

第一编　湖北省总说

第二编　开市场

第三编　贸易

第四编　都市

第五编　交通运输及邮电

中国省别全志　湖北省（二）

第六编　主要物产及商业特产

第七编　工业及矿产

第八编　输入品

第九编　商业机关及特殊特产

第十编　金融货币及度量衡

中国古有修志传统，民国年间有编近代性方志的计划，各地成立方志馆，各省志、县志纷纷出版（通称“民国志”）。然在积贫积弱时代，修志难以持续系统展开。而出于“经略中国”的需要，日本以其长期系统的中国调查为基础，在20世纪上半叶纂修、出版了总汇中国各省的多卷本全志，每卷千余页，图、表、文兼具，并附地图，提供了研究民国史、经济史、地方史的系统材料。这项规模浩大、系统完整的中国地志工程，中外迄今似无可与比肩者。

（三）东亚同文书院中国调查的整理、研究现状

1945年日本战败投降，外务省下属的东亚同文会被盟军司令部勒令解散，东亚同文书院大学作为其下属机构被勒令关闭，返回日本的东亚同文书院大学的末任校长本间喜一与教职员、学生商议重组大学，并吸收从汉城（今韩国首

尔）的京城帝国大学和台北帝国大学返日的部分师生及资料，于1946年在爱知县丰桥市建立爱知大学（后来又建爱大名古屋三好校区和车道校区）。今日的爱知大学作为中部日本的一所文法大学，承继东亚同文书院积累的有关中国问题的丰富资料及中国现地调查传统，设立日本唯一的“现代中国学部”，继续开展中国现地调查、培养新一代的“中国通”。爱大还设立“东亚同文书院纪念馆”，致力于东亚同文书院校史研究和资料搜集、保存与整理。可见当下日本虽放弃侵略中国的国策，然其调查研究中国的传统并未丢失。

略晚于爱知大学建立，东亚同文书院的后援组织东亚同文会在1945年被取缔后，于1948年组建“霞山俱乐部”（东亚同文会首任会长近卫笃麿公爵号霞山），后更名“财团法人霞山会”，为日本外务省下属研究中国的机构，战后几十年间日本举行的东亚同文书院纪念活动和研究工作，多获“霞山会”资助。

东亚同文书院浩如烟海的大旅行记和调查报告书，其原件与抄件，现存两处，一是爱知大学丰桥校区图书馆，二为北京的国家图书馆。

爱知大学建校七十余年，继续整理东亚同文书院的大旅行记，增补若干年度旅行记汇编本；又以更大力量汇编东亚同文书院的调查报告书，出版多种专题书籍，如谷光隆编《东亚同文书院大运河调查报告书》（爱知大学1992年刊印）。爱知大学藤田佳久教授等长期从事东亚同文书院校史研究，其考析重点也是东亚同文书院的中国调查，对此长时段中国调查作了分期考析。

东亚同文书院的中国调查文献的另一收藏重镇，是中国国家图书馆。然在20世纪后半叶的几十年间，东亚同文书院中国调查被视为研究禁区，材料封存，仅有房建昌等少数学考略有涉猎。世纪之交情况有所改进，除频出介绍文字外，近年国家图书馆做了重要的基本文献的整理工作，国家图书馆出版社影印出版了东亚同文书院编纂的五十巨册《中国省别全志》和《新修中国省别全志》，两百巨册的《东亚同文书院中国调查丛刊》（1927—1943年的调查报告）、两百四十巨册的《东亚同文书院中国调查丛刊续编》（1916—1926年的调查报告），笔者忝列前书顾问、后书主编，为三书写了长篇导言。国家图书馆做了一项很有意义的资料汇集介绍工作，为今后的研究、利用东亚同文书院中国调查奠定了文献基础。

目前我们对外国还是知之甚略，特别是在政治、经济、文化上知之甚略，还说不上系统、深入。我们一定要急起直追，其中一法，便是向强敌学习，借取其调查方法，利用其调查材料，独立自主地持续系统地调查自国与他国。

六年前，我曾经在湖北省社会科学联合会提出一个建议——开展对省情国情的调查研究，现在已经出了中国调查丛书，包括《湖北省籍企业农民工生存状况调查》《湖北省开展“三万”活动调查》《资源型企业社会责任调查》等。这项工作值得我们长期坚持做下去，其他省份也可以做这样系统的工作。这是由东亚同文书院得到的启发。

四、调查研究的两大敌人：强烈的主观诉求，唯上、唯书不唯实的态度

最后，想谈谈调查研究的两大敌人：

一是过于强烈的主观诉求，这往往会淹没社会调查的客观性。此类教训甚多，今当防范；

二是唯上（领导）、唯书（书本）而不唯实的出发点和工作态度。从揣摸上意出发或从现成结论出发去收集材料，必将导致调查走入歧途。

先讲主观诉求问题。人类活动总难免主观诉求，但它不宜过于强烈，不能任其压倒对客观实际的认知。举一个日本的例子来说明。前面谈到日本的调查研究做得系统深入，虽然昔日的调查目的是为了向外扩张，但在调查工作中力避主观诉求对调查的干扰，立足于实证考察，尽量复现调查对象的客观状貌。这在满铁和东亚同文书院的调查宗旨中都是一再强调的。但日本也在此一关节点上曾经失足。如 2000 年暴露的一个考古丑闻便是一个典型案例。其时我正在日本讲学，从报刊及电视中对此一事件始末看得较为真切，并联系观察到的日本人较普遍的心态，形成了我对此一事件的看法。

此丑闻的主角藤村新一并非专业考古学出身，但也参加考古发掘三十年，在其后十余年间，藤村屡获日本旧石器时代考古“新发现”，被称之“考古神手”——凡是他到某一考古点去，都必有重大发现，将日本的旧石器时代上限从 5 万年前提升到 20 万年前、50 万年前、70 万年前，藤村还扬言，即将有 100 万年前的旧石器发现。虽有一些考古界人士对藤村“发现”表示怀疑，但日本学界、政府、老百姓大都信从藤村，以至把藤村新一的“新发现”写进

1998 年的高中历史教科书，藤村也当上了日本东北旧石器文化研究所副理事长。2000 年 11 月，藤村新一再次率队到宫城县上高森考古遗址，这次前来采访的日本三大报纸之一的《每日新闻》记者，在考古现场安装了夜视摄影机，藤村新一不知，照例于夜间将事先经过处理的石器埋进土中，被红外线摄像机抓了个正着。在无可辩解的情形下，藤村承认，过去有 159 次都事先埋藏了“文物”，遂屡有考古“新发现”，而社会诸层面居然信从不迭。这一特大丑闻曝光后，《朝日新闻》等各大媒体都给予报道，一时间，成为日本热议话题。对此，日本考古界作了反思，但总结教训多归结为古器物检测手段不够先进，较尖锐意见来自青年学者所说的迷信权威之误，等等。2001 年元旦次日，一些历史学者聚会名古屋，中国学者邀请了两位，我是其中之一。席间不免谈起刚刚发生的考古丑闻，日本朋友总结了几条教训，不出技术层面的和用人层面存在的缺陷，他们也礼貌地问：“冯先生有何高见？”我答曰：“很对不起，诸君总结的几条教训都对，但漏掉了一个要点——素以治学严谨著称的日本考古界、史学界，之所以在相当长时期被藤村这个并不十分高明的作伪者所骗，问题出在社会心态上。”日本朋友不解其意，催问：“是什么社会心态？”我说：“是贵国朝野，从政界、学界到老百姓，存在一种强烈的主观诉求——要证明日本的历史悠久和独特，越独立于东亚大陆（中国）之外越好。而藤村新一把日本古史起点大大提前，正投合社会的需要，于是，强烈而执着的主观诉求，遮蔽了聪慧、严谨的诸君的眼睛，以致忘却了求实精神和谨严态度。”吾言一出，日本朋友先是一怔，很快又笑称“讲得有道理！”有些人还鼓起掌来。

至于后者，更是调查研究的大敌。陈云讲过，论事、做事应当“不唯上、不唯书、只唯实”。调查研究尤其如此，如果唯上、唯书，就直接宣告了调研的死亡。如果一味揣摸上级旨意、书上已有结论，然后找材料论证上峰指示和书中结论的正确性，这叫什么调查研究。有些人名为搞调查研究，实则预先准备“两个口袋”，揣摸上意，要左面的材料就掏左边口袋，要右面的材料就掏右边口袋。这样的假调查，不是智库所为，而是愚库作祟。

我们要克服智库工作的这两大敌人。

务实求真是调查研究的生路，也是智库前行的正道。

文化史研习回顾

（2006 年 5 月 12 日在武汉大学学术委员会审议人文社会科学资深教授会议上的汇报）

诸位老师好！

现就自己的学术经历作简要汇报。

我自幼承蒙作为历史学者的先父庭训，广涉古典，又长住先母工作的湖北图书馆，青少年时代饱览中外文史名著，优游于人类的精神家园，培育了对人文学的深挚情致。

自 20 世纪 70 年代末以来，中国学界沿袭章太炎、梁启超、梁漱溟、钱穆、柳诒徵诸先哲在后五四时期草创文化学及文化史学的余绪，借鉴海外前沿成果，发掘中国文化的丰厚资源，构建现代学术意义上的文化学及中国文化史学，其认知、体验、哲思，在深度与广度上均大有拓展。本人躬逢其盛，追随前辈、时贤，见证并参与这一方兴未艾的学术建设，勉力充任一名施工匠人。

其一，遵循“即器求道”“观象索义”的学术理路，致力于微观辨析与宏观把握相结合，义理、考据、辞章三者相济，探究文化史学的基本论题，如中国文化的生成机制、发展脉络、中国文化特质、中外文化互动等，尝试以“文化生态学”为基旨建立中国文化史架构。相关思考初陈于 1984 年成集的《明清文化史散论》，1990 年上海人民出版社出版的《中华文化史》上篇有较完整的论述。[①]

其二，追踪中国文化演绎史，注重“生成”与“转型”两个环节，故特别用心于晚周、晚清这两个关键时段。“晚周”是中华文化生成的“轴心时代”，

① 2014 年武汉大学出版社出版的《中国文化生成史》对上述题旨有所申发。——2016 年 9 月补记

此间形成深刻影响我们民族基本精神的文化经典，特拟名“元典”，试图探索中华元典精神的形成过程与内在结构。“晚清”是中华文化古典形态终结及近代转型时期，是我始终不渝的关注重点及学术研究的展开部。在晚清文化研习中，力辟直线进化史观和西方中心论，考究中国文化近代转换呈现的螺旋式上升轨迹，探讨运动着的本土精神资源在中西文化交会的近代化进程中的内在作用，扬弃费正清等西方汉学家外因论的“冲击—反应”模式。这些考析，集结于《中华元典精神》(上海人民出版社 1994 年版）及与人合著的《晚清经世实学》(上海社会科学院出版社 2002 年版)、《解构专制——明末清初“新民本”思想研究》(湖北人民出版社 2003 年版）。

其三，任何一种文化均受惠并受制于特定空间提供的生态环境，文化研究理当用心于彰显地域特征，这是把握文化“一”与“多”、共性与个性相统一的必要劳作。我二十余年来一直参与湖北省地方志、武汉市地方志修纂工作，又与人合著《辛亥武昌首义史》(湖北人民出版社 1984 年版)[①] 及《张之洞评传》(南京大学出版社 1994 年版)，以 19、20 世纪之交的湖北、武汉作为考察中国社会近代转型的入门处。区域文化探究、个案论题的精细考辨，有益于对浩博的中国文化的真切把握，所谓“一斑窥豹，一叶知秋”。

其四，在世纪之交，学术上又稍有进展，这得益于改革开放提供的国际学术交流机会。除访学美、欧、澳、新以外，1998 年以来，有近五年时间在日本讲学并从事研究，得以与多国汉学家论难究学，并潜心开掘异域史料，演运王国维先生“二重证据”三法之两条——“取异族之故书与吾国之旧籍互相补正”，“取外来之观念，与固有之材料互相参证”，由此进行中、西、日文化比较，将文化转型研究向纵深处拓殖。商务印书馆 2001 年出版的《“千岁丸”上海行——日本人 1862 年的中国观察》为这方面的结集。该书透过解析日本幕末藩士的近距离中国观察记录，细致入微地展示 1862 年上海社会面貌及当时国人的精神状态，并昭显中日关系发生变化的文化前因。

其五，考察概念的古今转换、中外对接，是研讨中国文化近代转型的切入口，我长期在此处用心，中华书局 2004 年出版的《新语探源》，通过对“几何”“上帝”“革命”“共和”“科学”“文化”等核心术语的辨析，揭示明末以

---

① 2011 年出版之 80 万言《辛亥首义史》有更详尽阐发。——2016 年补记

降，特别是晚清至民国时期中、西、日交会间文化因革状态。武汉大学出版社2006年出版的《“封建”考论》，为近20年辨析“封建”概念的结集，该书致力于“知识考古”，还原“封建”古义、西义及马克思的封建原论，进而追溯现代中国流行的泛化封建观的形成过程，指出将实行官僚政治、地主经济的秦汉至明清称“封建社会”，是削足适履、名实错位，此种泛化封建观导致中国历史述事的紊乱。该书进而提出修正建议，尝试为聚讼未决的中国历史分期设置较稳妥的观察视角和较精准的概念坐标。

长期致力于文化史学科建设，在学校支持下，1995年组建武汉大学中国文化研究院，在其基础上于2000年建立武汉大学中国传统文化研究中心（教育部百所文科基地之一），联合校内外文、史、哲专家，围绕中国文化生成及转型问题，做跨学科专题研究，其成果及研究方式受到海内外学者肯认与重视。中心与美国哈佛大学，日本东京大学、早稻田大学、国际日本文化研究中心等国际一流学术重镇开展深度合作。中心已成为国内外有影响力的中国传统文化研究机构。2004年建立“985中国传统文化及其现代转型”创新基地。中心及基地的特色，一是多学科交叉互动，相得益彰；二是诸同仁团结协力、合作愉快，运行健康，前景良好。

以上略陈求学问道经历，其间甘苦难以尽述，而稍有所获，均得益于传统赐予、时代机遇、团队扶持、师友教诲；偏失错谬，则是自己内力有欠，切盼诸君指教。